时星草———

著

戏台之后

上 册

青岛出版集团 | 青岛出版社

图书在版编目（CIP）数据

入戏之后/时星草著. —青岛：青岛出版社,2023.5
ISBN 978-7-5736-1093-5

Ⅰ.①入… Ⅱ.①时… Ⅲ.①长篇小说－中国－当代 Ⅳ.①I247.5

中国国家版本馆CIP数据核字（2023）第073165号

	RUXI ZHIHOU	
书　　名	入戏之后	
作　　者	时星草	
出版发行	青岛出版社（青岛市崂山区海尔路182号）	
本社网址	http://www.qdpub.com	
邮购电话	18613853563	
责任编辑	郭红霞	
特约编辑	徐晓辰	
校　　对	郭金乔	
装帧设计	蒋　晴	
照　　排	梁　霞	
印　　刷	三河市良远印务有限公司	
出版日期	2023年5月第1版　2023年5月第1次印刷	
开　　本	16开（640mm×920mm）	
印　　张	40.5	
字　　数	705 千	
书　　号	ISBN 978-7-5736-1093-5	
定　　价	69.80元（全2册）	

编校印装质量、盗版监督服务电话 4006532017　0532-68068050

目 录 上册

目录 下册

第一章　绯闻女友

六月中旬，江城电影节如期而至。

演员们早早收到邀约，提前空出档期。参加电影节的演员名单提前曝光，粉丝们纷纷扛着相机前往活动现场附近，只为第一时间目睹自己喜欢的艺人的风采。

活动正式开始前，闲得无聊的网友登录微博，浏览各个演员工作室发布的艺人造型。

不少艺人的造型在曝光后，不久便上了热搜。

就在网友纷纷点评艺人照片时，有账号在紧要关头爆料。

　　哥今天有个大料：说个与今日活动无关的消息，前几日网上盛传某女艺人要出演的那个大女主角色被人抢了。

"要出演大女主角色的女艺人"这个条件一出现，立刻有网友猜测：

"许稚意？"

"不会吧？不是说谈妥了吗，怎么又黄了？"

"许稚意这两年是不是太惨了点儿？"

"周砚什么时候出来拉你老婆一把？"

"关周砚什么事？"

"其实我一直不懂，为什么许稚意的资源会越来越差？不管怎么说，她也是博钰老师和章导钦点的女主角。如今男主角周砚如日中天，而她不但在电影圈混不下去，连在电视圈能拿到的资源也有限。"

说起许稚意，大家不由得将她跟周砚联系到一起。

只因为许稚意和周砚这几年被捆绑得太严重。有许稚意的地方，必然有人提周砚；有周砚的地方，也必然有人问许稚意。

两个人在一年的时间里，曾合作过两部口碑票房双双爆发的电影：一部结局圆满，一部是以悲剧结局。也正是因为这样，两个人的组合——"中意"的粉丝无比强大，强大到各自的粉丝在电影大火时根本翻不起浪花。当时还有人预言，以周砚和许稚意在两部电影中的表现，未来十年，影坛一定有他们的一席之地。

预言应验了一半。因为就目前的情况来说，只有周砚在影坛占据了一席之地；许稚意不但在影坛失去了位置，而且在她接不到电影剧本被迫转战拍摄电视剧时，也频频被人截和，身价一落千丈。

网友的质疑一出，马上有人分析，为什么许稚意会沦落到这样的地步。

说来说去，无非是许稚意没有再跟周砚合作。许稚意好像被人诅咒了一样，自从不与周砚搭档后，参演的几部电影票房都惨不忍睹。

看完分析，有粉丝发问："那他们俩什么时候才能再合作一次，让许稚意重回电影圈？她那张脸不演电影简直暴殄天物！"

"他们不可能再合作了。许稚意现在已经不行了，'中意'粉丝趁早死心吧。"

"我们可没说要合作哦，你们别太自作多情。"

…………

粉丝你一句我一句，而被议论的人正看得起劲。

五分钟前，正在化妆的许稚意闲得无聊，恰巧好友盛檀发来爆料的链接，问她被抢角色的事是真是假。

无风不起浪，这消息半真半假。

许稚意确实不会出演那部剧，但不是因为角色被抢，而是两部来找她的剧档期撞在一起，她选择了另外一部。但另一部剧正在保密阶段，暂时没有曝光。

盛檀："不是被抢就行，现在全网都在怜爱你。"

许稚意："怜爱？他们不是在说我混得越来越差吗？"

盛檀："实事求是地说，你最近确实混得有点儿差。"

许稚意："哼。"

盛檀："要不我捧你吧？"

许稚意："你老公同意你在外面养别人？"

盛檀："如果是养你，他应该不会有意见，要不要考虑一下？"

许稚意："不要。"她现在资源是差了点儿，但还没到需要闺密捧的地步。

说起来，她这两年的运气确实不太好。想到这儿，许稚意给盛檀发了个叹气的表情。

表情包发过去没一会儿，盛檀回复她："别叹气了，我虽然不能捧你，但今天给你准备了一份大礼。"

许稚意："什么？"

盛檀："待会儿你就知道了。"

半小时后，许稚意收到了来自好闺密的大礼——两张同一房间的房卡。

她抬了下眉梢，在助理蒲欢的注视下，将房卡塞进手机壳藏好。

在去电影节现场的路上，许稚意在车里休憩了一会儿。

她醒来时，车已经停在了电影节现场的入口处。

原本许稚意要跟上个电影剧组的演员一起走红毯，但出于各种原因，她落单了。

车子刚停下，记者便蜂拥而至。

保镖和活动现场的安保人员走上前，将他们拦在外围。

车门打开，工作人员送上透明雨伞。因为下雨，今晚艺人都是撑着雨伞走红毯的。这对许稚意来说是第一次，但效果还不错。

记者和粉丝翘首以盼，拿出"长枪短炮"对准她。许稚意深呼吸了一下，迈出脚，出现在众人的视野里。看清楚她的打扮后，人群中发出尖叫声。

听到尖叫声，许稚意转了转视线，对着那边微微一笑。

许稚意的长相精致，格外上镜。她把长发别在耳后，让其自然垂落，披在肩上，看上去简单又干净，搭配款式简约的细肩带紫色抹胸礼服，露出精致的锁骨和天鹅颈，让记者和粉丝都舍不得挪开眼。

现场镁光灯狂闪，尖叫声不断。

在线观看直播的网友也是一样，弹幕不断弹出，为许稚意的美貌呐喊。

许稚意近两年虽然没有什么好的作品，但是不妨碍网友为她的美貌倾倒——她长得真的太好看了。许稚意天生一张高级脸，骨相完美，辨识度也很高。无论是浓妆还是淡妆，她都能完美掌控。更重要的是，许稚意有种冷艳的富家千金气质。

媒体拍完照，许稚意撑着伞款款地往前走。她慢慢地走到签名板前，把伞递给工作人员，接过了签名笔。

刚把名签好，许稚意听到一阵沸腾的尖叫声，比自己刚刚出现时夸张十倍。

她下意识地回头。在尖叫声和雨声中，她一眼便看到了红毯尽头那个熟悉又陌生的身影。男人穿着剪裁精良的黑色西装，气质高贵，身形颀长，面容英俊，侧脸轮廓立体，像画中人一般。

多年合作形成的默契让周砚抬起了眼。

两人视线交会不过三秒，却还是被眼尖的网友捕捉到。

当许稚意收回视线提着裙摆走进活动内场时，"中意"的粉丝激动起来——他们终于等到两位的远距离同框和眼神交流了！

"许稚意和周砚远距离对视了！"

"他们是不是在一起了？"

"这一对太久没同框，我终于看到了。"

"刚刚许稚意撑的那把伞现在在周砚手里了，他接过来了，他接过来了……"

"那就是说……他们牵手了！"

…………

活动内场。

许稚意找到自己的位子坐下，提前从员工通道进入的蒲欢走过来，把手机塞给她。

"姐。"她贴在许稚意的耳边小声地说，"你们上热搜了。"

"你们"指的是谁，许稚意很清楚。

刚刚在红毯两端，许稚意和周砚视线交会，以及阴差阳错撑着同一把伞走完红毯这两件事，足以让沉寂已久的"中意"粉丝纷纷发帖。

"许稚意周砚同框"很快变成热搜，连电影节的消息都被压下去了。

趁着活动还没正式开始，许稚意偷偷地点开微博看了一眼。

"中意"的粉丝都颇有才华，给两人剪的视频、写的小说都让人很有感觉，而微博上的这张照片更是绝美——夜色中，雨还在下。现场灯光交错，镁光灯不停闪烁，他们站在红毯两端，隔着拥挤的人群遥遥相望。

周围像是被按下了暂停键，身旁的人都变成了光影，他们的眼睛里有为对方流动的情愫，那压抑过度的情感似在翻涌。

明明现场没有这么唯美，可粉丝拍下的这张照片，莫名地就像讲了一个故事。

许稚意看到的时候也有些讶异，感觉氛围烘托得确实恰到好处。

当事人都有这样的感觉，粉丝就更别说了，他们现在像庆祝过年一样。

有人夸，自然就有人贬。特别是许稚意在影视圈的地位逐渐下降，周砚的粉丝更觉得她配不上周砚。但在"中意"粉丝堪比过年的氛围下，周砚粉丝的声音被淹没了，根本无人注意。

直到直播间有周砚的粉丝喊话，让大家看许稚意那边。"中意"的粉丝高兴得太早了。此时此刻，许稚意没有跟周砚说话，而是跟其他男演员有说有笑的。

说实话，如果许稚意知道粉丝的想法，真想说自己挺冤的。她和周砚在今天的电影节上是和各自的剧组一起的。再者，合作过的男演员和她说话，她不可能不搭理对方。

只不过她没想到，简单的两句交谈，落在网友眼中会变成相谈甚欢，甚至还有两人各自的粉丝高呼"'中意'今天就散伙吧"之类的言论。

"中意"粉丝并不死心，距离电影节结束还有好几个小时，他们不信周砚和许稚意除了在红毯上的对视，再无互动。

观看直播的网友和现场的粉丝瞪大双眼，目光跟粘在两人身上似的。

"砚哥。"周砚正在漫不经心地看大屏幕里播放的电影片段，助理忽然走上前来。

他侧头："什么事？"他的声音清冽，听上去格外舒服。

助理压着声音说："手机。"

周砚接过手机，问道："有消息？"他的手机大多时间由助理保管。

助理："微信有振动提醒。"但他没敢看，周砚的微信只给一个人设置了振动提醒。

周砚了然，接过手机，点开。看到收到的几条消息，他微不可见地勾了勾唇角，低声问："还有多久结束？"

助理："二十分钟。"

周砚"嗯"了一声："结束后你们先走。"

助理看着他欲言又止。

周砚瞥过去，问道："有问题？"

助理顿了一下，提醒道："砚哥，你明天早上六点的飞机。"

"知道。"

助理不再多言，默默退下。

二十分钟后，电影节活动落下帷幕。

周砚不负众望，靠去年的一个角色拿下了最佳男主角奖。粉丝高兴地为他鼓掌。

"中意"粉丝既高兴又难过——周砚又拿奖了，可许稚意呢？她连最佳女主角的提名都没有。就算是"中意"的粉丝也不得不承认周砚和许稚意之间的差距越来越大了。

更重要的是，这一晚上几个小时的电影节活动，两人除了在红毯两端不经意撞上的那一眼，真的再无互动。

不过，那一眼和一前一后抽中的同一把伞，也足够让"中意"粉开心一年了。

只是两人各自的粉丝难免出言反驳：

"只是一个眼神而已，有什么可在意的？"

"那一眼说不定是周砚不小心看过去的，他们俩后面明明毫无交流。"

"这明摆着就是解绑的意思，别再绑着两个人了！"

…………

看到这样的话，"中意"粉丝想反驳，却又不知道该怎么说。因为周砚的粉丝说的这些，都是摆在他们面前的事实。

正在"中意"粉丝伤心难过时，许稚意起身准备离场。

离场前，她去了一趟洗手间。从洗手间出来，经过拐弯处时，她碰到了从另一端走过来的周砚。两人目不斜视地走过，似乎谁也没注意谁。而在他们擦肩而过时，周砚收到了一份来自他的"绯闻女友"的礼物——

一张房卡。

"稚意。"

把房卡送出去后，许稚意继续往外走，还没走到出口，就听到有人叫自己的名字。

她侧头："边老师。"来人是之前合作过的男演员边磊，也是被粉丝说跟自己交谈甚欢的同行之一。边磊长相端正，轮廓立体，在帅哥美女甚多的演艺界算不上太出众，但有自己独特的味道。

他垂眸看着许稚意，笑着问："今晚不着急赶回剧组吧？"

许稚意点头："明天回。"

边磊颔首，温声道："要一起吃个夜宵吗？"

"下次吧，边老师。"许稚意笑着眨了一下眼，俏皮地说，"我今晚的新闻够多了，留给下次吧。"

边磊一愣，听出了她自我调侃的意思。他莞尔，不再勉强："行，下次可不能拒绝我了。"

许稚意："一定。"

跟边磊说话耽误了点儿时间，许稚意坐上车离开现场时，手机里多了几条未读消息。她点开，除了盛檀发来安慰她没拿奖的几笔转账外，其他全部来自那位被她塞了房卡的男士。

周砚："三分钟。"

周砚："三次。"

周砚："下雨路滑，让司机开慢点儿。"

看完后，许稚意很高冷地回了他一个问号。

周砚："说三分钟了。三次。"

许稚意挑了挑眉，退出微信用小号登录微博。

微博上，周砚和另一位拿奖女演员的粉丝在抽奖庆祝。而许稚意一点儿也不意外自己被人拎出来嘲笑。

看着网友的言论，许稚意幽幽地叹了口气："欢欢。"

听到许稚意的声调，蒲欢眉心一跳，有种不太好的预感："姐，怎么了？"

许稚意扭头看她，一副委屈巴巴的模样："我又被人说了。"

蒲欢无语，想了想，安慰道："姐，别难过了，我们不是早就习惯了吗？"

听到这话，许稚意反驳："谁习惯了？"她闷闷不乐地说，"我没有习惯，我不快乐。"

蒲欢沉默了一下，忐忑地询问："那你说，要怎么样才能快乐？"

许稚意眼睛一亮，点开美食App（应用软件）给蒲欢看："我想吃这家店的烧烤。"

蒲欢语塞。她就知道许稚意想要的是这种快乐。

说实话，蒲欢真心觉得许稚意是最惨的女艺人之一。

许稚意很爱吃，却偏偏是那种吃了就会胖，要胖先胖脸的体质。只要她多吃一点儿，胖个两三斤被狗仔拍下来，必然会被人嘲讽，就像她胖了二三十斤似的。

每每这个时候，蒲欢都觉得许稚意很冤。因为许稚意的体质，蒲欢被许稚意的经纪人耳提面命：一定要盯好她的饮食，绝不能让她多吃。

但这会儿，蒲欢也有些于心不忍。

"你想吃什么？"她掏出自己的手机搜到这家店，"不能多吃，被倩姐发现我们会完蛋的。"倩姐是许稚意的经纪人。

许稚意直接把后面的一句话忽略，开始点单："牛油、牛肉、脆骨、娃娃菜……"她报了好些食物的名字，末了说，"再来点儿烤腰子。"

蒲欢被她的话呛住，忍无可忍地喊："姐！"

许稚意"嗯"了一声，云淡风轻地朝她摆摆手："腰子是给周砚点的，我不吃。"

蒲欢无语。

还在活动现场的周砚并不知道自己的夜宵就这么被安排好了。

他刚拿了奖，没办法很快脱身。跟导演及主办方寒暄完，周砚以次日清晨要赶回剧组为由，婉拒了几个饭局。

他离开时，已经有些晚了。

活动现场距离许稚意要去的那家酒店不远不近，那是位于市中心的一家高档酒店，一晚的房价从几千元到几十万元不等。

周砚进房间时，许稚意正背对着门趴在沙发上。

她身上依旧穿着今天在活动现场穿的那条裙子，露出了蝴蝶骨。姿势的缘故，裙摆上撩，停在大腿根部，欲露不露，显得格外性感。

许稚意虽然是吃一点儿就长胖的体质，但一般情况下她都把自己的身材控制得很好，身材瘦而不瘪，肉都长在了该长的地方。

听到声音，许稚意没回头就知道谁来了。盛檀给她订的这家酒店私密性极高，如果没有房卡，不用说进房间，连这层楼也上不来。

她正在看微博，他们各自的粉丝和"中意"的粉丝依然各执一词。

而她跟周砚的那张照片，更是被"中意"粉丝用作话题背景。这是粉丝等了两年才等来的，没有人舍得放过。

蓦地，身后有凛冽的气息袭来。

许稚意莫名地觉得有点儿凉，皱眉抬头，和站在面前的男人对视。

两人的视线交会、碰撞、纠缠，眼神里表露出来的情愫比红毯照片上的更甚。

许稚意近距离地看着周砚，发现一段时间没见，他又变帅了一点儿。

她盯着他，正想开口说话，手腕忽然被握住。还没反应过来，许稚意就被周砚从沙发上抱起来，跨坐在他的身上。

"我……"一个字刚蹦出，周砚就堵住了她的唇。

他的指腹燥热，捏着她的后颈，迫使她抬头承受他的亲吻。男人的气息逼近，让她无处可逃。许稚意太熟悉他的亲吻，手自然而然地环住他的脖颈。

房间里寂静无声，只有久未见面的两人亲吻时发出的声音和此起彼伏的喘息声。

少顷，周砚稍稍后撤了一点儿距离，垂眼盯着她，嗓音沙哑："刚刚在做什么？"

许稚意："看微博，你的粉丝又在说我倒贴你。"

周砚一时语塞。他不该问。

许稚意直勾勾地盯着他，开玩笑道："你的粉丝说了我一晚上，你不打算替他们跟我赔罪？"

周砚微顿，配合她玩情侣间的游戏："想要我怎么给你赔罪？"

许稚意戳了戳他性感的喉结，闷闷不乐地说道："自己想。"

周砚低笑一声，将手搭在她的腰侧，低头蹭了蹭她的鼻尖，张嘴碰了一下她的唇，低声道："这样行吗？"

许稚意睨他一眼，轻哼道："不行。"

周砚和她对视："知道了。"

许稚意："什么？"他知道什么了？

她正要继续问，周砚直接将她抱了起来。

"哎！"意识到他要做什么后，许稚意连忙阻止，"欢欢待会儿要给我送夜宵来。"

话音刚落，门铃声响起。

周砚看她："又没吃饭？"

"要穿礼服。"

周砚了然，将人放在沙发上，起身往门口走去。

蒲欢看到来拿夜宵的人是周砚后，见怪不怪地提醒："砚哥，我姐明天十点的飞机。"

周砚："嗯。"

门关上，许稚意第一时间把外卖接了过去，咕哝道："终于来了，再不来我要饿死了。"周砚看她这样，抬手捏了捏眉骨，跟着走进去。他接过许稚意手中的袋子，把里面的东西拿出来。瞬间，套房里弥漫起烧烤的香味。

周砚看着许稚意狼吞虎咽的模样，道："慢点儿，没人跟你抢。"

许稚意没理他。

在周砚伸手要拿烧烤时，许稚意手疾眼快地朝他那边推了一份："你吃这个，我专门给你点的。"

周砚仔细一看，眯了眯眼："这是什么？"

许稚意嚼东西的动作一顿，她一点儿也不怵地说："烤腰子啊！"

周砚无语，房间内的空气好像停滞了几秒。

他微屈手指，敲了敲桌面，重复道："烤腰子？"

许稚意："对啊！"

周砚眉峰上挑，懒散地靠在椅背上，上下打量着她，轻声道："我能不能问问——"

许稚意："什么？"

周砚低缓地问道："我什么时候给你造成了我需要吃烤腰子的错觉？"

对上周砚沉沉的眼神，许稚意后知后觉地有点儿怵。她沉默片刻，含混不清地说："我就是想试一下。"

"嗯？"周砚抬眉。

许稚意咕哝："看看烤腰子是不是真的有绝佳功效。"

一小时后，许稚意后悔了。她就不该调皮。

天花板上的水晶吊灯似在摇晃，晃得人眼花缭乱。许稚意闭着眼，感受着男人落在自己脖颈处的呼吸，酥酥麻麻的，有点儿痒。她下意识地想躲，被男人重新拉回怀里。

不知过了多久，在许稚意以为就要结束之时，男人的吻再次落下，从额间往下，到脸颊、唇角、下巴……两人唇舌纠缠。

她感受着周砚落在自己肌肤上的吻，密密麻麻。

许稚意抱着任他宰割的想法，猛然察觉了什么。她猛地睁开眼，无比羞耻："周——"

她想阻止他。一睁眼，她跌进了周砚漆黑如墨的眸子里。

她红着脸："不要。"

周砚声音低沉："不要什么？"他俯身，用沙哑的嗓音说道，"说好的，给你赔罪。"

许稚意语塞。

周砚的赔罪，不是她能消受得起的。

周砚赔罪结束，许稚意蜷缩在角落里，鼻尖红红的，像刚被从水里捞出来一样。周砚看到她的样子，喉结滚了滚，眸色更沉了。他靠近，将人重新拉入怀里，低声问道："抱你去洗澡？"

洗完澡，许稚意把自己卷进被子里。她发誓，以后再也不让周砚吃烤腰子了。

周砚看着她可怜兮兮的模样，有些不解："最近没锻炼？"

听到这句话，许稚意忍无可忍，用最后的力气踹了他一脚。这是人能说出口的话吗？

周砚笑着将人拽入怀里，低头亲了亲她的脸颊，认真地说道："抱歉。"

许稚意怔住，不解地看他："干吗？"

周砚笑而不语。

许稚意明白过来——他是在替粉丝向她道歉。她愣怔片刻，嘟囔道："跟你又没关系。你道歉，我也得给你道歉。"她的粉丝也说过周砚。

安静了片刻，许稚意问他："你发微博了吗？"

周砚茫然："什么微博？"

"拿奖了不发微博？"许稚意瞄了他一眼。

周砚："嗯。"他本来就不爱发微博，无论是大事还是小事都不爱发。

许稚意这会儿也不困，就催促周砚发微博，自己也拿起了手机，登录小号给他点赞。

周砚的粉丝从他拿奖的时候就在等，等了几个小时也没等到他的新微博。周砚不爱发微博，大家都知道。只不过粉丝都认为，在这个大喜的日子，他应该会发一条的。

夜猫子们都撑不住了，心灰意冷地准备去睡觉，这时周砚上线了。

一分钟后，他发了一张奖杯的照片。

周砚：谢谢。

言简意赅，是他的行事作风。

许稚意给他点了个赞，看着周砚的粉丝纷纷为他送上祝福。周砚发完微博便放下了手机，反倒许稚意还在看手机。他贴在她身侧看了看，低声问："还不困？"

"还好。"许稚意摇头，看着他，"你几点的飞机？"

周砚："六点。"

许稚意微顿，摁灭手机屏幕："睡觉吧。"

周砚笑了一下："你不困就不睡。"

许稚意拉了拉被子，打了个哈欠，说："也有点儿困。"

身体累，但她确实不是很困。许稚意本就是个夜猫子，没工作的时候不到两三点不睡。这会儿不到三点，她还能熬一熬。

周砚盯了她片刻，开口道："你要不要……"

他的话还没说完，就被许稚意打断，她睁开眼望着他，淡淡地问："要不要什么？"

周砚微顿，想到她的个性，把到嘴边的话收了回去，换了个问题："要不要喝水？"

许稚意观察着他的神情，顺着他的话应道："要。"

怕早上起来水肿，许稚意只抿了一小口，剩下的水被周砚喝了。

喝完水，许稚意催他睡觉。这里距离机场不算近，六点的飞机，周砚很早就要起床，留给他睡觉的时间不多了。

翌日，许稚意睡醒时，周砚已经不在房间了。

她睁开眼盯着天花板发呆，试图缓解身体的酸痛感。

缓了一会儿，许稚意拿起床头柜上的手机点开。

时间还早，没到八点。她点开微信，看到周砚五点五十分给自己发的消息，说他上飞机了。许稚意看了那条消息一会儿，默默地再次登录微博。

一夜过去了，粉丝还没有冷静下来。

许稚意近年来的资源真的不好，要不是有前两部电影、独特的气质及长相支撑，她早就跌出三线了。甚至有人提出：她到底还能吃周砚的红利多久？"中意"粉丝到底什么时候才会死心？许稚意和周砚真的没有可能了。

看到这儿，要不是许稚意这会儿是清醒的，还真挺想用小号回复他们——

不用解散，他们一直在一起，你们以为的都是真的。

当然，她也只是想想。她刚跟周砚在一起时都没公开，现在两人的差距越来越大，就更不会公开了。即便周砚主动提，许稚意也不会同意。她在这件事上比任何人都执拗。

许稚意正胡思乱想着过去的那些事，蒲欢从外面进来，惊呼道："姐！看微博了吗？"

"什么？"

许稚意的手机界面还停留在"中意"的话题上。

蒲欢举着手机凑到她面前，低声道："砚哥脖子上的痕迹是你咬的？"

许稚意定睛一看，周砚脖颈侧面有一个红红的印记。她皱了下眉，开始回忆，是她昨晚咬的吗？她记得自己昨晚咬的地方，他穿衬衫就能遮住。

看到许稚意的耳朵越来越红，蒲欢懂了。

她小声问："姐，砚哥这张机场照一出，'中意'粉丝都在狂欢。"

"狂欢什么？"

"狂欢砚哥不把粉丝当外人，狂欢四舍五入你们俩昨晚在一起，那印子是你留的。"蒲欢一板一眼地把"中意"粉丝说的话念了出来。

许稚意无语。她掀开被子起床，哭笑不得地说："你告诉他们，别四舍五入了。"

蒲欢："我不敢。"她怕被周砚的粉丝围攻。

许稚意笑："周砚的粉丝怎么说？"

"砚哥的粉丝说那是蚊子咬的，让'中意'粉丝别白日做梦，把臆想收回去。"

许稚意点头，这像是周砚的粉丝说的话。

她接过蒲欢的手机看了看，"周砚机场"这个话题果然排在第一。

她看了被曝光的照片片刻，正想把手机还给蒲欢，不小心点开了评论。

第一条热评是"中意"粉丝的狂欢。

第二条热评是周砚的粉丝给"中意"粉丝泼的冷水，说周砚刚拿奖，让许稚意这个两年没拿奖的女演员别碰瓷，还说她现在应该连获奖感言都不会提前背了之类的话。

这话说得挺重的。许稚意有点儿心酸。蒲欢看到许稚意这样，想安慰两句，又不知道该说什么，过了一会儿才说："姐。"

"嗯？"许稚意把手机还给蒲欢，"我去洗漱。"

蒲欢"嗯"了一声，弯腰给许稚意收拾行李，收着收着，突然指着一个东西诧异地问道："姐，这是什么？"

许稚意抬眼，发现酒店房间的梳妆台上多了一个大袋子。她走过去拿出来看了看，是一条她很喜欢的高级定制品牌的裙子。

许稚意扬了扬眉，掏出手机给周砚发消息："送给我裙子做什么？"

周砚刚下飞机，还没来得及给她报平安，却先收到了她的消息。

他垂眼，回复："昨晚弄坏了一条，赔你的。"

说实话，刚认识周砚那会儿，许稚意一直都以为他是个高冷的人。他话少，拍完戏就在旁边安静地看手机，一副生人勿近的模样。

剧组的工作人员与其他艺人和他说话，他的回应都是淡淡的，一点儿也不热情。

直到两人偷偷摸摸地开始谈恋爱，许稚意才发现这人的本性和自己之前对他的认知截然相反。他不仅不冷不闷，偶尔说出口的话还能把许稚意弄得面红耳赤、无力招架。

就像现在，他随随便便的一句话就把许稚意的记忆拉回到昨夜。那些旖旎的画面瞬间涌入脑海，许稚意的耳郭不受控制地红了。她清了清嗓子，给周砚回了个表情包后才告诉蒲欢："周砚送的。"

蒲欢点点头。就在许稚意以为这事就这么过去时，蒲欢突然问："姐，你昨天穿的那条裙子呢？"那是向品牌方借的，今天得还，她怎么没看见？

许稚意的耳朵更红了。她抿了下唇，佯装淡定地说道："那条裙子不是高定，你去交涉一下，说我很喜欢，想买下来。"

蒲欢盯着她越来越红的脸，明白过来。

从酒店离开后，许稚意出现在机场。她要回北城。

她有一部戏还在拍摄阶段，昨天为了参加电影节活动，特意请假出来。

来到贵宾候机室，许稚意接到了经纪人焦文倩的电话："到机场了？"

"嗯。"许稚意还有些疲倦，打了个哈欠，"怎么了？"

焦文倩："也没什么重要的事，就是随便问问，你这部戏再过一周就杀青了，下部戏还在筹备阶段，有没有想在中间的休息时间充实一下自己？"

许稚意问："怎么充实？"

焦文倩如实告知："有个综艺想邀请你参加。"

许稚意凭直觉猜测："恋爱综艺？"

"差不多是这个类型，"焦文倩说，"对方想让你跟周砚'合体'。你知道的，你们昨晚的那张照片，足以让喜欢你们的人活跃一年。"

许稚意笑了笑，直接拒绝："不去。"

焦文倩："一点儿都不考虑？"

"嗯。"许稚意说，"我们俩以前都没答应要一起参加节目，现在更不会了。"差距摆在面前，许稚意不想拉着周砚上节目。再者，她知道周砚不喜欢上综艺。

焦文倩了解许稚意，知道她在想什么，但还是抱着一丝侥幸心理："万一周砚觉得可以呢？"其实焦文倩想让她上综艺，也是因为她最近的热度确实降了不少。

　　许稚意近年来的作品不够理想，人气必须由综艺或其他热度维持。不然，就算是有那张脸以及过去的两部电影支撑，她也会过气。演艺界最不缺的就是新人和美女。

　　许稚意怔了一下，说道："他应该也没时间。"

　　焦文倩一时语塞，没辙了。她叹了口气："行吧，不勉强你。"

　　许稚意"嗯"了一声，知道焦文倩是为自己好，轻声道："谢谢倩姐。"

　　"谢什么呀？这些事得你拿主意，我总不能把刀架在你的脖子上逼你参加。"她不是那样的经纪人。在许稚意开口前，她话锋一转，问道："不过我还真想问，你准备跟周砚一直这样下去？"

　　许稚意没听懂这话的意思："什么？"

　　焦文倩："你们俩在一起这么久，就一点儿都没想过公开？"

　　闻言，许稚意半开玩笑地说道："公开了以后如果分手，那不是很难堪？"接着，她想也不想地说，"我不要。"

　　"不是。"焦文倩很费解，"你就不能盼着你跟周砚好？你们俩是千万网友最看好的一对，你怎么就觉得自己会跟周砚分手？"

　　许稚意抬眸望着窗外的行人，没吭声。

　　许稚意不回答，焦文倩就当那是在开玩笑。作为看着许稚意和周砚走过来的经纪人，她从来不觉得两人会分手。

　　当初她和周砚的经纪人林凯都觉得他们俩想在一起是因为入戏太深，给两人做了不少思想工作，让他们分清什么是现实，什么是演戏。拍完戏，他们要学会从电影里脱离，要懂得从戏中走出来。结果，周砚和许稚意分别告诉他们：在拍第二部电影时，他们就没把对方当作剧中人，在他们的意识里，周砚是周砚，许稚意是许稚意。

　　这理由一出，焦文倩和林凯无话可说，只能同意两人交往，默默地给两人打掩护。

　　一晃三年过去了。想到两人走过的这三年，焦文倩感慨："时间过得真快。"一眨眼的工夫，几年就过去了。

　　许稚意非常认可这句话。她沉默了一会儿，突然喊道："倩姐。"

　　"什么？"

　　"恋爱综艺我不上，但如果有单人的综艺，我可以去。"

焦文倩一愣，惊诧地问道："想通了？"

许稚意："算是吧。"其实从昨天下午看到自己被人嘲讽时，许稚意就在反思自己之前的很多选择是不是错的。她以前不想参加综艺，一是懒，二是想专注地拍戏。她的表演老师告诉过她，艺人不要在镜头面前过多地消耗自己，那样很容易磨灭自身的灵气。她一直记着这句话。

但昨天看到那些维护自己的人被人抨击，许稚意又想：在休息间隙接适合的综艺，适当曝光或许是可行的。在维持热度的同时，她也可以跟粉丝多一些互动。

毕竟从她首次出现在大荧屏后，他们就盼望能在综艺节目里看到她，想看到她日常生活的状态，对她有更多的了解。

听了她这句话，焦文倩恨不得马上挂了电话去通知之前联系过自己的几位综艺节目导演，告诉他们许稚意愿意接综艺了，有合适的可以谈。

"行。"焦文倩抑制着自己激动的心情，"你要是愿意上综艺，我敢保证，你什么都不用做，只坐在镜头前，就有一大批观众愿意看你。"

许稚意被焦文倩的话逗笑了："没那么夸张。"

听到广播提醒，许稚意说："要登机了，有合适的节目你跟我说。"

"行，落地告诉我。"

上了飞机，许稚意给周砚发了条消息，然后把手机调成飞行模式。

原本她是想在飞机上补眠的，但坐下后又不怎么困了，靠在舷窗处，盯着云层发呆。

蓦地，蒲欢在旁边骂了一声。

许稚意挑眉，扭头看她："怎么了？"

蒲欢正在逛"中意"的超话，看到某些人的言论，实在忍不住了，闷闷地说道："有粉丝到超话说你了。"

大家默认的规则是："中意"粉丝都在超话里发言，就算是同人小说和视频剪辑，也基本发在超话里，少有发到其他地方的人。

许稚意和周砚各自的粉丝也一样，在自己家的超话推荐，基本跟"中意"粉丝一直保持着井水不犯河水的状态。

最近却发生了变化。可能是因为许稚意又被爆出让人抢了资源，而周砚却拿了奖，所以有些粉丝便等不及了，迫不及待地想让"中意"超话解散。

因此，他们开始跑到"中意"超话发言。

许稚意无语地接过蒲欢的手机，低头看去，映入眼帘的是好几条抨击自己的言论，来自同一个微博用户。

砚哥独美："希望有些人能有点儿自知之明，别来碰瓷了。"

砚哥独美："三年了，红利吃得还不够吗？"

砚哥独美："还有，奉劝有些'中意'粉丝别整天臆想，周砚脖子上的痕迹就是被蚊子咬的，别凑过来行不行？"

…………

蒲欢看着许稚意越来越冷的神色，开始心惊胆战，试图把手机拿回来，让她别看了，但许稚意没让。

蒲欢后悔了，刚刚就不该出声骂人。她欲哭无泪："姐，别看了。"

许稚意点进那个人的主页，发现那人的微博里发的全是和周砚有关的内容：转发周砚的代言、点赞机场照等，中间还有几条是说自己的。

刷了几分钟，许稚意把手机还给蒲欢。

蒲欢直接点了举报。举报完，她看向许稚意："姐。"

许稚意没应，掏出手机，想给周砚发消息。敲好文字，许稚意深呼吸了一下，又冷静下来。她不能迁怒于周砚，这不是周砚的问题。

许稚意沉着脸摁灭屏幕，朝蒲欢摊开手："眼罩呢？"

蒲欢一愣，马上找出来递给她。

许稚意接过："我睡一会儿。"

蒲欢："好。"看到许稚意歪着头开始休息，蒲欢思忖了一会儿，给周砚的助理郑元发了几条消息。她不知道这事要不要告诉周砚。之前，粉丝的事两人从不会放在心上，可这次蒲欢不确定了。

许稚意并不知道蒲欢在想什么，也没心思去猜。她之前一直以为自己对那些话不会有太大的感触，可这会儿才发现：不是的，她其实很在意，在意周砚的粉丝对自己的评价。

至于原因，无非是发那些言论的人说的全是事实。

她的上上部电影，投资了五亿元，票房还不到三亿元。她本是领衔主演，可电影剪辑完，她的镜头不超过十分钟。原因很离谱又很现实——她得罪投资方了。

电影杀青的那天，剧组全体员工聚餐。那天晚上，投资方也来了。电影拍摄时，投资方便来过剧组好几次，并给许稚意送过几次礼物，她全部拒绝了。

那天晚上，许稚意配合地喝了好几杯酒。原本她想，自己已经明确地拒绝过对方，对方作为一个大老板，应该会知难而退，不会勉强她，却没想到，对方试图强行将她带走。许稚意的性子向来倔强，和她有深交的人都知道，她决定的事没有人能改变，她不愿意做的事，对方再怎么威胁，她也不会干。在对方不知道第几次拿着酒杯靠近她，把手搭在她肩上想喂她喝酒时，许稚意想也没想，拎起桌上的酒瓶朝那个人砸了过去。

之后，许稚意的经纪公司出面交涉。对方提出要她道歉，并主动上门。如果她拒绝，对方便要起诉她，甚至还要剪了她在电影里的所有戏份儿。

许稚意没理，不仅没把自己送过去，连道歉也没有。

焦文情那段时间对她是真的无可奈何了，最后还是远在深山里拍戏的周砚收到消息赶回来交涉。许稚意不知道他做了什么，这件事最终不了了之。但是许稚意在电影里的戏份儿也被剪了。整个电影被剪得乱七八糟，女主角不存在，故事变得莫名其妙，票房自然惨淡。

当时，许稚意被同行和网友嘲笑了三个月。到现在，依旧有人提起这个话题。

对于这件事，她一直不认为自己做错了。

只是，在那部电影上映后，确实没有电影项目再来找她了。她昨天参加电影节活动的作品，还是在那部电影上映前接下来的。

可现在，被周砚的粉丝这样说，她后知后觉地开始难过。

许稚意推开眼罩，侧头看向旁边的助理。

蒲欢睡着了。许稚意看了小助理香甜的睡颜半响，摸出手机给周砚发消息。

许稚意："你的粉丝又说我了。"

许稚意："周砚，你的粉丝针对我发了好几条微博。"

许稚意："你的粉丝欠我的，你来偿还。"

周砚大概是在拍戏，在许稚意的航班落地时才给她打来电话。

他的嗓音一如既往地清朗，他低声问道："怎么偿还？"

许稚意哼了一声，简单又直接："你说呢？"

周砚轻声一笑，答应道："听你的。"

许稚意又哼了一声，周砚听着都能想象出她此刻的神情，勾了勾唇。

"意意。"他喊她。和她亲近的人都喊她"意意"，不过周砚喊的次数并不多。可他每次喊，许稚意都能从中感觉到旖旎。

她轻轻地"嗯"了一声："要说什么？"

周砚思忖了一会儿，还是问了："角色被抢是什么情况？"他不知道许稚意那个还在保密阶段的项目。

"不是被抢的。"许稚意说，"是我不要的。我接了另一个还在保密阶段的项目的角色，暂时还没曝光。"

周砚："哪位导演的？"

许稚意正要回答，不远处的蒲欢忽然回头，惊慌地看向她："姐。"

蒲欢捧着手机，诧异地说道："你拿下袁导新剧角色的消息被曝光了。"

蒲欢所说的袁导，叫袁明志，是著名的正剧导演，只要他导演的作品，评分没有低于八分的。更重要的一点是，他拍的电视剧都能捧红演员。

前段时间，网上就一直在爆料，说袁明志在筹备新剧，但演员还没定。当时有很多人猜测袁明志新剧的主演会是谁，网友列了很多演员的名字，唯独没有人想过许稚意。

就在昨晚，网上还有人同情许稚意。而抢走许稚意那部古装大女主剧的倪璇，更是发了条略显得意的微博。倪璇的粉丝也在第一时间附和。

许稚意之所以没管这些言论，是因为知道自己的取舍是对的。只不过，她没料到消息会这么快曝光。

许稚意惊讶："谁说的？"

蒲欢："袁导今天有个采访，有人问他正在筹备的新剧，是不是会选之前合作过的女演员，他直接说选了你。"

袁明志的采访一出，让网友大吃一惊：不是说许稚意的资源越来越差吗？为什么她还能拿到袁明志的新剧角色？

周砚听完两人的对话，问道："是袁导的？"

"嗯。"许稚意说，"本来昨晚想跟你说的。"但她忘了。

周砚笑了："恭喜。"看来他的女朋友，是真的不需要他帮忙。

许稚意"嗯"了一声，开玩笑说："这事虽然让我挺开心，但你的粉丝说我的事还没过去。"

周砚语塞。在挂电话前，许稚意提醒他："周老师，下次见面记得给我赔罪。"

出了机场，上了车，许稚意才想起来问："袁导怎么突然公开了？"

这个项目在许稚意签约时是保密的。电视剧还在筹备阶段，袁明志怕出现什么差池，所以在开机之前，所有人都缄口不言。

蒲欢也是蒙的。她第一时间联系圈内好友询问，转而告诉许稚意。

一小时前，许稚意还在飞机上走神时，昨夜营销号爆料抢走她古装大女主角色的倪璇在品牌活动的直播间推荐产品。

很多网友都爆料倪璇拿下了前段时间盛传的大女主角色。这事虽还没被官方宣布，但有权威账号回应：十有八九就是倪璇了，反正不会是许稚意。

因为这件事，粉丝纷纷在直播间恭喜她。还有不少人一如既往地对两人进行对比。

许稚意和倪璇都跟周砚合作过，前者是电影里的主角，后者是配角。去年，倪璇跟周砚合作过一部电影，在剧中饰演周砚的初恋，感情戏不多，加起来不超过五分钟。

周砚除了四年前跟许稚意拍过两部感情戏多的电影外，之后拍的电影，要么一点儿感情线都没有，要么就是有一个没什么分量的前女友。一般情况下，前女友的戏份儿不会超过一分钟。所以倪璇饰演的出场五分钟的初恋，让网友意外了许久。同时，也让周砚和倪璇在电影上映后有了一批粉丝。他们的组合名叫"严选"，取自两人名字的谐音，还有网友称，这两个字更明确的意思是严格精选出来的组合，值得被喜欢。

"严选"的粉丝数量虽不及"中意"的十分之一，可也不容小觑。

更重要的是，有人爆料：许稚意和倪璇是大学同学，当年许稚意主演的第一部电影，原定由倪璇出演，只是后来不知为何落在了许稚意头上。

因为这件事，两家的粉丝一直不太对付。所以在爆出许稚意的角色被倪璇拿到后，倪璇的粉丝终于扬眉吐气了。

笑到最后的才是赢家，你的起点再高，现在还不是被人压在头上？

倪璇看着直播间里飘过的弹幕，脸上的笑意加深。那个角色定下来了，她自然知道。

面对热情的粉丝，倪璇笑意盈盈："谢谢大家！我就不一一感谢了。"她轻声细语道，"过段时间给大家分享一个好消息，当作我给你们的回礼好不好？"

一听到"好消息"三个字，粉丝都知道是怎么回事。因为倪璇的话，网友更笃定她拿到了那个角色。

"昨晚看到爆料我还不太信，现在终于信了！"

"我早就说过，就许稚意那性子，她在圈里红不过五年。"

"期待倪璇的新剧，太棒了！"

"许稚意现在真的只能靠吃和男艺人互动的红利了，电影圈混不下去，电视圈也要混不下去了。"

"为璇璇开心，璇璇好棒呀！"

…………

就在这时，有人在倪璇的直播间和微博下留言："别说了，反转了！现在去看草莓娱乐新发的采访视频，许稚意确实没拿下那个古装角色，但拿到了袁明志正在筹备的新剧角色啊！确定了，也是大女主！"这条评论一出，正在欢天喜地抽奖庆祝的倪璇粉丝蒙了，娱乐博主傻了。收到消息的网友纷纷点开草莓娱乐新发布的视频。

上午，袁明志作为监制出席了一部电视剧的发布会，在发布会上，有人向他求证，说网上爆料他在筹备新剧，跟很多女演员见面谈过了，问他现在定下女主角没有，定的是谁，能不能提前透露点儿消息。

袁明志望着镜头，态度极好："可以。"

记者好奇："是之前合作过的女演员吗？"

"不是。"袁明志语气温和，"是稚意。"

听到这个名字，记者愣住了，不确定地问："许稚意？"

袁明志爽快地道："是啊，怎么了？"

记者愣神。没怎么，他们就是意外。

这个视频一曝光，一众网友傻了，倪璇的粉丝蒙了，许稚意的粉丝开心了。

"我就知道稚意是最棒的！"

"最快反转，绝了。"

"我说个真实的消息吧。其实倪璇拿到的那个角色是许稚意不要的。袁导和古装剧组都找了许稚意，她权衡后接了袁导的剧，古装那个角色就落在了和她走同样路线的倪璇身上。说实话，许稚意就算资源再差，她的演技、长相、人气都比倪璇强。导演又不傻。"

"哈哈哈，所以某些人吹了一天的角色是许稚意不要的啊！"

"好想问倪璇知不知道自己新接的角色是许稚意不要的。"

倪璇当然不知道。从在直播间看到弹幕开始，她的脸色就不太好看。要不是经纪人一直在不远处给她递眼色，提醒她注意形象，她早就起身走人了。

直播结束，倪璇的脸立马黑了下来。她看向经纪人，眉头紧蹙："什么情况？"

经纪人也是刚知道这事，沉声道："许稚意拿下了袁导的新剧角色，袁导亲口说的。"

闻言，倪璇愤怒又不解："袁导不是从不选靠话题红的艺人吗？"

经纪人微顿，告诉她："袁导跟记者说，不能因为许稚意有话题就忽视她的演技，现在很多演员演技和话题并存，要抛开固有的思想去选演员。"

言下之意：许稚意是他亲自选出来的人。

倪璇听到这话，脸更黑了。

知道事情的来龙去脉后，许稚意给袁导打了个电话表示感谢。

袁明志自然知道几位艺人间的恩怨。他之所以对着镜头公开，是因为他的女儿喜欢许稚意。知道他的新剧角色定了许稚意后，女儿一早便给他打电话撒娇，说自己要为许稚意做点儿事，问他方便的话能不能在记者问到的时候宣布这个消息。

袁明志和团队商量过后，便有了微博上的采访回答。

袁导在这个关头曝光，一方面是因为女儿，另一方面则是曝光一个主演问题确实不大，而且在这个阶段也能有一定的关注度。

跟袁明志道过谢，许稚意用小号登录微博。

她要主演袁明志新剧角色的消息现在还在热搜的第一位。她的粉丝争先恐后地庆祝，连"中意"的粉丝也仿佛看到了希望。

周砚和许稚意一个一直在电影圈发光发亮，一个在电视圈崛起，谁说不能成就一段佳话呢？

许稚意看着粉丝发的微博，无声地勾了勾唇，在飞机上的那些坏心情被冲淡了很多。

盛檀更是高兴地给她发了十个红包。

许稚意给她回了个问号。

盛檀："等你爆红了，十倍还给我。"

许稚意收下，笑着回复："没问题。"她不知道自己能不能爆红，但知道自己会尽力。

一周后，许稚意之前拍摄的电视剧杀青。

杀青当晚，许稚意上了热搜。杀青剧照上，她灰头土脸地站着，却依旧漂亮得让人无法忽视，无论是身材气质还是五官长相都让人为之倾倒。

从剧组离开，许稚意直接回了家。拍摄结束了，她有几天的休息时间。

一进屋，许稚意便拖着疲惫的身子走到沙发上瘫坐着。她又累又困。为了赶剧组的进度，她一周都没睡好觉，每天做梦，梦里都是导演在催进度。

她在沙发上躺了一会儿，周砚的视频电话来了。他刚收工准备回酒店。

许稚意接通："喂。"她的嗓音有点儿哑。

周砚听着，眉头轻蹙："累了？"

"嗯。"许稚意侧了侧身，垂着睫毛看向屏幕里的人，"你收工了？"

周砚点头。

看到许稚意眼下的黑眼圈，周砚问道："洗澡了？"

"没有。"许稚意打了个哈欠，懒懒散散地说，"不想洗。"她一根手指都不想动，脸还干净是因为受不了那个妆容，卸了妆才离开剧组的。

周砚知道她在小事上比较懒，顿了顿，低声问："我给你洗？"

许稚意朝他翻了个白眼，轻哼道："那你来啊！"

周砚勾了勾唇。

许稚意看着他此刻的模样，有些心痒难耐："周砚。"

"嗯？"周砚回应。

许稚意沉默了一会儿，说道："想你了。"

周砚一怔，问她："倩姐给了你几天假？"

"三天。"许稚意拿着手机往楼上走。

周砚了然，低声问："要不要来探班？"

许稚意脚步一顿，果断拒绝："不要。"她只想在家睡三天。

周砚嗓音微沉，低声问："不要我给你赔罪？"

许稚意瞥他一眼，理直气壮地问："是你给我赔罪，为什么要我去给你探班？"

她傲娇地说："这也太便宜你了。"

周砚哭笑不得。

两人聊了两句，许稚意告诉他："去不了。"焦文倩是给了她三天假，但这三天许稚意想看看剧本和电影，然后再抽半天时间去公司谈事。

听到她这么说，周砚不再勉强。

其实在两人交往的这三年里，他们在一起的时间少之又少。周砚忙，许稚意也忙。两人忙的程度不同，但聚少离多是真的。这也是他们交往了三年，粉丝还没发现的原因。实在是当事人能吃到的糖都少，自然就想藏着，不愿意分享出去让别人一块吃。

新剧杀青的第四天，许稚意去给自己代言的鞋包品牌活动站台。

她穿着白色的纱裙亮相，明眸皓齿，红唇轻启，明艳动人。

许稚意没有修过的照片向来让人惊喜。每次工作室发的精修图都会被粉丝抱怨不如原图，她的脸太上镜了，无论是远距离还是大特写，她都能扛住。

下午三点，许稚意刚出现在活动商场，场地就被围得透不过风。

许稚意站在台上，笑盈盈地和粉丝打招呼。

"稚意好美！"

"稚意今天穿的是白色，是周砚最喜欢的颜色！"

听到这句话，隐于人群中戴着帽子和口罩的男人勾了勾唇角。他抬起眼，看向台上魅力四射的女人，眸子里的笑意加深了些。

倏地，许稚意像是察觉了什么，捧着话筒垂了下眼。人声鼎沸，她的视线和男人的视线撞在一起，像两根缠绕的线，无法解开。

商场里，高高垂挂的水晶吊灯格外耀眼。

许稚意盯着那个只露出眼睛的男人，有些恍惚：周砚不是在拍戏吗？他怎么回来了？

灯光闪烁，许稚意看清了他的眼神表露的意思。

她顿了一下，佯装镇定地挪开目光去看粉丝，听主持人介绍，和大家交流，但她唇角的弧度不自觉地加深了。

在拥挤的人流中，许稚意总控制不住自己的目光，想去捕捉台下的那个人的身影。她发现，无论从哪个角度去看，他都在那里，身体没动，视线一直落在她身上。

隔着遥远的距离，两人用眼神跟对方交流，无声地诉说着思念。

活动持续了近一个小时。

结束时，许稚意在粉丝的尖叫声中离开。一下台，许稚意便找蒲欢要手机。

蒲欢递给她时，压着声音说："姐，砚哥的助理跟我说他在车里等你。"

许稚意眼睛一亮，提着裙摆就往停车场那边跑。

蒲欢看着她兴奋的背影，无奈地叹气：这俩人越来越大胆了。

许稚意走到车旁，打开车门，一眼便看到坐在后座的男人。

"许老师。"周砚抬头看她，眸子里的笑意很深，大胆地朝她伸出手，"上车吗？"

许稚意将手递给他，一如三年前。

周砚的手掌宽大，掌心温热，握着她的手，有源源不断的力量传递过来。

许稚意的睫毛微颤，她还没反应过来，整个人就被周砚拽入怀里。许稚意的鼻子猝不及防地撞到他的肩膀，她吃痛地抬头，正准备凶他，却看到了他的眼睛。

周砚的瞳孔是偏浅的琥珀色，像漂亮的琉璃珠。此刻，琉璃珠里映着她的身影。

许稚意一怔，脑海里忽然闪过几年前她初次和这双漂亮的眼睛对视时的情景，那也是他们的初见。

在和周砚见面前，许稚意就知道有这样一个人。当她才半只脚踏进演艺圈时，周砚已经拿到最佳男主角和最佳男配角奖，有演技，也有人气。

被焦文情告知要和周砚及导演见面吃饭的前一晚，许稚意失眠了。她的闺密盛檀知道，在跟周砚合作之前，许稚意算他的半个影迷。周砚演的电影，她都看了好几遍。

吃饭的时间是晚上，地点是一家私密性极高的餐厅。

许稚意到的时候，周砚因为路上堵车，还没有到。跟导演和编剧一行人打过招呼，许稚意紧张地坐在角落里，不敢玩手机，只一个劲地喝水，听大家聊天。

这是她的坏习惯，一紧张就狂喝水。没多久，她就想去洗手间了。

她跟焦文情说了一句，起身去洗手间。她刚打开门，就跟伸手准备推门的人撞上了。

他们一个站在门内，一个站在门外。

许稚意下意识地抬起了眼。一抬眼，她便看到立在她面前穿着黑色羽绒服，戴着黑色鸭舌帽和口罩，身形修长的男人。

两人的视线撞上。

他垂眼看她，而她第一时间注意到了他的眉眼。他剑眉星目，睫毛翘而长，瞳色偏浅，在橘色灯光的映衬下，琥珀色的瞳眸里似乎流淌着暖光。

那时许稚意还没见过什么世面，原地愣住了。倒是周砚率先回过神，看了一眼许稚意，在她的注视下抬手绕到耳后，把口罩摘下，露出一张完整的脸。

"你好。"声音有点儿沙哑，他好像感冒了。

他垂眼望着许稚意呆愣的模样，很轻地笑了一下："我是周砚。"

"许……许稚意。"她结巴地回道。

周砚眉峰微扬："我知道。"

许稚意一时语塞。

周砚看她："是有事要出去？"

许稚意"嗯"了一声，耳郭和脸颊通红，结结巴巴地道："去……洗手间。"

周砚立马侧身，在她走前还问了一句："知道在哪儿吗？"

"知道。"丢下这么一句话，许稚意飞快地跑了。

那晚，她印象最深的记忆到此为止。从洗手间回到包间，许稚意头都不敢抬——太丢脸也太羞耻了！但她隐约感觉到，周砚的视线似有似无地落在她的身上好几次。

她走神太久，周砚俯身轻咬了一下她的唇，问道："想什么呢？"

许稚意回过神，看到他近在咫尺的眉眼，用指腹碰了碰他的睫毛。

"在想第一次看到你的时候。"她舔了下被他亲过的唇角，突然问，"那天在包间，你是不是看了我好几次？"

她一提，周砚自然也想了起来。他抬了下眉，脸上的笑意加深了："是。"

"看我做什么？"之前，许稚意一直没想起来问，主要是太不好意思了。她不想让自己尴尬。

闻言，周砚认真地回想了一下。在许稚意期待的目光中，他回答："我当时在想，这新人演员真是一点儿没把我当外人。"

听到这个回答，许稚意气急败坏地抬手捶了他一拳。她瞪着他，没好气地说："谁让你迟到那么久？我喝太多水了。"要不是周砚迟到，她也不至于那样。

周砚捏着她滚烫的耳垂，继续笑。

许稚意睐他一眼："没了？"

周砚微顿，想着她那时候的模样，含笑说："还有，导演之前跟我说的一点儿没夸张。"

"啊？"

周砚蹭着她的鼻尖，如实告知："即将跟我合作的女演员，真的很漂亮。"

听到这话，许稚意有点儿得意。虽说对演员来说，更重要的是演技，但被人夸漂亮，她还是高兴的。她扬了扬眉，骄傲地道："那当然，我从小被人夸……"

"到大"这两个字还没说出，她就被周砚堵住了唇。一段时间没见，他好像少了点儿耐心。他贴着她的唇，撬开她的贝齿，一寸一寸地逼近、深入。

恋爱这三年，两人接过无数次的吻，无论在哪儿，无论亲了多少次，许稚意都会无法自控地被他亲到心跳加剧，整颗心脏都只为他而跳动。

停车场里。

许稚意的车没走，旁边的黑色保姆车也没动。

两位助理在另一辆车里，没敢去提醒，面面相觑了一会儿，郑元道："没时间了。"

蒲欢语塞，沉默了一会儿，小声问："你敢去打扰吗？"

郑元："不太敢。"他虽然觉得周砚不至于做什么，但也确实怕打扰两人的好事。

安静了一会儿，蒲欢建议道："你给砚哥发条消息看看？"

郑元："发了，没反应。"

蒲欢："那我给我姐发条看看？"

郑元："行。"

手机振动，许稚意推了推周砚，周砚稍稍退开，轻啄着她的唇角，嗓音沙哑地问道："助理的消息？"

许稚意点开一看，还真是。到这会儿，她才想起来问："你怎么会在商场？"

周砚抬手，指腹擦过她被自己亲花的口红，低声道："剧组转场。"

许稚意眨眼："剧组转场放假？"在她的印象里，周砚的这部电影在赶进度，是没有假期的。他上次出席电影节是因为没办法推，才不得不回来的。

周砚："不放。"

许稚意愣了一下，明白过来。周砚看她的表情就知道她懂了，捏着她的手指，低声道："今天赔罪到这儿，下次继续补上？"他要去机场了。

许稚意的睫毛轻颤，她直直地盯着他。

周砚看着她的眼神，笑问："怎么了？"

"你这样转机，导演同意吗？"卢省飞盐港不需要到北城转机，两个地方靠得比较近。至少比从北城飞盐港要近。周砚这样拐回来，需要多花好几个小时坐飞机。

"不耽误进度。"周砚说，"我来得及。"只不过是减少了到达盐港后的休息时间，他没时间再去酒店休息，需要直奔片场。

许稚意嘴唇翕动，抵着他的肩膀说："我已经没事了。"她知道周砚是不放心才特意转回来看她的。

周砚拍了拍她的脑袋，说："现在知道了。"他亲了一下她的脸颊，低声道，"等我杀青回来再抱？"

许稚意"嗯"了一声，有点儿想送他到机场，又怕被粉丝发现。她想了想，还是没提："那你注意安全。"

周砚摸了摸她的脸颊，说："知道。"

周砚走后，许稚意回了家。

她刚到家，焦文倩就给她带来了好消息，说收到了两个不错的综艺节目的邀请，都是单人的。许稚意有些诧异，没想到综艺邀请会来得这么快。

焦文倩告诉她："现在是网络时代，这两个综艺一个是录播，一个是以直播的形式录制的。"

闻言，许稚意问："你觉得哪个比较好？"

焦文倩其实不确定，因为许稚意之前没参加过综艺，不知道许稚意的综艺表现力如何。录播需要跟一群同行打交道，直播需要跟观众打交道，这两者对许稚意来说都挺难的。

听到焦文倩的分析，许稚意哭笑不得："我也没有那么不善言辞。"

焦文倩："我是怕你紧张。"

许稚意想了想："选录播的节目，我先试试看。"直播的挑战性太大，等她习惯了综艺镜头再考虑。

"行。"挂电话前，焦文倩笑着夸道，"今天的活动反响不错，一点儿不比之前差。"

许稚意弯唇。

倏地，焦文倩话锋一转："周砚去看你了？"

许稚意应声："应该没被拍到吧？"

焦文倩："倒是没被拍到，但他的行程改变，被不少人扒出来了。"艺人就是这样，飞到哪里都有人关注，航空公司的很多信息虽然保密，可有手段的人总能弄到。

许稚意怔了下："那……"

焦文倩说："和以前一样。'中意'粉丝在庆祝，你们各自的粉丝说'中意'粉丝整天白日做梦，什么都能联想。"

许稚意被逗笑了。

挂了电话，许稚意用小号登录微博。和焦文倩说的差不多，"中意"的粉丝正在超话里庆祝。

她今天参加活动时穿的是白色纱裙，而周砚曾公开回答过，他最喜欢的颜色是白色。

其实他后面还有句话没告诉媒体——他最喜欢的是许稚意穿白色的衣服。

许稚意今天在活动现场的一颦一笑都被镜头记录下来，粉丝把她的照片修出来，和周砚上一次穿黑色西装参加活动的照片放在一起，发了九宫格。

除此之外，还有新的视频，是她和周砚各自参加活动时的一些互动剪辑。两人站在台上，周围人山人海，簇拥着他们，发视频的微博配文——掌声环绕，隔空牵手。

她没忍住，点开去看。她一点开，粉丝发的弹幕就占满了屏幕。

"来了来了！"

"两人在各自的圈里发光发热。"

"是黑骑士和白天鹅！"

每次有新视频发出来，粉丝都蜂拥而至。没别的原因，这两人近年来的互动太少了。他们除了拍戏外，商务活动都不多，在活动上碰到的机会更少，所以前段时间的红毯对视照片让"中意"粉丝看到了新的希望。

一时间，超话里的粉丝也变得活跃起来。

许稚意把新的视频看完，往下一刷，刷到了一个评论、转发都有好几万的视频。许稚意去年就看过这个视频，这会儿算是重温。

这个视频剪辑的内容，全是几年前她跟周砚的互动。

在两人合作的第一部电影首映时，网友就看出了端倪。

首映礼上，周砚和许稚意站在一起，两人一黑一白，俨然是大家所说的黑骑士和白天鹅，无论是气质、身高差还是长相，全都显出两个字——般配。

许稚意第一次参加这么大的活动，又是自己的第一部电影，其实是紧张的。

记者问的问题，她能直接回答的都回答了，不好回答的全是周砚帮忙化解的。那个时候，周砚已经是会应付媒体的"老人"了，而许稚意还是一个新人。

她紧张的神情全落入周砚眼里，他明明知道自己不能表露太多情绪，可在看到许稚意被记者刁难，被问题问住时，还是控制不住地为她担忧。

他们时不时地对视、他给她的安抚、她紧张时望向他求助的神情，都没逃过观众和媒体的眼睛。从过去到现在，他们一直都没有太亲密的互动，可两人眼神里不经意间流露出的情愫，足以让所有人为之心动容。

他们肯定是真的……这是所有"中意"粉丝都坚定不移地相信的。

也是因为两人之前暴露的信号，让"中意"的粉丝在他们没有互动的这两年也没舍得离开。"中意"粉丝都相信，再等等，再等一等他们就有互动了。

看完视频，许稚意躺在沙发上发了好一会儿呆。

在她走神之际，她的手机振了一下，收到了盛檀发来的消息。

盛檀："周砚是不是去活动现场看你了？"

许稚意："什么？"

盛檀："先回答我。"

不知为何，许稚意的心脏紧张地跳快了一拍，她垂眼回复："被拍到了？"

盛檀："竟然是真的！你们甜死我算了。"

许稚意语塞。

盛檀："没被拍到，但是有粉丝对你的表情做了分析。"

发了消息，盛檀顺手给许稚意发了一个视频链接——有粉丝对她今天在活动现场的微表情做了分析。视频里，许稚意有好几次都往一个地方看去，每次眼神都有闪躲，看完后，她的唇角又会往上翘。

分析视频一出来，"中意"粉丝迅速评论、转发。

"所以今天活动现场除了粉丝，还有周砚是吗？"

"不会吧，不会吧！又有糖了吗？"

"最新消息！有知情人爆料，周砚今天真的回了北城！他之前在卢省拍戏，今天剧组转场去盐港。大家都知道卢省距离盐港很近，根本不需要转机。而周砚在北城又没有商务活动，他回北城来转机干吗？原因不言而喻啊！"

"谁说暗地里的糖不好吃的？"

"只有我在好奇吗？周砚的飞机在北城落地的时候是两点，从机场到许稚意参加活动的商场要一个小时，那他起码是在三点，活动开始的时候才到的，许稚意的活动四点结束，周砚从北城离开的飞机六点起飞，除掉路上和登机检查的一个半小时，他跟许稚意见面的时间最多也就半小时啊？"

"什么？"

"@许稚意。"

"@许稚意，给我们回答一下吧。"

看到这儿，许稚意默默地退出微博，没想到逃过了粉丝的盘问，却没法儿逃过盛檀的逼问。

盛檀："给我解答一下。"

许稚意："什么？"

盛檀："半小时吗？"

许稚意："再见。"

盛檀："快点儿告诉我，不然我会一直骚扰你。"

许稚意无力地回复："都是粉丝瞎说的，周砚不是那种人。"他不是没有分寸的人。

盛檀："可你不是说他是个衣冠禽兽吗？"

许稚意："我说过吗？"

盛檀肯定地说："你说过。"

许稚意忍着笑，趴在沙发上回复："哦，那就是他最近开始做人了。"

盛檀："你怀孕了？"

许稚意："晚安。"

她退出微信，不再理会盛檀的消息轰炸。蓦地，许稚意不知想到了什么，自顾自地笑了起来。笑了一会儿，她起身走进瑜伽室开始锻炼。艺人想要好的身材和体态，锻炼必不可少，光节食只能减轻体重，无法带来太多气质方面的改善。

许稚意不知道的是，网上，周砚的粉丝看到"中意"粉丝给许稚意做的微表情分析，甚至提到周砚回北城转机的事，忍不了了：

"你们分析的时候能不能不要乱拉人？"

"周砚回北城就是为了看许稚意吗？你们是不是忘了周砚家也在北城，他就不能是因为回北城有私事吗？"

"许稚意能不能别再捆绑着周砚了？"

"当年电影上映时，不是周砚先撩拨许稚意让大家误会的吗？现在许稚意只是事业稍微有点儿不顺，你们就开始说她了？许稚意科班出身，年轻貌美，再给她五年，肯定比周砚强！"

…………

凌晨三点，周砚刚收工准备回酒店，郑元便和他说了这事。

"砚哥，"郑元看着他疲倦的神色，低声道，"粉丝们又在讨论了。"

周砚接过手机，点开微信跟许稚意聊天。

这个时间，许稚意一般都睡了。但周砚有个好习惯，无论是早开工还是晚收工都会跟许稚意说一声，这样她睡醒了就能看到他的消息。

给许稚意发了条消息，周砚才问："怎么了？"

郑元言简意赅地给周砚总结了一下，说来说去，都是因为两人的差距越来越大。

三年前，在两人都站在顶峰时，他们的粉丝都很友好，对"中意"粉丝也和颜悦色。没别的原因，谁让周砚和许稚意身上写着"般配"两个字呢？但现在是真的不同了。

周砚听完郑元的话，眉头轻蹙。他拧了下眉，朝郑元伸出手："把你的手机给我。"

周砚没有小号，只有一个不怎么发微博的大号，就是一个营业的微博号，除了转发宣传还是转发宣传。一百条微博内容里，能找出一条他单独发的都是运气好。

郑元把手机递他。手机界面正好停留在周砚的超话上。周砚低头，首先映入眼帘的是关于许稚意的内容。

他拧着眉头，打开"中意"的超话，不意外地看到不少粉丝说要坚持不下去了，只有这么一点儿糖，真的好难。

更重要的一点是，周砚现在已经拿下了两金奖杯。

在他跟许稚意合作的那一年，两人分别拿下了金叶奖的最佳男女主角奖。

去年，周砚凭借一部在暑期档杀出重围的电影，成为金鹿奖最佳男主角。那晚，周砚的粉丝就像在过年，因为周砚成了圈内第二个在二十八岁前拿下两金奖杯的人。

第一个是陈陆南。陈陆南不仅在二十八岁前拿下了两金奖杯，还是第一个在三十岁前就拿下华语电影三大奖的男艺人。

周砚作为后起之秀，一直被媒体和网友称为陈陆南的接班人。大家对他寄予厚望，盼望他也能在三十岁前拿到金狮奖最佳男主角奖。

在很多人的固有印象里，电影圈的人要比电视圈的人更厉害一些。也正是因为这样，当许稚意开始接电视剧时，不少影迷发出了疑惑的声音，不懂她为什么要"自降身份"去接电视剧，甚至连电视剧本也接不到多好的。为此，许稚意主演的第一部电视剧开机时，网友的质疑在热搜上挂了一天。那天，她的微博粉丝数量掉了好几万。

有了这些对比，周砚的粉丝自然觉得她和周砚不再般配。而"中意"粉丝也因为两人一点点拉开的差距以及近两年两人没有一丁点儿互动的现实，渐渐地心有余而力不足了。

借着后视镜，郑元观察着周砚的表情。

车厢内很安静，夜色里，男人的面庞更显英俊。

"哥。"郑元问，"你有什么想法吗？"

周砚抬眸看他："什么意思？"

郑元想到自己在超话里看到的言论，低声道："'中意'粉丝都在问你什么时候能拉许老师一把。"

周砚知道郑元的意思。周砚垂眼看着刚刚点开的许稚意的照片。她明眸皓齿，骨相绝佳，漂亮得像高岭之花，不熟悉的人会觉得她难相处。但事实并非如此。许稚意只是有些懒、有些倔强。私底下，她没什么架子，不会刁难人，更不会看不起谁。

周砚和她合作过两次，在剧组里，她甚至能跟打扫卫生的阿姨相谈甚欢。

在周砚面前，她一直是个暖心又直接，还会撒娇的小女生。

当然，这一切仅限于恋爱时。在事业上，许稚意比任何人都倔强。一年前，因为许稚意在电影事业上不太顺利，周砚看不得她在事业上严重受挫，安排人给她送了两个不错的电影剧本。原本许稚意是要接的，但在签合同前，她跟导演见了一面。导演喝醉酒说漏了嘴，告诉许稚意那个角色是周砚推荐给她的。

那是许稚意第一次和周砚吵架，她郑重地告诉周砚：自己不需要他帮忙，至少现在还不用。如果需要，她会说；她没提，周砚不能背地里帮忙。想要的东西，她会自己拿到。

即便知道前路不好走，她也从不畏惧。在许稚意的观念里，无非是再多花几年时间，她还年轻，电影圈的路走不通就去电视剧圈，她的演技还在，总有爬起来的一天。

"砚哥。"郑元看他迟迟不出声，提醒道。

周砚回过神，把手机还给他，淡淡地说道："她不会接受。"

"啊？"郑元一愣，想了想，说，"偷偷给她搭线也不行？"

闻言，周砚笑了一下："许老师有多聪明，你应该知道。"

郑元语塞，觉得周砚这话说得无奈又宠溺，莫名其妙地被秀了恩爱。

郑元沉默了一会儿，叹息道："那怎么办？"

周砚转头，看向窗外浓浓的夜色，说道："她不会一直在低谷的。"

郑元："万一呢？"毕竟许稚意这几年的运气实在太差了。

"万一？"周砚扬眉，淡淡地笑了笑，"没有万一。"

郑元噎住，欲言又止。周砚忽然说了句："就算在低谷，我也会陪她。"

许稚意无论是在低谷还是顶峰，周砚都会陪她。低谷他陪她走，他的旁边，永远有为她预留出来的位置。就如粉丝所言，他们终有一天还会在顶峰相见。虽然周砚并不觉得自己此刻在顶峰，但他在努力。

郑元无语：好的，他确定了，砚哥就是在跟他秀恩爱。想到这儿，郑元道："砚哥。"

周砚看他。

郑元好奇地问："你跟许老师准备什么时候公开恋情？"

周砚："看她。"

郑元："许老师还没松口？"

"嗯。"

很早以前，周砚就问过许稚意愿不愿意公开恋情。许稚意的答案是不愿意公开。

周砚问过她原因，她明明白白地告诉周砚：万一哪天不在一起了，岂不是很尴尬？

周砚并不觉得他们会分手，但许稚意不愿意，那谈地下恋情也无碍。

总而言之，谈恋爱的是他们两人就行。

粉丝的事，周砚不会管，许稚意也不会。

和周砚预测的差不多，许稚意不会任由自己的事业在低谷发展。在电影圈接不到好剧本，她便转战电视剧圈，都是演戏，对她而言差别不大。至于接综艺节目，许稚意提前跟焦文倩提过，只要不影响自己拍戏，用在综艺上的亮相给自己维持热度，也是可以的。只要是自己努力争取的，许稚意就不觉得有什么不合适。

这天下午，许稚意签下了综艺合同。她刚签约，网上便有人爆料。

哥有个大料爆：劲爆消息！起点很高的女艺人接综艺了。

"女艺人那么多，是谁呀？"

"起点很高的除了许稚意还能有谁？"

"不会吧，她那个性子去接综艺，真的不担心自己形象全毁吗？"

"毁什么呀？许稚意私底下超可爱的！"

"真的吗？我终于等到新鲜的许稚意了吗？"

"不会吧，许稚意已经混得这么惨了？"

"接综艺就叫惨吗？录综艺的男女艺人那么多，怎么就惨了？"

"期待！有人知道是什么类型的综艺吗？我想看。"

顷刻间，许稚意接下某综艺常驻嘉宾的消息不胫而走。

许稚意的最新一条宣传微博下面全是粉丝的询问，私信也爆满。有粉丝叮嘱她：录综艺要注意安全，他们不需要她刻意做什么，只要站在镜头下，让大家看到新鲜的她就行了。有人支持，就有人反对。许稚意之前积攒下来不少影迷，本来一些影迷对她拍电视剧这件事的意见就很大了，现在她还要录综艺节目，不认认真真拍戏，影迷更是觉得她放弃了自己的天赋和灵气，没救了。

许稚意看了不少留言，好的坏的都有。她神色淡然，没太大变化。

焦文倩在旁边瞅了两眼，放下心来："下周节目开始录制，这几天在家好好休息，多看看剧本。"

许稚意点头："知道。"

她的手机振了一下，是周砚在拍戏间隙给她发来的消息："哪个综艺？"他没问她为什么接综艺，互不干涉工作，这是他们的默契。

许稚意："一个角色扮演综艺。"

周砚："什么？"很明显，他是没听说过这类综艺的。

许稚意："就是节目组提供台本，然后自由发挥的那种。"

周砚："表演类的综艺？"

许稚意："算是吧，我看综艺描述，不是在棚里的表演。"节目组准备了大概的故事线剧本，而且每一期要录制的故事背景、故事线和人物设定都不一样。她现在已经拿到第一期的大纲设定了。

周砚："不太懂。"许稚意直接给他拍了张照片。

许稚意的手机安静了几分钟，然后振动起来。她接通电话，周砚清越的嗓音从另一边传来："我没看错的话，你第一期节目拿到的角色是小狐狸？"

许稚意稍扬眉梢，坦坦荡荡地回答："对啊！"

周砚缄默片刻："演对手戏的男演员定了吗？"她在综艺里是有搭档的。

听到这句话，许稚意转了转眼珠，狡黠地问道："怎么了？"

周砚微微一顿，语气平静地说："没定的话，我想毛遂自荐。"

许稚意："那你去吧。"

周砚惊讶，挑了挑眉："你觉得我有希望吗？"

许稚意忍着笑，诚恳地告知他："我觉得没有。"

第二章 无人街道

被许稚意如此打击,周砚也不伤心,不死心地问:"真没有?"

有时候,许稚意觉得周砚还挺幼稚的。当然,仅限于有时候,大多数时候他都冷静又理智。两人恋爱三年,许稚意没见过他发脾气,他话少,显得分外高冷,但熟悉的朋友都知道他是个外冷内热的绅士。

"没有。"许稚意虽不知道其他嘉宾是谁,但肯定是已经定下的。再者,他未必有时间。她问:"你有时间参加综艺吗?"

周砚无言——他没有。他正在拍摄电影,至少这个综艺前期录制时是没时间参加的。

许稚意忍着笑:"你看,你是不是没时间?"

闻言,周砚叹息一声:"哪天开始录制?"

许稚意:"下周一。"

周砚应声:"注意安全。"

"知道。"许稚意道,"你也是。"

两人说了几句,周砚忽然喊:"许老师。"

许稚意垂眼:"嗯?"说不上什么原因,每次听周砚喊自己"许老师"时,许稚意都有种酥麻感。这是两人之间的小情趣。

周砚:"如果我有时间,你想不想跟我同框?"就在前几天,周砚的经纪人林凯和他提过录综艺这件事。当然,说的不是许稚意要录的这个,而是别的。周砚近年来人气大涨,他的影迷多,粉丝也多,是实至名归的名气和实力并存的演员。

因此，不少综艺导演都想请他，让他给综艺助力。

综艺导演们深谙，只要有周砚在，完全可以不用担心播放量。如果他们还能请到许稚意，这俩人一合体，在十个热搜里霸占五个，也是很平常的现象。

周砚本身对上综艺并不热衷，但如果许稚意愿意，他也会去。两人没在综艺节目里露过脸，一起录个特别的综艺留个回忆，周砚觉得挺好的。

听他这么问，许稚意下意识地想拒绝——她不想蹭周砚的热度。

可话到嘴边，许稚意又憋住了——一口拒绝，好像过分伤人了。

她不回答，周砚也不催促，静待她的答案，两人听着对方的呼吸声。

许稚意思忖半晌，低垂着眼，问："有综艺找你了？"听到这话，周砚有些意外。他原本以为，许稚意就算考虑了一会儿，也还是会拒绝自己。

周砚"嗯"了一声："有。"一直有，只是他从没答应。

许稚意"哦"了一声，思忖了一会儿，道："你为什么突然想上综艺？"在她的记忆里，周砚并不喜欢向大家展露自己的私生活。他是一个生活跟工作分得很开的人。

他不像其他艺人，会时不时地和粉丝聊天、分享日常照片等。

周砚接受采访时说过，演员对他来说是一份职业。在职业范围内，他会尽全力做到最好。但在职业范围外，他不会向粉丝透露太多，那是他的私生活，他想说就说，不想说就不说。

同样，他希望粉丝不要把全部的重心放在偶像身上，一定要过好自己的生活，个人的学习、工作、生活都应该排在追星前面。

周砚当时说的这段话，被很多人夸过，也被很多人骂过。

有人说他冷漠无情，从不在意粉丝；也有人说这才是演员标杆，演员就是要演好戏，至于跟不跟粉丝互动、回不回应粉丝的喜欢，是演员的私事。周砚愿意就回应，不愿意就不回应。理智清醒的粉丝，不会因为这一点骂他。

周砚笑了一下，纠正她的话："我不是突然想上综艺。"

许稚意："那是？"

周砚清越的声音传到她的耳畔："是跟你一起上综艺，我一直都没问题。"

他想和许稚意一起上综艺。许稚意听懂了他的话，怔了怔，紧绷的神色有所放松。一点儿也不意外，她被周砚的话取悦了。

"哦，知道了。"许稚意的唇角往上牵了牵，心脏跳动得比刚刚更快了一些。

"等我录完这个综艺看看吧。我没上过综艺，也不知道自己适不适合。"许稚意松口，"如果适合的话，我们再谈一起上综艺这件事？"

周砚："听你的。"

两人打电话时，焦文倩这个电灯泡自觉地去了阳台，在阳台吹了会儿风回来时，恰好听到许稚意说的那一句。

许稚意一抬头，对上焦文倩打量的目光。

她讶异地问道："倩姐，怎么了？"

焦文倩瞅着她，双手抱臂，问："你答应跟周砚一起上综艺了？"

许稚意眨了眨眼："我们不能一起上综艺吗？"

焦文倩无言："我不是这个意思，我巴不得你们现在就给我合体去上综艺，最好上那种谈恋爱的情侣综艺。"她喘了口气，"但是，你之前不是一直抗拒跟周老师有明面上的来往吗？"

许稚意半躺在沙发上，狐疑地问："有吗？"

焦文倩瞪她："你有。"

许稚意笑了一下："本来是想拒绝的。"

焦文倩扬眉。

"没忍心。"许稚意诚实地说道，"我前几天去'中意'超话刷了一晚上。"

焦文倩："然后呢？"

许稚意叹了口气，仰头看着站在自己面前的经纪人，温声问："倩姐，你说我之前坚持跟周砚保持距离是不是错了？"

焦文倩完全没想过会是这个原因："因为'中意'的粉丝，所以你就决定跟周砚一起参加综艺？"

"也不只是这个原因。"许稚意抿了抿唇，不急不缓地梳理自己的想法，"主要是我也不忍心再拒绝周老师。"许稚意清楚地知道，跟周砚在一起的这三年，一直是周砚在迁就自己。她事业受挫，周砚安排人给她送剧本，她跟周砚发了脾气。后来周砚问她要不要再一起拍电影，她同样婉拒了。再之后，周砚提出公开恋情，也被她拒绝了。

许稚意最近一直在想，她不能因为自己的事业不顺利，就让周砚一而再，再而三地迁就自己。周砚给了她足够的尊重，她也应该给他，两个人只有互相尊重才有可能走得更远。他舍不得她一直在低谷，她又何尝愿意让他一再失落？

更重要的是，许稚意不觉得一起录综艺会暴露什么。而且，她也想见周砚。除了一起录综艺，目前他们没有别的办法能长时间地待在一起，他们真的太忙了。

听她这么说，焦文倩意外地感慨道："天哪！你终于想通了。"

许稚意哭笑不得："什么叫终于？"

焦文倩轻哼："你说呢？"她轻哂，不爽道，"你要早这样想，我跟林哥就不用帮你们瞒得这么辛苦了。"

许稚意："对不起，给你们添麻烦了。"

"别说这些没用的。"焦文倩"喊"了一声，道，"你们合体上综艺，不怕暴露关系？"

许稚意想了想："不会吧？"

焦文倩："怎么？你现在还担心如果暴露了，以后分手的话会尴尬？"

许稚意语塞。焦文倩看她的表情就知道她在想什么，头疼地说："说真的，我就没见过你这样刚跟周砚谈恋爱就在考虑未来分手了要怎么办的女人。"

"不是。"许稚意张了张嘴，想解释一下自己当时为什么会说这句话，但又不知道该从何说起。她思考了半晌，还是闭上了嘴。

好在焦文倩没在这件事上多说什么，知道她想明白后，鼓励道："从现在开始，放宽心，好好拍综艺。这是个表演类的节目，你在里面表现得好，机会自然多。"说完，她咬牙切齿地补充道，"我不信你会一直这么倒霉。"

许稚意笑："好。"

焦文倩走后，许稚意登录微博看了看。许多网友都在说她要参加综艺这件事，而粉丝大多抱着官方没宣布就不相信的态度。许稚意笑了笑，没再过多关注。

一周后，许稚意从北城出发，飞往榕城，去录制《你想要的故事我都有》。

不错，许稚意接的这个综艺，是和演戏相关的，每一期讲一个故事，每个参演的嘉宾拿到的角色都不一样，有主角，也有配角，抽签决定。

许稚意这次抽到的是仙侠剧里的小狐狸，是剧本里的主角。

抵达榕城后，许稚意跟其他嘉宾见了面。这个时候，她才知道参加这个综艺录制的嘉宾都有谁。之前网上虽然有人爆料，但真真假假，她没全信。

让许稚意意外的是，边磊和倪璇也参加了这个综艺。看到他们二人时，许稚意不禁在心里想：这个综艺这么吃香吗？不应该呀！

《你想要的故事我都有》的固定嘉宾有五个，三男两女，每一期都会有两到三位飞行嘉宾和他们一起录制。节目共录制十二期，会以周播的形式在平台播出。

许稚意到的时候，其他几人都到了。她摘下口罩，笑盈盈地和大家打招呼。

边磊率先招呼她："稚意，好久不见。"

许稚意笑了笑："边老师。"

"到这边坐吧。"边磊说，"我给你介绍介绍？"

许稚意摇头，说："不用，我都认识。"

她顿了一下，看向倪璇："倪老师。"

倪璇微微一笑："许老师的航班晚点了？"

"没有。"许稚意佯装没听出她话语里的嘲讽之意，轻声道："我应该没迟到吧？"

话音刚落，另一位常驻嘉宾杨新知笑着说："当然没有，晚饭时间是七点。"他看了一眼腕表，道，"是我们提前到了。"杨新知是专拍偶像剧的男演员，今年二十六岁，比许稚意大两岁。许稚意没和他合作过，但之前在一个活动上见过，打过招呼。许稚意没记错的话，他跟倪璇比较熟，两人合作过。

还有一位常驻嘉宾，许稚意跟他合作过，是一个小男生，叫宋冽。他是个童星，很小的时候就拍了电影、电视剧，知名度很高，今年刚高中毕业。

"稚意姐。"宋冽喊她。

许稚意勾了勾唇："志愿填好了吗？"

宋冽一噎，哭笑不得地说："稚意姐，你就只想问我这个吗？"

许稚意："这是最重要的。"

宋冽："填好了，电影学院。"

许稚意点点头："不错。"

简单打过招呼后，大家开始吃饭。大家都算熟悉，没什么拘谨的。

许稚意晚上吃得少，吃了两口便放下了筷子。她垂着眼看手机，跟周砚提了一句自己到了。消息刚发出去，周砚回她："我看到了网上的爆料，边磊参加了这个综艺？"

边磊今天出现在机场，被狗仔拍到了，粉丝一猜就知道他是去录节目的。

边磊和许稚意其实也有一小批粉丝。两人合作过电影，感情戏虽然不多，但也是一对情侣，这也是上次两人在电影节互动让"中意"粉丝伤心的原因。

因为他们也合作过，视频网站上还有粉丝给两个人剪辑的视频。

许稚意："我刚知道。"

周砚："他是男主角？"

许稚意："还没问。"

两人正聊着，盛檀给许稚意发来了一个链接："今夜'中意'粉失眠是为何？小檀在线为你解答——因为'编制'要发糖了。"

盛檀："你跟周砚能不能争点儿气？什么时候才能给我点儿糖吃？"

盛檀："要不我花钱给你们搞个综艺吧，就那种把你们关在家里三天三夜的腻死人的节目，你觉得怎么样？"

许稚意没理会盛檀的话，点开她发来的链接，发现是自己跟边磊的粉丝发在超话里发的一些东西。他们都拍到了两人前后到达的机场照，知道他们要在综艺里同框，正在庆祝，甚至还有人发两人曾经互动的视频。

许稚意觉得无奈又好笑，正在想"中意"的粉丝会不会伤心难过，点开评论区一看，就知道自己想多了。她没想到，"编制"的粉丝为庆祝许稚意和边磊再次同框剪出来的一个过往互动的视频下面，第一条热评竟然是一位"中意"粉丝的留言。

她留了两个字："就这？"

"就这"两个字的轻蔑，让人隔着屏幕都能感受到。片刻工夫，"编制"和"中意"的粉丝活跃了起来。

"就这？"

"真当我们'中意'没有糖吗？"

"指路@中意嗑学家研究所，'编制'粉去看看什么叫真正的糖吧。"

"兄弟们，喜欢'中意'永不亏！@中意嗑学家研究所@中意半小时够吗，来这儿看吧，糖管够。"

"编制"粉太少，很快便处于弱势。那条视频下方，除了"就这"点赞最多，第二条热评从"编制"粉的留言变成了"中意"粉丝让"编制"粉丝去看"中意"视频的评论。

许稚意正翻看着评论，想这位博主会不会被气哭时，盛檀的消息又来了。

盛檀："这个视频好绝，你晚点儿一定要看。"

盛檀："还有这个，我不得不说那个'嗑学家研究所'好厉害，竟然在这么短的时间内剪了个对比视频出来。"她跟着发来两个链接。

许稚意在包间吃饭，暂时没点开。她挑眉，诧异地问："什么对比视频？"

盛檀："你双重标准的。"

许稚意："什么？"她什么时候双重标准了？她怎么不记得？

盛檀："你在面对周砚和边磊时的表情对比，懂了吧？"

许稚意："……"

考虑同桌的人还在吃饭，许稚意跟盛檀闲扯了几句便准备放下手机。她还没来得及摁灭屏幕，斜对面就响起倪璇的声音。

"许老师，"倪璇笑盈盈地望着她，"在跟朋友聊什么？你笑得好开心，能不能分享一下？"倪璇的态度摆在这里，一般人都会附和着说两句。

但许稚意向来不是会配合的人。她抬眸看向倪璇，神色淡淡地说道："倪老师，你跟朋友的聊天记录会随便分享出去吗？"

倪璇的神色微顿："只要不是不能说的话题，当然可以。"

"哦。"许稚意慢条斯理地应声，"我跟朋友聊的，不能说。"

倪璇语塞。包间里的其他人虽然知道两人之间有点儿矛盾，但没想她们的矛盾到了剑拔弩张的地步。一时间，其他嘉宾和工作人员都面面相觑。

这时，边磊笑着打圆场："稚意你不吃了？"

许稚意敛下冷淡的神色，颔首道："嗯，吃多了会长胖。"

听到这话，宋冽说道："哪有？稚意姐你一点儿都不胖。"

边磊跟杨新知也附和："确实，稚意跟倪老师都不胖，两位的身材都特别好。"

这是事实，许稚意和倪璇身高相似，气质相似，身材也差不多。不过比较而言，许稚意更白，冷艳的气质比倪璇更强一些。

之前曾有人说过，许稚意像摆在博物馆里的高高在上的藏品，只可远观，而倪璇是大家能买得起的普通工艺品。对这个评价，许稚意不认可，倪璇更不认可。倪璇一点儿也没觉得自己比许稚意差。正因如此，她这几年一直在跟许稚意较劲，许稚意的起点比她高，但她不信许稚意能一直那么幸运。事实也证明，许稚意并非上天庇护的人，她的运气在最初的两部电影上全用光了。

有三位男嘉宾打圆场，包间里的氛围有所缓和。倪璇和许稚意偶尔也会接两句话，表面上看着还挺平静。

聚餐结束，许稚意回了节目组安排的酒店。

她进房间没多久，节目组的工作人员过来敲门，给她递了明天要表演的角色的台本。

许稚意低头看，上面是小狐狸的背景设定以及她必须说的一些台词，至于别的，可以随意发挥。看到这儿，许稚意忽然想到以前看到的一个综艺游戏。那个游戏有过类似的设定，大概是给嘉宾五句固定台词，让嘉宾自由发挥，想办法在一个情境里，把这些台词一字不差地说出来。

蒲欢凑到她旁边看了看，瞪圆了眼，说道："姐，这个台词也太羞耻了吧！小狐狸怎么整天哼哼唧唧的？"

许稚意也很无语："谁说不是呢？"

节目的编剧很有意思，这个台本像是根据《倩女幽魂》改编的，把原本的小倩改成了小狐狸，小狐狸在幻化成人后遇到进京赶考的书生，从此缠上了对方。书生是根木头，可小狐狸不是，她最擅长撒娇，不断地撩拨书生。

台本上的台词，全是说出口会格外羞耻的。许稚意没演过小狐狸，更没演过不谙世事只会撒娇的人物，一时间，她也不确定自己能不能演好。

蒲欢把台词看完，笑倒在沙发上，道："天哪！这个编剧也太有才了吧！写这句'人家今天就想吃书生肉'的时候，不感觉羞耻吗？"

许稚意无语：她怎么知道？

蒲欢念了两句台词，忽然想到重点："姐。"

"嗯？"许稚意还在看台词，头也没抬。

蒲欢瞅着她，好奇地问："你说要是周老师看到你这样的表演，会不会吃醋地当场买机票飞回来？"

许稚意对着她八卦的目光，想了想，说："不会。"

蒲欢讶异地挑眉："周老师这么能忍？"

许稚意睨她一眼，没说话。她不知道周砚能不能忍，但知道他是个闷醋桶。他不会当场买机票回来，但可能会让许稚意在家给他重演一段综艺里的画面……想到这儿，许稚意揉了揉发烫的耳朵。

蒲欢看到许稚意红了的双颊，眼珠子转了转，隐约明白了点儿什么，忍笑道："姐，你早点儿休息，我明天过来喊你。"

"去吧。"

许稚意把台词和设定记下后，起身去浴室洗澡。

洗完澡出来，许稚意看到盛檀发来的消息，这才想起自己忘了看粉丝说自己"双标"的视频剪辑。

晚上，"中意"超话里有几个视频被粉丝重新顶到了首页。

许稚意点开盛檀发来的视频链接，看到了那个熟悉的ID（用户名）。

一点开，她先看到了自己和边磊。视频剪的是两个人在电影首映时接受采访的一段，她跟边磊站在一起，中间的距离能再站一个人，在媒体说让两个人靠近一点儿时，许稚意只往旁边挪了一点点，而边磊朝她靠近一大步。除此之外，边磊和她说话时，在采访中提到她时，她也都一本正经地回答，脸上没有太多表情。

后面一段，是她跟周砚在一起时的样子。许稚意的脸上多了很多微表情，在媒体问问题时，她也会不由自主地找周砚，两人相视而笑，然后回答。媒体更是不用提醒他们再靠近一点儿，因为他们从上台到下台，举手投足间都能碰到对方的衣袖。

在采访过程中，他们的眼睛像是粘在对方身上似的。周围的人在他们说话时甚至插不上话。他们在某些时刻，好似忘了周围人的存在。

说真的，在点开视频前，许稚意也不知道自己的双重标准这么严重。

她都有这么深的感悟，粉丝就更不用说了。

那些"编制"粉丝点开这个视频时，忽然发现有哪里不太对——

这个对比是不是过分了？"中意"好像是有点儿甜……不对不对，甜什么甜？他们重整旗鼓，立誓要在许稚意和边磊过往的互动里找出更多的片段。许稚意和周砚都两三年没互动了，视频里那些都是过去式了吧？

而"中意"粉立马晒出前段时间电影节上两人对视的照片。

过去式？他们之间暗潮涌动的情愫，永远不会成为过去式。

看到粉丝发出的文案，许稚意不自觉地怔了一下。

她看了那句话许久，转头去戳周砚的微信。周砚没及时回她，许稚意等了几分钟，给他发了句"晚安"便先睡下了。她第二天要早起。

周砚最近几天都是大夜戏。

拍完收工，他才看到许稚意发来的消息，第一时间给她回了信息。

回完，周砚接过郑元递过来的东西翻看。周砚正看着，手机忽然振动了一下。他垂眼，是许稚意回复的消息。他诧异地直接给她拨了个电话。

"还没睡？"周砚清越的嗓音传到许稚意的耳朵里。

许稚意迷迷糊糊地应着，咕哝道："被你的消息吵醒了。"

周砚一怔，笑着说："抱歉。"

许稚意"嗯"了一声，半眯着眼看了看时间，皱着眉说道："你又拍到三点多啊？"

周砚："在回酒店的路上。"

许稚意无语，费解地问道："导演是不是故意的？"她心疼地嘟囔，"怎么每天都是大夜戏？"

周砚笑了笑，语气温和："心疼我？"

"才没有。"许稚意嘴硬地说，"我心疼我自己。"

周砚没明白她的意思，挑了下眉："嗯？"

许稚意的脑子清醒了点儿，一字一句地说："心疼我可能会有个秃顶男朋友。"

周砚沉默了片刻，问道："秃顶？"

许稚意："对啊，你不知道熬夜熬多了容易掉发，掉发多了就会秃顶吗？"

周砚缄默片刻，说道："我应该不至于到那个地步。"

"谁知道呢？"许稚意嘀咕，"对了，你不知道吧，熬夜猝死的人也很多。"

周砚听得哭笑不得："许老师就不能盼着我好？"

许稚意回答得理直气壮："谁让你老是熬夜？"

两个人和普通小情侣无异，就日常的小问题闲扯了十分钟。

好一会儿，周砚才问她："要不要再睡一会儿？"

许稚意闭着眼问："你到酒店了吗？"

周砚："还要十分钟。"

许稚意"哦"了一声，翻了个身说："那我就勉为其难地再陪你聊十分钟吧。"

闻言，周砚笑笑："那我先谢过许老师。"

许稚意："不谢，我聊天是要收费的。"

周砚眉峰微挑："怎么收？"

许稚意思忖了一会儿，狮子大开口："一分钟一万元。"

周砚毫不犹豫："好。"

十分钟后，周砚催她去睡觉。确定他进房间后，许稚意把手机放下，又睡了过去。

另一边，周砚看着她挂断的电话思考了半晌，给经纪人拨电话。

林凯凌晨被电话吵醒，还以为出了什么大事。他接通，第一句话便是："你跟许老师的恋情曝光了？"

"什么？"周砚不解，"我只有跟许老师的恋情曝光才会给你打电话？"

林凯："如果不是这种火烧眉毛的大事，你凌晨四点给我打电话做什么？"他正在梦里当首富呢！

周砚："我想参加综艺。"

"啊？"林凯愣了一下，"你拍戏拍傻了？"

周砚没理会他的调侃，淡淡地说："《你想要的故事我都有》这个综艺，你去联系一下，我想过去当一期飞行嘉宾。"

林凯第一时间反应过来："许老师参加的那个？"

"嗯。"

"你要和许老师在综艺里同框，许老师同意？"

周砚扬眉，低声道："许老师没同意我就不能去？"

闻言，林凯"呵呵"地笑了两声，戏谑道："你说呢，未来的'妻管严'周老师？"

周砚一时语塞。

调侃了周砚两句，林凯正色道："真的准备去？"

周砚想着许稚意上次松口说的话，应声："嗯，去联系吧。"

"行。"林凯应下，又挪揄道："许老师要是因为这事跟你吵架，你可别找我喝酒啊！"

周砚："闭嘴。"

林凯："明天给你结果。"

挂了电话，周砚转身进了浴室。

洗漱出来后，他正准备休息，手机振了振，是周渺渺发来的消息："哥！"

周渺渺："十万火急的事！睡了吗？睡了吗？"

周砚："什么？"

周渺渺："竟然没睡！你不是养生一族吗？"

周砚："什么事？"

周渺渺："你是不是做了什么对不起我小嫂子的事？"

周砚："什么？"

周渺渺："我刚看到超话，我小嫂子竟然要和别的男人一起录综艺！她不要你了吗？"

周砚："好好说话。"他顿了一下，总觉得"她不要你了"这几个字格外碍眼。为了防止周渺渺多想，他回复："还有，我们好得很。你再咒我们，下个月的生活费取消。"

周渺渺："哦。"

周渺渺："那综艺？"

周砚："那是她的工作。"

周渺渺："好吧，你为什么不和她一起录综艺？我小嫂子是不是嫌弃你？不过也是，你这个人那么无趣，录综艺肯定没什么意思。"周渺渺想到什么说什么，直接把自己的想法用文字发给周砚。发完，她风风火火地结束了跟周砚的对话："我睡觉啦！哥，你也早点儿睡，别为这事失眠，熬夜容易变丑。你要是变丑了，我小嫂子肯定就不要你啦！"

周砚看到周渺渺发来的一连串消息，气得想把她拉黑。

什么叫他变丑了许稚意就不要他了？许稚意不是这么肤浅的人。

不对。放下手机时，周砚忽然想到许稚意曾接受的一个采访——当时记者有意挖坑，问她择偶标准。许稚意当时的回答是：没有标准，但喜欢身材好的大帅哥。

想到这一点，周砚起身，又进了趟浴室。从浴室出来，周砚拿起手机给许稚意发了两条消息，这才入眠。

翌日上午，综艺录制正式开启。

节目组下了血本，建了一个专门的拍摄基地，所有场景设计都是根据台本剧情来的。第一期是小狐狸和书生的剧本，搭建的自然是偏古代仙侠风格的背景，看上去很有仙侠剧的感觉。

许稚意五点多便起来了，这会儿眼皮子在打架。她没来得及去看周围的环境，正坐在椅子上闭着眼让化妆师给她化妆。

她饰演的小狐狸并不魅惑妖娆，刚幻化成人，还有些机灵可爱，举手投足间有些憨意。这样的灵动反而让人心痒难耐，书生也不自觉地被她吸引。

许稚意恰好生了一双漂亮又勾人的狐狸眼。

给许稚意化妆的是节目组提供的化妆师，她边给许稚意上妆边夸："稚意，你的皮肤状态太好了，几乎不需要遮瑕。"

许稚意笑了笑："黑眼圈有点儿重。"

闻言，刚买咖啡回来的蒲欢问："姐，你昨晚熬夜了？"

许稚意睁开眼，接过咖啡抿了一口才说："没有。"她只是半夜醒来跟周砚打了半小时电话而已。

蒲欢挑眉——许稚意只有熬夜熬狠了才会有黑眼圈。不过蒲欢没问下去，掏出许稚意忘记带的手机递给她："姐，待会儿录制时我不能陪你进去，你注意安全啊！"

许稚意应声，接过手机点开。一点开微信，她便看到了周砚两小时前发来的消息。

一条是转账消息。许稚意昨晚说陪他聊天，一分钟一万元，周砚给她转了三十万元。

另一条，除了"晚安"两个字许稚意能看懂，其他的几个字她都认识，组合在一起却让许稚意发蒙。她不解，给周砚回了个问号。

化完妆，许稚意换上了小狐狸穿的白衣走出去。

她一走出来，蒲欢率先说道："姐！这也太好看了，你好适合小狐狸这个扮相啊！"

化妆师跟着附和："确实，稚意你第一次做这样的造型吧？可塑性很强。"

之前许稚意出现在观众面前时，几乎都是冷艳的大小姐形象，就算后期有改变，前期也一定是千金小姐。她身上的距离感太强，总让人觉得不好接近。

但今天许稚意完全颠覆了以往的形象，穿上古装衣衫，做了小狐狸的造型。她的妆容淡淡的，带着些说不出的清纯，但细细品味又会觉得她其实还是蛊惑人的小狐狸。矛盾感很强，冲击感也很强。

看到许稚意的扮相，在场的工作人员的第一想法是——她适合演古装。她或许可以去试试演个古装剧，很有可能成为众多观众的"白月光"，甚至还有可能拉近和观众的距离。

看到她的样子，边磊也意外地愣了愣，真诚地夸道："稚意这个造型不错。"

宋冽点头："稚意姐，你太好看了。"

许稚意笑着应："谢谢。"

倪璇在第一期综艺台本里扮演的是许稚意的那个棒打鸳鸯的亲娘。她多次让小狐狸把书生吃了，甚至多次骗小狐狸和书生，想将两人分开。在知道对方拿到的角色后，两人双双无言，都不太高兴。倪璇想：自己这么年轻美貌，竟然要演许稚意的娘。而许稚意想的是：就算是在剧组，自己对着倪璇那张脸，也喊不出"娘"这个字啊！

两个人站得很近，不远处的工作人员凑在一起窃窃私语。

"天哪！之前说稚意和倪璇长得像我还不太信，这会儿站在一起，看起来真的有点儿相似。"

"是吧！不过倪璇有点儿像魅惑妖娆的老狐狸，而许稚意是懵懂机灵又撩人不自知的小狐狸。"

"你这个点评绝了，还真有点儿像。"

…………

综艺录制正式开始了。

第一期节目除了五位常驻嘉宾外，还有两位飞行嘉宾。

许稚意跟飞行嘉宾不太熟，打过招呼后便背台词去了。她要保证自己一遍过，不想一次又一次试戏。她接这个综艺，是为了之后拿到更好的剧本的。

整段故事是连贯的，节目组不需要换太多场地。

为了保证录制顺利进行，几位演员在正式开始前，就已经在私底下对过戏了。许稚意和倪璇不对付，但在演戏这件事上，两人都很认真。

"这段你确定要这样演？"倪璇看向许稚意，"你不觉得少了点儿什么吗？"

许稚意看着倪璇，虚心请教："你有什么好的建议？"

倪璇瞅着她，冷哼道："我是你娘，对我这么冷淡你觉得合适吗？"

许稚意沉默。

倪璇挑了下眉，说："你要对我言听计从。"

许稚意："我觉得没到这一步。"

"怎么没到？"

"你虽然是我娘。"许稚意顿了一下，看着她说，"但平日里对我关心并不多，把我生下来后就让我在山里自生自灭，如果不是我命大，早就死了。我现在长大了，你回来找我说你是我娘，这种情况下，你觉得我应该对你言听计从吗？"

倪璇被噎住。许稚意这样一分析，小狐狸对老狐狸言听计从确实不合逻辑。

她瞥着许稚意："那我不管，你在剧本里是个听话的小狐狸，不能以下犯上。"

两个人在角落里吵架，听着她们的对话，看着她们争执的导演和工作人员都忍俊不禁。

"我怎么感觉，许稚意和倪璇真有点儿奇奇怪怪的火花？"

"许稚意说得有理有据，我支持她。"

"导演，这两个人选对了。"

总导演笑呵呵地说道："那当然，你真以为我是为了让她们在综艺里吵架才选的她们？"

工作人员无语：他们也就随口一夸，导演怎么还骄傲上了呢？

这个综艺其实有点儿像在棚里录制的表演类综艺，但没有点评的老师，也没有人指导，所有都需要演员们自己磨合，还得把固定的台词说出来。

导演拍的除了他们表演的片段，还有前期的沟通互动，甚至吵架也是一大看点。

他们磨了一整天，第一期综艺终于录完了。许稚意觉得自己的嘴巴都干了。她第一次在不说台词的情况下，跟其他演员说那么多话。

录制结束后，大家行程不同，都是分开走的。但许稚意恰巧跟边磊一起出现在机场，他们俩的目的地都是海城。粉丝之前就知道两个人的行程安排，知道过两天这两个人在海城都有工作，还在机场拍到了二人一前一后过安检的照片。

用"编制"粉丝的话说——四舍五入，他们就是手牵手一起去工作了。

看到这个消息，"中意"的粉丝气得够呛：许稚意和周砚什么时候才能争点儿气啊？

不只是粉丝这么想，就连盛檀和周渺渺也分别骚扰许稚意和周砚，问他们什么时候才能再次在大众面前合作。

对此，许稚意很无语地给盛檀发了张车钥匙的照片。

盛檀："你不是刚在海城落地？拍车钥匙给我干吗？"

许稚意："海城离哪里比较近？"

盛檀这个地理学得很差的人愣了愣，打开网页搜索。三分钟后，她诧异地给许稚意回消息："你去盐港了？"

许稚意："嗯。"

盛檀："临时决定的？"

许稚意："不是。"去给周砚探班这事，是许稚意知道自己要去海城工作后确定下来的。她上次拒绝周砚是因为真的有事，也的确不太方便。艺人的航班信息很容易被曝光，许稚意如果在没工作的情况下飞去盐港，粉丝第一时间就能"破案"。

可她从海城自驾两个小时过去，没有人会知道。更重要的是，焦文倩知道这对小情侣聚少离多，特意给她争取了两天的假。

盛檀："你开车过去？"

许稚意："嗯。"

盛檀知道她的个性，想到什么就做什么，特别独立，便只叮嘱道："注意安全，时刻跟我保持联系，实在不行我安排私人飞机送你。"

许稚意："不要。"

盛檀："那周砚知道吗？"

许稚意："不知道，你别暴露了我的行踪。"

盛檀："明白。"

跟盛檀闲聊了两句，许稚意吃了点儿东西，跟蒲欢交代了几句，便拿着车钥匙去了停车场。不巧的是，她在停车场碰到了边磊，两人订的是同一家酒店。

"稚意。"边磊惊讶地看着她，"你这是要出去？"

许稚意点了点头，将小行李箱放在后备厢里，道："我的工作在后天下午，去周围转转。"见边磊还想问点儿什么，许稚意神色淡淡地问道，"边老师还有事？"

边磊："没有。"他顿了一下，似是想到了什么，柔声道，"注意安全。"

"谢谢。"

看到许稚意离开，站在边磊一侧的助理上前，诧异道："磊哥，许老师这是去哪儿？"

边磊摇摇头："不清楚。"见助理还想问些什么，边磊觑他一眼，"别问。"

助理默默地闭上了嘴，他们当助理的，最重要的就是把嘴巴闭严，无论是知道什么还是好奇什么，都不能说出口，只能憋在心里。

与此同时，周砚还在片场拍戏。

郑元在旁边守着，跟其他工作人员聊天。蓦地，他的手机振了振。

郑元点开一看，瞳孔放大。他的微信里收到了许稚意言简意赅的两条消息。

许老师："郑元，把周砚拍戏的地址发我。"

许老师："别告诉他。"

"元哥，你站起来干什么？"旁边的工作人员狐疑地看着他。

郑元自觉地启动警报系统，咳了一声，道："没什么，我去上个厕所。"

在去洗手间的路上，郑元把定位发给许稚意，顺便问："许老师，你已经到了吗？"

许老师："快了，大概还有半小时到你们那边，周砚今晚要拍到几点？"

郑元："顺利的话再有半个多小时就结束了。"

许稚意："行。我到了跟你说。"

半小时后，许稚意的车停在片场的停车场里。她到的时候，郑元已经在旁边等着了。

"许老师，"郑元感觉警报在自己的耳边"嗡嗡"响，压低声音问，"你要进去看看吗？"

许稚意看着他，想了想，问："人多吗？"

郑元："有点儿。"

"那不去了。"许稚意笑了笑，说，"我在这儿等周砚吧。"

郑元看到她略显疲倦的神色，想了想，道："那你去我们车里吧，你的车我晚点儿给你开回去。"

许稚意没拒绝。

二十分钟后，周砚拍完今天的戏，换了衣服，也有些倦了。

他接过郑元递过来的手机看了一眼，一点多了，估摸着许稚意已经睡下了。

周砚垂着眼，拒绝了同行提出的夜宵邀请，淡淡地说："下回吧。"

同行的演员知道周砚不爱参与大家的活动，也不勉强他。

"哥。"周砚走到车旁，郑元忽然喊他。

周砚正在给许稚意发消息，听到应了声："说。"

郑元指了指："我跟工作人员约好了去吃夜宵，就不跟你回酒店了。"

周砚颔首："去吧。"

车门自动打开，周砚一只脚刚迈进车内，忽然发现有些不对。他的视线从手机屏幕上挪开，转到车内。

停车场的灯光不是很亮，微弱的光从车窗外照进来，却清晰地勾勒出车中人的脸庞。

周砚一动不动，目光灼灼地望着眼前的面庞。

他的眼神过于炙热，让许稚意一时不知道该说什么。

安静片刻，许稚意道："周老师，还不上车？"

周砚摁灭手机屏幕，而后上车坐下。一直没出声的司机问了一声，随后发动引擎，送两个人回酒店。车内的氛围有些奇怪，一时寂静得只能听到三个人的呼吸声。

许稚意不太确定自己突然跑过来是不是给周砚造成了困扰。她偷偷地往旁边瞟了一眼，被周砚抓住了。

两个人对视。许稚意摸了下鼻尖，心虚地说道："你干吗不说话？"

周砚没吭声。

许稚意抬手，戳了戳他的手臂："周老师。"

周砚手疾眼快地握住她的手指，俯身朝她靠近，嗓音沙哑地说道："别招我。"

片场离酒店不是很远。二十分钟后，车在酒店的停车场停下。

这个时间，酒店恢复了宁静，入住的人也休息了。

许稚意跟着周砚进电梯，穿过长长的走廊，看他掏出房卡、推开房门。

门关上的瞬间，许稚意的眼皮不受控制地跳了一下。

蓦地，走在她前面的男人转身。

房间内留着一盏灯，许稚意还没来得及细看，视线便暗了下来。周砚抬手摘下她戴着的口罩和帽子，将人抵在门后，捏着她的下巴吻了过来，将她的话堵在了唇齿间。

漆黑的房间里，隐约能看见纠缠交叠的人影。窗外光影绰绰，风吹动窗帘一角，给只有喘息声的房间增添了一抹别样的意境。周砚堵着她的唇深吻，一点儿也没客气。许稚意好几次试图回应都无果。他吻得太凶了。

前面是滚烫的身躯，背后是带着凉意的坚硬大门。许稚意被他亲得腿发软，身体的每一处都在发烫。风不知从哪里吹过来，落在她的发丝间，发丝拂在脸颊上，微微有些发痒，又好像不是脸颊在痒，是身体。

许稚意眉头轻蹙，仰头承受着男人的吻。她纤细的手臂在夜色下白得刺眼，虚虚地挂在男人的脖颈上，和他的肌肤形成鲜明的对比。

倏地，二人的耳畔响起一道不合时宜的声音。

周砚动作一顿，感受到怀里人的僵硬和尴尬，笑着问："没吃晚饭？"

许稚意的尾椎骨发麻，耳朵滚烫。她不想承认，但又不得不承认刚刚那个不合时宜的"咕噜"声是从自己的肚子里传出来的。

她低头，将下巴抵在周砚的脖颈处，张嘴咬住那一处肌肤，不太开心地应着："嗯。"

忽然被打断，不仅周砚不舒服，她也不太舒服。偏偏，她的肚子还在叫。

周砚将人扣在怀里，喉结滚了滚，低头含着她的唇轻啄，一下又一下。亲了片刻，他垂眼，在昏暗的房间内和她无声对视："想吃什么？"

许稚意张嘴把他刚刚的动作还了回去。

周砚吃痛，眉头轻蹙："嗯？"他的嗓音低沉，从喉咙里溢出的这个字让人听得耳朵发麻。

许稚意往后撤，小声问："你在这边常吃什么？"

"剧组的盒饭。"周砚是个在吃的方面不太讲究的人，拍戏时很少在剧组开小灶，一般都是大家吃什么他吃什么。

许稚意扬眉："平时也不出去吃？"

听到这话，周砚笑了笑，将房间内的灯打开，注视着她白净的脸庞，揶揄道："这是查岗？"许稚意给了他一个眼神。

周砚看着她，他的瞳仁里好似有光，映出她精致的模样。两个人对视片刻，许稚意没忍住，主动地碰了一下他的唇，小声说："其实再晚点儿吃也是可以的。"她眼神里表达出的意思很明显——可以继续刚刚的事。

他们对对方的身体反应太过熟悉，刚刚差点儿踏上某个临界点。许稚意想：如果她的肚子再晚叫五分钟，周砚根本不会停下来，也不会允许她喊停。

周砚垂眼盯着她，看着她嫣红的唇瓣，克制住自己的冲动。他抬手，捏了捏她的耳垂，声音低哑："我给你点？"

许稚意知道，他就算是再迫切，也会让自己先吃东西。她点头："嗯。"说到这儿，许稚意道，"好热，我先去洗个澡。"大夏天的，她出了不少汗，身上黏糊糊的不太舒服。

周砚颔首："行李呢？"

许稚意一愣，想起来："在车里。"

周砚微顿，目光灼灼地看着她："一个人来的？"刚刚在车里碰面时，他怕自己控制不住会亲她，忘了问她是怎么来的。

许稚意"嗯"了一声："郑元说他帮我把车开回来。"

说完，许稚意对上周砚的目光。他的眼神炙热滚烫，隔着不远不近的距离，让她清晰地感受到暧昧的气氛在两个人的周身萦绕。

"周砚。"许稚意喊了一声。

周砚收回视线，抬手揉了揉她的头发，低声道："先穿我的，我去给你拿行李。"

"好。"

许稚意洗完澡出来时，行李已经被拿回来了。周砚闻着她身上熟悉的沐浴露味道，眸色渐沉。他把自己的手机递给她，说道："我去洗澡，外卖还没到，先自己玩会儿？"

许稚意点头，在沙发上坐下，边擦头发边看手机。

看到盛檀的未接电话和信息后，她才想起自己忘了给盛檀报平安。

许稚意："戳一戳，我到了。"

盛檀没回。

许稚意："忘了跟你说。"

盛檀："你没良心，重色轻友。"

许稚意："对不起。"

盛檀："你知不知道我为了等你的消息，把我老公给得罪了？"

许稚意："怎么说？"

盛檀："不好说。"

许稚意："嗯？"

盛檀瞅着背对着自己的人，躲在被子里敲字："反正就是不好说，我睡了，你跟周老师……悠着点儿，晚安。"

许稚意脸一红，抿了抿唇："晚安。"

周砚洗完澡出来，外卖正好到了。外卖一打开，食物的香味在房间内散开。刹那间，许稚意的肚子叫得更欢了。

周砚听着，勾了勾唇，提议："把头发吹干再吃？"

"不要。"许稚意想也不想地拒绝，"我要先吃饭，头发晚点儿吹。"

周砚没辙，只能把筷子递给她："慢点儿吃。"

许稚意往嘴里塞了一大块肉，咬了几口才含混不清地问："你要不要吃？"

周砚的视线落在她的身上："给你点的。"他明天还有戏要拍。为了上镜，他在饮食方面一直控制得很好。

许稚意知道他的习惯，本不想再问，可被周砚这样盯着，她的脸有点儿热。思及此，许稚意夹起一块肉递到他的嘴边，用那双灵动又勾人的狐狸眼直勾勾地望着他。

"周老师。"她喊。

周砚瞬间认输，张嘴吃下她喂过来的食物。

别说这不是毒药，即便是，周砚也拒绝不了此刻的许稚意。两个人你一口我一口，几分钟便将夜宵解决了——本来周砚考虑到许稚意的胃口，也没多点。

吃饱后，许稚意还没想起吹头发这事，周砚已经起身进浴室拿出了吹风机。吹风机的声音响起，许稚意趴在沙发上，感受到男人的手指穿过她柔软的发丝，一时间，她有些心痒难耐："周砚。"

周砚看着眼前乌黑的鬓发，用指尖穿过她的头发，闻到了熟悉的洗发水味道，是他常用的。这款洗发水是许稚意挑的，她喜欢这个味道。

"怎么了？"他应道。

"没事。"许稚意埋头说："就是想喊你。"

周砚失笑，盯着她的后脑勺儿，低声问道："累不累？"

许稚意"嗯"了一声："有一点点。"

把许稚意的头发吹干，周砚连把吹风机重新放回浴室的心思都没了，一把将沙发上的人抱进卧室。许稚意陷进柔软的床褥里，抬眼看着面前的男人。

周砚低头吻着她的唇，一寸寸逼近。许稚意伸手，主动环住他的脖颈，回吻着他。

两人有段时间没见，对对方都有些无法言喻的渴望。

许久，就在许稚意以为周砚要有下一步的动作时，他忽然停了下来。

她不解，茫然地睁开眼："不……继续了？"

周砚笑着吻上她的嘴唇，道："不是累了？"

许稚意是有点儿累，但觉得自己应该没问题。

周砚抬手，用指腹擦过她的嘴唇。他敛睫，贴在她的耳边呢喃："我没那么禽兽。"

听到这话，许稚意没再好意思把自己刚刚的想法说出来。她埋头，将下巴抵在周砚的脖颈上，汲取着他身上的气息，想多沾染一些。

"怎么了？"看着她的动作，周砚忍俊不禁，伸手将人揽入怀里。

"没。"许稚意打了个哈欠，泪眼婆娑地问，"你几点起来拍戏？"

周砚用鼻尖蹭过她的脸颊，如实告知："十点。"

许稚意睁开眼，认真看他。

"怎么了？"周砚看她这样，没忍住又低头亲了亲她。

"现在几点了？"许稚意问。

周砚："两点多。"

安静片刻，许稚意一把拉过被子，咕哝道："睡觉睡觉。"她瞅着周砚，拧着眉头问，"你怎么不早说？"她一直都以为他每天拍夜戏，那白天的戏应该都在下午。

周砚看着她紧张兮兮的模样，笑着问："这么担心我秃头？"

许稚意睨他一眼："对，你要是秃头了，我就换个男朋友。"

话音刚落，周砚咬了一下她的唇。许稚意瞪他。二人对视，都没忍住笑。

"对了，"许稚意忽然想起，"你昨晚给我发的那条消息是什么意思？"

周砚挑眉："哪条？"

"你跟我说，你觉得你的身材和脸都保持得还挺好那条。"她忍着笑，"谁说你现在的身材不好了吗？"

周砚语塞。对着许稚意八卦的狐狸眼，他咳了一声："没有。"他那是一时冲动。

"真没有？"许稚意睨着他。

周砚绝口不提是自己想多了，坚持说："没有。"

闻言，许稚意不再逼问他。

两人躲在被窝里甜蜜地说了一会儿话，没过多久许稚意便沉沉地睡了过去。

周砚看了她的睡颜许久，捞过一侧的手机给郑元发了条消息，这才拥着她入眠。

翌日，许稚意醒来时已经十二点了，周砚早就起来去片场了。

许稚意瘫在床上，点开微信看他给自己留的消息——他让她醒了跟他说一声。

许稚意刚给他回了个表情包，敲门声响起。她一愣，还没来得及问是谁，周砚的消息就发来了："开门，是我。"

打开门，许稚意看着穿着休闲装的男人，诧异地问道："你不是在拍戏吗？"

周砚垂眼看她身上穿着的衬衫。衬衫是周砚的，很宽大，但也只到许稚意的大腿处，下面露出她白皙修长的腿，小腿肚上一点儿肌肉也没有，看着格外漂亮。

周砚的视线从下而上，落在她袒露的锁骨上，又停在她的脸庞上。

"中午有休息时间。"他看她，"去洗漱，我带你出去吃饭。"

许稚意一愣，下意识地问："会不会被发现？"他们俩出门太过醒目。

周砚的粉丝知道他在盐港拍戏，酒店和片场附近的人必然不会少。

周砚怔了一下，问她："不想出去走走？"

许稚意想，但也怕被粉丝发现。她想了想，说："下次吧。"

周砚盯着她看了片刻，不再勉强。

在酒店陪许稚意吃了午饭，周砚又回到片场。晚上，周砚收工比较早，两个人这才偷偷摸摸地出门，在深夜逛盐港，在无人的街道拥吻。

次日，许稚意得回去了。虽是只有下午的行程，但她怕堵车，决定吃过早餐就走。

她起来时，周砚还在房间里。许稚意猜测他可能是下午的戏。

两个人一起吃过早餐，许稚意起身进房间收拾东西。她没带多少东西，有周砚帮忙，没一会儿便整理好了。

两人戴着帽子和口罩走出房间，进入电梯。

这个点，电梯上没多少人。他们运气好，一路畅通无阻地到了停车场。

把行李放在后备厢里，许稚意转头看向一侧站着的男人，他戴着口罩，看不清他此刻的神情，但许稚意莫名觉得他没什么不舍。思及此，她有点儿不开心。

"周砚。"她喊他，"我走了。"

周砚："嗯。"

许稚意没说话。看到周砚的表现，她紧抿着口罩下的唇，低垂着眼，朝他伸出手："车钥匙给我。"许稚意把车钥匙给了郑元，一直没拿回来。

周砚抬手给她理整帽子，盯着她那双漂亮的狐狸眼问："给你做什么？"

许稚意蹙眉，想也不想地说："当然是……"

她的话还没说完，周砚敲了一下她的帽檐，低声道："上车。"

"什么？"许稚意错愕地看着他绕到驾驶座打开车门。

周砚："我送你回去。"

坐上副驾驶座，许稚意还有些蒙："你今天不用拍戏？"

"白天的明天补。"周砚说道，"晚上的在八点后，来得及。"

许稚意张了张嘴："可是——"她只是想让周砚稍微表现一下对自己的不舍，没想过让他送自己回去。

"可是什么？"周砚瞥她。

许稚意："你确定不耽误你拍戏？"

周砚："嗯。"

许稚意点头，不再多问。车厢内安静了片刻，许稚意忽然听到旁边的人问："和你上新闻的那个人跟你住同一层楼？"

"啊？"许稚意蒙了，"谁？"

周砚看着她，意思很明显。许稚意隐隐约约知道了周砚要送自己回去的原因。就在早上，"编制"粉丝发现许稚意和边磊入住了同一家酒店，明明两个人只是合作拍过戏，入住酒店后没有太多交集，入住的房间也不在一起，可粉丝就是控制不住地联想，甚至让他们在大清早上了新闻。许稚意也是睡醒后才知道的。她第一时间让焦文倩发了声明：住在同一家酒店是碰巧，两个人是单纯的合作关系。

早上周砚和她打电话时并没说什么，甚至没表现出不开心的样子。没想到，他在这儿等着自己。思及此，许稚意忍俊不禁："周老师。"

周砚面无表情地看她一眼。

许稚意忍着笑说："我们早上喝的粥应该没放醋吧？"

对上许稚意的目光，周砚也不觉得窘迫。他不慌不忙地发动引擎踩下油门，将车驶上宽敞的大马路后，才淡淡地问："我不能吃醋？"

许稚意愣住，对他的坦然感到意外。

周砚垂眸瞥她，用修长的手指轻轻地敲了敲黑色的方向盘，嗓音低沉："许老师。"

许稚意回神，瞅着周砚此刻淡然的神色，忍了忍，还是没忍住，往上勾了勾唇角。安静片刻，许稚意说："我不知道他是不是跟我住在同一个楼层。"她直勾勾地盯着周砚，不急不缓地说道，"但我知道我这两天住在哪儿。"

她抬手，轻轻戳了戳周砚的手臂，笑道："周老师应该也知道吧？"

听到她的话，周砚从早上开始涌起的那些不爽的情绪霎时间烟消云散。

许稚意就是有这样的本事，能轻而易举地撩起他的火，又能轻飘飘地将他不爽的情绪击散。

周砚好一会儿没说话。许稚意逗他："周老师，干吗不说话？你还没回答我的问题。"

"什么问题？"周砚目不转睛地盯着前方的路段。

许稚意挑眉，故意说："我这几天住在哪儿？"

借着等红灯的时间，周砚认真地望着她，低声道："我床上。"

这三个字一出来，许稚意立马安静了。她发现，和周砚相比，自己的段位属实低了点儿。她抱着撩拨他的心思，没想到被他反将一军。她别开脸，嘟囔道："不要脸。"

周砚被她骂了也不生气。他几不可见地勾了下唇，瞳仁明亮了几分，轻声笑了起来。

听到他的笑声，许稚意更窘了。她轻哼一声，决定转开这个让自己羞赧的话题："你什么时候跟导演请的假？"

周砚："昨天。"

许稚意啊了一声："导演没说什么吗？"

周砚点头："这两天的场景一样，晚一天拍也一样。"再者，周砚很少因为私事跟剧组请假，所以他一开口，导演甚至没问他有什么事，便直接同意了。

闻言，许稚意不再多问。她转头看向窗外的景色，看白日的盐港："盐港的建筑很特别。"盐港是座很漂亮的城市，整体建筑风格偏欧式，人走在街上会有一种走进欧洲中世纪的错觉。城市中心还有一座大钟，住在附近的居民每天都能听见古钟报时的声音。

许稚意来过这座城市三次，三次都匆匆忙忙——

第一次是跟周砚一起来做电影宣传，当时时间紧，两个人在电影院做完宣传，便急急忙忙地赶往另一座城市。

第二次是她代言的品牌有新店开业，她过来剪彩宣传。

第三次便是这次。

听到她这话，周砚思忖片刻，问："想不想下去走走？"他们还有多余的时间。

许稚意一怔，扭头看向周砚，下意识地问："你真不怕？"

周砚"嗯"了一声。他向来不惧怕这些，无论是最初和许稚意在一起还是现在，都不害怕他们的关系被曝光。

看着他的眼睛，许稚意有片刻心动。可看着外面来来往往的人，她又有点儿尿。

"下次吧。"许稚意重复了昨晚的话，"下次来再逛。"

周砚应了一声。

出了盐港，车子驶入高速公路。

许稚意开始还强撑着跟周砚聊天，说着说着，声音越来越小，越来越含混。

周砚轻笑，提醒道："把座椅调低。"他的嗓音清越，听上去格外舒服，"睡一觉。"

许稚意："可是……"

"没有可是。"周砚道，"听话。"

许稚意看了他留给自己的侧脸轮廓几秒，妥协道："好吧，那快到了你喊我。"

周砚："好。"

许稚意这一觉直接睡回了海城。她醒来时，车子已经停在了酒店的停车场，而旁边的驾驶座上空无一人。她怔怔地起身，身上有什么东西滑落。

她低头一看，发现是周砚离开酒店时手里拿着的一件外套。当时看周砚拎着，许稚意还觉得奇怪：这大热天拿外套做什么？

现在她有了答案。

看着手里的外套，许稚意鬼使神差地低头嗅了嗅。外套上染着周砚身上的香水味，清冽似泉水，却又比泉水多了点儿馥郁的香味，仿若雪山中融化的泉水，初闻很淡很冷，但后调绵长，让人闻着闻着就上瘾了。就跟周砚本人一样，了解他越深，就越让人喜欢他。

周砚打开车门时，看到的便是许稚意像小狗似的嗅自己衣服这一幕。他搭在车门上的手微顿，脑海里莫名闪过她埋头在自己脖颈处的画面。思及此，他的眸色微沉。

听到声响，许稚意呆愣地转头。两个人的视线对上。

顺着周砚的目光，她慢吞吞地将视线挪到自己的手上。

"我……"许稚意头皮发麻，深感自己刚刚的动作变态，张了张嘴，试图解释，"我……"

话还没说完，周砚便弓着身子钻入车内，声音带着点儿笑意："你什么？"

许稚意听出他话语里的揶揄之意，羞赧得忘了要说什么。对着男人含笑的眸子，她破罐子破摔地说道："我喜欢你这件衣服。"

"嗯？"周砚挑眉，点头道："好。"

许稚意："什么？"

周砚的眸子里压着笑意，他低缓地说道："你喜欢就拿着。"

许稚意："哦。"

周砚问她："还喜欢什么？"

听到这话，许稚意被噎到了，抬眸看着半个身子都在车内的人，眼神从上而下，落在周砚高挺的鼻梁上，停驻在他的唇上。她莫名地觉得有点儿口干。

"许老师。"周砚清越的声音在她的耳边响起，"还喜欢什么？不说我怎么给你？"

许稚意抬手，拽着眼前人的衣服往下拉，让他低头。

她不说，用行动表明——她还喜欢和周砚接吻。

回到房间，许稚意忽视了在客厅等自己的蒲欢，直接将自己摔进床褥里。

她的嘴唇是红肿的，耳朵和脖子也是红的。躲在被子里，她好像还能闻到周砚在她身上留下的气息。她想到他亲吻自己时的模样，身体不受控地热了起来。

蓦地，一侧的手机振了振，是"肇事者"发来了消息。

周砚："回房间了？"

刚刚要分开时，周砚说送她上来，被许稚意拒绝了。

如果是寻常时候，她可能会松口答应。但这次不同，边磊也在这家酒店，许稚意担心会有粉丝和狗仔在酒店蹲守，坚定地拒绝了。

许稚意红着脸敲字："嗯。你呢？朋友到了吗？"在送许稚意回来之前，周砚便联系了在海城的朋友，让朋友送自己回盐港。

周砚："马上到。"

许稚意："那你上了车跟我说一声，我要去化妆了。"

周砚："好。"

两个人亲昵地聊了两句，许稚意听到蒲欢的声音。

"姐。"蒲欢看了她的后脑勺儿好一会儿，才小心翼翼地出声。

"啊？"许稚意翻了个身看她，"你几点过来的？"

"有一会儿了。"蒲欢盯着许稚意绯红的双颊和嫣红的唇瓣，小声道，"周老师送你回来的？"不然的话，许稚意的嘴唇不可能这么红。

在小助理面前，许稚意也没什么好隐瞒的，点了下头："嗯。"

蒲欢羡慕不已："周老师真好。"

闻言，许稚意不太服气："我不好？"

"好。"蒲欢趴在许稚意的旁边咕哝，"看你和周老师这么甜蜜，我都想谈恋爱了。"

许稚意失笑，戳了戳她的脸，说："行啊，我给你介绍。"

蒲欢的眼睛一亮："介绍谁？"

许稚意微微一笑，说道："郑元吧，你觉得怎么样？"

蒲欢无语。她觉得不怎么样。

逗了一会儿蒲欢，许稚意趴在床上休息了一会儿，才让化妆师过来给她化妆。化妆师李晴边给她上妆边问："这几天又熬夜了？黑眼圈这么严重。"

许稚意含糊地应着："熬了。"她身边的助理和化妆师都知道她跟周砚在谈恋爱，两人暗度陈仓三年多，瞒不住周围的人。

李晴笑笑："黑眼圈有点儿严重，但气色不错。"她说道，"今天粉丝又该高兴了。"

每次许稚意有活动，最开心的人就是粉丝。他们期待许稚意在每一场活动中的亮相。没有人不喜欢看美女，网友每次看到许稚意的照片，都会忍不住地夸她、为她点赞。

听到这话，许稚意弯了弯唇："那晚点儿让摄影师多拍几张照片，我也发条微博。"

她的微博大多是转发宣传，很少发私人微博，照片更是少之又少，每次一发都很受欢迎。这也是为什么网友会说，许稚意要不是有这张脸，以她近两年产出的作品，早就跌出三线了。

许稚意下午的活动是给一个品牌站台。她到的时候，商场内外拥堵，来看她的粉丝把商场堵得水泄不通。

她穿了一条黑色的抹胸长裙，露出精致的锁骨，看上去宛若黑天鹅，冷艳又妩媚性感。她那双狐狸眼，更是隔着屏幕都能摄人心魄。

回程路上，周砚合眼休憩了一会儿，醒来时看到周渺渺给他发了好几个视频。

周渺渺："哥，我小嫂子真的太好看了！"

周渺渺："这么美的女人，除了我小嫂子还能有谁？"

周渺渺："我真心觉得，她和你谈恋爱便宜你了。"

周砚点开，全是许稚意在活动现场的视频：她举着话筒侧耳倾听主持人说话的、跟粉丝互动的以及眼睛弯弯介绍产品的……每一帧都美得不可方物。

周砚看完周渺渺发来的视频，正要退出，周渺渺忽然给他发了个链接。

周渺渺："哥，哥！这是你跟我小嫂子吗？"

周砚微顿，点开链接——这是一位网友发在微博上的，说是晚上睡不着跟男朋友偷偷出门约会，结果在桥上看到了一对接吻的璧人。

因为画面太美，那人没忍住拍了下来。但照片过于模糊，只拍到了男人的背影，他怀里的女人被他的身体挡得严严实实，只能看到一节纤细的手臂，环在男人的脖颈上。

博主发到网上大半天后，有网友在下面评论："为什么我觉得这个男人的身形好像周砚？"

因为这话，周砚的粉丝和"中意"的粉丝匆匆赶来，点开大图认真观察。

"这是周砚吧？"

"这张照片看上去好美啊！真的是周砚吗？"

"什么啊？一个背影就说是周砚？"

"周砚每天拍大夜戏，没空散步也没空接吻。"

"周砚怀里的女人是许稚意吧？"

"许稚意在海城参加活动，对她感兴趣的话请看这里。"

"为什么没有人觉得是周砚和许稚意？"

…………

周砚的粉丝嚷嚷着撇清关系。"中意"粉想欺骗自己是他们，可又因为太清楚他们的行程，不敢瞎想。

与此同时，有人将照片发到了"中意"的超话，可怜兮兮地发微博问："有生之年，我能等到周砚和许稚意给大家来一张接吻照吗？"

"蹲一个。"

"好想 @他们问问啊，可以吗？"

"我也想知道。"

"我也要！我也要看高清大图！"

"周砚、许稚意，你们看到没有？粉丝想要你们的接吻照！什么样的都行！"

"对！我们不挑！"

…………

周渺渺把链接发给周砚，过了好几分钟也没等到他的回答。她看着身形有点儿像周砚，但这张照片的拍摄距离太远，就是她这个亲妹妹也不敢肯定是不是他。

周渺渺："哥！看到粉丝的诉求了吗？这到底是不是你和小嫂子？如果不是的话，你们给我拍个这样的照片吧，让我发到超话怎么样？我只要发出去，肯定一天涨十万个粉。"

周砚点开她的消息看了一眼，没回，反倒折回了微博。看了那张照片半晌，周砚点了保存，而后发给许稚意。

照片拍得很有意境，桥的两端有高高悬挂的路灯，在暖色的灯光下，两个人的身影被拉长，映在波光粼粼的湖面上。许稚意被周砚拥在怀里，看不清她的身形和面容，周砚的背影颀长，脖颈往前倾，低垂着头亲吻他怀里的人。

由于距离太远，即便是真心喜爱他们的人也看不出是他们俩。

周砚眉梢微挑，不紧不慢地退出微博。

照片大家是别想了，就算有，他也不会发的。

许稚意在活动结束，坐上车离开后才看到周砚发来的照片。她在看到的瞬间，太阳穴突突地跳了起来，警报拉响。

紧接着，她看到周砚下面的一句话，告诉她没人认出来那是他们。

瞬间，许稚意紧绷的神经松懈下来，她莫名地松了口气。

"姐。"蒲欢不明所以，瞅着她多变的神情，疑惑地问道，"你在看什么？"

许稚意摇摇头，捧着手机点开大图。看着映入眼帘的照片，她自己也深有感触——拍得真的很好，照片太有感觉了。许稚意看了一会儿，手指不受控地点了保存。

她垂着眼给周砚回消息："好看。"

周砚："结束了？"他这会儿已经回到盐港了。

许稚意："嗯嗯，你到了吗？"

周砚："刚到。"

许稚意："哦。"

周砚："几点的飞机？"他问她飞回北城的时间。

许稚意："六点的，我们现在要去机场了。"

周砚："到了跟我说。"

许稚意："知道。"

两人都很忙，见面的时间少之又少，大多时候都是通过网络交流。

回了趟酒店，收拾好东西后，许稚意直奔机场。

考虑到机场有粉丝，许稚意没走 VIP 通道，但没想到还会和边磊碰上。两人又是同一航班。

许稚意愣了一下，看向朝自己走来的边磊。

"稚意。"边磊走到她旁边，和她打招呼，"好巧。"

许稚意尴尬地一笑："边老师，你不是上午的活动吗？"她跟边磊的商务活动，分别是上午和下午。

边磊听出了她的话外之音，颔首，边跟粉丝打招呼边说："下午有点儿事，就买了这个点的航班。"

许稚意："这样。"

边磊含笑看着她，点头道："没想到你也是这趟航班，我们还挺有缘的。"

许稚意没说话。两个人在粉丝的注视下过了安检口。进去后，两边的团队不意外地都进了贵宾休息室，过一会儿才登机，他们准备先休息一下。

许稚意刚坐下，蒲欢便在旁边哀号："完了，这下'编制'粉的队伍又要壮大了。"

许稚意小声道："你怎么买这趟航班了？"

蒲欢觉得自己很无辜——她也不知道边磊的团队选的也是这趟航班啊！

许稚意看着她委屈的表情，摆摆手，说："算了算了，也不是什么大事。"

蒲欢"嗯"了一声，凑在她的耳边嘀咕："姐，周老师不会生气吧？"

许稚意睇她一眼：哪壶不开提哪壶。

蒲欢："要不我跟周老师认个错？"

"不用。"许稚意想了想，说，"我跟倩姐提一句，让她那边控制一下舆论，把热度往下压压。"

蒲欢小声地说："肯定会上热搜的。"许稚意现在的作品的热度是低了点儿，可人气一如既往地高。她从下午出现在活动现场时，就上了热搜，热度到现在还居高不下。

她在机场和边磊偶遇，更是让他们各自的粉丝和"编制"粉刷得火热。二人各自的粉丝在解释是碰巧，可"编制"粉丝不管。

"中意"粉看着两个人一前一后出现在机场的照片，再看看自己下午对许稚意和周砚提出的想看高清大图的诉求，纷纷不开心起来。他们可能在做白日梦——还接吻照呢，他们可能都等不到两个人同框的照片了。

各种情绪在"中意"粉丝的内心交织——这一对实在是太不争气了，让人非常煎熬。

这一夜，注定是"中意"粉丝的失眠之夜。

　　当然，失眠的不只是他们，还有当事人。

　　飞机在北城落地，许稚意第一次这么没礼貌，连招呼也没跟边磊打，就催促自己的团队下飞机，拿上行李后，又匆匆地坐上了过来接自己的保姆车。

　　焦文倩看到新闻后，亲自来了机场。她瞅着在旁边刷手机的人，无奈地说道："怎么会那么巧？"

　　许稚意无辜地开玩笑："问欢欢。"

　　蒲欢："怪我。"是她要订那个时间的机票的。

　　"怪不了。"焦文倩哭笑不得地看向许稚意，"工作室早就辟谣了，你跟边磊就是碰巧遇上的，但前有同航班、同酒店，后又有同航班，让人不得不想你们之间有什么猫儿腻。"

　　许稚意知道焦文倩的意思，靠在车窗玻璃上叹了口气，咕哝道："网友怎么不猜我跟周砚有什么猫儿腻呢？"

　　"猜啊！"焦文倩挑眉说，"网友怎么没猜？这不是你们一直没同框，网友才没办法再瞎猜。"

　　"哦。"许稚意瘪了瘪嘴，低着头说，"周老师还没理我。"她在飞机上看到微博就给周砚发了消息，他一直没回。

　　焦文倩看着她紧张兮兮的表情，笑道："这么担心周砚生气？"

　　"担心。"许稚意说，"担心他往粥里放醋。"

　　焦文倩无语半响，告知她："今晚航班的事，我们打算冷处理。"

　　许稚意了然，没挣扎什么。工作室解释过，大家不信，她也没办法。

　　焦文倩把许稚意送回家，跟她说完工作的事就走了。

　　洗完澡出来，许稚意才收到周砚的回复。她底气不足地解释了一下自己跟边磊一个航班的事。

　　周砚："下次录节目在哪儿，订的哪趟航班？"

　　许稚意："怎么了？"

　　周砚："我也想跟许老师在机场偶遇。"

　　隔着屏幕，许稚意都能闻到从他那边传过来的醋味。她无声地弯了弯唇，敲字回复："在江城，周老师来吧，我答应跟你偶遇一回。"她之所以敢这么嚣张地说，是因为知道周砚的电影在半个月内没办法杀青，他有心无力。

　　周砚："行。"

两个人聊了两句，周砚又要拍戏。他叮嘱许稚意早点儿休息，就转换身份进入了角色。

周砚拍戏，许稚意也没真的休息。她收到了袁导发来的新剧本，从头开始看。无论是拍电影还是电视剧，许稚意都有个好习惯，会提前将剧本看两遍，然后开始写人物小传。

看着看着，许稚意入了迷。等她感到眼皮沉重回过神时，天已经亮了。

一周后，《你想要的故事我都有》第二期开始录制。依旧是原班人马，但飞行嘉宾未知。节目组神神秘秘的，没透露一丁点儿消息。

许稚意倒是在网上看到了爆料，但没信。因为网上有人说，第二期录制有周砚。

这个爆料不但许稚意不信，就连周砚的粉丝也不相信：周砚在剧组拍戏赶进度呢，哪有时间去录什么综艺？再说了，周砚就算不拍戏，也不会上这种综艺。

前一晚，许稚意抵达江城，入住节目组安排的酒店。

翌日早上五点，许稚意睡眼惺忪地被蒲欢拎起来，早早地去综艺录制点化妆、换衣服。

她昨晚失眠了，这会儿眼睛都有点儿睁不开。

蒲欢瞅着她的模样，无奈地问："姐，玩手机精神一会儿？"

"不玩。"许稚意打了个哈欠，"不想玩。"

"好吧。"蒲欢低头看手机，咕哝道，"怎么网上还没人爆料啊？"

"什么？"

"就是我们这一期的飞行嘉宾啊！"蒲欢说，"营销号怎么还不死心，还在说周老师会来啊？"

听到这话，许稚意想也没想地摆摆手，说："不可能的，别想了。"周砚怎么可能会来？她的想法和粉丝一样，别说周砚没空，就算有空，也不会来录综艺。

化完妆，换好衣服，许稚意往外走。

每一期都是这样，常驻嘉宾集合后，导演才会介绍飞行嘉宾。

许稚意为了避开边磊，特意跟倪璇站在一起。

看到她，倪璇吞吞吐吐地道："许稚意……"

"嗯？"许稚意还在打瞌睡，含混地应着，"倪老师，有什么事吗？"

倪璇抿了下唇，不开心地问："你知不知道我们这期的飞行嘉宾是谁？"

许稚意回答得毫不犹豫："不知道。"

闻言，倪璇一愣，诧异地问道："你真不知道？"

对着倪璇疑惑的表情，许稚意觉得很好笑："我应该……"

她的话还没说完，耳边就响起导演的声音："让我们欢迎第二期过来助阵的飞行嘉宾，周砚、侯安琪！"

第三章　有生之年

听到周砚名字的刹那，许稚意怀疑自己出现了幻听。

直到她顺着大家惊呼的方向看去，看到了朝自己走近，身影越发清晰的男人。她恍惚了一下，周砚真真实实地出现在她的面前，出现在她录制的综艺里。

许稚意还没彻底反应过来，耳边传来倪璇压低的声音："你真的不知道他来？"

许稚意下意识地"嗯"了一声——她真不知道。

周砚一出现，常驻嘉宾和部分并不知情的工作人员一片惊呼，惊呼后，众人齐刷刷地看向许稚意——他们终于又同框了！除了上次在红毯上，这是两个人在合作的两部电影上映结束后首次同框，这不值得让人震惊吗？

"真的是周老师？"

"导演牛啊，竟然请到了周老师！"

"原来网上的人说的是真的！"

"他们终于同框了！"

工作人员中有不少是周砚和许稚意的粉丝，看到周砚出现激动不已，控制不住地嘀咕着。不只工作人员，就连常驻嘉宾，都有几位对周砚和许稚意之间扑朔迷离的关系很好奇。

许稚意能感受到四面八方传过来的目光，打量的、试探的还有八卦的，什么样的都有。她神色稍顿，尽量让自己镇定下来。而"始作俑者"这会儿已经走到他们的面前了。

周砚不用介绍，实力与人气并存的演员，包揽两大奖项，圈内现在最炙手可热的艺人之一。节目组能请到他来上节目，说得夸张点儿，三生有幸也不为过。

许稚意没记错的话，这应该是周砚第一次参加综艺节目。

至于另一位嘉宾侯安琪，许稚意接触不多，但知道。侯安琪是她的小师妹，去年毕业后出道，拍了一部不错的网剧，这段时间大火。她看微博时，经常能看到侯安琪的名字。

周砚和侯安琪从另一侧走出来，站在镜头前。

导演笑得合不拢嘴，示意道："两位先跟我们的观众打个招呼？"

周砚用余光扫过角落里的人，接过话筒，看向镜头："早上好，我是周砚。"他言简意赅，导演也不勉强。

侯安琪穿着白色的连衣裙，笑盈盈地打招呼："各位老师、工作人员，以及我们的观众朋友，早上好，我是侯安琪。"她想了想，还说了自己的一部作品。

介绍正式结束。导演道："各位老师互相熟悉一下？我们这一次拿到的是校园生活的剧本，稚意，你的角色是什么？"

许稚意在周砚自我介绍时已经回过神，虽满腹疑问，但也知道现在不是好奇的时候。

她昨晚便抽到了自己第二期的角色，面不改色地说："叛逆大小姐。"

导演轻笑："经常被老师找的那位？"

"嗯。"不知为何，许稚意的眼皮跳了一下，她抬眸看向站在自己不远处的周砚，警铃大作——周砚不会就是那位经常找自己麻烦的老师吧？

她刚想到这里，导演便说："那挺好，周老师就是你的老师，你们私底下多沟通，第二期你跟倪璇和周砚的对手戏比较多。"

许稚意无语。

对着导演八卦的目光，许稚意真的很想问——你们是不是故意的？

周砚看着她的眼睛眨呀眨，大概知道她心里在想什么。

和她一起上综艺，他倒没太在意镜头多少，更没去想那些乱七八糟的事。他轻勾了一下唇，朝许稚意走近，低声道："许老师。"他的眼神含笑，"对对戏？"

四面八方都是摄像头，许稚意就算想做点儿什么也做不了。她"嗯"了一声，对周砚说："好啊！"她环视一圈，"去哪儿对？"

周砚："我的办公室如何？"作为"人民教师"，周砚是有办公室的。

第二期的录制地点在学校。

这明明只是个表演类的综艺，在棚里录也可以。可导演偏不，带着他们全国飞，排什么剧本去什么地方，都是真实的场景。这一期的主题是校园，节目组便在周末的时间租到了江城最美的高中的场地，用来录制拍摄。

对着周砚那双眼睛，许稚意说不出拒绝的话。她张了张嘴，轻声道："好。"

导演眼睛一亮，示意工作人员带周砚他们去办公室。

太好了。他有预感，这一期播出后，绝对会大火！

导演的感觉向来敏锐，虽然周砚和许稚意现在什么也没做，只是简单地说了两句话，可他们身上散发出来的那种暧昧的气息，让靠近的人都能受到感染。导演一下也不知道怎么形容，但忽然就懂了为什么这两个人会有那么多粉丝——他们只要站在一起，即便什么也不做，都让人浮想联翩。

"许老师、周老师。"侯安琪的声音响起，"你们去哪里呀？"她拿到的角色跟周砚一样——戏不多却也很重要的年轻教师。

周砚没吭声。

许稚意开口："我们去办公室对对戏、找找感觉。"

侯安琪的眼睛一亮："我也过去吧，我跟周老师也有对手戏。"

许稚意额首："欢迎。"

看到三个人离开，工作人员小声议论：

"安琪为什么要过去啊？"

"'中意'好不容易同框了，为什么还要有其他人？"

"导演，上热搜了。"

周砚现身学校录综艺，会被人看见一点儿不意外。

导演之前把行程瞒得很紧，节目组和周砚两边一点儿消息也没透露，但一些人根据周砚的航班行程就猜测他会来录节目。只可惜，粉丝和其他网友都不相信。到这会儿，有粉丝把用无人机拍到的周砚出现在学校的照片发到微博上，才让人不得不信。

看到被曝光的照片，周砚的粉丝蒙了，"中意"的粉丝傻了：这是什么情况？你们不是近三年没合作了吗？在红毯上遇到都不说两句话，你们为什么会突然合体录综艺？

"什么？真的是周砚？"

"天哪！周砚和许稚意在综艺里'合体'了？我不会在做梦吧？来个姐妹掐掐我吧。"

"节目组优秀！"

"周砚不是在剧组拍戏吗，为什么会去录综艺？"

"重点不是周砚为什么会去录综艺，而是周砚跟许稚意一起录综艺啊！"

…………

顷刻间，周砚和许稚意占了三个热搜："周砚、许稚意综艺'合体'""周砚综艺首秀""许稚意、周砚有生之年"。

听到这个消息，导演笑得合不拢嘴。

网友既疑惑又震惊。

许稚意也不例外，跟周砚去了办公室后，两个人开始正儿八经地对剧本。在镜头下，二人什么也不能做。

在这个节目里，正式表演前，大家都是自由的，想做什么就做什么。除了对戏，还能聊天、玩手机，跟在片场等戏没太大差别。许稚意和周砚过了一遍剧本，正准备去找今天跟自己对手戏也比较多的倪璇对戏时，倪璇先过来了。

这一次，倪璇拿到的是女主剧本。她是奋发上进的好学生，而许稚意是个坏学生，经常在学校里找倪璇的麻烦。

"对对戏？"倪璇拉开许稚意面前的椅子坐下。

许稚意："行。"

两个人对着戏，倪璇偷偷地把身上的麦克风关了，侧眸看向另一边跟周砚对戏的侯安琪，用脚尖碰了碰许稚意。

许稚意瞥她。

倪璇："你装什么？"

"谁装了？"许稚意也把麦克风关掉，"你不对戏？"

"对什么戏？"倪璇一点儿也不客气地说，"那边是怎么回事？"她指的是周砚和侯安琪。

许稚意觉得好笑，懒散地靠在椅背上，连个眼神也没给周砚那边："对戏啊！"

倪璇被她的话噎住，轻哼道："老师和老师之间是这样对戏的？"她用余光扫了一眼，道，"侯安琪再靠近一点儿都要坐到周砚腿上了。"

许稚意被她的话饬住，睬了一眼倪璇，无语道："镜头还在拍。"

"又不是直播。"倪璇不在意地摆手，"你以为侯安琪不知道镜头在拍？"

听她这么说，许稚意无话可说。

安静了一会儿，倪璇又问："周砚会来你真不知道？"

许稚意："你看我像知道的样子吗？"

闻言，倪璇"喊"了一声："看来你跟周老师的关系也没有我想象的那么好。"

许稚意微微一笑："确实。"她压低身体往倪璇的耳边凑，嘴唇动了动，说了句没有第三个人听清的话。

"你不要脸。"倪璇一把将她推开，骂道。

许稚意挑了挑眉，坦然地说道："哦。"

两个人在旁边你来我往地斗了两句嘴，看到不远处工作人员的手势后，又默默地把身上的麦克风打开了。

"休息一会儿吧。"倪璇把麦打开，拿出手机说了句，"晚点儿再对。"

许稚意应声，跟着掏出了手机。

镜头前，许稚意和周砚坐在办公室的两端，她和倪璇面对面坐着，两个人低着头玩手机。周砚跟侯安琪对完戏后说了句："我处理一下公事。"这本来就是随性的综艺，他们玩手机合情合理。听到这话，侯安琪点头，不再出声。

周砚掏出手机解锁，垂着脑袋看屏幕。从导演等人这边看，他神情严肃，像是在处理工作上的大事。实际上——他看着微信里收到的十几个扛着大刀的表情，努力将上翘的唇角往下压。他敛了敛眸，给许稚意回了个问号。

许稚意："周老师。"

看到这三个字，周砚正色回应："在。"

许稚意："你不是在赶电影进度？"

周砚："嗯，发生了点儿意外。"周砚现在合作的导演是个追求完美的人，一点儿瑕疵都不能容忍。前两天，导演突然发现剧本里有个小漏洞，考虑了许久，还是决定把那个漏洞圆回去。那个漏洞不是周砚的戏，是另一个演员的，得回卢省拍，因为这个决定，周砚才有了两天假期。

本来第二期的飞行嘉宾已经定好了，是另一位演员。节目组导演不知从哪儿得知周砚有假期，特意问他的经纪人第二期周砚能不能来，如果周砚可以过来的话，就将那位演员的出场顺序往后挪。交涉顺利结束，周砚便来了。

许稚意："哦。"

周砚："生气了？"

许稚意低着头："一点点。"

周砚："没有惊喜？"

许稚意："惊吓比较多。我都不敢上网看现在的情况。欢欢和倩姐给我发了好多消息。"她刚才微信看到了，没敢点开。

周砚："交给我处理，网上也不用担心。"

他顿了一下，用文字安抚她的情绪："我们的关系，粉丝总会知道的。"

看到这句话，许稚意好一会儿没回。怎么说呢？她还没完全做好让粉丝知道的准备，可周砚和她一起参加综艺，能近距离看到他，她是开心的。

两个人你来我往地聊了一会儿，倪璇起身去洗手间的时候，抱怨了一句："受不了。"

许稚意无语，也不知道倪璇是受不了自己，还是受不了另一边的两个人。

许稚意收起手机。镜头还在拍，她一直玩手机也不太好。

"稚意。"边磊不知道从哪里冒了出来，喊她，"我们对对戏？"

许稚意一愣，看了看自己的剧本，说："边老师，我们好像就两句对手戏。"

边磊："先对对。"

许稚意没再拒绝。

两个人在这一期的对手戏少之又少。对完戏，许稚意感受着身后的视线，抿了下唇，说："我去趟洗手间。"她没再给边磊和自己说话的机会。

边磊颔首。

许稚意起身去了洗手间，周砚也慢条斯理地起身。

侯安琪的眼皮一跳，她喊道："周老师，您去哪儿？"

周砚："打电话。"

看着两个人一前一后离开的背影，边磊和侯安琪都觉得不太对劲。二人对视一眼，边磊笑着说："安琪，我们对对戏？"

侯安琪："好啊！"

出了办公室，周砚拿起手机打了个电话。他的声音低沉，让注意他这边的年轻女导演和工作人员听得都不自觉地红了脸——太好听了。

"在哪儿？"周砚问。

许稚意把麦克风关了，轻声道："洗手间。"

周砚看了一眼旁边跟拍的摄影师，问："我过来？"

"不要。"许稚意想也不想地拒绝，"你真不怕暴露？"

周砚："不怕。"

许稚意无语："我上厕所，你过来干什么？"

周砚面不改色，一点儿也没不好意思："我也可以去厕所。"

许稚意："周老师。"

周砚："嗯？"

许稚意叹了口气，抚着额说："你也不担心我拉低你的神秘感吗？"

听到这话，周砚眉峰微扬："什么神秘感？"

"就是……不上综艺、不暴露私生活的神秘感。"说到这儿，许稚意好奇，"你不是不喜欢上综艺吗？"

周砚："没有不喜欢。"

许稚意："嗯？"

周砚："以前不上，是因为你也没上。"

周砚其实在工作上没什么硬性的规定和底线。他的底线只有许稚意。无论是上综艺还是别的节目，只要有许稚意，他便可以。之前一直拒绝，是因为许稚意不上，周砚觉得一个人也没什么意思。他跟许稚意本就是聚少离多的小情侣，如果能一起录个综艺，让他们待在一起，即便什么都不做，他也愿意来。

当然，来这个综艺，他不会承认还有另一个原因，因为另一个人。

听他这么一说，许稚意有片刻心动和心软。

从洗手间出来趴在走廊的栏杆上，她知道，周砚就在离她不远的地方。

"周砚。"许稚意仰头望着天空喊。

周砚的脸上挂了点儿笑容："怎么？"

"看到离我们最近的那朵云了吗？"

两个人在同一层楼，只不过洗手间在走廊的尽头，而办公室在另一端的尽头。他们此刻的距离，说远不远，说近不近，他们没办法闻到对方身上的味道。

周砚不经意地抬起眼皮，看向湛蓝色天空下的那朵白云，像棉花糖一样蓬松柔软，回答："看到了。"

许稚意"嗯"了一声，笑着说："想象一下，那是我。"

周砚微怔。

许稚意直勾勾地盯着那片云，轻声道："它在向你靠近。"

忽然间，周砚明白了许稚意的意思——她没办法在这个时候接受他的靠近，也没办法光明正大地走到他的身边，只能和他一起在走廊上看蓝天白云，看郁郁葱葱的草木。她的内心是渴望的，只是还不到最恰当的时机。

许稚意怕周砚生气，也不想让他一次次地失落，只能用这种方式告诉他：她在努力，在无声地朝他靠近。周砚是最懂许稚意的人。因为懂，所以他很少勉强她去做一些自己不愿意做的事。即便他想，也不会强求许稚意，会永远尊重她的想法和选择。

二人听着对方的呼吸声，许稚意说完那一句就没再出声了。

周砚缄默片刻，笑着道："感受到了。"

许稚意："什么？"

周砚紧盯着那朵云，轻声说："感受到你在我面前了。"

许稚意一怔，忍俊不禁："我还没到好吗？"那朵云还没挪到他的正前方。

周砚坚持："到了。"摸到了边缘，对他来说就足够了。

许稚意没和他争辩。安静了一会儿，她说："还记得我们拍的第一部电影吗？"

周砚微怔，轻声道："你觉得呢？"他怎么可能会忘记那部电影？

许稚意微窘："找个时间，我们回学校看看？"

周砚的喉结滚动，他答应她："好。"

两个人拍的第一部电影，是一部很甜蜜的爱情片。剧本由编剧博钰根据自己和爱人的故事改编而成。故事刚开始的地方是高中校园，那里也是周砚和许稚意爱情开始的地方。

因为这部电影，他们有了第一批粉丝。之后那部以悲剧结尾的电影，让他们有了更多忠实的粉丝。这也是三年来两个人毫无互动，粉丝却依旧在坚守的原因。粉丝都坚定地相信他会跟第一部电影一样，就算面前有再多的阻碍也会跨过去，朝对方奔赴。

考虑到多方面的原因，这个电话两个人没打太久。考虑到网友和节目组的套路，许稚意让周砚先挂电话，自己则拿着手机自言自语了一会儿，佯装他们不是在跟对方通话，而是跟其他人。

回去后，他们开始正式走戏。

到了中午，大家磨合得差不多的时候才吃饭休息，下午准备正式拍戏。

学校食堂今天开餐了，大家就在食堂吃饭。

许稚意刚坐下，宋洌便过来了："稚意姐姐。"

许稚意点头，招呼他坐下："不去拿餐？"

"坐会儿再去。"宋洌看许稚意，"稚意姐，你想吃什么？我给你拿吧。"

许稚意："不用，我自己去。"

两个人正聊着，周砚和边磊从另一侧进来。

"没去拿餐？"边磊问她。

许稚意笑了笑："等你们。"倪璇瞅了她一眼，嘴角抽了抽，许稚意当没看见。

几个人到窗口打菜，真跟学生时代一样。许稚意跟周砚之间隔了几个人，她在跟宋洌说话，侯安琪在周砚的旁边，一直和他交流。

点好餐，大家端着盘子回到就餐的位子。

蓦地，宋洌说道："周砚哥，你跟稚意姐点的菜怎么一模一样？"

瞬间，嘉宾和不远处听到这话的工作人员齐刷刷地转头看了过来，视线全落在周砚和许稚意的餐盘上——四菜一汤，许稚意要了玉米排骨汤、番茄炒蛋、莜麦菜、清蒸鱼和糖醋排骨，周砚也一样。

看着餐盘里一模一样的菜，许稚意和周砚无声地对视了一眼。他们也没想到，隔了那么远，点的菜还能一模一样。

看着这一幕，有人欢喜有人愁，还有人生气。

导演催促摄影师拍餐盘，高兴得就差出去放鞭炮了。他敢肯定，这一幕要是播出去，"中意"的粉丝真的会像过年一样开心。

许稚意和周砚很无辜。他们俩在一起三年，口味不自觉地靠近，再者，周砚本身就是个吃饭不怎么挑剔的人，许稚意相对挑食一点儿，两个人在一起，很多时候周砚都会考虑许稚意的口味，做一些热量低且她爱吃的食物。许稚意是肉食动物，还喜欢吃酸甜口。辣的她也喜欢，但因为辣椒吃多了对皮肤不好，她会尽量少吃。

气氛凝固了一会儿。

"正常。"边磊打圆场，笑着说，"周老师跟稚意都要控制热量是吧？"

有人给了台阶，许稚意顺势下来："嗯。"她笑笑，不好意思地说，"不久后要进组了，得少吃点儿。"

倪璇觑她一眼，语气不善地说道："你这样吃，给不给我们这些女演员活路？"

许稚意也不客气地回道："那你也这样吃。"

倪璇："你先尝尝。"

"什么？"

"清蒸鱼有没有腥味？"倪璇得寸进尺地提要求，"没腥味的话我也去拿一份。"

能在这个圈子里混的都不是笨蛋。因为有嘉宾们打圆场，这事就这么过去了。一上午下来，大家隐约感觉周砚和许稚意之间有点儿说不清道不明的关系，但是就算心里有疑惑，他们也不会在镜头面前表露出来。

吃过饭，大家回到下午要重点拍摄的教室。

许稚意吃得有点儿饱，到走廊处靠墙站着，准备消消食。倪璇跟经纪人打了个电话回来，看到的便是这一幕。

她扯了一下唇，一点儿没客气："你做什么呢？"

许稚意："减肥。"

"哦。"倪璇瞅着许稚意，"别挣扎了。"

许稚意："什么？"

倪璇："你减不下去的。"

许稚意无语，翻了个白眼："你一天不挤对我就不高兴，是不是？"

"是啊！"倪璇得意地说道，"谁让你上次差点儿把我气晕过去。"

许稚意有些茫然："哪次？"

倪璇不想提那次丢脸的事，咬牙切齿地说："谁让你把那个角色让给我的？"

　　许稚意愣了一下，反应过来，莫名其妙地瞪了倪璇一眼："这也能怪我？你不贬低我，也没人说你现在拿到的角色是我不要的吧。"自己躺着都中枪。

　　倪璇冷脸，不愿和许稚意多说。这几年，她一直被压在许稚意的光环下，被人说是许稚意的"仿品"。倪璇太想甩掉这个标签了。

　　看到倪璇的神色，许稚意觉得有必要为自己解释两句。她沉默了一会儿，看着倪璇说："我可没找人骂你啊！"

　　倪璇："呵。"她才不信。

　　"爱信不信。"许稚意看出了她眼神里传递出来的意思。

　　倪璇噎住："你多解释两句会死？"

　　"会啊！"许稚意说，"浪费我的口舌，难道你是第一天认识我？"

　　倪璇哽住。

　　两个人耳边突然传来阵阵娇笑声，紧接着是侯安琪的声音："周老师，你也太厉害了吧！"许稚意和倪璇对视一眼，都在对方的眼中看到了"无语"二字。

　　这会儿是休息时间，许稚意和倪璇都老练地把身上的麦克风关了。她们对视片刻，许稚意还没说话，倪璇先开口了："烦死了。"她皱眉，"节目组不能请个有点儿眼力见儿的飞行嘉宾？"

　　许稚意："你去沟通呗。"

　　倪璇语塞，瞪了许稚意一眼，轻哼道："你怎么不去？你不是说你跟周砚很熟吗？"

　　许稚意摊手："需要我再跟你说一次吗？"

　　倪璇："不必。"她一点儿都不想知道许稚意跟周砚私下的关系有多好。上午她调侃许稚意，原本是想挖苦许稚意的。结果这人没脸没皮，竟然告诉她——我们表面上关系不好，但私下关系好，你懂吧？

　　一想到这个，倪璇就很恼火：明明是她先看上周砚的，又被许稚意抢先了："你就不怕我曝光给媒体？"

　　听到这话，许稚意也不紧张，慢吞吞地问道："你会吗？"她之所以敢告诉倪璇，就是笃定倪璇不会说出去。都是同一个圈子里的人，对圈内很多感情方面的事，大家都很守规矩，什么能说什么不能说，大家都能很好地遵守。

　　再者，就算是倪璇不遵守行规，也不会将自己跟周砚的关系曝光出去。因为许稚意知道，倪璇最看不得自己跟周砚好。倪璇曝光此事，反倒是成全了两个人，这种得不偿失的事，倪璇不会做。

　　倪璇："哪天你再对我有影响，我就说。"

许稚意微微一笑:"你少找人骂我就行了。"

两个人在门口站着,倪璇实在是听不得侯安琪那"咯咯咯"的笑声,抬脚进了教室。

"周老师。"她看向周砚,"对对戏?"

周砚瞥见门边的另一个人,颔首道:"好。"

校园剧的拍摄非常顺利。除侯安琪的演技稍微差一些,拖慢了一点儿进度外,周砚和许稚意的对手戏以及周砚跟其他人的对手戏,全都一条过。他精湛的演技用在综艺里,真是大材小用了。

拍完后,导演组本想组织聚餐,被拒绝了。大家都很忙,有次日在江城有活动的,也有要回北城。被拒绝后,导演也不伤心,提醒常驻嘉宾:"我们的第一期的节目明晚播出,大家记得宣传。"今天是周六,他们的综艺周日晚八点在视频平台上播出。

大家应下。

从学校离开,许稚意得回北城,是九点的航班。

还没走到保姆车旁,许稚意便听到后面的人的对话。

"周老师,您要回盐港吗?"侯安琪问。

周砚:"不回。"

侯安琪一怔,诧异地问道:"那您回北城吗?是明天在北城有什么工作吗?"

周砚看向前面放慢脚步的背影,淡淡地说:"不是。"

侯安琪扭头看他,眼睛里满是欢喜。她在电影学院时就喜欢上周砚了,这回有幸和他一起录综艺,只想好好把握住这个机会:"那您是……"

许稚意听不下去了,回头出声打断二人的交谈:"周老师。"

周砚抬眸看她:"许老师。"他压着笑意,这会儿周围也没其他人,周砚放肆了点儿,"怎么了?"

许稚意面无表情地看他:"没什么,就是想提醒两位老师——"她微微顿了一下,"小点儿声,附近有狗仔和粉丝。"

周砚语塞。

侯安琪一愣,紧张兮兮地环顾四周:"真的吗?"她不知道啊!

许稚意:"真的,不信你问周老师。"

侯安琪看周砚。

周砚颔首:"许老师说有就有,她对镜头和狗仔比较敏感。"

这话说出来,侯安琪觉得不太对:听着怎么感觉周砚对许稚意很熟悉似的？一整天下来，侯安琪不是没发现周砚跟许稚意之间的猫儿腻，但没放在心上，两个人合作过两部电影，却三年没有互动，今天这点儿互动，她只觉得是他们为了热度而互相配合的。

她打探过，周砚和许稚意没什么特别的关系。

思及此，侯安琪把问题问了出来："周老师怎么知道……许老师对镜头很敏感？"

闻言，周砚笑了。他接收到许稚意瞪向自己的目光，不急不缓地说："嗯，因为我在了解她。"

侯安琪还是没懂：周砚了解许稚意做什么？

看着她茫然的神色，周砚淡淡地说："不明白？"侯安琪摇摇头。

周砚看着离自己越来越远的背影，轻笑着说道："我在追许老师，这样说能明白吗？"他没暴露自己和许稚意的恋爱关系，但为了让侯安琪死心，也为了让许稚意开心，只能这么说。

侯安琪嘴唇微动，完全不知道要说什么——网上不是说他们二人早就分道扬镳了吗？

周砚没跟侯安琪多说，有些念想要从源头掐灭。他说了声"抱歉"，加快脚步朝许稚意走去。

他追上许稚意的时候，她正要上保姆车。

"许老师。"

许稚意回头："有何指教，周老师？"

周砚："方不方便搭我一程？"

许稚意微微一笑，给了他一个让他自我反省的眼神："不方便。"

被许稚意拒绝，周砚也不伤心。他点点头，淡定地说道："行。"

他看向蒲欢和司机，交代道："去机场注意安全，这条路上狗仔多。"

蒲欢："周老师，那你怎么走？"

周砚："郑元那边有车。"

蒲欢："好的。"

看到许稚意的车走了，周砚才回到自己的车里。

郑元瞅他，叹了口气："哥，你真不怕被发现啊？"

周砚瞥他，笑着说："要是周围有狗仔，你觉得许老师会跟我说那么久的话？"

他们这一片都被节目组包了下来，狗仔就算想尽办法也不可能进来。当然，无人机例外。但这个点，他们上空的无人机早就撤了。周砚敢做这些，是笃定不会被发现。就连跟侯安琪说的那些话，他也能肯定，侯安琪不敢曝光出去。

郑元无话可说，想着刚刚许稚意的神色，担心地问："许老师生气了吗？"

周砚："是。"

郑元："许老师生气你还这么高兴？"

周砚挑眉："是吗？"

郑元："是的。"

周砚不是高兴。但有些话他不会跟郑元说。因此，周砚也就让郑元这么误会下去。

他笑而不语，低声道："去机场。"

郑元应声。

在去机场的路上，周砚给许稚意发了好几条消息，许稚意都没回。他扬了扬眉，最后留了条："真生气了？"

许稚意不是真的生气了，而是在跟焦文倩打电话。

两个人一起录的综艺虽然还没播，但消息从上午被曝光到现在，热度一点儿没降，阅读量和点击量甚至更高了。

许稚意这一天什么也没干，微博涨粉几十万个。出现这种情况，除了她有作品，就是参加活动时有令人惊艳的照片，但今天例外。

焦文倩感慨："你跟周砚还真是网友心中的'白月光'。"

许稚意无奈一笑："也不知道是好还是坏。"两个人之前合作的作品过于深入人心，让人忘不掉，从而也让他们没办法摆脱那几个标签。有时候，许稚意觉得是好事，可有时候想想又不觉得那么好。

焦文倩："当然是好事。"她教育许稚意，"你在这方面不要有太大的压力。是你演技好，大家才会这么念念不忘，懂吗？"

"懂。"许稚意哭笑不得，"放心吧，我现在想得很开。"

焦文倩"嗯"了一声，叹了口气，说："周老师去参加综艺，林凯怎么也不提前跟我通个气？我还是看到微博才知道的。"她咕哝道，"说好的并肩作战呢？"

许稚意失笑："可能是周砚不让他说。"

焦文倩："不是可能，肯定是周砚不让说的。"

许稚意"哦"了一声，摸了摸鼻尖："确实。"

安静了一会儿，焦文倩问道："网上的那些言论，我们不回应？"

"不回。"许稚意靠在车窗上，"我们在综艺里也没做什么，不会曝光。"

焦文倩："行。"她问道，"几点的航班？"

许稚意："九点。"

"这次不会跟边磊一起了吧？"焦文倩忧心忡忡地说道，"我可不想让你们再碰上了。"

许稚意："不会吧。"这个问题她没办法给出肯定的答案。她不知道边磊的航班信息，边磊应该也不知道她的。如果他们真的再次碰上，她只能认了。

她们在说这件事时，都忽略了另一个有可能跟许稚意偶遇的人。

机场。

许稚意没走 VIP 通道，特意和守在机场的粉丝打招呼。

"意意！"

"录节目辛苦啦！"

"你今天好美。"

…………

许稚意听着粉丝脱口而出的夸奖，低头看了一眼自己——她今天穿的是简单的 T 恤和牛仔裤，是刚录完综艺换上的，很普通的装扮，哪里美？

她忍俊不禁，朝粉丝扬了扬手："很晚了，大家早点儿回去。"

粉丝异口同声："好！"

许稚意跟粉丝简单说了两句，便准备走了。

她刚转身，耳边传来震耳欲聋的尖叫声。

"周砚！"

"周砚！"

"周砚今天怎么不走 VIP 通道？"

…………

许稚意下意识地回头，看向另一端走近的人。周砚走的是她刚刚走过的那条通道。

在粉丝和路人的喧闹声中，混在其中的"中意"粉丝第一时间察觉到了不对劲——这两个人同时在机场出现了啊！看到二人的距离，粉丝的心脏都要跳出来了：近一点儿，求求你们再近一点儿。

在众人的注视中，许稚意回了头，而周砚也抬起头看向她，两个人的视线交会。在人来人往的机场，他们没有近距离地说话聊天，只在粉丝的包围中，无声地对视了几秒。

很快，许稚意便收回了目光。收回目光时，她看到周砚摘下了口罩，朝她点了一下头。许稚意微顿，抿唇笑了一下，算是回应。

两个人你来我往的互动让他们迅速上了热搜。

他们没有言语交流，只有一个点头和一个笑，却已经让平静的湖面起了波澜，再次激起粉丝沉寂已久的想象。

在这个时候，许稚意和周砚的粉丝都没办法出面制止。是周砚主动摘口罩和许稚意打招呼的，他的粉丝没办法再说许稚意碰瓷。而许稚意的粉丝看到她露出的那个笑容，更是没办法欺骗自己那仅仅是个礼貌回应。他们熟悉许稚意，知道她的礼貌回应是什么样的。

上次跟边磊在机场碰上，她连话都不愿意多说，笑得也很僵硬。可今天，她的笑不仅不僵硬，还穿越人群，直达周砚。

坐在候机室里，许稚意深呼吸了一下，扭头看向蒲欢："我的表情控制得还好吗？"

蒲欢把手机举到她的面前，压着声音道："姐，你的表情控制得太好了……粉丝这会儿都在狂欢了。"

许稚意无语，下意识地往后仰了一下，低声问："骂我的多吗？"

"不多。"蒲欢说，"他们都在抽奖。"

许稚意不解："抽什么奖？"

"'中意'粉啊！"蒲欢说，"这个叫'中意小小喵'的超话主持人在看到你跟周老师机场对视后，就开始用你们代言过的产品抽奖了。"

蒲欢告知许稚意："粉丝说，今天'过年'了，抽奖庆祝一下。"

许稚意接过手机看了一眼，问道："数量是不是有点儿多？"

蒲欢："这是很有影响力的一个主持人。"她对这个人有印象，之前在许稚意和周砚过生日时，这个主持人也给粉丝举办过抽奖活动。

许稚意"嗯"了一声："太破费了。"她不需要大家这么破费地为她和周砚抽奖，虽然很感谢大家喜欢他们，无论是"中意"的粉丝还是他们各自的粉丝，但抽奖没必要，有粉丝对她的喜爱就已经足够了。

两个人正商量着，被热情的粉丝挡住脚步的周砚进来了。

候机室里的人都下意识地转头看向他们。这两个知名艺人，虽然不能说所有人都认识他们，但大多数经常关注娱乐新闻的人对他们都有印象。

注意到周围的目光，许稚意用眼神示意周砚离自己远点儿——不要过来，她今天的话题已经够多了。看清楚她的眼神暗示，周砚无奈一笑。人还没哄好，他当然只能听她的。

周砚敛睫，抬脚走向另一端，跟许稚意隔了一条宽宽的过道。

看到这一幕，贵宾室里喜欢两个人的粉丝恨不得用魔法将他们二人的位子挪到一起——贵宾室的过道为什么设计得那么宽？

两人隔着过道在贵宾室休息的照片一点儿也不意外地被发到了微博上。

粉丝看见了，想法一致地留言：

"在现场的人能不能给点儿力，把他们的椅子挪到一起啊？！"

"休息室的过道有那么宽吗？"

"老天爷赐我魔法吧，我想去撮合他们。"

"许稚意旁边还有位子，周砚你为什么不坐过去啊？男人就要主动，不主动就会没有老婆，你知不知道？"

"圆满了！"

"家人们，天大的好消息，这两个人是同一趟航班。"

"座位呢？座位呢？座位呢？"

…………

许稚意也后知后觉地想起了这事——两个人在一个贵宾室，不意外的话就是同一趟航班。

许稚意掏出手机，看到周砚给自己发的那几条消息。

她轻哼了一声，给他发了个盛檀之前给她老公做的"要守男德"的表情包，发完才问："你在哪个座位？"

周砚："没有意外的话，是你前面的那个座位。"

许稚意无语，低头敲字："周老师胆子真大。"

周砚："许老师谬赞。"

二人低着头玩手机，你来我往地聊着天。

没多久，他们要登机了。

考虑到两个人一同出现会产生的轰动场景，两个人很知趣地前后间隔十分钟离开候机室。

许稚意刚在头等舱坐下，周砚便来了。没有意外，他坐在她的前面。

头等舱里认识他们并看到消息的网友第一时间发了微博："今天运气真好！在头等舱遇到周砚和许稚意了！许稚意真的好有气质啊，不愧是千金小姐，气场很强。周砚好帅，戴着口罩和帽子都能让人觉得帅。可惜的是他们俩没互动。"

许稚意本想在飞机上睡一会儿，但手机一直在振动。她不得已掏出来看，全是盛檀给她截图过来的粉丝的狂妄言论。

盛檀："你们俩就不能坐一起？"

许稚意："不能。"

盛檀："为什么？"

许稚意："怕控制不住。"

盛檀："什么？"

许稚意："有椅背隔着，我们想做什么都没辙。并排坐我怕周老师控制不住跟我牵手。"

盛檀："拜拜。"

许稚意轻笑了声："这就走了？"

盛檀："不然呢？你有男朋友，我有我老公呢，我去找我老公了。"

许稚意："哦？可你上回为了我拒绝你老公，他不是被你气到出差了吗？"

盛檀："闭嘴。"

许稚意："说正事。"

盛檀："说。"

许稚意："你安排个司机去我曝光的那个小区的停车场等我，我跟周砚同时出现，在机场蹲守我们的人肯定很多。"周砚明天就得回剧组，许稚意今晚不可能还跟他分开。可她要在这个关头避开狗仔一点儿都不容易，她的保姆车和私人车狗仔都认识，她要想甩开他们，只能让盛檀安排陌生的车辆过来。

盛檀："行。还需要给你和周老师准备一间房吗？"

许稚意："不必。"

盛檀："遵命。"

跟盛檀说好后，许稚意又给周砚发消息说了一声。

周砚："不用。"

许稚意："什么？"

周砚："我去你那边。"他不想大半夜让许稚意跑来跑去，即便知道她安全，周砚也不愿意。他更想让她多休息。

飞机落地时已是晚上，但狗仔们并不觉得疲惫，他们坚定地认为，今晚要有大新闻了。

让人失望的是，许稚意的保姆车进了自己住的小区就没再出来，周砚的也一样。两个人一个住城南，一个住城北，出了机场没多久便分开走了。

大部分狗仔失望而归。

深夜。

一辆普通轿车从周砚入住的小区离开，驶向城南。中途，轿车在路边的一家小店门口停下。有一直蹲守跟踪的狗仔一看，是个不认识的男人去店里买蛋糕了。

"回吧，回吧。"狗仔们商量着，"周砚明天还得回剧组拍戏，我估计他跟许稚意真的没什么关系。"

"不像啊。"

"就算有关系，我估摸着这俩人今天也累了，不会再见面。"

"这倒是。"

一车的狗仔猜测着。

等车离开，买了蛋糕的男人上车，回头看向后座的男人："砚哥，狗仔走了。"

周砚"嗯"了一声，轻声道："谢谢，去许老师那边。"

"行。"司机是周砚工作室的一名员工，从没在大众面前露过脸，让他送周砚最保险。

周砚到许稚意家时，已经十二点多了。他戴着口罩和帽子，格外低调地进了电梯。

许稚意住的小区是一梯一户的，安全性和私密性极高。

"叮"的一声，电梯门打开。

周砚走出来，一抬眼便看到在门口等自己的人。他微愣，目光停在她白皙的脸庞上。

"洗澡了？"他问。

许稚意点了点头。

"周老师，站那儿别动。"看周砚要往自己这边走，许稚意出声制止。

周砚抬眉："嗯？"他真的没动。

许稚意不知从哪儿掏出一瓶喷雾一样的东西，朝周砚喷了好几下。

周砚闻到了淡淡的香味，问道："这是什么？"

许稚意微笑："消毒水。"

周砚："什么？"

许稚意轻哼，侧身让他进屋："给你消消毒，懂吗？"

周砚听明白了她话里的意思。他哭笑不得，深深地觉得自己很冤。

"许老师。"他伸手捏了捏许稚意的脸，沉声道，"吃醋了？"

"吃鱼了。"许稚意瞪了他一眼,"别碰我,你还没洗澡。"

周砚闻到她身上的铃兰香,喉结微动,故意曲解她话里的意思,低声问:"洗澡了就能碰?"

许稚意没好气地白他一眼,她是这个意思吗?她不承认。

周砚笑,一把将人拽回屋内。走廊上虽然没人,但不怕一万就怕万一。

大门关上。

许稚意还没来得及追问航班的事,周砚就将她乱动的手压过头顶,将她整个人抵在门后,捏着她的下巴吻她。他触碰着她的唇,嗓音沙哑地问:"晚点儿说,好不好?"

他的声音太摄人心魂。

许稚意的心"怦怦"地跳,她主动踮脚朝他靠近,含混地应着:"嗯。"

她主动要求:"抱我回房间。"

回到漆黑的房间,许稚意被丢在柔软的床褥上。男人密密麻麻的吻落下,把她所有的低吟声堵在贝齿深处。

许稚意勾着他的脖颈,努力地回应他。

两个人的呼吸声越发粗重,男人炙热的气息落在她的耳后,让那一处更加滚烫。

男人掌心的温热隔着单薄的衣物传递到她身上。许稚意刚洗过澡,身上只穿了一条白色的缎面睡裙,裙子的布料摸起来无比舒服,让人爱不释手。

周砚的唇从她的唇角离开,落在她精致的锁骨上,径直向下。

许稚意不经意地睁眼时,看到平日里冷静自持的男人露出另一面。她明明已经见过很多次,可每一次周砚都能给她不一样的冲击感。

应许稚意的要求,房间内没开灯,只有客厅里的灯光从门缝钻进来,和窗外流淌的月光融为一体。月光穿过被风吹乱的薄纱窗帘,洒在房内,勾勒出两个人的身体轮廓。

他们亲了不知道多久,在周砚心痒难耐时,许稚意忽然勾住他的脖颈,说了句破坏气氛的话:"周老师……"她像小猫似的蹭着周砚的脸颊提醒,"你还没洗澡。"

浴室里雾气弥漫,没有人能从磨砂玻璃外窥探里面的风景。

水"哗啦啦"地砸在地板上,掩盖了两个人的声音。

水雾弥漫,浴缸里的水不知何时满了,又不知何时溢了出来。

水波荡漾，人影起伏。

…………

从浴室出来后，许稚意清醒了几分。

周砚收拾好浴室，从里面走出来。一走出来，他看到的便是许稚意侧躺在床上的画面。她换了条睡裙，这条睡裙对他的吸引力比上一条有过之而无不及。想到这一点，周砚又觉得不太对。应该是许稚意这个人对他就有这种吸引力，她无论穿什么，他都会控制不住地对她产生欲念。

注意到他的眼神，许稚意顺着他的视线往下看，红着脸骂他："禽兽。"

周砚轻笑，慢慢逼近："现在还是？"他亲着她的脸颊。

许稚意："刚刚。"

周砚垂眼望着她，视线从上而下扫视着。在许稚意以为他要说点儿什么时，他眉头轻蹙，低声问："弄疼你了？"

这让许稚意怎么回答？她羞赧地推了推周砚的肩膀，娇嗔道："别问。"

周砚看着她窘迫的模样，从喉咙里溢出笑声。他不说话，只亲她，刚结束的战火又被周砚的唇点燃了。

…………

再次从浴室里出来，许稚意没力气也没精神跟周砚闲扯了。

沉沉睡下时，许稚意还想着：两个人什么也没说，就这么过了一晚，是不是不太像情侣？睡梦中，她无意识地抓着周砚的手，整个人往他怀里钻。

这一晚，周砚被她在睡梦中折腾得不上不下，好几次想将她推开又没舍得。他盯着怀里的人深深地叹了口气，捏了捏她的脸颊，又用唇瓣擦过，轻声哄着："安心睡，我在。"

许稚意是个缺乏安全感的人。这一点，周砚还没和她在一起时便发现了。她看似坚强，其实并不是。

蓦地，床头柜上的手机屏幕闪了闪。周砚拿过手机一看，是郑元发来的消息，提醒他航班时间。

周砚微微顿了一下，回道："改签。"

郑元："啊？"

周砚："你把航班时间改到下午，我陪许老师吃个饭再走。"

郑元无奈，明天周砚是大夜戏，从傍晚就要开始拍，起码要熬到早上五点。

原本他想让周砚早点儿走，这样回盐港还能休息几小时，补补眠。可周砚的话他不敢不听，只能答应。

改好时间，郑元再次把信息发给周砚。

周砚："嗯，一点来这里接我。"他顺便给郑元发了个定位。

郑元："行。对了，砚哥，你跟许老师看微博了吗？我问林哥，他说你们俩的话题不压，但我看你们现在还在上面，你的粉丝看到你跟许老师有互动，还挺难过的。"

周砚一直都不靠粉丝。他刚开始进入这个圈子时，还是个籍籍无名的大学生，谁都不认识他，也没依靠任何粉丝的力量去争取角色。他很感谢粉丝喜欢他，看好他。但同样，他希望粉丝只关注作品，而不是关注他这个人本身。

他给出好的作品，粉丝喜欢就支持，不喜欢就不支持。

私生活方面，周砚和许稚意的想法一致：想说就说，不想说就不说。他这次跟许稚意一起参加节目，也仅仅是因为想，想许稚意，也想和她一起上节目，所以去了。

思及此，周砚道："知道了。"

郑元："就这样？"

周砚："嗯。早点儿睡。"

郑元："好的，砚哥晚安。"

结束和郑元的对话，周砚思忖了半晌，还是登录了微博。一点儿都不意外，他收到了很多询问的私信。

有人问他为什么会突然参加综艺，也有人问他跟许稚意到底是什么关系……

周砚看了看粉丝的私信和留言，侧头盯着身边睡得不那么安稳的人，神情温柔了许多。他低头，亲了亲许稚意的额头，轻声喊："许老师……"

后面的话，和月光一样隐于夜色下。

翌日上午，许稚意醒来时，下意识地伸手往旁边摸了摸。冰冰凉凉的，周砚已经走了。许稚意侧了侧身，从自己躺的这边往周砚睡的位置挪了挪。就在这时，她听到了门外传来的声音。

许稚意猛地睁开眼，转头看向紧闭的房门。

她蒙了，拿起一侧的手机看了一眼时间，十一点了，可能是蒲欢过来给她做午饭。

许稚意的助理和经纪人都知道她家房门的密码，在她没有工作的情况下，蒲欢会过来给她做饭，陪她一起用餐。

想到这儿，许稚意打了个哈欠，慢吞吞地又躺了下去，在床上做拉伸动作。

做完运动，许稚意才觉得自己的筋骨被重新连接好，身体也重新活了过来。

她打了个哈欠，睡眼惺忪地进浴室洗漱。

从浴室出来时，许稚意看到了推门而入的男人。

客厅有一侧是落地窗，景色极好。在日光充沛的时候，阳光会从窗外照进来，铺满整个客厅。此刻，有一束光落在周砚的身上，勾勒出男人颀长的身形和英俊的脸庞。

"你……"许稚意看到他此刻的模样，嘴唇微动，"还没回剧组？"

周砚看着她傻傻的样子，轻笑着走近："这么想让我走？"

许稚意语塞。

周砚站在她面前，抬手捏了捏她的耳朵："睡醒了吗？"

"嗯。"许稚意点头，"你不用回剧组？"不可能吧？

"回。"周砚哭笑不得，牵着她的手往外走，轻声道，"陪你吃了午饭走。"

率先钻入许稚意的鼻子的是美食的香味。她眼睛放光，这会儿也顾不上问周砚为什么能吃过午饭再走了，兴奋地朝厨房探头："好香。"

周砚弯了下唇："饿了？"

"嗯。"许稚意跟着他进厨房，看向一侧的炖锅，"这是鸡汤吗？"

周砚："是。"

许稚意："原汁鸡？"

周砚："对。"他看着许稚意嘴馋的模样，眼睛里带着笑意，"是大象还是小狗？"

许稚意睨他一眼，轻哼道："是你的许老师。"

周砚几不可见地勾唇，低头碰了碰她的嘴角。

许稚意推开他，目光灼灼地看着面前的炖锅："还要多久才可以吃？"周砚的厨艺很好，炖的原汁鸡的味道尤其好，许稚意吃过一次后就念念不忘。但两个人实在是太忙了，偶尔待在一起，即便做饭，也不会做复杂的、需要炖两三个小时的原汁鸡。

听到她问，周砚忍俊不禁地给许稚意倒了一杯温水："先把水喝了。"

"哦。"许稚意快速喝完，"然后呢？"

周砚低头，在她唇角的水痕上亲了亲。

"然后——"他顿了顿，给许稚意两个选择，"你是想在厨房看我炒菜，还是去客厅看一会儿剧本？二十分钟后就能吃饭了。"

许稚意转了转眼珠子，在周砚的注视下选了前者。她嘴硬道："看在你亲自下厨的分儿上，我勉为其难地陪你吧！"

　　周砚无语：可以不用这么勉强的。

　　对着周砚含笑的眼神，许稚意催促道："周老师，你的女朋友饿了。"

　　周砚："知道了。"

　　看周砚做饭是种享受，这是许稚意一直都知道的事。周砚这个人做事向来都是有条不紊的，许稚意很少看到他急躁。

　　他身形好，长得好，手指修长，骨节分明，即便是拿着刀也格外优雅。厨房外的阳光洒进来，勾勒着他俊美的轮廓，高鼻梁、长睫毛……每一处都让人心动。

　　更重要的是，这么帅的男人在为自己做饭。以前，许稚意看过一个说法：男人如果愿意为你下厨，就一定很喜欢你，因为他想用这种方式对你好。对此，她深信不疑。

　　周砚侧头时，恰好对上许稚意缱绻的目光，突然有种想抓着她亲的冲动。

　　他努力克制着，喉结滚了滚，嗓音低沉："许老师，看什么呢？"

　　许稚意知道他想听什么，但偏不说。她朝周砚挑衅似的扬了扬眉，一本正经地说："看排骨。"

　　虽然只有两个人吃饭，但周砚还是做了不少菜，而且都是许稚意爱吃的：原汁鸡、糖醋排骨、白灼虾、小炒黄牛肉、番茄炒蛋和白灼青菜。

　　看到虾，许稚意才后知后觉地问："你早上出去了？"她的冰箱里没有这些食材。

　　周砚："让人送的。"他不方便去菜市场。

　　许稚意看着满桌子的食物，笑得眼睛弯弯的："谢谢周老师。"

　　周砚示意："尝尝味道。"他很久没下厨了，不知道厨艺退步了没有。

　　许稚意："好。"尝了一口后，许稚意毫不吝啬地大夸自己的男朋友。

　　"好吃。"她喝了一口原汁鸡的汤，把眼睛都眯了起来，"周老师太厉害了。"

　　周砚看着她夸张的表情，忍俊不禁。

　　"你笑什么？"许稚意一脸认真，"我说的是实话。"

　　周砚颔首，给她盛了一碗汤："那多吃点儿。"

　　许稚意可爱地朝他敬礼："听周老师的。"

　　周砚再次被她逗笑。

许稚意气质高贵，五官精致得像芭比娃娃，初见时会让人觉得不太好沟通，但实际上她的心里住着一个小女孩，俏皮又可爱。

周砚和她虽然已经在一起三年了，但还是经常被她出人意料的举动撩拨到。

他注视着许稚意，唇角的弧度加大。

两个人吃过午饭，周砚得走了。

吃饭时，许稚意没太大感觉。她习惯了两个人聚少离多，经常不是她匆匆吃了顿饭飞走，就是周砚忙着赶飞机。直到周砚真的要走，叮嘱她这几天没工作在家好好休息、多看剧本时，许稚意不舍的情绪才突然涌现出来。她望着面前让自己早睡、不要熬夜玩手机的人，抬手攘了攘他的衣服。

周砚的神情一顿，他垂眼看她："怎么了？"

许稚意："周老师。"

"嗯？"他低头，蹭了蹭她的鼻尖，嗓音低哑，"想跟我说什么？"

许稚意微微抬了抬下巴，亲他的唇角："不想让你走。"

周砚挑眉："舍不得我？"

许稚意沉默了一会儿，小声说："嗯。你走了我明天就吃不到原汁鸡和糖醋排骨了。"

瞬间，周砚的心拔凉拔凉的。

他看到许稚意的眼睛里的狡黠之色，没忍住，用力地捏了捏她的脸颊，说："走了。"

许稚意"扑哧"一笑："生气了？"她黏着周砚，"我没跟你计较昨天综艺的事，你怎么还跟我生气呢？"

周砚瞥她："昨天综艺什么事？"

"哼。"许稚意白他一眼，戳了戳他的脸颊，"你说呢？"

她喃喃道："周老师，你怎么那么受欢迎啊？"

周砚微怔，笑问："有吗？"

"有。"

周砚扬眉，故意问："我怎么受欢迎了？"

许稚意磨牙："怎么那么多漂亮的女生喜欢你？"

周砚看她："这个问题，我给不了你答案。但是——"对上许稚意看过来的双眼，周砚俯身在她的唇上落下一个吻，"我可以告诉你。"

"什么？"许稚意眼睫轻颤，有点儿期待。

周砚吻了一下她的唇，低声道："我只想要许老师这一个漂亮女生喜欢。"

许稚意原以为能听到周砚表白，听到他的话没忍住捶了一拳："赶紧走吧，周老师。"

周砚笑着问："赶我？"

"是。"许稚意没好气地瞪了他一眼，"你再不走，我怕你赶不上飞机。"这是实话。

周砚知道她的意思，跟她亲热了一会儿，哄她："在家乖一点儿，出门注意安全。"

"知道。"

"我走了。"

许稚意点头："落地跟我说。"

"好。"

门关上。许稚意盯着紧闭的大门半晌，隐约觉得空气里原本属于周砚的清香气味越来越淡，而后消散。她半瘫在沙发上，幽幽地叹了口气：男朋友太忙，该怎么办？

一小时后，因为老公忙而孤单的盛檀，过来跟她抱团取暖。

许稚意给她开门，一进门，盛檀就往厨房跑。

许稚意的眼皮一跳："你干吗？"

盛檀："周老师做的菜还剩多少？"从许稚意给她发的那张"满汉全席"照片看，这俩会考虑身材的人绝对吃不完。

许稚意被噎住："你没吃午饭？"

"对啊。"盛檀熟门熟路地打开冰箱，"你把午饭照片发给我的时候，有没有想过你亲爱的小甜甜正在家里挨饿？"

说实话，许稚意没想过。她抚额，瞅着盛檀问："你老公是不在家，但阿姨在家吧？"

"在啊。"盛檀摸了摸肚子，"但我要跟我老公卖惨，所以没让她做饭。"

"卖什么惨？"许稚意茫然。

盛檀觑她一眼，端出冰箱里没吃完的剩菜放进微波炉，这才说："当然是卖我吃不下阿姨做的饭的惨啊。"

许稚意挑眉："你这样，你老公就会回来？"

"不然呢？"

"哦。"许稚意不解风情，"我以为他会直接把阿姨辞退，给你换个煮饭好吃的阿姨。"

盛檀哽住，睨了许稚意一眼，问道："你怎么会这么想？"

"这不是正常人的想法？"许稚意反驳。

"是正常人的想法。"盛檀道，"但我们家阿姨照顾我老公很多年了，不会被辞退的。"

可能她被辞退了，他们家阿姨也不会被辞退。想到这儿，盛檀伤心三秒，咕哝道："再说，这是我跟我老公的小情趣，夫妻情趣，你不懂了吧？"

她这是示弱，只有这样，她那被她气到出差的老公才会回来。

许稚意确实不懂，毕竟她还是未婚美女。

两个人斗着嘴，盛檀给许稚意传授"夫妻情趣"的新知识，让她学着点儿，以后把那些招数用到周砚身上。男人都喜欢爱撒娇的女人，周砚肯定也不例外。

许稚意一只耳朵进一只耳朵出，敷衍地表示知道了。

"要不要给你热饭？"许稚意问。

盛檀的话被打断："要。"

把饭菜热好，她们重新坐回餐桌旁。

坐下后，盛檀迷迷糊糊地问："我刚刚说到哪儿了？"

许稚意往她的嘴里塞了一块排骨，微笑着说："说到你怎么为了我把沈总惹毛。"

"哦。"盛檀捡起忘掉的话题，"我为了姐妹，真的付出……"

话还没说完，许稚意又给她塞了只剥好的虾。这个话题进行不下去了，许稚意发动美食攻击，她拒绝不了。

吃饱喝足，盛檀跟许稚意待在沙发上玩手机。

盛檀打了个哈欠，还有点儿犯困："周老师什么时候走的？"

"你来的前一个小时。"许稚意瞥她，"今晚睡这儿？"

盛檀眼睛一亮，抱着许稚意的手臂，说道："嘿嘿，可以。"她大放厥词，"今晚和周老师的女人一起睡。"

许稚意觉得她像个傻瓜："盛大小姐，您能正常点儿吗？"

盛檀眨眨眼："我哪里不正常了？"

许稚意上下打量着她，吐槽说："哪里都不是很正常的样子。"

盛檀语塞，白了许稚意一眼，哼哼唧唧："你好过分。"

许稚意无言以对。

两个人安静片刻，盛檀问："出去逛街吗？"她无聊的时候就喜欢逛街。

许稚意转头看向窗外的太阳，果断拒绝："太热了。"

盛檀顺着她的视线往外看："也是，那在家吹空调吧。"她顺势躺在沙发上，边说边指挥许稚意，"看看选秀节目。"

许稚意去拿遥控器，刚调到女艺人的选秀节目，盛檀睁开眼瞅了瞅："要男艺人的。"

"我现在就告诉你老公。"许稚意威胁道。

盛檀："那真是太好了。"

最后二人头对着头躺在沙发上，侧着脑袋看屏幕上的男艺人们。

看了一会儿，许稚意没看到帅哥，感慨："这届男艺人不行，没一个长得帅的。"

"是吧！"盛檀很是认可，"连周老师和我老公的一半帅气都没有，也没什么才华，他们怎么好意思来参加选秀节目？换换换，看女艺人去。"

周砚落地盐港，第一时间给许稚意发消息。

许稚意："嗯。"

周砚："在忙？"

许稚意："看美女。"她顺势给周砚拍了一张电视里几个女艺人刚表演完的照片。照片里，女艺人穿着热裤和露腰小吊带，身材热辣性感，妩媚撩人。

周砚无语。

许稚意："好看吗？"

周砚是个求生欲非常强的人，甚至都没点开那张照片看大图，直接回："没你好看。"

许稚意："我问的是衣服。"

周砚依旧是否定答案。

许稚意："不好看啊？"

周砚："怎么？"

许稚意："我觉得还挺好看的。"

周砚还没回，许稚意故作遗憾地说："既然你说不好看，那我还是不买了。"

周砚："什么？"

许稚意："本来盛檀说她要买然后送我两套类似的，既然你说不好看，那我拒绝她吧。"这份厚礼，她不要了。

消息发过去后，许稚意一直抿嘴在忍笑。

等了一分钟，她的微信里收到男人发过来的语音。周砚清越低沉的嗓音传到她的耳朵里，像是在咬着牙问她："故意的？"

许稚意无辜地反问："我哪有？"

周砚："你有。"

许稚意忍俊不禁，继续否认。两个人你来我往好一会儿，旁边沉睡的盛檀忽然醒了。

她起身往客房走，嘟囔道："啧，我不想听你们秀恩爱。"

许稚意一时语塞。

晚上八点，《你想要的故事我都有》第一期正式开播。

因为是周日，待在家里等综艺播出的人还挺多的。

许稚意和盛檀也没出去玩，让人送了外卖过来，准备看看效果。

播出前，焦文倩还给许稚意打了个电话，让她放轻松，说她是第一次参加综艺，就算表现得不好也没关系，以后再接再厉。至于网上的评价，能不看就不看。

挂了电话，盛檀哭笑不得："你的经纪人跟老妈子似的。"

许稚意："那是她喜欢我。"

"这倒是。"盛檀道，"换别的经纪人，早让你拉着周砚炒作了。"

许稚意睃她一眼。

"你干吗？"盛檀瞅着许稚意登录微博大号。

许稚意："忘了宣传。"

第一次，她还有点儿不熟练。她登上微博，在八点前转发了官方宣传微博。

　　许稚意：今晚要一起看《你想要的故事我都有》吗？

她一发完微博，粉丝便蜂拥而至：

"看！看我美丽的稚意！"

"我已经准备好了！"

"期待期待。"

"搬好小板凳等八点。"

…………

"八点到了没？"盛檀问，"赶紧上线行吗？我迫不及待地想看你在综艺里出丑了。"

许稚意无语："我不会出丑的。"

盛檀不信，但事实确实如此。

八点，综艺准时上线。

许稚意的粉丝很多，加上这是她的综艺首秀，还有倪璇这个竞争对手及边磊这个绯闻对象在，网友对这个综艺充满了好奇和期待——他们太喜欢看这样的场面了。

许稚意和盛檀点进去的时候，已经有不少弹幕了。

《你想要的故事我都有》就是拍摄编剧撰写的小故事，从前期演员间的沟通到拍摄，把小故事完整地呈现出来。这个综艺类似表演类的节目，可以让观众更多地了解演员这个行业，也更多地了解自己的喜欢的艺人。一天的拍摄内容，有演员的生活、演员之间的沟通，还有演员拍摄前期会做哪些准备等。总之，大家想看的都有。

许稚意和倪璇都算是知名度较高的艺人，宋洌、边磊、杨新知也有不少粉丝。除了这五位常驻嘉宾，节目组第一期请来的飞行嘉宾的知名度也不低。

综艺刚开播五分钟，节目就上了热搜。许稚意出场没多久，也跟着有了热搜。

她素颜出镜，穿着简单的 T 恤和长裤，第一时间吸引了粉丝的目光。

"许稚意你这个女人干吗突然对着镜头笑？"

"许稚意是素颜吧，太漂亮了。"

"许稚意到底怎么长的，怎么可以如此好看？"

…………

综艺剪辑得不错，刚开始是几位嘉宾的自我介绍，然后说自己拿到的角色。

许稚意说自己的角色是小狐狸时，弹幕越发多了。

"是那种会撒娇的小狐狸吗？许稚意竟然要演撒娇的小妹妹？"

"不会吧，许稚意好像从来没演过这样的角色，能搞定吗？"

网上很多人都说，许稚意之前跟周砚合作的那两部电影之所以那么成功，一方面是两个人的气场太贴合，站在一起就让人浮想联翩；另一方面是主角的设定占优势，人物设定很适合许稚意，高贵冷艳，没有太大的情绪波动。她没演过情绪波动大、会撒娇的角色。

所以在她拿到这个角色的第一时间，网上有人并不太看好。他们先是夸了一番她的气质特别，演艺圈少有这种气质的女演员，紧接着便说希望她不要演与本人性格差距太大的角色，否则不仅自己不适应，观众也不适应等。

还有人说，许稚意安安稳稳地吃最开始两部电影的红利就好了，没必要勉强自己，不要破釜沉舟，不然最后可能什么也捞不着。

总而言之，说什么的都有。

还没看到她的表演，粉丝想反驳，也不太敢。因为他们也不知道许稚意撒娇是什么样，演撒娇的女生又是什么样。他们认可许稚意的演技，可这两年她受挫过于严重，不知道是不是真的抱着破罐子破摔的想法演绎角色。

瞬间，大家的讨论激烈起来，第一期的播放量和人气也"噌噌"地往上升。

许稚意要演爱撒娇的小狐狸，谁不想看看？

等等，许稚意和倪璇……演母女？节目组真有趣。

故事还没正式开演，只在化妆阶段，许稚意和倪璇拿到的角色信息就被人发出来了，有些迫不及待的观众甚至直接往后拉了进度条，专门看许稚意和倪璇表演的那一段。

许稚意没拉进度条，就按照正常的速度看。

盛檀在旁边偶尔会点评两句："边磊是不是对你有点儿意思？"她皱眉问，"感觉他的视线一直追着你。"

许稚意："我不自恋。"她的魅力没那么大。

盛檀："你跟倪璇凑到一起，竟然没兵戎相见，我还挺意外的。"

许稚意："法治社会。"

盛檀："哦。"

晚上十点，长达两个小时的综艺《你想要的故事我都有》第一期播完，第一时间，"许稚意小狐狸""倪璇、许稚意演母女""谁能扛得住许稚意撒娇""许稚意求求你演个撒娇女生""许稚意、边磊狐狸书生"等话题冲上热搜。

看过综艺的观众纷纷为许稚意欢呼。而那些先前嘲讽许稚意的微博，被看过这一期综艺的网友反驳了：

谁说许稚意不适合演撒娇的女生？

谁敢说许稚意的演技退步了？你看许稚意的表演了吗？她的表演能让你心口酥麻，让你为她心动。

还有很多粉丝和网友第一时间发微博，称许稚意演什么像什么：

"我是宋冽的粉丝，今天爱上了许稚意，怎么会有女生这么可爱？"

"许稚意演小狐狸时那双灵动狡黠的眼睛水汪汪的，我的魂儿没了啊。"

"我一直以为许稚意这种冷艳的大小姐不适合撒娇，没想到……反差感永远是最棒的！不接受反驳。"

"导演们，快来看看潜力无限的许稚意！"

…………

网友纷纷夸赞，连一些圈内有名的影评人也因为网友的热情推荐去看了许稚意的表演。看完后，有个在微博上很出名的影评人连夜为许稚意写了一条长微博。

什么都爱看的蓝巨人：无聊的周日晚上，看了朋友推荐的《你想要的故事我都有》这个综艺。先说一下，他喜欢许稚意的长相，但我还好。许稚意这两年的作品不够好，原因嘛，不是她的演技不行，而是运气不太好，多的不能说，懂的人都懂。因为朋友热情推荐，所以我点开看了看，但我不喜欢前面的部分，所以只看了他们的表演。看完我想说，许稚意还是那个许稚意，她可以在刚进圈的时候用青涩的表演打动你，也可以在现在用成熟的演技撩拨你的心。我跟朋友一起看节目之前，其实也担心过许稚意会演不好这么一个懵懂又古灵精怪还爱撒娇的角色，更何况这只是一个小综艺。看完，我发现自己错了。许稚意演的不是那种魅惑妖娆的狐狸精，她是灵动的，像真实的小狐狸一样。她那双狐狸眼太适合这个角色了，刚出现在镜头里时，眼睛里流露出的对世间的懵懂和好奇之感，太灵了。我敢说，看完你会爱上她。就像我现在这样，在这里写点评，可满脑子都还是她幻化成人时对着镜头露齿一笑的机灵样。那一笑，让我整个人都被她击中，甚至有种以后为她当牛做马的冲动。我以前看过一个说法，没有人能扛住许稚意的美貌。现在我想，可以改改了，除了她的美貌，应该也没有人能抵挡她演小狐狸时拿捏的那些微表情，以及娇憨的语气。她一开口，就让你恨不得钻进电视里，敲开书生的脑袋让他开窍，让他快点儿接受小狐狸。当然，还有倪璇，我发现倪璇跟许稚意之间有种神奇的气场，这两个人在一起演戏，还挺有化学反应的。最后说一句：从今天开始，我要成为许稚意的影迷，这是一个被我们低估了演技的、拥有绝美容颜的女演员。

在圈内，这位影评人的影评一向以中肯著称。他曾说过，自己不收钱写点评，只会看自己感兴趣或喜欢的，看完会不会推荐、写不写影评，全看自己的心情。

他的粉丝有五百多万，全是被影评吸引来的。所以他的长微博一出，让许稚意的人气更高了。许稚意的粉丝也抓住机会，第一时间给她剪了单独的视频做宣传。

小狐狸啊！又乖又灵又撩人的小狐狸，值得所有人宠爱喜欢。

与此同时，许稚意收到远在盐港的男朋友的消息："小狐狸。"

周砚："帮我问问导演你那套戏服是在哪儿买的。"

许稚意："不。"

第四章　地下恋情

拒绝完男朋友，许稚意转头和盛檀说话。

综艺播完了，盛檀也忍不住和网友一样点评。当然，她的评价带着厚厚的滤镜。

"演得真好。"她靠在许稚意的肩上，撒娇道，"有你平时生活的味道，感觉你整个人沉下来，落地了。"

许稚意一怔，然后失笑，问："我平日里是这样的？"

盛檀点头："你跟我还有跟周砚在一起的时候，整个人是灵动的。"

听到这话，许稚意无声地弯了弯唇。她自己也觉得演得还可以，但如果再给她一次机会，或许能演得更好。

焦文倩第一时间给她打电话夸她。看完许稚意的表演以及网上的讨论后，焦文倩悬着的心才落地。她敢肯定，许稚意能借着这个综艺翻身。

事实也证明，焦文倩的眼光和感觉是准的。

之后几天，这个综艺和许稚意等人的话题热度依旧很高。第一期视频的播放量在次日破亿，甚至还在持续猛增。常驻的五位嘉宾的微博粉丝量也在飞速增长。其中，许稚意的粉丝涨得最快、最多。一期综艺播完，她直接涨粉一百多万。

这还不够。综艺播出后的第三天，许稚意在家为第三期节目的录制做准备时，焦文倩带着剧本和代言合同来了。

许稚意翻看了一下焦文倩放在茶几上的合同，眉梢微扬："这是你筛选出来的剧本？"

焦文倩："嗯。"她把其中三份往许稚意那边推了推，温声道，"这三份我看了，大纲都还不错，更重要的是拍摄时间不会跟袁导那边撞在一起，你看看感不感兴趣，有感兴趣的我去谈。"

许稚意点头。

自从许稚意的综艺播出后，不少投资方和导演都找到了焦文倩。他们以前也与很多网友有相同的观念，觉得许稚意只能演冰山美人，谁也没料到她能演这么灵动可爱的小狐狸。如果这样的角色都能演，那么许稚意可选的剧本就多了。

更重要的是，许稚意这两三年产出的作品不行，可人气仍然居高不下，冲着这一点，投资方也会想选她。她本人自带人气，又有演技，找她演戏稳赚不赔。

焦文倩带来的除了剧本，还有好几个代言合同。其中一个很特别，是一个短视频 App，想找许稚意做形象代言人。

许稚意诧异："短视频 App？"

焦文倩点头："很奇怪吗？"

许稚意嗯了一声，非常费解："这个短视频 App 我都没下载，怎么会突然找我？"

听到她这话，焦文倩哭笑不得："你是没下载，但你的粉丝下载了。"焦文倩掏出手机点开那个短视频 App 给她看，"你是不知道你在这里有多火。"

许稚意还没演小狐狸时，是短视频 App 用户心目中只能远观的女艺人，高高在上，不好接近，大家偶尔刷到粉丝发的视频，最多也就夸一句好看，骨相真绝。

但现在不同了，自从许稚意演了小狐狸，那些用户忽然被她击中。于是许稚意在短视频 App 里瞬间火起来，每一个和许稚意饰演的小狐狸有关的视频的点赞数都能破百万。

许稚意对这些确实毫不知情。

焦文倩无语："你不用知道太多，反正这个代言你要接。"

许稚意笑问："代言费很高？"

焦文倩："在正常的范围内，但比你之前的代言费都高。"

许稚意懂了，没什么异议："接吧。"

焦文倩应声："不过对方在合同里提了个要求，我怕你会为难。"

眼皮一跳，许稚意有种不太好的预感："是什么？"

焦文倩翻到合同那一页给她看，底气不足地说：“这个代言除了官宣时要录一个视频，之后几个月，你每个月起码要发三条短视频。”顿了一下，焦文倩又问道，“你觉得可以吗？”

许稚意犹豫了，翻了翻合同：“什么样的短视频？”

“就……跳个舞、唱首歌，最好还能开个直播跟大家聊聊天。”焦文倩继续说，“实在不行，你就拍个一分钟的日常 vlog（视频网络日志）放上去，对方也不会有意见。”

听完，许稚意知道自己的经纪人为什么会底气不足了。因为许稚意是个很少记录生活的人。模仿偶像跳舞、唱歌、直播这些，更是从未出现在她的工作计划里。

两人对视一眼。

“代言费特别高！”焦文倩看出她退缩的意图，压着声音诱惑道，“能让你养周老师半个月，接不接？”

“接。”许稚意磨牙，“我不会跟钱过不去。”

焦文倩：“好。”

除了短视频 App 的代言，还有大家很喜欢的酸奶及巧克力品牌也找上门来。许稚意听焦文倩报出的品牌，笑了笑说：“你觉得没问题就接。”

“行。”焦文倩这几天感受到许稚意重新回来的人气和热度，感慨道，“我有点儿期待你们第二期的节目播出了。有周老师在，你发挥得应该会更好。”

焦文倩走后，许稚意想起这几天被自己冷落的男朋友。因为看剧本，许稚意处于闭关状态，不怎么看微博，朋友的消息除非特别重要否则也不回，整个人沉浸在剧本角色里难以抽身。

许稚意点开微信，打开和周砚的对话页面，二人的对话停留在昨晚。

她睡觉前会给周砚发一句“晚安”，周砚收工回到酒店也会和她说一声。

许稚意翻了翻聊天记录，两个人这几天的聊天数量正在逐渐减少。

思及此，许稚意点了两下男朋友的头像，聊天界面弹出“我拍了拍周砚”字样。

许稚意给他发消息：“周老师，在忙吗？”

周砚：“许老师。”

许稚意：“你拍拍我。”

周砚：“什么？”

许稚意：“点点我的头像。”

周砚这会儿在片场，刚拍完一场戏，导演等人要重新调配场景，演员中场休息半小时。看到许稚意的要求，周砚勾了勾唇，点了点她的头像。

他点完，聊天界面弹出"你拍了拍许稚意的脑袋被索赔一个吻"的字样。

看到这句话，周砚扬眉："一个够吗？"

许稚意："等等我改改，你再拍拍。"

周砚："不用改了。"

许稚意："什么？"

周砚："等我杀青回来，你要多少都行。"

许稚意："那我不想要太多。"她承受不来。

两个人闲扯了一会儿，许稚意趴在沙发上捧着手机笑，问他今天的戏多不多。

周砚今天的戏不算多，没有大夜戏，他能早点儿收工回酒店。

许稚意："啊……可惜我今晚要早睡。"

周砚："明天录综艺？"他是知道许稚意的部分行程安排的。

许稚意："嗯，第三期和第四期的录制在一起，明天早上飞过去。"

周砚："落地跟我说。"

许稚意："知道。"

这是两位"空中飞人"常说的话，无论在哪里，他们最需要确认的都是对方平安。

两个人正聊着，周砚忽然给许稚意拨了电话。许稚意一愣，接通："你不是在片场？"

一般情况下，周砚很少在片场给自己打电话，一是他们是地下恋情，怕被别人听到什么，二是周砚说跟她打电话很容易被分散注意力，所以尽量不打。

刚知道他的想法时，许稚意还抱怨过：什么叫自己会分散他的注意力？

周砚一句话将她反杀——因为听到她的声音，他就会控制不住地想见她。

从那之后，许稚意尽量不给在片场的周砚打电话，她可不想当"许妲己"。

"在。"周砚走到角落里，嗓音低沉地说道，"但想听听你的声音。"

许稚意挑眉，趴在抱枕上侧了侧身，眉开眼笑："不怕我影响你拍戏？"

周砚微顿："怕。"

许稚意微哽，轻哼道："那你还……"

话还没说完，她就被周砚打断："但还是想听你的声音。"

瞬间，许稚意被他的话击中。只要周砚说这些话，她就没有还击的能力。

没有人不爱听甜言蜜语，更何况是大帅哥男朋友说给她听的。

许稚意弯了下唇："你在角落里吗？"

周砚抬眸，问："你那边天气怎么样？"

"还可以。"许稚意看向窗外，"阳光都照进来了。"还好屋内开了空调，不然她会觉得自己躺在火炉里。

周砚："嗯。"

许稚意："你那边呢？"

"挺好的。"周砚看着头顶刺目的阳光，轻声道，"有云。"

许稚意一怔，起身走到窗边："我这儿只有蓝蓝的天空，好像没有云。"

周砚轻笑，低声说道："待会儿就有了。"

许稚意听到这话，唇角的弧度加大："待会儿出现的那朵云，姓周名砚吗？"

周砚："是。"

许稚意被他的话逗笑："周老师。"

"嗯？"

"在哪儿学的，"许稚意调侃，"怎么变得这么轻浮？"

周砚："轻浮？"

"对啊。"许稚意完全忘了自己说过这话，"你不觉得吗？"

周砚缄默片刻，轻声说道："在许老师这里学的。"

"哦。"许稚意立马改口，"周老师你说话真好听，今天吃糖了吗？"

周砚："没吃。"

"那我给你寄点儿？"

"我要指定牌子的糖。"周砚说。

许稚意："好办，你说吧。"她就不信，糖而已，还有她买不到的吗？

周砚抿唇一笑，不紧不慢地说："我只吃许稚意这个牌子的糖，其他的不吃。"

许稚意莫名有点儿被周砚撩拨到的感觉。她抿了下唇，埋头蹭着抱枕哼哼："那完蛋了。"

周砚："怎么？"

许稚意一本正经地说道："许稚意牌的糖得劳烦周老师亲自过来吃。"

周砚被她逗笑，应道："好。"

闲聊一会儿后，许稚意跟周砚分享了刚刚焦文倩和她说的工作。

周砚："恭喜许老师。"

许稚意："你知道我为什么接那个短视频 App 的代言吗？"

周砚扬眉："为什么？"

许稚意小声说："因为倩姐说，那个代言费可以养周老师半个月。"

周砚真没想到是这个答案。他垂眸，从喉咙里溢出笑声："这么想养我？"

"想啊。"许稚意躺在沙发上望着天花板，认真地说道，"做梦都想。"

周砚："行。"

许稚意："你愿意让我养啊？"

"愿意。"周砚说："许老师什么时候需要跟我说一声，我送货上门。"

许稚意："好。"

两个人腻腻歪歪地聊了一会儿天，许稚意听到了郑元喊周砚的声音。

她说道："去拍戏吧，我看剧本。"

周砚："好。"

挂了电话，周砚看向郑元："好了？"

郑元摇头："导演喊你有点儿事。"

周砚颔首。

周砚过去时，导演旁边还有一个合作的女演员。女演员是前几天刚进组的，戏不多，和周砚有两场对手戏。不再和许稚意合作演戏后，他们两个人都有种奇怪的默契，在挑选剧本的时候，会自动筛掉感情戏多的剧本。

电影剧本的类型，不单单是谈情说爱的，还有国恨家仇的，周砚的选择性很多，所以在这方面，他一点儿困扰都没有。不过，哪怕不是谈情说爱的戏，也还是需要一点儿感情戏作为衔接的。因此，周砚主演的电影里的女性角色，要么是与他有过一段过往的前女友，对手戏时长大概五分钟，要么是一个存在感很低的女朋友或暗恋对象，只会跟他拍几场对手戏而已。不管怎样，亲密戏都约等于零。一来是这类戏本身不适合加入太多情情爱爱、缠绵悱恻的镜头，二来是凭他的演技也不需要这类噱头。

"周砚。"这部戏的导演之前跟周砚合作过，二人比较熟。他给了周砚一个眼神，咳了一声，道："我想给你们加场戏。"

周砚瞥他一眼："什么戏？"

"感情戏。"导演说，"你觉得怎么样？"

周砚看着他，没一口拒绝，反而是一副倾听的姿态："怎么说？"

导演顿了顿，解释了一下怎么加感情戏。

周砚轻蹙眉头，思索半晌后说道："不合适。一个在生死边缘游走的警察，加什么感情戏？"他问导演，"你觉得观众看着不违和吗？"

导演当然觉得违和！他根本就不想加，但拗不过投资方。投资方塞进来的女演员想跟周砚演感情戏，自己根本拒绝不了。

"嗯……确实。"导演装模作样思考片刻，看向一侧的编剧："你觉得呢？"

编剧："其实我的想法也是不加比较好，周老师看过剧本，知道故事的发展脉络，整体而言，这个题材的电影不需要过多的感情戏。"

旁边的女演员听着，好几次想说话都被助理拉住了。

她是认识投资方，但投资方也会尊重周砚的意见。没办法，谁让周砚是票房保证呢？

周砚拒绝后，女演员不再强求，导演开心起来。

女演员走后，导演拍了拍周砚的肩膀："做得不错。"

周砚无奈地一笑："实话。"他向来尊重编剧的创作成果，也尊重剧本逻辑。

如果加感情戏效果更好，作为一个演员，周砚肯定会同意，但加入感情戏效果不好，甚至会影响故事性，那他也会拒绝。这是周砚的原则。

许稚意不知道周砚在片场的情况，但就算知道也无能为力。目前来说，她只能做好自己该做的——录好现在的综艺，读透剧本，抓住每一个机会。

翌日，许稚意飞往榕城录制《你想要的故事我都有》的第三、四期。

节目组没有安排谁固定拿什么角色，全都是随机抽取的。

第三期，许稚意和倪璇抽中了作为情敌的两个角色，两个人要为爱大打出手。知道剧情梗概后，许稚意小声嘟囔了一句："我不会为了男人跟女人打架的。"

倪璇轻哼："那你还为了周砚差点儿把我气晕呢。"

两个人身上戴着的麦克风都没开，她们也不避讳交流这些。

许稚意被噎了一下，瞪了倪璇一眼："朋友，那是你自己身体不行好不好？"什么叫把倪璇气晕？她没那么无聊。

"你才身体不行。"倪璇启唇反驳，"我的身体好得很，能去操场跑十圈，你信不信？"

"什么？"许稚意茫然三秒，看了一眼天空，迟疑着道，"那你现在去？"

倪璇："我就是打个比方，不是真的要去！"

"哦。"许稚意无语，"不要大放厥词，不然你会搬石头砸自己的脚，懂吗？"

屋檐外的太阳灼烧着路面。

两个人在镜头里跟小学生一样斗嘴，斗着斗着，倪璇自来熟地推了一下许稚意的手臂，压着声音说："你的追求者来了。"

许稚意抬头："别瞎说。"倪璇撇撇嘴。

"稚意。"边磊走到二人面前，手里还拿着剧本，神情温和，"有没有时间对对戏？"

"有的。"许稚意颔首，朝边磊走去，轻声问，"去办公室吧？"

他们第三期录制的是小说里常有的霸道总裁剧情，在写字楼里录制。

办公室里的工作人员多，摄像头和摄影师也多，许稚意觉得自己跟边磊对戏，在镜头下比较合适，至少能避免一些不必要的麻烦。边磊没意见。

两个人一前一后地往办公室走。倪璇看着他们的背影，半晌，轻轻"啧"了一声，不甘被冷落："我也去。"

许稚意："走吧。"

边磊干笑了几声："倪老师，一起去。"

第三期和第四期的录制一如既往地顺利。

在大半天的时间里把拿到的角色磨出来，虽有点儿累，但许稚意觉得值得。许稚意很喜欢演戏，这也是她之前即使受挫也没退圈的原因。不是这个圈子赚钱多，而是她纯粹是喜欢、舍不得。

录完节目，许稚意当晚便回了北城。

下了飞机坐上保姆车，她打了个哈欠。

蒲欢瞅着她睡眼惺忪、可怜兮兮的模样，一阵心疼："忙完这几天就能休息了。"

明天许稚意还有个广告拍摄，折腾下来起码要一天。

许稚意点头。她趴在车窗上看窗外流淌而过的光影，卷翘的睫毛忽闪忽闪的，狡黠又漂亮。蒲欢不经意地看过去，被她击中。

"姐。"蒲欢小声问，"你在对我使用美貌武器吗？"

"什么？"许稚意一愣，扭头看蒲欢，"那倒没有。"

她撩了一下头发，说道："我的美貌武器只对周砚使用。"

说到周砚，蒲欢在旁边好奇地问："砚哥什么时候杀青啊？"

"还有一周左右吧。"许稚意也不是很确定，"在赶进度。"

蒲欢点点头，笑着说："我有点儿期待过两天你们一起录制的综艺播出后的效果了。"

许稚意没说话。别说蒲欢，就连她自己也是有点儿期待的。

思及此，许稚意摸出手机给正在努力赚钱的男朋友发消息："周老师。"

消息发过去，周砚没及时回。许稚意也不着急，转而登录微博。

蒲欢瞟了一眼："姐，你登的是大号还是小号？"

许稚意："大号。"她有小号，但一般只有在看新闻或给周砚点赞、评论时才会用。

蒲欢提醒："那你记得用左手刷微博。"

对着许稚意狐疑的目光，蒲欢小声地说："万一你手滑，今晚无眠的就是我们。"

许稚意被噎住，默默地把手机从右手换到了左手，艰难地刷着微博。

回到家，许稚意才收到周砚的回复。

周砚："刚才在拍戏，到家了？"

许稚意："周老师真准时，刚进屋。"

周砚："嗯。"

许稚意："没什么事，你先拍戏，我要去洗澡、睡觉了，明天有广告拍摄。"

周砚："好，我再过一周就能杀青。"

许稚意给他回了个"OK"的可爱表情。

回完消息，许稚意直接进房间，拿着睡衣进了浴室。录了两天节目，又做了一次"空中飞人"，她倍感疲惫。

周砚给许稚意回完消息后，还有一场戏要拍。他刚把手机收起来，同剧组的女演员黄依萱就过来了。

"周老师。"她仰头看着周砚，笑盈盈地说，"在忙吗？"

周砚看她，眉头微蹙："有事？"

黄依萱抿了下唇，点头说："我想跟你对对戏。"待会儿他们俩有一场对手戏要拍。

周砚没拒绝。两个人按照正常流程对戏。

对完了戏，黄依萱也没走，站在周砚面前，深呼吸了一下，说："周老师。"

周砚敛眸："还有事？"

黄依萱微微一顿，低声问道："我可以跟你合个影吗？"她是周砚的粉丝。

周砚想也没想直接说："抱歉，不太方便。"

黄依萱张了张嘴，错愕地看着他，不死心地说："我不会把照片传出去的，我是你的影迷。"

周砚"嗯"了一声，轻声道："拍戏没有这个工作要求。"

他一边抬脚走一边喊："郑元。"

郑元："砚哥。"

助理一来，黄依萱只好把自己到嘴边的话收回去。她望着周砚走远的背影，心有不甘地咬着唇，生气地跺了跺脚。

周砚没把这事放在心上。他进的剧组不多但也不少，时常会遇到类似的情况。

处理这种事，周砚可谓是得心应手。说他冷漠也好，骄傲也罢，对比起来，他更舍不得让许稚意不开心。至于旁人，好像和他没有太大关系。

之后的几天，许稚意都比较忙，不是在拍广告，就是在拍广告的路上。

忙碌了几天，大家等到了《你想要的故事我都有》第二期的播出。

周日这天早上，"中意"粉丝大早上起来，开始准备迎接晚上两个人的"洞房"。没错，对他们来说，周砚和许稚意一起录综艺，四舍五入就是被他们送进洞房了。这是最可怜又最幸福的粉丝。

其他粉丝原本在看热闹，可看着看着心里开始发酸：凭什么"中意"粉都能等到合作，而他们不能？

一大早，盛檀就给许稚意截了很多粉丝在超话里庆祝的图片。

盛檀："我要被你们的粉丝笑吐了。"

盛檀："哈哈哈，他们真的好搞笑。"

盛檀："要不是我为姐妹着想，现在就想去给大家爆料，不用四舍五入，他们的正主在综艺录制完当晚就洞房了。"

许稚意看着她的消息，一脸无语的表情。

许稚意："盛大小姐，你怎么那么闲？"

盛檀："我就是闲啊，你第一天知道？"

盛檀："你要是不进演艺圈，可以跟我一样这么有钱还这么闲。"

许稚意："我现在也很有钱。"

盛檀："有钱是有钱，但你不闲。"

许稚意："哼。"这个话题进行不下去了。

盛檀逗了她一会儿，问她："今晚一个人在家看综艺？"

许稚意："看剧本。"

盛檀："我老公回家了，不然我可以去你家陪你看综艺。"

许稚意："别。好好陪你的沈总，我不想被沈总记仇。"

盛檀："哦。"

前一阵子忙忙碌碌的，周日这天许稚意比较清闲。她上午看剧本，下午窝在家里练了一小时瑜伽，看了一部电影。一眨眼的工夫，这一天就过去了。

七点五十分，许稚意在经纪人的提醒下登录微博。她要再次宣传一下，给自己的综艺做推广。

　　许稚意：今晚八点，一起相约校园美好故事吧 # 你想要的故事我都有 #。

她还特意带了综艺的话题。

许稚意一现身，粉丝纷纷表示支持：

"期待期待！"

"苍天有眼！'中意'终于要合体了。"

"我来了！"

"搬好小板凳坐在电脑前等着。"

"女儿发微博了，等女婿。大家轻点儿骂，我忍不住想提周老师。"

在综艺开播前的几分钟，许稚意刷着评论。看到粉丝在自己的微博下提到周砚，她哭笑不得地揉了揉眼睛——他们真的很小心翼翼了。

许稚意看了一会儿，返回首页准备退出微博时，不小心点了刷新。

她一刷新，周砚新发的微博内容弹了出来。

两个人的微博一直是互相关注的状态，即便三年没合作，他们也在对方的关注列表里。

　　周砚：看 # 你想要的故事我都有 #。

言简意赅的一条微博，他甚至都没多说一句话，却足以让"中意"的粉丝欢呼雀跃，让他的粉丝开心不已——

"我等到了！"

"周砚发微博了。"

"重要通知：周砚发微博宣传和许稚意一起录制的综艺了。"

"这是周砚上的第一个综艺吧？又是跟许稚意合作，这对真的分不开了。"

"等了三年，'中意'粉终于等到了！"

…………

许稚意看了周砚的微博内容片刻，忍俊不禁地退出微博。她正想骚扰一下周砚，他先给她打来了视频电话。许稚意扬了扬眉，点击接通。

"周老师。"她看着出现在镜头里的男人，问，"今天没有大夜戏吗？"

周砚："嗯，刚收工。"

发完微博，他第一时间给她打电话。许稚意看出来了，他在车里。

她"嗯"了一声，托着腮说道："要不要跟我一起看综艺？"

周砚垂眸看她："你说呢？"

"但你还没回酒店。"许稚意勾了勾唇，想了想，提议道，"要不先把视频挂了？"

周砚"嗯"了一声，却说："不挂。"他紧盯着她，轻声道，"先看你。"

他给她打视频电话，本就是为了看她。

许稚意愣了一下，别开眼抿唇笑。不可否认，她被周砚的话取悦了。

"在哪儿学的啊，周老师？"她眉眼弯弯地道，"花言巧语，还挺会哄女孩子开心。"

周砚目光灼灼地注视她，喉结滚了滚，声音低沉地说道："许老师现在开心吗？"

许稚意觑他一眼，故意说道："一般吧。"

"那要怎么样才开心？"周砚问。

许稚意给了他一个眼神："自己想。"

周砚勾了勾唇，压着声音说："拍拍你？"

许稚意："不要。"她耳郭微红，没好气地睨他一眼，"那你多占我便宜啊。"

没一会儿，八点到了。

许稚意没去看网上的消息，直接点开综艺，不意外地被弹幕晃花了眼。

弹幕比第一期多多了。许稚意半眯着眼看，她和周砚的粉丝发的弹幕将屏幕淹没了。

"这是校园故事吗？"

"期待期待，周老师跟许老师是要演校园情侣吗？"

"我的校园女神！"

她看弹幕，周砚也跟着看了两眼。

看到粉丝在弹幕上发表的言论后，周砚笑了："粉丝都很期待许老师演高中生。"

许稚意正要回他这话，余光瞟到屏幕上闪过一行闪闪发光的文字。

"兄弟们！他们演的不是校园情侣，他们演的是师生！"

这弹幕一出，还没来得及拉进度条的观众纷纷被震住。

"天哪！今晚做梦的素材有了。"

"兄弟们，圆满了，圆满了。"

…………

有了这位尊贵的 VIP 的播报，很多人开始期待这一期节目了。

节目组之前在微博上放了点儿预告，但不多。也不知道是不是刻意的，甚至没有太多许稚意和周砚同框的镜头。

他们俩在预告里同时出现的内容只有一小段，就是周砚跟大家打招呼碰到许稚意的时候，两人对视了一眼。

周砚垂着眼睫看她，神色轻松地问："要我介绍吗？"

许稚意回："周老师。"

就这么简单的两句对话，激起了"中意"粉的热情，也让很多不是两个人的粉丝，但看过他们主演电影的观众梦回四年前二人在台上互相介绍自己的时候。那时，周砚还不算是电影圈的老人，许稚意更是新人，两个人望着对方时羞涩的模样，接受采访时小心翼翼的模样，都被大家看在眼里。他们真的好怀念。

预告里就这么两句对话，却足以吸引大批观众。综艺上线没两分钟，广告刚过，许稚意便看到了综艺群里数据组发的消息——收视率破亿了。

第一次，一期综艺刚上线，在线收看人次达到五千万。

许稚意将这个好消息告知周砚："周老师。"她看着镜头里面部轮廓不那么清晰的男人，笑着说，"你知道这个综艺现在有多少人看吗？"

周砚："多少？"

许稚意："节目组说有五千万人次。"她没记错的话，第一期刚上线的时候，在线观看的人次也就一千万，这一期一下翻了好几倍。

周砚扬了扬眉，开玩笑说："看来我们在观众心里还有点儿分量。"

许稚意纠正他："不止一点儿。"

两个人相视而笑。

许稚意瞅着他："看吗？"

"不看也行。"他目光灼灼地望着她，轻声道，"等我回酒店再看，先陪我聊会儿天？"

许稚意没拒绝。

周砚从片场回酒店的车程不远，不过这会儿有点儿堵车，开了近三十分钟才回到酒店。进电梯时，一直看着手机的郑元感慨了一句："哥，你跟许老师已经有三个热搜了。"半小时内，《你想要的故事我都有》人气飙升，两个人都上了热搜。这两个人简直是大家心目中的"白月光"。

第二期的故事发生在校园，讲的是青涩的校园恋情。节目组考虑到审核问题，没敢太过，剧情写的就是一男一女的双向暗恋，因为暗恋对方，他们努力地向对方靠近，有好几次阴错阳差的碰撞，也有错过。这样的剧情，很容易勾起大家对青春的回忆。

不过许稚意拿到的角色不是暗恋男主角的女生，而是一个大小姐——学渣、骄纵、在学校里横着走。她唯一惧怕的就是她的数学老师，也就是周砚这个角色。

原因很简单——周砚从小就是她父母口中的别人家小孩。

不错，编剧很会设计，给周砚的角色的设定不单单是"临危受命"来接手这个高三班级的数学老师，还是许稚意的角色在故事里的邻居家的孩子。

两个人是旧识。周砚第一天来学校上课，许稚意便认出他了。周砚也不例外，知道有这么个学习成绩很差，还不思进取的邻家小妹妹。二人的过往，综艺里没表现太多，正式拍摄的时候一笔带过了，不过前期他们在梳理故事脉络时，将这些都讲了出来。表演的部分还没到，一群人在表演前的沟通，以及私底下的互动全被节目组剪辑了出来。

粉丝看这个综艺，不只是为了后面的表演，更多人喜欢的其实是前面这一段。他们可以看到艺人们斗嘴的样子，还能知道他们在排戏时会做什么、聊什么。看到许稚意公开了自己拿到的角色，导演发话，周砚主动朝她走过去，温柔地说"许老师，对对戏"的时候，观众更激动了——他们终于等到周老师和许老师了。

蓦地，在周砚和许稚意认真对戏时，侯安琪出现了。看到她，"中意"的粉丝自然不高兴，只不过人家也是为了对戏，大家也就忍了。

可直到周砚和许稚意对完戏，侯安琪还在。这个时刻，观众恨不得穿进屏幕将侯安琪带走，把周砚和许稚意强行绑在一起，谁也别想分开。

"我只想看周砚和许稚意，对戏我也想看。"

"许稚意和倪璇好好笑啊！这两个人不是高中生，是小学生吧？"

"你别说……我还挺喜欢这两个人的。"

"'许倪一生'两个大美女的友情也好可爱。"

"'许倪一生'是什么东西？"

"哈哈哈，那是许稚意和倪璇的组合名。"

…………

大家边看边讨论。

许稚意看到自己跟倪璇在角落里关了麦克风聊天的一幕，也忍俊不禁。

周砚早就回酒店了，这会儿正和她同步看综艺。

"你们在说什么？"他问。

许稚意抽空看了他一眼，卖着关子："不告诉你。"

周砚无语。

许稚意看他被噎住的表情，轻哼道："我们在说你。"

周砚自觉这俩人说自己时准没好话，"嗯"了一声，不再继续问。

许稚意："你干吗不问说你什么了？"

看着她骄傲的表情，周砚哭笑不得："许老师，背着我说我什么好话了？"

"不是好话。"许稚意白他一眼，不紧不慢地说，"我们在说你真的很招蜂引蝶。"

周砚深感冤枉，但他的求生欲很强，知道不能为自己辩解太多。

他看着许稚意，低声道："抱歉。"

听他这么一说，许稚意反倒是挑不出刺了。她摆摆手，小声咕哝："好像也不是你的问题，不用道歉的，周老师。"

周砚勾了勾唇，脸上挂着笑。

节目组真的在给观众发福利。他们不仅没剪掉许稚意和周砚在走廊两端的栏杆上趴着，一同看着天空打电话的这一段，还在这里停留了好几分钟。

最开始看到这一幕，观众都在说他们是在给对方打电话。观众甚至给两个人牵了一条线，把他们的手绑在一起——线的颜色是红色的。

"他们是在给对方打电话吧？是吧是吧？"

"两个人都没看对方，肯定不是在给对方打电话啊。"

"姐妹们，我刚刚施了魔法，在他们的手腕上绑了一条红线，不用谢我。"

"哈哈哈，我要被前面的姐妹笑死了，不必这样吧？"

"姐妹，你能再施一次魔法，让红线更牢固一些吗？"

"我也要，我也要。"

…………

看着粉丝发的弹幕，许稚意哭笑不得。她笑着抚额，拖长音喊："周老师。"

周砚看她。许稚意扬起手："下次回来，给你送个礼物。"

周砚挑眉，一秒猜中："红线？"

许稚意一怔："你不要那么聪明。"

周砚笑了起来，声音从扬声器里传来，低沉又性感。许稚意不自觉地揉了揉耳朵，看向他："周砚。"

周砚微怔，正色说："你说。"

许稚意直勾勾地盯着他，狐狸眼闪了闪，轻声道："想你了。"

周砚一顿，和她对视半晌，低声回应："杀青就回。"

这一晚，注定又是许稚意和周砚的主场。

微博上全是他们在节目里互动的视频和图片——动图和静态图全都有。

他们的粉丝也极其给力，在第二期播出后的第一时间，截取了两人在里面的所有片段，剪出了片段供人观赏。更有粉丝用节目里的部分片段，给他们重新撰写了一段故事，剪辑了一段新的视频，卖力推荐。

许稚意不知道这些事，看完综艺后，跟周砚通着电话各自忙碌。这是两个人的习惯，因为聚少离多，他们只能靠电话和两颗坚定的心维持感情。许稚意看剧本，周砚也在看剧本。两个人听着对方的呼吸声，颇有对方就在身边的感觉。

许稚意近期人气高涨。她和周砚时隔近三年的合作更是让观众梦回当年。

这日，许稚意接到焦文倩的电话，说《你想要的故事我都有》争取到了一个影响力很强的娱乐类节目的宣传，常驻嘉宾都能去，飞行嘉宾如果可以的话，也能去两三个。

听焦文倩这么说，许稚意第一时间抓住了重点："他们的意思是想让我跟周砚都去？"

焦文倩："对方肯定想，你跟周砚的人气不用白不用。说真的，除了之前的陈陆南和颜秋枳，我就没见过其他演员有你们俩这样的人气。"

通常情况下，只有观众投票想看的和经常出现在各大综艺、各大活动里的艺人才会有这种人气。许稚意和周砚都不是这类艺人，但就是很神奇地拥有一大批心甘情愿给支持他们的粉丝。准确地说，有些还算不上粉丝，就是一些喜欢看电影的影迷。可就算是不怎么玩微博、不爱凑热闹的影迷，在两个人一起现身时，也愿意为他们贡献一些播放量。

听到这话，许稚意抿了下唇，说："周砚的人气高。"

焦文倩："你也别低估自己。"

许稚意："哦。"

焦文倩："说正事，去不去？"

"节目组联系你了？"许稚意想了想，"周老师应该明天才杀青吧。"

焦文倩："这我知道，节目是五天后录制，你在录完综艺的第五、六期后，直接飞到那边。"

许稚意思忖了一会儿："等周砚回来我问问他？"

焦文倩眼睛一亮，毫不犹豫地说："只要你愿意跟他同框，周砚不可能拒绝。"

许稚意语塞。

"对了。"焦文倩提醒她，"后天要去拍短视频 App 的广告，你先在家里练习一下。"

许稚意蒙了："练习什么？"

焦文倩："你下载 App 了吗？"

"下载了。"

焦文倩："你就看看 App 上面的视频都有什么，最好尝试性感可爱风，这种风格男女都抵抗不了，懂吗？"许稚意想回答自己不懂，但代言已经接下了，还是得敬业地完成。许稚意绝不敷衍工作，无论是拍戏还是拍广告，都力所能及地做到最好。

许稚意是个不太喜欢短视频的人，听到不认识的人说话会觉得很吵。

因此在接下代言前，她对这个名叫"真行"的短视频 App 的了解大多来源于身边的人。蒲欢偶尔会刷刷，但知道她喜欢安静，也不怎么在她面前玩。

有焦文倩提醒，许稚意特意登录 App 看了看。

她一打开，弹出的便是陌生人拍的视频。许稚意看完，往上一滑，又是一个新鲜视频。因为她是新用户，App 给她推送的内容五花八门。

许稚意问了蒲欢才知道，这个 App 会根据用户在视频上停留的时间长短来判断该用户喜欢什么类型的作品，之后就会对该用户增加此类作品的推荐。

这一晚，许稚意像打开了新世界的大门。她从刚开始的不感兴趣，到觉得有点儿意思，再到沉迷其中，一晃，几个小时过去了。

　　许稚意看了看，发现点赞和评论多的视频，除了搞怪有趣的，便是大美女的。

　　她还在这上面刷到好几个艺人拍的视频，其中就有倪璇。

　　许稚意对如何拍视频一头雾水。而蒲欢也不知道到底哪种视频能更受欢迎，给许稚意出了好几个主意，都被许稚意否定了。

　　"那你问问倪老师？"蒲欢说，"你们俩一起录了四期综艺，关系应该好点儿了吧？"

　　许稚意："不问。"

　　许稚意没想到的是，她没去问倪璇，倪璇倒自己找上门来了。

　　收到倪璇的消息时，许稚意正在家里挣扎着录介绍视频，笑得脸都僵了也没录好。

　　倪璇："你拿下'真行'的代言了？"

　　许稚意："什么？"

　　倪璇："是不是你？"

　　许稚意："是。你是怎么知道的？"广告还没拍，她拿下代言这事还在保密阶段，只有几位高层领导知道。

　　倪璇："我就知道是你。"她近段时间在 App 上发视频，就是想拿下这个代言，没想到今天一打探，代言人已经定下来了。

　　对方还给她卖了个关子，说是她熟悉的朋友。

　　听到"熟悉的朋友"这几个字，倪璇哪怕用脚指头想，也知道是许稚意。但他们不是"熟悉的朋友"，而是"有竞争关系的朋友"。

　　思及此，倪璇继续问："不过，你会玩这个？"

　　许稚意是个不能被挑衅的人，底气十足地回应："你看不起谁？"

　　倪璇："你。"

　　许稚意立马把自己录的一个视频发了过去："谁不会玩？"

　　倪璇点开看完，给许稚意回了一连串省略号。

　　许稚意："什么意思？"

　　倪璇："你这僵硬的笑，还有这僵硬的神态，怎么吸引用户？"

　　许稚意："那你录一个。"

　　倪璇："录就录！"

　　一分钟后，许稚意收到了倪璇发来的只有三十秒的视频。

　　倪璇："前几天录的，还没发上去，先让你好好学学。"

视频里，倪璇穿着深蓝色的水手服，从另一边跳出来，搭配着音乐对着镜头跳舞。动作不算标准，甚至还有点儿生疏。许稚意看完，没忍住又看了一遍。

倪璇："学会了吗？"

许稚意："你什么时候学舞蹈了？"

倪璇："随便跳两下，憨一点儿，他们会更喜欢。"

许稚意："是这样吗？"她表示怀疑。

倪璇："你不相信我说的？"

许稚意："你怎么像个渣男发誓一样？什么叫'不相信你说的'？我家没这种衣服。"

倪璇："啧。"

许稚意："怎么了？"

倪璇："白衬衫和百褶裙总有吧？！"

许稚意："我去看看。"许稚意进衣帽间翻了翻，还真翻出了一套高中生的制服。

她努力从记忆里搜寻，想起这套制服是她去年生日时盛檀送的。因为裙子过短，所以被许稚意压在了箱底。

衣服是找到了，但许稚意还是不确定要不要录这样的视频。

她把衣服换好，蹲在墙角问倪璇："我就是明天拍个广告代言而已，不用这样吧？"

倪璇："官宣后，你难道不去上面发个自己录的视频？"

许稚意语塞——好吧，是要发。

如果只为了隔天的广告拍摄，她其实不需要折腾这么久。

想到这一点，许稚意聪明地缠住倪璇，让她给自己讲讲经验，问她如何表现、如何快速学会舞蹈。许稚意在这方面真的一窍不通。倪璇很烦她，但烦归烦，该说的还是说了。她给许稚意发了好几个学舞蹈的视频，以及收藏的自己看到都会心动的漂亮女生的视频。

许稚意蹲在墙角，默默地将这些看完，又反反复复地看了几遍，正准备起身尝试一下时听见了开门的声音。许稚意微怔，下意识地看向大门。她抬眼的瞬间，周砚穿着剪裁不规则的衬衫和深色牛仔裤立在那里。屋内的灯光将他的身影拉得很长。

二人四目相对。周砚正要问她怎么还没睡，突然注意到了许稚意的打扮。

他微微扬眉，张嘴："你……"

话还没说完，许稚意狐疑地问："你怎么提前回来了？"

周砚没有回答，目光停在她裸露的白皙肌肤上，问道："你要出去？"

许稚意："不出去啊。"许稚意的腿麻了，她一屁股坐在地上，表情痛苦地说，"我要录个视频。你回来得正好，你帮我录吧，顺便给我提点儿意见。"

也不知道是大半夜脑子反应迟钝还是怎么回事，看到她的姿势，周砚下意识地问："录碰瓷视频？"

许稚意："啊？"

话音刚落，两个人无声地望着对方。走廊外的灯照进房间，风声钻入耳朵，许稚意呆愣地看着周砚，鼻间萦绕着他身上特有的香味。

周砚看着她的模样，反应过来自己说了什么。他掩唇轻咳了一声，眸子里压着笑，低声道："意意。"

许稚意看他。

周砚推着行李箱进屋，转身将大门关上，换了鞋朝她走近，蹲在她面前看着她："腿麻了？"

许稚意无语，直勾勾地盯着他："你刚刚说录什么视频来着？"她那大半夜卡壳的脑子也转过弯了。

"嗯？"周砚微哽，嘴角噙着笑，低声道，"没说什么。"

他垂眼，盯着她裸露在外的肌肤，目光炙热。

她身上的这套制服，是盛檀特意买的小一码的，这也是许稚意会嫌弃裙子短的原因。这套衣服不只裙子短，连上衣也短，还很紧。衣服小了一个码她也能穿，但是胸口处被衬得尤为明显。因为在家，许稚意没有化妆。她素颜的模样和网上的清纯校花没多大差别，唯一的差别是比普通的校花五官精致一些。

她笑起来的时候，就像个大学生，没有架子，也不会让人生出距离感。

周砚的视线从上往下，落在她裸露在外的白皙长腿处，又回到脸上，最后停在她胸口的蝴蝶结上。看了半晌，他出声："这套衣服……"

"怎么样？"许稚意问他。

周砚："什么时候买的？"

许稚意："盛檀送的。"

她借着周砚的力量从地上站起来，身形纤细苗条，却又玲珑有致。周砚随着她起身。两个人的身高差不算小——周砚一米八六，许稚意一米六八。他们的身高是很多人向往的。

他"嗯"了一声，望着她问道："什么时候送的？"

许稚意不经意地抬眼，对上的是周砚如墨的眸子。

她咳了一声，掩盖自己的紧张和羞窘："不记得了。"

她抬手戳了戳周砚的肩膀，用质问的语气问道："周砚，这是重点吗？"

周砚垂眼，一把抓住她的手指，喉结滚了滚："那你说什么是重点？"

"你刚刚说我录碰瓷视频，"许稚意扬眉，"什么意思？"

周砚笑着将眼前的人拽入怀里。许稚意一个没注意，鼻尖撞到他的下巴。她吃痛，正要凶他，却先对上了那双黑白分明的眼睛。

周砚的眼睛真的很漂亮。许稚意盯着，有点儿心猿意马："你低下头。"

周砚不解，但配合地弯腰，问道："怎么了？"

许稚意踮着脚，柔软的唇瓣贴上他的眼尾。她温热的唇贴过来时，周砚握着她腰肢的手臂收紧，像要将人揉进血液里一般。许稚意只亲了一下便离开了。周砚手疾眼快，侧头俯身。他的呼吸逼近，两个人的鼻尖碰上，气息轻轻地打在对方的脸颊上。

就在周砚要碰到许稚意的唇的时候，她一把将他推开。周砚错愕。

许稚意双手抱臂，表情严肃地看着他："你先好好解释一下，什么叫碰瓷视频？"

五分钟后，听完周砚解释的许稚意表示这个答案她不太满意。

"主要是你看到我出现就一屁股坐下去，确实有点儿像……"周砚摸着鼻尖，底气不足地说。

许稚意被噎住，瞪圆了眼，双手捏着他的脸颊："我那是腿麻了，腿麻了！"

周砚笑着靠在她的肩上："我知道。"

许稚意："哼。"

周砚埋头在她的脖颈处，嗅着她身上清淡的铃兰花香，喉结微滚："意意。"

"干吗？"许稚意问道。

周砚的唇擦过她脖颈上细腻敏感的肌肤，在她的肌肤上留下了痕迹。他贴近她的耳边低语："困了吗？"

许稚意微顿，抬眸看他："你不累？"

周砚："嗯？"

"我不困。"许稚意戳了戳他的肩膀说，"我要先录视频。"

周砚皱眉："什么视频？"

许稚意解释了一下。听完，周砚看了看她的打扮，不解地问："还要录这种视频？"

"什么叫这种视频？"许稚意白了他一眼，"就是可爱点儿、跳跳舞，你想的是哪种视频？"

"我不是那个意思。"周砚顿了顿，眉头轻蹙，"你不擅长的也要录？"

"录一个吧。"许稚意打着哈欠说，"都是工作。"

周砚捏了捏她的脸颊："明天再录。"

许稚意挑眉："为什么？"

周砚："你没化妆。"

许稚意："我不化妆也很好看。"她的皮肤超好的，好不好？

周砚哭笑不得："我知道。"他无奈地叹了口气，扯了扯她身上的短款露腰白衬衫，低声道，"不想让你穿这套衣服录。"

许稚意有时候也有点儿佩服周砚的坦诚。他是个喜欢自己做某件事就会说，不喜欢也会提的人。他的行为在她看来不算是大男子主义，就是单纯的男朋友对女朋友的占有欲。

许稚意听到这话，唇角往上牵了牵，故作为难地说："可倪璇说，这种短视频上的用户大多喜欢接地气一点儿、可爱一点儿的。"

她的气质冷傲，容易给人带来距离感。

周砚："倪璇？"

"嗯。"

"你跟倪璇最近相处得不错。"周砚忽然想到在第二期综艺播出时看到的弹幕。

听到他这么说，许稚意想也不想就反驳："哪有？"她愤愤地反问道，"谁跟她相处得不错了？我才没有！"她不会承认的。

周砚捏着她的下巴，看着她嘴硬的样子："真没有？"

"当然。"许稚意生硬地转移话题，"那我明天换一套衣服再录吧。"

周砚"嗯"了声，缄默片刻，说："如果你喜欢身上这套衣服的话，明天可以换一套不那么紧身的。"他不想干涉许稚意的穿衣自由，无论是穿吊带还是制服，他都尊重她。但他还是吃味的，这点周砚承认。

"知道。"许稚意忍俊不禁地看着周砚，这才想起来问，"你杀青了？"

她一晚上没看微博，除了跟倪璇斗嘴，所有的时间都用在了短视频 App 上。但稍微一想，她就明白了周砚提前一天回来的原因。

周砚颔首，把许稚意脸颊上的头发撩到耳后，低声说："接下来几天都休息。"

许稚意"啊"了一声，遗憾地说："可惜我不能休息。"

周砚看她。

许稚意交代自己的行程："我明天要去拍广告，后天要去录综艺。"

周砚了然，拍了拍她的脑袋："那现在去睡觉。"

许稚意眨眼，有点儿意外他今天这么老实："那你呢？"

周砚捏了捏她的脸颊："洗完澡来陪你。"

"哦——"许稚意拉长尾音，"不要让我久等啊，周砚。"

事实证明，周砚十分善解人意。一是时间不早了，二是许稚意次日要穿裙子拍广告，他怕自己控制不住在她的身上留下痕迹。

翌日上午，许稚意早早地起来了。

她掀开被子下床进浴室，刚进来没一分钟，周砚便进来了。

许稚意讶异："你不休息了？"昨晚睡前她看了看微博，微博上全是周砚新电影杀青的好消息。他的粉丝都在庆祝明年又有一部好电影可以看。

还有粉丝说，又要半个月看不到他的人影。这是周砚的习惯，每拍完一部戏，他都会给自己半个月到一个月的休息时间，不拍广告，更不参加商务活动。只有碰到实在无法拒绝的电影节颁奖或红毯活动，他才会现身。

从进演艺圈到现在，周砚在很多粉丝心中一直是个谜。他的效率不高也不低，每年拍两三部电影，商务代言少之又少，刚开始的时候几乎没有，后来大火了才有一些。

这些代言刚官宣时，粉丝都是蒙的。他们根本没想过周砚会这么厉害，甚至都不知道周砚是从哪里拿到这些代言的。

他不会向粉丝交代拍戏之外的生活。

许稚意正想着，周砚抬手敲了敲她的脑袋："早餐想吃什么？"

许稚意一愣，笑着说："你做什么我都喜欢吃。"

周砚勾了勾唇。

许稚意避开他的目光，脸颊红红的："先洗漱。"

"嗯。"

洗漱完，许稚意化了淡妆。虽然她到拍摄现场还会化妆，但去见品牌方也不能素颜。

她化完妆，周砚已经把早餐做好了。许稚意闻着弥漫的香味，感到饥肠辘辘。

周砚看着她陶醉的模样，笑道："这么开心？"

"开心啊。"许稚意诚实地说，"要是周老师每天都休息该多好。"

周砚挑眉："怎么说？"

许稚意咬着他煎的爱心鸡蛋，含混不清地说："这样我每天都有美味的早餐吃。"

周砚无语。他听明白了，她想让他做个"家庭煮夫"。

吃过早餐，许稚意换了身衣服。

看到周砚跟进衣帽间，她狐疑了几秒："你也要出去？"

周砚垂眸看她，突然问："今天去拍广告，缺司机吗？"

许稚意："什么？"

两个人对视半晌，许稚意眨了眨眼，明白了他的意思。她抿了下唇，视线从下往上，落在周砚那张有点儿招蜂引蝶的脸庞上。

她看着他那琥珀色的眼睛，张了张嘴："你换一套衣服。"

周砚不解。

许稚意抿唇，小声嘟囔："谁家司机穿高级定制的衣服？"

蒲欢过来接许稚意。没有行李的时候，她一般跟司机在楼下等许稚意。

给许稚意发了消息，在地下停车场等了一会儿，蒲欢看到电梯门开了。

她扭头，正想确认那是不是许稚意，率先看到了许稚意旁边站着的人。

"砚哥。"蒲欢喊了一声。

周砚颔首。

蒲欢看向一侧的许稚意："姐，走吧。"

许稚意点头。

三人走到车旁，蒲欢看到周砚跟司机说话，这才想起来问："我们今天不是去拍广告吗？"

许稚意知道她的意思，点头说："嗯。"

"那，砚哥……"蒲欢迟疑着说道。

许稚意抬了抬下巴，弯腰坐到车上，说："他今天是司机小周。"

周砚刚跟许稚意的司机沟通完，坐上驾驶座，听到这个称呼抬了一下眼："小周？"

许稚意和他对视三秒，迟疑地说："你不喜欢我喊你小周啊？那就老周吧。"周砚就这样莫名其妙地比许稚意大了一辈。

听到"老周"这个称呼，在旁边努力降低存在感的蒲欢实在憋不住，笑出了声。她这一笑，直接将车内的氛围炒热了。

许稚意扬了扬唇，借着后视镜挑衅地看向周司机："你选哪个？"

周砚："我可以都不选吗？"

许稚意："那你要我怎么喊你？"

看到两个人沉默，蒲欢在旁边小声提议："要不就周师傅？"

许稚意眼睛一亮，拍手叫好："我觉得不错，你呢？"她看向周砚。

周砚借着后视镜对上她的视线，看着她亮晶晶的大眼睛，根本说不出拒绝的话，应声："好，你开心就行。"

许稚意得意："还行。"她是挺开心的。

周师傅的开车技术还不错。

许稚意看到周砚认真开车的侧脸，莫名地想到了她第一次坐他的车的事。

那时许稚意入圈没多久。她拿下了博钰编剧的电影，成为他和他太太指定的女主角。定下演员后，剧组并未官宣，因为许稚意就是个小新人。

但电影拍摄了一周后，消息不胫而走。

顷刻间，许稚意收获了很多关注。网友、营销号以及同行都在好奇：她为什么能拿下这个角色？她是不是有什么背景，是不是跟编剧或导演做了什么交易，等等。

在入圈前，许稚意就做好了被人评头论足，甚至被诋毁的心理准备。

可这一天真正来临的时候，她才发现自己的心理建设还是做得不够。

那天，许稚意在片场的戏不算多。她忍了一天，拍完戏回酒店的路上，还是没忍住登录微博，去看自己原本只有几万个粉丝的账号收到的私信，看最新一条微博下的评论。几乎全是质疑，没有人相信她能演好这个角色，甚至还有人说她的心机很重、背景很强，否则不可能直接攻下博钰，拿下角色跟周砚合作，等等。

这是许稚意第一次真真切切地感受到他人的恶意。许稚意知道做艺人要承受这些，毕竟得到的多，享受的也很多。但刚进演艺圈的新人，心理还是不够强大。

回到酒店，许稚意拒绝了助理给她准备的晚餐，趴在床上委屈地哭了一通。

哭完，她饿了。洗了把脸，她拿上帽子和口罩准备一个人出去觅食。

她还没火，出去吃个饭还不至于被人拍。

电梯抵达一层时，许稚意碰到了等电梯的周砚。

周砚先注意到她。

"稚意。"周砚看她，"你这是去哪儿？"

那会儿还是初春，许稚意穿着毛衣开衫和牛仔裤，这身打扮舒服又低调。听到周砚的声音，她抬眼便看到了正对着自己的人。两个人的视线在空中交会。

电梯门口人来人往，大厅的灯光明亮温暖。许稚意和他对视片刻，意识到自己的眼眶还有点儿红，率先移开视线。她低下头，下意识地压了压帽檐，轻轻应了声："有点儿饿，我去吃点儿东西。"

周砚一愣："你的助理呢？"

许稚意张了张嘴："在休息。"

"不让助理陪你？"

"不用。"许稚意回道，"我就去附近。"

周砚不再多问。许稚意朝周砚点了下头，抬脚往前走。

几分钟后，许稚意注意到有辆车跟着自己。她皱了下眉，一侧头，视线穿过车窗玻璃，越过副驾驶座，看到了坐在驾驶座的男人。

"周——"她盯着车内的人，惊讶不已。

"上车。"周砚看着她，"这儿不方便久停。"

许稚意迷迷糊糊地坐上了副驾驶座，脑袋一片空白，下意识地问："周老师，你也去吃东西吗？"

听到她的话，周砚轻声笑了："是。"

许稚意一时语塞。她好像把天聊死了。

周砚侧头看她，温声道："想吃什么？"

许稚意抿了抿唇，紧张地拉了拉安全带："都可以。"

"不挑食？"

许稚意："嗯。"

周砚似又短促地笑了一声："真的？"

许稚意扭头看他，眼中透露着茫然之色：她不懂周砚在笑什么。

那会儿两个人刚合作了一周，对对方并不十分了解。许稚意也把自己看过他的电影，是他的影迷的事藏得很好。她下意识地点头。真的，她不挑食。

没多久，车停在了一家小店门口。

周砚朝她偏了偏头，声音清越："下车吧。"

许稚意跟着他下车。

看着面前的小店，许稚意有些惊讶。她没想到周砚会来这种地方吃饭。

面前的这家小店，看上去太普通了，甚至有些简陋。门店很窄也很小，门口摆着两三张桌子，店内空无一人，只有电视机的声音断断续续地传出来。

周砚往前走了两步，回头问道："介意？"

许稚意看着他，往前迈了一步，用行动表明她不介意。

夜色中，她好像看见周砚勾了勾唇。

"跟上。"他说。

跟着周砚进店，店主抬眸看向两人，随口问："要点儿什么？"

墙上贴着菜单。周砚看向许稚意，询问她的想法："想吃什么？"

许稚意看了两眼："都可以。"

周砚点头："要两份皮蛋粥。"听到这个，许稚意微张嘴唇——她不吃皮蛋。

周砚敛起眼中的笑意，问她："可以吗？"

对着他英俊的脸庞，许稚意嘴唇翕动，最后还是没忍住，小声说了句："我不吃皮蛋。"

周砚挑眉："不是不挑食吗？"

许稚意微哽，哪能想到周砚会这么精准地踩雷？

看到她委屈的神色，周砚抬手，轻轻点了一下她的帽檐，含笑说道："委屈了？"

许稚意抿唇："没有。"

周砚看着她低垂的脑袋，也不再逼问，让老板换了两份排骨粥，又点了许稚意爱吃的饺子和配菜。

吃东西时，两个人尤为安静。许稚意不知道跟周砚说什么，怕自己多说多错。吃过东西，她倒没跟周砚抢着买单，但暗暗地记下了价格，准备回酒店后给他转账——剧本围读的时候，两个人就加了微信，只是没聊过天。

出了小店，周砚垂眼看她："开心点儿了吗？"

许稚意一怔，错愕地看着他。借着从小店透出来的光，周砚目光灼灼地看了她片刻，好脾气地问："以前不开心，你是怎么发泄情绪的？"

许稚意张了张嘴，也不再掩饰，估摸着周砚早就看出来也猜出来她因为网上那些事哭过了。她望着他琥珀色的双眼，里面有自己的影子。

她轻声告诉他："以前，我朋友会带我去山里看星星。"

话音落下，周砚抬头看了一眼夜空，眉头轻蹙："完了。"

许稚意："什么？"

周砚看她一眼，一本正经地说："今晚没有星星，周老师没办法让小许同学发泄情绪了。"

小许同学。许稚意第一次听到有人这样喊自己。她睫毛轻颤，视线和周砚的碰撞着，结结巴巴地说："兜风也是可以的。"

那天晚上，周砚带她在马路上兜了一圈。他开车很稳，也没有一些老司机的坏毛病，不跟别人挤位置，开得也不怎么快。许稚意趴在车窗玻璃上看着掠过的风景，听着呼啸而过的风声以及旁边人的呼吸声，似乎很轻，又似乎很重。恍惚间，她似乎还听见了自己的心跳声——怦怦怦。

"姐。"车不知何时停下了，蒲欢喊她，"想什么呢？"

许稚意回神，跟周砚对视了一眼，摇了摇头："没。"她看向窗外，"到了？"

蒲欢点头。

许稚意"嗯"了一声，去看周砚："那你怎么办？"

周砚笑着看她："之前的司机怎么办，我就怎么办。"以前的司机在许稚意去工作时一般都会待在车里休息，或者自由活动。

蒲欢不想当电灯泡，自觉地先下了车，车内只剩他们俩。周砚看还有点儿时间，温柔地看向她，问："刚刚在想什么？"

"想……"她没瞒着周砚，"想第一次坐你车的那些事。"

周砚微怔，转头看了一眼外头刺目的太阳。他顿了顿，看她："明天几点的飞机？"

许稚意眨了下眼："十点多。"

周砚勾了勾唇，拉着她的手："今晚应该有星星，想不想去看？"

许稚意明白了他的意思。她弯了弯唇，说："可我今天没有要发泄的情绪。"

周砚没忍住，碰了一下她的唇，嗓音低沉："但我想让我们的小许同学更开心一点儿。"他捏着她滚烫的耳垂，低声问，"去吗？"

许稚意："去。"

跟周砚约好，许稚意在工作时都多了几分激情。化妆时，她从内而外散发的开心掩都掩不住。

"许老师今天心情不错。"

许稚意笑笑，轻声道："因为要拍你们的广告呀。"

"真行"App的短视频总监走过来，恰好听到这话，忍俊不禁地说："是谁说稚意高冷的？明明很会说话。"

许稚意微窘："李总。"

李总颔首，随口问："准备得怎么样？"

许稚意："还好。"

因为是短视频 App 的广告拍摄，化妆师给许稚意化了个显年轻，却又有点儿夸张的妆容，类似舞台妆，但比舞台妆要稍微收敛一些。

化好妆，许稚意去换衣服。看到衣服时，她愣了一下，忍俊不禁。

"姐。"蒲欢不懂，"你笑什么？"

许稚意看着蒲欢手里拿着的百褶裙和小衬衫，轻声道："待会儿有人要不开心了。"

蒲欢无语：好了好了，她知道许稚意口中的人是谁了。

灰色的百褶裙和白色的花边领小衬衫，搭配灰色的蝴蝶结领结，走乖巧甜美路线，显得许稚意格外稚嫩。

许稚意一走出来，蒲欢和旁边的工作人员便惊呼：

"许老师的腿好好看啊！"

"许老师好适合这个打扮。"

"天啊！许老师好适合穿学生制服啊！"

"跟第二期综艺的打扮好像，我好喜欢。"

许稚意听着工作人员的讨论声，无声地弯了弯唇。她看向镜子里的自己，眉梢微扬。

去正式拍摄平面照片时，许稚意把手机递给蒲欢，说："待会儿给我拍几张照片。"

蒲欢看着她，小声说："给周师傅吗？"

许稚意忍笑："是。"给周师傅一饱眼福。

在摄影师的指导下，许稚意做了好几个可爱的动作，拍了静态照片。她的五官立体、身材比例好，怎么拍都好看，一双大长腿占据了大半个屏幕。

拍完静态图，许稚意得拍动态视频了。她深呼吸了一下，还真不知道该怎么办好。

"许老师，你模仿这个击中人心的开枪手势，"摄影师道，"会吗？"

许稚意："我试试。"她艰难地尝试，来来回回磨了好几次，终于搞定了对着镜头比枪发射爱心的短视频。

除了比枪，摄影师还出主意让她戴了个小猫咪头箍。用摄影师的话说，现在不管男女老少，都喜欢可爱、漂亮的少女，但也喜欢露些利爪的"小野猫"。

拍完两个素材，许稚意暂时休息，还得换一套淑女风格的衣服继续拍摄。

休息间隙，许稚意拿到自己的手机，骚扰车里的周师傅。

她点了点周砚的头像，又给他发了个表情。

周砚："结束了？"

许稚意："没有。"

许稚意："周师傅。"

周砚："嗯？"

许稚意："看禁照吗？"

周砚："不看。"

许稚意："为什么？"

周砚："怕被封号。"

看到周砚的回复，许稚意没忍住弯了下唇。她发现，周砚总能用各种奇怪的言论和想法将自己逗笑。

她捧着手机，压不住眸子里的笑意，一本正经地回复："真不要？"

周砚："嗯。"

许稚意："我的也不要？"

周砚："嗯。"

看到这个答案，许稚意倒是有点儿惊讶了。在她的印象里，周砚不是这种人。他对别人冷漠无情，可对自己不是这样的。她正疑惑，周砚的下一条消息发了进来，让许稚意没看完便受惊似的将手机屏幕掩上了。她的耳朵红了。

蒲欢在旁边捧着杯子喝咖啡，用余光瞟到许稚意惊慌失措的动作，看到她红透了的耳朵，在心里想：嗯，她专属的周师傅又在逗她了。

蒲欢好奇，把脑袋探向许稚意："姐。"

许稚意扭头看她："啊？"

蒲欢点了点她用手掌盖着的手机，小声问："周师傅跟你说什么了，可以分享吗？"

许稚意一怔："不可以。"

蒲欢瞅着她脸颊上的两抹红晕，点点头，说："好吧。"

许稚意面无表情："嗯。"

蒲欢笑问："周师傅现在在干什么？"

许稚意还没来得及问。她正想回答，李总不知从哪儿走了过来，随口问："周师傅是谁？"

"李总。"许稚意起身，"您坐。"

李总坐下，面带笑容地看她："在聊什么？"

许稚意看了一眼蒲欢，轻声道："聊司机。"

"哦？"李总眉峰稍扬，惊讶地道，"周师傅是你的司机？"

许稚意面不改色地撒谎："是的。"她的专属司机，应该也算司机。

李总笑笑："没想到稚意还会注意司机。"

许稚意僵硬地扯出一个笑。好在李总很快便岔开了话题，和她谈起正事，和她商量常驻"真行"App，每个月发视频的事。许稚意一一应着："我在准备了。"

李总看着她精致的脸蛋儿，笑盈盈地说："行，辛苦了，我相信你的能力。"

许稚意笑笑："应该的。"

休息片刻，许稚意继续拍摄。拍摄内容和之前的差不多，不过她换了条裙子，调整了妆容，整个人看起来无比温柔。

另一边，周砚看许稚意好一会儿没回消息，了然地勾了勾唇。他没再打扰她工作，正准备在车里小憩一会儿，林凯的电话就来了。

"喂。"周砚的声音冷冷的。

林凯："在家？"

"不在。"

林凯："我这边收到两份不错的剧本，发给你看看。"

周砚"嗯"了一声。

林凯又道："还有几个商务活动，有兴趣吗？"他知道周砚对这些兴趣不大，但每次都想试试。

周砚问也没问，直接回道："没兴趣。"

林凯摸了摸鼻尖，说："你也不问是什么商务活动就拒绝，是不是太无情了一点儿？"

周砚："什么商务活动？"

林凯："宁城有个商场开业，有你代言的钟表品牌入驻，品牌方那边希望你能露个脸，但要是真不方便，他们也不强求。"

听到城市名，周砚抬了抬眼："宁城？"

林凯听他的语调像是有点儿兴趣的样子，抓住机会："是，去不去？"

周砚思忖片刻，轻声问道："时间？"

林凯的眼睛一亮，他直接道："这周六。"今天是周二，还有三天的准备时间。

周砚不解地道："这么着急，你怎么现在才问？"

林凯："你说我为什么现在才问？你之前拍完戏就失踪了，谁也找不到。现在品牌方抱着试探的心思来问问，看看你能不能抽空去露个脸。"

林凯和品牌方笃定，周砚如果能去的话，那天商场和他代言的品牌的人气一定极高。

周砚偏头看向在室内拍摄的人。在这个位置，他看不清室内的场景，脑海里却有画面，能想象出她对着镜头浅笑的模样。思及此，他说道："可以。"

林凯下意识地惊呼："真的？"

周砚："嗯。"

林凯有些好奇，他只是问问，其实没抱太大希望，因为他了解自己的艺人。但品牌那边的人拜托了，他就会帮这个忙。他"啧"了一声，追问："你怎么忽然答应了？"

周砚非常诚实地说："许老师明天飞宁城。"

林凯一时语塞，沉默片刻，有种不太好的猜想："你不会想明天跟许老师一起飞宁城吧？"

听到这个问题，周砚反问："不行？"

"你说呢？"林凯咬牙切齿地说道："你跟许老师一起飞宁城，是唯恐粉丝不知道你们之间有猫儿腻吗？"

闻言，周砚诚实地告知："就算不一起飞，粉丝也知道我们之间有猫儿腻。"

"那是'中意'粉！"林凯强调。

周砚："哦。"

林凯对自己的艺人无语了，再次强调："你跟许稚意一天过去我可以答应，但绝对不能同航班。"他还想做个清闲的经纪人，暂时不想应付那些媒体和粉丝。

周砚没吭声。林凯喊了他一声："听到了吗，周大演员？"

周砚："挂了。"

林凯无语。

电话被挂断，林凯有些不放心。他想了想，找许稚意的经纪人商量去了。这两人真被曝出点儿什么，他们怕粉丝会"爆炸"。

只是林凯没想到，周砚和许稚意的恋情还没曝光，自己这个经纪人已经忙不过来了。

下午，许稚意换了妆容和服装在棚内继续拍摄广告，突然注意到蒲欢和其他工作人员看自己的眼神有些奇怪。由于还站在镜头前，许稚意没太分神。

一组照片拍完，她往蒲欢那边走时，听到工作人员在讨论：

"不会吧，周老师不可能跟黄依萱有点儿什么吧？"

"可是视频摆在这里啊，周老师还对她笑了。"

"嘘，小点儿声，稚意姐能听见。"

许稚意听着，垂着眼往蒲欢那边走："欢欢。"

蒲欢正在看手机，听到她的声音，心跳漏了一拍，惊慌地看向她："姐。"

许稚意"嗯"了一声，面不改色地问："看什么呢？"

蒲欢抿唇，小声道："周师傅有新闻。"

许稚意接过她递过来的水抿了一口，淡淡地说："跟女演员的？"蒲欢点头。

许稚意莞尔，正想再问，摄影师喊道："化妆师，给稚意补补妆，我们再来几张不同风格的。"

许稚意收回注意力，应声："好。"许稚意不知道的是，几分钟前，有一个新闻横空出世，标题取得很具吸引力，看到的网友都会忍不住点进"周砚黄依萱打情骂俏"的话题。

很平静的一个下午，突然有人曝光了一段偷拍的视频。视频里的主人公是在片场的周砚和黄依萱。视频是晚上录的。镜头里，两个人面对面站着，因为距离比较远，网友听不清他们在说什么。

不过画面还算清晰。说是打情骂俏有点儿过，但两个人确实在说话，黄依萱还给周砚递了个东西，周砚接过，然后又还给了她。他们的举止不算亲昵，但因为之前周砚跟女艺人除了对戏，在片场少有互动，他跟黄依萱这样的表现就显得格外特别。

顷刻间，这条视频下的评论和转发都过万了。很多粉丝在哀号：

"不会吧，不会吧？！"

"周砚接过黄依萱给的那个东西时笑得好温柔啊！"

"如果这都不是爱。"

"这一对可以啊！我没记错的话黄依萱是某集团的千金吧？她和周砚好般配！"

"我的'中意'怎么办？"

"'中意'早就散了，他们都那么久没互动了。"

…………

周砚收到消息时，刚小憩不到十分钟。林凯将微博上的事如实告知，问：

"怎么处理？"

周砚："以前怎么处理现在就怎么处理。"

林凯："行。"

周砚："那视频怎么回事？"

出道多年，周砚的绯闻其实不少。之前他和倪璇合作拍电影，也有人说他们两个因戏生情，但那会儿只有少部分人在提，既没照片也没视频，但这次有些不一样。

所以在看到视频的刹那，有不少粉丝是蒙的，在想：这不会是真的吧？

周砚都还没来得及看，直接道："应该是在对戏。"除了对戏，周砚就算在片场和黄依萱的接触也少之又少，约等于零。

"行，我知道了。"林凯咕哝，"我还想休息呢，这下泡汤了。"

周砚无语。他也想休息。

他转头看向不远处的大门，有点儿进去的冲动。他不知道许稚意有没有看到新闻，换个说法，他不知道许稚意有没有生气。虽然周砚觉得她偶尔吃醋挺好的，但吃多了伤身，他舍不得。

在大家讨论最火热时，周砚工作室及时地给出了言简意赅的回应。

> 周砚工作室：假的，在对戏。

除此之外，周砚工作室直接对造谣的，以及诬蔑周砚本人的博主发出律师函。

在回应绯闻这方面，周砚工作室向来比其他工作室迅速。

看到声明，粉丝放心了。但也有人质疑：为什么周砚跟其他人对戏时没笑得那么开心，到黄依萱这里就分外不同了？

看到这个消息，有粉丝冒出头，反驳："那是因为你没看过周砚跟许稚意对戏，那才是真正的开心；现在这里是他戴上的面具，是他融入了电影里的角色，而非周砚本人。"和许稚意对戏时，他整个人的感觉都不一样。这一点，粉丝就算是想否认也否认不了。

大家都是有眼睛的人。

任何人喜欢一个人，虽然能藏住所有表情，但藏不住时刻注意对方的那双眼睛，即便刻意遮掩，也是会露馅的。这也是为什么会有人说在你想知道一个问题的答案时，一定要看对方的眼睛，眼睛从不欺骗你。

许稚意拍完照，蒲欢把手机递给她，顺便给她简单地概括了一下网上发生的事。

听完，许稚意沉默了几秒，说："这么快？"

蒲欢被她惊讶的语气噎住，哭笑不得说道："你这话听着怎么还有点儿遗憾？"

许稚意已经知道是怎么回事了。她看着周砚工作室的回应，装作很苦恼的样子说："唉，他的工作室回应得太及时，连吃醋的机会都不给我，我都没办法跟周砚算账。"

第五章　小许同学

蒲欢瞅着过分炫耀的人，小声道："姐，你还想跟周老师算账？"

许稚意扬眉，点着手机屏幕问道："不行？"

蒲欢想了想：行行行，女人想跟男人算账，需要理由吗？

她正想着，许稚意还有点儿得意地说："再说，这是我们的情趣，你不懂了吧？"

蒲欢面无表情地看着她："姐。"

"啊？"

"你信不信我现在就辞职？"她不想再被炫耀了。

许稚意语塞，抿了下唇，小声说："对不起。"她伸手拉了拉蒲欢的衣服，"别生气了啊，姐晚上请你吃饭。"

蒲欢看着她拉自己衣服的动作，忍住笑。外人都说许稚意冷傲，不好靠近，思想也过分成熟。可实际上，她偶尔的一些举动特别可爱，整个人的反差极其明显。她除了在事业上稍显执拗，在其他方面都幼稚得像个小孩儿。她跟周砚在一起是这样，跟盛檀在一起也是，跟小学生似的，特别可爱。

"你笑了。"许稚意一秒收回手，"实在不行我给你物色一个优质男青年，你不想要郑元也行，我给你物色个弟弟怎么样？"

蒲欢："可以。"

交易达成。

把手机重新塞给蒲欢，许稚意去换了衣服。

这会儿棚内的气氛因为周砚工作室的回应再次热烈起来。许稚意在换衣服时，还听到大家说周砚真牛，对集团千金也毫不留情，该否认就否认，而且回应得永远那么迅速。

听着这些，许稚意忍俊不禁。

不明真相的网友就是这样，他们没时间去确认一件事情的真假。事情曝出来了，他们就讨论；事情澄清了，他们还是在讨论。总而言之，只有最有力的回应才能最迅速地说服一部分人相信。周砚在这方面向来做得很好。

换好衣服，许稚意跟工作人员打了声招呼，婉拒了李总的晚饭邀请，带着蒲欢离开。

走到停车场时，许稚意让蒲欢先上车，自己绕到了驾驶座那边。她抬手，屈着手指叩了叩车窗。

周砚刚把网上的事处理好，这会儿在跟周渺渺打电话。周渺渺因为视频的事气冲冲地打电话质问他。他敷衍地应付了几句，周渺渺还是非常不高兴。

"哥，你变了。"她幽幽地说道，"你再也不是那个把妹妹捧在手心里宠着的哥哥了。"

周砚："确实。"刚应完，看到许稚意从另一侧走来，周砚轻勾了勾唇，正想结束跟周渺渺的对话，先听到了车窗被叩响的声音。

他降下车窗，和站在车外的人四目相对。

许稚意还没来得及说话，先听到了他的手机那端传出的尖叫声："你承认了！你是不是在外面有别的捧在手心里的妹妹了？"

周砚半晌无语，抓着许稚意伸出的手指，坦荡地应着："嗯。"

周渺渺僵住："谁？"

周砚："你的偶像。"

这个答案让周渺渺无语。

"那行吧，那勉为其难可以接受。"她轻哼，转移话题，问道，"刚刚是不是我偶像喊你？"

周砚看着在旁边等自己的人："嗯。"

周渺渺的眼睛一亮："我想跟我偶像说话。"她很喜欢许稚意，不单单因为她是自己亲哥的女朋友，在两个人交往之前，周渺渺就是许稚意的影迷。

周砚第一次拍电影的时候，周渺渺去探过一次班。跟许稚意见过面后，她回家念叨了一周——为什么有人可以长成这样啊？她到底是怎么长的？

周砚："我问问她。"

接收到男朋友的眼神，许稚意已经猜出了对面的人是谁："渺渺？"

周砚颔首："她想跟你说话。"

许稚意睐他一眼，小声道："她是你搬来的救兵吗？"

周砚不解：他什么时候需要救兵了。

许稚意："网上的视频。"

周砚无言，笑着道："生气了？"

许稚意接过他的手机，嘴硬地说道："是，待会儿跟你算账。"

话音刚落，她拿到耳畔的手机里传来周渺渺激动的声音："稚意姐！要不我现在挂电话，让你现在就跟我哥算账怎么样？"

许稚意"扑哧"一笑，走到另一侧上车："不急，我们有的是时间。"

周渺渺："那也行。"她"嘿嘿"地笑，"想我了吗？"

许稚意弯唇："想了。你在那边怎么样，还适应吗？"周渺渺是留学生，跟他们有六个小时的时差。

"不适应。"她哼哼唧唧地说，"稚意姐，我想吃'老干妈'。"

许稚意一笑："什么？"

"'老干妈'。"周渺渺委屈地说，"好久没吃了。"

许稚意弯唇："让你哥给你寄。"

周渺渺叹了口气，"哎哟"了一声："不指望他了，他眼里、心里都没有我这个妹妹，只有你这个妹妹了。"

听到她逗趣的话，许稚意忍俊不禁。

两个人聊了两句，周渺渺小声说道："稚意姐，网上的事你一定要好好跟我哥算账啊！"

许稚意扬眉："为什么？"

周渺渺："他竟然被人拍到这种视频，我看微博上有好多人说你们散了，我不允许。"

"行。"许稚意笑着说，跟回头看向自己的男人对视着，唇角上扬，"放心，我肯定跟你哥好好算账。"

周渺渺："不要对他太客气。"

"好。"

挂了电话，许稚意把手机还给周砚。周砚接过，垂眼看向她："你跟周渺渺……"

许稚意挑衅地看着他，扬了扬下巴："怎么？"

周砚揉了揉太阳穴："没怎么。想怎么跟我算账？"

许稚意正要说话，余光扫到竖起耳朵的蒲欢，清了清嗓子，一本正经地说道："到时候你就知道了。"

周砚语塞。

旁边的蒲欢恨不得摇着许稚意的肩膀催她：现在说，现在说，我可以听的，我就喜欢看戏。可惜蒲欢不敢。

周砚和黄依萱的事闹得沸沸扬扬，被周砚否认后又在顷刻间落幕。但网上还是有不少闲来无事的人在茶余饭后提起。

周砚合作了那么多女演员、男演员，之前有人说他有绯闻但没曝出视频，这次为什么会有视频呢？

无风不起浪，对不对？他们肯定有什么猫儿腻，不然别人也拍不到。

回去的路上，许稚意用小号点进周砚、黄依萱相关的话题里，看得津津有味。

说实话，要不是她了解周砚，就网上这一系列的分析来看，她真的会忍不住怀疑周砚和黄依萱有点儿什么。有些人就是有这样的本事，能把假的说成真的，明明两个人没有太多交集，很多事也只是巧合，可他们就能说成"命中注定"。

把蒲欢送回家，周砚和许稚意也回了家。

这会儿时间还早，两个人打算晚点儿再去山里看星星。

进屋换好鞋，许稚意转头看向后边的人。周砚把门关上，弯腰换鞋，许稚意还在看他。两个人站在门后，一高一低地对视。

对着许稚意的眼神，周砚垂眸俯身，鼻息落在她的脸颊上，让她有些痒。

"看我干什么？"

许稚意的目光从下而上，落在他的脸上。周砚睫毛很长，鼻梁高挺，五官立体，是标准的剑眉星目的长相，说是三百六十度无死角也不夸张。更重要的是，一个大男人的皮肤竟然好得过分。

许稚意没忍住，抬手戳了戳他的下巴："看周师傅怎么长得这么好看。"

周砚扬眉："嗯？"

许稚意嘟囔："长得确实不错。"

周砚无语。

许稚意伸出手指戳着他的嘴唇，说道："难怪这么招女孩子喜欢。"

周砚微顿，笑着问道："招你喜欢了吗？"

许稚意白了他一眼，口不对心地说："没有。"

"没有？"听到这个答案，周砚倒是有些意外。

"对啊。"许稚意抬了抬下巴，表情高傲，"就是没有。"

周砚："是吗？"

许稚意眨眼。

周砚盯着她巴掌大的小脸，眸色渐深："那我得努努力。"

"努力什么？"

周砚低头碰了一下她的唇，嗓音低沉："努力——让许稚意这个女孩子喜欢我。"

许稚意微窘，配合他："哦。"她感受着他逼近的气息，闻到了他身上熟悉的味道，一如既往地让人觉得舒服，有种沁人心脾的感觉，下意识地吸了吸鼻子。她好喜欢这个味道，甚至想将这个味道融入肌肤，和自己融为一体。

这样想着，许稚意直接有了行动。她仰头望着周砚："那你要怎么努力？"

下午四点多，阳光依旧刺目明亮。周砚借着从窗外洒进来的阳光直勾勾地盯着她，意思很明显："小许同学。"

许稚意睫毛一颤，她哼哼唧唧地问道："干吗？"

周砚轻笑，用手指轻轻地钩了钩她的上衣。

许稚意今天穿了一套浅粉色的休闲套装——舒适的 T 恤和宽松的短裤，露出了白皙修长的腿。这套装扮，将她整个人都衬得年轻了几岁，跟大学生似的。周砚早上看到就觉得不错。

周砚没说话。

许稚意伸手，正想戳他的喉结，就被他攥住了手指。下一秒，许稚意整个人僵在了原地。她注视着周砚的动作，他低垂着脑袋，嘴唇微张，含住了她的手指。

许稚意心脏一紧，连呼吸也跟着压抑起来："你……"

周砚的唇瓣擦过她的手指，又落在她的鼻尖上，紧接着堵住了她的嘴。

他的呼吸滚烫，全数落在她的肌肤上。两个人站在门后，许稚意不知何时换了个位置，被他扣着抵在门后。她呜咽了一声，低吟声被他吞下。

他似乎有些急躁，急不可耐地寻着她的舌尖，与她缠绵在一起。

倏地，许稚意睫毛一颤，整个人往他怀里钻。她感受到男人的手掌，隔着单薄的衣物贴着她的身体，毫无预兆。许稚意也没想过他会这样，好像比以前更急躁。但偏偏她又不受控制地被他吸引。她的唇被男人堵住，发不出其他的声音。外面的阳光还有些刺目，让她下意识地闭了眼，感受着男人的吻。

被空调冷气席卷的房间，不知何时开始，又有热气在蔓延，似乎是许稚意和周砚散发的燥热，声无息地侵占了他们的鼻腔。她闻到了男人身上熟悉的味道，那特别的香水味让她沉沦。

谁也没去管落在地上的包以及被他们不小心撞倒的鞋子，他们只在意此刻的对方。

恍惚睁眼的时候，许稚意似乎感受到风吹了进来。不远处的窗帘被风掀起了一角，又被风吹着缠绕在一起，起起伏伏，反反复复。窗帘似森林里的藤蔓，缠绕在一起分不开，也像她跟周砚一样，无论是现在还是未来。

许稚意呼吸急促，和面前的男人紧贴着。他们就像是连体婴儿一样，即便是热到快要爆炸，也不舍得跟对方分开。布料的摩擦声、呼吸声和窗外涌进来的风声拂过耳畔。她甚至不知道窗帘是何时合上的，所有的注意力全在自己身边的男人上面。

明明他们也没有分别很久，但此刻，他们就像是久别重逢的恋人，什么也来不及说，只想让对方感受自己的思念，和自己不轻易表露出来的感情。

缠绵告一段落，许稚意靠在周砚的怀里疲倦不堪，她的双颊酡红，连耳根也是红的。

不知过了多久，周砚忽然用鼻尖擦过她的耳朵，让许稚意和自己靠得更近一些，嗓音沙哑地笑着说："比我想象中要好看。"

"什么？"许稚意的脑子一下没转过来。好一会儿，她才明白周砚这句话的意思。她没忍住，张嘴咬住他的肩膀："变态。"

周砚觉得自己很冤枉。

许稚意想到上午休息时问他要不要看照片的事。周砚拒绝看，她让他给理由。

他给出的回复是：他不看照片，他回家看比照片还好看千百倍的真人。

周砚被她咬了也不生气，笑着贴在她身后问："说错了？"

许稚意不想理他。

周砚摸了摸她的头发，喉结滚了滚，说："要睡一会儿吗？"

许稚意有点儿累，闭着眼小憩，轻声问："几点了？"

周砚拿起手机看了一眼时间："八点。"

"啊……"许稚意羞赧地埋头，汲取着他身上的气息，小声道，"还去看星星吗？"

周砚："想去就去。"他主要考虑许稚意的身体状况。

许稚意躺在床上思考了一分钟，看向被窗帘挡住的夜色。

"想去，可是我……"她脸颊绯红，小声说，"累。"

周砚勾了勾唇，低语："我抱你上下车？"

"会不会显得我很没用，跟废物一样？"许稚意问完，又说，"不过这都怪你。"

周砚听到这几个字，喉结动了动。想到刚刚映入眼帘的画面，他倾身轻咬了一下她的耳垂，认错道："是，怪我。"

许稚意被他弄得鸡皮疙瘩都起来了。她往后躲了躲，推他的肩膀："我饿了，你去做点儿吃的，我们吃完再决定。"许稚意想：万一吃饱后她有精力和体力，确实可以去。

周砚："好。"

问过许稚意想吃什么后，周砚去厨房煮了面条。许稚意喜欢吃番茄鸡蛋面，做法非常简单。

吃完，许稚意感觉自己重新活了过来。她看向周砚，说道："去看星星。"

周砚勾了勾唇，揉了揉她的头发，应声："好。"

考虑到今天周砚没看见棚内的照片，许稚意穿了一条和周砚身上的T恤搭配的白裙子。四舍五入一下，还真有点儿像情侣装。晚上的风有点儿凉，要进入秋天了。周砚出门时顺手拎了一件风衣，给许稚意备着。他在这方面比许稚意细心很多。

看星星的地方不远，但也不是很近。开车需要近两个小时，周砚看向坐在副驾驶座的人："你把椅子靠背调下去睡一会儿。"

许稚意含混地应了一声，转头看他："忘了问你。"

周砚挑眉："什么？"

"黄依萱怎么回事？"他澄清了，不代表她不追究，许稚意想知道的，一直都会直接问。她在感情这方面，很少将自己的情绪藏起来。

周砚垂眼看她："吃醋了？"

"不是吃醋的问题。"许稚意躺在椅子上，轻哼道，"你跟别的女人被拍到并且上了热搜，我总能问吧？"

周砚笑了笑："能。"他道，"对戏。"

"没了？"

周砚想了想："她说她是我的影迷。"

闻言，许稚意撇撇嘴，小声道："我还是你的影迷呢。"

"嗯？"周砚在看前路的状况，没听清她的咕哝声，"你说什么？"

许稚意睨他一眼，顺着问："然后呢？"

周砚："想要合影。"

"你给了吗？"

"没有。"

许稚意"哦"了一声，想了想，说："人家是你的影迷，你为什么不跟人家合影？"她记得周砚以前都会尽量满足影迷提的要求的。

周砚瞥她："不算纯影迷。"黄依萱打的是什么主意，周砚能看得出来。其实很多时候，合作的男、女演员都想蹭些人气。这个他可以理解，甚至不太会干涉，但要看蹭的程度。

周砚和倪璇合作过，二人也传过绯闻，但他们的绯闻仅限于娱乐博主的"听说"，而非有视频流出。那种程度的绯闻周砚是可以接受的，大家都在一个圈子里，想要吃饭、想要出名，借一借人气很正常。

但黄依萱为的不只是这个，周砚在跟她合作没几天的时候就有了感触。

听到"不算纯影迷"的话，许稚意没忍住说："我也不算纯影迷。"没记错的话，她跟周砚初次合作时，这人是主动给过自己签名照，跟自己留过双人合照的。

闻言，周砚哭笑不得："你拿自己和她比？"

许稚意总觉得这话听起来怪怪的，她问："不可以吗？"

周砚诚实地点头。许稚意挑眉，好奇地问："为什么不可以？"

借着红灯时间，周砚偏头望着她，含着笑道："你是看不起自己，还是不知道自己在我这儿的分量？"

不可否认，许稚意又被他的话取悦了。她摸了下鼻尖，眼珠子转了转，直勾勾地盯着他英俊的侧脸，说："我指的是我们刚合作那会儿。"

周砚"嗯"了一声，神色坦然地说道："那也不一样。"从一开始，许稚意在他眼里就跟其他人不同。

许稚意一愣，眼睛里流淌着光芒。她紧紧地抓住他的话语里泄露出来的秘密："怎么不一样？"

在许稚意期待的眼神下，周砚淡淡地说："你当时看到我就躲，跟她哪能一样？"

许稚意被噎到，回忆了一下，说："那还不是因为当时有人说你不喜欢女演员和你套近乎？"作为一个刚进圈的新人，她当然是能躲多远就躲多远，唯恐别人说自己和周砚套近乎。她可不想被周砚的粉丝说自己蹭他的热度。

听到她的抱怨，周砚笑着说："怪我。"

许稚意认真地点头："就是怪你。"

跟周砚瞎扯了几句，许稚意昏昏欲睡。最后，她还是没能抗住周公的邀约，进入了梦乡。

她再醒来时发现已经到了山顶。车内留了一盏暖橘色的灯，不刺眼，照亮了漆黑的空间。周砚不知道去哪儿了，许稚意没急着下车，隔着车窗玻璃看向外面。

深夜，外面的风呼啸而过。她的视线穿过看不见的风，眺望着黑夜下闪烁的星星。在郊区，只要天气好，偶尔是能看到几颗星星的。

许稚意运气好，此时此刻，夜空中悬挂着五六颗闪闪发光的星星。

她看了一会儿，车窗被叩响。许稚意降下车窗，跟窗外的人对视。

周砚朝她伸出手，低声问："下来吗？"

"下来。"许稚意顿了一下，看他拉开车门，小声说，"要抱。"

周砚张开双手，一把将她抱下车，却没有立刻将她放下。他双手用力，将人挂在自己身上，贴近她的耳畔询问："要一直抱着吗？"

许稚意眨眨眼："看你能抱多久。"

周砚哼笑了一声，没搭腔。

靠在他怀里，许稚意近距离地感受黑夜和星星的存在。

其实她和周砚约会最多的时间就是夜晚。因为他们都是公众人物，白天去哪儿都备受瞩目，哪怕包裹得再严实，也总有"火眼金睛"的粉丝能把他们认出来。再者，他们都忙，每次收工回到家时都是晚上了。因此，他们只能在晚上偷偷摸摸地出去约会，做那些寻常情侣会做的事——在大马路上拥吻，在山顶看星星，在无人的街道兜风，手牵着手走过生活气息浓郁的小巷……

许稚意的骨子里是有浪漫细胞的。她爸爸是艺术家，天生浪漫，向往自由。这一点或多或少地遗传给了她。

"周砚。"许稚意喊。

周砚垂眼。

许稚意趴在他的肩膀上，笑着说："你说我们以后要是变成了星星，会是哪两颗？"

周砚微顿，被她的想法打败了。他顺着她的视线看去，指着天空："那两颗。"

"为什么？"许稚意看着并排在一起闪烁的两颗星星，好奇地询问。

周砚："靠得最近。"

闻言，许稚意调侃："你这么喜欢我呀？变成星星都不舍得跟我分开。"

周砚应声。是啊，小许同学，我就是很喜欢你。

喜欢你这件事，我似乎在对全世界隐藏，可只要你问，我就愿意如实告知。

在山顶看完星星，两个人伴着夜色回了家。

没睡几个小时，许稚意被闹钟吵醒。她闭着眼掀开被子下床，钻进浴室。许稚意洗漱出来时，周砚被她吵醒了。她的脸上还残留着水珠，脑子却清醒了几分："吵醒你了？"

周砚盯着她憨憨的模样片刻，几不可见地勾了勾唇："行李收拾好了？"

"嗯。"许稚意点头，"其实没什么要收拾的。"

她就去录两天综艺，参加一天的商务活动。

想到这儿，许稚意想起自己还没跟周砚提："我明、后天在宁城录综艺。"她看周砚，"大后天周六还有个工作安排。"这个是很早便定下的。艺人签代言合同时都会有附加条件，新店开业，或者是要为品牌做宣传时，都得出席活动。

周砚扬眉："也在宁城？"

"嗯。"许稚意边化妆边说，"有家商场开业，我代言的品牌有入驻门店，过去露个脸就行，大概一上午就能搞定。"

周砚颔首："知道了。"

许稚意："你呢？"

"嗯？"

许稚意瞅着他："你这三天在家？"

周砚靠在一侧看她化妆，只觉得她做的每个动作都赏心悦目。

他摇头："有工作安排。"

许稚意讶异："你不是休息吗？"

周砚瞥她："推不掉的工作。"他等许稚意问下一句，结果许稚意倒好，点点头便收回了落在周砚身上的目光。通常情况下，她只要知道周砚在哪儿就行，不会问得过分详细。

周砚看着她毫不在意的样子，敛眉笑了笑，准备在周六给她个特别的惊喜——

嗯，他希望是惊喜，而非惊吓。

许稚意刚化好妆，蒲欢便过来了。

周砚把许稚意送出电梯，看她上了车后才返回家。空气里似乎还残留着许稚意偏爱的百合花香水的味道，周砚站在客厅待了片刻，揉了揉太阳穴。

原本应该再睡会儿的，但许稚意不在，周砚也没了睡的心思。他抬脚进房间，房间里许稚意的味道更浓。周砚站在门口看着空荡荡的房间，莫名地笑了一下。为什么笑？他自己好像也找不到缘由。

刚上车没多久，许稚意便打了个喷嚏。蒲欢紧张兮兮地看她："姐，感冒了？"

许稚意揉了揉鼻子，皱眉想了想："不应该吧。"她昨晚是偷偷去看星星了，但周砚拿了风衣给她披着，一点儿没着凉不说，还差点儿把她热死。

"应不应该，你都得多喝点儿热水。"蒲欢把保温杯递给她，认真地说道，"预防感冒。"

"好的。"许稚意喝了两口，靠在座椅上合上眼，"到了喊我，我睡会儿。"

蒲欢点头。

抵达机场，许稚意才发现有不少粉丝来送机，扬了扬手跟粉丝打招呼。

有粉丝在喊："稚意！倪璇在前面，你们今天穿得好像啊。"

许稚意："什么？"

喊的人声音很大，没过几分钟，许稚意便看到了不远处正在给粉丝签名的倪璇。

两个人对视，眼神不自觉地看对方的打扮——真的很像。

许稚意坐飞机的时候，都会考虑舒适度和空调温度增减衣服。她今天穿的是一套圈内艺人自创品牌的衣服，白色的阔腿长裤，垂坠感特别好，料子舒服，她很喜欢；上身搭了一件露肩的短款小针织上衣，显得腰特别细，腿特别长。恰巧，不远处的倪璇穿的裤子和她的是同一个品牌的，衣服的牌子不同，但也是短款针织上衣。更巧的是，两个人戴了同色系的帽子。

粉丝的目光在她们身上打转，他们这会儿一起开始激动。

"真的好像！"

"稚意、倪璇，你们是约好的吗？"

"这是什么缘分啊？"

许稚意和倪璇听着粉丝的声音，表情微妙：谁跟谁约好了？谁都没有！

跟粉丝打完招呼，二人过安检。她们的候机室是同一间，她们要飞到一个地方，录同一个节目。许稚意趁着倪璇和助理磨蹭时，走到了前面，到候机室找了个角落坐下，蒲欢告诉她："姐，你们俩上热搜了。"

许稚意："上吧上吧。"她掏出手机给周砚发消息，无奈地说，"这么巧，也没办法。"

蒲欢笑了。

没过几分钟，倪璇也进来了。她哪儿也不去，就往许稚意的旁边坐。

"许稚意。"她坐下，扭头看向旁边低着头玩手机的人。

许稚意给她一个眼神。倪璇睇她一眼，生气地问道："我好不容易穿得温柔一点儿，你干吗也穿得这么温柔啊？"

许稚意："你不提前跟我说一声，我怎么知道你换风格了？"

倪璇被噎住。她掏出手机登上微博，看到两人撞衫的话题，更生气了："风头都被你抢了，网友都说我模仿你。"

许稚意无言，凑到她旁边看了一眼："那我发个微博，说我模仿你？"

倪璇给了她一个白眼："不必。"她不需要施舍。

蒲欢和倪璇的助理小飞听着这两人的对话，隐隐约约觉得不对劲——她们的关系什么时候变得这么好了？她们不是一碰面就针锋相对吗，现在怎么有点儿欢喜冤家的味道了？

蒲欢给小飞一个眼神，掏出手机开始背着艺人聊天——这俩人肯定瞒着她们发生了点儿什么。

许稚意和倪璇不知道自己的助理的想法，就撞衫这事你来我往地斗了两句嘴后，倪璇"哎"了一声："你的新戏什么时候开机？"

许稚意："半个月后。"袁导那边筹备得差不多了，她半个月后就要进组围读。

倪璇："哦。我下周开机。"

许稚意瞥她："一切顺利。"

"当然。"倪璇骄傲地抬了抬下巴，说道，"我不会再输给你。"

不出意外的话，她们即将进组拍摄的这两部戏会在同年甚至同季度播出，到时候年度评选，在收视率等方面又是一番较量。在演戏这方面，许稚意一直都很有自信。听到倪璇的话，她弯了弯唇，和倪璇对视了一眼，说："拭目以待。"

她们顺利抵达宁城。许稚意跟倪璇已经同航班又撞衫了，也不再避讳，直接走了普通通道跟粉丝打招呼，而后离开。

晚上和往常一样，大家抽取角色剧本。

考虑艺人的档期问题，《你想要的故事我都有》这档综艺现在都是连续两期一起录制。

录制的次数越多，他们对对方的了解就越多。许稚意很喜欢这个综艺，因为每一期的故事都不同，每次拿到的角色也不同，这档综艺可以快速地让她体验很多之前没有体验过的角色。无论是小狐狸还是骄纵的大小姐，抑或心狠手辣的女王，这些都是之前没有过的体验，她觉得很有意思。

同样地，因为她的精彩表现，现在送到焦文倩那边的剧本角色也更加多样化，不再是往常那样清一色的大小姐角色。

拿到人物设定，许稚意跟周砚提了一句，便进入了角色。她拍戏时就这样，会将周围的人直接屏蔽掉，进入自己缔造的世界里。她不喜欢被打扰。

周砚早就知道她的习惯，回了她一句后，没再给她发消息。

旁边的蒋淮京看到周砚脸上的笑，"啧"了一声："女朋友？"

周砚还没回答，另一个朋友段滁抿了口酒，笑着道："除了许稚意，还能有谁让他笑成这样？"

蒋淮京和许稚意接触不多，也就见过两次，但这两次足够让他印象深刻。他想了想，说："也是。"

蒋淮京和周砚是从小就认识的兄弟，两个人知根知底。而段滁是初中时跟两人认识的，在大学和两人分开。段滁去了电影学院，周砚和蒋淮京的学习成绩比他好，他们去的是另一所知名学府。谁也没想到，在知名学府读书的周砚会在跟蒋淮京一起去电影学院找段滁的时候，被去电影学院选新人的导演看上，从而开始了自己的演艺之路。

说到这，段滁看向周砚："对了，有件事提前跟你说一声。"

周砚挑眉。

段滁神秘一笑："袁导那部剧的男一号定了我。"

蒋淮京讶异："袁导找了你？"

段滁颔首。

周砚安静片刻，蹙眉道："那不是大女主的剧吗？"

段滁："是。"

周砚还没点评，蒋淮京道："如果是以前，你给许稚意做绿叶，我能理解，粉丝也能理解，但现在是不是不太合适？"

蒋淮京这段话是大实话。许稚意刚出道那一两年，段滁这种电视剧最佳男主角给她当绿叶，勉强是可以的。可这两年不同了。段滁现在的实力和人气都很旺，但和周砚走的不是一条路线，他专拍电视剧，周砚专拍电影。

如果是平等的角色合作，段滁的粉丝也不会有意见。偏偏这部剧是毫无疑问的大女主剧，让现在人气比许稚意高的段滁给她做绿叶，过分了点儿吧？

段滁笑而不语，看向周砚："你怎么看？"

周砚抿了口酒，轻声道："你都答应了，我还要怎么看？"

段滁耸肩："你也觉得不合适？"

"没有。""护妻狂魔"周砚说，"这是你的荣幸。"

段滫被噎住，没好气地白了周砚一眼："也就你敢说这话。"

周砚瞥他："她的演技不比你差，你给她做陪衬，并不会拉低你的身价，你不是知道吗？"如果不是知道这点，段滫也不会傻乎乎地去接这个角色。他就算要帮兄弟的女朋友的忙，也不是这样帮的。更何况，他觉得袁导的这部剧，可能会对自己的转型很有帮助。至少这部剧拍完，对她的好处绝对高于官宣时的坏处。大家都是一个圈子里的人，段滫也不傻，周砚了解他，他很喜欢演戏，不会拿自己的事业做赌注。

一听到周砚这么直接的点评，段滫笑了笑："确实。接这个角色，一是为了袁导的下一部剧。"

周砚："二呢？"

段滫："二就是你女朋友拿下的这部剧，对我以后转型演正剧有利。"

段滫虽然有偶像剧演员需要的长相、身高和气质，但一直都想演正剧，几年下来也多多少少接了一些。不过他跟许稚意一样，差个正式转型为正剧演员的机会。

所以在袁明志找上他的时候，经过衡量，段滫接了这个角色。

能转型演正剧是主要原因，还有一个因素是段滫其实很喜欢跟许稚意飙戏。许稚意拍电视剧时对自己的要求跟拍电影时一样高，是个很敬业、很优秀的演员，段滫曾经客串过她跟周砚的一部电影，知道她拍戏的习惯，和她合作能让人进步。思及此，段滫瞅着周砚的神色，又补充了一句："当然还有个原因是，跟你女朋友拍戏很舒服。"

周砚一时语塞。

蒋淮京在旁边看热闹，从鼻腔哼出一声，笑着道："段老师，最后这句可以不用加。你也不怕未来一段时间每天在片场看到周砚这张'生人勿近'的脸？"

"实话实说。"段滫拍了拍周砚的肩膀，揶揄道："放心，我懂的，朋友妻不可欺。在片场我会帮你好好照顾许老师的。"

周砚二话没说，俯身将桌上摆着的几杯酒推到段滫的面前，神色平淡地说道："喝吧。"

段滫："不喝不行？"

周砚微微一笑："没有后面那句，你可以不喝。"

段滫被噎住。早知道，他就不多嘴逗周砚了。他"喊"了一声，无奈地道："我接这个剧，是给你探班许老师的机会，你怎么还恩将仇报呢？"

听到这话，周砚默默地将其中两杯酒挪回自己的面前。他端起其中一杯，跟段滫碰了下杯，语气平静："谢了。"

确实，有段滁在，周砚可以光明正大地去探班。毕竟粉丝都知道周砚和段滁是老同学，段滁也是周砚在圈内少有的朋友之一。

蒋淮京在旁边听着，酸溜溜地问道："怎么感觉今天这个聚会没我半点儿事？"

周砚抬了下眼皮，看他："你可以作为投资方参与，一起去探班。"

蒋淮京无语。

录制综艺的两天时间里，许稚意并不知道周砚将她在未来剧组的生活简略地安排了一番。他甚至想好了隔多久去给她探一次班。

综艺录制结束，许稚意和倪璇还不能回去。她们俩明天要去同一个活动现场。

跟其他嘉宾打完招呼后，两人分别回酒店。

在酒店大堂，两人带着各自的助理又碰面了。

蒲欢正在跟许稚意说话，许稚意漫不经心地点着头："那你想去店里吃还是点外卖？"

蒲欢眨了眨眼："去店里吃会更好吃。"

许稚意正要应，在一旁偷听的倪璇说："吃什么？宁城特色美食吗？"

蒲欢点头："对啊。"她跟倪璇的助理对视一眼，小声问，"倪老师要不要一起？"

倪璇正要拒绝，看到许稚意皱了下眉，立马改口："要。"

她得意扬扬地看着许稚意："许老师不会拒绝吧？"

许稚意微顿，看了倪璇三秒："你确定要去？"

倪璇："去啊！"她一点儿都不能被许稚意激，想也不想地说，"当地美食你能去吃，我为什么不能去？"

许稚意："行，我回去换套衣服、卸个妆就走？"

倪璇："可以。"

进了电梯，倪璇瞅着她："许稚意。"许稚意抬眸。

倪璇："你真卸妆？"

许稚意："不然呢？"录节目带妆的时间太长，她觉得非常难受。也可能是宁城这边天气的问题，许稚意觉得非常闷，脸还有点儿痒。

倪璇："哦。"她懒洋洋地说道，"你卸的话，那我也卸。"

许稚意微哽，无语："你可以不卸。"

"那不行。"她小声嘟囔，"我可不想看到网上出现我艳压你的话题。"

闻言，许稚意颇有兴致地和她斗嘴："你想多了。"

倪璇："怎么？"

许稚意面无表情，自信满满地说："我就算是卸了妆，你也不可能艳压我。"

倪璇："你怎么这么自负？"

电梯到她们住的楼层停下。许稚意率先走出电梯，回头对着她笑了笑："事实，不是自负。"

倪璇看着许稚意走出去的背影，被噎到想揍人，偏偏又没办法不承认这事——确实，许稚意就算是不化妆也不会被她比下去。许稚意的骨相太好，怎么看都那么精致，素颜有素颜的美，她化了妆能比素颜的许稚意精致一些，但没有那么夸张。

回房间卸了妆、洗了脸，许稚意换了套衣服。宁城这边有些冷，她穿了件套头卫衣，顺便将头发扎了起来，活脱脱一个青春美少女。走出房间时，她跟倪璇撞上。

倪璇看了许稚意三秒："你真卸了？"她快速转身，"等我三分钟。"

"嗯？"

四个人出发去美食城，为了方便，索性坐同一辆车过去。

注意到许稚意的目光，倪璇扭头看她："看什么，没看过素颜美女？"

"不是。"许稚意不解，"你怎么卸个妆也跟我钩心斗角？"

倪璇："你不懂。"她之前跟另一位演员出去聚餐，说好的不化妆，结果她没化，对方却化了个很难看出的淡妆，拍合照时，那人精致得不像话，差点儿把她怄死。

许稚意确实不太懂。她跟倪璇简单地扯了两句，就低头跟周砚聊天。小情侣两天没怎么联系，她要去查查岗。

许稚意："周师傅。"

周砚："结束了？"

许稚意："结束啦！现在准备去吃饭。你吃晚饭了吗？"

周砚："跟助理一起？"

许稚意："是的。"

消息刚发过去，周砚的电话就打来了。

许稚意眉梢稍扬，看了一眼旁边刷手机的倪璇，接通："喂。"

周砚听到她的语调，笑着问："很高兴？"

"还行。"许稚意偏头看着窗外的霓虹灯，唇角上翘，"你在做什么？"

周砚："看剧本。"

"哦。"许稚意好奇，"白天干什么了？"

"查岗？"

许稚意坦然承认："嗯，查岗。"

话音刚落，旁边传来一声轻嗤，倪璇无语："你说话能不能正常点儿？"

许稚意："不能，我男朋友就喜欢我这样说话。是吧，男朋友？"

男朋友周砚缄默片刻，给足女朋友面子，应了声："嗯。"

许稚意："就'嗯'一声？"

周砚轻笑，低声问："你怎么跟倪璇在一起？"

许稚意扭头，朝倪璇哼了一声，告诉周砚："她想跟我一起吃饭。"

周砚还没来得及说话，倪璇先说："谁想跟你一起吃饭了？我是顺便，顺便懂不懂？而且是你的助理先邀请我的。"她不过是担心自己拒绝许稚意会让人伤心，才"勉为其难"地答应的。

周砚听着两个人斗嘴，莫名生出一种自己有点儿多余的想法。他想了想，决定插入她们的对话："准备去吃什么？"

许稚意听到周砚低沉的声音，注意力瞬间转移。她趴在车窗边，低声说："欢欢说这边有家牛肉火锅非常好吃。"

周砚了然。他低声回应："别吃太多辣的。明天还有活动。"

"知道。"她问，"你呢？你还没说吃没吃饭呢。"

听她的语气，周砚就能想象出她说这话时候的样子，是可爱娇憨的。

周砚的眸子里带了笑意，他轻声说："还没吃，晚点儿吃。"

许稚意一愣，讶异地问道："你不是在家吗？"

"不在家。"周砚如实告知。

许稚意眨眨眼，回忆了一下刚刚自己和他的那段对话。他说在看剧本，但确实没说是在家看剧本。她"啊"了一声："那你在哪儿？"

"和你一样。"他也在车里。

许稚意"哦"了一声，在周砚以为她要问自己坐车去哪儿时，她淡定地问道："跟人约了吃饭？"

周砚："差不多。"

许稚意没再多问。她不是那种会查岗的女朋友，怕周砚会烦，自己也会烦。如果她真的事无巨细地追问男友的行踪，那就没意思了。

"那你少喝点儿酒。"周砚偶尔跟朋友聚会是会喝酒的，这点在所难免。

"不会。"周砚顿了顿，暗示意味十足，"今天吃饭没酒。"

许稚意一点儿也没领悟到他的另一层意思，只当他们约定了不喝酒。

她应声："知道了。"

周砚："你没有想问的？"

许稚意哭笑不得："我跟别人去吃饭，你也不会多问呀。"

周砚无言。

许稚意打了个哈欠。周砚听到，轻声道："困了？"

"有点儿。"许稚意低声道，"这几天没睡好。"她有点儿认床，周砚是知道的。以前许稚意没当艺人时，认床的毛病很严重。她只要换了地方换了床，就会整夜失眠。后来当了艺人，出差住酒店的次数变多，这毛病渐渐地有了改善，但有时候还是会不可控地失眠。

周砚微怔："昨晚几点睡着的？"

许稚意记不清了。

周砚无奈，揉了揉眉骨说："晚点儿吃了饭回酒店跟我说一声。"

"怎么？"许稚意问。

周砚："哄你睡觉。"

许稚意听着，心里暖洋洋的，眼睛弯了弯，像是皎洁的月亮："好。"

考虑到旁边还有倪璇，两人没说太久。

许稚意挂了电话，倪璇啧了一声："你们俩怎么那么腻？"

许稚意扭头看她："你这个'单身狗'当然不懂了。"

倪璇朝她做了个鬼脸。

安静了几秒，许稚意问："你怎么知道我们在一起？"

其实周砚和许稚意在偷偷谈恋爱这件事，圈内知道的人很少。两个人瞒得很严，为防止被粉丝和圈内人看出来，他们在公开场合鲜少互动，因为他们对对方的爱意，会在对视时不经意地流露出来。正因如此，他们的粉丝才会难过——周砚和许稚意不合作的这几年里，连对视都没有。

他们不是不对视，也不是不想跟对方有视线的纠缠，而是怕暴露。他们虽是演员，可喜欢一个人的情绪，总会不经意地从眼睛里跑出来，拦都拦不住。

上次倪璇那么笃定地说她跟周砚是男女朋友时，许稚意就有点儿想问，但忘了。

听到这个问题，倪璇翻了个白眼："我又不是没跟周砚在同一个剧组过。"

许稚意挑眉。

倪璇扯了扯唇，低头玩着手机说："有一回你去给他探班。"

"你看到我了？"许稚意回忆了一下，那是去年的事了。她去给周砚探班，是深夜到的，离开的时候也是深夜，根本就没碰到周砚剧组的任何一个人。

"没有。"倪璇说。

许稚意："那你怎么——？"

倪璇轻哂，貌似嫌弃地说："你那定制香水，真当我闻不出来？"

许稚意眨了下眼，完全没想到是这个答案："你还能闻出我身上的香水味？"

倪璇觉得她这个反问很有歧义，冷哼道："我的鼻子比较灵。"

许稚意心存怀疑："是吗？"她怎么不信？

倪璇瞪了她一眼："不然呢？"其实她是在跟周砚拍戏时发现的，在那部电影里她演的是周砚的初恋情人，二人有几分钟的对手戏，虽没有吻戏，但有一个拥抱。那也是整部电影里唯一的一个拥抱。

正巧，那天拍的就是拥抱戏。

倪璇跟许稚意争奇斗艳了这么多年，对许稚意知根知底，同样，许稚意也了解她。

网上有些传言是真的，她们俩真的是大学同学。从进校门到毕业，再到进入演艺圈，二人都在较量，她们的团队偶尔会在对方有负面消息的时候拱火、起哄。

两个人的气质虽有差别，但身高外形差不多，长相也有几分相似，又是同时期进的演艺圈，所以大家只要拿女艺人做比较，必然会有许稚意和倪璇。

也因此，倪璇很了解许稚意。大学的时候，许稚意就有一款定制香水，百合花的味道，还裹着一点儿玫瑰的淡香，闻着就让人觉得有气质。刚开始闻到，倪璇就很喜欢。她暗暗地让人打听过，那是许稚意定制的香水，市面上找不到同款。

在大学闻了四年，偶尔和许稚意在红毯碰面时也会闻到，倪璇对这款香水，比对自己前男友身上的味道还熟悉。那天跟周砚拍拥抱戏的时候，她便闻出来了。

也是那会儿，她确定了周砚和许稚意已经在一起的这个事实。

倪璇解释完，没等许稚意说话便问道："你真奇怪，一款香水用那么多年，一点儿都不腻吗？"

许稚意正想骂她"变态"，听到这话微微一笑，启唇反击："我又不是每天都喷。"她只有见周砚、参加重要活动，以及心情好的时候才会喷。

倪璇："哦。"

许稚意白她一眼："你对我的香水那么关注，是不是很喜欢我的那款香水？"

倪璇耸肩，坦率地承认："以前是挺喜欢的。"

她们斗着嘴时，车停在了路边。

听完小学生对话的两位助理在心底叹气，喊她们："到了，我们下车吧。"

二人休战，一同下车。

宁城是个夜宵城，美食城这边晚上的人比白天还多。

四人在牛肉火锅店订了个包间。许稚意承认，这儿的牛肉确实是招牌，肥瘦相间，味道特别好。唯一可惜的是她不能多吃，明天参加活动需要穿贴身的裙子，要狠狠地克制自己。倪璇也一样，是在饮食上会克制自己的人。她们都有这方面的认知和修养。

吃过火锅，倪璇率先提议去唱歌。

许稚意本想回酒店早点儿休息的，但转念想了想，反正也睡不着，便答应了。

当然，更重要的原因是，她的小助理很开心，很喜欢唱歌。

许稚意不知道的是，自己跟倪璇吃饭唱歌，也有人跟拍。

到 KTV（练歌房）门口时，她警惕地转过头，看向另一侧停着的一辆车。

倪璇："怎么了？"

许稚意指着那辆车，面无表情地说："那是狗仔。"

"什么？"倪璇震惊，"你怎么知道？"

许稚意："感觉出来的。"

倪璇："你还有这本事？"许稚意睨她一眼。

倪璇闭嘴，安静了三秒，问："那这歌还唱不唱？"

"唱。"许稚意语气平静地说，"反正都被拍了，不唱白不唱。"再说了，这也不是不能见人的事。

倪璇想了想，也是。

四个人到包间刚唱了两首歌，许稚意就看到焦文倩发来的消息。焦文倩也没有大惊小怪，只是如实告知许稚意和倪璇相约吃饭、唱歌上热搜了。此时网友都在震惊：这两人不是见面就想让对方毁容，让自己独美的敌人吗？她们什么时候好到相约一起吃饭了？

是他们对许稚意和倪璇的认知不深，还是两个人之前那些一触即发的战火，是她们放出来迷惑大家的烟幕弹？

更夸张的是，还有人说"中意"只是保护色，"许倪一生"才是真的。

看到网友的分析，许稚意和倪璇借着包间内闪烁的灯光对视一眼，表情非常微妙。

"网友的想象力……是不是能去写小说了？"许稚意觉得好笑又无奈，这都是什么发散性思维？

"你现在才知道？"倪璇得意扬扬地说道，"我有两个文案写得特别好的粉丝，就是网络作者。"

许稚意挑眉："哪个？"

倪璇警惕地看她："怎么？"

许稚意微微一笑，淡定地说："我去把她们变成自己的粉丝。"

"你做梦。"倪璇瞪了许稚意一眼，"他们只喜欢我，不会喜欢你的。"

"哦？"许稚意问道，"真的吗？"

倪璇正要回答，许稚意的下一句将她噎在原地："我不信。"

蒲欢和小飞在一旁点歌，听着两个人幼稚的对话，小声地交流着。

蒲欢："我姐怎么碰到你姐就变幼稚了？"

小飞："我姐不也是？"

蒲欢："小学生。"

小飞："幼儿园小朋友。"

两个人悄悄交流了一通，喊另外两个人："姐，唱歌吗？"

倪璇："唱。"她得意地朝许稚意扬了扬下巴，说，"她不唱。"

"为什么？"蒲欢一愣，她看向许稚意，讶异地道，"姐，你不唱吗？"

许稚意点头。

倪璇哂笑道："你什么时候听她唱过歌？"

蒲欢眨眨眼，回忆了一下——好像真的没有。但她跟许稚意来过好几次KTV，每次说要来，许稚意都不拒绝。因此，她也没发现许稚意不会唱歌，以为许稚意只是不想唱。

小飞在旁边说："稚意姐不会唱歌。"

蒲欢瞪大眼睛看她："你怎么知道？"

小飞卖艺人有一手，指着倪璇说："我姐说的。"

倪璇有时候刷微博，刷到网友或说许稚意这个女人全身上下没有缺点的时候，就会在旁边嘀咕："怎么没有？她不会唱歌，她唱歌跑调，她五音不全。"小飞听多了，自然也就记住了。

许稚意皱了皱眉，嫌弃地看向倪璇："你幼不幼稚？你是不是还让人在网上说了？"

倪璇"呵"了一声，说："我要是真让人说了，你五音不全的事早就满天飞了。"

两人斗完嘴，为了力证自己能唱歌，只是唱得不怎么好，许稚意拿过了话筒。

一首歌结束，她看着举着手机对着自己拍的三个人，悔不当初。倪璇总算找到机会反击，自信满满地给许稚意表演了一下什么叫唱歌——许稚意那不叫唱歌，叫朗诵。

另一边，周砚刚下飞机，先迎来了女友送给他的大礼。

他一向低调，又是深夜，所以没让太多粉丝知晓。

周砚上了车，看到微博时，眉梢扬了扬，手指微动点了进去。

他也得承认，网友分析得有板有眼。有的粉丝甚至直接把他们当时在办公室的那张图截了出来，图片里，许稚意和倪璇坐在角落里，周砚和侯安琪坐在办公桌旁边，周砚和侯安琪距离很远，另外两个人却离得很近。

更重要的是，这张图生动地诠释了"泾渭分明"四个字。周砚和许稚意像隔了一条银河，分得极远，而两个人对此毫不在意，甚至在跟旁边的人畅聊。更聪明点儿的网友说，许稚意之所以跟周砚去办公室对戏，为的就是让网友忽视自己跟倪璇的关系很好。所以倪璇后来出现，大家才不会那么惊讶。还有眼尖的网友发现，在录制综艺时，倪璇和许稚意偷偷聊天，把身上的麦克风关了。

去酒店的路上，周砚没跟女朋友联系，反而刷了一个多小时微博。

郑元时不时地偷看他两眼，同情了周砚三秒钟：好惨，真的好惨。

快到酒店时，周砚才收起手机。他敛睫看向窗外，低声问："她回酒店了吗？"

郑元应声："回了。"许稚意和倪璇没在外面玩很久，二人都有睡美容觉的习惯，唱了一个多小时，在十二点前回了酒店。

周砚颔首。

郑元掏出手机给蒲欢发消息，蒲欢也是晚上才知道周砚要来的，按照周砚所说，先不告诉许稚意，她也就捂严嘴巴一晚上都没说。

她猜测，周砚应该是想来陪许稚意睡觉。

车停在酒店停车场，周砚径直上电梯，去了许稚意房间所在的楼层。

电梯门打开，蒲欢站在外面。她把房卡递给周砚，小声道："我姐应该还没睡。"

周砚看了一眼腕表，这会儿是一点。他颔首，看向蒲欢："去休息吧，辛苦了。"

"应该的。"蒲欢扬扬手，想了想，小声提醒，"砚哥。"

周砚看她。蒲欢咳了一声，有点儿不好意思地说道："我姐明天要穿露肩的裙子。"

周砚微顿，应声："知道了。"

为防止吓到许稚意，周砚先给她发了条消息。消息刚发过去，许稚意立刻回复。

许稚意："刚吃完饭？"

周砚："你没找我是以为我在饭局？"

许稚意："对啊。"她多体贴啊，她觉得自己可以拿全世界最体贴女友奖。

周砚："很早就吃完了。"

许稚意："哦。我要睡觉啦，明天要参加活动。"

周砚看到她的消息，没忍住给她拨了个电话。

"喂。"他的耳畔传来许稚意兴奋的声音，隔着一扇门，他似乎能想象她此刻趴在床上的神情。思及此，周砚轻声笑了。

听到周砚的笑声，许稚意莫名其妙："你笑什么？"

周砚没直接回答，转移话题："怎么还不睡？"

许稚意想着吃饭前他跟自己说的话，一本正经地说："你不是说要哄我睡觉吗？渣男，忘记自己说过的话了吧？"

周砚抚额："哪儿学来的词？"

许稚意扬眉，晃悠着双腿，说："这不需要学，天生就会。"

周砚嗯了一声："想要我怎么哄？"

闻言，许稚意无言半晌："你说要哄我，难道还要我教你怎么哄吗？"

周砚被噎住。他发现，几天没见，自己的女朋友变得更伶牙俐齿了。

许稚意生气："自己想。"

周砚哭笑不得，弯了弯唇，说："那当面告诉你好不好？"他说这话的时候，语气温柔得让许稚意耳郭发痒，有些心痒难耐。

她抿了下唇，埋头蹭着枕头："明天啊？"

周砚："今晚。"

许稚意一愣，正想说"什么今晚"，先听到了敲门声。

她一骨碌爬起来，下床往外走："你……"

话还没说完，周砚清越的嗓音传来："小许同学，给你的男朋友开个门？"

门拉开，许稚意望着突然出现在自己眼前的人，极为震惊："你——"

周砚垂眼看着她此刻呆滞的模样，轻勾了勾唇角："进去说？"

门被关上。许稚意仰头，喃喃道："真人？"

周砚："摸摸？"

许稚意望着他，眼睛里溢满了笑意。

她踮脚，双手环住他的脖颈，主动献吻："不摸，我要亲。"

周砚喉结微滚，一把将人抱了起来，方便她亲，也方便自己回吻。

两人紧紧相拥，亲得难舍难分。好一会儿，许稚意喘不过气来，周砚才往后撤了些。二人额头相抵，鼻尖偶尔碰撞在一起。

许稚意住的是套房，睡前在客厅留了一盏壁灯。刚刚她没去开别的灯，只有壁灯的光倾泻而下，笼罩在两个人的身上。

到这会儿，她才有空看眼前的人。

以前，两人分开更久的时候也很多，但奇怪的是，许稚意发现自己最近越来越离不开周砚了。以前藏起来的那些思念，近期也全数涌出，让人难以克制。

他的鼻子英挺，很立体，拍照的时候特别上镜，摄影师也喜欢。许稚意之前看粉丝夸周砚，说想在他的眼睫毛上荡秋千，鼻子上玩滑梯……当时，许稚意觉得略显夸张，但现在看好像还真的是这样。

想到这儿，她不自觉地笑出声来。周砚张嘴咬了一下她的唇瓣，问道："笑什么？"

许稚意如实告知。

周砚轻笑，抬手掐着她的腰肢，嗓音低沉："姐姐的腰不是腰——"他顿了一下，记不清了，"是什么？"许稚意抬手，捶了一下他的肩膀。

两个人无声地对视片刻，许稚意，轻声问："你怎么忽然来了呀？"

周砚"嗯"了一声，喉结滚了滚，压着她的额头说："不是失眠吗？"亲了一下她的唇，低声道，"哄你睡觉。"

许稚意微怔，忍俊不禁地提要求："那要正经地哄。"

周砚："什么叫正经地哄？"

许稚意脸一热，娇嗔地睇他："你知道的。"

周砚勾了勾唇，将人往卧室抱："尽量。"

等周砚洗漱完，许稚意已经昏昏欲睡了。很奇怪，周砚明明还没陪她一起睡，也还没哄她，可这个空间里只要有他的味道弥漫，她就会觉得安心，能睡得很好。这一夜，周砚是正经地哄人睡觉的。时间不早了，考虑到明天的活动，两个人都非常克制。

翌日，许稚意才反应过来，意识到周砚不是单纯地过来哄自己睡觉的，他也有和自己同样的工作行程。

她不知道周砚是怎么办到的，竟然直接订了自己隔壁的房间。

许稚意喝着粥，茫然地问他："你不怕被狗仔发现？"

周砚抽过一侧的纸巾，替她擦了擦嘴角残留的水渍，看着许稚意，认真地说："最危险的地方最安全。"

许稚意正要应话，周砚又说："更何况，现在网友都说我是你跟倪璇的保护色。"说着，他故意停顿了一下，意味深长地注视着许稚意，"是吗？"

许稚意头皮发麻，哭笑不得。她往嘴里塞了一口粥，含混地说："什么是吗？"她睨了周砚一眼，倒打一耙，"是不是，你不知道？"

周砚："以前知道不是，现在有点儿怀疑。"

许稚意睥他一眼："我昨晚跟谁睡的？"

周砚微顿。许稚意轻哼，也没什么不好意思的，咕哝道："你要真是我跟倪璇的保护色，我还能抱着你睡一晚？我就该让你睡沙发。"

她说的也是。他抬手敲了一下许稚意的脑袋："不用担心太多。"他垂眼看她，"那些人拍不到的。"而且就算他不订这家酒店，他们今天参加同一个活动的事也能让粉丝兴奋很久。

许稚意想想，觉得也是。更重要的是，参加活动的很多艺人订的都是这家酒店，周砚订这家酒店一点儿问题都没有。

许稚意是这样想的，周砚的粉丝也是这样想的。昨晚半夜，就有人爆料在宁城机场碰到周砚带着助理，有不清楚他行程的粉丝在超话问他去宁城做什么。后来才有人发现，他今天会出席商场开业的活动，为自己的品牌站台。

接着，早上有人爆料：周砚入住的酒店和许稚意入住的是同一家。周砚的粉丝本想说让许稚意不要碰瓷，可一看，许稚意三天前便入住了。他们只能说服自己：这家酒店星级最高，距离新商场最近，除了周砚，还有很多艺人也入住了这家酒店。

粉丝的言论，当事人一无所知。吃过早餐，周砚便回了自己的房间。虽说狗仔拍不到什么，但两个人一直在一起也不适合。

许稚意要化妆、换衣服，周砚也要。这种艺人出席的活动，说大不大，说小不小。商场开业，很多奢侈品牌都会请自己家的代言人过来撑场面。

许稚意是今天代言的鞋包品牌唯一的代言人。这个代言她在出道第二年便拿下了，迄今品牌方也没换人，一直是她。许稚意今天出席活动穿的、用的，也全是品牌方提供的。

九点五十分，商场周围被堵得水泄不通。

许稚意快到的时候，旁边的蒲欢正在刷商场的直播，告诉她前面的人是谁。

听到名字后，许稚意沉默了三秒："我们俩这么有缘？"她以前怎么没发现？

蒲欢点头："好像是。"

在许稚意前面走红毯的是倪璇。许稚意无言，想揉鼻子，想到自己上了妆，忍住了。

少顷，许稚意的车门被拉开。她踩着高跟鞋下车，出现在粉丝面前。

"是稚意！"

"许稚意！许稚意！"

…………

许稚意今天的妆有点儿港风美人的味道——大波浪鬓发，红唇，搭配斜肩开衩长裙，勾勒出曼妙的身姿，从头发丝到脚跟都透着性感、漂亮。她鲜少有这种夸张的浓妆打扮，一直都是淡淡的妆容，但每一次只要浓妆出场，必定惊艳全场。

一些不那么喜欢她的网友在看到她的打扮时，都忍不住感慨：

"许稚意好白啊！"

"许稚意穿的是黑色衣服，倪璇今天穿的是白色的。"

…………

许稚意朝大家挥手，打过招呼后往里走。

周围镁光灯不断闪烁，她眼也不眨地走完了全程。

走进门后，许稚意听见了比自己出现时还要高的呼喊声。她正在想是不是周砚，便听到了粉丝喊出的名字。

许稚意微顿，走到一侧，抬眸看向外面。

落地窗外，男人在红毯尽头下车。他穿着剪裁精良的黑色西装，搭配雪白的衬衫和同色系的领结，气质尊贵，精致得连尘埃都不忍触碰。

男人身形高大，宽肩窄腰长腿，令人瞩目。一下车，他便吸引了全场的目光。场外的粉丝、店内的艺人，百分之九十九的人的目光都在他的身上。

许稚意想，今天在外面的粉丝有一半应该是周砚的。他少有地打破常规，在电影杀青不到一周的时候现身活动现场，怎么能不让粉丝激动？

许稚意和其他艺人一样，克制地看了两眼便准备收回目光。她垂着眼，将目光转向别处。片刻，倪璇走到她旁边嘀咕："你们是不是过于明目张胆了？"

许稚意瞥了倪璇一眼："已经很克制了好不好？"她就看了三秒钟。

倪璇"啧"了一声："克制什么？刚刚周砚往你这边看了好几眼，你没发现？"

许稚意："没有。"她在想事。

倪璇冷哼，压着声音说："你现在祈祷吧。"

"祈祷什么？"许稚意茫然地道。

倪璇恨铁不成钢地瞪了她一眼，无语道："祈祷没有人拍到刚刚那一幕。"

事实证明，无论许稚意祈不祈祷，该拍到的还是会被拍到。

她在里面，周砚在外面。照片里，两个人的目光好像交会了，又好似没有。但谁也没办法否认，那张照片里，周砚在看她，而她好似在看周砚，又像是在想别的事情。她漂亮得像玻璃橱窗里的摆件，吸引路过的人驻足为她投来目光，即便是周砚这样的人也不例外。

许稚意是在活动结束后看到这张照片的。

活动持续的时间不长，两个小时后，大家便纷纷散了。他们过来就是为自己的品牌站台、宣传，吸引更多顾客。

活动结束，许稚意刚上车，蒲欢便举着手机给她看，并告诉她，这张照片已经被转发十几万次了。

照片上，她站在落地窗前，所站的位置是一家占据三层门面的奢侈品门店，好巧不巧地，视线能跟红毯中间的周砚的视线交会。上午的阳光落在她身上，勾勒出她的身体曲线和她那最吸引人的红唇、白皮肤以及黑色长发，精致得像瓷娃娃，高贵得像公主。

而窗外，西装笔挺的英俊男人注意到她，为她停留。

她的视线没有焦点。可男人的视线有焦点，焦点是她。

这张照片比两人在红毯两端视线交会的照片更出受欢迎。网友也不知道为什么这种照片更能打动人，有粉丝引用现代诗人卞之琳的《断章》来精准点评：

"你在桥上看风景，看风景的人在楼上看你。

明月装饰了你的窗子，你装饰了别人的梦。"

许稚意是站在屋内看风景的人，而周砚是在窗外看她的人。

这个形容不那么恰当，但好像又是那么回事。

众所周知，周砚的身价比许稚意更高，各方面的能力也不比许稚意差。可他仰望许稚意的这个画面，不会让人觉得不合理，甚至还有人调侃，说这可能就是周砚在家里的地位。当然，这话差点儿把周砚的粉丝气死。

许稚意看了这张照片许久，把手机还给蒲欢："保存一下。"她说，"发给我。"

蒲欢哭笑不得："姐，你就没有什么想说的吗？"

许稚意歪着头："说什么？"

蒲欢："大家都在说，砚哥在仰视你。"

"不是仰视。"许稚意想了想，轻声道，"他就是单纯看呆了。"

再次被秀恩爱的蒲欢无言以对。她默默地点头，将照片存下来发给许稚意，问道："那网上的言论需要回应吗？"

许稚意摇头："我不回应，这个应该交给周砚的经纪人去烦恼。"

毕竟，惹事的不是她。周砚的粉丝再怎么不讲理，也不会算到她的头上。

许稚意猜得很准，看到这张照片，先冒毛的是林凯。

他直接将照片甩给周砚，拨通周砚的电话质问："你看看，这事要怎么处理？"他气鼓鼓地说，"你就不能克制一下？难道你的女朋友出发前你没看到她的造型？"

周砚："确实。"他没看到。

林凯喷火似的骂人："那你不能忍忍？回去再看？"

周砚诚恳地回答："抱歉，忍了，但没忍住。"周砚这话，无疑是火上浇油。

林凯忍了忍也没忍住，直接撂了周砚的电话。

看着黑了的屏幕，周砚扬眉，冷淡地说："林哥最近的火气有点儿大。"

听完全程的郑元心想：不是林哥火气大，是你的态度实在是太让人窝火了！

注意到郑元带着点儿怨气的眼神，周砚抬了下眉："我说错话了？"

"没有。"郑元看着周砚，无奈地说，"砚哥，现在要怎么处理？"

周砚登录微博去看。

照片拍得真的很有感觉。看图说故事，也并非不可以。

看了片刻，周砚把照片保存下来，语气平静地说："不处理。"

郑元一愣："可网上现在都在说，你在仰视许老师，你钦慕她……"

"暗恋她"这三个字还没说出口，他的话就被周砚打断了。

"没说错。"

郑元震惊地扭头："啊？"

周砚在看照片下的评论，也看到了郑元转述的那两句话，脸上挂着淡淡的笑，温声说："是实话。"他就是在看许稚意，在看到她的那一刻，他心甘情愿地成为她的裙下之臣，仰视她。至于钦慕，众所周知，周砚觉得自己不需要去做过多的解释。

郑元服了。他以前就知道周砚喜欢许稚意。但是，以前周砚从没这么直白地承认过。或许有，不过郑元不记得了。最近不知道怎么回事，他发现周砚对承认自己喜欢许稚意这事越发得心应手了。

"那——"郑元思忖了一会儿，问道，"网上的言论不去管？"

周砚颔首："也没拍到什么，不管。"

郑元："可要是拍到你跟其他女艺人，我们工作室现在就应该有声明出来了……"

闻言，周砚觉得好笑，看他一眼，重点强调道："你也知道，是跟其他女艺人，而不是许老师。"

无形中又被秀了恩爱的郑元，掏出手机给还在生气的林凯发信息。

当事人发话不管，那他们就不管。其实之前工作室澄清绯闻，是周砚强制要求的，要不然他们也不会管。绯闻这东西在圈里太常见了，周砚作为一线艺人，如果每一条绯闻都去澄清，工作室就要忙得瘫痪了。周砚之前就是抱着"累死"工作室同事的念头让他们执行的。除了许稚意，和其他女艺人的绯闻，他都会在第一时间让工作室澄清。

知道周砚那边采用的是冷处理方式后，许稚意没多问。

她捧着手机给周砚发消息，调侃他："周老师，这回怎么不出声明啦？"

周砚："明知故问。"

许稚意："我就是不知道才问。"

周砚看着她的消息笑，直接拨通了她的电话。

"喂。"许稚意的声音听上去无比悦耳。

周砚看向窗外，车子正在缓慢地往前行驶："到酒店了吗？"他们要回北城。

许稚意："还要五分钟吧。你呢？"

周砚："我的车在你们的后面。"

许稚意下意识地回头看了一眼，后头车辆多，她根本找不到哪辆是周砚

· 164 ·

的。似乎是知道她会看，周砚低声笑了，说道："距离你的车子很远，估计比你晚十分钟。"

"哦。"许稚意摸了下鼻尖，靠在车窗上笑，"我们是同一个航班吗？"

周砚："是。"

林凯不让周砚提前几天来宁城，也不让他跟许稚意一起出现在机场。但回去的时候，周砚找到了合情合理的理由。活动是那个时间结束的，艺人会乘同一航班实在是太正常了。不仅周砚觉得正常，连他的粉丝也觉得正常。

所以在活动结束，有人爆出许稚意和周砚的航班信息后，二人的粉丝都觉得——他们是同一个活动啊，目的地也一样，碰巧坐一个航班真的太正常了。只有"中意"粉丝觉得开心了——他们终于不用自己去努力找糖，躺在家里，糖从上天掉下来，塞进他们嘴里，谁能不开心？

回到酒店收拾好，许稚意一行人出发去机场。她没跟周砚一块走，因为目标太大，也过分张扬。到机场跟粉丝打过招呼，许稚意顺畅无阻地进入贵宾休息室。

她刚坐下没多久，后面进来的游客在旁边讨论："天哪！艺人的粉丝真的太激动了。"

"没办法，刚刚那是周砚，他很少现身机场和粉丝互动，这一来粉丝不激动才怪。"

"不得不说，周砚真的好帅啊！"

"我也觉得，我好喜欢他拍的电影啊！"

"哎，他是不是过两个月有部电影要上映啊？"

"唉……周砚什么时候还能再拍爱情电影啊？"

听着旁边游客的讨论，全副武装戴着帽子和口罩的许稚意，默默地把自己的口罩往上提了提，希望这两位漂亮女生不要发现自己。

许稚意边想边点开日历。马上就是开学季了，距离周砚的新电影上映没多长时间了。她估摸着周砚只能休息小半个月时间，之后又得忙起来了。同样，她也是。

许稚意正想着，电话铃声响起。看到来电显示，她愣了愣。

"喂。"许稚意抿了下唇，手指不自觉地抓着裙角的料子卷来卷去，垂眸，压着声音喊，"妈妈？"

江曼琳应了一声："在哪儿？"

许稚意听到她冷淡的语气，轻声道："机场。"

江曼琳："哪个机场？"

许稚意听着这话不太舒服，但也没说什么，淡淡地说："宁城机场。"

江曼琳"嗯"了一声，轻声道："我今晚有空，晚上一起吃个饭。"她不是征询许稚意的意见，是直接下达命令。

许稚意："知道了。"

挂了电话没两分钟，许稚意的手机里收到江曼琳的助理发过来的消息，是地点的定位和吃饭的时间。许稚意回了句"好"，摁灭手机。

蒲欢去另一侧给她买东西了，回来时看到许稚意的情绪不太对，她眨了眨眼，小心翼翼地问："姐，怎么了？"

许稚意一怔，抬眸看她："什么？"

蒲欢指着她的眼睛，小声道："你不开心了，是看到有人说你了吗？"

许稚意微笑，摇头说："不是。没有不开心。"她拍了拍蒲欢的肩膀，打了个哈欠，"让你买的东西买好了吗？"蒲欢点头。

许稚意："行，待会儿到登机时间了，我们先去那边。"

蒲欢愣了一下，有些意外："不等砚哥吗？"

许稚意："不等，免得造成混乱。"蒲欢想了想，觉得也对。

考虑到多方面的情况，许稚意上了飞机后，也没怎么跟周砚互动。

两人依旧坐在一前一后的位子上，各自玩手机。

许稚意的手机振了振，是周砚发来的消息，问她晚上想吃什么。

许稚意在心底叹了口气，回他："我妈妈回国了，我晚上要和她一起吃饭。"

周砚不是很了解许稚意的家庭情况，但听她提过一两句。她爸妈是离异状态，父亲是艺术家，至于是哪方面的艺术，许稚意没提。而她的母亲是忙碌的空中飞人，常年居住在英国，鲜少回国，偶尔因为工作回国，会找许稚意一起吃顿饭，再多的就没了。

许稚意很少提自己的家庭。她不愿意说，周砚便不会自讨没趣地去问，让她不开心。

可这会儿，他隔着屏幕都能感觉到她不开心。

周砚拧着眉头沉思了半晌，问："在哪儿吃？"

许稚意："什么？"

周砚："我送你过去？"

许稚意："不用，我自己开车过去就行。"

她坚持，周砚便不再勉强。两个人聊了一会儿，许稚意有点儿困了，于是跟周砚说了晚点儿再联系，就放下手机，戴上眼罩，歪着头沉沉睡了过去。

江曼琳跟许稚意约的是六点。五点三十分，许稚意便抵达了吃饭的地点。这是一家私密性很高的餐厅。许稚意跟焦文倩来过一次，跟周砚来过一次，这是第三次。

下了车，她报了江曼琳助理的名字和电话，被服务员领进去。这家餐厅走的是庭院风格，古色古香的设计，有种小桥流水、柳暗花明的感觉。

跟着服务员走过长廊，踩在木质地板上，许稚意看到了不远处悬挂着的红灯笼。

紧接着，她看到了被包间环绕的湖心，湖心还有一座小亭，小亭边雾气弥漫，看不清原本的面貌，但路过的客人能听到亭内传出的婉转低沉的琴声。

听着琴声，还没走到包间，许稚意就觉得自己的心静下来了。不过就是吃顿饭，没什么好怕的。她给自己加油打气。

许稚意到了预订的包间，江曼琳还没来。

许稚意在椅子上没形象地瘫了两分钟，找盛檀聊天。

许稚意："救我。"

盛檀："被绑架了？"

许稚意："差不多，我妈回国了，约我吃饭。"

盛檀："那对不起，这我救不了。我也怕江阿姨。"两人从小就认识，盛檀对许稚意的母亲江曼琳极其了解。

许稚意："你就不能有点儿出息？"

盛檀回击："你不是也没有？"

许稚意："嗯。"

为了缓解许稚意的紧张心情，盛檀给她分享了好几个粉丝剪出来的视频让她看。

许稚意扫了一眼，没什么心情。她很紧张。她什么都不怕，唯一怕的就是江曼琳。即便是现在长大成人了，那种来自心底的畏惧感还是存在。

许稚意正跟盛檀闲扯着，包间的门开了。

许稚意下意识地抬眼，看到了许久未见的江曼琳。江曼琳和往常差不多，头发高高盘起，穿着圆领复古黑裙，版型极正，熨烫整齐，没有半分褶皱，一副女强人的模样。

许稚意垂眼，将视线落在江曼琳的手腕处的包上。看了两眼，她起身："妈。"

江曼琳看着她，拉开椅子坐下，问道："等很久了？"

许稚意摇头，给她倒了杯水，说："几分钟而已。"

江曼琳颔首，接过她递过来的水抿了两口，打量了她几眼："刚从宁城回来？"

许稚意乖乖地点头，问："你回国有工作？"

"嗯。"江曼琳道，"晚上的飞机回去。"

许稚意"哦"了一声，不知道要说什么了。

江曼琳盯了她片刻，忽然问："你一个人来的？"

闻言，许稚意愣了一下，茫然地看她："对啊！"不然呢？

江曼琳掏出手机，点了点屏幕，推到许稚意面前，问道："你男朋友没陪你来？"

许稚意呆住。自己有男朋友这事，自己从没跟江曼琳说过。一时间，包间内安静了下来。许稚意抿了下唇，抬眸看向她，结结巴巴地说："什么……男朋友？"

江曼琳瞥她一眼："这个人不是你的男朋友？"

许稚意垂眼一看，是今天在宁城参加活动时被疯传的那张照片。

她微一顿，下意识地捧着杯子喝了口水，问道："你怎么知道他是我男朋友？"

听到这个问题，江曼琳微微一笑："你当你妈蠢吗？"许稚意可不敢承认。她从没觉得江曼琳蠢，江曼琳要是蠢，那这个世界上就没有聪明人了。

"是还是不是？"江曼琳问。

许稚意摸了下鼻尖，小声回答："是。"

江曼琳："他多大？"

"二十九岁。"许稚意老老实实地回答。

听到这个数字，江曼琳皱了皱眉说："年龄有点儿大。"

第六章　吃　醋

听到江曼琳的话，许稚意沉默了十秒钟。她紧张地喝了口水，小声辩解："也还好吧？"他只比她大五岁，何况算下来，并不到整五岁。

江曼琳瞥她一眼，没搭腔。许稚意抬眸，小心翼翼地看了江曼琳一眼："妈。"

江曼琳："嗯。"

"你不喜欢周砚吗？"许稚意看向她，认真地问。

江曼琳看着她此刻的神色，有些意外。在她的印象里，这个女儿从小就有自己的主意。小时候她想让许稚意在国外上学，许稚意不答应，强行回国，高考时她让许稚意报其他专业，许稚意偷偷背着自己去参加艺考，报了电影学院。做这些的时候，许稚意从没问过她："妈妈，你喜欢还是不喜欢？"

江曼琳好一会儿不说话，许稚意莫名地有点儿忐忑，抿了下唇，又轻轻地问了声："很难回答吗？"

江曼琳微顿，端起她倒的温水抿了一口，轻声问："你喜欢他吗？"

这是什么问题？许稚意无语，顿了几秒："我不喜欢他，干吗和他在一起？"

江曼琳点头："也是。"

许稚意看向江曼琳，眨眼："你还没回答我的问题。"

江曼琳对她执着的举动有些惊讶，脸上挂着浅浅的笑，淡淡地说："我不喜欢的话，你会和他分手吗？"

许稚意："不会。"

"那妈妈喜欢不喜欢重要吗？"江曼琳问。

许稚意怔了一下，敛睫不说话。对她来说，其实是有点儿重要的。

江曼琳没在这个问题上多花时间，只重点强调了两句："恋爱可以，保护好自己，我还不想当外婆。"

许稚意被她的话戗住，咳得脸都红了："你想得有点儿远。"

江曼琳扬扬眉，不再发表意见。

服务员将两人点好的餐送上来。考虑到半个月后要进组，许稚意吃的都是低热量的食物，而且吃得不多。江曼琳看了两眼，随口问："在减肥？"

"半个月后要进组。"许稚意如实告知。

江曼琳皱了下眉："能吃饱吗？"

许稚意没吭声。肯定是吃不饱的，但她习惯了。

说到这个话题，江曼琳老话重提，问她："你打算什么时候退圈？"

许稚意无奈地道："我没打算退圈。"

听到她这话，江曼琳微微蹙眉，不赞同地问："你准备一直过这样的生活？"

"哪样的生活？"许稚意不喜欢她这样点评自己的工作，"我现在的生活挺好的。"

闻言，江曼琳没忍住，训斥道："每天被人议论，每天不能吃饱，冬天不能穿暖，这样的生活叫好？"她的声音冰冷，言语中充满了对这个职业的鄙视，"我真是不懂你。"

许稚意没吭声。

江曼琳看着她紧抿着唇角的模样，深深地叹了口气："你爸爸跟你联系了吗？"

许稚意硬邦邦地回答："没有。"

江曼琳"嗯"了一声，看她："他联系你了记得跟我说一声。"

许稚意看她："你找他有事？"

江曼琳："嗯。"许稚意答应下来，母女俩再次无话可说。

江曼琳吃完，许稚意看到她把刚刚被包包挡住的一个袋子递给自己。

"这是什么？"

江曼琳："礼物。"

许稚意一怔。

江曼琳神色淡淡地说："前段时间在拍卖会看到的，应该挺适合你的，拿出来看看？"

许稚意低头，扒开袋子看了看，里面有两个礼盒。其中一个礼盒她很熟悉，是江曼琳回国就会给自己带的定制香水，她一直都很喜欢。另一个，许稚意打开盒子一看，是一只满绿的翡翠手镯。这只手镯，即便是许稚意这种不懂行的人也知道是珍品。镯子的透明性极强，在灯光下看，仿佛有种有绿油油的东西在流动，要滴出来似的。

"戴上看看？"江曼琳提议。

许稚意看了镯子片刻，又看向江曼琳："我戴上出去，会被抢劫吗？"

江曼琳被她的奇思妙想打败，思忖了一会儿，说："我让保镖送你回去。"

许稚意顿了顿，摇头："算了，我待会儿藏起来。"她正要去拿镯子，江曼琳倾身过来，拿起镯子，抓住她的手腕。江曼琳的手上有茧，常年签署文件的缘故，指腹并不柔软。许稚意感受着江曼琳的手指残留的触感，睫毛轻颤。

下一秒，江曼琳将镯子套在了她细白的手腕处。

许稚意的皮肤白，特别适合戴这种绿色的饰品，光是看着就赏心悦目。

江曼琳点点头，满意地说："不错。"

许稚意看着也非常喜欢。她看了片刻，轻声道："谢谢妈妈。"江曼琳颔首应下。

两人没在包间多待，江曼琳还要赶飞机。一走出包间，许稚意先看到了立在两侧的保镖。她脚步一滞，默默地把口罩和帽子戴上。江曼琳瞥着她的动作，也不多言。

几个人走出餐厅。江曼琳看她："要不要安排保镖送你？"

许稚意摇头："我开车来的。"

江曼琳"嗯"了一声，示意其中一个保镖："送她去停车的地方。"保镖应声。

许稚意沉默了一会儿，看向江曼琳："你注意安全，飞机落地跟我说一声。"

江曼琳："记得就说。"她不习惯跟任何人报平安，即便是自己的女儿也一样。

许稚意："哦。"她鼓了鼓脸，也不强求。

江曼琳看着她，想了想说："下次我回来，如果你跟你现在的男朋友还没分手，让他出来跟我们一起吃个饭。"

许稚意愣了一下，错愕地看着她："什么？"

江曼琳："你听见了。"她恢复平日里那副生人勿近的模样，轻声道，"回去吧。”

“妈妈再见。”

“再见。”

看许稚意的车离开停车场，江曼琳吩咐后面那辆车的保镖：“送她回去再来机场。”

保镖应声：“好的，江总。”

许稚意是个对拿着摄像头的狗仔敏感，却对跟车并不敏感的人。一路回到家，她也不知道后面有辆车一直跟着自己。

她到家的时候，周砚还没回来。因为许稚意有约，空闲的周砚被之前合作过的导演喊着吃饭去了。收到许稚意发来的消息，周砚轻声笑了：“等会儿回来。”

许稚意：“哦。喝酒了吗？”

周砚：“喝了。”

许稚意：“嗯。”

她跟周砚扯了两句，看了手腕处的镯子片刻，给盛檀拨了个视频电话，准备炫耀自己已经顺利吃完饭 回来，还收到了一份大礼。

电话拨过去，盛檀一直没接。许稚意看了一眼时间，扬了扬眉，知趣地不再打。

另一边，周砚并不知道自己的女朋友宁可找其他人炫耀，都不找自己的事实。

和许稚意聊了两句，周砚收起手机，垂着头不知道在想什么。和他合作过的导演压着声音问：“女朋友的消息？”

周砚一顿，看着他笑了笑：“稚意的。”

这个导演是周砚和许稚意拍的第一部电影的导演，叫孙达，他清楚地知道两人之间的那些事。在看到网上的消息时，他还特意问过周砚是不是真的。

得到回答后，孙达也没到处乱说，嘴巴很严地为两人保密。

孙达笑笑，轻声道：“你们的感情倒是稳定。”他调侃，“什么时候结婚了，记得请我。”

周砚承诺：“一定。”

孙达感慨，叹了口气说：“一眨眼的工夫，四年就过去了。”

周砚颔首。孙达想了想四年前那会儿，笑着说：“我今天看到微博上稚意的照片，还真有点儿不敢将她和四年前那个青涩的小女孩儿联想到一起。”

周砚弯唇："越来越漂亮了。"

孙达点头："确实。"他看周砚，"你还没跟我说，你跟稚意真的是因为这部电影走在一起的？"

周砚正要说话。

孙达继续追问："是拍电影时就在一起了，还是结束后？"

周砚莞尔，如实回答："电影结束后。"

孙达挑眉："拍电影时我就觉得你们俩怪怪的，没想到是真的。"

周砚不好意思地笑了。

孙达瞅着他："你老实说，是不是早就盯上我们稚意了。"

听到这话，周砚沉默了几秒，反驳说："孙导。"

"嗯？"孙达喝了口酒，"怎么？"

周砚觉得自己有必要纠正他一点："不是你们的。"许稚意是他的。

孙达哭笑不得："我以前怎么没发现你这么小气？"话音刚落，他纠正，"不对。"

他回忆了一下："你以前就挺小气的。"

周砚扬眉："怎么说？"他怎么不知道？

孙达睒他一眼："不记得了吧。有一次忘了是哪个女演员碰了你的一个什么东西，你还跟人家冷脸，把稚意吓得直哆嗦，好几天没敢找你对戏。"

周砚怔了一下，努力想了想孙达说的那件事，莞尔，也不为自己解释。

孙达说的那件事，周砚是记得的。

当时在片场，许稚意送了他一份见面礼，是一个暖手袋。他们的电影在年后开拍，当时还处于冬天，气温很低。因为前半段是校园剧情，他们穿得少，每天拍完戏后手脚和脸颊都是冰冷的。周砚是个大男人，鲜少给自己准备暖手袋这些东西。

那是进组的第三天。周砚和许稚意拍完一场戏，到旁边休息等工作人员换置背景时，周砚的身旁伸出一只手。周砚垂眸，看向把自己包裹严实的小姑娘。

许稚意看着他，脸上有一丝怯意。她紧抿着唇，小心翼翼地掏出暖手袋，轻声问他："周老师，你需要这个吗？"

周砚看了她片刻，倏然一笑："需要。"他接过暖手袋，轻声说，"谢谢小许同学。"

许稚意展颜，抬眸望着他，眼角弯弯的模样灵动又狡黠，像是在冰天雪地里钻出来的小狐狸寻觅到了食物一般。到现在，周砚还记得那个场景。

而他对另一位女演员生气，是因为在他没注意的时候，女演员拿了那个暖手袋。

如果暖手袋是他自己买的，周砚是不会冷脸的。可许稚意是个小醋桶，她的性子从那会儿就展露出来了。在周砚还没发现女演员碰了自己的暖手袋之前，她一个人生了好几天的闷气，而且生闷气时还会波及无辜。这个无辜的人就是让她不开心的源头——周砚。

周砚在知道事情的原委后，第一次对女演员发了脾气——冷了脸。

之后，那个暖手袋再也没出现在片场。许稚意问他是不是丢了，周砚一直没告诉她。两人在一起不久后，许稚意在周砚的房间里看到了那个暖手袋。

周砚想到那些事，嘴角噙着笑，慢条斯理地说："她不是被我吓到才不找我对戏。"

孙达扬眉，八卦道："那是因为什么？"

周砚抿了口酒，笑道："是吃醋。"

孙达无言半晌，白他一眼，道："我以前怎么没发现你这么爱秀恩爱？"

周砚笑而不语。

孙达嘀咕："不愧是演博钰老师的角色的人，跟他半斤八两。"周砚有没有学到博钰别的优点他不知道，但秀恩爱这件事，他已经学到了精髓。

周砚笑着拿起酒杯跟导演碰了一下："我的错。"

好在孙达也不是在意这种事的人，跟周砚聊了一会儿许稚意，话锋一转，看着周砚说："说真的，我还真挺想再找你和稚意合作一部电影。"他低声问，"想过再合作吗？"

周砚微怔，看向他："这是今天吃饭的目的？"

孙达："别这么说嘛，只是看到你有感而发。"

周砚弯了弯唇，没一口回绝，但也没立刻答应，孙达和博钰都是他跟许稚意的伯乐，他和许稚意永远记得他们的好。

"剧本写好了？"

孙达一愣，诧异地看向他："有好剧本的话，你会同意？"

"看剧本。"周砚颔首道，"我这边只要工作安排没问题就可以，但稚意那边——"他顿了顿，朝孙达耸耸肩，说，"我不帮忙。"

言下之意，孙达想让许稚意答应再次合作，需要自己去沟通交涉。周砚当然想跟女朋友合作拍电影，但还要看许稚意的意思。当然，两个人更看重的其实还是剧本。周砚猜想，如果真有好剧本找上他们，许稚意不会拒绝。她是一个爱故事本身超过其他东西的人。

"行。"孙达点点头，拍了拍周砚的肩膀，笑着说，"有好剧本我肯定找你们。"

周砚补充："得合适。"

聚餐结束。周砚准备回家，侧身跟孙达一行人道别时，另一边来了人。

"孙导。"听到声音，大家动作一致地转头。

看到来人后，郑元在周砚的耳侧低语："许老师的同学，赵晟睿。"他微顿，补充道，"很多人都说他是你的接班人。"

听到这话，周砚眉峰稍扬，脸上挂着漫不经心的笑，疑惑地问："我还这么年轻，就需要接班人了？"

郑元被噎住。这是媒体说的，不是他。

赵晟睿和经纪人走来，刚刚喊孙达的是经纪人王哥。

"孙导这么巧。"王哥笑呵呵地说道，"没想到能在这儿碰到你。"

孙达笑着跟人寒暄："晟睿，好久不见。"

赵晟睿颔首。他高高瘦瘦的，身形和周砚有点儿相似，长相倒是不同。周砚的脸三百六十度无死角，剑眉星目，鼻梁高挺，下颌线流畅，骨相极佳。而赵晟睿属于放在人群中出挑，但不是那种能让人一眼就记住的长相。

看到周砚，赵晟睿微微顿了一下，转而和孙达打招呼："孙导。"

孙达笑笑："你们在这聚餐呢？"

王哥应声："是啊，没想到孙导您也在这儿，早知道我们就过来蹭饭了。"

孙达以笑声做回应，拍了拍赵晟睿的肩膀，说道："恭喜。"前不久，赵晟睿拿下了星熠奖最佳男主角，也正是因为这个被很多人夸是周砚的接班人。

当然，这个说辞周砚的粉丝不认，赵晟睿的粉丝也不认。

一边觉得：赵晟睿别来碰瓷，你高攀不起。另一边觉得：周砚怎么了？赵晟睿还小，等他二十八九岁，说不定比周砚强多了，你们看不起谁呢？

赵晟睿笑了一下，轻声道："谢谢孙导。"

他微顿，看向周砚："砚哥。"他跟周砚见过一面。

周砚颔首，以示回应。

简单寒暄过后，一行人一同离开餐厅。周砚走在边上，孙达旁边的位置被赵晟睿的经纪人挤了过去，他拉着赵晟睿在给孙达介绍。周砚听着有点儿想笑。可听到王哥说赵晟睿在学校的表演时，周砚笑不出了，敛了敛眸，眉头下意识地跳了跳，竖起耳朵听了起来。

周砚到家时，许稚意已经洗完澡，正趴在沙发上边等人边看剧本。她的新剧半个月后开机，但要提前一周进组围读剧本，所以算下来，留给她的时间不多了。

正看着，许稚意听见了密码锁的声音。她扭头，目光灼灼地看向推门进来的人。

屋内的灯全开着，灯光明亮又温暖。她托着腮，直勾勾地看着周砚，也不吭声。

周砚垂眼看着她裸露在外的肌肤和白净精致的脸，眼眸深沉。两个人都没说话。

换好鞋，周砚朝她走来。许稚意嫌弃地"咦"了一声："好浓的酒味。"

周砚一时语塞。许稚意瞅着他，示意他站在那儿。

周砚挑眉："然后呢？"

"右转。"她说，"去洗澡吧。"

周砚弯唇，垂眸盯着她："我要是不去呢？"

"为什么不去？"许稚意眨眼，不解地问，"你要当个脏艺人吗？"

周砚被她的话噎住，无奈地抚额，抬手揉了揉她的鬓发，哭笑不得："什么叫脏艺人？"

"就是……"许稚意歪着头解释，"喝了酒不洗澡的艺人。"

周砚被她逗笑，颔首："行。"他起身往房间里走。

许稚意跟了进去，小声抱怨："你身上的酒味好大啊，是不是喝了很多？"

周砚想了想，说："还好。"

许稚意挑眉："几杯？"周砚算了算，算不出来。

许稚意睇他一眼，抬手在鼻子前扇了扇。注意到她的动作，周砚出其不意地在拿睡衣时转身，捏着她的下巴，堵住了她喋喋不休的嘴。

许稚意眨了下眼，在周砚往后撤的时候，有点儿蒙："你干吗？"

"浓吗？"

许稚意回过神，看着他英俊的脸有点儿心动。她踮脚，主动说："没尝出来，我再尝尝。"周砚微微一笑，配合着她弯了腰。

许稚意从衣帽间出来时，脸是红的，唇是肿的。她羞赧地用手背擦过唇瓣，拭去男人在上面留下的痕迹。

周砚已经进浴室洗漱了。许稚意慢悠悠地走进卧室，趴在床上发呆。

片刻，男人从里面走出。许稚意还没来得及反应，就被他用双手抓住脚踝，向他靠近。她一惊，男人欺身而下，再次将她的声音堵在唇齿间。

窗外好似下起了雨。雨水滴滴答答地从屋檐上滴落，砸在玻璃上。玻璃上起了雾，和夜色融在一起，让人看不清房间里的状况。偶尔有低吟声传出，与悦耳的雨声混在一起，格外动听。小区里茂盛的枝叶被雨水打湿，被大雨压弯了腰，起起伏伏。

一阵风吹过，有沙沙的响声拂过耳畔。

阳台上养了几株许稚意喜欢的白色百合花，这场雨来得突然，她放置在阳台上的百合花忘了收进来，被飘落的大雨打湿。雨水滴在白色的花瓣上，摇摇欲坠。一阵大风刮过，雨水顺着花瓣往下，有滴落在外的，也有无声无息地钻进花蕊的，花蕊也因此颤动。

顷刻间，阳台变得湿漉且凌乱，和房间内的状况没有太大差别。房间内蔓延着百合花的香味，和许稚意喜欢的铃兰沐浴露香味混在一起，竟也不觉得难闻。

被周砚从浴室抱出来后，许稚意发了三分钟呆。等他收拾好房间和浴室，她才打起精神看向他。注意到她的眼神，周砚微顿："想说什么？"

"你今晚……吃兴奋剂了？"

周砚："说点儿可以说的。"

许稚意"哦"了一声，改口："你今晚被别人在饭局上秀恩爱刺激了？"

"没有。"周砚回答。

许稚意皱了下眉，那这突如其来的占有欲是怎么回事？她看了一眼自己身上的痕迹，虽说她也很享受周砚偶尔的霸道，但事情得问清楚："那你这是——单纯地想我了？"

周砚俯身，亲了一下她的唇，笑着说："是。"

许稚意才不信，小声道："你要是想我了，应该温柔一点儿，而不是这么狠。"

"狠？"周砚蹙眉，"哪里狠？"

许稚意拉开衣领给他看。周砚看到映入眼帘的画面，眸色一沉，回忆起刚刚的柔软触感。注意到他的气息有变化，许稚意立马拉过被子："你说狠不狠？"

周砚用偏低的嗓音贴在她的耳边询问："弄疼你了？"

"也……还好。"许稚意倒是没怎么觉得疼，就是觉得他很反常。她戳了戳周砚的肩膀，"老实说吧，今晚发生了什么事？"

周砚没吭声，缄默片刻，转移话题："跟你妈妈吃饭还顺利吗？"

许稚意睨他一眼："还行，我发现我妈变得温柔一点儿了。"

周砚挑眉。

许稚意想到了什么，从床上爬起来往外走。她拎了两个礼盒过来，看向周砚，炫耀道："我妈送我的礼物。"

周砚垂眼一看，看到那个翠绿手镯后，眼里闪过一丝惊讶之色。他没问过许稚意的家境如何，但从认识她的时候开始，周砚就能感觉出来，她的家境应该不错。

之前，周砚还帮周渺渺问过许稚意，她用的那款香水是从哪里买的。许稚意说是她妈妈给她调制的，她妈妈的工作和香水有关。那瓶带着点儿百合花味道的定制香水是江曼琳送给她的成年礼物，配方独一无二。那会儿，周砚就在猜想：自己女朋友的妈妈应该是香水调制师。但现在看来，级别应该更高。

思及此，周砚垂眸看了她片刻，低声道："这个镯子……"

话还没说完，许稚意问他："好看吗？"

周砚颔首："好看。"

许稚意举着手，晃了晃说："我也觉得好看。"

周砚看着她开心的模样，唇角往上牵了牵——他对这个镯子还挺有印象的。

"喜欢？"

许稚意"啊"了一声："喜欢。"

周砚刮了一下她的鼻子："还有一盒是什么？"

许稚意："香水。"她看向周砚，"你忘了？我每次跟我妈见面，她都会送我一瓶一模一样的香水。"周砚倒是没忘。

炫耀完自己今晚收到的礼物，许稚意瞅着他，把话题转了回去："周砚。"

周砚："嗯？"

许稚意："我跟你分享了我今晚吃饭时遇到的事，你还没跟我说你的呢。"

周砚哭笑不得，完全没想到许稚意这么大张旗鼓地跟自己分享收到的礼物，是在这儿等着自己。他勾了下唇，看她："这么想知道？"

许稚意点头。

"行。"周砚紧盯着她，缓声道，"今晚吃完饭离开的时候，碰到了两个人。"

许稚意眼睛一亮，好奇地问："谁呀？"

"赵晟睿。"

这名字一出，房间内安静了三秒。许稚意眨眨眼，开始装傻："啊，有点儿困了。你困不困？我们早点儿睡吧，我们可是公众人物，要时刻保持自己的形象。"

周砚听她胡扯，唇角的笑意加深。

他捏了捏许稚意的脸颊，嗓音低沉地问道："不是想知道我今晚发生了什么事？"

许稚意语塞。她瞅了一眼周砚，非常委屈地说："可我现在不想知道了。"她可没忘记，因为赵晟睿这号人物，周砚起码跟自己吃了三次醋。醋吃多了伤身，许稚意觉得自己要为男朋友的身体着想，让他少吃点儿，所以这话题不宜继续进行下去。

周砚似笑非笑地看着她："不想知道他和经纪人说了什么？"

许稚意摇头："不是很想。"

周砚看着她心虚的表情，将人揽入怀里说："没生气。"

许稚意："哦。"

周砚贴着她的耳朵，呼吸落在上面，将人抱得很紧，低声道："但还是有点儿不爽。"

许稚意无辜地眨眼，小声说："那我哄哄你？"

周砚张嘴咬了一下她的唇："哄我干什么，真和他是金童玉女？"

许稚意没忍住，捶了一下他的肩膀："周老师，那都是同学和老师说的好不好？我跟他清清白白的。"

进演艺圈前，许稚意和赵晟睿在电影学院里被老师、同学并称为表演班的金童玉女。两人长得好，在学校的各类表演节目上也经常搭档。许稚意的演技很好，赵晟睿也不错。两人在班里都是很优秀的学生，自然会引起关注。老师布置课题的时候也习惯性地将两个人绑在一起。次数多了，谣言自然就有了。

许稚意不知道赵晟睿是什么想法，反正自己对赵晟睿从头到尾只有同班同学的情谊。

而周砚第一次吃醋就是因为听到了这个说法。第二回嘛……是碰到了赵晟睿跟她表白。虽然她拒绝了，可周砚还是暗暗地将这事记在了心底。

一般情况下周砚不会提，但偶尔吃醋吃过头了，他会酸溜溜地说两句。

想到这些，许稚意看他："你知道的，我不喜欢他。"

周砚："我知道。"但是，晚上听赵晟睿的经纪人提到赵晟睿之前跟许稚意合作得好好，二人被称为金童玉女，有机会的话再合作一次绝对惊艳众人这类说法时，周砚还是抑制不住地吃味了。

他看怀里的人，轻轻地叹了口气，说："没生气。"

"我知道啊。"许稚意道，"就是醋吃得有点儿多。"她贴在他的耳边小声咕哝，"你这酸劲儿，让我怀疑你今晚喝的不是酒，是醋。"

周砚被噎住。

安静了一会儿，许稚意扭头看他："周砚。"

"你说。"周砚和她对视。

许稚意抿了下唇，对着他的目光道："我不喜欢同龄人。"

周砚挑了下眉。

"我喜欢年龄比我大的。"话音刚落，她又自我纠正，"不对，我喜欢老的。"

周砚眯了眯眼，用被子里的手扣住她的腰肢："不想睡了？"

"睡睡睡。"许稚意认怂，"晚安。"

周砚笑着贴着她的唇亲了亲："晚安。"他将人往怀里拉了拉，和她交颈相拥。

赵晟睿的事情，没让许稚意和周砚的生活产生太大波澜。

次日晚，许稚意录制的综艺播出了。毫不意外，她再次成了热搜。

这个综艺让大家看到了有演技，且能把控各种角色的许稚意。

几期节目播出后，焦文情收到的代言、综艺及各类剧本邀约越来越多。不可否认，这个综艺，许稚意接对了。同样，她接下来的行程会越来越忙。

和悠闲的周砚不一样，许稚意在家休息了一天，便被召唤去工作，开始了拍广告、给品牌方站台、录综艺的忙碌生活。一眨眼，一周便溜走了。许稚意要进剧组围读剧本了。

周砚对女朋友的事业向来是支持的。在他这里，只要许稚意开心、喜欢，那就去做。

许稚意走后，他被调侃是孤家寡人。

对周砚连续三天都出现在工作室这事，林凯表达了自己的疑惑："你拍完戏不是休息吗？连续三天都来工作室做什么？"

周砚："许老师在忙。"

"哦。"林凯"啧"了一声，"那你可以在家休息。"

周砚低头看手机，跟许稚意微信聊天，对林凯说："不太行。"

林凯好奇："为什么？"

周砚抬头看他一眼，一本正经地说："容易睹物思人。"

林凯无话可说，白了周砚一眼，摇着头说："我真该让你的粉丝看看你现在这副模样。"

周砚耸肩。

"许老师什么时候进组？"

周砚："明天。"

林凯扬眉："那她今天不回家？"

"回。"周砚说，"十点落地，我去接她。"

林凯懂了——在许稚意的飞机落地前，周砚都得在工作室待着。

他想了想，拉开周砚对面的椅子坐下："那聊聊工作？"

周砚抬起眼皮，给了他一个眼神。林凯理直气壮地说："许老师都要进组拍戏了，你在家也没意思，倒不如多接点儿工作。钱不赚白不赚，是吧？你不赚也有其他人赚。再说了，其他人还没你敬业，没你号召力强，你确定不要？"

周砚："我可以去给她探班。"

闻言，林凯微微一笑："你得看许老师答不答应。"

这话仿佛是一把刀，插进了周砚的心窝。许稚意拍戏有个习惯，为了让自己入戏，在刚进组的第一个月，是拒绝好友及男朋友探班的。至于公开活动，她也不会参加。除非是年度盛典这样重要的没办法拒绝的颁奖典礼，她才有可能出现。

"还有半个月，我就要跑宣传了。"周砚提醒林凯，"跑完差不多可以探班了。"

林凯无语："你就这么想给许老师探班？"

"礼尚往来。"周砚瞥他，举例说，"你小时候放学，其他同学都有家长来接，你没有，你是什么感觉？"

林凯："什么？"这能放在一起举例吗？

"哦。"林凯问道，"你的意思是其他人都有好友探班，许老师没有会显得孤单？"

周砚点头。

林凯："许老师又不是小孩子。"

周砚："在我这儿她就是小孩子。"

听到这话，林凯做了个呕吐的表情——腻歪死了，他真受不了这一对。

周砚给他一个警告的眼神。林凯毫不在意地说："行吧，那讨论一下剧本？你上次说我发过去的两个剧本，你选感情戏少的那个？"

周砚点头。

"为什么？"林凯不懂，"另一个剧本也不错，甚至有可能是你的大突破。"周砚太久没拍爱情电影了，大家都非常期待。

周砚摇头："我更喜欢那个。"

林凯沉默了一会儿，说道："那个剧本的口碑肯定会很好，但票房不一定。"周砚选中的是一个现实剧本，故事线不错，情节也不错，但属于叫好不叫座的。林凯想：就算周砚有那么多粉丝，也不一定能取得好票房。毕竟，现实太苦了，大家看剧或看电影，都更喜欢看轻松一点儿的。

周砚轻笑："那又如何？好剧本、好故事比较重要。"

林凯："另一个也好。"

周砚转着手里的笔，轻声道："我更喜欢这个。"

林凯瞅着他，欲言又止，"真不是因为稚意？"

周砚一愣，莞尔道："不是。"林凯不信。

周砚："她从来不干涉我接剧本选角色。"只不过，周砚自己不想跟其他人拍感情戏。许稚意不会说，但他知道她要是看到了会不那么高兴。

而且周砚的选择很广，他能拿到的好剧本有很多。即便没有感情戏，他也能演其他角色，演得很好，走得很远。听周砚这么一说，林凯放弃说服他接另一个剧本的打算。虽然另一个剧本给的片酬更多，但谁让周砚是个爱美人不爱金钱的男人呢？

在工作室待了一下午，看着时间差不多了，周砚才驱车去机场。他开的是许稚意的保姆车，没人会想到司机是他。

许稚意当了几天的"空中飞人"。飞机落地拿上行李，她便收到了周砚的消息。

许稚意弯了弯唇，回他："知道了，周师傅。"

周砚："等你。"

许稚意跟粉丝打过招呼后，匆匆钻进车内。车门合上，许稚意摘下口罩和帽子，目光含笑地看向驾驶座。

注意到她的目光，周砚回头看了一眼，蹙眉道："瘦了？"

"没有吧。"许稚意转头问蒲欢，"我瘦了吗？"

蒲欢点头："我觉得有一点儿。"许稚意这几天太忙了。

"好吧。"许稚意感慨，"那正好，进组后不用减肥了。"周砚听着这话，皱了皱眉。

考虑到车内还有蒲欢，许稚意没太过分，安安静静、老老实实地坐着休息。

把蒲欢送回家，许稚意换到了副驾驶座，她扭头看向旁边的大帅哥。

"周师傅——"她拉长尾音。

周砚轻声笑了："怎么了。"

许稚意："晚上吃什么？"

周砚："晚上？"

许稚意看了一眼时间，改口："夜宵吃什么？"

周砚扬了扬眉："你想吃什么？"

"不知道。"许稚意打了个哈欠说，"想吃你做的。"

周砚应声："好，你先睡会儿，到家喊你。"

许稚意点头。

到家后，周砚还没来得及去厨房，就被许稚意抱了个满怀。她六天没回家，这会儿真有点儿想周砚了。周砚看她像小狗似的嗅自己身上的味道，眸色暗了暗。

他的喉结上下滚动着，嗓音沙哑："不想吃东西了？"

许稚意朝他眨了眨眼，一本正经地说："吃你也行。"四舍五入，她这样也算是吃到了周砚做的东西。

周砚："认真的？"许稚意正要说"是"，肚子先抗议了。

周砚挑了下眉，拍了下她的脑袋，说："去洗澡，我给你做面条。"

"哦。"许稚意恨铁不成钢地瞪了一眼自己平坦的小腹——不争气啊不争气，吃不到"唐僧肉"了。

许稚意洗完澡出来，周砚已经做好了她爱吃的番茄鸡蛋面。她眼睛一亮，忽然觉得既然吃不到"唐僧肉"，吃这个也不错。

"你也没吃？"看周砚端了两碗面条出来，许稚意略显讶异。

周砚点头。许稚意一怔，揶揄道："周师傅不会是想我想得吃不下饭吧？"

周砚坦然道："是啊。"

许稚意："油嘴滑舌。"

周砚："怎么？"

许稚意打量了他片刻，道："我看你好像还胖了点儿，怎么就想我想得吃不下饭了？"

头顶的灯光是暖色调的，他垂眼看着眼前的面条，再缓缓抬头看向对面的人。

二人的视线撞上，许稚意忍俊不禁："我瞎说的。"

周砚用手指轻敲了一下桌面，轻声问："瞎说的？"

许稚意心虚地敛眸，咕哝道："吃面条啦，我饿了。"她夹起面条尝了一口，表情夸张地惊呼，"哇！周师傅的厨艺又进步了，好好吃。"

周砚忍无可忍，屈着手指敲了一下她的脑袋："夸张了。"

"哦。"许稚意立马收敛了一些，眼睛弯弯地笑起来，"但确实好吃，这个没夸张。"

周砚勾了下唇，没和她计较说自己"又老又胖"这件事："吃吧。"

两人把面条吃完，许稚意催周砚去洗澡，自己揽下洗碗的活。周砚看也就两个碗，便随她去了。

收拾好，许稚意看到焦文倩给她发的消息。

明天剧组还不会宣布，但现在网上已经在传，袁明志新剧的男主角定的是段潋。这消息一出，段潋的粉丝一边说不信谣不传谣、官方没有宣布就不认的话，一边开始暗暗鄙视许稚意——就许稚意现在的地位，还让段潋给她当绿叶，制作方这么没数吗？

知道段潋行程的知情粉丝，内心涌起了阵阵绝望之感。许稚意明天飞黎城，段潋也飞黎城，选角的事好像已经是板上钉钉了，没办法再改变。他们再怎么欺骗自己，也知道网上现在爆的这些料，过几天便会被认证为真的。

焦文倩："你注意点儿，段潋的粉丝挺多的，官方宣布那天除了转发，什么也别管、别看。"

许稚意："知道。"她也不是第一次受这种攻击了，早就习惯了。

之前知道段潋接下这个角色时，许稚意也对段潋自降身价过来给自己当绿叶这件事感到惊讶，经周砚一分析，她明白了，段潋不是拿不到更好的角色，是想走得更远、站得更高。

再者，段潋在剧里的角色，说是绿叶，其实也有很多闪光点，是个值得让人深思的角色。

她发现，除了段潋，确实很难再找出一个像他这样有长相、有实力、有人气的男演员来演这个角色。有演技的男演员很多，但符合设定和形象的，段潋最为合适。

周砚洗完澡出来时，许稚意正捧着手机对着打开的行李箱发呆。

他扬了扬眉，问她："在做什么？"

"倩姐在跟我聊天，"许稚意抬眸，"她说网上有人爆料段老师给我当绿叶的事。"

闻言，周砚笑了一下："然后呢？"

许稚意摊手，朝他眨了眨眼说："然后不意外，网上都是负面评论。"

周砚微顿，抬手揉了揉她的头发："我去帮你骂段淼。"

许稚意笑着说："这么'礼尚往来'吗？"

"嗯。"周砚开玩笑说，"我帮你骂他，不是应该的吗？"许稚意想了想，是应该的。

艺人或多或少都会被骂，越火的人被骂得越狠。周砚和许稚意都是这样过来的，所以说无动于衷不可能，但也确实不会太放在心上。他们看到的时候会难受三秒，过后也就忘记了。要真把这些都记住，许稚意和周砚早就抑郁了。

这事对周砚和许稚意来说都不是很重要。

周砚看了一眼还没收拾好的行李，拿出手机查了查黎城的天气。黎城是南方沿海城市，温度舒适，适合居住。但那边近几年发展迅速，变化巨大。虽然周砚因为参加活动去过那里几次，但也不是很了解。他看了看，基本不用带太厚的衣服。

"衣服要带几套？"他问许稚意。

许稚意看他："看着来吧，不够再买。"

周砚刮了一下她的鼻尖，转身进了衣帽间。几分钟后，他抱了一堆衣服出来："这些要不要？"

许稚意看了一眼，全是长袖长裤。她索性趴在床上躲懒："周师傅。"周砚瞥她。

许稚意捞起他的手机，看着手机界面上的天气预报，提醒他："那边现在还是三十摄氏度的高温，我穿这么严实合适吗？"

周砚："那边蚊子多。"

许稚意："什么？"

周砚一本正经地说："你拍的这部剧，刚开始在村子里取景，蚊子肯定多，村子里的温度会相对低一点儿，长袖长裤最合适。"

他说得有板有眼，许稚意产生了几秒的疑惑："真的吗？"

周砚："嗯。"

许稚意哦了一声："那好吧。"她勉强同意了。

周砚对收拾东西有一手，不像自己，将所有的衣物一股脑儿地往里塞，能塞下就行。周砚会将所有颜色的衣服和裤子分类叠好，然后整整齐齐地用袋子装好，一套一套地放进行李箱。许稚意看他给自己收拾行李，思维发散地想：哪天周砚在演艺界混不下去了，可以去当收纳师，就这手艺不怕没饭吃。

许稚意垂眼看着半蹲在自己面前把衣服收拾好，又开始找其他东西出来塞进箱子里的人，问道："那是什么？"

周砚拿出了一个医药箱："给你备点儿感冒药。"

许稚意："哦。"

她一到秋冬就容易感冒，一个月能感冒两次，一次十天。

看到周砚有条不紊地将她落下的东西补上，许稚意趴在床上，托腮看着他："周砚。"

"嗯？"周砚看她。

"你要是哪天不想当演员了，来当我的助理吧。"许稚意眼睛一亮，得意扬扬地说，"我给你开高工资。"

周砚挑了下眉："多高？"

行李只剩最后一点儿了，周砚装好后将她的两个大行李箱合上。

许稚意思索了一会儿："五万元算高了吧？"

"还行。"周砚把箱子推到一侧，轻声道，"但我不要钱。"

许稚意："那你要什么？"

周砚俯身，亲了下她的唇，嗓音低沉："我要无价之宝。"

许稚意："那没……"

话还没说完，就被周砚接了过去："没有无价之宝的话，那就要你吧。"

许稚意扬眉，被他亲着，声音断断续续的："好……好啊。"

周砚亲了她一会儿，将人拉入怀里。在许稚意以为还要发生点儿什么时，他来了一句："睡觉。"

"嗯？"许稚意茫然了十秒钟，确定周砚说的睡觉是正经的睡觉，才"哦"了一声，戳了戳周砚的肩膀提醒道，"我睡醒就进组了。"

"我知道。"周砚闭着眼告诉她，"三点了。"

许稚意："晚安。"

周砚弯了下唇，将柔软滚烫的唇瓣贴在她的额上，回应她："晚安。"

睡吧，我的无价之宝。

翌日上午，许稚意出现在机场，直飞黎城。

在黎城入住酒店的次日，许稚意跟导演及其他几位重要演员见面，参加定妆照拍摄，以及剧本围读活动。一般情况下，围读不一定在拍摄地。但袁明

186

志有个习惯，围读一定要在拍摄地周围，这样才能让演员更好地熟悉剧本，熟悉周围的环境。

许稚意和段滁比较熟，和其他几位老戏骨则是第一次见。打过招呼后，她跟段滁坐在一边。她刚坐下，旁边便传来了段滁的声音："稚意，抱歉。"

许稚意一愣，明白过来："段老师，这说的是什么话？"段滁莞尔。

许稚意小声道："我的粉丝也不是吃素的。"

好在大家对粉丝之间的"战争"都不会太放在心上，该怎么相处就怎么相处。

段滁看她没放在心上，笑了笑说："有空请你吃饭。"

"好啊。"许稚意说，"我肯定不会手下留情的。"

段滁扬扬眉，揶揄道："你要是吃多了，我就找周砚报账。"

许稚意微窘，哭笑不得地说："这还算你请客吗？"

段滁："四舍五入也算吧。"

两个人逗趣了一会儿，开始讨论剧本。

袁明志的新剧《春生》是一部二十世纪八九十年代的女性励志片。

故事里，柳春是个被迫辍学，早早进城打工的女孩儿。到大城市打工几年后，她听说家乡开了一家新纺织厂，于是从大城市回家，进了家乡的纺织厂工作，还当上了小组长。

但是好景不长，没多久纺织厂便出事了。村子里的一众小姐妹面临失业的危险。他们都是农村孩子，几百元的工资就能养活全家几个月。因为纺织厂多劳多得，很多人连家里的农活也顾不上，早晚都在纺织厂工作，想多赚一点儿钱。

突然间，失业危机砸在头顶，不少人都慌了。柳春和大家不同。她在纺织厂干不下去了，还能去大城市打工，虽不适应，可好歹也是初中毕业生，认识几个大字，在城市里也能混下去。但她跟纺织厂有感情，跟家乡的这一群小姐妹也有感情。她不忍看她们每天哭，为自己去纺织厂工作落下农活而懊悔，更不愿意看到有的小姐妹因为这事想不开。

其实在城市里时，柳春就一直有个想法，她不想给别人打工，想自己创业。奈何她是个没钱、没文化、没人脉的二十岁出头的女生，没有人会相信她的"疯言疯语"。纺织厂这次出事，给了她走上创业之路的契机。

整个故事就是围绕柳春带着一群姐妹走进大城市成功创业来讲的。过程相对曲折，剧本里也很好地为大家展现了八九十年代的状况：下海经商，一夜暴富，甚至一夜破产的各种状况。

许稚意看到剧本时，脑海里很奇妙地浮现出一些画面，像很早以前在电视、电影里看到的，八九十年代城市的一些状况。她自己没经历过，所以想在剧本里经历。当然，她也很喜欢柳春这个有韧性的角色。柳春不屈不挠，没有什么可以打败她。她的那种勇气，是许稚意要学习、想拥有的。

剧本围读，大家相对是放松的。大家把有问题的剧情挑出来，和编剧讨论，和导演讨论，都力求将故事讲得更好、更完整。袁明志热爱这类电视剧，但凡他经手的电视剧，就没有不火的。而且，也正如段滁所说，这是一部正能量的电视剧。虽然他们现在年轻，但实际上，没有人不想做有实力的正剧演员。

剧本围读了接近一周，大小问题也都处理完毕。

围读的最后一天，导演给大家放了假。次日正式开机，袁明志让大伙儿做好准备，接下来的一段时间就不能随便请假出去了。听到导演这么说，大家都附和着。袁明志的新剧里，大多是老演员。只有许稚意和段滁是自带人气的实力派年轻演员，也是因为他们俩，这剧的话题满天飞。

剧本围读结束，许稚意正思考晚上吃点儿什么，段滁喊了她一声："晚上一起吃饭？"

许稚意："就我们俩？"

段滁笑着说："还有其他演员，我请客。"

许稚意笑了一下："行啊。"有其他演员一起就行。

段滁看她放松下来的神色，压着声音说："就算是借我十个胆子，我也不敢单独约你吃饭啊，周砚多小气你不知道？"

许稚意接受他的调侃，好奇地问："多小气？"

段滁"啧"了一声，摇摇头说："你不知道？"

许稚意知道，但是又不完全了解。段滁是周砚十几岁就认识的兄弟，周砚对他应该不至于小气到吃醋："他对你应该还好。"

闻言，段滁带着一脸"你不知道"的表情看着许稚意："那你想错了。"

许稚意挑眉："怎么？"

段滁："他知道我接了这角色，强迫我喝了三杯酒，还让我离你远点儿。"

周砚这么霸道吗？许稚意想着，忍俊不禁："那我晚上给段老师赔罪。"

"别。"段滁摆摆手，开玩笑说："我怕你喝一杯，周砚到时候压着我喝十杯，划不来。"

许稚意跟段滁聊了两句，定下了晚上聚餐的地点。

考虑到一行人大张旗鼓地过去太惹眼，许稚意跟剧中饰演自己妹妹的演员孟双一块走。不知为何，这几天剧本围读之后，许稚意总觉得孟双看自己的眼神怪怪的。她跟段滁说话的时候，孟双看自己的眼神最奇怪。每次她有所察觉地看过去时，孟双又会很机灵地躲开。思及此，两人上车后，许稚意试探性地问："双双？"

孟双比许稚意小一点儿，虽然刚大学毕业，但是童星出身，算是"老演员"了，也一直走实力派路线。

"稚意姐。"孟双看向她，正襟危坐，"怎么了？"

许稚意瞅着她，小心翼翼地说："你是不是……喜欢段滁？"话音刚落，她连忙纠正，"不是那种喜欢，就是类似偶像的喜欢，你懂吗？"

孟双瞪圆了眼，"啊"了一声，说："不喜欢。"

"啊？"许稚意狐疑，"真的？"

孟双点头："对啊。"

许稚意点点头，还是觉得有哪里不对劲："你刚刚……"许稚意抿了下唇，轻声说，"我跟段老师说话的时候，你为什么一直在看我们？"

这几天相处下来，许稚意也大概摸清了孟双的性子。孟双不是那种有架子的演员，就是个小女生，活泼又逗趣，属于有话直说的类型。

听到这个问题，孟双紧张了两秒，小声说："因为我想盯紧你。"

许稚意蒙了："为什么？"

孟双："我是周砚老师的影迷。"

许稚意呆住，不可置信地看向她。

孟双："很意外吗？"

"有一点儿。"许稚意说，但细想又觉得不意外，周砚在圈内圈外都有很多影迷。

"可你盯紧我是——？"

"我也是你的影迷。"孟双凑在她的耳边，抿了下唇，"我还是'中意'的粉丝。"

许稚意好像明白是怎么回事了。孟双观察着她的神情，知道她不排斥"中意"的粉丝后，补充道："我身负重任。"

"什么重任？"许稚意下意识地问。

孟双："看紧你的重任啊。我们不想再遇到劲敌了。"

许稚意顿了顿，看了她半晌，问："你说的劲敌，是我跟段老师的粉丝？"

孟双狂点头。许稚意哭笑不得："我跟段老师怎么可能有粉丝？"他们两个人的粉丝正处于水火不容的状态。

孟双："不怕一万就怕万一。"之前许稚意跟边磊合作时，大家也没想过会出来"编制"粉。所以知道许稚意跟段澋在剧里演一对后，孟双就决定盯紧他们，他们要是有发展的迹象，她一定要阻止。

许稚意轻笑。

孟双看着她笑盈盈的样子，思忖了一会儿，开口："稚意姐。"

"嗯？"许稚意扭头看她。

孟双："你讨厌'中意'的粉丝吗？"

许稚意一怔，摇了摇头："不讨厌。"无论是"中意"的粉丝还是她自己的粉丝，她都不讨厌。这是大家自己的选择，无论是哪种粉丝，都应该被尊重。

听她这么一说，孟双更喜欢她了。

"我就知道稚意姐你不讨厌。"她弯唇，小声说，"那我可以给你看几个视频吗？"

许稚意："什么视频？"

孟双压着声音，避开前面两个助理投过来的目光，轻声说："我们剪的视频，超好看。"考虑到晚点儿要吃饭，许稚意克制住了当着孟双的面点开她发来的视频的冲动。

许稚意扫了一眼孟双转发过来的那些视频，标题就非常吸睛。

嗯，目前来说，她只能用"吸睛"这个词。

在去餐厅的路上，孟双这个近在眼前的"中意"粉丝，给许稚意补了不少被漏掉的重要知识点。孟双叹息着道："你跟周砚老师到底什么时候还能再同框啊？"

许稚意不敢说话。

因为跟孟双聊天，许稚意到餐厅才看到周砚给自己发的消息。周砚问她在做什么。

许稚意："到餐厅准备吃饭了，段老师请客。"

周砚："什么？"

许稚意："全部演员都来了，还有助理。"

周砚："哦。"

许稚意看着他冷淡的回复，想到段澋说他小气的事，弯了弯唇，故意逗周砚："我今天听到了你的八卦。"

周砚："什么？"

许稚意："你是想让我自己说，还是坦白从宽？自己考虑吧。"

消息发过去后，周砚没立刻回复。许稚意也不着急，扬扬眉，接过孟双递过来的菜单开始点餐。看到她选的菜，孟双在旁边感慨："周砚老师好像也喜欢吃这个。"

许稚意心虚地干笑了几声："真的吗？"

"对啊。"孟双看着许稚意，"你不知道吗？"

许稚意没敢吭声。

孟双看她不说话，以为她是真不知情，感慨道："我记得周砚老师刚出道的时候，是不喜欢吃红烧肉等肉类食物的，但前段时间媒体问他最喜欢的食物，他竟然说是红烧肉。"

许稚意知道这事。那天周砚的采访被放出来后，她还在微博上看到了。她从一开始进圈接受采访，被问最喜欢吃什么、最喜欢的颜色是什么，到今天答案就没改变过——她最喜欢吃红烧肉，不吃皮蛋，最爱的颜色是黑色。

周砚以前没有特别爱吃的食物，但现在他爱吃红烧肉。

因为这一段采访，"中意"粉丝再次沸腾了起来。大家纷纷说他们一定在一起了，两个人在一起久了，口味就是会潜移默化地跟着另一个人改变。

看到新闻时，许稚意还忐忑了几天，好在热度几天后也就消下去了。

她没想到的是，孟双会在这时将这事拎出来说。

许稚意心虚不已，佯装诧异地啊了一声："是……"

"吗"字还没说出来，她搁在桌上的手机屏幕亮起，"AAAZ"这个备注映入她和孟双的眼帘。刹那间，许稚意觉得周围的空气都稀薄了些许。

她看了一眼亮起的屏幕，又看了一眼旁边的孟双。或许是错觉，她感觉孟双看自己的眼睛在发光，仿佛得知了重大秘密一般。

"稚意姐。"没等许稚意说话，孟双转头目光灼灼地盯着她，漂亮的大眼睛里闪烁着光芒，"你该接电话了。"

在孟双的注视下，许稚意把周砚的电话挂了。

看着她的动作，孟双瞪圆了眼惊呼："稚意姐，你干吗挂掉啊？"

许稚意把手机抓在手里，一本正经地看着她："如果我说，刚刚那个是骚扰电话，你会信吗？"

孟双很诚实地摇了摇头。许稚意微窘，摸了下鼻尖说："那我说是家里人，你信吗？"

孟双眨了下眼："信啊。"

许稚意意外，正要松口气，孟双贴在她的耳边压着声音问："稚意姐，周砚老师已经是你的家里人了吗？"

许稚意一口气差点儿没上来。她瞪圆了眸子看着孟双，试图狡辩："谁说刚刚那是周砚的电话？"

孟双假装没听到她的反问，好奇不已："你们都直呼名字的吗？没有什么爱称吗？"

许稚意看着她，一脸"我不知道你在说什么"的表情。

两个人"大眼瞪大眼"了一会儿，从洗手间回来的演员看着她们的架势不明所以："稚意，你跟双双在做什么，比谁的眼睛更大吗？"

他们还没来得及吭声，一位老戏骨笑呵呵地说："她们可能在寻找对方的美。"这话一出，饭桌上的人都笑了。

许稚意回神，眉眼弯弯地说道："在看双双的大眼睛，她的眼睛很漂亮。"

这是实话，孟双的眼睛像小狗的眼睛，看着有些楚楚可怜的味道，卖惨时尤为明显。许稚意对这种眼睛向来没什么抵抗力。

孟双："稚意姐的更好看。"她这会儿眼睛里好似冒着粉红泡泡，紧咬着唇角，不让自己的笑意外泄，"她的狐狸眼太灵动了。"

话音刚落，其他人也附和：

"确实，稚意这双眼睛长得太好了。"

"你别说，我第一次看稚意的电影，印象最深的就是她这双眼睛。"

许稚意听着大家的点评，忍俊不禁："各位老师别这么夸我。"她开玩笑说，"再夸，我要膨胀了。"

段滁出声："你有资格膨胀。"

孟双："就是！"她现在是十足的小迷妹架势。

大家其乐融融地聊了一会儿，服务员上菜了。

吃饭的间隙，许稚意的手机又亮了好几次，是周砚发来的消息。

孟双偷偷瞟了几眼，低头和她咬耳朵："稚意姐。"

"嗯？"许稚意跟着低头，"怎么了？"

孟双小声说："你可以先给我的偶像回消息吗？"

两人无声地对视片刻。许稚意放弃了挣扎，沉默片刻，忍不住问："我的备注这么明显吗？"她觉得还挺常见的啊。

孟双想了想，认真地回答："如果是其他人看到，肯定不会多想，但我是忠实的'中意'粉丝。"所以她一看就知道那个备注是什么意思，也知道打电话的人是谁。

许稚意点点头，瞥了孟双一眼："你看超话？"

孟双抬了抬下巴，骄傲地道："我是超话的小主持人。"

许稚意被噎住。孟双看着她涨红的脸，压着声音问："稚意姐，是不是我想的那样？"

对着许稚意的大眼睛，孟双举着手发誓："我就是想知道，绝对不往外说。我要是说了，以后接不到戏，拍的戏全是烂片，从三线跌到三十八线。"

发完誓，她眨巴着眼睛望着许稚意，瞳仁里写满了渴望之色。

许稚意对孟双虽不是很了解，但这种诅咒自己的誓都发了，她不得不信。再者，就算是她垂死挣扎，孟双未必会信不说，她自己也觉得没必要。

思及此，许稚意轻轻"嗯"了一声。

即便是猜到了答案，孟双还是控制不住地激动："真的啊？真的啊？！"

她抓着许稚意的手臂摇晃，跟微博上的"中意"粉丝一样。

其他人看向她们，茫然不已："这是怎么了？"

"没怎么。"许稚意无奈一笑，"我跟双双说了件好笑的事。"

有演员笑："只跟双双说，不跟我们说？"

许稚意还没接话，孟双骄傲地道："那当然，这是我们女人之间的事。"

刚刚说话的是男演员，被她这样说也不生气，笑着道："行，下次稚意有什么男人也可以听的趣事再说。"

许稚意哭笑不得地应着："好啊。"

考虑到在包间里说这些不太好，孟双按捺住自己心中熊熊燃烧的八卦之火，住了嘴，让许稚意先给周砚回消息，她们晚点儿再聊这个话题。许稚意含笑应下。

另一边，周砚并非不想给许稚意回消息，而是临时接到林凯的电话，正在说工作上的事。许稚意进组拍戏，周砚的新电影也要上映，准备开始到各个城市跑宣传路演了。

挂了电话，周砚看了一眼时间，怕许稚意等得着急，直接给她回了个电话。

岂料，电话很干脆地被挂断了。周砚看着被挂断的电话，扬了扬眉。

"周砚。"

他此刻正在院子里，吹着瑟瑟秋风，感觉到阵阵凉意。听到声音，周砚转头看向从屋内走出来的女人，轻声喊："妈。"

温清淑应声，瞥他一眼道："电话还没打完？"

周砚笑笑："跟林凯的电话已经打完了。"

温清淑听到他的话，隐约觉得不太对，扬眉："还有电话要打？"周砚还没说话，温清淑压着声音道，"你好不容易回家一趟，这电话再打下去，你爸该生气了。"

闻言，周砚笑笑："我爸生气不是有您哄着吗？"

温清淑睇他一眼："急事？"

周砚："给女朋友打电话，算急事吗？"

温清淑眼睛一亮，催促道："算，你继续打吧。"

"不打了。"周砚低头给许稚意发了两条消息，跟温清淑说，"她应该在忙。"

温清淑看了他的侧脸片刻，叹息一声，道："你什么时候才能带女朋友回来给妈看看呀？"

刚开始知道周砚有女朋友时，温清淑就很震惊。她这儿子怎么说呢？他从小就不爱跟女孩子一起玩。温清淑试探了他好几次，问他为什么不在大学谈恋爱，不觉得学生时期的恋爱很美好吗？

周砚给她的回答是学业要紧。

好吧，学习要紧也是实话。温清淑想：那就大学谈嘛。结果周砚刚念了两年大学，就背着他们拍电影去了。到电影上映的时候，温清淑还不知情。

还是蒋淮京为了给周砚挖坑，拉着她和自己的妈妈两个正在打麻将的人去了电影院，看到大屏幕里出现的那张熟悉的脸庞，她才知道自己的儿子拍电影去了。

后来周砚进了演艺圈，温清淑催他谈恋爱，周砚给的借口是艺人不能谈恋爱。温清淑觉得他在骗自己，以为自己什么都不懂。他是正经演员，靠演技撑起票房，怎么就不能谈恋爱了？但周砚不愿意，她也不能强迫。

直到他接了一部恋爱电影。那会儿温清淑隐约觉得有哪里不太对。她看过周砚演的所有电影，完全没有跟女演员有太多互动的迹象，无论是在戏里还是在戏外。直到看了电影上映前的一场路演，温清淑觉得儿媳妇有谱了。谁料这么几年下来，周砚还没将人带回家。想到这儿，温清淑带着些许对儿子的鄙视，抱怨道："你有点儿没用。"

周砚一怔。

温清淑："你爸当时追我，不到半个月就见我爸了。"

周砚从小听着父母的爱情故事长大。他弯了下唇，看向温清淑："您之前不是说，我爸第一次见您爸妈，差点儿被打断腿？"

温清淑被噎住，没好气地瞪了他一眼。

周砚微微一笑，揽着她的肩膀说："再等等，我争取两年内把人带回来。"

听到这个年限，温清淑一皱眉："还要两年啊？"

周砚正要说话，温清淑勉勉强强地说："行吧。总比蒋淮京好，到现在女朋友还没影儿，你阿姨都要愁死了。"

周砚忍着笑，附和着编派蒋淮京："您说得对。"

母子俩在院子里站了一会儿，回屋去了。两个人刚进屋，周砚的父亲周正远也回来了。

"开完会了？"温清淑问。

周正远应声，看着她："换季了，怎么还去外面？"

温清淑失笑："我也没有那么脆弱。"她每逢换季便容易生病，所以能少出门吹风就少出门吹风。

周正远白了周砚一眼，觉得他分外不懂事："有什么事不能在屋里说？"

周砚无言："我的错。"

周正远毫不客气地吐槽："确实是你的错。"

父子俩凑在一起就容易吵架，温清淑在旁边笑："你怎么回事？碰面就斗嘴，儿子不回来你又念叨。"

闻言，周正远一点儿也不承认："谁念叨他了？"

他"嘁"了一声，摇头说："我那是念叨吗？我那是看不下去，整天上什么娱乐新闻，你就不能有点儿志向，多上上对社会有用的财经新闻？"

周砚抬起眼皮，神色寡淡地说道："家里一个上财经新闻，一个上娱乐新闻，不是正好吗？您总不希望我去财经新闻抢您的热搜吧？"

周正远被他的话噎住，好一会儿才憋出一句："那要看你有没有本事。"

"现在没有。"周砚很坦然，"以后再说吧。"

周正远一愣，诧异地看着他："不准备拍戏了？"

温清淑也惊讶，以前周砚可从来没说过以后的话。要知道，从知道他去拍电影那会儿起，周正远就不太高兴——他们家不需要名演员。

周砚对着两人闪着光的眼睛，温声道："近几年还会拍，之后我再想想。"

他确实考虑过退出演艺圈，但不是现在。

温清淑笑了笑，温声道："不用有压力，你爸的身体还不错，再上十年班也没问题。"

周正远："什么？"

温清淑鼓励道："你喜欢拍戏就拍戏，多拍点儿，妈也喜欢看你演戏。"

周砚挑衅似的朝周正远弯了下唇，应声道："好。"

周正远："幼稚。"

在家里吃了晚饭，又陪周正远喝了两杯酒，周砚才让司机送自己回去。他回家的次数比较少，一方面是自己比较忙，另一方面是温清淑和周正远经常不在家。周正远也是"空中飞人"，忙碌的程度不输于周砚。这次还是碰巧，两人在他出发路演前回家了。

坐上车，周砚看了一眼手机——嗯，他的女朋友还没回消息。

周砚扬眉，打开微信戳了戳许稚意的头像。紧接着，二人的对话框里跳出一行和上次不同的文字提示——我拍了拍许稚意的脑袋被索赔一百万元。

周砚勾了勾唇，真心觉得自己亲爱的女友的想法很多。

"小许同学。"周砚看了一眼时间，提醒她，"你已经冷落你的男朋友两个多小时了。"

消息刚发过去没一会儿，周砚便接到了女朋友的电话。他接通："喂。"

许稚意的声音带着些许笑意，她唇角弯弯地问："请问，接电话的人是我的男朋友吗？"

周砚微顿，敛睫一笑："你的男朋友是谁？"

"周砚啊。"许稚意回答，"你不认识？你不认识拿他的手机接电话干吗？"

周砚被她的话逗笑，转头看向窗外："演上瘾了？"

许稚意"扑哧"一笑："谁让你不好好说话。"

周砚无语。

许稚意哼了一声，道："跟我闹小脾气呢？"

"是。"周砚嗓音低沉地应道。

许稚意听到他这么坦诚的话，哭笑不得："那我哄你一下？"

周砚翘了下嘴角："行。"

许稚意刚回酒店不久，撇撇嘴说："想得美。"

周砚一愣。

二人默契地同时笑出声。笑了一会儿，周砚问她："回酒店了？"

"嗯。"说到这个，许稚意小心翼翼地说，"你知道你晚上给我打电话那会儿发生什么事了吗？"

周砚扬眉，问道："发生什么事了？"

许稚意把孟双知道两个人在偷偷谈恋爱的事给周砚转述了一遍。

听完，周砚怔了一下："你承认了？"

许稚意："备注那么明显，我想否认她也不会信吧。"

周砚没吭声。但他知道，如果许稚意真不想承认，对方也不会逼迫她。

他发现，最近这段时间，许稚意好像没有那么抗拒承认两个人的关系了。

"而且你知道吗？她还给我转发了好多粉丝给我们剪的视频。"许稚意咕哝道，"她还加入了一个我们的粉丝群。"

周砚笑着问："你进群了？"

"没有，我怎么可能进去？"虽然她也是"中意"的粉丝，但进群这种事她不会干。

周砚笑了一声，问道："什么视频？我能看吗？"

许稚意："我还没看呢。"

周砚："那待会儿一起看。"

"哦。"许稚意摸了摸鼻尖，"粉丝知道我们干这种事，是不是要集体脱粉啊？"

周砚微愣，沉默了半晌，问："你怕吗？"

"怕什么？"许稚意反问，"怕粉丝脱粉吗？"

周砚："嗯。"

许稚意趴在沙发上，认真地思考了片刻，说："不怕。"她不是粉丝捧出来的偶像，至今的一切都是自己努力得到的。当然，这些离不开粉丝的鼓励和支持，但如果粉丝真的因为她谈恋爱脱粉，那许稚意也控制不了。于她而言，无论有没有粉丝，她都会演好自己的每一个角色，这就足够了。

至于那些商务活动，说实话，她一直都抱着可有可无的态度。她对这些不是很看重，很重要的一个原因是她不差钱。她只是喜欢演戏，想演更多自己喜欢的角色，把好的角色呈现在观众面前。除此之外，许稚意对别的东西都没有太大的欲望。

说完，许稚意问他："你呢，周老师？"

周砚："你觉得呢？"

"我怎么知道？"许稚意扯着抱枕上的流苏，轻哼道，"你可是有不少'女友粉'的。"

周砚无奈地缄默了半晌，说道："你要是愿意，我们明天去领证、公开都行。"

许稚意一时语塞。她被周砚的话惊到了，埋头在抱枕上蹭了蹭，瓮声瓮气地说："我还不想让程序员加班。"

周砚被她拒绝，也不生气。他笑了一声，轻声道："那你什么时候想让程序员加班了，跟我说一声就行。"

许稚意拉着长调"哦"了一声，表示知道了。

两人闲扯了一会儿。周砚问她晚上吃得怎么样，明天要正式开机了，紧张不紧张？

许稚意还好，这部戏本身不是偶像剧，就是一部非常板正的正剧。她只需要演好自己的角色，其他的不用管。

"不紧张就行。"周砚道，"不开心了给我打电话。"

许稚意笑着问："你是不是明天要开始跑路演了？"

"明天飞江城。"

许稚意"嗯"了一声，跟他聊了一会儿才依依不舍地挂了电话。

刚挂断，许稚意就收到了周砚的消息："剪辑视频发给我一份。"许稚意无语。

翌日上午，《春生》举行开机仪式。同一时间，剧组的演员上了热搜。

因为之前网上的爆料，许多人都知道段滁接下了这部剧给许稚意当陪衬。即便如此，还是有很多人不太相信，直到看到二人一起出现，一些粉丝和网友蒙了。他们不懂，段滁作为最佳电视剧男主角，为什么要去一部大女主戏当陪衬？

网友闹得沸沸扬扬的时候，开机仪式还在继续。

仪式结束后，是媒体采访环节。能来《春生》剧组的媒体记者都是袁明志的熟人，大家的关系还不错，也不会问过分刁钻的问题，但大家还是按捺不住自己的好奇心。

采访完袁明志后，有记者把话筒递给许稚意和段滁，笑着说："让我们来采访一下帅气的段老师和漂亮的稚意。"

许稚意和段滁笑了笑。

记者："稚意，这是一部大女主戏，你是第一次演这个类型的角色吧，会有压力吗？"

许稚意点头："当然。但压力对我而言是动力。"

记者颔首："有压力的话，你一般会怎么排解呢？"

"吃东西、看电影。"许稚意歪着头想了想，开玩笑道，"但我不能吃多，我是一吃就胖的体质，所以可能会靠看电影解压。"

记者应声，接着问："你一般看国内的电影还是国外的多一些？"

许稚意隐约觉得这是一个坑，想了想说："都有。"

记者眼睛一亮，好奇不已："不久周砚老师主演的《小角色》就要上映了，你有计划去看吗？"这问题一出，所有摄影机全对准了许稚意。记者都想知道许稚意会不会去看。

许稚意就知道，问电影问题绝对有坑。她看着对准自己的镜头，笑着说："如果袁导给我们放假的话。"

袁明志在不远处摆手："别想，第一个月全给我关在剧组里。"

众人被袁明志的话逗笑。有袁明志解围，这个话题也就这么过去了。

问完许稚意，记者自然而然地将焦点转向段滁："段老师。"

段滁颔首，笑着说："来吧，想知道什么随便问。"

记者"扑哧"一笑："大家都很想知道，你为什么会接下这个角色。"记者的言下之意很明显：大家都不懂，你一个最佳男演员来演什么绿叶？

"会接自然是因为喜欢。"段滁笑笑，顿了顿，正色看着镜头说，"我的角色看似戏份儿不多，但实际上在剧本里起了关键作用。还有个原因是我没演过这样的角色，想试试看。"说到这儿，他看了一眼旁边的许稚意，"还有个私人原因，我很喜欢稚意演戏的感觉，很早就想和她演对手戏了，有这样一个机会，当然要紧紧地把握住。"

他这番话，实实在在地捧高了许稚意。

记者一愣，完全没想到会是这个答案："段老师也是稚意的影迷？"

"是的。稚意之前主演的两部电影，我看过很多遍。"他谨记周砚的叮嘱，温声道，"她演戏很有灵气，比大家想象中的更有灵气。我想除了我，圈内应该还有很多演员想和她演对手戏。"

话音刚落，不远处的童星孟双激动地挥手："还有我，还有我。"

孟双一开口，几位老演员也纷纷附和："这倒是，我看稚意天生就适合演戏。"

"我看过稚意的那部《一厘米距离》，那个落泪的镜头，到现在还记得。"

《一厘米距离》是许稚意和周砚演的第二部电影。在这部电影里，她可哭惨了。她就是个小可怜，每天都在哭，而且每场戏哭的情绪都不同，方式也不同。

这部戏，说是将许稚意和周砚推上了顶峰也不为过。

两个人在电影里的表现出色得让影评人都挑不出错。这两三年时间，许稚意在电影圈因各种原因严重受挫，可说她演技不过关的人还是很少。

她的演技，在她刚进圈时，就被两部电影证实了。

有老戏骨夸，记者也知道分寸，没过分刁难。

他们甚至不知道，因为这段采访，段滁的粉丝的怒火降低了不少——是啊，如果按照许稚意前几年的地位，段滁给她当绿叶确实没什么问题。她可是

拿过最佳女主角奖 的，拿奖时才二十二岁。那会儿，段滁刚毕业入圈，还是个打酱油的三十八线男演员。

瞬间，网上的风向变了不少。虽然不是所有抨击都不见了，但至少大家开始期待许稚意和段滁合作的这部剧。与此同时，还有网友当机立断，号召粉丝第一时间成立了两个人在剧里角色的超话。

开机仪式结束，许稚意找到段滁，道谢："段老师，谢谢了。"

段滁笑着看她："客气什么？我说的是实话。"

许稚意笑而不语。她知道段滁说的是实话，可换另外的人接受采访，不一定会这么实诚地夸她。她知道段滁这么夸她有一部分是周砚的原因："还是谢谢你。"

"别客气。"段滁开玩笑地说，"这个人情，我会找周砚要回来。"

"好的。"许稚意笑笑，说，"希望合作愉快。"

段滁颔首："合作愉快。"

开机第一天的拍摄任务不重。袁明志也是迷信的导演，觉得第一天顺利了后续的拍摄才会更顺利。因此，今天他安排许稚意和段滁等人拍的几场戏都不难。

许稚意早就背熟了剧本，演这几场戏信手拈来。"卡"了两次之后，她顺利通过。

段滁也差不多。

拍完，大家早早收工。

到这会儿，许稚意才想起拿手机去微博看看大家的评论。

她刚拿到手机，还没来得及点开，一旁就冒出了一个人，是孟双。

她凑到许稚意旁边，神神秘秘地说："稚意姐你看，他今天好帅啊。"

许稚意低头一看，孟双的手机屏幕上是周砚今天出现在机场被站姐拍到的照片。

入秋了，照片里的男人穿着简单的长裤衬衫，外搭休闲牛仔外套，整个人看上去仿佛年轻了好几岁。当然，周砚本身长得就显年轻。

照片中，周砚鹤立鸡群地站着，周围的人幻化成光影，而他是虚幻空间里唯一被捕捉到的清晰面孔。照片的构图很好，看着非常有意境。周砚身形颀长，宽肩窄腰，跨步而走时，大长腿非常令人瞩目。

从照片上看，就能看出他气度不凡。只是，许稚意端详了许久，瞅着他戴的鸭舌帽和口罩看了又看，非常好奇："你怎么看出帅的？"周砚只露出了一双眼睛不是吗？

听到这话，孟双瞪圆了眼，压着声音问道："稚意姐，你不觉得帅吗？"

许稚意："口罩把他的脸挡得严严实实，怎么帅了？"

孟双被噎住。她低头看了一眼那张照片，虽然看不到完整的脸，可她就是觉得帅，无力地说："反正……大家都觉得帅。"

许稚意忍俊不禁，眼睛弯了弯，说："拍得很有意境。"

孟双闻言，眼睛亮了，激动地说道："是吧！我也觉得。"

许稚意瞥她："真的这么喜欢周砚啊？"

孟双点头，点完头又反应过来，忙不迭地举着手发誓："我说的喜欢是粉丝对偶像的喜欢，我很崇拜周砚老师。"

许稚意看着她紧张兮兮的样子，微笑："没事，别的喜欢也行。"

"那不行。"孟双是很有原则的，这辈子只想做"中意"粉丝，还是坚定不移的那种。

许稚意哭笑不得，看着面前充满活力的小女生，弯了弯唇说："谢谢。"

孟双眨眼："谢什么呀，稚意姐？"

许稚意笑而不语。孟双大概能猜到，她是谢谢自己为她保守了秘密。思及此，孟双小声问道："我们拍这部戏，周砚老师会来给你探班吗？"

许稚意一怔，还没来得及回答，孟双凑在她的耳边小心翼翼地问："如果他来了，我可以要一张你跟周砚老师的签名合照吗？"怕被许稚意拒绝，孟双赶紧补充，"不方便的话，单人的也行。"她是真的很喜欢许稚意和周砚。

许稚意看着孟双的模样，眼中带笑："好。"她拍了拍孟双的肩膀，轻声说道，"他来了我帮你要。"

孟双眼睛一亮，疯狂点头。要不是不能宣之于口，孟双恨不得向所有人宣布自己是这个世界上最幸福的粉丝！

拒绝了其他演员吃饭的邀约，许稚意早早地回了酒店休息。

吃了减脂餐，许稚意靠墙站着，看了半小时剧本，换了衣服去酒店的健身房。她是易胖体质，为了保持好身材，锻炼必不可少。

酒店健身房里的人不是很多。看到她进来，也没多少人关注，许稚意觉得挺好的。她走上跑步机，刚走了不到三分钟，一侧传来有些熟悉的声音："稚意，你也在这儿啊。"

许稚意扭头，是在《春生》这部剧中饰演男二号的谭俊良。

对上谭俊良打量的目光，许稚意笑了笑："嗯。好巧。"

谭俊良应声："他们不是说去吃饭吗，你怎么没去？"

"不能吃太多。"许稚意不好意思地说道，"明天还得拍戏。"她去了就会忍不住，倒不如不去。

谭俊良了然，点点头："也是。"

他看许稚意此刻的模样，微微顿了一下，问："你每天都会锻炼？"

许稚意："有时间会。"锻炼不仅能让她不长胖、身体线条更好看，更重要的是，还能增强抵抗力。进了组，她可不想时常感冒，自己难受不说，周砚会比她更煎熬。

谭俊良笑笑，简单地跟许稚意聊了两句，便知趣地不再问。两个人各自在跑步机上走着，互不干扰。

许稚意锻炼的时间不长，在健身房待了接近一个小时便回了房间。

洗漱完，许稚意趴在床上看剧本，边看边等周砚的电话。她已经翻来覆去地把剧本看过很多遍，但还是习惯性地在拍摄前一晚将次日要拍的内容反复看几遍，加深印象。

和许稚意的悠闲相比，周砚显得忙碌了一些。下午落地江城，到酒店办理好入住手续，他就被合作的关导拉出去闲逛了。

上一部电影《小角色》还没正式上映，但关导已经在为新电影找灵感了，叫周砚陪着，无非是到他灵感会更充沛。二人不是第一次合作，但周砚之前在关导的电影里都是配角，在《小角色》里是他第一次当主角。

关导是陈陆南的御用导演，只要是他们俩合作拍出来的电影，口碑和票房都会大火。现在陈陆南退出演艺圈，关导用周砚是因为他被大家称作陈陆南的接班人。

很多人对他即将上映的电影《小角色》寄予厚望，他们都在赌，看他到底能不能靠这部电影拿下第三座奖杯。

走在傍晚的江边，关导乐呵呵地看着路上的行人，转头跟包裹严实、打扮低调的周砚说话："有压力吗？"

周砚笑了一下："关导您的压力更大一些。"

关导摆摆手，不承认："我是没有压力的。"

周砚轻弯了弯唇。关导瞅着他："真不紧张？"

"还好。"周砚对这种事向来很看得开，再说这部电影他们所有人都尽力了，票房和口碑不在他们的掌控之内，一切随缘就好。

关导笑笑："我就欣赏你这淡定的性子，跟陈陆南真的很像。"话音刚落，关导又问，"你介意我这样说吗？"

周砚扬眉："哪样？"

关导："大家都说你是阿南的接班人，你介意大家说你和他很像吗？"

"不会。"周砚没那么脆弱。再者，他觉得说自己是陈陆南的接班人，还挺抬举自己的。毕竟在三十岁前就拿到三座奖杯的男演员，目前为止也就陈陆南一个。很多优秀的男演员，因为运气等各方面的因素，到目前为止，只拿了两座奖杯。

说到这儿，周砚好奇地问道："关导您也觉得我们很像？"

关导扬眉，背着手说："演技好、敬业，这两点确实很像。"

周砚几不可见地勾了勾唇。

关导笑笑："我上回跟阿南聚餐，还聊过你。"周砚微怔，有些意外。

"好奇吗？"关导问。

周砚想了想说："还好。"

关导"喊"了一声："我就喜欢你这淡定的个性，不骄不躁，就算想知道点儿什么，也不会表露出来。"

周砚哭笑不得："您这是夸我还是贬我呢？"

"夸你。"关导说，"很多演员都少了你这份耐心。"

周砚失笑，没搭腔。

关导道："没聊什么，就是把你和稚意之前拍的电影重新看了一遍。"

周砚一愣。

"有没有兴趣跟稚意重新合作一次？"关导看着他说，"我以前小看稚意了，那天重新看那部电影才发现，她是个天生的演员。"她的镜头感很强，眼睛也会说话，演戏的时候有种浑然天成的感觉。她会给观众一种自己不是在表演，就是在生活的感觉。她的表演没有痕迹。关导和其他导演，以及大多数观众最喜欢的就是这种表演。

周砚微顿，用讶异的眼神看着关导。

关导："怎么？不认可我说的？"

"不是。"周砚轻笑，"看来璞玉要被人发现了。"

关导一愣，瞅着他："那天我还听到了八卦。"

周砚大概能猜到关导说的是什么八卦。果然，下一秒关导就找他确认了："你跟稚意一直在一起，是真的假的？"

周砚没瞒着他，如实告知："真的。"

"啧。"关导睨他一眼，"便宜你了。"

周砚一笑，附和道："确实。"他也觉得自己占了大便宜。

聊了一会儿过往的那部电影，关导看他："你还没答复我，有没有兴趣？"

"我一直都有，但稚意那边我不管。"周砚说，"她需要你们去做工作。"

关导也知道许稚意身上发生的事，但并不完整。他沉默了一会儿，看向周砚："方便跟我说说吗？"

周砚思忖半晌，说道："您知道的有多少？"

关导："男演员违法、中途换人那个我知道，还有一个是戏份儿被剪是吧？"关导对许稚意的关注并不多，他也只是听到一些风声，自然不会真的去打探这些八卦。

周砚点了点头。许稚意的运气真的不好，她和周砚合作了两部电影后，两个人其实都前途光明。许稚意的演技很有灵气，能引人入戏。可惜的是，上天给了她天赋，却拿走了她在拍戏这条路上的部分运气。

她接下的第三部电影，剧本各方面都非常不错，配置也好。谁承想，拍完电影后，男主角出事了。如果不把男主角的戏份儿剪掉，这部电影根本不可能上映。最后，投资方决定换演员补拍。但补拍的工作量大不说，其他有对手戏的演员也没时间，大家的行程早早便定好了，想调也调不了多少。可想而知，这部电影上映后"缺胳膊少腿"的，呈现出来的画面和故事都不完整，质感全无，导致票房惨淡。

而戏份儿被剪的那部，关导其实也清楚得很。

除了这两部，许稚意还有一部电影出了问题。那部电影男演员没出事，她的戏份儿也没被剪，但电影的投资商拖后腿了。电影拍摄到中期时，投资商在生意上出了事，开始撤资。因撤资风波，电影拍得虎头蛇尾，即便有许稚意的演技撑着，票房也无比惨淡。

投资商撤资这事，许稚意没跟任何人说。周砚是在她拍完后才知道消息的，当时他也进组拍戏了，两个人每天在不同的剧组赶工，通电话的时间都几乎没有。

听周砚说完，关导无言了半晌，叹息了一声，说道："上帝给她开了很多扇窗，又给她闭上了一扇门。"

周砚应了一声，他也这样想。

"还好稚意没想不开。"关导感慨，"她还挺坚强的。"

闻言，周砚也夸女朋友："确实，她的自我开导能力还不错。"

也正是这种种原因，周砚能理解她所有的郁闷和矫情——当然，他并不觉得她矫情，这个词是许稚意偶尔跟他提到的。

那次，周砚托人给她送剧本邀约。许稚意知道后拒绝了，两个人还吵了一架，她问他是不是觉得自己有点儿不知好歹。周砚从没这样觉得过。无论是她拒绝还是接受自己给予的帮助，那都是她的意愿，他从不强迫她。

其实算起来，许稚意除了投资方想潜规则她的那次接受了周砚的帮忙，在其他事情上，几乎没靠过周砚。就连那次，还是周砚怕她出事，第一次和她发了脾气，才抢到了出面处理的机会。

关导听到周砚的话，调侃道："我夸稚意，你怎么这么高兴？"

周砚想了想，一本正经地说："可能是……与有荣焉？"

关导想在江城拍一部特别的电影，二人在外面逛了一圈。看着周围复古的建筑，关导思忖了许久，催促道："走走走，回去，我有点儿想法了。"

回到酒店不久，周砚又被关导喊去吃饭、喝酒。周砚回到房间时，时间已经不早了。

周砚看了看安静了一晚的手机，给许稚意发了条消息："在做什么？"

许稚意："看剧本。"周砚挑眉，唇角往上牵了牵，直接给许稚意拨了个视频电话。

他拨出去没两秒，许稚意便接通了。周砚目光灼灼地看着她精致白净的脸庞，视线自上而下，落在她白皙的锁骨处。许稚意洗过澡了，身上穿着缎面睡衣套装。注意到周砚的视线，她低头看了一眼，当着他的面把睡衣的纽扣扣上，扣得严严实实。

周砚眉梢稍扬，嗓音低沉："不让看？"

"对。"许稚意睇他一眼，"白看当然不让。"

周砚："那我付费？"

许稚意对他翻了一个白眼。

两个人无声地对视半响，许稚意把剧本搁在一侧，托腮望着他："喝酒了吗？"

周砚点头。

"行，又喝酒。"许稚意嘀咕着，"我给你记在小本本上。"

听她这么说，周砚也不生气，好脾气地应着："好。"

许稚意狐疑地看着他："不反抗一下？"

"不反抗。""妻管严"周砚说，"我听你的。"

许稚意嗳声，直勾勾地望着他，漂亮狡黠的眼睛里充满了疑惑："为什么？"

他今天这么老实，不应该啊。许稚意琢磨了一会儿，问他："跟女演员吃饭被拍了？"

周砚被她的话噎住："没有，今晚吃饭没有女演员。"

"是吗？"许稚意抱着怀疑的态度，"那就是跟男演员勾肩搭背被拍了？"

"什么？"听到这话，周砚对自己的女朋友产生了怀疑。

他垂眼和许稚意对视半晌，隐隐约约觉得她看自己的眼神不太对。

"是我想的那个意思吗？"求知欲强烈的周砚追问。

许稚意："你猜。"

周砚无语。

许稚意盯着他："说吧，是不是做了什么惹我生气的事？"

"没有。"

"真的？"许稚意还是有些疑惑，没有的话周砚今天怎么奇奇怪怪的？换作以前，她把睡衣扣子扣上，他绝对不会就此作罢，甚至还会说些让她面红耳赤的话逗她，看她羞愤的模样，然后得意地笑。

周砚看她的反应这么大，揉了揉眉骨，不免反思起自己之前是不是过分了点儿，让许稚意对他这么不信任。他轻声应着："真的没有。"

许稚意"哦"了一声，嘀咕道："那你今天怎么奇奇怪怪的？"

周砚笑了一下："哪儿奇怪？"他不是怪，就是在饭桌上想到了她过往经历的那些事，有些心疼。但周砚不想提，不想让许稚意再回忆一遍那些让她不开心的事。

许稚意缄默片刻，冷不丁地冒出一句："怪爱我的。"

周砚没忍住，被她的话逗笑。笑了一会儿，他才问："哪儿学来的'土味情话'？"

许稚意跟着弯了唇，得意扬扬地说："在剧组。"《春生》是个"土味情话"很多的剧组，这小半天下来，许稚意学了不少。

"拍摄顺利吗？"周砚看她。

许稚意点头："还行，是我没尝试过的角色，我拍得挺开心的。"

以前，她饰演的角色都是美人，打扮也是漂亮的。但这部剧完全不同，每天素颜不说，化妆师还想办法将她的肤色弄黄、弄黑一些，因为她饰演的是一个八九十年代的小女生，从小在田地里做农活，长大了进工厂，风吹日晒，不可能保养得那么白净。

周砚看她是真的喜欢，放下心来。

"你呢？"许稚意瞥他，"明天第一场路演，紧不紧张？"

路演结束后，必然会有影评人发出对周砚的新电影的评价。他们的路演有小半个月，结束后电影才会正式上映，所以路演的影评至关重要。影评好，正式上映时去看的观众才会多。周砚目光灼灼地注视着她，轻声说："有点儿。"

"啊……"许稚意歪着头思索了一会儿，"那我把我在电影圈的好运气全给你吧。"

周砚一顿。

许稚意笑着说："祝我的男朋友路演一切顺利，票房大火怎么样？"

周砚垂眼："给我好运？"

"对啊。"许稚意问，"要不要？"

周砚没搭腔。许稚意看他这样，抿了下唇说："你不会是嫌弃我的好运吧？"她咕哝道，"虽然不多，但这也是我的心意啊。"

周砚给她一个"你自己懂"的眼神——他怎么可能会嫌弃？他是舍不得要。

许稚意自己曾调侃过，她在电影圈的好运如果满分十分的话，刚进圈那会儿她有十分，可现在只有一分了。连仅剩的一分，她也舍得全部给周砚。

看周砚不说话，许稚意喊了他一声。

周砚回神，看她："舍得？"

"有什么舍不得的？"许稚意很想得开。

周砚弯了弯唇，注视着她，轻声说："我舍不得。"

许稚意微怔，诧异地看着他。

两人对视片刻，许稚意明白过来。她笑了一下，可爱地歪着头问："真不要？"

"不要。"周砚说，"不过，我想要小许同学的拥抱。"

许稚意"啊"了一声，遗憾地说："那没办法了，我暂时不能给你。"

周砚倒也不介意这个，淡淡地说："下回补上。"

许稚意应声："好呀。"

两个人闲聊着，许稚意看周砚还很清醒，抓住机会找他对了两场自己觉得有点儿困难的戏。对完戏，二人通着电话睡觉。

许稚意刚进组时容易睡不着，为帮助她早点儿入睡，周砚只要有时间便会和她打电话，给她读故事，让自己的声音陪着她入眠。等到许稚意睡着，周砚才会无声无息地挂断电话。这是他们的习惯，也是这对情侣的小情趣。

许稚意一夜好眠，次日醒来时精神饱满。吃过早餐，她早早去了片场。

袁明志看到她，讶异地问道："不是十点的戏吗？你怎么来这么早？"

许稚意笑了一下："我过来学习。"

袁明志点点头，赞许道："不错。"

八点多，段滁的戏正式开拍。

许稚意在旁边学习。在演戏方面，她就算是再有天赋，也得多学习、多观摩。只有用心了、入戏了，她才有可能将自己的角色演好。

一整个上午，许稚意没多少空闲的时间。到下午，拍其他演员的戏时，她才抽空分了下神，找蒲欢要了手机。

蒲欢知道她要做什么，把手机递给她时，顺便跟她说了一下网上的情况："我刚看了消息，说周老师他们这次是映后路演，现在应该还在电影播放阶段，还没上台接受采访。"

映后路演指电影先播出，然后主创人员和演员才上台接受媒体记者和观影人的采访，说些拍摄趣事，以及和电影相关的一些内容。当然，不可避免地还有很多八卦。最后，主创人员一般会跟观影的观众合影。

许稚意点了点头，问道："他发消息给我了吗？"

蒲欢："发了。"但她没看。

许稚意点开，一个多小时前周砚给她发了消息，说是电影开始了。

许稚意看了三秒，给周砚发了十个拥抱的表情包。

许稚意："十个拥抱应该够吧？周老师加油。"想了想，她又补充了一句，"等你来探班，我再补上真人的。"

第七章　探　班

小情侣分隔两地，只能用这样的方式来满足对方的愿望。

许稚意发完，在心里夸自己：真有才。她寻思着周砚没那么快回自己消息，就慢悠悠地把手机递给蒲欢，压着声音交代："待会儿有消息喊我。"

蒲欢点头："知道了。"

许稚意把注意力从手机上转移，回到剧本里。

她正看着剧本，旁边传来谭俊良的声音："稚意。"

许稚意抬头，看向他："谭老师。"

谭俊良颔首，手里握着剧本，轻声道："下一场是我们的对手戏，先对对戏？"

许稚意："好。"

两个人在一侧对戏，蒲欢正看着，手机忽然振了振。她看了一眼亮起的屏幕，是周砚发来的消息，至于内容，她当然看不到。蒲欢下意识地往许稚意那边走，走了两步又停下。

不行。周砚的消息固然重要，但许稚意在对戏，她不能去打扰。许稚意是个沉浸式的演员，不喜欢自己的表演被外界因素打扰，蒲欢跟在她身边几年，对这点很了解。蒲欢纠结了两秒，寻思着对戏应该不需要太多时间，消息待会儿回也是一样的，便没再过去。

对女朋友不及时回消息这件事，周砚早就习惯了。在看到许稚意发来的拥抱表情时，他有片刻的讶异。许稚意在片场不喜欢分神，是能不碰手机就不碰手机的类型。

更何况，她现在刚进组，是进入状态的关键时刻。周砚盯着她发来的十个拥抱表情，唇角无意识地往上牵了牵。电影还在继续，大屏幕上呈现的是周砚自己的表演，周围都是媒体记者，以及受邀过来的影评人和小部分粉丝，大家看得认真，没人注意他在走神。

给许稚意回了两条消息，周砚也收起了手机，继续看电影。

关导的这部电影，拍的是小角色的故事，可观众能在一个个很普通的小角色的故事里发现大英雄。

《小角色》的主人公是个平凡人。他家境普通，学历普通，周围的环境普通，做的工作也普通，要说最不普通的，大概是长相——演员是周砚，长相很难让人说出"普通"这两个字。

《小角色》里的男主角，在大学毕业后进入了一家普普通通的公司，开始了普通的职场生活。跟其他人一样，他有参加不完的应酬，需要把每个月的工资分成好几份，一份给老家干农活的父母寄过去，一份用作房租，一份用作生活费及偶尔的应酬费用，划分完，能存下的少之又少。他是个有些消极的人，觉得自己很颓废，很没用。

他懊悔，经常会躺在出租屋里思考，为什么自己不是个"富二代"，而是个农村出生的孩子？为什么自己的能力这么差，不能再上进一点儿、优秀一点儿？

很多困惑每天都压着他。

关导拍电影有自己的想法，他给这个人物前期的设定是消极的，可消极归消极，在办公室里，他却是截然不同的状态：他会逗同事笑，会主动揽下同事的活。

就在大家觉得，这部电影好像平平无奇、没什么可期待的时候，反转来了。

《小角色》里的主人公陈飞照常加班回家，在深夜接了一个电话。

紧接着，观众发现，他好像重新活了起来，眼睛里有光，整个人变得更有生气了。

他翻下床，打开了之前镜头带过很多次的黑色行李袋，将行李袋拎上，走出了家门，在路口拦下一辆出租车。在出租车上，他打开了很久没启用的电脑。

陈飞大学读的是计算机专业，而此刻，他正在寻找一台失窃的电脑。

陈飞在大学的时候，意外地加入了一个有趣的组织。这个组织里，有学计算机的大学生，也有普通的工人，还有公司的老板等。他们一群人志同道合，没有什么宏伟的愿望，就是希望做个对社会有用的人。他们成立了一个帮助会。这个帮助会可以帮助当事人寻找失窃的东西，也可以帮助其他处于困境的人。只要有人有困难，他们都会想办法帮忙。当然，前提是帮助的手段是合理合法的。

　　陈飞他们曾帮助过被家暴的女人顺利离婚，还使其拿到了该得到的离婚财产；还帮助过被猥亵的孤立无援的女生，将坏人送进了监狱。

　　这样的事还有很多。他们偶尔还会去自然灾害现场，救助需要救助的人。

　　帮助会里有小人物也有大人物。但他们都认为，自己是一个平平无奇的小角色。帮助会不但能帮助别人，还能让自己发现自己在这个世界上其实很重要。这个帮助会让曾经迷茫的陈飞找到了自我价值，所以在听到有人需要帮忙时，他整个人好似重新活了过来。

　　当然，很多人会觉得，陈飞的思想有问题。实际上，没有人需要帮忙他才应该开心。毕竟，没有人需要帮忙，意味着太平，大家都很安全、很安逸。陈飞当然也这样想过，但遇到自己能出手帮忙的事，他还是开心的，让他觉得自己能找到在这个社会上存在的价值。更何况，那些不好的事不可能永远消失，他们只能尽自己所能，将人拉出困境，去帮助需要帮助的人。

　　电影结尾，失窃的电脑被找回。在找回电脑的这段时间里，陈飞经历了不少事。但最后，他又回到了自己的工作岗位，和开始时无异，依旧是那个有点儿颓废、平平无奇、淹没在人群中难以被人发现的打工人陈飞。

　　看完这个故事，观众会发现很多小细节和小趣事。电影中有感动，有故事，也有爆笑的片段。关导不愧是拿奖拿到手软的导演，这样的故事也能拍出一个又一个的反转，让人大开眼界。

　　所有人都以为陈飞在找电脑的路上的那段经历，会让他不再安于之前的生活。可不承想，他还是回到了原有的生活轨迹。他在拒绝偶遇的一位富家小姐时说过："我是个很平凡的人，你现在看到的只是我发光发亮的一面，但实际上我对自己、对很多事也充满了怨念。"他们的世界不同。他只想在自己平凡的世界里当小角色，偶尔当一当小英雄，这就足够了。

　　这部电影想告诉人们——每个人都是自己故事里的主角，无论是小人物还是大人物，无论选择是什么，都要记住，你永远有着闪闪发光的亮点。

　　电影里的几条副线，也会引起观众的反思。希望大家能尽可能地尊重社会中每个岗位上的小人物，因为这个有序的世界，就是由这些小人物构成的。

　　片尾曲放完，主持人上台。

　　"让我们欢迎我们的'小角色'陈飞上场。"主持人故意停顿了一下，看向周砚，"周砚老师，这边请。"

　　躲在最后一排观影的周砚被主持人点名，大家这时才发现，原来周砚一直在电影院。瞬间，所有人回头看向他。

"周老师，你演得太好了！"

"我现在热血沸腾。"

"周砚，我爱你！"

周砚从后排往前走，脸上挂着淡淡的笑容，听到粉丝这么喊，含笑应道："谢谢。"

主持人控制好场面。

映后路演基本上是一些关于角色创作的采访，当然也有八卦。

陈飞在电影里是没有女朋友也没有妻子的。思及此，记者特意问："周老师，这部电影从头到尾都没给你设定喜欢的人吗？"

周砚扬了扬眉："怎么没有？"

记者："有吗？"他们也看了啊，怎么没看出来？

周砚勾了勾唇，配合地说："有的。"

记者："在哪儿？"

周砚看着好奇的记者，温声道："陈飞爱这个世界上的每一个好人，不是吗？"

记者一愣，一时竟找不到话反驳。周砚的回答乍一听没什么大毛病，但记者明明就不是这个意思。

"我的意思是，另一半。"记者强调。

周砚侧头看关导："这个问题，你得问关导。"

关导接过这个问题，摆摆手说："他的愿望是世界和平，所以没给他安排另一半。"

"我还以为是周砚老师要求的呢。"记者好奇地看着周砚，八卦地问，"周老师，粉丝都很期待你演爱情片，您什么时候还会再演呢？"

闻言，周砚拐着弯问："今天这部电影不好看吗？"

台下的影评人和粉丝异口同声地回答："好看！"怎么不好看？太好看了！周砚把小角色演活了。周砚微笑地看着记者，意思很明显——他就算不演爱情片，大家也期待他演其他类型的电影，不是吗？

这个记者败下阵来，轮到其他记者采访，问了些和电影有关的问题。

路演即将结束时，一位女记者话锋一转，重新将大家好奇的问题抛给了周砚。

"周老师。"记者看着他，"前段时间您和许稚意老师合作了新综艺，大家都很想知道，你们近期还会再合作吗？"她继续说，"我们都很喜欢两位老师的电影。"

这个问题一出，所有人齐刷刷地看着周砚。即便是周砚自己的粉丝，也眨着眼睛期待。说实话，他们说不期待周砚演爱情片是假的，这么一个大帅哥，不演一些让人尖叫的角色，真的有点儿亏。

可他们心里门儿清：除了许稚意，周砚好像真的不想和其他异性演员演爱情片。

周砚笑了笑，没正面回答，反而问："大家想看吗？"

听到这话，粉丝的心里滴着血一般地回答："想！"周砚再演个深情的角色吧，他们可以接受许稚意的。

周砚弯了弯唇，众目睽睽之下，拿着话筒将自己的声音传到电影厅的每个角落："我也挺想的。"话音刚落，全场哗然。

"但我一个人想没用，不是吗？"在大家惊呼之际，周砚摊手，开玩笑说，"许老师还在《春生》剧组，我总不能去把人抢过来吧？"他叹息一声，无辜地卖惨，"我也抢不过来。"

话音刚落，立马有粉丝大吼："我们帮你抢！"

周砚想跟许稚意再次合作的话题第一时间冲上热搜。"中意"粉丝点进去。发现这次和他们想的不太一样，周砚的粉丝@《春生》官方微博，问《春生》什么时候拍完。他们迫不及待地想看周砚演爱情片。

周砚那身材、长相和气质，不演爱情片真是一大损失。

虽然很多人还是觉得现在的许稚意配不上周砚，可谁让周砚除了许稚意，其他人都不接受呢？

再说了，想再合作是周砚说出来的，他们就算是再不讲理，也不可能说许稚意倒贴。

"真的能等到吗？"

"我能等到他们第三次合作吗？"

"天哪，天哪！"

"《春生》剧组给我放人！让周砚和许稚意去演爱情片，最好是一百二十分钟的电影，有一百分钟都在谈恋爱的那种。"

"有生之年能等到许稚意的回复吗？"

"我可以@人吧？周老师都喊话了，@许稚意 不回应一下吗？"

"意意，你不会让周老师这么尴尬吧？"

"看完这个采访，我不知道怎么说，感觉周老师好像有点儿上赶着啊。"

"作为周砚的忠实影迷，我只想说我真的非常期待两位再次合作，也希望某些偏激的粉丝理智点儿，周砚就算不跟许稚意合作，也不会跟我们合作啊！

他不在最帅的时候留下展现颜值的电影，以后怎么让我们做梦啊？"

…………

《小角色》电影的采访，被挤到了热搜的第二名。

紧接着，下面还有一连串和电影相关，和许稚意、周砚相关的话题。这一天，最大的赢家又是"中意"的粉丝，看到周砚的粉丝在喊话，他们高兴得不得了。

他们都很期待许稚意能再次抓住机会重回电影圈，给大家呈现出更多更好的优秀电影。许稚意是块璞玉，而现在是电影最好的时代，也是她最好的年纪，无论是哪种角色她都能轻松驾驭。他们期待她在最好的年纪，留下更多让人印象深刻的电影。

许稚意拍完一场戏后，发现剧组的工作人员看自己的眼神不对劲。她狐疑地看向蒲欢，启唇问："怎么啦？"

蒲欢激动地把手机递给她，小声说："砚哥对全世界官宣了。"

"啊？"许稚意愣住，手机没拿稳，掉地上了。她不可置信地看向蒲欢，疯狂眨眼，"官宣？"

蒲欢对着许稚意瞪圆的眼睛，忙不迭地解释："不是那个官宣，就是你们俩上热搜了。"

"什么？"许稚意茫然。

蒲欢："姐，你去微博看看就知道了。"

感受着四面八方投递过来的目光，许稚意微微顿了一下，淡定地坐上停在一侧的保姆车。

一般情况下，许稚意鲜少在拍摄期间回保姆车里，但这会儿情况大有不同。

她用小号登录微博，第一时间看到了周砚的那段采访。

看完，许稚意盯着最后停在周砚脸上的画面发呆。

蒲欢在旁边又看了一遍，满脑子都是粉红泡泡。她不得不说，周砚真的太敢说了。

蓦地，蒲欢注意到许稚意的神色不太对。

她小心翼翼地看许稚意，抿了抿唇，问："稚意姐，你不开心吗？"

许稚意一愣，笑着看她，问道："如果有人这样对你，你是开心还是不开心？"

蒲欢想也不想地回答道："开心。"

许稚意敲了一下她的脑袋："那你为什么会觉得我不开心？"

"啊……"蒲欢被问到，迟疑了一瞬，说，"就是怕你不开心。"

蒲欢算是这对小情侣的见证人，也了解许稚意，知道她要强的个性。更重要的是，她跟周砚在公开场合一直是能避开就不碰面的。

"没有不开心。"许稚意失笑，戳着屏幕里周砚的脸，轻哼道，"但他没提前跟我说，就给我这么大一个惊喜，我总不能太轻易地放过他吧！"

蒲欢："啊？"这句话她似乎听得懂，但又觉得好像不是很懂。

她真的不懂这对小情侣。

许稚意瞥她一眼，靠着椅背看微博上的评论。

看之前，她不忘问蒲欢："骂我的多吗？"

"不多。"蒲欢告诉她，"大家都说砚哥是热脸贴冷屁股。"

听到这几个字，许稚意没忍住，"扑哧"一声笑了："不是的。"

蒲欢下意识地接了一句："那是什么？"她看完视频时，和粉丝有一样的想法，也觉得周砚挺上赶着的。

许稚意扬了扬眉，唇角弯弯地说道："他只是比较爱我。"

蒲欢无语地做了个夸张的表情，看向许稚意，委屈地说："稚意姐，我吃撑了。"

许稚意笑了笑，垂眼看微博，记者发的那条视频下面的转发和评论都好几万了。质疑肯定有，有人不明白周砚为什么要说这种话，他说话的时候有没有想过粉丝。

这个质疑一出，周砚的粉丝出来回复。周砚只是正常接受采访，难道他不能说自己想跟谁合作吗？

一方面，看周砚电影的人不只有粉丝。更重要的一方面，周砚的粉丝中，占比更大的是影迷，是周砚用实力、用演技吸引来的，而非单纯地靠外貌。长得帅的艺人很多，但能在圈内长盛不衰的人靠的不是样貌，而是实力。

许稚意看了看，没看见过分偏激的粉丝评论，放心了点儿。

"走吧。"许稚意看了一会儿，喊旁边还在看手机的蒲欢。

蒲欢："去哪儿？"

许稚意："拍戏。"

蒲欢语塞。行吧，被周砚表白后能这么淡定的女人，大概只有许稚意了。

回到片场，许稚意看到周砚在接受采访前给自己回的消息，低头给他回复，关心他此刻的情况。粉丝对周砚没意见，但林凯这个经纪人可就不一定了。

许稚意猜：周砚今天对记者、粉丝说这些话，肯定没提前跟林凯商量。

不出许稚意所料，此时此刻的周砚，正在接自己经纪人的电话。周砚参加路演，林凯没有跟着。在他眼里，周砚是个成熟的艺人，有一两个助理就行，不用时刻跟着。

　　新闻爆出来的时候，他正坐在周砚的工作室里悠闲地玩游戏。

　　他玩着玩着，手机里弹出一条消息，是一直想跟周砚合作的一位导演发来的消息，问他：周砚想和许稚意第三次合作，那之前送过来的剧本要不要考虑一下？

　　林凯大惊，登录微博一看，差点儿被气晕。要不是自己的心脏承受力不错，就周砚这时不时给他丢炸弹的行径，林凯觉得自己的后半生要在医院度过了。

　　看完采访，他气急败坏地给周砚拨了个电话。

　　"周砚！"林凯咬牙切齿地说，"你下次接受采访时，能不能先考虑一下我的感受？"

　　周砚不解："你的感受？"

　　林凯被噎住，知道他下一句肯定不是什么好话，愤怒地说道："我好歹是你的经纪人对吧，你爆料之前是不是应该先跟我通通气？"

　　周砚微顿，低声道："抱歉。"

　　林凯："听起来没一点儿诚意。"

　　周砚"嗯"了一声。

　　他还嗯？林凯握紧了拳头，压着自己的怒火："我看你就是故意的。"

　　"话不能这样说。"周砚一本正经地说，"记者不问，我就算是故意准备了这段话，也没机会说出来不是吗？"

　　林凯脑袋晕晕地骂他："你就是对许稚意上赶着。"

　　林凯抱怨了几句，然后深呼吸："我刚看了网上的情况。"他看向停留在话题上的电脑界面，低声说，"情况倒是还好，但我估计晚点儿黑你的人会变多。"会有人说周砚脑子有坑，竟然公开表示想跟许稚意再次合作。

　　"无所谓。"周砚淡淡地说道，"只要他们不骂许老师，我们就不用公关。"话是他说出去的，有什么后果他承担。

　　"行。"挂电话之前，林凯没忍住问，"许老师知道你这么上赶着吗？"

　　听到这话，周砚也不生气，语气平静地说："现在应该知道了。"

　　挂了电话，周砚看了一眼许稚意来的消息。

　　许稚意："请问我的男朋友还活着吗？"

　　许稚意："活着的话，记得给我回消息。"

　　周砚弯了弯唇，直接拨通她的电话。

周砚的电话打过来的时候，片场还在折腾，工作人员在摆弄背景，还没正式开拍。

蒲欢把手机给她，许稚意走到角落接听："喂。"

周砚清越低沉的声音传来："看微博了？"

许稚意："看了。"

周砚："抱歉。"

许稚意一愣，忍俊不禁："什么呀？"她没懂周砚的意思。

周砚一本正经地说："我没经过许老师的允许，就公开表达了对许老师的爱慕之情。"

许稚意微怔，耳朵有点儿热。她控制不住自己上扬的唇角，敛睫不让笑意和喜悦从眼睛里跑出来，笑着说道："原谅你。"

周砚："嗯？"

许稚意："许老师大人不记小人过，允许你公开说喜欢她。"

周砚勾了下唇，眸子里的笑意明显："谢谢。"

许稚意笑了一会儿，才正色问："林哥骂你了吗？"

"骂了。"周砚如实回答。

许稚意："意料之中。"

周砚无语：他怎么觉得自己的女朋友在幸灾乐祸？

对网上的事，两个人都门儿清。网友他们管不了，所以也没多说。确保周砚那样说不会影响到他的电影和商务后，许稚意问电影的事。

"电影怎么样？我都没来得及看影评。"许稚意叹气。

周砚："应该还不错。"其实他也没看影评，但对自己的表现是满意的。

说到这儿，许稚意好奇地问道："关导骂你了吗？"

周砚挑眉："什么意思？"

许稚意笑着说："我们俩把《小角色》的热搜抢了，关导没生气？"本来今天的"主角"是这部电影才对。

"没有。"周砚顿了一下，说道，"他还挺高兴。"

许稚意："真的？"

"嗯。"周砚想着关导和他说的那句话，笑着道，"他觉得这也是另类的宣传，给他们节约了宣传推广费，挺好的。"

许稚意语塞。不愧是大导演，想得真开。

她想了想，道："周砚。"

周砚低声回应："怎么了？"

许稚意可怜巴巴地说道："我也想看你的新电影。"只可惜她的时间不多，当然更重要的是，和蒲欢去看，她觉得没什么意思。

周砚几不可见地勾了勾唇："正式上映那天看怎么样？"

许稚意还没反应过来，周砚的声音再次在耳畔响起："我问过关导，正式上映那天我们去黎城做宣传。"他顿了一下，嗓音低沉地勾引她，"小许同学，要不要来？"

许稚意怀疑，周砚在给自己设陷阱。明知道自己对他拍的电影毫无抵抗力，他还这么勾引自己。

有那么一瞬，她觉得他像是在湖边为钓鱼而停驻的人，只想引自己上钩，而她明知道这个人是故意的，却还是从湖面跃出，咬住他抛过来的饵，心甘情愿地上钩。

思及此，她嘟囔道："不公平。"

周砚微微扬眉，转头看向窗外掠过的风景，低声问："怎么不公平？"

许稚意说不出所以然，嘴硬道："反正就是不公平，没有理由，也没有诚意。"

周砚纵容她的不讲理，笑道："知道了。"

许稚意一愣："啊？"他知道什么了？

周砚卖关子，没直接告诉她："到时候一定让小许同学觉得公平，好不好？"他用宠溺的语气哄她。

许稚意揉了揉酥麻的耳朵，抿了抿唇，说："看你的表现。"

周砚："好。"

许稚意看时间差不多，跟他说了两句就挂了电话，重新回到拍摄现场。她过去时，背景正好布置好，她跟谭俊良要准备走戏了。谭俊良看她一眼，随口道："许老师在忙？"

许稚意没听出他的话外之音："还好。"她看了一眼谭俊良，"走戏？"

谭俊良点头。

谭俊良在剧中饰演的是对柳春，也就是许稚意饰演的角色爱而不得的男二号。两个人是一个村子的，可以算得上青梅竹马。他家境优渥，是村子里最有钱的人家的孩子，也因此，小时候对柳春等人并不怎么样。说是玩伴，不如说他认为柳春是自己的跟屁虫。

但柳春不这样认为。她从小就很特别，对谭俊良饰演的角色也不谄媚，想做什么就做什么，也不会听他指挥。后来两个人长大了，分开几年后柳春回到家乡的工厂上班，谭俊良忽然开始追她。刚开始追她时，也是一副心气很高的模样。他的本性不坏，但这种心气让柳春非常不喜欢，也正是这个原因，二人到最后也没在一起。

他们走完戏，拍摄正式开始。

袁明志为这部剧选的演员，每一个的演技都不差，偶尔有一两场戏要磨，也不会磨太久。大家的对手戏也分外精彩。

拍完和谭俊良的对手戏，许稚意还有个人戏。在剧中，她的戏最多，拍摄任务也最重。下午跟周砚打过电话之后，直到晚上十点收工，许稚意都没再碰过手机，要么在拍戏，要么在走戏，要么是看剧本。这是她第一次尝试这种类型的角色，想尽全力将这个角色更好地演绎出来。

收工时，片场只剩她一个艺人了。

许稚意打了个哈欠，袁明志看着她："辛苦了。"

"我没有导演辛苦。"许稚意笑盈盈地说，"袁导辛苦了。"

袁明志莞尔："应该的。你觉得累吗？"

"还好。"许稚意诚实地回答，"不过有段时间没进组了，这种高强度的拍摄，还需要几天来适应。"

"这倒是。"袁明志了然，示意道，"回去早点儿休息。"

许稚意应声："好的，袁导您也是。我跟助理先走了。"

"去吧。"

许稚意回到车内，蒲欢把手机给她，并告知："下午倩姐给你打了电话，我接的。"

许稚意边看手机边问："还有呢？"

蒲欢："盛檀姐给你发了不少消息。"她看了两条，见不是什么急事，所以没跟许稚意说。

许稚意应着："倩姐找我什么事？"

蒲欢："就下午那件事。"

周砚忽然公开表示想跟许稚意再次合作，焦文倩知道时惊喜又慌张。作为经纪人，她很清楚许稚意现在和周砚的差距，合作的想法当然要由周砚说出口，许稚意才不会被质疑。

所以在看到新闻的时候，焦文倩就开始准备公关了。

准备好后，她发现网上的情况比自己想的好多了，甚至还有不少潜水的影迷纷纷出面呼唤许稚意和知名导演，想办法让两个人合作。他们的演技、长相，甚至身高差和年龄，都是最佳搭档应该有的。谁不想看两个人拍电影呢？就连周砚和许稚意各自的粉丝都暗暗地期待。焦文倩观察了网上的风向许久，发现这事不仅没让许稚意受质疑，还让许稚意一下午涨了不少粉丝。

焦文倩正思索着要不要跟林凯商量商量，之前合作过的不少导演助理先找上了她，询问许稚意下一部戏的安排。焦文倩是聪明的经纪人，自然听出了话外之意。

对方想先和许稚意谈拢，然后找周砚，让二人合作。周砚今天对着媒体和粉丝说的话大家都听出来了，只要许稚意没意见，周砚就没问题。

许稚意给焦文倩回了个电话，听她说了一通。

许稚意坐在车内，忍俊不禁："那你怎么说？"

焦文倩："我还能怎么说？我当然不会一口拒绝，就说你现在刚进组，这部戏得拍四五个月，下部戏暂时还没定，有好剧本我们就考虑。"人要学会给自己留机会。

许稚意笑笑。

焦文倩正色道："不过我还是想听听你的想法。"

许稚意微顿："什么想法？"她扭头，开始对着车窗玻璃照镜子。看到漆黑玻璃上的倒影，许稚意下意识地抚了抚自己的眉眼。

焦文倩："你很久没拍电影了，如果真有还不错的剧本找上来，你会不会跟周砚合作？"

这个问题，许稚意想过，但目前还没有答案。

"先有我和周砚都觉得不错的剧本再说。"她思忖半晌，没将话说死，顿了顿，补充道，"不过倩姐你了解我，我确实有不和周砚搭档拍一部口碑和票房都不错的电影的想法。"

她不抗拒和周砚合作，可她更想打破那个网友戏谑的魔咒。她想知道，没有周砚，自己到底能不能有一部顺利拍摄、顺利上映的电影。

"行，我知道你的意思了，我会帮你留意。"焦文倩了然，温声安慰她，"你也别想太多，好剧本不等人，如果真有合适的，我是希望你接的。"

许稚意："知道，谢谢倩姐。"

"应该的。"焦文倩说，"我也想扬眉吐气！"

许稚意笑了。

焦文倩交代了几句，挂了电话便给许稚意找剧本去了。她对许稚意，就像对自己的妹妹一样照顾有加。

回酒店洗漱完，许稚意给周砚发了条消息，这才去回复被她冷落了小半天的盛檀。她点开盛檀的微信，戳了戳盛檀的头像，聊天界面跳出——我拍了拍盛檀的劳斯莱斯被索赔三千万元！

许稚意无语："盛大小姐，这个碰瓷是不是有点儿夸张？"

盛檀："哪里夸张了？"

许稚意："你老公知道你这么碰瓷吗？"

盛檀："知道，他允许的。"

许稚意默默地趴在床上和她闲聊："大半夜的还能回我消息，你老公不在家？"

盛檀："你真聪明。"

许稚意忍住笑，直接给她拨了个视频电话过去。两个人有段时间没见了，许稚意还真有点儿想念她。一接通，盛檀便直勾勾地打量了她一会儿，说道："不愧是被周砚表白的女人，气色红润，满面桃花啊，不错不错。"

许稚意被她的话逗笑了："什么时候背着我学会相面了？"

盛檀："刚学会的，活学活用。"许稚意给她翻了个白眼。

盛檀："还没采访你，知道周砚公开表示想跟你再次合作的时候是什么感觉？"

许稚意对着她闪烁着八卦之光的双眼，拖着声音说道："这个嘛……"

她还没来得及卖关子，就被盛檀打断："别卖关子了，直接说，我承受得住。"

许稚意无语，睐她一眼："没耐心。"

盛檀"嗯"了两声："我就是。"

许稚意哭笑不得，和她一样趴在床上，对着镜头思考："说真的，刚知道时有点儿蒙。"

盛檀挑眉："然后呢？"

"然后？"许稚意歪着头，"没有然后了。"

盛檀不可置信地瞪大眼睛："就这样？"

"也不是。"许稚意佯装害羞地捂脸，"还有，不过不好意思跟你说，我怕你听完了想不开。"

盛檀被噎住："许大演员，白天拍戏拍不够，晚上还要演？"

许稚意立马把手放下，给她一个白眼。

盛檀也不追问，托着腮说："说实话，我也想看你们再次合作。"

许稚意笑："你出钱投资，我们立马合作。"

听到这话，盛檀生气地说："我信你才怪。之前我说给你投资，你还跟我发脾气。"

许稚意一怔，想到过去那些事，立刻认尿："对不起，是我不知好歹，您大人有大量，别跟我计较了行吗？"

盛檀轻哼："认错倒是挺快。"

许稚意弯唇："那必须的。"盛檀也不是小气的人，她从小和许稚意认识，自然知道许稚意的执拗和倔强，她也就是随便翻翻旧账，不是真的生气。

两个人闲扯了一会儿，盛檀问："对了，你的剧组允许探班吗？"

许稚意看她："你要过来吗？"

盛檀想了想："港城有个拍卖会给我发了邀请函，我准备去看看，然后顺便给你探班？"港城距黎城比较近。

许稚意扬扬眉："沈总不在家？"

盛檀委屈地说："这回出差起码半个月呢。"

许稚意"扑哧"一笑："懂了，寂寞了找我，我就是你的'备胎'，是不是？"

盛檀有力地还击："我不也是你的'备胎'吗？"

许稚意想了想，盛檀过来探班对自己的影响不大，而且盛檀大概也没那么早过来，自己还有时间入戏。思及此，她点点头："你来吧。但说好啊，我要拍戏，可能没时间陪你在黎城逛。"

盛檀不在意地摆摆手："没那么快，我再怎么也得下周再去黎城，你先好好拍戏，我不需要你陪。"她在黎城也有其他小姐妹，就算没有，她一个人也能在黎城玩出花来。

之后几天，许稚意沉浸在剧组拍戏，周砚在全国各个城市的电影院路演。

关导对这部电影很看重，为了更好地宣传，他们增加了好几个路演城市。因为电影的主题是"小角色"，他们还邀请了很多"小角色"人物提前观影，告诉他们：你认为自己是小角色，其实并不是，你们是小角色，可也以是大英雄。

其间，小情侣的联系少之又少。他们除了每天互道两声"早安""晚安"，基本没什么亲密交流的时间。

许稚意每天拍戏，如果结束得早，会去健身房锻炼，然后再看剧本。在健身房，她经常会遇到谭俊良和其他演员。大家的目标一样——在拍摄阶段不要长胖、维持好身材。

拍摄期间，许稚意挤了一天时间出来，飞到另一个城市录制《你想要的故事我都有》，这是之前定下来的，她推不掉。

许稚意半夜才到酒店，第二天清晨便起来化妆。倪璇也一样。

早上两个人碰面，看着对方的黑眼圈，相对无言。

化妆时，倪璇"哎"了一声："许稚意。"

许稚意闭着眼："说。"倪璇欲言又止了，想了想还是没说。

许稚意睁开一只眼看她："不是有话要说吗？"

倪璇："不方便。"

许稚意愣了一下，猜到倪璇要说什么了。她打了个哈欠，"哦"了一声，道："那你别说了。"

倪璇哽住，没好气地瞪了她一眼。

许稚意笑笑："待会儿说。"

"嗯。"倪璇和她闲聊，"最近的拍摄怎么样？"

"还好。你呢？"许稚意随口问。

倪璇现在拍的是许稚意斟酌后放弃的剧本，但其实那个剧本也非常不错，是仙侠大女主剧。现在的电视剧市场，如果艺人不是想转拍正剧，其实拍仙侠类的电视剧会更有人气。许稚意知道的几位演员，就是演仙侠剧红的。而演现代剧的演员很少能红到那种程度。当然，也可能是剧本的问题。

倪璇："还行，但是真累，我突然知道你为什么不接这部剧了。"

许稚意挑眉。

倪璇叹了口气，说："威亚吊得太频繁了，我每天挂在半空中，跟晒咸鱼干似的。"

听她的形容，许稚意实在没忍住，"扑哧"笑出声来，揶揄道："我有画面感了。"

倪璇不想说话。

因为倪璇和许稚意的行程紧，拍摄完这一期，二人跟其他嘉宾打了声招呼，紧赶慢赶地又回到了各自的剧组，继续闭关拍摄。许稚意的粉丝在机场等她，只能看到她匆匆忙忙的背影。一时间，粉丝喜忧参半。他们一方面高兴她拍戏，有新作品，另一方面为短时间内看不到她活跃的身影而不舍。

九月三十日这天，许稚意照常到剧组拍戏。她今天的任务有点儿重，顺利的话晚上九点能结束，不顺利的话估计得到十一二点。

在化妆间，许稚意借着化妆的时间补眠。

"稚意姐。"许稚意正化着妆，蒲欢从外面走进来说，"盛檀姐的电话。"

许稚意看了一眼时间，接过手机："喂。"

她一接通，盛檀雀跃的声音响起："准备接驾吧，我今天过来给你探班。"

许稚意沉默三秒，问："不能明天吗？"

盛檀："明天就是国庆节了，堵车你知不知道？"

许稚意："哦。"她当然知道。

盛檀挑眉："怎么？今晚要去约会，不方便带我？"

许稚意忍俊不禁，诚实地说道："是有点儿。"

盛檀无语。

许稚意笑："上车了吗？"

"没呢。"盛檀轻哼，"你都不欢迎我，我不去了。"

许稚意没理会她这话，打了个哈欠，说："你让你的司机送你过来，还是我安排司机过去接你？"

盛檀："我的司机送我到你们剧组，到时候我跟欢欢联系就行。"

"行。注意安全。"许稚意叮嘱，"有事找欢欢。"

盛檀："知道了，啰唆。"

许稚意无语。

许稚意把手机递给蒲欢。蒲欢凑在她的耳边小声问："姐，你是不是忘了件事？"

许稚意的眼里满是茫然之色："什么？"

蒲欢压着声音说："凌晨砚哥的新电影正式上映，你那天不是跟我说砚哥邀请你去看电影吗？"

许稚意"嗯"了一声，摆摆手说："拒绝他了。"

蒲欢："啊？"许稚意这么狠心吗？

许稚意解释："今天戏太多，挤不出时间。"原本许稚意今天没那么多场戏，但因为剧组有艺人请假了，袁明志问过她的意见后，将她的戏往前挪了。反正背景是一样的，早点儿拍也一样。

这事确定下来，许稚意便跟周砚说了。她是想看周砚的电影，但拍戏最重要。周砚的电影嘛，过几天空闲了再去看也可以。

化完妆，许稚意投入拍摄。到盛檀过来时，她才有点儿时间休息。

"你这形象……"看到她的第一眼，盛檀便开始点评，"真的很'柳春'。"

许稚意假装听不出她的挖苦，白她一眼："礼物呢？"

盛檀不解地看她："什么？"

许稚意伸出手："没准备礼物你来探什么班？"

盛檀无奈地说道："在你的在箱子里，其他工作人员的待会儿送过来，我给大家订了下午茶。"她推了一下许稚意的手臂，骄傲地问，"我给力吗？"

"给力。"许稚意笑着靠在盛檀的肩膀上，道，"累死我了，让我靠靠。"

"你说你，好好的许大小姐不做，来拍什么戏？"盛檀念叨着，但人没动，任由她靠着。

许稚意瞥她一眼："你不懂。"

盛檀确实不太懂，因为她对拍戏的兴趣不大，只有花钱这一个兴趣。

两个人靠着站了一会儿，许稚意说："我今天的戏比较多，你是打算在片场等我拍完再回酒店，还是先回酒店？"

盛檀想了想："我看看吧。待会儿要是累了，我就先去你的酒店。"

"行。"在这些事情上二人不需要过分客套。

许稚意跟盛檀聊了一会儿，又被喊去拍戏了。盛檀对她摆摆手，让她去忙，自己不用人照顾。再说，就算盛檀需要照顾，也有蒲欢呢。

另一边，周砚一行人今天有三场路演，两场分别在黎城城南和城北两家很大的电影院，还有一场在黎城大学。

临近国庆假期，不少大学生都放假回家了，但也有很多人不回家。

不回家也不去旅游的学生，留在学校参加了《小角色》的观影活动。

《小角色》路演将近半个月，网上好评如潮。很多人都说周砚的演技又上升到了更高的一个层面；还有很多人说这部电影第一遍看好像看不出什么，也不觉得有意思，可看第二遍时，会发现关导留下了很多值得推敲的细节和值得反思的东西。但也有人觉得，这部电影带着点儿说教性质，没什么好看的。

在黎城大学宣传完，周砚等人今天的工作就结束了。离开时，周砚和关导走在一起。

"还有三个小时，紧张吗？"关导问道。

周砚笑道："不紧张。"

关导点点头，拍了拍他的肩膀说："回去好好休息，还有三天路演就结束了。"

周砚莞尔："你们先回。"

关导一愣，诧异地看着他："你不回酒店？"

周砚应声，压着声音说："有点儿事。"

关导突然反应过来，低声问："稚意在这边拍戏？"

"对。"周砚说，"我去看看她。"

关导看着他，不免想到自己当年谈恋爱的时候，非常理解地说："行，去吧，明天我们坐八点的航班，还有时间。"

周砚离开得很低调。他提前让郑元借了辆车，直接去许稚意所在的片场。

周砚到的时候，让郑元联系了蒲欢。知道许稚意还在拍戏后，他让郑元先回去休息。

　　郑元琢磨了一下，看着周砚："砚哥，你是要带许老师去看电影吗？"

　　周砚："嗯。"

　　郑元点点头，欲言又止："那你们小心，别被拍了。"

　　周砚："知道了。"他看了郑元一眼，"你先回酒店休息吧。"

　　这段时间郑元跟着他飞各个城市，非常辛苦。郑元没再拒绝。

　　郑元走后，周砚看了一眼时间，给段滁打了个电话。

　　"在片场吗？"周砚直接问。

　　"嘿，巧了，今天还真在。"段滁挑眉说，"跟你的女朋友拍最后两场戏。"

　　周砚："让你的助理出来接一下我。"

　　段滁轻笑："不怕被人发现？"

　　周砚思忖了一会儿，低声问："人多吗？"

　　段滁张望了一下，工作人员正在布置背景，这个点人倒也不多了。

　　"不多。"段滁说，"你来吧，站在角落里应该没人注意。"

　　周砚打扮得很低调，戴着鸭舌帽和口罩，穿着黑色的风衣，整个人隐于夜色中。他被段滁的助理带进去，一眼便看到了不远处侧对着自己看剧本的人。

　　许稚意穿着戏服，垂着脑袋在背剧本。她此刻的样子，和他记忆里的一些画面重叠。刹那间，周砚有种冲动，想下一部戏就跟许稚意搭档，他太想看她在片场拍戏的模样了。

　　许稚意正背着剧本，忽然觉得哪里不太对。她下意识地转头寻找感觉不对劲的地方。一扭头，她便看到了夜色中颀长的身影。因为拍夜戏，片场的光线挺暗，只有几盏路灯照着。灯光是暖橘色调，让人看得不那么真切。

　　许稚意直愣愣地看着，在对上那双熟悉的眸子时，猛地反应过来。她惊讶地张着嘴，不可置信地望着出现在这里的人，下意识地吞咽着口水，抬脚想往他那边走。

　　走了一步，她意识到不可以。这是在片场，虽然袁明志剧组的工作人员保密意识很强，可她也不想在这个时候冒险。特别是在周砚的电影还有两个多小时就全国上映的关卡，她不能和周砚被爆出什么事来。

　　许稚意抿了抿唇，正准备强迫自己收回目光，忽而扫到了周砚抬起的手。许稚意之前参加过一个帮助聋哑孩子的公益活动，所以学过些唇语和手语，当时周砚陪她一块学了。此刻，没办法正常交流的两个人开始用手语表达。

周砚无声地和她说："先拍戏，我等你。"

许稚意启唇，无声地询问："你怎么来了？"

周砚："接你看电影。"

他记得许稚意说的"不公平""没诚意"，所以亲自来表达自己的诚意。

许稚意看懂了周砚的意思，唇角无意识地往上牵了牵。

周砚注视着她，无声启唇："好好看剧本。"

许稚意："哦。"她收回落在周砚身上的目光，敛睫看剧本。

最后两场戏是她跟段滁的对手戏。许稚意和段滁这段时间搭档的效果不错，两个人的表达方式不同，但都是有演技的，也不存在谁压谁的戏的问题。

原本许稚意以为最后这两场戏很快便能过，但没想到段滁 NG 了好几次。

袁明志费解地看向段滁，眉头紧皱，问道："累了？"

"不是。"段滁倒是不累，但不远处有双眼睛在死盯着自己，仿佛自己再靠近许稚意一步，他就能冲上来将自己灭口。

想到这儿，段滁掩唇咳了几声，意味深长地看了一眼许稚意。许稚意不解。

段滁用眼神示意了一下，又站在她旁边压着声音说道："许老师，把你男朋友赶走行吗？"他一本正经地说，"他站在这里，总让我产生我正在道德边缘做坏事的感觉。"

许稚意被他的话噎住。她哭笑不得，偷偷看了一眼不远处站着的人，回道："段老师，他应该是你接进来的。"许稚意的意思很明显：就算是要把周砚赶走，也得是段滁去赶。

段滁："我这不是怕拒绝他了，下次他在媒体面前说我坏话吗？"

许稚意："那我把他赶走了，我也担心……"

话还没说完，段滁轻"啧"了一声："那不可能。"他看了一眼许稚意，笑着说，"他才舍不得。"

从周砚嘴里听"舍不得"这三个字，和从其他人嘴里听到他舍不得对自己做什么事的时候，感觉是不一样的。许稚意一时不知道如何形容此刻的感受，但不可否认的是，听到这话，她的内心是喜悦的。思及此，许稚意笑了笑："再试试吧，我们拍完就能走了。"

段滁："行。"

两个人跟袁导说了一声，继续拍摄。

本来也没什么亲密戏，就是正常的闲聊，段滁吹着晚风温柔地注视着她。

许稚意和段滁努力地忽视不远处那道灼灼的目光，把这两场戏拍完了。

听到袁导说"过了"时，段滁松了口气："天哪！希望周砚明天别来探班了。"他太煎熬了。

许稚意忍俊不禁，路过段滁时说了句："他明天还有路演。"

段滁："也是。"

换衣服前，许稚意看了一眼周砚，周砚朝她示意自己去外面等她。许稚意点头。

"姐。"蒲欢跟着许稚意进了换衣间，压低声音说道，"我刚刚看到了一个熟悉的身影，是我想的那样吗？"

许稚意看着她，心情颇好："你想的是哪样？"

蒲欢瞅着她："你说呢？你要跟砚哥出去吗？"

许稚意应声："你要不要去？我们去看电影。"

"我虽然很想去看电影，但是我不打算去当电灯泡。"蒲欢开了一句玩笑，然后认真地告诉许稚意，"我今晚回酒店休息，哪天收工早再去看。"

许稚意："行。"

换好衣服，蒲欢把手机递给她，偷偷地问："那盛檀姐怎么办？她知道砚哥过来吗？"

许稚意呆住了。她忘了酒店还有个盛檀在等自己。

蒲欢看她的模样，就知道她高兴到忘记了朋友。

果不其然，盛檀姐说得没错，稚意姐就是重色轻友的典型人物。

蒲欢忍住笑："要不我去找盛檀姐看电影？"

许稚意思忖了一会儿，摇头道："不用，我给她打个电话，我们先回去。"

她们往外走时，许稚意的手机屏幕亮起，是周砚发来的车牌号。许稚意张望了一番，加快脚步往外走。她让蒲欢坐保姆车回酒店，自己去周砚的车上。

走到旁边，许稚意拉开车门坐上去。一坐进车内，她便看到了周师傅。停车场的光线昏暗，只有不远处亮着的几盏路灯，隐隐约约地照着他们这边。车内开了灯，但灯光也不亮。借着暖橘色的光，许稚意看到旁边人的眼睛，瞬间觉得自己沉入了那双眼中。

周砚没说话。两个人的气息在车厢内萦绕，许稚意有点儿受不住这样的安静，抬手在周砚面前晃了晃："周砚……"她拖长嗓音，"不走吗？"

周砚抓住她的手腕，嗓音低沉地说："让我再看看。"许稚意还没反应过来，他便将她拉入了怀里。闻到他身上熟悉的味道，许稚意微微一顿。她埋头，跟小狗似的在他的脖颈处嗅了嗅。

感受到她的动作，周砚忍俊不禁。

他垂眼，搭在她腰上的手用了点儿力，将人更紧密地和自己贴合。

"想我了？"他滚烫的呼吸落在她的耳畔。

许稚意能感觉到自己的耳朵在发烫，蹭了他一会儿才说："一般吧。"

周砚失笑，捏着她的后颈，用指腹在那处柔软的肌肤上来回摩挲，激得许稚意的身子一阵轻颤。

"痒。"她小声控诉，"别摸了。"

周砚看着她抬起的眉眼，眼眸沉了沉，喉结微滚："我买了凌晨的电影票。"

许稚意眨眼，不懂他突然说这个干吗，问道："啊……然后呢？"

周砚侧头，看了一眼时间，说："现在十点半。"

许稚意继续眨眼。

周砚："这里到电影院不到二十分钟。"他单手捧着许稚意的脸，垂着脑袋靠近，在亲上她柔软的唇瓣前，落下一句，"先亲一会儿再走好不好？"

周砚根本没给许稚意拒绝的机会。他有些难耐地堵住了她的唇，撬开她的贝齿，和她的舌尖缠绵在一起。许稚意下意识地张嘴，任由他肆意入侵。两人鼻尖相抵，压上对方的脸颊，但谁也没在意这个小细节。他亲得很凶。许稚意下意识地勾住他的脖颈，往他那边靠近，试图回应他。

车窗紧闭，车内暖烘烘的。他们的舌尖纠缠在一起，气息萦绕在彼此周围。在那一刹那，许稚意只能听见周砚的喘息声，以及自己藏不住的心跳声——怦、怦、怦，一下一下，很快、很重。接吻的时候，他们谁也无法隐藏对对方的感情。

不知过了多久，周砚终于放过她。两个人喘着气，急促的呼吸落在对方身上，无比炙热。周砚借着昏暗的光看她酡红的双颊，看她嫣红湿润的唇瓣。

他喉结滚动，眸色微沉，嗓音沙哑地问："还要吗？"

许稚意大概是被他吻得大脑短路了，下意识地说："要。"

她要的，无论是什么，周砚从未拒绝过。他再次俯身含住她的唇。

两个人再次分开是被手机铃声打断的。许稚意的手机一直在响，她没办法，只能将面前的人推开，声音含混地说："电……电话。"

周砚低声应着："不管。"

"不行。"许稚意看着周砚不满的神情，解释道，"应该是盛檀。"

听到这个名字，周砚更不满了：盛檀大半夜不睡觉找自己的女朋友干吗？

下一秒，许稚意为他答疑解惑："盛檀来给我探班了。"对着周砚的瞳仁，许稚意底气不足地说，"今天来的，比你早半天。"

周砚顿了一下，在许稚意接电话时，捏了捏她红透的耳垂，嗓音低哑：

"意思是，她现在在酒店等你？"

许稚意点头，"嘘"了一声："你先别说话，我接电话。"

周砚语塞。

"喂。"他们刚接过吻，许稚意的声音还有点儿哑。

周砚听着，垂眼捏着她空出来的手指把玩，神色不明。

盛檀在酒店等啊等，十一点还没等到人。她趴在床上愤怒地拨通小姐妹的电话："你还没收工吗？"

许稚意心虚地回答道："收工了。"

"那就是要回来了？"盛檀激动不已，"我有点儿饿了，去吃夜宵吗？"

许稚意微顿，失笑道："可能吃不了夜宵了。"她想了想，转头看向周砚，征求他的意见，无声地说："我想喊盛檀一起去看电影。"周砚捏了一下她的手指，没搭腔。

许稚意用空着的手指挠了挠他的掌心，撒娇："我不能抛下她。"

周砚看了她片刻，压着声音问："那我呢？"

许稚意："下回给你补一个约会？"周砚思忖半晌，点了点头。

盛檀好一会儿没听到许稚意的声音，"喂"了好几声："大小姐，去哪儿了？"

"在呢。"许稚意清了清嗓子，小心翼翼地试探，"你想看电影吗？"

盛檀不可置信地皱起眉头："这个点？你明天不用拍戏吗？"

"我明天十点的戏。"许稚意问，"想不想？"

"我都可以啊。看什么电影？"盛檀问完，想到这几天在微博上看到的铺天盖地的新闻，狐疑地问道，"不会是周砚的吧？"

许稚意挑眉，嗓音带笑："你真聪明。"

盛檀无语。她一点儿都不想在这种事上聪明。

"行吧。"自己的闺密自己宠着，盛檀没拒绝，"我来买票？这个点还能买到票吗？"

许稚意看向周砚。周砚点头。

"可以。"许稚意应声，"但还有个事要告诉你，我们不是两个人看电影。"

盛檀："还有欢欢吗？那没……"

她的话还没说完，被许稚意抢了先："不是欢欢，是电影男主角。"

盛檀安静了半分钟才问："你让我去当电灯泡，周砚同意吗？"不应该啊，在她的记忆里，周砚可是一个跟沈正卿一样的醋坛子，在两个人的世界里容不下第三个人的存在。

许稚意："那我也不能把你抛下。"

"那我允许你把我抛下。"盛檀琢磨了一下，"我不想去当电灯泡。"她去当电灯泡还不如去骚扰自己老公，至少老公不会觉得她烦。但去当电灯泡，她敢肯定周砚会嫌自己烦。

许稚意一怔，笑着问："真不想来？"

盛檀："真的。"

许稚意："可我需要你。"

盛檀疑惑地问："怎么说？"

许稚意抿了抿唇，小声说："你来了，才能给我和周砚打掩护。"

"挂了啊！"盛檀毫不犹豫地道，"你是个人吗？我以为你是不忍心把我落在酒店才这么热情地邀请我，结果倒好。"盛大小姐生气地说，"不去不去，坚决不去。"

二十分钟后，许稚意和周砚的车停在酒店门口。

看到了从里头走出来的人，许稚意忍着笑，下车给盛檀开车门。

盛檀走近，睨了她一眼："仅此一次。"

许稚意弯唇："好。谢谢盛小姐。"

盛檀轻哼了一声。

三人上车去电影院。不知为何，盛檀总觉得他们这个组合怪怪的，但具体哪里怪，她又说不上来。跟周砚打了声招呼，盛檀找老公求助。

盛檀："老公老公，你老婆被绑架了，你快出来。"

沈正卿还在开视频会议。看到盛檀的消息，他眉峰稍扬，敛下眼中的笑意回复："把手机给绑匪，问问他们要多少钱才不撕票。"

盛檀："一个亿。"

沈正卿："副卡在你手里，自己刷。"

盛檀："哦。"

沈正卿配合地跟她玩了一会儿，才正色问："怎么了？"

盛檀："我现在跟稚意在一起，你知道吧？"

沈正卿："知道。"

盛檀："我们现在要去看电影！但不是只有我们俩，还有周砚！我是个闪闪发光的电灯泡，我好可怜啊，呜呜呜！"

沈正卿："我现在回来陪你？"

盛檀："那倒不必，我就是来控诉一下这对情侣。下次我们四个人聚餐，我们也要在他们面前秀恩爱，知道吗？"

沈正卿明白了亲爱的老婆找自己是为什么。想明白后，他语重心长地说："人不能攀比。"

盛檀："我就要。"

沈正卿："等我回来约他们吃饭，去我们家的电影院看电影。"

盛檀："好主意。"

骚扰了一下沈正卿，盛檀觉得看前面两个人秀恩爱都顺眼了很多，问周砚："周老师，你什么时候来的？"

周砚应声："九点过来的。"

盛檀点了点头，看向许稚意："你怎么不早跟我说？"

许稚意："在拍戏，没来得及。"她绝对不承认自己是忘记了。

"行吧，这回原谅你。"盛檀轻哼，凑在中间好奇地问许稚意，"待会儿怎么下去啊？我跟你一起走？"

许稚意："就三个人一起走啊。"

盛檀瞪大眼睛："那你不怕被狗仔拍啊？"

许稚意想了想，也是。她看向周砚，问道："那我和盛檀先上去取票，你晚一点儿上来？"

周砚颔首。

电影院在六楼。他们到停车场后，许稚意和盛檀下车乘电梯去六楼。

这个时间点，商场不热闹，但电影院门口很热闹。许多人都是赶着周砚新电影正式上映的时间来的，他的票房号召力很强，加上是关导的电影，期待的人很多。

取好票，盛檀瞟了一眼，三个人还是连座："我还以为，你们俩会把我隔开。"

许稚意："你这是夸我还是嘲讽我呢？"

盛檀给了她一个"自己体会"的眼神："你说呢，重色轻友的许稚意？"

许稚意讪讪地闭上嘴。

盛檀趴在她的肩上，感慨道："演员谈恋爱真难。"

许稚意笑："不难，你不觉得这样也挺有趣的吗？"

盛檀白她一眼，摇头："不觉得，秀恩爱都不能光明正大秀，哪里有趣？"

闻言，许稚意扬眉，故意逗她："怎么不能？我们刚刚不就在你面前秀了吗？莫非是我们秀得不够？要不待会儿让你看一场吻戏？"

盛檀生气地说道:"你有本事让我看更过分的!"

许稚意眨眨眼,认真地说:"那这个本事我是没有的。"

两个人幼稚地斗着嘴,站在角落里,也没多少人注意。这个时间,大家都忙着和自己的朋友聊天,少有人东张西望。

她们正说着,盛檀忽然朝她扬了扬下巴:"你男朋友来了。"

许稚意回头,看到周砚朝自己走近时,下意识地摇了摇头。虽然现在没人看到,但周砚身形颀长、气质出众,即便挡住了脸,也会有人注意。而且今晚他们看的是他的电影,电影院门口肯定有他的粉丝。许稚意觉得最保险的是等大家都进入电影厅,他再进去。

周砚脚步一滞,无奈地笑。他停留在原地,敛眼看向许稚意。对视半晌,周砚掏出手机。

许稚意的手机一振,她用脚指头想也知道是周砚发来的消息。

周砚:"真不让我过去?"

许稚意:"太危险!"

周砚:"电影票。"

许稚意:"我去个洗手间,我们擦肩而过,然后递给你怎么样?"

周砚:"嗯。"

趁着还有时间,许稚意和盛檀挽着手往洗手间那边走。她们从洗手间出来时,周砚恰好进去,两个人擦肩而过,衣服的袖子不经意摩擦,有一点儿触碰。和上次在电影节一样,周砚进到洗手间时,衣服口袋里多了一份不属于自己的东西。他拿出来看了一眼,眸子里闪过一丝笑意。许稚意喜欢玩这种躲躲藏藏的游戏,他无条件地配合。

进入电影放映厅,许稚意的一边是盛檀,另一边是周砚。她觉得自己的人生达到了巅峰。周砚进来时,还顺便给她们买了爆米花和矿泉水。考虑到明天要拍戏,许稚意直接把爆米花塞给了想吃夜宵的盛檀:"你多吃点儿。"

盛檀本想拒绝,但想了想,自己作为孤家寡人,确实比较适合吃东西。她用力地咬着爆米花,声音清脆。

他们的座位恰好在角落里。许稚意看了一眼,放映厅满座。凌晨都能满座,可想而知有多少人喜欢周砚的电影。她转头看向一侧的男人,小声问:"会不会觉得无聊?"

周砚不解:"为什么?"

许稚意:"你路演那么长时间,肯定看过好几遍了吧?"虽然不是全部路演的演员都会在现场观看，但肯定会看几场。

周砚笑了笑，借着大银幕折射出来的光线看向旁边的人："不一样。"

许稚意挑眉问："怎么不一样？"

周砚朝她靠近，贴在她的耳畔说："我没和你看过。"和许稚意一起看电影，无论重看多少遍，周砚都不会觉得电影枯燥无聊。

毫无疑问，许稚意被他的话取悦了。她弯了弯眼睛，看向他说："哦。"

周砚抓着她的手，和她十指相扣，嗓音低沉地问："就这样？"

许稚意点头。周砚正想表达自己的不满，许稚意道："开始了，你别打扰我。"她要专注地看他的新电影。

周砚语塞。

电影开场，许稚意看得专注。无论是在认识周砚前，还是认识他后，她都很喜欢他在大银屏上发光发亮的样子。她喜欢周砚演戏的样子，总能给她不一样的新鲜感。更重要的是，许稚意一直觉得，周砚演戏的时候比做其他事的时候更有魅力。周砚最开始还想骚扰一下旁边的女朋友，但许稚意看得认真，他有些于心不忍。最后，三个人谁也不是谁的电灯泡，三个人都看得格外专注。从头到尾，他们都没怎么分神。

电影结束，三个人趁着大家还在看片尾，率先起身离开——他们没办法跟大家一起离场。三个人走出电影院，盛檀忍不住问周砚："周老师，你们有场戏我有点儿没看懂，你给我解答一下吧？"

周砚笑着问："哪场戏？"

听着两个人的讨论，许稚意还有些没回过神。等周砚跟盛檀说完，三个人坐上车后，周砚问许稚意："在想什么？"

许稚意抬眼，也没在意后座的盛檀，小声说："周老师，我有预感。"

周砚稍扬眉峰，配合地问："什么预感？"

"这部作品会拿奖。"许稚意说，"我有点儿想再看一遍，刚刚盛檀问你的那个点我看出来了，但我觉得再看可能还会有不同的感觉。"

周砚还没来得及回话，后面的盛檀跟着激动地说："对对对，我也这样觉得，我也想再看一遍。"

许稚意和她对视一眼："那过两天我收工早的话再来看一遍？"

盛檀："行！"

聊着聊着，两个人开始说电影里的人物设定和背景，以及几位演员的演技。除了周砚，许稚意还重点夸了一个叫孟进的男演员。他是电影里的男四号，戏不算多，但那几场戏让许稚意对他印象深刻。她不吝啬地夸他，觉得这个人前途无量。

盛檀也这样觉得，她刚刚就想问那个小帅哥是谁，长得真不错。

周砚听着她们的对话，提醒道："许老师，我还在这里。"

"我知道啊。"许稚意转头看他，"孟进是新人吗？"

周砚无奈地点头："是。关导从电影学院找来的，但他不是学表演的。"

许稚意挑眉："那是学什么的？"

周砚："导演专业。"

"哇。"许稚意更崇拜孟进了，"演技真不错。"

周砚垂眼看她，没搭腔。他也承认孟进的演技不错，周砚和他有几场对手戏，拍下来感觉很好。孟进是个领悟力很高的学生，一点就通，有点儿像当初的许稚意。

思及此，周砚对孟进吸引了女朋友注意力的"不满"稍稍减少了些。察觉周砚有些不高兴，许稚意和盛檀对视一眼，笑着说："但在我心中，演技最好的还是周老师。"

周砚抬手敲了下她的脑袋，问道："回酒店？"

许稚意点头。蓦地，她反应过来："你呢？"

周砚："把你们送回酒店，我再回去。"他和许稚意住的不是一家酒店。

许稚意"哦"了一声，后知后觉地感到不舍。她瞥向旁边专注看路的人，没舍得挪开目光。注意到她的视线，周砚偶尔会在停车时转头，和她目光交会。车窗玻璃上，时不时有他们眼神碰撞的影子，像夜色和风一样缠绵在一起，谁也无法将他们分开。

到酒店门口，盛檀非常有眼力见儿地下车。

"我先回去休息。"她看许稚意，"你晚点儿回也没事。"

许稚意看着盛檀跑远的背影，无奈地抚额道："周砚。"

周砚："嗯？"

许稚意想着盛檀看自己的眼神，瞥他一眼，说："你要还我清白。"

周砚微微一笑，捏了捏她的脸颊，问道："我做什么了？"

许稚意轻哼，不说话。周砚看着她的表情，低头给她解开安全带。

他顿了一下，低声问："是想陪我一会儿，还是回酒店休息？"

闻言，许稚意睐他，娇嗔道："你说呢？"

周砚弯了弯唇，朝她伸出手："坐过来？"

对着男人含笑的目光，许稚意说不出拒绝的话。周砚今晚开的是小轿车，空间不是很大，也不宽敞。许稚意艰难地爬到他那边，跨坐在他的身上。

刚坐好，她一抬眼便对上了他的眼睛。

许稚意微顿，抬手钩住他的脖颈："几点的飞机？"这会儿已经两点多了。

周砚："八点。"

许稚意算了下时间，有些心疼："你要不现在回去吧。"

周砚："不用。"

"真的吗？"许稚意打量了他一会儿，小声说，"熬夜真的不好。"

周砚无语。看着许稚意此刻的神情，他大概能猜到她下一句要说什么。

"没你想的那么严重。"周砚哭笑不得地解释，"在飞机上睡也一样。"

许稚意"哦"了一声，眉眼弯弯地笑着喊他："周砚。"

周砚喉结微滚："怎么了？"

"就是想喊你。"许稚意直直地望着他，顿了一下，贴在他的耳边说，"刚刚盛檀在，有几句话我没好意思说。"

周砚微顿，垂眼问道："是什么？"

"你在电影里的表现，才是我最喜欢的。"许稚意唇角上扬，眼睛亮晶晶的，犹如夜空中最亮的那两颗星星，"最吸引我的也只有你。"

周砚："不是孟进？"

"不是。"许稚意低头，碰了下他的唇，"没有人能比得过你。"在她心里，周砚的演技永远排第一。就如同他这个人在她心目中的地位一样，永远是最重要的。

周砚听着她哄人的话，垂着卷翘的睫毛，嗓音低沉地问道："真的？"

"当然。"许稚意睨他一眼，"我什么时候骗过你？"

周砚笑而不语，将人揽入自己怀里，紧紧拥着。有许稚意的评价，周砚心里的大石头落了地。今晚电影全国上映，说一点儿都不紧张是假的，但现在周砚真的不紧张了。

车内安静了好一会儿，许稚意忽然说："还没来得及看网友的评价呢。"

"明天再看。"周砚摸了摸她的脑袋，"困了吗？"

"有一点儿。"许稚意点头，"可我想和你多待一会儿。"

他们的职业注定了两个人在一起的时间少。周砚太忙了，许稚意也是。

周砚看着她小女人的模样，心软得一塌糊涂："等忙完这阵子，我来给你探班？"

许稚意没拒绝："好。"其实她内心深处也是渴望有人来给自己探班的，特别是周砚。

周砚低头亲了亲她的唇，克制地撤开，怕自己亲久了会不想走。他摸着她的头发，闻着她身上的味道，声音低沉地说道："走了。"

许稚意依依不舍："好吧。"她重新爬回副驾驶座，打开车门看向周砚，"你回去注意……"后两个字还没说出口，她看到周砚下车了。

许稚意一愣，错愕不已："你下来干吗？"

周砚从车头绕到她这边，把她落在车里的帽子给她戴上，顺着她的手臂往下，牵着她的手说："把你送到房间门口我再走。"

许稚意怔了怔，虽高兴，但还是正色道："那你回去就很晚了。"

"不差这点儿时间。"周砚看着她，在她再次说出拒绝的话之前补充，"你一个人上去，我不放心。"

许稚意听到这话，唇角往上牵了牵，嘴硬地说："我是小朋友吗？这点儿路还要你送？"

周砚"嗯"了一声，一本正经地说："你现在是。"

在他这儿，许稚意一直都是他们家的小朋友。

翌日清晨，许稚意醒来时，旁边的盛檀还在睡。

盛檀比她还不安分，一条腿横跨在她的身上，趴着睡得昏天暗地。

许稚意睁开眼望了天花板片刻，蹑手蹑脚地往旁边挪了挪，躲避盛檀的"攻击"。

她伸手拿过床头柜上的手机，点开，看到周砚给她发来的最新消息——他登机了。

许稚意瞟了一眼，才八点，她准备晚点儿再给周砚回消息。

她顿了一下，退出微信登录微博。昨晚回来时太困了，她忘了看《小角色》的影评。

一夜过去，很多熬夜的影评博主和对电影的期待值很高的粉丝，大多第一时间买票去现场看了电影。许稚意猜测，这个时候的网评和影评应该很多了。

果不其然，热搜上挂着《小角色》电影，以及周砚等主创人员的新闻。

许稚意扬了扬眉，点开。

关于《小角色》这部电影，从路演开始，就有不少人在网上发出影评。很多有分量的影评博主都说，这部电影一定要看，甚至一定要多看几遍。电影不适合剧透太多，但很多小细节需要大家认真观影发现。因此，在正式上映前，不少人对这部电影充满了期待。

事实证明，期待没有落空。周砚用他一如既往的精湛演技，给大家呈现了一个活生生的小人物。他真的太普通了，前期的一些片段，甚至激起了不少观影人的共鸣。

一部分人觉得自己和周砚在电影里的角色很像，遇到的问题像，想法也很像。大家都知道自己颓废，可就是振奋不起来。

而后期一连串的反转，更是让大家直呼精彩。谁没有热血呢？没有人不想在看到旁人遇到困难时伸出援助之手。可很多时候，自己也处于困难之中，爱莫能助。而陈飞这个角色，是大家曾经幻想过的自己。

许稚意看到有人发出的影评，说关导这部电影，设定说现实，又有点儿不现实，可说不现实，又是现实的。现实中，就有这样双重身份的普通人。

陈飞上班时候的模样，是大多数上班族的现状，而陈飞摇身一变成为计算机高手，帮助人寻回失窃物品的英雄模样，想必也是很多人幻想过的。他们都幻想过自己是某行某业的高手，幻想过自己英雄救美、救国的画面。

而且关导的电影，不仅是小故事大道理，还有逗趣的对话、完整的构思，每一幕都让人有不一样的记忆和感触。当然，也有人觉得假，觉得枯燥。

这些意见很正常。一部电影，不可能只有好评没有差评。但总体看下来，许稚意知道，这部电影成功了。后续口碑发酵的话，电影票房应该很不错。

退出微博前，许稚意在微博上看到了"周砚机场"的话题。她下意识地点进去，看到新鲜出炉的周砚的照片——是今天早上的照片。

周砚打扮得干净、清爽又舒适，外穿深蓝色牛仔长裤和牛仔外套，内搭简简单单的白色 T 恤，看上去格外年轻。他的身材比例好，怎么穿都好看。

注意到有人在拍，周砚还抬了下眼。粉丝捕捉到他的英俊眉眼，将之定格在镜头里。

许稚意正欲保存下来，旁边凑过来一个小脑袋。

"昨晚还没亲近够吗？"盛檀打着哈欠，声音含混，"怎么大早上又在看周老师？"

许稚意瞥她："睡你的觉。"

"我不。"盛檀抱着她的手臂，把她的手机抢过来，"我也要看看。"

许稚意无语。盛檀点开照片端详了一番，啧啧称赞："不得不说，周砚长得真好看，难怪会有女友粉。"

许稚意："哪个知名男艺人没有女友粉？"

"那不一样。"盛檀辩驳，"周砚刻意营销过吗？"

许稚意微哽，想了想："那确实没有。"无论是刚进圈时还是现在，周砚都鲜少主动营销，接受采访也好，更新微博也罢，除了回答和电影有关的官方问题，鲜少说一些暧昧不清的话，更不会说自己从没谈过恋爱等。

很奇怪的一点是，媒体也从不问周砚现在是不是单身。他们最多会问周砚和许稚意有关的事，但都不太敏锐，从未问过周砚是不是在和许稚意交往。

盛檀看着她的表情，就知道她在想什么。盛檀叹了口气，把手机塞回给她："你说要是哪天你和周砚的恋情曝光了，媒体记者会不会后悔？"

许稚意："不知道。"

"我觉得会。"盛檀打了个哈欠，看了一眼时间，"要不要再睡会儿？"

说到这儿，她随口问道："你昨晚几点回来的？"她是洗完澡才出去看电影的，所以回来后便爬上床睡觉了，因此，对许稚意几点回来她毫不知情。

许稚意睨她一眼："三点左右吧。"

盛檀："你跟周老师也黏太久了。"

许稚意轻哼："你跟你老公半个月没见，能黏得更久。"

盛檀沉默，想了想，好像是这样。她摸了下鼻尖，底气不足地说："行吧，我们半斤八两。"

许稚意无言。

盛檀"嘿嘿"一笑，趴在许稚意旁边问："半个多小时都在车里干什么了？"

许稚意对着她那双八卦的眼睛，头痛地抚额。

"没做什么。"许稚意掀开被子下床，直接往浴室走，"我洗漱了，你要睡自己睡。"

盛檀在外面喊："还是不是姐妹了？不能跟我分享一下吗？"

"不能。"许稚意回答得毫不犹豫。她刷牙时不经意抬眼，看到镜子里挂着笑容的脸，那唇角上翘的弧度，怎么压都压不下去。

其实昨晚没发生什么事。只是周砚牵着她，把她送回了房间。但不知道为何，许稚意就想把这点儿日常小事私藏。周砚牵着她的手，传过来的温度以及时不时落在自己身上的目光，都让许稚意觉得，她是被周砚时时刻刻关注的女朋友。她稍有不开心、不舒服，周砚一定能第一时间注意到。

思及此，许稚意对着镜子咧嘴笑了一下。她猜想，今天一定是开心的一天。

吃早餐时，许稚意给周砚回了条消息。他没有及时回复，八成是在补觉。

"姐，电影怎么样？"蒲欢一见到她就开始问，"好不好看？今晚要是收工早的话我也去看。"

许稚意指了指："你问你盛檀姐。"

盛檀挑眉："你不能说？"

"我怕我说得不中肯。"许稚意一本正经地说道，"你们也知道，我对周老师有偏爱。"她怕自己带着滤镜给蒲欢推荐，这不太好。

蒲欢和盛檀双双无语。

盛檀："秀恩爱，分得快，知不知道？"

闻言，许稚意回击她："如果真是这样，那你和沈总当年……"她还没说完，嘴里就被盛檀塞了颗水煮蛋。

盛檀微微一笑，咬牙切齿地说："给你剥的，吃吧。"

许稚意瞥她一眼，也不给她拆台了，道："行吧，给你留个面子。"

听不懂的蒲欢在旁边眨眼睛："留什么面子啊？我想知道盛檀姐当年和沈总发生了什么。"

许稚意摊手："你盛檀姐不让说。"

三个女人一台戏。一顿早餐下来，她们这边最欢乐。

吃过早餐，三个人去片场。

一到片场，许稚意便进了化妆间，没什么事的盛檀只能到处转悠，时不时地骚扰一下和她有时差还在睡觉的老公。

许稚意化好妆出去时，正好听到几位工作人员在讨论周砚的新电影。她耳朵微动，听她们夸周砚好帅，说周砚的演技有代入感。许稚意敛睫，压了压眸子里的笑意。

莫名地，她有点儿说不出的自豪感。

"稚意姐。"注意到她的存在，有工作人员小声喊。

许稚意朝她们笑了笑，态度自然地道："昨晚看电影去了？"

"嗯。"有个小女生小心翼翼地瞅着她，问，"稚意姐你还没看过吧？"

许稚意还没来得及说话，另一人便说："肯定没呀，稚意姐昨晚收工都十点多了。"

许稚意"扑哧"一笑："你们仨都去看了啊？"

"看了！"小女生说，"好好看啊！稚意姐，你有空一定要去看，周砚的演技好好啊！"

许稚意含笑点头："好。"她对着三人闪烁着八卦光芒的眼神，毫不犹豫地应下，"有空一定去。"跟三位工作人员闲聊了一会儿，许稚意看剧本去了。

她正看着，段滁走了过来："稚意。"

许稚意抬头："段老师。"

段滁看她，低声道："今晚片场收工早，我准备请片场的工作人员看电影，你和你朋友去吗？"

许稚意一愣，反应过来："周砚的啊？"

段滁点头。作为周砚的圈内好友，段滁必然得支持他的新电影。虽然电影票房没有他的支持也会大火，但总要意思意思。

许稚意想了想："去吧，我没问题。"

段滁颔首："但我们剧组过段时间会开放探班采访，等之后电视剧播出会放出去，我担心记者会问你周砚的电影方面的问题。"

"没事。"许稚意现在心态比较好，笑着说，"迟早的事。"就算是媒体过来探班不问，之后许稚意参加活动，也会有记者问。这一点，许稚意早就想到了。

"不过段老师——"许稚意叹了口气，说，"你请大家看电影了，那我请什么呀？总不能你请一次我请一次吧？"想看两遍的人当然有，但肯定不是所有人都想看两遍。

段滁笑了笑："那你看着办。"

许稚意无语，要是能看着办就好了。

没一会儿，许稚意便听到段滁的工作人员跟大家说，袁导同意了今晚早点儿收工，收工后段老师请大家吃饭、看电影。

听到这话，有人第一时间高喊："是周砚老师的吗？"

段滁："是！"

所有人下意识地转头看向许稚意。许稚意手里捧着剧本，对着一众八卦的目光，很轻很轻地笑了一下。

当晚，看完《小角色》后，许稚意给周砚发了一连串表白的话。刚结束路演，正在吃饭的周砚看到那几条消息时，跟其他人说了声，躲出去拨通了许稚意的电话。

"喂。"许稚意捂着手机，边张望边问，"你忙完了？"

周砚："没有。"

他顿了一下，听她的声音有些不对，问道："怎么了？"

许稚意不懂："啊？什么怎么了？"

周砚蹙眉："微信上的。"

许稚意缄默了三秒，心想：还能怎么了？我今晚又看了你的电影，觉得你演得真好。

许稚意"呜呜"两声："我自闭了。"

周砚哭笑不得："真自闭了？"

"嗯。"许稚意哼哼唧唧地说道，"在自闭之前，又忍不住想夸你。"

周砚翘了翘嘴角，眼中有了笑意："知道了。"

许稚意说着说着，自己也笑了起来，郑重其事地喊他："周砚。"

周砚沉静地应道："在。"

许稚意避开蒲欢和盛檀的眼神，靠在车窗上，第一回直白地表露自己内心深处的想法："我好想和你一起拍电影啊。"她真的很想。

周砚一怔，忽然间有些心疼。他喉结滚了滚，嗓子有点儿哑，说："我也想。"

他想再看看她拍戏时自信十足、意气风发的模样。

第八章　好久不见

许稚意对电影有种特别的感情。

她很小便接触电影，他们家有一间很大的影音室，许稚意一个人在家时，会经常躲在影音室里看电影。那会儿，她便幻想过自己出现在电影里的场景。

许稚意的父母很忙。那时候，许稚意的母亲在国内待的时间虽然比现在多，但和正常家庭比起来少之又少。而许稚意的父亲是个热衷于到处采风的艺术家，也总往外跑。最初，他们会轮流在家陪自己、照顾自己，但两个人工作的特殊性让他们能待在家里的时间越来越少。许稚意的外公外婆在国外居住，很少回国，爷爷奶奶在乡下，对大城市的环境不适应，也很少过来。

在父母越发忙碌的时期，她大多数时间是跟照顾她的阿姨一起度过的。

许稚意小学毕业时，父母离婚。许稚意被判给了各方面条件都更好的江曼琳。但江曼琳的事业在国外，许稚意不愿意去，因此开始了独居生活。一日三餐虽有人照顾，但那终归不是自己的亲人，许稚意有很多话、很多事，也没办法跟照顾自己的阿姨说。

每天放学回家，许稚意写完作业，睡不着的时候就会习惯性地往影音室走。

她羡慕被所有人关注的知名艺人，羡慕他们能得到那么多人的喜欢，也羡慕他们能在电影里演绎不一样的人生。许稚意很想体验各种不同的生活。

因为看得多了，她爱上了电影。无论是高兴还是不高兴时，只要看场电影，她就能让自己的心情回归平静，甚至能想明白很多事。这也是许稚意会瞒着江曼琳报考电影学院、进演艺圈当演员的原因。

她有想被大家关注和宠爱的私心，也有一颗喜欢电影的赤诚之心。她也希望自己拍出来的电影，能让观众看得开心，也能在他们不开心的时候帮他们赶走烦恼，让他们心情放松，觉得宁静、舒服。

许稚意听到周砚的话，鼻子酸了起来。她咬着唇，轻声说："你再等等我。"

周砚轻声笑，不想把他们的通话弄得过分伤感、煽情："好，多久都等。"

许稚意"嗯"了一声，道："谢谢男朋友体谅。"周砚笑了。

两个人没聊多久，知道周砚还在饭局，许稚意早早挂了电话。

挂了电话，许稚意紧盯着窗外掠过的夜色看。黎城很美。近几年，黎城发展得很快，高楼大厦耸立，格外让人瞩目。看了一会儿，许稚意正准备给焦文倩发消息，焦文倩的消息先进来了。

焦文倩："明天'真行'要宣布代言人了，你的互动视频拍好了吗？"

许稚意："拍好了。"

焦文倩："行！早上十点记得转微博。"

许稚意："知道啦。"

翌日上午，许稚意抽空登录微博，转发"真行"短视频 App 的微博。

"真行"宣布代言人不久，许稚意成为"真行"短视频 App 代言人的消息冲上热搜，点进去就能看到许稚意为"真行"拍的短视频代言宣传视频。许稚意换了好几套衣服，元气少女、清纯校花和性感女神等风格都有，什么风格都能掌控。

宣传视频一出，不少粉丝激动不已。

"好美好美！"

"以后稚意常驻'真行'了吗？能多给我们看看你吗？"

"黑长直发和白裙子，我太喜欢了！"

"只有我喜欢红唇吗？我永远爱性感姐姐！"

粉丝和部分网友分外热情。许稚意看了看粉丝的评论，忍俊不禁。刷了一会儿，她把手机给蒲欢，专注地看剧本。

拍完戏收工，焦文倩给她汇报好消息——"真行"App 宣布代言人后，今天 App 的下载量暴涨，宣传视频的播放量已突破百万。

焦文倩不得不承认，自从许稚意开始上综艺、接代言后，知名度在嗖嗖嗖地暴涨。

没有人能拒绝许稚意这张脸。

之后几天，"真行"App 的下载量依旧迅速增长，许稚意的人气再一次被大家看到。

许稚意自己没有太大的感觉，但焦文倩有。很多品牌方第一时间找上焦文倩，找许稚意代言、参加综艺。考虑许稚意有闭关的习惯，焦文倩拒绝了一些不是那么有价值的邀约，留下了几个还不错的找许稚意商量，看她有没有时间抽空出来拍摄。

许稚意毫不犹豫地拒绝。

焦文倩问她："全部拒绝？"

许稚意点头："杀青后可以接，杀青前除了必要的活动，我都不参加。"

焦文倩无奈："有钱不赚？"

许稚意失笑："我是演员，赚钱固然重要，但拍戏更重要。"

"行吧。"焦文倩也知道她的个性，"我跟品牌方沟通一下，如果对方愿意等你杀青后再拍，你接吗？"

许稚意点了点头："那可以接。"

焦文倩："明白了，这些交给我，你安心拍戏。"

许稚意应声，正要挂电话，焦文倩忽然喊了她一声："周砚的电影票房破十亿元了，你知道吧？"刚上映一周，《小角色》的票房已经突破十亿元，甚至还在稳定地增长。

许稚意："我知道，今天看到微博了。"

焦文倩"嗯"了一声，问道："周砚最近没再跑商演了吧？"

许稚意顿了一下，失笑地问："你是想问他会不会来给我探班？"

焦文倩："是的，他去探班前你跟我说一声，我必须时刻做好战斗准备，你懂吧？"万一他们被拍到了，她要第一时间进行公关。

许稚意哭笑不得："不用担心，周砚准备光明正大地来探班。"

"什么？"焦文倩不解，"你们准备公开了？"

"不是。"许稚意提醒她，"你是不是忘了跟我搭档的男演员是谁？"

焦文倩瞬间明白了，沉默片刻，还是叮嘱："那你们也小心点儿。"

许稚意："知道。"

周砚来探班这天，许稚意被安排了十几场戏。前几天，她刚请了假去录了《你想要的故事我都有》的最后几期。录完回来，堆积的戏就多了。

看到自己满满当当的拍摄安排，许稚意揉了揉眼睛。

孟双突然从一侧跑来："稚意姐。"

许稚意抬头看她："怎么了？"

"找你对戏，"孟双笑着说，"你今天的戏好多啊。"

许稚意点头，叹了口气，说："是啊，欠下的债总是要还的。"

孟双笑，拍着她的肩膀说："没事没事，拍完就好了。"

"嗯。"

对完戏，两个人在旁边闲聊。

"稚意姐。"孟双眼巴巴地望着她，小声问，"周老师什么时候来给你探班啊？"

许稚意失笑："不知道。"昨晚，她跟周砚打了个电话。周砚最近也不轻松，和她一样忙得脚不沾地。到昨天晚上，周砚才告诉她，他差不多忙完了，有几天休息时间，问她方不方便来给她探班。许稚意看着自己密密麻麻的拍摄安排，如实告知，她最近安排的戏很多，可能没时间陪他。

周砚听着，说再考虑考虑。

许稚意自然而然地认为，周砚还得过几天再来。

孟双听着她给出的答案，哼哼唧唧地问道："我什么时候才可以现场看到你们同框啊？"

许稚意正要回答，另一边忽然传来了惊呼声："天哪，周老师来了！"

听到工作人员的声音，许稚意和孟双对视一眼，动作一致地转头看向入口。察觉她的目光，不远处跟段滁站在一起，和其他人打招呼的周砚，抬起眼皮朝她这边看了过来。

午后的阳光闪耀，有些刺目。他英姿笔挺地站在阳光下，令人无法忽视。

许稚意和他的视线交会片刻，睫毛轻颤，克制地挪开了目光。看到她躲闪的表情，周砚敛睫笑了，跟着收回视线。

注意到二人的细微互动，孟双控制不住地抓住许稚意的手。她想尖叫！她以前还疑惑，这两个人为什么在活动上碰到都没有互动，大家都没发现他们的猫儿腻，原来眼神才是他们交流的信号。

感受着孟双的力道，许稚意哭笑不得："双双，冷静。"

孟双哼哼唧唧："冷静不了，我好激动。"她在努力地控制自己的声音。

许稚意弯了弯唇，咳了几声："你再不淡定，大家都要注意到我们了。"

孟双顿了一下，环顾四周，发现所有人都在看她们。

她抿了抿唇，小声说："可是就算我不激动，大家的注意力也在你和周老师身上啊。"

许稚意感受着众人探究的目光，轻轻地"嗯"了一声。

孟双"扑哧"一笑。

另一边，段滁看着不远处的许稚意，嘲笑周砚："你真惨。"周砚睇他一眼。

跟袁明志打过招呼，周砚笑着问道："没有打扰袁导拍戏吧？"

"你说呢？"袁明志睇他一眼，笑着拍了拍周砚的肩膀，"电影不错。"

周砚笑："谢谢袁导。"

袁明志赞许道："继续努力。"

"好。"

二人正聊着，袁明志忽然问："我们的女主角呢？"

许稚意还没来得及出声，工作人员道："稚意姐，袁导喊你！"

众目睽睽下，许稚意不得不往周砚他们那边走去。

她刚站定，袁明志看了她一眼："周老师来了，怎么不打声招呼？"

袁明志没给她开口的机会，问周砚："不用我介绍了吧？"

周砚目光灼灼地看着许稚意，勾了勾唇说："不用。"他顿了顿，在大家期盼的目光中说，"我们很熟。"

闻言，工作人员纷纷倒吸一口气。

工作人员都瞪大了眼，不可置信地望着周砚和许稚意——

他们听到了什么？周砚说和许稚意很熟？是他们想的那个熟吗？

孟双更是激动地抓着助理的手，努力把自己激动的情绪往下压，唯恐自己暴露什么。

许稚意也因为周砚的话惊讶了片刻，扫了一眼对面一脸坦荡的人，淡定地应着："周老师说得没错。"她朝他伸出手，"又见面了。"

周砚一笑，在众目睽睽下伸手和她紧握了几秒。

段滁在旁边打圆场："袁导，他们合作过两部电影，肯定熟。"

"那倒是。"袁明志含笑点头，看向许稚意，"那你们叙叙旧。"

众人恍然，原来周砚说的"熟"是这个熟。当然也有作为"中意"粉丝的工作人员不相信周砚说的"熟"会这么简单，但目前为止，他们也确实看不出更多的东西。

寒暄过后，袁明志没和年轻人凑在一起。

周砚被几个工作人员喊住，问能不能给几张签名照。周砚应下。

许稚意在旁边看了片刻，收回视线。她准备平心静气地看剧本，不受漂亮人物吸引。

"姐。"蒲欢这会儿才缓过神来，贴在许稚意旁边嘀咕，"砚哥刚刚那话吓死我了。"她差点儿以为他们要公开。

许稚意："真吓到了？"

蒲欢点头。许稚意拿剧本敲了敲她的脑袋："我怎么感觉你挺开心的呢？"

闻言，蒲欢无辜地看向她："我哪有？"

"你有。"许稚意垂下眼说，"我感觉到了。"

蒲欢有口难辩，只能如实告知："好吧，我承认是有点儿。"这样她就能喊全世界的"中意"粉丝和她一起光明正大地开心了。

许稚意笑了一下。蒲欢瞅着她："姐，不去跟砚哥叙叙旧吗？"

许稚意扬眉，朝旁边看了一眼："先不去，他周围那么多莺莺燕燕，不差旧人。"

蒲欢无语：她怎么听出了酸味呢？

周砚还在给工作人员签名，郑元带着周砚让他订的下午茶过来了，奶茶、咖啡和甜品全都有。工作人员激动不已，看向周砚："谢谢周老师。"

"谢谢砚哥！"

"今天有福了！可以发个朋友圈吗，袁导？"

袁明志剧组的工作人员口风都很紧，即便是知道什么，也不会往外说。他们进组前便签好了合同，谁要是往外爆了剧组的料，那袁明志的剧组再也不会用他。

听到这话，袁明志摆摆手："这个不用问我，问你们周老师。"

众人齐刷刷地转头看向周砚。

周砚看了一眼不远处的许稚意，微微一顿，说道："可以。"

工作人员保证道：

"我们只拍食物！"

"对对对。"

周砚笑着道："好。"

其实就算他们拍到了周砚也没问题。一来，他都光明正大地来探班了，自然不怕曝光。再者，他是打着给段滁探班的旗号来的，曝光了也无关痛痒。

签完名，周砚向还在休息的许稚意走去。敏锐的工作人员关注着情况，眼睛都不敢眨，唯恐自己错过什么。谁料，周砚只客套地和许稚意聊了两句，连衣袖都没碰到。

两个人之间的距离起码有一米。

几个"中意"粉丝凑在角落里聊天：

"哎哟！我好想去推周老师一把。"

"你以为我不想吗？"

"他们都再次同框了，为什么不能再靠近一点儿？"

"周老师给我上啊！不上不是男人。"

"嘘，小点儿声，那边听见了怎么办？"

"你说他们到底有没有戏啊？"

"不知道啊，我们也听不清他们在说什么。"

许稚意虽然也听不见工作人员的议论声，但能感觉到此刻有很多双眼睛在看着他们。她看向周砚，抿了抿唇说："你也不怕被发现？"

周砚的眸子里闪过一丝笑意。他低声问："吓到你了？"

"那倒没有。"许稚意了解周砚，他最多就是逗一逗大家。如果要公开，他不可能不跟自己商量。在这一点上，他尊重她。

周砚弯了弯唇，叹息道："怎么办，小许同学？"许稚意瞥他。

周砚环顾左右，轻声说："我有点儿等不及了。"

"那你也得等着。"许稚意不讲理地说。

周砚语塞。

安静了一会儿，许稚意道："周老师，你能不能去找别人玩会儿？"

周砚挑眉："找谁？"

"段老师。"许稚意扬了扬手里的剧本，"我要看剧本了。"

周砚："我不打扰你，你看吧。"

许稚意睃他一眼，咕哝道："可你站在这里，我的注意力不受控制。"它总会下意识地跑到周砚身上。周砚明白她话里的意思，扬了扬唇，插进风衣口袋里的指腹摩挲着，有些说不出的心猿意马。如果周围没有人，周砚真想将她拽入怀里，吻她。

许稚意感觉到周砚看自己的眼神不太对，默默地垂下了脑袋。

看剧本，看剧本。她给自己洗脑，专注于眼前的剧本。

周砚看着她躲闪的模样，眼眸里闪过一丝笑意。

终归舍不得多打扰她，周砚看了她半响，转身走向段滁。

周砚的探班，没让《春生》剧组发生多大变化。除了最初工作人员激动了一阵儿，一切如常。

网上的情况却大不相同。周砚来探班这事，记者在剧组门口拍到了照片，他们还没来得及发，先有娱乐博主曝光了《春生》剧组工作人员分享在朋友圈的照片，说是周砚来给段滁探班，请全剧组的人吃甜品、喝下午茶。

爆料一出，周砚的粉丝第一时间说明，周砚和段滁是知根知底的朋友，去探班很正常。但立即有人指出：《春生》剧组除了有段滁，还有许稚意啊！周砚这个刚明确表示想跟许稚意合作的人，该不会用给段滁探班的借口，偷偷去看许稚意吧？

顷刻间，周砚的粉丝和"中意"粉丝开始了新一轮的辩论赛——

周砚的粉丝觉得"中意"粉丝也太能臆想了，周砚说是给段滁探班就是给段滁探班，见到许稚意只是碰巧罢了。"中意"粉丝觉得周砚的粉丝就是在给自己洗脑，之前段滁进组拍戏，周砚什么时候给他探过班？两个人关系是不错，但周砚这个人懒得要命，也不爱社交，鲜少去片场给人探班。

激动的粉丝在争论，冷静的粉丝在默默地激动——周砚给段滁探班，四舍五入就是给许稚意探班！况且，有可能周砚此次探班的重点就是许稚意，探班段滁才是顺便。

周渺渺刚睡醒，便看到了这劲爆的消息。她激动地从床上蹦起来，噼里啪啦地给周砚发消息。

周渺渺："哥！你给小嫂子探班去了？"

周渺渺："你最近有出息了啊？"

周渺渺："哥！给我拍张小嫂子的照片吧，好久没看到她了，想看！"

许稚意和段滁的对手戏正式开始拍摄，周砚老老实实、安安静静地坐在袁导旁边观摩，根本没注意到周渺渺给他发的消息。

一场戏后，袁明志看向周砚，问道："感觉如何？"

周砚毫不吝啬对许稚意的夸赞，认真地说道："非常不错，许老师带段滁入戏了。"

袁明志扬眉："这都能看出来？"

周砚点头："不信您问段滁。"

段滁和许稚意正在往这边走，准备看看刚刚那场戏。刚走近，他们便听到了周砚和袁明志的对话。许稚意有点儿尴尬，段滁倒是坦然，爽快地说："确实，刚刚是稚意带我入戏的。"他看向周砚："你要不改行做导演算了？"

周砚弯了弯唇："好建议。"

段滁语塞。

许稚意失笑，温声道："没那么夸张，我们是互相带对方入戏。"

听到这话，周砚皱了下眉。察觉周砚的变化，段滁故意刺激他："确实。我们互帮互助，周老师跟稚意合作过，应该懂吧？"

周砚并不想懂，给段滁一个警告的眼神。段滁耸耸肩，一点儿也不怕他。

周砚在片场看许稚意拍了几场戏后，便先走了。他还有点儿事要处理，许稚意的戏要晚上九点多才结束。他探班不可能那么长时间，太诡异了。

周砚走后，许稚意没多大变化，如常拍戏。倒是孟双在今天的戏份儿结束时朝许稚意眨了眨眼，意思很明显，提醒许稚意要签名照。许稚意点头。她没忘记。

许稚意在片场奋斗，周砚倒也没闲着。他之所以今天过来，一方面是想见许稚意，不想再等了；另一方面是见章嘉良导演，章嘉良是周砚和许稚意合作的第二部电影的导演，最近正好在黎城，想和周砚见个面，谈点儿事。见面的地点在黎城郊区，章嘉良的家里。

周砚到的时候，章嘉良已经等待许久了。看到周砚，章嘉良笑了笑："你怎么一点儿都没变？"

周砚莞尔，看向他："章导您不也一样？"

"我哪里没变，老了。"章嘉良摇头，叹了口气，示意周砚坐下，"感觉身子骨不行了。"章嘉良其实还不到六十岁，但因为常年在外奔波的缘故，整个人看着有些显老，挂着大胡子，精气神也不是很足。

周砚有两年多没见到他了。当初《一厘米距离》上映后不久，章嘉良便说要出去散散心、找找灵感。谁承想，这一找就是两年多，他这位国际大导演，也两年多没拍戏了。

临走前，周砚因缘巧合地跟章嘉良见了一面。听到章嘉良的话，周砚心里酸酸的。他看着面前的大导演，好像真是老了不少。

"章导，您多注意身体。"周砚看他面前的酒杯，笑着说，"这酒今天就别喝了。"

章嘉良看他："行，今天听你的。"

周砚颔首："谢谢章导给我面子。"

章嘉良瞥他："给稚意探过班了？"原本章嘉良是约周砚下午去钓鱼的，但周砚说要先去给许稚意探班，再来他这边吃晚饭。章嘉良从不是棒打鸳鸯的人，自然答应。

他是最早发现他们两个人在一起的。其实从选角的时候开始，章嘉良就知道，这俩人有戏，无论拍不拍那部电影，他们都会在一起。但拍了，他们会更坚定地想和对方在一起。

事实证明，确实如此。

思及此，章嘉良捧着杯子喝了口茶，说："很久没看见稚意了，我听说她这两年的状况不太好？"

周砚应声："是有点儿运气不好。"

章嘉良笑笑，看向窗外说："人这一辈子啊，总有运气差的时候，熬过来就好了。"

他看着周砚，道："否极泰来。"

周砚点头："我也这样认为。"她只要不被坏运气击垮，未来的路一定会更平坦顺畅。

章嘉良莞尔："她在哪位导演的剧组拍戏？"他不怎么看新闻，也不上网，很多事都是听身边的人说起的。

周砚："袁明志导演那边。"

章嘉良一愣："电视剧？"

周砚"嗯"了一声。

章嘉良微怔，用手指摩挲着玻璃杯，缄默了片刻才说："袁导的戏也不错。"他顿了一下，笑着说，"你方不方便？"

周砚一愣："您说。"

章嘉良："我其实还挺想跟稚意见个面的。"

闻言，周砚毫不犹豫地说："章导，在稚意的事情上，我没有不方便的。"

章嘉良欣慰地一笑，想了想，说道："也是。看看稚意哪天戏份儿少，我去给她探个班，约她吃个饭，如何？"

周砚："我和她说。"

章嘉良："行。"

这事定下后，章嘉良跟周砚闲聊："跟我说说这几年稚意遇到的事吧。"

周砚："好。"

与章嘉良吃过饭，谈完事，周砚才起身道别。章嘉良不喜欢那些客套的事，摆摆手看他："定时间了过来接我。"

"行。"周砚答应下来。

回去的路上，周砚归心似箭。他掏出手机，盯着自己和许稚意的聊天对话半晌，没忍住给她发了几条骚扰信息。可惜的是，许稚意没回。周砚倒也不是很在意，点开下午周渺渺发来的信息看了看，面无表情地回复："没有。"

周渺渺："为什么？"

周砚："没空给你拍。"

周渺渺："你是人吗？"周砚这也太小气了吧。

周砚："你说不是就不是。"

周渺渺无语："你知不知道你们俩下午又上新闻了啊！哥，你现在胆子真的有点儿大，我求求你，要是你跟小嫂子准备公开了，一定要提前告诉我行吗？"

周砚："为什么？"

周渺渺："赚钱啊！这种劲爆的消息不值得爆出去赚钱吗？肥水不流外人田，你懂吧？"

周砚："不懂，安心学习。"

周渺渺："哼。"

周砚没再和周渺渺聊下去，很快结束了对话。

郑元借着后视镜看了他一眼，喊道："砚哥，我们是回酒店还是再去片场？"

周砚思忖了一会儿，说："酒店。"他再去片场不合适。

郑元应声。周砚是打着给段滁探班的旗号来的，订的酒店自然也和段滁的是一家。郑元开着车，光明正大地进了酒店停车场。

这家酒店的管理不错，没有房卡的人不能刷电梯上楼，私密性也不错。周砚在顶楼订了套房，径直过去。郑元看他没什么事交代，先回了自己的房间。

周砚无所事事，在房间里转了一圈才等到女朋友的回复："还有最后两场戏，你回酒店了吗？"

周砚："嗯，要不要我去接你？"

许稚意自然是想的，但觉得就今天的情况来看，剧组周围应该会有很多狗仔和粉丝。想到这一点，她拒绝了："算了，下次吧。我待会儿就回来了。"

周砚："行。"

拍完最后两场戏，许稚意匆匆忙忙换下戏服，拽着蒲欢往外走："走走走，回去了。"

蒲欢看着她的样子，忍俊不禁："姐，你也太喜形于色了。"

"有吗？"许稚意挑眉，一本正经地说，"收工了，我高兴呀。"

蒲欢："你别以为我不知道。"

许稚意睨她一眼，强词夺理地说："你知道什么呀？"她朝蒲欢伸手，要明天的拍摄安排，蒲欢递给她。

许稚意一看，眼睛一亮："明天十点半才有我的戏啊！"

蒲欢缄默三秒，凑在她的耳边小声说："你让砚哥小心点儿。"

许稚意看她。

蒲欢摸了摸鼻尖："别留下痕迹。"

许稚意耳根子一红，没好气地瞪她一眼："说什么呢？"

蒲欢："反正你知道我说的是什么。"这么久没见面的小情侣，干柴烈火很正常。蒲欢早就明白了。说真的，要换作她有个这么帅的男朋友，估计每天都会满脑子的不健康思想。思及此，蒲欢再次叹气："姐，我也想谈恋爱，你说我过年前有希望找到男朋友吗？"

许稚意算了算，现在距离过年也就两个月的时间了。她摇摇头，如实告知："我觉得没有。"

蒲欢："……"

到酒店楼下，许稚意慢悠悠地给周砚发消息："周师傅。"

周砚："到。"

许稚意："在房间？"

周砚："嗯，你上来还是我下去？"

许稚意："我上去吧，我那一层全是剧组的演员。"

周砚："等你。"

许稚意先回了自己的房间。本来，她想洗个澡再上去的。可转念一想，她什么样子周砚没见过啊？想到这儿，许稚意作罢。

走到电梯门口时，许稚意才想起周砚没给她房卡，她去不了那一层。许稚意挑了下眉，正欲给周砚发消息，面前的电梯门先开了。

"许老师。"熟悉的声音在她的耳畔响起。许稚意一愣，错愕地抬头。

周砚正靠在电梯壁上，姿态慵懒地望着她，问道："走吗？"

许稚意眼睛一亮，压着上扬的唇角："走。"她迈进电梯，还没靠近，手先被周砚攥紧。许稚意感受着他宽厚的掌心传递过来的温度，无声地扬了扬唇。

"周老师，"她小声说，"半分钟就到房间了，你就不能等等再牵？"

周砚"嗯"了一声，嗓音低沉地说："不能。"

他偏头，唇瓣擦过她的耳畔，明目张胆地说："等不了。"他着急。

这个点用电梯的人少，两个人畅通无阻地抵达顶层。

顶层的套房比许稚意的房间大了不知道多少倍。只不过，她还没来得及参观，就被周砚抱着坐上了门侧的鞋柜，他滚烫的唇贴近，吻落下。

许稚意的睫毛一颤，她下意识地抬手，环住他的肩膀。

和蒲欢所想的一样，小情侣太久没见，都有些心痒难耐。此时此刻，他们只想跟对方拥抱、接吻。只有这样，他们才能更深刻地表达出自己对对方的思念。

周砚吻得很凶。许稚意呜咽了几声，舌尖刚试探地探出，就被他捕获，轻轻咬了一下。她发不出声，只能被迫承受。吻了不知道多久，在许稚意要喘不过气来时，他才稍稍温柔了些，给她喘气的空间。可顷刻，他又再次俯身堵住她的唇。

两个人分开时，许稚意的唇是红肿的。周砚的唇上也沾了她的口红。

房间里开着灯，周砚目光灼灼地看着她，看着面前这张让自己魂牵梦萦的脸。

他抬手，用指腹擦过她的唇瓣，拭去留在上面的水渍。许稚意睫毛一颤，下意识地张嘴咬住他的手指。

周砚深情地看着她："松口。"

"不松。"许稚意含混不清地说道，"周砚。"

"嗯？"周砚挑眉，嗓音低哑，"怎么了？"

许稚意抬眼，撞进他的眸子里。不知道是不是错觉，许稚意隐约觉得，他的眸中有压抑的欲望。二人眼神纠缠片刻。许稚意默默地往后撤，觉得很危险。她不能再撩拨周砚了，再撩拨下去，明天估计都去不了片场。

"想你了。"许稚意当着他的面说，"我们今晚做什么？"

这个问题，让周砚一瞬间不知道该怎么回答。他思忖半晌，把主动权交给许稚意："你想做什么？"

许稚意微顿，将环着他脖颈的手渐渐收紧，贴在他的耳畔说了两个字。

话音刚落，她被周砚抱起，放在床上，紧跟着，他欺身而上。

房间内只留了一盏温暖的小灯，不会让许稚意觉得刺目。床褥柔软且温暖，让她觉得舒服。许稚意感受着面前男人的热情，不由自主地回应着他。

她是个很直接的人，鲜少扭捏。她想感受他的一切，看他亲吻自己的模样，听他因为自己而过快的心跳声和喘息声。

他们缠绵在一起，谁也无法分开。

她喜欢用最原始的方式表达自己的思念，倾诉自己的感情。

两个人吻得难舍难分，声音交织在一起，像舞台上的低吟浅唱，悦耳动听，婉转撩人。

"去浴室……"亲着亲着，许稚意提醒周砚，她今天拍了一天戏，还没洗澡，觉得自己脏脏的。周砚"哈哈"一笑，想说自己不介意，但考虑到许稚意的脸皮薄，还是将人半抱着走进了浴室。

花洒打开。

衣服早就被丢在外面，浴室里雾气氤氲。不知何时，让人看得不那么真切了。磨砂玻璃外，只有影影绰绰的两个人交缠在一起的虚影。两人谁也不舍得将对方推开，缠绵着拥抱在一起。

浴室里的水声好像变大了一些。

在许稚意承受不住时，周砚拉过一侧的浴巾将人裹住，重新抱回床上，继续吻她。许稚意睫毛一颤，有些后悔自己刚刚在周砚耳边说的话——这人没完没了了。

"周——"许稚意的嗓音有点儿哑，她刚一开口，便重新闭上了嘴。

周砚低声应着，用鼻尖压着她的脸颊："什么？"

"没……"许稚意羞窘着道。周砚看着她红了的脸颊，勾了勾唇，在她心口的位置吻出痕迹。好似只有这样，他才能更好地证明自己的存在。

半夜。

许稚意蜷缩在周砚的怀里听着窗外呼呼作响的风声。她算了算，再过不久，便是冬天了。以前，她最喜欢秋天。后来她最喜欢的季节变成了冬天。

她正走神，周砚低头注视着她，嗓音低哑地开口："在想什么？"

许稚意睁开眼看他，将白皙的手臂搭在他的肩上："在想冬天要来了。"

周砚微顿，一下一下地吻着她的唇，应声："有什么想做的事？"

许稚意思忖了几秒："想和你回拍摄地看看。"

他们合作的两部电影，第一部的拍摄从冬末开始，到炎夏结束；第二部的拍摄从初秋开始，到隆冬结束。那一年，他们在一起度过了整个春夏秋冬。

听到她的话，周砚也有些渴望。

"好。"他捧着许稚意的脸，有一搭没一搭地亲吻着，低声问，"我是没问题，你可以抽出时间？"

"杀青就可以了。"许稚意白了他一眼，轻哼，"别小看我。"

周砚倏然一笑，将人拥得更紧："不敢。"他怎么敢小看她？

两个人窝在被子里，絮絮叨叨地说了会儿话。他们见面的时间实在太少，所以想把一夜掰成两夜用，跟身旁的人多说点儿话，只有这样，才会有更多的拥有对方的感觉。

"意意。"许稚意打着哈欠，正想说睡觉的时候，周砚忽然喊了她一声。

许稚意眨眼："嗯？"

周砚垂眼说道："我今天下午去见了章导。"

"哦。"许稚意顿了一下，"你之前说要见的导演是他？"

周砚去之前跟她说过，要跟导演吃个饭、谈谈工作。许稚意向来不会对周砚的行程打破砂锅问到底。他们都会给予对方私密的空间。就算是问，他们也不会问得太仔细。所以她并不知道周砚下午去见的是章嘉良。

周砚颔首。

许稚意算了算时间，轻声说："我都好久没见过章导了，他的身体还好吗？"

周砚笑了下："还不错，看上去挺硬朗的。"

许稚意扬眉："那就好。"

周砚捏了捏她的耳朵，低声问："想不想跟章导见个面、吃个饭？"

许稚意一愣，抬起眼看周砚，第一时间明白过来："章导想见我？"

周砚点头。

"你搭的线？"许稚意问。

周砚笑而不语，看着她缄默片刻才说："你觉得我这么厉害？"

许稚意没搭腔，但听出了周砚的话外之音：不是他搭的线。不说他现在有没有这个本事给章嘉良和自己搭线，就算是有，他也不会做。

"对不起。"许稚意乖乖地道歉。

周砚挑眉："嗯？"

对着他的眼神，许稚意拉了拉他的睡衣，小声说："误会你了。"

周砚摸了摸她的脑袋，直接问道："他问了问你这两年的状况，说有段时间没见到你了，想见见你，你觉得呢？"

"好啊，我没问题。"许稚意点头，看向周砚，"哪天？"

周砚："章导说看你的时间，你哪天戏份儿比较少，我们一起吃个晚饭？"

许稚意："好，我明天看看。"

周砚"嗯"了一声，摸着她的脑袋哄着："我们家稚意——"他顿了顿，倏然一笑，接着说道，"运气会越来越好的。"

许稚意朝他眨眨眼，自信地道："我也这么觉得。"她为还没降临的好运已经积攒了很多实力。只要运气到了，她一定能用自己的实力去拿到自己想要的东西。

谁也不知道落在自己头上的好运何时会来，那么就在来之前，努力地做好充足的准备吧。只要你够努力，好运早晚会来。这是许稚意时刻记着的一句话，也是她在挫败期用来鼓励自己的一句话。每个人的好运气和坏运气都是平衡的，一定要相信，否极泰来。

之后两天，周砚不知道在忙什么。

许稚意早晚都在片场，过着片场和酒店两点一线的生活。

周五这天，许稚意要跟章嘉良一起吃饭。周砚提到章嘉良想见她的次日，她便看了拍摄安排，也跟袁明志确认过，这天不会再加其他戏，她下午五点拍完就能走。

不知道是不是晚上要见章嘉良的缘故，许稚意从早上开始就有些紧张。到下午，这种紧张感加剧，更是让她不断地喝水。别人紧张是上厕所，许稚意紧张是喝水。

蒲欢看她这样，哭笑不得："姐，你真的这么紧张啊？"

许稚意点头："我们的电影上映后不久我就没见过章导了，你说我紧不紧张？"

更重要的一点是，她总觉得章嘉良看自己的眼神怪怪的。她之前有过诸多猜测，但都没好意思说出来。当然，现在她也不好意思讲。

蒲欢失笑："放松，还有三场戏，拍完就好了。"

许稚意"嗯"了一声，说："我去找袁导聊聊下场戏的想法。"只有这样，才能分散她的注意力。

"袁导。"许稚意走到袁明志旁边，"给我说说戏？"

袁明志瞅着她："今天怎么需要我说戏了？"

许稚意："紧张，看不出别的东西。"

"紧张什么？"袁明志莞尔，好奇地问，"今天不是说有约要去吃饭？跟谁呢？"

之前他没问，许稚意也没说。

许稚意笑笑，张嘴道："跟章……"

后面的话还没说出来，站在她旁边的袁明志忽然"哎哟"了一声："谁把章导请来了？"

许稚意一愣，顺着袁明志的视线看去，看到了被周砚搀扶着走进来的章嘉良。她下意识地揉了揉眼睛，唯恐自己眼花了。

"章导。"袁明志第一时间迎了上去，微微弯下腰说，"您怎么来了？"

章嘉良和他握了握手，笑呵呵地说道："我听说你们在这边拍戏，过来看看。"

袁明志："那可得请您多指导指导。"

袁明志虽是电视剧金牌导演，作品的口碑和收视率极佳，可在章嘉良面前还是后辈。圈内很多厉害的电影导演和电视剧导演见到章嘉良都得乖乖听训，听他的教导。

"老了。"章嘉良摆摆手，开玩笑道，"指导谈不上，今天过来也不是来指导你拍戏的。"

袁明志愣了一下，忽而明白过来。他看向许稚意，迟疑道："您这是为了稚意来的？"

章嘉良没接话，抬起眼看向不远处傻愣愣地站着的人，喊道："稚意。"许稚意回神。

章嘉良说："不认识我了？"

许稚意眼眶微热，抿着唇笑了起来。

"怎么敢？"她加快脚步走过来，站在章嘉良面前，"章导。"

章嘉良打量了她片刻，点点头说："不错，越来越漂亮了。需要章导的拥抱吗？"

许稚意："要。"

两个人短暂地拥抱了一下，分开后，章嘉良说："来，扶我过去，我看看你现在拍戏的状态。"

许稚意和一旁的周砚对视了一眼，轻声道："好。"

章嘉良一来，片场的整个氛围都变了。袁明志虽然是知名导演，但没什么架子，和大家也都很熟，大家看到他不至于产生敬畏的感觉。

可章嘉良不同。章嘉良近几年近乎销声匿迹，没任何消息。很多媒体甚至说他已经退圈了，周砚和许稚意合作的那部电影，便是他留给大家最后的作品。那部作品会在大家心目中留下如此深刻的印象，一是演员选得好，且悲剧永远比圆满的故事更令人印象深刻；二是有传言说，剧本是章嘉良根据自己的真实经历改编的，原型也不是圆满的结局。这让更多的影迷和观众将这部电影视为自己心目中神圣而不可亵渎的白月光。

许稚意还没来得及跟章嘉良寒暄，就被章嘉良催促看剧本去了。她没辙，只能乖乖应下。一场戏拍完，许稚意跟小学生一样站在章嘉良面前，等他点评："章导。"

章嘉良看着她的模样，恍惚回到了四年前。他顿了顿，看向周砚："我先不点评，让周砚评价一下你刚刚的表演。"

许稚意和周砚对视了一眼。周砚笑道："我要是点评得过分了，许老师会生气吗？"

话音刚落，许稚意还没说话，章嘉良眉头轻蹙，道："叫什么老师？你们那么不熟吗？"

顷刻间，现场的工作人员和其他演员的目光齐刷刷地落在周砚和许稚意身上——章导这话是什么意思？是他们想的那样吗？

许稚意感受着从四面八方传来的探究的眼神，头皮发麻。她干笑了几声，看向章嘉良："章导，周砚要是喊亲密了，我们待会儿就要上热搜了。"

章嘉良拧眉："是这样吗？"

"确实。"周砚弯了弯唇，不紧不慢地说，"即便是听到一个小小的称呼，大家都能发散地想到很多故事。"

章嘉良没有微博，也不看微博，并不知道网络环境是这样的。他皱了下眉："那也别喊老师，我听着别别扭扭的。"

周砚含笑答应，一本正经地喊："稚意。"

许稚意警告地看了周砚一眼，让他注意分寸。周砚勾了勾唇，正色道："不错。"

章嘉良："就两个字？"

周砚："其他的得您来点评。"

章嘉良睨他一眼，摇摇头，说："会拍马屁了。"

周砚笑了笑，也不解释。

章嘉良看着面前精神紧绷的许稚意，想了想，说："我也觉得不错。"

许稚意松了口气。

章嘉良和袁明志讨论，指着许稚意："她的演技比几年前成熟了不少。"

袁明志颔首："确实。"他看过许稚意的电影，最初那两部演技都有些生涩。但那种生涩恰到好处地给电影增添了朦胧感，让人觉得更美好。

章嘉良没多说，更没耽误他们的拍摄进度。因为他在，所有演员都拿出十二分的演技。谁都想抓住机会，万一章嘉良再拍戏，说不定能想到自己。

五点，许稚意今天的拍戏任务结束。

章嘉良出现没多久，片场的工作人员便知道了，他是过来给许稚意探班的。大家在内心惊叹许稚意面子大的同时，不得不承认，这三个人站在一起，真的很容易让人回忆起《一厘米距离》里的很多片段。

跟袁明志说了一声，许稚意跟周砚一起扶着章嘉良走出片场，去了之前便定下来的餐厅。上车后，许稚意给没跟过来的蒲欢打了个电话，让她去订点儿吃的送到片场——自己出去开小灶了，总要顾及一下工作人员。许稚意在这些事情上向来很大方。

她挂了电话，章嘉良看向她："真长大了。"

许稚意一怔："章导您说笑了。"

章嘉良摇摇头，望着她说："在袁明志的剧组拍戏感觉怎么样？"

"还不错。"许稚意轻声道，"袁导剧组的氛围不错，大家相处得很融洽。"

章嘉良点点头："那就好，压力大不大？"

许稚意老实地说："有一点儿。"

两个人聊着，周砚亲自开车，时不时回头看一看他们。

章嘉良口味清淡，喜欢吃粤菜，他们订的餐厅是一家私房菜馆。他们还没到餐厅，许稚意先收到了焦文倩的消息。

焦文倩："章导给你探班了？"

焦文倩："你们晚上聚餐？"

许稚意敛睫，低头回复："嗯。在车里，怎么了？"

焦文倩："没怎么，我就是感觉……自己在做梦。"章嘉良自成名到现在，什么时候给演员探过班？许稚意或许是唯一一个。焦文倩到现在还有点儿不敢相信。有时候她不知道该说许稚意是运气太差，还是运气太好。因为这两者的极致，都被许稚意碰见过。

许稚意刚入圈，就被博钰选中，成为他剧本的女主角；第二部戏就被章嘉良选中，成为他电影的女主角。这两位在各自的领域都是佼佼者，偏偏都看上了许稚意。可之后一连串的事，又让焦文倩觉得许稚意真的运气太差了。没有哪位艺人像许稚意这样到顶峰后一直走下坡路的。到这会儿，焦文倩不知该如何界定了。

许稚意看着这句话，笑了笑，回复："真的，不是做梦。网上有我们的消息吗？"

焦文倩："暂时还没有，估计晚些时候会有。"

许稚意："嗯，有的话你跟我说一声。"

焦文倩："行，好好跟章导吃饭，无论是不是有工作要谈，他都算你的伯乐之一。"

许稚意："知道。"对章嘉良，她永远心存感激。

她结束和焦文倩的对话，车恰好停下。许稚意扶着章嘉良下车，三个人光明正大地往里走。如果只有周砚和许稚意，他们绝对不敢这样。但此时的情况不同。

看到两个人出现，工作人员都很讶异。章嘉良不是谁都认识的，但周砚和许稚意大多数人都认识，他们的电影、广告遍布全国。

"周……周砚？"有人喊。

周砚莞尔，颔首回应。

工作人员瞪圆了眼，不敢相信地看着他们——这是怎么回事？他们是公开恋情了，还是怎么了？

他们三个人坐进包间后不久，周砚和许稚意聚餐的消息不胫而走。

微博上，刷到照片和视频片段的网友震惊了：这是真的吗，他们真的一起去吃饭了？这是什么情况啊？

点好菜，许稚意看到焦文倩、蒲欢、盛檀以及倪璇转给她的链接。

许稚意无奈，一一回复："没公开，还有一位导演一起。"回应完，许稚意登录微博。

微博上，周砚和许稚意的粉丝还在震惊中没回过神。

"真的假的？"

"他们真的在一起了？"

"他们都光明正大地聚餐了，不就是在一起了吗？"

"有生之年。"

"等到了等到了，我等到'中意'公开恋情了。"

"他们只是一起吃饭，说不定就是普通聚餐好不好？"

"等等……你们没发现还有一个人吗？"

"啊？"

…………

看到网上的情况，许稚意和周砚对视一眼。

周砚微顿，第一时间想出办法。他看向章嘉良："章导，我跟稚意上热搜了。"

章嘉良喝了口水："怎么回事？"

周砚笑着说："有人拍到我们一起来餐厅吃饭的照片，都以为我们在谈恋爱。"

闻言，章导诧异地问道："难道不是？"这话问得让两个人瞬间噎住。

安静片刻，周砚跟他解释："我们谈恋爱这事，知道的人很少。"

闻言，章嘉良了然："打算什么时候公开？"

"再等等。现在还不是合适的时机。"周砚笑着跟章嘉良解释，"您帮我们一个忙？"

在网友议论得沸沸扬扬时，一年难得发一次私人微博的周砚上线了。几分钟后，网友看到了周砚新发的微博。他发了一张三人的合照，他们在一个不大不小的包间里，笑盈盈地望着镜头。

　　周砚：好久不见。

他没@任何人，但喜欢看电影的人都知道坐在周砚和许稚意中间的人是谁。

照片一经发出，很少冒泡的影迷纷纷现身：

"真的是好久不见！我的最佳男女主角终于再次碰面了。"

"@《一厘米距离》官博，什么时候改写结局？我要这两位在一起！"

"天哪！我有最新爆料，有人说今天下午周砚接章导去给许稚意探班了，他们该不会是要重新合作新电影吧？"

"章嘉良、周砚和许稚意，求求你们继续一起合作，这辈子都在一起我也可以。"

…………

许稚意还没来得及发微博，先看到了周砚的微博下迅速增长的评论。她笑了一会儿，问周砚："我还有发的必要吗？"

周砚："有。"

许稚意想了想："那我说什么？"

周砚还没回答，章嘉良道："你也说好久不见。"

许稚意弯了下唇，乖乖应下："好。"

在粉丝的期待中，许稚意也如大家所愿发了新微博，和周砚一模一样的照片，一模一样的文案。没什么特别的内容，可网友还是觉得甜——好久不见，甚是想念。

发完微博，许稚意没再看微博，把手机放在一边，和章嘉良边吃边聊。

章嘉良这几年都在外面，把祖国的大好河山走了大半。他看着他们二人，笑着说："你们一定要趁着年轻多出去走走，外面真的很大。"

周砚和许稚意应下。他们也想，但目前来说不太可能。

吃得差不多了，章嘉良看向许稚意，轻声问："拍完衷导这部戏后，有什么打算？"

许稚意微怔，认真回答："继续拍戏。"

章嘉良一笑："留在电视剧圈还是回电影圈？"

许稚意沉思片刻，轻声道："只要有好剧本，无论是电视剧还是电影，我都可以。"

闻言，章嘉良满意地点了点头："不错，现在有看到自己觉得还不错的剧本吗？"

许稚意点头："有是有，但不是特别喜欢。"在章嘉良面前，她向来诚实。

章嘉良应声，抿了口酒，问："想不想拍一部戏曲文艺片？"

许稚意微顿："您说。"

章嘉良笑道："不是我的电影。"他告诉许稚意，他认识的一位导演在筹备一部电影。那位导演三十多岁，目前没什么叫座儿的电影作品，但章嘉良在旅行中和那位导演碰过面，看过剧本，当时便觉得许稚意合适。只不过目前来说，那部电影的投资不会很高，许稚意不一定能拿到高片酬，整个剧组的配置也不会很好。

听章嘉良说完，许稚意没一口答应，而是思忖了半晌，说道："章导，我想先看看剧本，可以吗？"

章嘉良："当然，你有兴趣，我让那边的人发给你。"

"好。"许稚意说，"片酬不是问题，只要剧本好就行。"

章嘉良应声："可以的话，我希望你拍完这两部戏就把时间留给我。"

许稚意一愣，和周砚对视一眼。

章嘉良问道："你不会真以为我是纯粹来推荐朋友的剧本的吧？"

许稚意摇头。

章嘉良叹了口气，说："老了，趁着现在身子骨还可以，我想再拍两部电影。"他看着面前的两人，"我还藏着年轻时候的几个剧本，这辈子总想拍完。"

周砚和许稚意明白了。章嘉良问："怎么样，还想不想跟章导合作？"

"想。"许稚意点头，轻声说，"只要章导您需要，我随时可以。"

周砚附和。

章嘉良扬扬眉，故意逗她："不看剧本也可以？"

许稚意莞尔："章导，您总不会砸自己的招牌吧？"

章嘉良一时语塞。确实。他一向精益求精，不可能在这个年龄段，还故意拍烂片砸自己的招牌。他想拍的剧本一定是好的，更何况那是他自己写的剧本。许稚意猜想，剧本一定和他本人有很大的关系。既然是这样，她还有什么可担心的呢？

考虑章嘉良的作息，吃过饭，周砚和许稚意便将他送了回去。

回去的路上，许稚意也不怕被狗仔拍到，坐上了副驾驶座。再怎么说，她也不能把周砚当司机。

"周砚。"许稚意看了窗外的夜色一会儿，喊他。

周砚挑眉："要说什么？"

许稚意想了想："不知道。"她有很多话想说，但真的要说的时候，又不知道该如何开口了。可能是今天和章嘉良吃饭、聊天触发了她积压的一些情绪。

周砚侧眸，看了她的侧脸轮廓片刻，轻声道："我明天回北城。"

许稚意："这个时候，你还要说这么伤感的话题吗？"

周砚微笑，抬手揉了揉她的头发："难受？"

"一点点。"许稚意说，"章导真的老了很多。"

周砚点头表示认同。

许稚意不想聊伤感的话题，转移话题道："你说我要是喜欢章导推过来的剧本，我们不是没办法合作了？"

周砚挑眉："我可以毛遂自荐。"

许稚意看他："自荐什么？"

周砚："你的电影就算不要我这个男主角，总有个追求者男配角吧，我去自荐演男配角，总不会被拒绝吧？"

许稚意看了周砚半晌，小声嘀咕："谁敢用你这种地位的演员演男配角？你忘了章导说的吗？那个导演没钱。"

周砚"嗯"了一声，说："我不要钱。"

许稚意哭笑不得："那你要什么？"

"要女朋友。"周砚一本正经地回答。钱固然重要，但他不差钱，只想和女朋友在一个剧组。

闻言，许稚意努力压着上扬的唇角，翻了个白眼给他："你这么恋爱脑，你的粉丝知道会脱粉的。"

周砚："不一定。"

许稚意："怎么不一定？"

周砚："我恋爱脑的对象是你，他们应该不会脱粉。"周砚的粉丝之前还投过票，说如果周砚谈恋爱的话，哪个对象比较合适。当时那个投票，许稚意的票数遥遥领先。他们不承认也得承认，没人比她和周砚在一起更般配。

闻言，许稚意被逗笑。

"我还没说那次投票呢，他们投票经过我同意了吗？"她弯唇，嘴硬地说，"平日里说我，需要我的时候又把我捧高。"

周砚失笑："那我替粉丝跟你道歉？"

许稚意白他一眼："我才不要。"她理解粉丝的很多行为，只要不太过分，许稚意大多时候都不会生气，但偶尔会伤心，这是自然反应。她是个有七情六欲的正常人，看到负面评价肯定会有点儿难过。但她不会记粉丝的仇，更不会记周砚的仇。

两个人聊着天，不知不觉便回到市区，到了酒店楼下。下车前，许稚意看了一眼后面一直跟着他们的车，好奇地问："周砚，你说狗仔能跟我们上楼吗？"

周砚回头，和开车的狗仔对视一眼，吐出两个字："不能。"

看清楚他在说什么的狗仔，默默地踩了刹车。

看到周砚和许稚意保持着朋友间的距离进了电梯，狗仔们懊悔不已。

"周砚什么时候发现我们的？"

"你不如问许稚意什么时候发现我们的。"几个人对视，无言。

"这俩人都是人精。"其中一个狗仔说，"我跟了他们一路，他们肯定早就发现了。"

"那现在怎么办，我们拍到的还发吗？"

"什么都没拍到有什么好发的？"

"一晚上的时间就这么浪费了。"

几位狗仔坐在车内，怨气冲天。他们从周砚和许稚意送章嘉良回去时便跟着了，跟去郊区又跟回来，愣是没拍到什么劲爆的照片。

说没拍到照片吧，还是有的，可周砚和许稚意没有亲密的行为。再说，现在全网都知道他们三人一块儿聚餐，两位小年轻将长辈送回家然后一起折回酒店，合情合理。他们要是把这一路的照片曝光出去，打自己的脸不说，还会被网友骂。

多方考虑后，他们决定暂时不发。

走进电梯，许稚意忍不住笑了。

周砚瞥她："好笑？"

许稚意点头："你不觉得？"

"觉得。"周砚勾了勾唇角，淡淡地说，"他们在骂我们吧？"

"不管。"许稚意看了一眼电梯里的摄像头，眼睛弯了弯，"总比让他们拍到什么好吧。"

周砚想了想，也是。自己不能曝光，只能委屈狗仔浪费一晚上的时间了。

两人相视一笑。周砚顺着她的视线看了一眼摄像头，克制住了想牵她的手的冲动，但没忍住，勾住了她的手指。

"这儿还有摄像头……"许稚意小声提醒。

"不管。"周砚嗓音低沉地说，"他们不会曝光。"再说，其实前几天两个人就没克制住，在电梯里拥抱、牵手了。许稚意本想挣开，可一想他明天就要回去了，又有点儿舍不得。她抿了抿唇，紧紧地回握住周砚的手，感受着他掌心的温度。

回到房间，周砚垂眼看她，钩了钩她还戴在脸上的口罩。

许稚意仰头，主动抱他："周砚。"

周砚应声。

"明天几点的飞机？"许稚意望着他。

"九点。"周砚一笑，捏了捏她的脸颊，低声道，"去洗澡睡觉？"

许稚意点点头："好。"

洗漱完，二人窝在被子里聊天。周砚有一搭没一搭地亲着她，把玩她的手指，没做什么折腾人的事。他们很享受此刻的温馨，有种岁月静好的感觉。

许稚意其实很困，但一想到周砚明天要走，就有很多话想说。到最后，她的声音越来越小，周砚哄了两句，她就睡着了。

周砚看着怀里的她的睡颜，眸子里闪过一丝笑意。在许稚意的唇上落下一吻，他收紧手臂，拥着她一起入眠。

有对方在身边，他们总能睡得很好。

翌日，周砚回北城了。

他走后，许稚意照常过着剧组、酒店两点一线的生活。她把更多的时间花在片场，当然也没忘记锻炼，保持好身材。

而周砚在接洽新剧本，准备进组前的闭关训练。他在新戏中的角色是个军人，需要身体素质各方面过关，还要有军人气质。

周砚是个对自己要求很高的人，考虑到新戏还有几个月才开机，因此他在各方面条件允许的情况下，申请和军人们一起训练，也不需要任何差别对待。

两个人都变得越发忙碌，能在一起的时间减少。但许稚意很喜欢他们现在的状态。

一眨眼的工夫，许稚意进组四个月了。天气越发寒冷，每天拍戏换衣服是个困难事。

这天是谭俊良的杀青日。男二杀青后，过几天段滁也要杀青了。最后只剩下许稚意一个人，她的戏最多，从开始到结束都在。

谭俊良的最后一场戏是和许稚意一起拍的，拍完，袁明志喊了声："过了。"他从监视器前站起来，笑着说，"恭喜俊良杀青。"

"谭老师杀青快乐。"

"谭老师辛苦了。"

工作人员喊着。

谭俊良笑笑，接过副导演送给他的花，弯腰鞠躬，说："谢谢，大家辛苦了。"

拍完杀青合照，许稚意回换衣间换衣服。谭俊良杀青了，她今天的拍摄也结束了。

出来时，她正巧碰上了谭俊良。

"稚意。"

许稚意脚步一滞，抬眸看他："谭老师，怎么了？"

谭俊良看着她，轻声说道："一起吃个饭吗？"可能是担心许稚意拒绝，谭俊良又补充，"夜宵。大家都会去，你去吗？我明天就回去了，也不知道还能不能在一个剧组碰上。"

许稚意点了下头，笑盈盈地说："好啊。"她看向一旁的蒲欢："礼物呢？"剧组每一位演员杀青，她都会准备礼物。

蒲欢递给她。许稚意递给谭俊良，认真地说："谭老师，杀青快乐。"

谭俊良一怔，敛睫看她半晌，温声道："谢谢。"

去吃夜宵的路上，许稚意拒绝和谭俊良他们坐一辆车。她带了几个工作人员，听他们在车里闲聊着。手机振了振，是蒲欢发来的消息："姐！我看谭老师看你的眼神不太对，他不会是想今晚跟你表白吧？"

许稚意："别乌鸦嘴，把这条消息给我撤回。"

蒲欢："怎么就乌鸦嘴了？"

许稚意："周砚是个醋坛子，别人跟我表白他也会吃醋的。"

看到这句话，蒲欢默默地把上面的话撤回。她摸了摸鼻尖，有一丝担忧。

说实话，就算蒲欢不说，许稚意也能感觉到。之前，许稚意一直都觉得是自己的错觉，谭俊良对她挺好，但尺度把握得很好，也没表现得太明显。而且许稚意和他私底下碰面的机会不多。平时在健身房遇到，他偶尔会跟许稚意说点儿健身的事。次数多了，许稚意敏锐地察觉到了不对劲，后来都不怎么去健身房了，只在自己的房间里做瑜伽。

但刚刚，许稚意确定谭俊良对她有点儿意思。一想到这儿，许稚意就有些头疼。他不表白还好，说了的话，许稚意觉得以后碰面会很尴尬——不用考虑都知道，她一定会拒绝谭俊良。

思及此，许稚意戳开和周砚的对话框，两个人上次联系是三天前，周砚拿到手机和她聊了五分钟。看着他们的对话框，许稚意默默地叹了口气。

她纠结了几秒，想给周砚发条消息，但敲下文字后，又默默地删除了。算了，男朋友在学习，自己不能打扰。

他们吃夜宵的地方距离酒店挺近，谭俊良订了个很大的包间，能容纳一大群人。进去后，许稚意找了个角落坐下，安静地吃东西。烧烤的味道很好，许稚意没忍住，多吃了两串。她正吃着，蒲欢在她的耳边悄悄提醒："姐，差不多可以了，你明天想跑十公里吗？"

许稚意无语。她正要把手里的烧烤放下，耳畔传来男人的笑声："偶尔吃一次没事的，肉没那么快长起来。"

许稚意抬眼，是谭俊良："谭老师。"

谭俊良笑笑，手里拿着一杯酒："喝一杯？"

许稚意没拒绝。

喝完，谭俊良直接在她旁边坐下。许稚意如坐针毡，看了一眼另一边的蒲欢。

蒲欢还没来得及回应她，谭俊良的声音再次响起："稚意。"

许稚意"啊"了一声，转头："谭老师您说。"

谭俊良微顿，看她："你很怕我？"

"没有啊。"许稚意笑了笑，"谭老师说笑了。"

谭俊良目光灼灼地看着她，扯着唇角："是吗？"

许稚意点头。她真的不怕，就是觉得尴尬。

安静了一会儿，谭俊良忽然开口："能不能给我几分钟时间？"许稚意一愣。

谭俊良道："出去谈谈？"

"谭老师。"许稚意为难地缄默片刻，抬眸看向他，说，"抱歉。"

谭俊良听到她的话，脸上的笑容僵了一下："你知道我要说什么？"许稚意还没应声，谭俊良自顾自地说，"也是，你这么聪明，肯定知道我喜欢你。"

许稚意沉默。

谭俊良抿了抿唇，一鼓作气地问："一点儿都不考虑？"

许稚意"嗯"了一声，和他对视片刻，轻声说道："我喜欢周砚。"她暂时没办法告诉别人自己和周砚在谈恋爱，但喜欢周砚这件事，她不怕告诉他们，也不怕他们传出去。

许稚意就是喜欢周砚。

谭俊良错愕，完全没想到会听到这样的答案。他张了张嘴，好半晌才说："周老师……知道吗？"

许稚意闻言一笑："可能知道，也可能不知道。"

谭俊良不是不懂分寸的人。他点了点头："抱歉。"

许稚意弯唇，和他碰了一下杯："希望谭老师理解，谢谢你的喜欢。"

谭俊良莞尔，耸肩道："好人卡？"

"也不算吧，"许稚意摸了下鼻尖，"喜欢这件事，谁也没办法控制，不是吗？"

谭俊良一怔："你很早就喜欢他了？"

许稚意迟疑片刻，还是点头，认真地回答："嗯，很早就喜欢了。"少女一瞬的悸动不知何时变成了持续多年的心动，直至现在，她依旧喜欢周砚。

许稚意这个答案一出，谭俊良没再打破砂锅问到底。

两个人又喝了一杯，谭俊良这才起身离开。

吃完夜宵回到酒店楼下时，谭俊良看着许稚意："没有想过去跟周老师表白吗？"他刚刚琢磨了一下，感觉周砚对许稚意好像也有点儿意思。

闻言，许稚意粲然一笑。她思忖了一会儿，笑盈盈地说："等我厉害点儿就去。"

谭俊良一顿："加油。"

许稚意："谢谢。"

谭俊良"嗯"了一声，喉咙有些发涩："许老师，方便给失恋者一个拥抱吗？"

许稚意委婉地拒绝了："谭老师，万一被拍，那我们就完蛋了。"

谭俊良想了想，觉得也是，遂说道："抱歉。"

许稚意摇头："没事，我先回去了，祝谭老师前途无量。"她的眼睛明亮，灿若星辰。

谭俊良应下："谢谢，你也是。"

看许稚意走远，谭俊良抬手揉了揉太阳穴，看向后面跟着的助理，嗓音低沉地说道："我们也走吧。"

助理乖乖点头。谭老师刚失恋，还是少说话为妙。

许稚意以为没给谭俊良拥抱，那他们就算是被拍到了也无关痛痒。

谁承想，网友的想象力令人觉得害怕。她不过是在酒店门口笑着跟谭俊良说了两句话，落在网友和狗仔的眼里，他们就是相谈甚欢、亲密无间。焦文倩打电话跟她说她跟谭俊良上新闻时，许稚意还有点儿蒙：自己每天窝在剧组，能有什么新闻？

直到登录微博看到曝光的视频和照片，许稚意头疼了。

焦文倩还在和她通着电话："这是什么情况？"

"就是聊了两句。"许稚意趴在床上，无奈地说，"没什么事，工作室直接澄清就行。"

"行。"焦文倩小声道，"谭俊良是不是对你有点儿意思？我看视频里他看你的眼神不太对啊。"

许稚意讶异："这也能看出来？"

"那当然。"焦文倩骄傲道，"你以为你的经纪人是吃素的啊？"

许稚意倒是没那个意思，但她把视频看了两遍，也没发现哪儿不对劲。

不过此刻的网友倒是议论得火热。大家纷纷说：许稚意和谭俊良的恋情曝光了，"中意"分开了。

看到这些言论，许稚意一时不知道该说点儿什么好。

"他本来想跟我表白，但被我抢先了。"在焦文倩面前，许稚意向来诚实。

闻言，焦文倩瞪大了眼睛："抢先什么，抢先表白了？你不要周砚了？"

许稚意哭笑不得："倩姐，收收你的想象力。"

焦文倩："哦。那你抢先是什么意思？"

许稚意躺在床上望着天花板，说："我抢先跟周砚表白了。"

焦文倩沉默了三秒，迟疑道："你的意思是，谭俊良本来想跟你表白，但你抢先告诉他，你喜欢的人是周砚？"

许稚意"嗯"了一声："倩姐真聪明。"

焦文倩听到她的话，一口气差点儿没上来："你就这么把我们藏了这么多年的大料爆出去了？你也不怕谭俊良曝光给媒体？"

"他不会。"许稚意解释，"好歹我们也一起拍了几个月的戏好吧，《春生》剧组的演员和工作人员都不错，不会说出去的。"

焦文倩："你确定？"

"确定。"许稚意道，"不说这个了，你先去发微博澄清，最好在周砚看见之前澄清，不然我跳进黄河也洗不清了。"

焦文倩："你跳进黄河肯定洗不清啊，黄河的水那么混浊怎么洗？"

五分钟后，在网友正热闹地讨论许稚意和谭俊良到底是什么关系时，许稚意工作室发了条澄清微博。

许稚意工作室：假的。

回应很有许稚意的风格，言简意赅。工作室不想多说什么，许稚意也是，她只想安静地在剧组演戏，不想有乱七八糟的绯闻。

工作室的回应一出来，粉丝马上有了反应。

"我就知道'中意'不会散！"

"说真的，姐姐就算是有恋情，那也是跟周砚的，除了周砚这个姐夫我谁也不认。"

"有些狗仔和网友的眼睛真不好使啊，姐姐和谭老师只是在酒店门口说了两句话，笑了一下，连拥抱都没有，就能说人家在热恋，谁热恋是那个样子啊？"

"姐姐好美，视频虽然是模糊的，但还是好漂亮。"

许稚意工作室回应后不久，谭俊良工作室也有了回应，表示两个人就是正常交流，没有别的关系，他们只是朋友。

当然，也有人不信。很多艺人就算是被拍到了拥抱、私下一起聚餐等，也都回应说是朋友。朋友的界限很宽，谁知道他们是哪种类型的朋友？

但这些猜测，许稚意管不到，也不会去管。她做好自己就行。

几天后，段潇的戏也杀青了。

临走前，段潇看着许稚意，开玩笑说："我们俩站远点儿说话吧。"

许稚意无语。

段潇摸了摸脖子，戏谑道："我怕跟你一起上新闻，某个人从部队回来会把我灭口。"

许稚意哭笑不得："哪有那么夸张？"

"有的。"段潇看向许稚意，"你是不知道他有多小气。"

许稚意忍俊不禁，好奇地问："多小气？"

段潇微顿，扬眉道："这要你慢慢去发现。"

跟许稚意开了两句玩笑，段潇道："好好加油，杀青后有时间聚聚。"

许稚意应声:"段老师,杀青快乐。"

"谢谢。"

段滁走后,许稚意的片场生活变得又无聊了点儿。

周日这天,行踪不定的周砚和她通了个电话。

电话里,谁也没提许稚意和谭俊良的事。许稚意不提是不想给周砚添堵,而周砚不提,她不确定他是不知道,还是在默默地记着,准备回来了再收拾自己。

"还有多久杀青?"周砚的嗓音低沉,听上去很性感。

许稚意揉了揉自己的耳朵,蜷缩在床上咕哝:"还得半个多月吧。你那边呢,还要多久结束?"

周砚:"估计要过年才回来。"

"加油啊,周老师。"许稚意理解,弯唇笑,"以后我是不是可以跟别人说,我有个军人男朋友了?"

周砚挑眉:"喜欢军人?"

"喜欢啊。"许稚意说,"我小时候最崇拜军人。"军人保家卫国,没有人不崇拜他们。

周砚倒是不知道她喜欢军人,勾了勾唇,轻声道:"我还差得远。"他有自知之明,和真正的军人相比,他差太远了。

"那我不管。"许稚意小声说道,"你在我这儿就是最好的。"

周砚低声笑:"小许同学。"

"啊?"

"想我了吗?"周砚问。

"想了。"许稚意非常诚实,"你呢?"

周砚故意逗她:"我什么?"

许稚意轻哼:"想我了没有?"

周砚:"想。"他经常想。

得到他的回答,许稚意满意了。

借着这点儿时间,她跟周砚提了提接下来的工作安排。《春生》半个月后杀青,她接下来会拍上次章嘉良给她推荐的电影,一部戏曲文艺片。剧本写得很有意思,就是她得学学戏曲。而且片酬确实不怎么高,各种条件也有限。

听她这么一说,周砚问:"喜欢那个剧本吗?"

"喜欢。"许稚意道,"不喜欢我也不会接。"她接剧本向来不看片酬。

"那就去拍,"周砚无条件支持,"到时候我去探班。"

闻言，许稚意笑："到时候你估计也得进组，怎么给我探班呀？"

周砚沉默半晌，道："下下部戏，争取一起拍。"

许稚意扬了扬唇，轻声答应："好。"

二十天后，《春生》的全部镜头拍完，全剧组杀青。

杀青这天下午，许稚意和《春生》剧组不意外地上了新闻。

粉丝激动不已，恭喜她杀青，期待电视剧的播出，同时也高兴终于可以看到新鲜的许稚意了。幸运的话，他们还可以看到许稚意参加活动的照片。

回去的路上，许稚意久违地发了条微博。

　　许稚意：杀青快乐。

微博一发，粉丝蜂拥而至：

"稚意杀青快乐！"

"期待播出！"

"稚意好好休息！"

许稚意看着粉丝的留言和评论，眸子里堆满了笑意。

她很幸运，有这么多喜欢、支持自己的粉丝。

她正看着，盛檀的电话来了："杀青了？"

许稚意笑道："你不是都看微博了？"

盛檀哼了一声，说："那我也得客套一下嘛！今天回来吗？"

许稚意："回。"

盛檀惊喜："没其他安排了吧？"

许稚意听着盛檀的话，隐约觉得不太对。她琢磨了一下，好奇地问："怎么了？"

"我去机场接你吧。"盛檀说。

许稚意："无事献殷勤。"

盛檀："我确实是有事。"

许稚意被她的话噎住，哭笑不得："说吧，什么事要我帮忙？"

"那个，我老公后天过生日你知道吧。"盛檀小心翼翼地说。

许稚意眼皮一跳，有种不太好的预感："你想让我和你一起给你老公过生日？"

盛檀哇了一声："你真是太聪明了，来我家里，跟我一起布置吧，小许同学。"

　　许稚意："我不想被你们秀恩爱。"

　　闻言，盛檀微微一笑，磨着牙说道："我上次是不是被你和周砚秀恩爱了？"

　　许稚意语塞——确实。

　　盛檀："你拒绝不了我，把航班信息发我，我去接你。"

　　许稚意骑虎难下，迫不得已地答应："行吧，但你接我去你家，你老公不在家吗？"

　　"对啊。"盛檀理直气壮地说，"他出差了，后天才回来。"

　　许稚意无话可说。

　　挂了电话，她把航班信息发给盛檀。

　　盛檀提醒她："记得给我老公买礼物，买我用的。"

　　许稚意："不是你老公过生日吗？"

　　盛檀："让我快乐，他过生日才能更快乐，懂吗？"

　　许稚意："哦。"

第九章　想　你

许稚意不得不承认，盛檀这话有一定的道理。

许稚意虽然和沈正卿认识很多年了，但送礼这件事还是需要多斟酌。毕竟男女有别。

回酒店收拾好东西，许稚意一行人出现在机场。很多粉丝都知道她新剧杀青要回北城，纷纷跑来送机。跟粉丝打过招呼，许稚意过了安检通道。

"欢欢。"她跟蒲欢走在一起，边张望边问，"机场的免税店有睡衣店吗？"

蒲欢一愣，眨着眼看她："你要在机场买睡衣？"

许稚意摸了下鼻尖，不好意思地说："我忘记了盛檀老公后天过生日的事。"

蒲欢瞬间明白过来，但还是有点儿疑惑："可是盛檀姐的老公过生日，你为什么要买睡衣？"

"给盛檀的。"许稚意把盛檀的原话告诉蒲欢。

听完，蒲欢这个纯洁的小姑娘懂了。她想了想，说："不知道，我之前没怎么注意。"

许稚意"嗯"了一声："回去再说吧，明天还有时间。"

蒲欢点点头。

登机后，许稚意给周砚发了条消息，报告自己的行程。

落地时，许稚意感受到了北城的凛冽寒风。风吹过，她瑟瑟发抖："好冷。"

黎城是温暖的南方城市，一年四季的温度差别不会特别大，就算是冬天到了，许稚意也没太大感觉。

直到这会儿，被风吹着，许稚意感觉自己要被风带走了。

蒲欢跟着点头，连忙把包里装着的大围巾递给她："姐，你先披上，我去拿行李。"

许稚意应声："我给盛檀打个电话。"

没多久，两个人顺利找到盛檀。

盛檀在接机口，手里还捧着一束鲜花："意意！"

瞬间，周围的人齐刷刷地看向打扮低调的许稚意。

许稚意一顿，忍俊不禁地朝盛檀走过去："这么隆重？"

盛檀把花递给她，挑了挑眉："那当然，你杀青回家我不得送束花？"

许稚意弯唇，低头看怀里的新鲜花束："谢谢。"

"客气。"盛檀道，"走啦走啦！好冷呀，我让司机在停车场等我们。"

三个人往停车场走，一路上盛檀絮絮叨叨地跟许稚意聊着："我感觉你瘦了不少，是不是在黎城吃得不好？"

许稚意："不敢吃。"她不是吃不好，是不敢吃。

闻言，盛檀"哎哟"了一声："小可怜。"

许稚意"扑哧"一笑，抬手敲了一下盛檀的脑袋："你正常点儿。"

盛檀吐了吐舌头，说："我怕我打击你，你待会儿不帮我装扮生日屋了。"

"我是这种人吗？"许稚意抬了抬下巴，指着手里捧着的花说，"花都收了，我能不去吗？"

盛檀想了想，说："也是。"许稚意是个答应了别人就会做到的人，从不轻易失约。

三个人上车，盛檀先让司机将蒲欢这个单身美少女送回家，而后再去许稚意家。许稚意得回家放行李，顺便拿点儿东西。

盛檀跟着她进屋，嘴里叨叨："拿什么东西呀？我家什么不能给你用？"话音刚落，没等许稚意回答，她又自顾自地说，"哦，我老公确实不能。"

许稚意白她一眼："大小姐，三句不离你老公，是不是过分了点儿？"

"有吗？"盛檀耸肩，"我觉得还好呀！"

许稚意轻哼："给你拿礼物。"

闻言，盛檀眼睛一亮："是什么？从黎城给我带回来的吗？"

许稚意笑了笑："有从黎城带回来的，也有送给你老公的。"她刚刚在飞机上想起，自己之前买了两套睡裙一直没拆——睡裙太暴露了，她不好意思。

说到这儿，许稚意看盛檀："介意吗？"

"介意什么？"盛檀扬眉，"你买给自己的绝对是最好的，快给我看看。"

盛檀这话说得一点儿不错，许稚意对自己向来不差，买什么都买好的，特别是睡衣这种东西，一般都不便宜。看到那两条还没拆吊牌的睡裙后，盛檀稍扬眉梢，意味深长地看着许稚意："什么时候买的，为什么我不知道？"她生气，这种好东西许稚意现在才分享。

许稚意哭笑不得，解释说："年初去英国看我妈的时候买的。"有一天她心情不大好，就想买东西，在外面逛了一天，买了很多衣服、包包，而这两条睡裙，纯粹是当时觉得面料舒服就买了。当时她想的是，万一哪天惹周砚不开心了，用来哄他。

谁承想，她先用来哄盛檀了。

盛檀发出"嘿嘿"的笑声："我要这条酒红色的。"睡衣是交叉吊带款，后背完全裸露，裙子不长，刚好到大腿处。胸口是小V领设计，很性感。

闻言，许稚意揶揄："只要一条？"

盛檀非常有良心："我总不能让周老师一点儿福利都没有吧？"

许稚意噎了一下，别开眼，笑道："我替周砚谢谢你。"

"客气。"

除了睡裙，许稚意还给盛檀拿了一瓶香水。上次盛檀去探班时随口提了句自己的香水要用完了。许稚意记下了，跟江曼琳说了一声，让她帮忙寄两瓶回来。只是香水被寄回来后许稚意一直没回家，也就搁置着没给她。

"你妈妈亲手给我调制的？"盛檀接过，惊喜不已。

许稚意点头："应该是。"江曼琳现在工作忙，鲜少亲手去香水室调制香水，但许稚意和盛檀的香水都是她亲自调的。

盛檀喜笑颜开，第一时间喷了喷，闻着空气里弥漫的复古花香兴奋不已："果然是江阿姨的手笔。等我下次去英国，一定亲自谢谢江阿姨。"

许稚意"哦"了一声："别拍她的马屁。你先把礼物收拾好，我们走了。"

盛檀："哦。"

考虑到许稚意舟车劳顿，盛檀特意让人送了不少许稚意喜欢吃的食物到家里。吃完，两个人一致决定回房间洗漱睡觉。

老公不在家，盛檀非常自觉地抱着枕头到客房找许稚意。她爬上许稚意的床，抱着许稚意感慨："抱着女艺人睡觉真好啊。"

许稚意无语。她正在看手机，用手肘推了推盛檀："比抱着你老公睡还舒服？"

盛檀缄默片刻，如实告知："那倒是没有。"

许稚意噎住。

盛檀笑，探着脑袋到她旁边看："跟谁聊天呢？周砚不是进部队训练了吗？"

许稚意"嗯"了一声："倩姐跟我说工作安排。"之前有不少品牌方说想跟她合作，许稚意对有意向的代言给出的条件是，合同可以签，但代言广告要等她的新剧杀青再拍。原本她以为这么过分的要求品牌方不会答应，谁知道好几个品牌方都没意见。现在她的新剧杀青了，代言广告拍摄自然要排上日程。

听她说完，盛檀感慨："真忙，那你明天要去拍摄吗？"

许稚意摇头："倩姐给了我一天的休息时间，后天才有安排。"拍完手里签下来的这几个代言广告，许稚意又该进组了。

跟焦文倩确认完，许稚意点开与周砚的微信聊天页面看了看。她的"军人男朋友"还没有回消息。许稚意看了两眼，放下手机。

盛檀瞅着她："失落了？"

"是啊。"许稚意开玩笑说，"怎么？盛大小姐要给我温暖？"

盛檀"嘻嘻"一笑，伸手抱着她："温暖没有，有宠爱。"

二人跟小时候一样窝在被子里聊天。从艺人到时尚新品，什么都能聊。聊到熬不住了，她们才睡了过去。

翌日上午，许稚意和盛檀以及盛檀家里的阿姨一起，开始布置新家。

许稚意搞不懂，盛檀为什么不请人来家里布置。盛檀的回答是，自己动手显得有心意。许稚意累到不理解。

为了不当电灯泡，许稚意在盛檀家吃完晚饭就准备回去了。

盛檀"啊"了一声："你不陪我们一起过生日啊？"

许稚意看她："明晚你们俩不跟大家一起过？"

她说的"大家"是他们那个圈子里的人，许稚意算是其中之一。但因为她当了演员，又不是很爱交朋友，所以跟圈子里的很多人都不是很熟。

"过吧。"盛檀想了想，迟疑着问道，"那你明晚来吗？"

许稚意点头："如果广告拍摄结束得早我就过来。"

闻言，盛檀也不再勉强："那我安排司机送你回去。"

许稚意没拒绝。不过许稚意没想到，自己就算是吃过晚饭就走，还是当了电灯泡。

她刚走到门口换鞋，外面就有车驶进院子。她还没反应过来，盛檀惊呼："完了完了，我老公怎么提前回来了？"

半分钟后，沈正卿出现在她们面前。看到许稚意，他一点儿也不惊讶："稚意。"

许稚意额首："沈总。"

听到这个称呼，沈正卿笑了："这么客气？"

许稚意开玩笑："你老婆可是个醋坛子，我当然得客气点儿。"

沈正卿莞尔，去看盛檀。

盛檀轻哼："我怎么会吃你的醋啊？"

她走到沈正卿旁边，手被沈正卿抓住。她下意识地想躲，没躲开，问道："你怎么提前回来了？"之前沈正卿说的是晚上十一点能回来，这会儿才七点多。

沈正卿"嗯"了一声，垂眼看她："不欢迎？"

盛檀"喊"了一声："岂敢。"

沈正卿勾了勾唇，克制着想亲她的冲动，挠了挠她的掌心。

盛檀睄他一眼，回神看向许稚意："那我送你出去。"

沈正卿讶异："你现在回去？"

"我可不想当二位的电灯泡。"许稚意点头，笑着说，"提前对沈总说一句生日快乐。祝您和我们家盛大小姐恩恩爱爱、百年好合。"

沈正卿低声一笑："谢谢。"

盛檀"啧"了一声："你这说的不是生日祝福，是结婚祝福。"

"你不喜欢？"许稚意扬眉，没等盛檀说话便说，"沈总喜欢就行。"

盛檀语塞。

沈正卿弯了弯唇，轻声道："我确实很喜欢，让司机送你回去吧。"

许稚意："好。"

许稚意从沈家出来，耳根子清静了不少。可她莫名地不太喜欢这种清静的感觉了，明明在盛檀家的时候觉得盛檀好吵，可真的分开，又有些舍不得。

思及此，许稚意低头给周砚发消息："周砚，你都两天没回你女朋友的消息了，是不是不想要女朋友了？"

发完，许稚意纠结了半分钟，又发："当然，如果你在拯救世界的话，你的女朋友可以原谅你不回她消息的行为。"

自顾自地给周砚发了几条消息，许稚意转头看向窗外。再过几天便是圣诞节，路边的店铺和商场的圣诞气息已经很浓郁了。许稚意看了一会儿，让司机靠边停车，在市中心下了车。她想一个人随处逛逛。

街上的人不算多，但也不少。许稚意戴着帽子和口罩，裹着大围巾把自己包得严严实实。她走进街边小店，买了些觉得有意思又可爱的小物品。

她逛了好一会儿，手机铃声响起。许稚意掏出手机看了一眼，竟然是周砚。

她扬了扬眉，接通电话："喂。"

"请问，我还有女朋友吗？"电话那端传来周砚低沉的声音。

"不确定。"许稚意扬唇，轻哼，"我要先听听我男朋友干什么了才会回答。"

周砚站在走廊上，还没来得及进浴室洗澡、换衣服。听着许稚意的声音，他觉得自己的心安定下来了。

他笑着跟许稚意解释，自己现在在部队与军人一起参加各种训练。他所在的部队的地理位置比较偏，前两天，距离部队最近的山里下雪了，山里还有个小村庄，有不少留守的老人和孩童。

知道这个消息后，周砚等人进山里送物资去了，还顺便给山里的爷爷奶奶修缮了房屋。山里信号弱，车子没办法开进去，最后一段路程，周砚他们是走进去的。因为工程量比较大，借着休息日，他们在那边待了两天。

五分钟前，周砚才回到部队，给没电的手机充上电，然后给许稚意打电话。

说完，周砚叫她："小许同学。"

"什么？"

周砚："这个解释满意吗？"

"还行吧。"许稚意说道，"既然如此，那你还有女朋友。"

周砚微笑，忽而听到她这边汽车鸣笛的声音，惊讶地问："你在外面？"

许稚意应声："刚从盛檀家出来，街上的节日氛围好浓，我就下车走走。"

周砚蹙眉："冷不冷？"

"有一点儿。"他不说，许稚意还没多大感觉，这会儿觉得手指冰冰凉凉的。

"你快去洗澡休息吧。"许稚意猜测周砚这两天应该没睡好，"我在街上逛一会儿就回家了。"

周砚静默片刻，说道："再陪你聊会儿。"

许稚意听着他的声音，心里暖乎乎的："那好吧，再聊五分钟，然后我坐车回家，你去洗澡，怎么样？"

周砚道："好。"

许稚意跟周砚说了盛檀秀恩爱的事，又絮絮叨叨地说自己明、后两天要拍代言广告，有点儿累，觉得自己需要一个很长很长的假期。但是，她又想抓住现在的机会多拍点儿戏，鱼和熊掌不可兼得。

周砚听她说这些日常小事，耐心地安抚和解答。他从不觉得厌烦，无论是大事还是小事，只要许稚意和他说了，他就会认真回答。

五分钟一晃便过去了。许稚意提醒周砚："到时间了。"

周砚"嗯"了一声："再说两分钟。"

许稚意笑着说道："不行，说好五分钟就是五分钟，你快去洗澡，不要感冒。"她看了一眼路旁，告诉周砚，"路边有卖烤红薯的，我打算买一个吃，你说明天情姐会不会骂我？"

"不会。"周砚道，"买两个，替我吃一个。"

许稚意弯唇："好。"

挂了电话，许稚意往卖红薯的老奶奶那边走，问道："奶奶，烤红薯怎么卖？"

"十块钱一个。"奶奶看她，"小姑娘要几个？"

许稚意看了一眼："您这里还有几个呀？"

"还有七八个。"

许稚意应声："那我全要了。"

老奶奶一愣，笑容慈爱："吃不完会坏的。"

"吃得完。"许稚意笑盈盈地说，"我家里人多，奶奶您卖完了早点儿回家，别感冒了。"

奶奶应声："好嘞。"她动作缓慢地给许稚意将烤红薯全包了起来。

许稚意在包里掏了掏，掏出八十元现金递给她。许稚意忘了是什么时候看到新闻——很多出来做生意的爷爷奶奶，收款二维码都是自己孩子的，有良心的孩子会把钱给他们，没良心的就会自己私吞。从那以后，许稚意身上总会带点儿现金，以防万一。

买完烤红薯，许稚意打车回家。她刚坐上车，就收到了周砚发的消息："车牌号。"

许稚意忍着笑，直接跟他共享定位。

许稚意："你怎么还没去洗澡？"

周砚："等你上车。买烤红薯了吗？"

许稚意："买了八个！"看到这个数字，周砚就知道她为什么会买这么多。他的小许同学一直都是个有爱心的小朋友。

周砚弯唇："不找我报销？"

许稚意："八十元，给钱。"

周砚配合地给她转了八十元钱。许稚意快乐地收下。

没多久，车便停在了小区门口。许稚意下车，顺便跟周砚说了一声。路过保安室的时候，她拿了一个烤红薯给自己，将剩下的烤红薯送给了夜里值班的保安们。

确定许稚意进屋后，周砚才放心地去洗澡。他没跟许稚意说，今天他这里下雨了，回来时全身都淋湿了，这会儿衣物粘在皮肤上，格外不舒服。

之后几天，许稚意拍了好几个代言广告，还在圣诞节下午参加了一个商务活动。

看到许久不见的许稚意，粉丝激动不已。许稚意有点儿累，但看着台下为自己尖叫的粉丝，又觉得累也是值得的。

活动结束，许稚意还跟粉丝一起拍了合照。

之后，许稚意回到车内，焦文倩看着她说："这几天辛苦了，晚上给你放假。"

许稚意瞥她："男朋友不在家，你给我放假也没用。"

焦文倩噎住："你可以找朋友玩。"

许稚意："盛檀有老公，我找谁呀？"许稚意的朋友不多，除了盛檀这么一个从小玩到大的朋友，其他认识的都是圈内人，还是那种没熟到能一起过圣诞节的圈内人。

听到这话，焦文倩有点儿心疼，说："要不我陪你过？"

闻言，许稚意毫不犹豫地拒绝："别，我一个人也能过得很好。"

焦文倩语塞。

回去的路上，许稚意登录微博看了看，她今天参加活动的造型不意外地再次被粉丝夸了。看了一会儿，许稚意保存了几张拍得不错的照片发给周砚，顺便找周砚要他现在的照片。正在异地恋的他们，只能通过看对方的照片解解相思之苦。

发完，许稚意正要退出微信，却收到了倪璇发来的消息。

倪璇："你今天是不是一个人过圣诞节？"

许稚意："怎么了？"

倪璇："一起吃火锅吗？"

许稚意："你发错对象了？"

倪璇："发错什么对象啊？许稚意，我问你，今晚要不要跟我一起吃火锅？"

隔着屏幕，许稚意都能感受到倪璇的怒气，眨了眨眼，回复："你不知道我有男朋友啊？"

倪璇："呵呵。你男朋友现在在哪儿难道你不清楚？他能回来陪你过圣诞节吗？"

许稚意："地址？"

倪璇："还没选。"

许稚意："呵呵。"

对话框安静了三秒，倪璇再次给她发消息："给我打个电话，快。"

许稚意："哦。"

此时此刻，倪璇正在家被七大姑八大姨按在沙发上，争先恐后地给她介绍对象。

"姑姑，有人给我打电话。"看到许稚意的来电，倪璇眼睛一亮，"你们先聊，我去接个电话啊。"

"就在这儿接啊，是谁给你打的？"

倪璇接通。

"喂。"许稚意老神在在，"倪老师，让我打电话干吗？"

"啊，下午去玩啊？"倪璇自顾自地说，"好啊，去玩什么？晚上一起吃饭？可以呀，我没问题，马上就到。"

许稚意安静了三秒，配合她演了一场戏。电话挂断，许稚意发微信："给钱。"

倪璇刚摆脱七大姑八大姨，回房间换衣服准备出门。看到许稚意的消息，她茫然三秒："什么？"

许稚意："表演费。"

倪璇："你有那么缺钱吗？这也要收费。"

许稚意："是。"

倪璇："呵。"

半小时后，焦文倩按照许稚意的要求，把她放在路边。焦文倩看到已经在路边等着的倪璇，眼皮跳了跳，总觉得她们两个凑在一起要出事。

迟疑了一瞬，焦文倩委婉地问道："你们俩真的要一起去玩？"

许稚意失笑："倩姐，没事的，你放心回去吧。"

焦文倩能放心才怪："你们俩目标太大了，我怕你们被拍。"

倪璇摆摆手："不会的，倩姐，我没许稚意出名。"

焦文倩无奈："那你们遇事要冷静，千万别冲动。"

许稚意和倪璇无语：她们能遇到什么值得自己冲动的事啊？最多能遇到看见她们冲动的影迷。

焦文倩走后，许稚意看向倪璇："去哪儿？"

倪璇："你想去哪儿？"

许稚意："你说出去玩的好不好？不应该你定吗？"

倪璇理直气壮地说："我平日里又不常出去玩，怎么知道要去哪儿？"说到这儿，她好奇地问，"你跟你男朋友约会一般去哪儿？"

闻言，许稚意的脑中响起警报，她打起十二分的警惕看着倪璇："怎么，你想窥探我跟我男朋友的幽会重地？"倪璇还没来得及搭腔，许稚意继续说，"你想都别想！"

"谁想窥探你和你男朋友的幽会重地啊？"倪璇怒道，"我根本不感兴趣！"她纯粹就是想参考参考。

许稚意闻言，脸上写满"不相信"三个字，她有理有据地反驳："你不感兴趣为什么要问？"

倪璇翻了个白眼："我只是想看看你们平时都玩什么，做个参考。"

许稚意挑眉："真的？"

倪璇瞪她："我这么不可信？"

许稚意缄默了一会儿，认真地问她："你觉得你可信吗？"

二人无声地对视半晌，默契地移开视线——她们对对方都不那么信任。

安静半晌，许稚意问她："你平时都玩什么？"

倪璇："家里蹲。"

许稚意被她的话噎住了，想了想，问道："去欢乐小镇怎么样？"

倪璇眼睛一亮："好啊！"她还没去过呢。

许稚意说的欢乐小镇，是市中心一家占地很广、设施很全的游玩场所。这里一年四季都很热闹，冬天人更多。许稚意之前和周砚在晚上去过一次，两人包裹得严严实实，连眼睛都藏在滑雪戴的帽子里，一点儿都没被人看出来。她琢磨着，她和倪璇去应该也不会被认出来，能畅快地玩小半天。

两个人打车过去。坐上车，倪璇拉了拉口罩，小声问她："你会滑雪？"

许稚意点头，瞅她："你不会？"倪璇再不情愿也得承认，自己确实不会滑雪。

"真的假的？"许稚意惊讶，"我怎么记得你会？"他们大学时在冬天组织过一次团建。她记得那次团建倪璇就很积极，还安排去长白山滑雪、泡温泉。

倪璇听她提起大学时的事，咕哝道："那还不是因为冬天没其他地方去，好多同学都说想滑雪、泡温泉，我只能听从大家的意见。"

许稚意扬眉："是吗？"

倪璇轻哼："怎么，你不信？"

许稚意："一般吧。"

她仔细想了想，团建那次自己感冒了，一直窝在酒店房间里，所以真不知道倪璇跟自己一样，去了长白山都没滑雪。想到这儿，她对倪璇充满了同情："那你感兴趣吗？"

倪璇："有点儿兴趣，但我怕摔跤。"她其实很羡慕滑雪好的人，但又很害怕自己会摔跤。

许稚意沉默了一会儿，说道："初学者都会摔跤，你要是感兴趣就不要怕，放开学。"

倪璇："哦。"

她们抵达欢乐小镇，许稚意熟练地去排队买票。倪璇瞅着她，压着声音问："你跟周砚来过？"许稚意点头。

倪璇扬眉，拿着票和她一起进入室内，看到穿着大棉衣的游客，点评道："我总算知道你们俩为什么没被拍到过了。"

大家都穿成"大胖子"，把眼睛和头发丝都遮住了，这谁能认出来？

许稚意理直气壮："不然我为什么带你过来？"

倪璇"喊"了一声："我们也要去换衣服吧？"

"嗯。"

二人去排队领取衣服，换好棉衣、棉裤、鞋子和头盔，这才正式开始她们的欢乐之旅。许稚意正想问先玩什么，倪璇拿着雪域游玩项目表，激动地说："去坐缆车，去坐缆车。"之前看别的电视剧，倪璇就很喜欢他们冬天的缆车项目，总觉得特别浪漫。奈何她一直都没接到有类似剧情的浪漫剧本。

许稚意迟疑地问道："我们俩去坐缆车？"

倪璇："怎么，你不喜欢？"

许稚意看她一眼："也不是不喜欢，就觉得哪里怪怪的。"

"哪里怪？"倪璇一点儿也没觉得，"走了走了，先坐缆车，再玩别的。"

许稚意没辙，只能妥协。

不过许稚意承认，坐缆车才能把这一片景色收入眼底。

欢乐小镇被划分为两片区域，日常打卡游玩区和雪域，她们这会儿进的便是雪域。这里被茫茫的白雪覆盖，漂亮得像童话世界。她们坐在缆车上，能看到正中间耸立的冰雪城堡，还能看到在雪地里游玩的像是小企鹅的游客，感受他们的快乐。

倪璇拿着手机"咔嚓咔嚓"地拍了好些照片，许稚意本没有要拍照的心思，但觉得干坐着也无聊，也默默地掏出手机拍了几张，分别发给了盛檀和周砚。

盛檀第一时间回复："去欢乐小镇了？跟谁？"

许稚意："说出来你可能不信，我跟倪璇来的。"

盛檀："什么？"

盛檀："被绑架了你就眨眨眼。"

许稚意："眨了。"

少顷，盛檀打电话过来。

"不是。"她还在震惊，"你们俩为什么会一起去欢乐小镇？是有什么活动吗？"

许稚意失笑："没有。纯粹的私人行程。"

盛檀："啊？"

许稚意忍笑："你要不要来？"

盛檀思忖半晌："不了，我怕我会和倪璇打架。"

许稚意"扑哧"一笑："怎么，要给姐妹撑腰？"

"那当然。"盛檀说得理所当然，"不然呢？"

许稚意笑，眺望着雪域里的茫茫白雪，轻声说："她其实也挺好玩的。"

盛檀跟着笑，"啧"了一声："那以后有机会认识一下。"

"行。"许稚意问，"你干吗呢？"

盛檀"嘿嘿"一笑："我跟我老公在度假村泡温泉。"

许稚意一怔："再见。"

盛檀弯唇："你注意点儿，别被粉丝拍了，滑雪注意安全。"

"知道。"

挂了电话，许稚意一转头就对上了倪璇探究的目光，顿了顿，她问倪璇："看什么？"

倪璇："说我什么坏话呢？"

"我哪里说你的坏话了？"许稚意道，"我们是正常的聊天谈到你。"

倪璇轻哼："最好是。"

许稚意没理会她的找碴儿行为，指了指前方，说："快到了，去滑雪吗？"

倪璇："可以。"

下了缆车，二人往初学者滑雪区走。许稚意不算是初学者，但考虑到倪璇这个在滑雪方面是幼儿园水平的朋友，还是先来了这边。

"你帮我找教练。"不知为何，站在这里后，倪璇忽然有点儿紧张。

许稚意嫌弃地看着她："要帅的还是技术好的？"

倪璇："技术好的。"教练帅有什么用？万一教不好，再帅她都想打人家的脸。许稚意点点头，跟她站在边上观察了一下，给她找了个看上去有耐心、技术也不错的教练。

把人交给教练，许稚意问她："需要我在旁边陪着吗？"

倪璇摆摆手："你去玩你的吧。"她可不想让许稚意看到自己智障的一面。

许稚意不太放心："你确定？"

倪璇肯定地点头："嗯，你自己玩去吧。"

"行吧。"许稚意看到倪璇这么抗拒，到一旁滑雪去了。

许稚意也很久没滑雪了，各方面都有点儿生疏。笨拙地穿上滑雪板后，她还有点儿想周砚。她和周砚一起来滑雪，他会替她拉好滑雪服、戴好帽子、穿上滑雪板，所有的事都会细心地替她搞定。她好想他，想和他一起滑雪，想和他在一起，什么都不做也可以。她转头看了一眼正在听教练教学的倪璇，决定待会儿让她给自己录个滑雪视频发给周砚。

倪璇在听教练说新手的注意事项，听着听着，余光瞟到了一道"飞"出去的身影。她呆愣地看着，只见许稚意从顶端滑下，跃起，然后落地。许稚意身姿矫健，灵活得像在海里活蹦乱跳的鱼。在这片雪地上，许稚意是自信又恣意的。

注意到她的目光，教练笑着问："羡慕？"

倪璇点点头。

教练说："你记住我说的，多练几次也能像她那样。"

倪璇看许稚意往上走的身影，深呼吸了一下，说："不会摔跤吗？"

教练："初学者或多或少会摔跤，但你只要不吓自己就没事。"

倪璇点了点头，好似听懂了。

许稚意在初学者区域滑了两趟，到了中间区域又玩了一会儿。她回来时，倪璇正扶着围栏缓慢地挪动。

许稚意没忍住，"扑哧"一笑："教练呢？"

倪璇白她一眼："走了。"

许稚意一愣："不是给钱了吗，怎么还没教会就走了？"

"我让他走的。"倪璇底气不足地说，"我不敢放手。"

许稚意怔了一下，瞅着她："那要不我教教你？"

"你怎么教？"倪璇咕哝，"教练都教不会我。"

听到这话，许稚意微微一笑，说："我来教你放手。"

五分钟后，倪璇的耳朵里一直回响着一句话——

"放手，你别怕，实在不行你摔跤的时候拽上我，我陪你一起摔行吗？"许稚意耐心地重复，"真的不会摔跤，你都掌握技巧了，记住教练说的就行……"

倪璇的耳朵嗡嗡地响，她实在受不了了，破罐子破摔地说："停。"她看向许稚意，说，"我试试，你能搭着我的手吗？"

许稚意勉强地说："可以。"

倪璇总算敢慢慢地往前滑行了。十分钟后，她开始变得自信。

"我其实也不笨，"倪璇自言自语地嘀咕了一会儿，又问许稚意："是吧？"

许稚意拒绝回答。

半小时后，来回缓慢滑行几次的倪璇充满自信地向许稚意发起挑战："许稚意，我们比赛吧？"

许稚意盯着她看了片刻，眉梢微扬："你确定？"

"确定。"倪璇说，"但你要让我一小段。"

许稚意："行啊，输了晚上请客吃饭？"

倪璇："可以。"

比赛正式开始。

也不知道倪璇是好胜心太强还是怎么回事，滑得飞快，许稚意看到她滑出一段才出发。

没一会儿，许稚意便追上了倪璇。蓦地，倪璇开始加速。

许稚意看着她，眼皮跳了跳："你刚学会，别滑那么快，会摔……"

后面一个字还没出来，倪璇朝她伸出手尖叫："啊！许稚意，我——"

许稚意下意识地抓住了许稚意伸出的手。

顷刻间，初学者滑雪场的游客齐刷刷地转头看向两个从小山坡滚到终点的人。

"没事吧？"滑雪场的教练第一时间跑了过来。

许稚意在雪地上滚了两圈，脑袋还有点儿蒙，下意识地回答："我没事。倪璇，你呢？你摔到哪儿没有？"

倪璇中气不足的声音从头盔内传出："没有，就是膝盖有点儿痛。"

许稚意当机立断："那去看看摔伤了没有。"

教练示意："先把头盔拿下来。"

"好。"二人照做。

头盔拿下来，四面八方的游客纷纷看过来，并拿出手机对准她们。

许稚意还没反应过来，不远处的游客忽然惊呼："真的是许稚意和倪璇！"

开始有人听到倪璇喊许稚意的名字时还以为是同名同姓，直到许稚意也喊了倪璇，大家隐隐约约觉得不太对——一个人和艺人同名同姓能理解，可两个人一起跟当红艺人同名同姓，就有些不对劲了。想到这儿，游客纷纷赶到现场，将眼睛和手机对准了她们。

半小时后，检查完都没受伤的许稚意和倪璇分别接到了自家经纪人的电话。

焦文倩边看网上的新闻边问："没摔伤吧？"

许稚意理了理乱糟糟的头发，说："我还好。"她没摔到哪里。

闻言，焦文倩放心了："注意点儿，别让自己受伤。"

"知道了。"许稚意笑，吸了吸鼻子，"我们俩上热搜了？"

"是。"焦文倩看着网友的评论，忍俊不禁。

挂了电话，许稚意登录微博看了看。她跟倪璇抱在一起从雪地里滚下去的视频，不意外地被人发到了微博上。两个人第一时间上了热搜。

她点开评论开始看，一部分是她和倪璇的粉丝表示担忧，问她们有没有受伤，一部分是震惊且意外的网友，许稚意和倪璇不是死对头吗，什么时候关系好到可以一起去滑雪场玩了？甚至还有网友表示，希望她们能合作一部双生姐妹花的电视剧……

许稚意正看着，周砚的电话来了。她愣了一下，第一时间想的是周砚该不会看到微博了吧？可她转念一想，又觉得不太可能，周砚这会儿在部队里，应该没时间上网。

怀着忐忑的心情，许稚意接通电话。

"喂。"她抿了抿唇，小声问，"你怎么这个时间给我打电话呀？你们今天放假吗？"

听到女朋友心虚的声音，周砚抬起眼："放假。"

许稚意"啊"了一声，不敢相信。

周砚提醒她："今天是周六。"

许稚意："哦。"

周砚"嗯"了一声，语气平静地问："现在在哪儿？"

许稚意沉默了一会，摸着后脖颈说："我说了你可不能生气啊。"

没等周砚应，许稚意便嘀嘀咕咕地告诉他："我在欢乐小镇这边滑雪。"

"跟倪璇？"

许稚意下意识地回答："对……"

"啊"这个字还没出来，她呆住了："你看微博了？"

周砚扬眉："嗯。没受伤吧？"

"没有。"许稚意道，"你怎么这么快就看到了？"

周砚"嗯"了一声："我刚下飞机。"他一开机，便看到经纪人、助理以及段滁等人发来的消息。看完，周砚才给许稚意打电话。

"啊？"许稚意愣住，"刚下飞机是什么意思？"

周砚弯唇，酸溜溜地说道："本来想回来陪女朋友过圣诞节的，没想到女朋友有人陪了。"

许稚意一怔，惊喜不已："那你不早说！"

周砚笑而不语——说了不就没惊喜了？但他没想到女朋友会先给自己送"惊喜"。他听着她雀跃的声音，能想象出她此刻的神情，迫不及待地想见到她："还要在那边玩吗？"

许稚意："不玩了，大家都知道我们在这儿，也没办法玩了。"

周砚了然："跟倪璇约了晚上吃饭？"

许稚意眨了眨眼："约了。"

周砚也不生气，直接问："那我怎么办？"

感受到周砚的沉默，许稚意弱弱地问："你介意晚上吃饭多个电灯泡吗？"

周砚按照许稚意发来的定位分享找到二人时，她们正蹲在马路边上，看着有点儿可怜。寒风凛冽，他皱了皱眉，让许稚意和倪璇上车。

许稚意和倪璇坐上车时，车内的温度偏高，座椅也是热的。

"把毯子盖上。"周砚跟倪璇颔首打了个招呼，对许稚意说。

许稚意听着，笑了下："不是很冷。"

周砚没信，直接握住她冰凉的手，问道："不冷？"

许稚意微窘，不好意思地说："后面还有人呢。"

后座也有毯子，倪璇自来熟地盖上，看向他们："你们当我不存在就行。"

许稚意："那不太好吧。"

倪璇睨她一眼："你在我面前秀恩爱的时候可没觉得不好。"

被揭了老底的许稚意倒也没什么不好意思的，轻哼："那不一样。"

周砚听二人斗嘴，几不可见地勾了勾唇，低声问："要不要再去医院检查一下？"

许稚意一愣，连忙摇头："真没事，滑雪场的医生给我们看过了。"

周砚听了她的保证才放心。他看了一眼时间，已经到晚饭时间了："二位想吃什么？"

许稚意看向倪璇："你想吃什么？火锅吗？"

倪璇愣了片刻，看向他们："不会吧，你们要跟我一起吃饭？"

许稚意瞥她："有什么问题吗？"

"问题是没有。"倪璇笑了笑，说，"但是我不想当电灯泡。"

许稚意被噎住。

倪璇道："周砚，你找个能停车的地方把我放下就行，我回家吃饭。"

周砚看许稚意。

许稚意沉默了一会儿，回头看向倪璇："你确定？"

"确定。"倪璇可不想当闪闪发亮的电灯泡。

听到她这么说，许稚意也不再勉强，想了想，说道："打车不方便，我们送你回家吧。"

倪璇怔了怔，看许稚意认真的模样，不再拒绝："谢谢。"

"不客气。"

把倪璇送回家，许稚意和周砚才真正地享受二人世界。

这个时间道路很堵，有点儿名气的餐厅也被订完了。许稚意掏出手机看了看，瞅着周砚："我们回家吃饭？"

周砚："好。"借着红灯时间，他握着许稚意的手捏了捏。

"干吗呢？"许稚意忍笑调侃他，"想跟我牵手啊？"

周砚垂眼看她，视线从她的眉眼往下，落在她有些干的唇瓣上，喉结滚了滚，说："想亲你。"

突如其来的直白话语让许稚意羞红了脸。她下意识地舔了舔唇，对着周砚漆黑如墨的眸子，小声道："回家让你亲。"

周砚勾唇。

安静了一会儿，许稚意忽然回头看了看。

周砚随口问："看什么？"

许稚意："刚刚那个小区是倪璇自己住的地方吧？"

周砚看她，意思很明显：他不知道。

许稚意问完才发现自己问了个傻问题，笑了一下，给倪璇发消息。

许稚意："把你的地址发给我一下。"

倪璇："什么？"

许稚意："快点儿，要门牌号的那种。"

倪璇："你想干吗？"

许稚意："你猜。"

倪璇："……"

许稚意："快点儿给我。"

倪璇拗不过许稚意，只能发过去。就算她不发，许稚意找人问问也能问到。

要到倪璇家的住址后，许稚意点开了外卖软件。看了一圈，她问周砚："你上次给我点外卖的那家餐厅叫什么名字来着？"

周砚瞬间明白过来她想做什么："给倪璇点外卖？"

许稚意点头："那家餐厅的清蒸鱼还不错。"

周砚拿出手机拨通对方的电话，问："还要什么？"

"给她送烛光晚餐怎么样？"许稚意说。

周砚翘了下嘴角，说："好。"

跟餐厅说好，许稚意咕哝："再给她送束花？她一个人，可怜兮兮的。"

周砚哭笑不得："想送就送。"

许稚意应声，给自己洗脑："我真的是看倪璇孤零零才送的。"她绝对不是因为愧疚，也绝不是因为喜欢。

周砚听着，眸子里闪过一丝笑意——他的女朋友，嘴硬也那么可爱。

因为堵车，许稚意和周砚到家时倪璇已经收到了许稚意安排人送去的晚餐和鲜花。倪璇不仅不感动，还挑衅地给许稚意发了照片。

倪璇："你们刚到家？好惨啊，我已经要开始吃了。"

许稚意："祝你胖十斤。"

倪璇："胖我也认。"反正今天她要把桌子上这些东西吃完。

这还是她头一次开心地收下其他人送的晚餐和鲜花。当然，以前也有人送过，但那不一样。倪璇看着桌上满满当当的食物和一旁开得娇艳欲滴的鲜花，拿了个花瓶将花插好，重新拍了几张好看的照片发微博。

倪璇：节日快乐。

许稚意看到她的微博时，轻哼了一声，给她点了个赞。

周砚看着他的女友，抬手揉了揉她的头发，问道："想吃什么？"

许稚意眼睛一弯："我也要烛光晚餐。"

吃过周砚做的烛光晚餐，许稚意也发了条微博，晒了照片，祝大家节日快乐。

网友定睛一看——哦，这俩人晚餐的照片不同，明显就不是一起吃的。

许稚意没管这些，亲亲热热地凑在周砚身边，和他叽叽喳喳地聊天，问他部队的事，说自己的事。二人絮絮叨叨的，和普通的小情侣无异。

忘了是谁主动的，他们抱在一起。夜色浓郁，暧昧的氛围蔓延，充满整个房间。他们用最原始的方式表达着对对方的想念和爱意。

夜越来越深……

翌日上午，许稚意醒来时，周砚已经不在家了。

她全身酸痛，拿起手机，看到微信里有周砚给她留的消息。他回部队了，过几天训练结束才会回来，外面有给许稚意准备好的早餐，让她吃完再继续休息。

看着他唠叨的文字，许稚意趴在床上晃了晃脚丫子，心情愉悦地回他："知道啦。"

回完消息，许稚意起床洗漱，吃周砚给她做的爱心早餐。

之后几天，许稚意要参加新年盛典活动以及各大杂志的红毯盛宴。跨年这天，周砚因为部队有安排，没回来陪她。许稚意并不介意，和他打了一通跨年电话。

元旦过后，许稚意要进组开始新电影的剧本围读。这部电影，她接得非常低调。年前她便和导演董奇以及编剧林山等人见过面，确定了角色。与章嘉良跟她介绍的一样，这是一部带着悲情色彩的戏曲文艺片。主角是唱曲的，几岁就被卖进戏院，开始了学艺之路。

她的一生都过得很苦，遇到的人很多，他们在她生命里留下的色彩也很多。

她的一生最后以悲剧收场。

定下自己的角色时，许稚意没问男演员是谁。直到剧本围读时她才知道，男主演定了孟进，就是上次她跟盛檀盛赞的和周砚演对手戏的那位男演员。当然，这不是最让许稚意无奈的，更让她无奈的是，剧中有个角色是和她从小认识的师兄，演员定的是赵晟睿。

盛檀听完她这部新电影的角色配置后，沉默了半分钟，问道："周砚知道吗？"

许稚意叹了口气："我不确定。"

盛檀笑："别怕，大不了就让我们周老师多吃两瓶醋。"

许稚意不理解地说："我不懂，董导这部电影的片酬那么低，赵晟睿为什么会接？"而且他的角色还是个配角。

盛檀："不知道。"

许稚意幽怨地说道："我可能又要哄人了。"

盛檀"扑哧"一笑："怕什么？反正你能把人哄好。"

许稚意撇嘴。

跟盛檀聊了一会儿，许稚意颤抖地戳开周砚的微信，告诉他这个"好消息"。

他们其实都知道，这是他们的工作，周砚就算是有些不开心，也不会多说什么。

翌日，许稚意飞到安城参与剧本围读。

到酒店办理完入住手续，她先碰到了孟进，打完招呼又见到了赵晟睿。

许稚意跟赵晟睿很久没见了，陡然碰面还有点儿不适应。

赵晟睿看着她，微微顿了下，说："稚意，好久不见。"

"好久不见。"许稚意微笑，神色坦然，"我先回房间，晚会儿见。"赵晟睿应声。

到酒店房间放好东西，许稚意收拾好出门。

剧组演员第一次见面，董奇安排他们一块吃午饭熟悉熟悉。

出门前，许稚意深深地叹了口气："欢欢。"

"嗯？"

许稚意靠在蒲欢的身上感慨："你说我的命怎么那么苦？"

蒲欢无语——许稚意又开始表演了。

吃饭的地点是董奇选的，是安城一家很有特色的餐厅。

他们进去时，一楼大厅还能听见戏曲的声音。

许稚意接下这个角色后，也找老师学了一段时间。她自认为自己在这方面有点儿天赋，可这会儿听着店里的戏曲表演，她才惊觉自己好像只学到了些皮毛。到包间坐下的第一时间，许稚意联系焦文情，让她重新找个戏曲老师，最好是安城的、能和自己一起在剧组待着的，这样方便自己学习。价钱多贵都没问题，只要老师厉害就行。

"稚意。"她正跟焦文情聊着，董奇看向她，"这几位演员都认识吧？"

许稚意抬眸，笑着说："认识。"

董奇应声："待会儿你的'师父'就来了。"

许稚意的角色在剧中有个严厉的师父的。她点了点头，这才问："我师父是谁？"

他们这部电影目前在保密阶段，很多演员都没公开。

董奇还没回答，包间外响起敲门声。门打开，许稚意看到了她的"师父"——吕志明，一位德艺双馨的艺术家，实力派演员，四十五岁那年拿到第二座最佳男演员奖杯。

看到他，在场的演员都站了起来："吕老师。"

吕志明担得起这里所有人叫一声"老师"。

"大家好。"吕志明笑了笑，说道，"坐吧，别那么客气。"

众人坐下。

董奇给他们介绍了一圈，让大家互相认识。

许稚意还在惊讶时，吕志明看向她："稚意，好久不见。"

许稚意一笑："吕老师。"

董奇看着二人，诧异地问道："你们之前合作过？"

"没有。"许稚意摇头，解释道，"吕老师是我大学表演老师的朋友。"大学时，她跟吕志明见过几次。

吕志明应声："一眨眼，你都进演艺圈好几年了。"

许稚意弯唇应着："吕老师还是那么年轻帅气。"

吕志明被她逗笑，问她："最近回学校看过你的老师吗？"

闻言，许稚意有点儿不好意思地摇了摇头："最近没有。"她还是过年时去看过老师。

许稚意跟吕志明聊了两句，紧绷的神经放松了些。大家边用餐边聊，氛围极佳。

吃过饭，大家自由活动。有人打算回酒店，也有人想逛逛安城。许稚意正思考是回酒店看剧本还是去逛逛时，赵晟睿率先问她："稚意，你回酒店吗？"

许稚意抬眸看他，顿了顿，问道："你们呢？"

赵晟睿垂眼，低声道："我们打算去逛逛。"

听到这句话，许稚意一秒决定了自己的行程："那你们玩得开心点儿，我有点儿累了，准备先回酒店休息。"

赵晟睿脸上的笑一僵，他应声："好。"

回酒店的路上，许稚意摸出手机，点开周砚的微信。她看了三秒，又默默地关上。

蒲欢看着她可爱的举动，忍俊不禁："姐，你这么担心砚哥吃醋啊？"

"也不是担心。"稚意突然炫耀道，"就是不愿意看他在同一个人身上吃好几次醋。"

蒲欢安静了三秒，说："我怎么感觉你在秀恩爱？"

许稚意一脸无辜地看着她："我哪有？"她才不承认。

蒲欢轻哼："你就是有。"

许稚意深深地叹了口气，自言自语地说："也不知道周砚现在在做什么。"

蒲欢摸了摸鼻尖："你可以问问。"

"怕他在忙。"许稚意打了个哈欠，说，"十点再问。"

周砚还要一周才结束训练生活，许稚意不想在关键时刻打扰他。回到酒店，许稚意洗漱完便坐在沙发上看剧本、写人物小传。看了一段时间，她从网上搜出戏曲来听，边听边了解，沉浸其中。

另一边，周砚和女朋友的状态不太一样。他刚结束训练，在大冬天身上、脸上全是汗。刚回到宿舍，周砚先看到了周渺渺打来的未接电话。他扬了扬眉，怕她出什么事，第一时间给她回电话。

"喂。"

周砚刚出声，那边传来周渺渺的哀号："哥！你干什么去了？这么久才接我的电话。"

周砚："训练。"

"哦。"周渺渺这才想起自己的亲哥为了新电影角色进部队训练去了。

周砚挑眉："什么事？"

一般情况下，周渺渺知道他忙，只要没急事都是在微信上骚扰他，不会给他打跨国电话。

听到他提问，周渺渺才想起："天大的事。"

周砚："嗯？"

"哥，你现在的身份很危险知道吗？"周渺渺直接问，"你知道和我小嫂子一起拍新电影的男演员是谁吗？"许稚意他们这部电影的阵容还没公开，但圈内人会或多或少知道一点儿。周渺渺今天上课时跟许稚意的一个粉丝聊天时得到了确切消息。

很多时候，一些后援会的粉丝会提前知道一些消息。

周砚"嗯"了一声，淡然地道："孟进。"他知道这个。

"不不不，还有一个你肯定不知道。"周渺渺连忙说。

周砚挑眉，边拿衣服往浴室走边问："谁？"

"赵晟睿！"周渺渺告诉他。

听到这熟悉的三个字，周砚眯了眯眼，眉头微蹙："赵晟睿？"

周渺渺："对啊，你不会忘记这号人了吧？"

周砚没忘，但确实不知道赵晟睿接了这部电影。

感受到周砚沉默了，周渺渺煽风点火："你说自己危不危险吧？"

周砚一噎："不危险。"

周渺渺扬眉，不敢相信地问道："怎么不危险了？他和我小嫂子大学时可是被全校师生称作金童玉女的一对啊。"

"那又如何？"周砚轻哂，"你小嫂子不喜欢他。"

周渺渺被他的话噎住，琢磨了一下，好像确实如此。

"好吧，那你自求多福，他们要在一个剧组待好几个月，你就不怕他挖你的墙脚啊？"周渺渺很喜欢许稚意，可不想失去这个漂亮的小嫂子。

思及此，她咕哝："哥，你要不也去她的剧组当个男配角吧？"

周砚没理会她的"疯言疯语"，轻声道："这些事不用你操心。"

为了让周渺渺不一而再，再而三地拿这些事烦他，周砚道："我的墙脚他挖不走。"赵晟睿还没这个本事。

听到他自信的语气，周渺渺轻哼："你好有自信。"

周砚："不是我有自信。"

周渺渺："那是什么？"

周砚微微一笑，冷静地告知："是我对你小嫂子有信心。"

单身的周渺渺实在听不下去这话，怒气冲冲地挂了电话。

看着被挂断的电话，周砚眉峰稍扬，不紧不慢地点开微信，给许稚意发了条消息。

二十分钟后，许稚意趴在床上望着出浴的大帅哥的视频。她眼睛一亮，视线从上而下，在他的剑眉星目间停留片刻，又流连在他挺拔的鼻子和性感的嘴唇上。

"周砚，"看了一会儿，许稚意道，"你现在的荷尔蒙气息好强啊！"

许稚意看着，思索：难怪以前念书时大家都喜欢军人，这扑面而来的荷尔蒙，谁能不喜欢呢？

周砚瞥她："故意的？"他的嗓音有些沉。

许稚意忍笑："我哪有？"她才不承认。

周砚垂眼看着她："今晚跟大家一起吃饭了？"

许稚意点头："嗯，你知道演我师父的人是谁吗？"

周砚摇头。

许稚意笑："是吕志明老师。"

周砚跟吕志明合作过，演的还是父子。二人在电影里飙演技的那一段，到现在还不时有网友翻出来夸赞，说要是所有演员都有这样的演技，世界上的烂片就会少很多。

周砚点头："不错。"

"是吧。"许稚意道，"我也觉得，我一定要演好这一次的角色。"她希望这部电影从开机到上映，不要再出现乱七八糟的问题了。

周砚知道她在担心什么，倏然一笑，温声道："你肯定能演好。"

许稚意翘了翘嘴角，说："对了，你知道我们这部电影的其他演员都有谁吗？"她说到后面，声音忽然弱了点儿。

周砚目光灼灼地盯着她，佯装不知情："都有谁？"

"孟进。"许稚意大声地告诉他，"他也跟你合作过。"

周砚"嗯"了一声："还有呢？"

对着周砚的瞳仁，许稚意摸了摸鼻子，心虚地说道："我说了你可不能吃醋啊。"没等周砚吭声，她便说，"还有赵晟睿。"

说完，许稚意直勾勾地盯着周砚，不愿错过他的任何表情。

周砚看着她小心翼翼的眼神，有点儿想笑。他掩唇轻咳，轻声问："还有呢？"

许稚意又说了几位演员的名字。

听完，周砚问她："压力大吗？"

许稚意一怔，笑道："有一点儿，吕老师和孟进的演技都很好。"赵晟睿一行人，其实也是不差的。

"别有太大压力，有问题多跟导演和其他演员沟通，提前对好戏。"周砚顿了一下，看着许稚意，轻声说，"找我对戏也可以。"

许稚意乖巧应下："知道了。"她托腮望着周砚，眉眼弯弯。

感受到她的注视，周砚勾了勾唇角："这么看我做什么？"

许稚意看了一会儿，说："感觉周老师今天又帅气了一点儿。"

周砚知道她话里的意思，缄默片刻，说道："不过要提醒你一点。"

"什么？"许稚意眼巴巴地望着他。

周砚敛目，一本正经地说："戏外让那个人离你远点儿。"

许稚意"扑哧"一笑："我没办法让他离我远点儿。你总不能让我去控制别人吧？"她摊手，在周砚说话前，笑盈盈地告诉他，"但是呢，我会和他保持好距离的，男朋友就放心吧。"

周砚微微一笑："好。"他看着屏幕里的许稚意，有种想伸手捏捏她白净的脸颊的冲动，"意意。"

许稚意一怔："嗯？"

周砚和她对视，目光纠缠片刻，嗓音低沉地说道："想你了。"

许稚意露齿一笑，回应他："我也是。"

翌日上午出现在剧本围读办公室时，许稚意已经一身轻松了。她本来也没什么心理负担，她和周砚都很清楚，他们是演员，跟谁合作不是自己能控制的，能控制的只有自己。

她昨天之所以纠结、为难，是怕周砚不开心。虽然大家常说，一个男人为你吃醋是爱你，但醋吃多了伤身，而且她也不需要周砚用这样的方式来证明爱她。

"心情很好？"一起围读的女演员江娜问她。

许稚意笑了笑："还不错。"她看着江娜，低声问，"我听说你以前是学戏曲的，是吗？"

江娜点头："对。"但她后来转行了。

许稚意听到她这么说，眼睛亮了，求知若渴地问道："那我在唱腔方面有不懂的，可以跟你多学学吗？"

"当然可以。"江娜点头，小声地说，"但我也好久没唱了，现在让我开嗓，其实是有点儿生疏的。"

许稚意了然："不着急，我们慢慢来。"

江娜点头："董导应该会找戏曲老师教我们。"他们拍的是和戏曲相关的电影，大家都不是戏曲方面的专业演员，为了保证电影质量，导演肯定会请老师专门教他们。

许稚意应声："一起加油。"

江娜笑："好。"

剧本围读不难，就是一群人凑在一起讨论。

许稚意每天最早到，最后走。因为她的戏份儿最重，台词最多，她不得不花更多的时间熟悉有点儿拗口的台词。

一周的时间一晃就过去了。这部电影的剧本围读时间是一周，一周后便正式开机了。

这一周，许稚意在微博和各大活动现场都是隐身状态。关系近一点儿的粉丝知道她进组围读了，但大多数人不知情。他们每天在微博下盼着，想知道许稚意什么时候出现，让大家高兴高兴。开机这天，许稚意的粉丝才知她又进组拍戏了。

"我就直说了，我就喜欢看许稚意出现在大银屏上。"

"董导的电影，他是文艺片导演啊，这是谈恋爱的文艺片吗？"

"男配角有赵晟睿？他不是许稚意大学时的最佳搭档吗？"

火眼金睛的粉丝注意到这二人进入同一个剧组，一些曾经喜欢他们的人蠢蠢欲动。

而"中意"粉正在诚心希望许稚意和周砚第三次合作。

拍戏间隙，许稚意进房车拿手机看了看网友的评价——有好有坏。她倒也没太放在心上，反倒是焦文倩怕她多想，给她打了电话开导，顺便告诉她老师明天会到，让她加油。

挂了焦文倩的电话，许稚意翻开剧本。

蒲欢看到她的样子，有些忐忑："姐？"

许稚意："怎么了？"她在背台词。今天电影开机，通告单上的安排不多，只有三场戏，她拍完就能回去休息。但第一天拍摄，许稚意想表现得好一点儿，最好能一次过。

蒲欢看到她淡定的神色，确定她没把网友的话放在心上就放心了："没事，你看剧本。"许稚意应了一声。

开机这天的拍摄非常顺利。董奇知道几位演员在唱腔方面的功底，没挑难的让他们演，先安排了点儿简单的戏让他们适应。

这一天，大家收工都很早。收工后，董奇再一次请大家吃饭，庆祝电影顺利开机。

吃饭时，许稚意跟孟进聊了几句。

孟进是她在电影里爱上的人，可惜的是，孟进不爱她。

整部电影的基调其实有点儿悲伤。不过许稚意很喜欢自己饰演的角色，敢爱敢恨，无论是最初爱上来看她表演的孟进，还是爱上其他人，都很坦然。

这是许稚意很佩服，也很羡慕的一点。

二人正聊着，赵晟睿忽然插话："稚意，待会儿回去有事吗？"

许稚意看他："怎么了？"

赵晟睿笑了笑，温声道："想找你帮个忙，对对戏。"

闻言，许稚意没拒绝："可以啊。"在演戏方面，即便是自己的仇人找自己对戏，许稚意也不会拒绝。这是大家的电影，只有一个人努力不行，要所有人一起努力，才能呈现好的作品。他们是一个集体，其他避嫌的事，许稚意暂时抛开了。

不过许稚意没想到，她跟赵晟睿在酒店对了一次戏，也能被拍到。

看到自己和赵晟睿面对面坐着的照片出现在网上时，许稚意没等焦文倩给她打电话，便第一时间发了微博，阻断了谣言的传播。

　　许稚意：在对戏。

不少粉丝还没看到照片，陡然间看到她的微博，还有点儿蒙。

"啊？稚意说什么呢？"

"姐姐有空发微博，没空理我！"

"哈哈哈，辟谣第一人非许稚意莫属了。"

"没有人发现吗，稚意对跟其他男演员的绯闻辟谣超级积极，唯独跟那个谁，好像从没辟谣过？"

"好像是真的。"

瞬间，话题莫名歪了。没有粉丝关心许稚意和赵晟睿对什么戏，也没人骂狗仔了。他们开始顺藤摸瓜，去翻许稚意和周砚，以及两家工作室的辟谣微博。

他们后知后觉地发现，许稚意和周砚两个人辟谣过很多绯闻，但好像从未辟谣过跟对方的。他们在这几年里，只是没有互动，但从来没有辟谣那些网传的照片和传言，连工作室也没在二人被传"入戏太深"在一起时辟谣。

顷刻间，不少"中意"粉再次看到了希望。

许稚意到片场后才看到消息，蒲欢凑在她的耳边嘀咕了几句。

听完，许稚意愣了愣："他们扒出什么了吗？"

蒲欢摇头："暂时没有，他们只是发现你跟砚哥这几年都没辟过跟对方的谣言。"

无论是好的还是坏的，许稚意和周砚确确实实都没正面跟对方撇清过关系。他们只是鲜少同台，鲜少碰面一起参加活动，明面上的互动少了，但暗地里的是有的，只不过这些如果不是被粉丝指出来，许稚意自己也没发现。

思及此，许稚意道："网友真厉害。"

蒲欢点头："那肯定的，他们都是'福尔摩斯'。"

许稚意失笑，想了想，给周砚发消息。

周砚已经结束了训练，和她前几天一样，已经进组准备剧本围读了。他很早便拿到了剧本，演的是硬汉角色，台词不算多，大多数是打戏。许稚意看过几页他的剧本，馋得想去给他探班——她想去看周砚拍打戏，想看他穿制服的模样。

周砚收到女朋友的消息，眼中闪过一丝笑意："然后呢？"

许稚意给他发消息说，网友在翻两个人及双方工作室过往辟谣的内容，还进行了一系列推论："没有然后了，现在大家都说我们俩没澄清过跟对方的绯闻。你说他们会不会发现什么了？"

周砚："不知道。"

许稚意撇嘴："你怕吗？"

周砚："我不怕。你呢？"

许稚意当然不能让周砚看轻自己，硬气地回道："你都不怕，我怕什么？"

周砚低声一笑，给她拨了个电话。

"喂。"许稚意手忙脚乱地接通电话，小声道，"干吗呢？我在片场。"

周砚扬眉，淡定地说道："我在房间读剧本。"

听到这话，许稚意神经紧绷："那你还给我打电话，其他人不在吗？"

周砚"嗯"了一声，说："不在。"他偏头看向窗外，忽然想起一件事，嗓音低沉地问道，"小许同学，你是不是忘了答应过我的事？"

许稚意困惑地道："什么事？"

"冬天，"周砚强调，"回学校。"他们曾经约好在冬天回学校看看的。

许稚意微窘，心虚道："冬天还没过完呢。"她想了想，哄他，"等新年吧，新年跟你偷偷回学校约会行不行？"

周砚勾唇："行，说话算数。"

许稚意"嗯"了两声："周砚。"

"嗯？"

许稚意眼馋地说："你拍定妆照了吗？我想看你穿制服的照片。"

周砚顿了顿，眉峰稍扬，问道："只想看穿制服的照片？"

许稚意的脑子一下没转过弯来，她下意识地问："还有穿什么的吗？"她的意思是特别的服饰。

周砚顿了下，到嘴边的调侃正要说出。门口来了其他演员，情绪高昂地和他打招呼："砚哥。"

周砚朝那人点点头，压着声跟许稚意说："晚上告诉你。"

许稚意有点儿猜到他要说什么了。她揉了揉被他的声音撩拨得有些发热的耳朵，仰头望天，掩盖自己羞赧的情绪，"哦。那晚上再说，不过我不知道能不能早点儿收工。"

周砚："好。"女朋友比自己忙，他能怎么办呢？他只能支持。

"也别太累，注意保暖，别感冒了。"他叮嘱。

许稚意弯唇："知道，你也是。"

挂了电话，许稚意一转头便看到了赵晟睿，不知道他在旁边站了多久，听了多久。许稚意脸上的笑容僵了僵，她问道："找我对戏？"

赵晟睿还拿着剧本，听许稚意这么一问，愣了愣，说："嗯，方便吗？"

"方便。"

许稚意收回落在周砚那边的心思，专心致志地和赵晟睿对了两场等会儿要拍摄的戏。

对完戏，许稚意准备去洗手间。她还没来得及走，赵晟睿的声音传过来："你刚刚……"他看着许稚意，下意识地将疑问脱口而出，"是在跟你的男朋友打电话吗？"

许稚意脚步微滞，和他对视一眼，倒也没说出那种"你有什么资格问"

的话。她微微一笑，淡淡地说："你这个问题问得有点儿不礼貌。"

赵晟睿微怔，看着她精致的小脸，恍惚回到了大学的那段时光——

许稚意是老师们都夸赞的有天赋的学生，而他是从小耳濡目染，各方面接受能力不差的学生，不过比起有天赋的许稚意，他在演戏上更费力。但因为二人的长相和学习能力都比较强，在一起搭档的机会自然而然地多起来。

赵晟睿印象最深的一次，他跟许稚意一起演了一场话剧，许稚意演的是爱他爱到可以为他去死的角色。当时那场话剧把现场不少人都感动哭了，连他也产生了错觉。

话剧结束，他没忍住问许稚意："稚意，你是不是有点儿喜欢我？"他从小心高气傲，即便意识到自己喜欢许稚意，也不敢做先开口的那个人。

听到他的问题，许稚意看了他半晌，淡然地说道："你这句话问得非常没有礼貌。"

赵晟睿一顿，正要开口，许稚意便先回答了他的问题："没有。"

赵晟睿一怔，不敢相信地问："没有？一点儿都没有吗？"

闻言，许稚意好笑地看着他："你是钞票吗？我不喜欢你应该很正常吧？"

赵晟睿张了张嘴："可是你刚刚……"

没等他说完，许稚意就反应过来，淡淡地笑了，看着他："刚刚不是在演话剧吗？戏里，我确实很喜欢你，但戏外——"许稚意停顿片刻，如实告知，"我对你和对其他同学是一样的。"说完，许稚意没再理会他，和其他同学离开了现场。

…………

"抱歉。"恍惚间，赵晟睿回过神来，低垂着头，低声道，"是我的问题。"

许稚意"嗯"了一声，往他旁边走："道歉不用了，希望下次你问我这种私人问题时，不要再用这么没礼貌的方式。"她想了想，还是多说了一句，"毕竟就我们的同学关系而言，我跟谁打电话，没有向你汇报的必要。"

看着许稚意走远的背影，赵晟睿敛了敛眸，垂在两侧的手收紧又松开。

"哥。"助理从一侧走来，"你怎么了？"

赵晟睿回神，那种被许稚意羞辱的感觉再次出现了，不强烈，但还是有。

"没怎么。"赵晟睿深吸一口气，闭了闭眼说，"拍戏去。"

下午，许稚意跟赵晟睿拍了两场对手戏。不知道是不是她那几句话让赵晟睿心情不好，他走了好几次神，"卡"了四五次。最后，董奇的脾气也有点儿上来了。

"晟睿，你怎么回事？"董奇皱着眉头训斥，"稚意已经在努力帮你入戏了，你怎么还是在戏外游走的状态？"

赵晟睿看向导演，莫名地觉得导演这段话有些刺耳，咬了咬牙，沉声道："抱歉，我想先休息一下。"

董奇摆摆手："行吧。稚意，你先拍跟师父的对手戏。"下午的戏是在戏曲院拍的，背景不需要换，直接就能拍。许稚意没意见，在旁边休息的吕志明也没意见。

两个人演完三场戏，董奇边点头边感慨："我太喜欢拍你们俩的对手戏了。"他招呼许稚意："过来看看你跟吕老师拍对手戏时的状态。"

许稚意一笑："好。"

吕志明也跟了过去，边走边说："我得承认，跟稚意对戏很畅快。"

许稚意虽年轻，演技也没有那么成熟，但她不成熟的感觉是恰到好处的灵动。她能很好地把控自己的情绪和爆发点，让搭戏的演员觉得舒服。

无论做什么，人只要遇到了强劲的对手，就有可能被激发出自己更好的一面。演技派飙戏也一样。他们遇到对方，能让自己的演技更上一层楼。

董奇和吕志明夸许稚意时，完全忘了其他演员的感受。

孟进和江娜还好，一个觉得自己不差，一个抱着学习的态度。赵晟睿听着却越发有些不畅快，至于哪里不畅快，他一时也无法表达出来。

许稚意这一天收工时，时间已经不早了。晚上她跟孟进拍了几场对手戏，稍微耽误了点儿时间。

这部戏演的是女主角一个人的爱恨情仇。电影的背景设定在二十世纪初，那个时候戏曲已经受到了冲击，很多人更沉迷于歌舞厅的表演，喜欢听歌跳舞。许稚意演的角色叫计柔，从小被卖进戏班子学戏曲。她有一副好嗓子，极具天赋，从小便在戏班子里学习，和她一起学习的还有赵晟睿饰演的角色。

赵晟睿在剧中是戏班子的班主——计柔的师父的儿子，和计柔这种无依无靠被卖进来的小孩儿不同。二人算是青梅竹马，但身份差别很大。

十八岁这年，计柔遇到了一个常来戏班子听戏的人。他出手阔绰，是有钱的公子哥儿，很懂戏，也知道她在唱什么。计柔在戏班子这么多年，需要的便是能听懂她内心的想法、能听懂她唱的戏曲的人，不是表面的了解，而是深入内心的理解。

这位公子哥儿懂她，他虽有钱，但身上没有铜臭味，是个有文化的君子。

二人时常会讨论戏曲，也因此，计柔渐渐地爱上了他。只可惜，他们最终没能走到一起。不仅公子哥儿的家长不同意，师父也不同意他们来往。

因此，计柔开始郁郁寡欢。她无数次想从戏班子逃出去。可除了唱戏，她没有任何本事，甚至连基本的生活技能都没有。因为自从她被发现有戏曲天赋后，在戏班子里一直是有小丫头照顾的。

不久后，她听闻公子哥儿被家里安排要成亲了。公子哥儿成亲那日，计柔站在戏台上，为他唱了一首曲子。

当日，她便病了。断断续续地生了几场病，她再想上场唱戏时，陡然发现自己的嗓子坏了。于是，计柔开始被师父嫌弃，她内心的城墙崩塌了。嗓子坏了，她这辈子还能做什么？外面战火连连，除了在戏班子，她还能去哪儿？

为了治好自己的嗓子，计柔通过自己之前结识的人打听到，南方有医生治嗓子很有经验。

为此，她央求师父，让她南下去治嗓子。

师父看到她的模样，无可奈何地答应了，并安排个丫头跟着她，明面上是照顾，实际是监视——她就算是嗓子坏了，也是戏班子的人，生要在戏班子，死也要在戏班子。

一路颠沛抵达南方，计柔已经不再是那个只会唱戏的计柔了。她遇到了太多事，整个人变得成熟了许多。在南方，她再次遇到了爱的人。

她的生命也因为再次爱上的这个人而终结。她爱上的人身份特殊，他欣赏她，却没办法抛弃自己正在奋斗的理想。他满心热血只想保家卫国，只想将侵略者赶出去。

最后，他因为特殊身份被曝光，躲在戏班子里。

这一天，计柔的嗓子好了，找到了和她师父认识的戏班子老板，准备给她爱的人唱一出戏。唱完戏，她就该回北方了。

计柔刚上台，她等的人便出现了。只可惜，他不是以自己期盼的姿态出现的，而是灰头土脸地躲进来的。计柔知道他在做什么，知道他的信仰，知道他这么做是想让百姓更快地从痛苦中解脱，不再过颠沛流离的生活。她要保护他。

计柔把他藏在了她脚踩着的戏台下。戏班子的舞台下有个能藏人的地方。虽不知为什么这样设计，但计柔有一次注意到了这个地方。她猜想可能是戏班子的班主自己逃命用的，也可能是为了制造舞台惊喜弄出来的。

她刚将人藏好，追查的人便来了。他们拿枪对着站在上面唱戏的计柔，逼问她。

计柔自始至终站在那两块能被撬开的地板上，无论被怎么逼问，都未曾挪开过半步。

在他们搜查戏班子时，她开始哼唱。

这是她治好嗓子后第一次演唱。是直觉，也可能是别的原因，她总觉得自己回不到北方了。即便今天能活下来，她也没有机会再唱曲给她护着的这个人听了。计柔一直在唱。她写了一首曲子，叫《芦荡》。她想去种满了芦苇的小河边划船，想看看被风吹拂摇曳的芦苇的模样。她想和它们一样，被风吹呀吹，吹到自己想去的地方。

被风吹过的芦苇自由自在，很漂亮。她也想要如此。

最后一句还没唱完，搜完戏班子没找到人的长官怒不可遏，受不了计柔吟唱的曲调，用枪对准了她的喉咙。

计柔倒下时，依旧顽强地挡住了可能被人发现端倪的那两块地板。

到死，她都不忘护着自己心爱的人。是为自己，也是为爱人、为国家。

她不希望其他人同自己一样，因社会动荡，民不聊生，活不下去而被父母卖掉。

整个故事的悲剧色彩比较浓郁，但也不仅是悲剧。计柔死了，可她护着的人争气，他一直在为自己的信仰而努力奋斗。

最后，一切平息，他出现在计柔的墓碑前。

计柔死后，尸体没有被找到。那个墓里埋的，是计柔最喜欢的戏服和她写的曲子——《芦荡》。

回到酒店，许稚意再次翻了翻剧本，边叹气边等周砚。

周砚给她拨视频电话过来时，一眼看到的是哭丧着脸的女朋友。

他扬了下眉，揶揄道："不想看见我？"

"哪有？"许稚意睎他一眼，感慨道，"我只是在感慨，我们生在了最好的时代。"

战乱时代，百姓真的太苦了。

周砚知道她的剧本设定，自然知道她在说什么。他笑了下，低声问："为角色感慨？"

"嗯。"许稚意趴在床上，托腮望着他，"你说计柔后悔吗？"计柔为了藏人，自己死无全尸。

周砚垂眸，想了想，说："她后不后悔，我不知道。"他顿了顿，说道，"如果是我——"

"你怎么？"许稚意看着他，"你也愿意为她做这样的事吗？"

闻言，周砚纠正她："不是为她。"他一字一顿地说，"是为你。"对他而言，说死过于夸张，但如果真有那么一天，周砚愿意用自己的性命，换许稚意一世的安稳。

许稚意一怔，对着他认真的脸说道："呸呸呸，说什么不好的事呢？快跟我说呸呸呸，刚刚是你困倦时的胡言乱语。"她忙不迭地说，"我们才不会遇到这种生离死别的事呢。"

周砚被她的话逗笑，弯了弯唇："好，听你的。"

许稚意目光灼灼地望着他："那你快跟我说呸呸呸。"

周砚无语。照做后，他无奈地望着她："这样可以了？"

许稚意勉强点头："以后别说这些不吉利的话。"

周砚应声："要不要帮你对戏？"

许稚意眼睛一亮："好呀。"两个人通过手机对戏。

对完明天要拍的戏，许稚意看着他："你是不是忘了什么事？"

周砚抬眼："什么？"

"照片！"许稚意提醒他，"我要看制服照片。"

周砚哭笑不得："看我不行？"

对上他的双眼，许稚意下意识地舔了舔唇："那……好吧，今晚看你，明天看照片。"

周砚捏了捏眉骨，说："谢谢。"

许稚意忍笑："不客气。"她懒散地问道，"你们什么时候开机啊？"

"再过一周吧。"周砚顿了下，看着许稚意，"开机后可能会比较忙。"

他这部戏不好拍，而且基本是打戏，打戏需要的不仅是演员的演技，还需要天时地利。有时候演员打得好，镜头没拍好，也得重来。

许稚意了然，点点头说："放心，我也很忙的。"她可不是什么黏人的女朋友。

周砚说："照顾好自己。"

"你也是。"许稚意扳着手指算了算，"那我们估计只能新年见了。"她说的是农历新年。

周砚应声："不意外的话，确实。"

许稚意"嗯"了两声，看他："记得想我。"

周砚勾唇："好。"

许稚意和周砚要一个多月后才能见面，感觉很久。但实际上她忙碌起来，又觉得时间过得很快。因为进组拍戏，许稚意和周砚都拒绝了很多年底红毯活动的邀约，一头扎在剧组，一直没露脸。一眨眼的工夫，就到了新年放假的前一天。

许稚意他们剧组放三天假，从大年三十到正月初二，初三继续开工。

这部电影的播出计划是"赶暑假、保国庆"，所以董奇尽可能地加快拍摄进度，能不放假就不放假。

和许稚意的剧组一样，周砚他们也是三天假期。

放假前一天，董奇本想招呼大家一起吃个饭再回家过年，但被拒绝了。

"董导，回来后再聚吧。"吕志明率先开口，"我老婆还等着我回家过年呢。"

董奇看向许稚意。

许稚意也跟着点头："董导，虽然我没有老婆等我回家过年，但我也想回家休息。"

董奇被她的话噎住，没好气地瞪了她一眼："行行行，回来后再聚，大家新年快乐。"

"新年快乐。"

许稚意还让蒲欢给现场的工作人员发了红包，每个人都有。这是她的习惯。年前和年后，都会给大家准备红包，钱不多，但也是一点儿心意。

拍完收工，许稚意回北城。她跟赵晟睿、孟进搭乘同一趟航班。吕志明回家跟老婆过年，和江娜一同飞江城。

许稚意到了机场，不意外地碰到了很多过来送机的粉丝。跟粉丝打完招呼，叮嘱他们回家注意安全后，她才去候机室。她刚坐下，周砚就发来了航班信息。

许稚意点开一看，笑了，回复："周老师，你八点落地，我八点半落地。"今天的戏拍完，大家都没有要在酒店休息一晚的心思，纷纷启程回家。

周砚："那我等你？"

许稚意："你不怕机场有狗仔？"

周砚："嗯。"

许稚意："倩姐来接我，你先回去吧。"

周砚："好。"

跟周砚说好，许稚意放下手机，看了一眼蒲欢，靠在她的肩膀上和她聊天:"给你放十天假,好好陪家里人,初三我先回剧组,你不用跟我一起回来。"

蒲欢"啊"了一声,看着她:"不行,我要跟你一起回来。"

许稚意哭笑不得:"不想多陪陪家人?"

蒲欢想,但怕许稚意一个人搞不定。许稚意捏了捏蒲欢的小脸,低声道:"你要真不放心,我让倩姐再给我安排个助理过来几天。"之前焦文倩就一直想给她安排两个助理,但被她拒绝了。很多事情她更习惯亲力亲为,而且蒲欢照顾得也很到位,一个人就够了。

蒲欢勉为其难地同意:"那到时再说吧。"

许稚意点头。

他们上了飞机,许稚意的位子和蒲欢的在一起。

她给江曼琳和她那不知道在哪个国家的亲爸发了条消息,便开始睡觉。

许稚意这一觉直接睡到飞机落地。她拿上行李要往外走时,赵晟睿忽然问她:"稚意,你们怎么回去?我的经纪人过来接我了,要一起走吗?"

许稚意莫名其妙地看了赵晟睿一眼,摇了摇头:"不用了,我的经纪人也来接我了。"

谁还没个经纪人呢?许稚意觉得奇怪。

赵晟睿被她拒绝,尴尬一笑:"新年快乐。"

"新年快乐。"许稚意应声,转头跟孟进也说了句:"孟进,新年快乐,年后见。"

孟进笑笑,摆摆手:"好。"

看着焦文倩发来的消息,许稚意找到停车的地方。

司机把行李搬上车后,许稚意上车,正要跟焦文倩说话,先看到了坐在后座的人。

许稚意眨了眨眼,直勾勾地看向他,问道:"你……没先回去?"

周砚朝她伸出手,将她拉到自己旁边坐下:"没有,正好碰到倩姐了。"

焦文倩无语,小声道:"你们低调一点儿,我可不想过年加班啊。"

好在焦文倩也没多说,任由二人在后面卿卿我我。察觉前面几个人的注意力没在他们这儿,许稚意控制不住地往周砚旁边挤,小声道:"周砚。"

车内没开灯,只有窗外闪过的路灯照进来,影影绰绰,忽明忽暗。

听着许稚意的呼吸声,周砚的喉结滚了滚:"怎么?"

许稚意:"没事,就是叫一下你。"

周砚挠了挠她的掌心,低声道:"别调皮。"

听到这话，许稚意故意找他话里的漏洞："我哪里调皮了呀？"

"我只是叫你一下，这样也不行吗？"她"戏精"本质发作，凑到周砚的耳边，小声道，"唉，一段时间没见，我已经不是你的亲亲女友了吗？"

周砚受不了她这样的撩拨，眸色暗了暗，捏着她的掌心，说："在飞机上休息好了？"

谈恋爱好几年，又都是成年人，许稚意怎么会听不懂他的话？耳郭一热，她掩唇咳了一声："除了这个，你就不能想点儿别的吗？"

周砚："想了。"

许稚意扬眉："那你说说还想了什么？"

"你。"周砚目光灼灼，借着窗外照进来的光锁定她。

许稚意一顿，舔了下唇，好奇地问："想我什么了？"

周砚抓着她的手指，指腹在上面流连。片刻后，他如实告知："什么都想了。"

第十章　特别礼物

车里还有其他人，许稚意不太好把情绪全表露出来，但那双亮晶晶的大眼睛依旧暴露了她此刻的情绪。她眼睛里的笑意开始往外跑，遮都遮不住。为防止过于惹前面的人"讨厌"，她将额头抵在周砚的肩膀上，压着声音叮嘱他："别说了。"

再说，她怕自己控制不住也想亲他。真亲了，她要被倩姐骂死。

周砚感受着她吐在耳畔的气息，从胸腔里溢出笑声："行。"他学着她低语，用唇瓣擦过她的耳郭，"回家说。"

将二人安全送进电梯，焦文倩一行人才放心地离开。

临走前，焦文倩给了许稚意好几个暗示的眼神，大概意思是——低调点儿，别让大家过年加班，你们俩就算想曝光恋情，也得等年后开工再说。许稚意忍俊不禁。

"笑什么？"周砚侧眸看着旁边的人问。

许稚意："倩姐呀，她担心我们过年太放纵，曝光恋情。"

周砚微顿，看着她："你不担心？"

"我担心什么？"许稚意看向周砚，"我们俩又不出门，再说你明天要回家过年吧？"

周砚的家人都在国内，在这种团圆的节日，他就算再忙，也会抽空回家住两天。许稚意在新年时一般看假期长短做计划：假期长，她会回乡下看爷爷奶奶或飞到英国陪江女士；假期不长，她就窝在家里睡两天，然后继续工作。

周砚"嗯"了一声，垂眼看她："想不想……"对着许稚意那双映着自己脸庞的漂亮眼珠，周砚还是将后面的话说了出来，"跟我一起回家过年？"

"啊？"许稚意愣了愣，怀疑自己的听觉出现了问题，"你说什么？"

周砚看着她呆滞的表情，重复了一遍。电梯抵达他们住的楼层，周砚拉着她和行李走出去，开锁进屋后，许稚意还是呆愣的状态。

周砚帮她把拖鞋拿出来："先换鞋。"

"哦。"许稚意换上毛茸茸的拖鞋，往前走了两步，回头看向正弯腰整理被自己甩开的靴子的人。片刻，许稚意舔了舔唇，问道："明天吗？"

这次倒是轮到周砚发愣了。他不可置信地转头看着许稚意，眉峰微扬，忘了要说什么。说实话，问题问出口时，他其实没把握许稚意会答应。许稚意是个在家庭方面缺少安全感的人，她虽然没明确说过，但周砚能感觉出来。正因如此，周砚很少在她面前提自己的家人，也很少问她家人的情况。二人在这件事情上有奇怪的默契。

谈恋爱这几年，某次焦文倩问她为什么不愿意公开和他谈恋爱，周砚曾听她说过一句玩笑话——她说怕分手，万一分手了会很尴尬。他不确定许稚意还记不记得自己说的这句话，但他记得。当时听到，他其实有点儿生气。但气过后，他又能理解她的想法。许稚意比自己小好几岁，在恋爱方面本来就是小女生心态，又没有家庭给予的安全感。结婚的爸妈都能离婚，年轻的男女恋爱会分手，寻常得不能再寻常。

不过，周砚当时还是有些挫败感。他不知道是该怨自己没给许稚意安全感，还是该怨她对自己没有足够的信心。但挫败归挫败。他能怎么办呢？既然他们家的小朋友没有安全感，那他就先给足她安全感，让她确信他们不会分手。无论发生什么，他们都不会分开。

许稚意被周砚看着，有点儿不适应："你这样看我干吗？"她走到沙发前坐下，抬眸看向周砚，"你后悔啦？"

周砚回神："没有。你想哪天去都行。"他走到许稚意面前，垂眼看她，顿了顿，补充说，"明天更好。"

许稚意"哦"了一声，看着他的影子，有些紧张地舔了舔唇："明天你们一家吃团圆饭，我一个外人过去是不是不太好？"

她正想说要不初一那天去，话还没说出口，就被周砚敲了一下脑袋。

周砚捏了捏她的脸，低声问："谁是外人？"

许稚意一噎，眼神飘忽地看着他，弱弱地说："我……"

话音刚落，脸又被周砚捏了一下，他的声音随之落下："不是。"

许稚意眨眼："我就是个女朋友……"

"就是个女朋友？"周砚打断她的话，一字一顿地告诉她，"是唯一的女朋友。"

听到他的话，许稚意莫名地被逗笑："谁知道是不是唯一的女朋友呀？"她弯了弯唇，紧张感减少了许多，故意逗周砚，"难道你学生时代没谈恋爱？"

周砚没回答她，倒是抓住了她话里的漏洞："你学生时代谈过恋爱？"

许稚意扬眉，理直气壮地说："谈过啊！"

周砚一时语塞。

"是吗？"他倒也没太表露自己的情绪，轻声问，"长得帅吗？"

许稚意点头，笑盈盈地说："特别帅。"

她侧坐着看周砚："要我给你描述一下吗？"

周砚磨了磨牙："行。"他倒是要听听，她学生时代的恋爱对象有多帅。

许稚意忍着笑，目光灼灼地望着他："我那时的男朋友的五官比例超级好，三百六十度无死角的那种，鼻子英挺，弧线明显，眼睫毛又长又翘，比女人的还漂亮，瞳仁的颜色偏浅，琥珀色，嘴唇偏薄，亲起来特别——"还没说完，许稚意便对上了周砚的目光。

"亲起来特别什么？"周砚死死地看着她。

许稚意望着他一张一合的嘴唇，小声说："软。"

"真的？"周砚不相信地问。

许稚意："真的。"

周砚"嗯"了一声，问她："还有呢？"

"还有——"许稚意的目光从上而下，落在他滚动的喉结上，她耳郭泛红，小声说，"喉结特别性感。"

周砚歪着头注视她："还有呢？"

许稚意的目光继续往下，落在他被衣物挡住的小腹上。

刚刚进屋那会儿，周砚脱下了大衣，只留了一件白色的圆领薄卫衣，看上去干净、清爽又舒服。许稚意正盯着那一处发呆，周砚蛊惑的声音在她的耳边再次响起："还有呢？"

"还有……"许稚意抿了抿唇，乖乖地回答，"还有腹肌。"

"有几块？"

许稚意有段时间没看到周砚的腹肌了，有点儿卡壳："好像是……四块还是六块？"

说完，她抬起眼看向周砚。屋内灯光全开，有些刺目。

周砚垂眸盯着她，倏然一笑说："听起来，你这男朋友确实还不错。"

"那当然。"许稚意傲娇地说道，"超好的！"

周砚微微一笑，拽着她的手腕将人拉近，低声说："但我觉得，我比你描述的男朋友更好一点儿。"

许稚意配合他："哪里好了？"

周砚的喉结滚了一下，他嗓音低沉地说："我的腹肌，比你那个男朋友的更多。"

许稚意诧异地问道："真的？我不信。"

"真的。"他低语，"你自己看。"

他抓着她的手，放在衣服下摆的边缘处，诱惑着："想不想看？"

此时此刻，许稚意感觉自己像是被周砚牵住了鼻子的大象，下意识地点头："想。"

"那自己来？"周砚一副任她宰割的模样。

许稚意眨了下眼，在他的蛊惑之下，掀起了他的衣服的一角。

"这样能看清？"周砚看她迟迟不再继续，向她发出邀请，"你可以凑近一点儿。"听他这么说，许稚意不甘示弱，一把将周砚的衣服撩了起来。腹肌露出来，映入她的眼帘。

许稚意愣了愣，看到他肌理清晰的小腹，眼馋到了极点。他的腹肌好像比之前更明显了一点儿，但又不夸张，恰到好处，能把人撩拨得面红耳赤。

周砚看到她呆滞的表情，勾了勾唇："还满意吗？小许同学。"

许稚意舔舔唇，说："我男朋友的腹肌摸起来也很舒服，你的我还没摸呢。"

周砚看着她娇憨的模样，忍无可忍，一把将她的手覆在了小腹上。没有了衣物的遮挡，许稚意的手指摸到了他小腹上的肌肉。他的肌肤滚烫，和自己掌心的温度一样。

两个热源靠近，有种要爆炸的感觉。

"舒服吗？"在许稚意想逃的时候，周砚俯身，用唇瓣擦过她的耳朵。

许稚意的睫毛一颤，她感受着他说话时小腹的起伏，心跳加剧："还……还可以。"

周砚应声，张嘴含住她的耳垂："要试试别的吗？"

许稚意的脑袋蒙蒙的，她凭渴望和直觉回答他："要。"

嘴唇何时被堵住的，许稚意不知道。她只知道自己回过神来时，已经被周砚压在了沙发的另一边。不知道是暖气的缘故，还是他们自身的原因，许稚意感觉自己身体里的燥热感根本无法控制。面前的男人也一样，他的唇瓣滚烫，呼吸滚烫，连肌肤也是滚烫的。

二人贴在一起，周砚让她认真比较，现在的男朋友和"之前的男朋友"，谁更好，谁更优秀。许稚意真的认真比较了一番，最后得出的结论是——"两个男朋友"她都很满意。

在沙发上折腾了许久，在许稚意的强烈要求下，周砚抱着她进了浴室。

夜越来越深，二人从浴室出来。许稚意陷入柔软的床褥间，依旧不舍得跟周砚分开。他们纠缠在一起，尽情地吐露对对方的情愫和爱意。

他们亲着对方，用唇舌交流，谁也不愿示弱，不愿率先离开，一时间难舍难分。

一个吻，比之前的表达更温情，更缠绵。

翌日，许稚意是被周砚说话的声音吵醒的。他在客厅打电话，没把房门关严。

许稚意迷迷糊糊地听了听，听着他低沉沙哑的声音，脑海里掠过昨晚的画面。

思及此，她埋头蹭着周砚睡过的枕头懊悔——昨晚她的所作所为是不是太夸张了？

思考片刻，许稚意觉得应该还好，她就不信别人看到这样的周砚能把持住。她不过是和大多数女人一样，对拥有好身材、好长相的男朋友没什么抵抗力罢了。

开导了自己一会儿，许稚意忽然想起昨晚答应周砚的事。

她侧身，拿起自己的手机给盛檀发消息："救我，救救我，盛檀。"

盛檀："被绑架了？让对方开价，只要不撕票就行。"

许稚意："你第一次以沈正卿女朋友的身份去见他爸妈的时候，准备了什么礼物？"

盛檀："你说的是五岁那回，十岁那回，还是十八岁那回？"

许稚意："你们要结婚的那回。"

盛檀："你要跟周砚结婚了？那我们先断绝关系一段时间吧，份子钱我还没赚到呢。"

许稚意："哼。"

盛檀调皮了一会儿，正色问："你要去见周砚的父母了？"

许稚意："他问我要不要去他家吃个饭。"

盛檀："今晚？"

许稚意："他说今晚更好。"

盛檀："想好了？"

许稚意："什么？"

盛檀："你果然很爱周砚。"

许稚意："说人话。"

盛檀："周砚有点儿本事。"

许稚意："……"

盛檀这话还真不是乱说的。看到许稚意说要去见周砚的家长，她还让沈正卿掐一掐自己，告诉自己不是在做梦。沈正卿没掐她，但亲了她。

"没做梦。"他说。

盛檀舔了一下被他亲过的唇，"哦"了一声，自言自语："可是稚意说要跟周砚回家见他父母啊。"

沈正卿微顿，也有点儿意外。他扬眉，下意识地说："这个周砚，有点儿本事。"

"是吧是吧，"盛檀看他，"你也觉得惊讶吧！"

沈正卿颔首。他们俩从小就认识许稚意，知道她是在什么样的环境下长大的。小时候她没明显表现出来，但年少时，沈正卿听过许稚意的观点。

那时许稚意班里的两位同学早恋，每天黏黏糊糊地说"我爱你，这辈子我只爱你"。

盛檀和许稚意听到同学传八卦时，盛檀还很羡慕，也很难过，沈正卿不和自己早恋，自己体会不到早恋的快乐。许稚意一点儿羡慕都没有，甚至还有点儿偏激地说："有什么爱不爱的？我们现在还小，爱都不算数。"

盛檀问她："那长大的爱就算数了吗？"

许稚意沉默了很久，说道："也不算数。我爸爸妈妈以前也老说爱对方，可他们还是分开了。"许稚意嘀咕道，"而且，他们都说爱我，可还是总把我一个人丢在家里。"

她望天，轻声说："人都很自私，他们最爱的只有自己。"

那句话让沈正卿惊讶了。事后，他跟盛檀商量怎么才能让许稚意在感情这方面不那么老成，思来想去，也没想到答案。

后来她跟盛檀说她谈恋爱了，盛檀还问过她，是不是觉得爱其实很可靠。

许稚意说觉得还好，她知道自己现在喜欢周砚，至于未来，她不确定。

盛檀骂她是个渣女。她表情无辜地问："谁谈恋爱就想好以后怎样？当然是现在喜欢就把握住，至于未来的事，我从不去想。"

盛檀弱弱地回答她："我呀。"

两个人相对无言，沉默了半天，许稚意认真地说："你不一样，我的思想是不正常的，你不要学我。"

盛檀十分无奈。她知道，许稚意相信爱，只是不相信爱会永久地落在自己的身上。许稚意喜欢周砚，就和他在一起了。但她不相信自己会那么幸运，能一辈子都和周砚在一起不分开。所以这会儿看到许稚意这么说，盛檀和沈正卿讨论："你说她是不是想明白了？"

沈正卿捏了一下老婆的鼻子："不知道，你问问她。"

盛檀点点头："没想明白的话，她不会答应去见周砚的家长的。"

沈正卿"嗯"了一声，说："先问问。"

"好。"盛檀说问就直白地问了。

看完盛檀的问题，许稚意沉默了半晌，打了很长的一段话，又删除了。最后，她给盛檀的回复是："走一步看一步，不想那么远了。"

盛檀："啊？"

许稚意："我不忍心拒绝周砚。"

盛檀："所以我说，周砚这个男人有点儿本事。"

许稚意"扑哧"一笑，有了和她开玩笑的心思："那当然，他要是没本事，我能看上他吗？"

盛檀："别和我秀恩爱，我有老公。"

许稚意："快说，要准备什么礼物？"

盛檀："那次是我老公准备的，我帮你问问。"

许稚意："好。"

她们正聊着，周砚推门进来。看到清醒的许稚意后，他愣了一下："什么时候醒的？"

许稚意抬眸看他："在你打电话的时候。"

周砚俯身亲了一下她的唇角："抱歉，把你吵醒了。"

"也还好。"许稚意握着手机抬眼看他，"我有点儿饿了。"

周砚弯唇："去洗漱，我给你热早餐。"

许稚意应声："好。"

早餐有玉米、鸡蛋和豆浆，很简单的搭配，但许稚意很喜欢。

吃完，她收到了盛檀的回复。那些礼物只能作为参考，她要见家长，更重要的是要准备周砚父母喜欢的东西。思及此，许稚意点开了周渺渺的微信，边给周渺渺发消息边问周砚："渺渺回来过年吗？"

"没有。"周砚告知，"她说年后再回来，新年跟同学去冰岛。"

许稚意闻言，眼睛一亮："真的？"

周砚低低一笑："想去？"

许稚意："有一点儿，但是没时间。"

周砚哭笑不得："以后会有时间去的。"他扯过一侧的纸巾，给她擦了擦沾着豆浆的唇瓣，忽然说，"刚刚是我妈给我打的电话。"

许稚意眨了眨眼，说："我听出来了。"

对着周砚的双眼，许稚意抿了抿唇，问："你爸妈喜欢什么？"

周砚微怔，低声问："想好了？"

许稚意点头："想好了。"

周砚勾唇，直言道："他们喜欢你。"

"认真点儿。"许稚意哭笑不得，"我第一次见他们，总得准备礼物吧。"

周砚："你就是最好的礼物。"

许稚意受不了他，忍俊不禁："除了我，还要新年礼物！"

周砚拗不过她，想了想，说："我妈喜欢茶，但家里什么茶都有。"

许稚意心想：那你说这个的意义在哪里？

周砚微笑，提醒她："女朋友，你先恶补一下茶的知识？"

许稚意语塞，转而问道："那你爸爸呢？"

周砚想了想，一本正经地回答："我爸喜欢我妈。"

许稚意忍无可忍，踹了他一脚："认真点儿。"

周砚无奈，想说真不用准备什么，但看许稚意这么认真，他如实告知。

许稚意点点头，看他："那你先回去，我去趟商场？"

周砚："一起去。"

许稚意看他半分钟，问："你想让程序员和倩姐他们都加班？"

"也不是不行。"他说。

许稚意白他一眼："你要去也可以，但不能下车，乖乖在停车场等我行不行？"

周砚沉默了一会儿，委屈地说："行。"

看着他的表情，许稚意笑着问："不开心了？"

"没有。"周砚语气平静地说，"能给小许同学当司机是我的荣幸，我一点儿都没有不开心。"

不知为何，周砚越是这样说，许稚意越是想笑。她嘴角上扬，凑过去亲他的唇角，眼睛弯弯地问："现在开心值有多少？"

周砚垂眼看她，想了想，说："五十。"

许稚意忍笑，又亲了他一下，问道："现在呢？"

"九十。"

许稚意伸手，主动揽上他的脖颈，含着他柔软的唇，一寸寸逼近。她学着他平常亲自己的姿势，撬开他的唇齿，和他接了个绵长的吻。分开时，许稚意气喘吁吁，耳郭有了红晕，眸子像是蒙上了一层水雾，格外诱人。

"现在呢？"她软声问。

周砚喉结滚动，注视着她此刻的模样，嗓音沙哑地道："一百。"

许稚意选了一家格调比较高的商场。大年三十这天，逛街的人比往常少了一些，大多数人在这一天已经回家，在家里热热闹闹地准备团圆饭、贴对联。

要去见周砚的父母，和他们一起吃饭，许稚意思忖了一会儿，还是给江曼琳发了条消息。她的消息刚发出去，江曼琳的跨国电话就来了。

"喂。"许稚意跟周砚说了一声，接了她的电话，"妈妈。"

江曼琳这会儿刚忙完工作，起身站在落地窗前眺望着庄园里郁郁葱葱的景色，问道："嗯，要去见你男朋友的父母？"

许稚意"嗯"了一声。

江曼琳沉默了半晌，低声问："想好了吗？"

许稚意微怔，看向一侧专注开车的男人，周砚的下颌线条流畅且明显，侧脸轮廓英俊，看着赏心悦目。察觉她的目光，周砚偏头看她，启唇无声地询问："怎么了？"

许稚意轻摇了下头，回江曼琳："嗯，想好了。"

闻言，江曼琳不再多说，换了话题："都准备了什么礼物？"

听到这个问题，许稚意讪讪地小声说："没准备，现在正要去商场买。"

江曼琳无言半晌，问道："那你准备买什么？"

许稚意："不知道。"周砚还没告诉她，他爸妈都喜欢什么。

江曼琳捏了捏眉骨，训了她一句："什么都没准备，你想给他们留下不好的印象？"

"我哪有？"许稚意底气不足地反驳，"太突然了。"

江曼琳冷静地说道："不是突然，是你之前根本就没去了解过，你但凡做做功课，也不至于变成现在这个模样。"

许稚意不吭声。江曼琳又训了她两句："人不打没准备的仗，能明白这个道理吗？"

"不能。"许稚意硬邦邦地回。她清楚，在工作方面确实是不打没准备的仗，可见家长这种事，本来就很突然，怎么去提前了解？难道她要在谈恋爱之初就去问周砚：你爸妈喜欢什么，你准备什么时候带我回去见你爸妈，我好提前准备礼物吗？

许稚意不是这种性格的人，也没想得那么长远。很多事，她都是抱着走一步看一步的想法，顺其自然，随机应变。

听出了她的不开心，江曼琳也没再多说，单手插兜，缄默了几秒才说："到商场了跟我说一声，我帮你看看礼物。"

许稚意抿唇："不用了，会耽误你的时间。"

江曼琳哪会听不出她的别扭，淡淡地说道："不耽误，我的工作已经忙完了。"

许稚意挂断电话时，车正好停下。

她回神："到了？"

周砚应声，侧身给她解开安全带："怎么了？"

许稚意眨眼，没懂他的意思："什么？"

周砚抬手，捏了捏她软乎乎的耳垂，低声问："不开心了？"

看着他的双眼，许稚意静默了片刻，点了下头。

周砚抬手，拍了拍她的脑袋："那是要现在哄你，还是待会儿哄你？"

许稚意愣了一下，笑着问："你现在准备怎么哄我？"

周砚垂眸，学着她亲了亲她的嘴角，嗓音清越："这样可以吗？"

"可以是可以……"许稚意含混不清地说，"可是我的口红会花。"

周砚应声："待会儿我给你补上。"话音刚落，他捏着许稚意的下巴吻了上去，哄她。

下车时，考虑到要戴口罩，许稚意没让周砚给自己补口红。谁也不知道，她口罩下的嘴唇，此刻红得比涂了口红更艳，更性感勾人。

看着许稚意逃跑似的背影，周砚勾了勾唇，用指腹擦拭掉她残留在自己唇上的口红。

许稚意鲜少一个人逛商场，之前要么与蒲欢一起，要么和盛檀一起，自己一个人来买东西的次数少之又少。她到一楼时，手机振了振，是江曼琳发来的消息，点开一看，是江曼琳提供的备选礼物。

许稚意第一次见周砚的父母，不需要送太贵重的礼物，但是也不能送太差的，不能让对方看轻自己。江曼琳给她统计了一些还不错的适合送给长辈的礼物，又问道："他爸妈喜欢什么，他跟你说了吗？"

许稚意："他说他妈妈喜欢喝茶。他们家好像有几间茶室。"这是她之前偶然听周砚说起过的。

江曼琳："那你别送茶。"

许稚意："为什么？"

江曼琳："既然他们家是开茶室的，那家里什么茶没有？"

许稚意想了想，江曼琳说得很有道理。

江曼琳："他爸爸呢？"

许稚意当然不能把周砚说的他爸爸喜欢他妈这句话告诉江曼琳，想了想，说："他说他爸没什么特别的喜好，不过挺喜欢钓鱼的。"

江曼琳："你所在的商场没什么好用的渔具。"

许稚意："哦。"

最后，经过江曼琳的指导，许稚意给周砚的妈妈买了一条大品牌的丝巾和一条披肩。至于周砚的爸爸，许稚意还没想到要买什么，江曼琳替她做了决定，让她送酒。不过，普通的酒拿不出手。江曼琳让她在商场先等等，自己让人送过来。

许稚意："送什么？"

江曼琳："我之前在家里的酒窖放了一些珍藏的红酒，刚刚已经让人回家拿了，待会儿给你送过去。"

许稚意有些触动，握着手机的手指僵了僵，抿着唇发消息："谢谢妈妈。"

江曼琳："谢什么？我和你爸爸都不在国内，你照顾好自己就行。还有，给周砚爸妈买了礼物，也不要忘了给自己买礼物。"

许稚意："哦。"

下一秒，江曼琳给她转了一笔钱过来。

许稚意："你干吗？我不差钱。"

江曼琳："给你买包的，也要记得给檀檀她们买点儿新年礼物，有假期的话去看看你盛叔叔他们。"

许稚意："知道，这些我都提前准备了。"

许稚意没在商场等多久，江曼琳珍藏的酒便送了过来。许稚意看了一眼，觉得这份礼物有点儿贵重了。但转念一想，她又能明白江曼琳的心思——江曼琳不愿意任何人看轻自己的女儿，礼物自然是选贵重的。

除了红酒，许稚意还看到了包装精美的两个盒子，一看就知道是香水。果然，江曼琳告诉她，一瓶送给周砚的妈妈，一瓶送给周砚的妹妹。江曼琳作为她的母亲，虽然没回国，但礼物不能落下。这些事情江曼琳总是事无巨细地交代清楚，让人挑不出任何毛病。

把礼物放上车，许稚意转头看向直勾勾地盯着自己的人："这么看我做什么？"

周砚顿了一下，低声道："抱歉。"

"抱歉什么呀？"许稚意哭笑不得，"我们现在这情况，就没办法光明正大一起逛街。"她在这种小事上从来都不计较，"别再道歉了。"

周砚轻笑："好。都买了什么？"

许稚意卖了个关子："待会儿你就知道了。"

二人先回了趟家，许稚意将自己重新收拾了一番，换了套温婉淑女的衣服，才跟着周砚回家。快到周砚家门口时，许稚意后知后觉地开始紧张。她扭头看向旁边的人，懊悔不已："周砚，我可以反悔吗？"

周砚微顿，笑了笑："可以。"

许稚意一愣，没想过他会同意："真的？"

周砚看她："不相信？"

"不是。"许稚意诧异，"我们都说好了，我临时反悔，你就不怕你爸妈问你？"

"不怕。"红灯时间，周砚捏了捏她的手，低声道，"你的意愿比较重要。"在周砚这里，许稚意的意愿永远排在第一位。她想去就去，不想去就不去。他从不想勉强她做任何事，即便临时反悔可能有些没礼貌，但那又如何？有问题周砚会解决，许稚意开心就行。

许稚意看着他认真的神色，知道他说的是真话。只要她想反悔，他就允许她反悔。

"还有时间。"周砚告诉她，"再想想，真不想去，我在前面的路口掉头。"

"别。"许稚意哭笑不得，"跟你开玩笑的，我就是有点儿紧张。"

周砚捏了捏她的手指，安慰道："不用紧张，一切有我。"他顿了顿，说，"我爸有点儿严肃，但我妈很好相处，她就像个小女生，跟你应该有很多共同话题。"

闻言，许稚意惊讶地问道："真的？"

周砚颔首："真的。她看了我们之前拍的综艺，也会看你的电影。"

这句话一出，许稚意刚消散的紧张感再次加剧——男朋友的妈妈看自己拍的电影什么的，真的没有想象中的那么轻松。

紧张了一路，当周砚将车开进院子时，许稚意忽然放松下来，抬眸看向面前的房子。

周砚父母住的地方在湖边，是一栋很有特色的别墅，建筑很有复古庭院的感觉。院子里种满了鲜花，开得格外漂亮。墙上爬满了藤蔓，给凛冽的冬日增添了些许色彩。

"你家好漂亮。"许稚意第一时间发出惊叹。她之前看过周砚发给自己的照片，但照片不全，只能看到院子的一角。这会儿亲眼看见，许稚意恍惚间觉得这是一个世外桃源。

周砚勾唇："你要是愿意，这里也可以是我们家。"

许稚意睇他一眼："再说吧。"

车刚停下一会儿，便有人从屋子里走了出来。

"周砚？"温清淑喊了一声。

"妈。"周砚应声，又看向许稚意，轻声问："紧张吗？"

许稚意："一点点。"

二人正说着悄悄话，温清淑走近，看到许稚意后，笑盈盈地招呼她："稚意，对吧？"

许稚意点头："阿姨好。"

温清淑唇角的笑意加大，眼睛亮晶晶的："阿姨可以叫你意意吗？"

"可以的。"许稚意应声，"阿姨您怎么叫都行。"

"好好好。"温清淑开心到了极点，拉着她的手，"来，跟阿姨进屋，外面太冷了。"

许稚意一愣，扭头看去后备厢拿礼物的人，"可是周砚——"

"不用管他。"温清淑道，"让他自己拿就行，我们女孩子不能受冷。"温清淑是个让人很舒服的长辈，由内而外散发出来的温柔和关切，都让许稚意觉得自在。

许稚意的紧张感渐渐消失不见。看见周砚的父亲时，她也不那么紧张了。

许稚意将自己准备的礼物送给他们时，温清淑高兴到了极点，当场试了试许稚意送的丝巾和披肩，朝周砚炫耀："怎么样，好看吧？"

周砚："好看。"他看向许稚意，意思很明显——他没有礼物吗？

许稚意轻轻地摇了摇头。

周砚走近她，委屈得像个小媳妇："为什么我没有礼物？"

许稚意眨眨眼，前段时间被盛檀的"土味情话"塞满了脑袋，想也没想地说："你拥有了我，这个礼物还不够吗？"

这话来得突然，周砚愣了一下，笑出声来。

正在跟周父炫耀礼物的温清淑听见，问了句："笑什么？"

周砚望着自己的女朋友，压着眼中的笑意说："没什么。妈，我带意意到附近转转。"

温清淑没拦着，说："待会儿要吃午饭了，别走太远。"

"知道。"

走到院子里，周砚问她："最近说话怎么土土的？"

许稚意一噎，白他一眼："哪儿土了？"她才不承认。

周砚勾唇，意思很明显。

对着他的目光，许稚意莫名地跟着笑了起来。她笑了一会儿，才告诉他："盛檀老是跟我说'土味情话'，听多了就有印象了。"

周砚了然。

他牵着她的手到湖边转悠，这一片都是周家买下来的，湖边种了很多鲜花，还有郁郁葱葱的小草，生活气息十足。周砚给许稚意介绍，他偶尔心情不太好时，总会在湖边吹风，静坐一下午就能好。

许稚意诧异："你还有心情不好的时候？"

周砚看她。

许稚意忍着笑道："不怪我怀疑，主要是你把情绪控制得太好了。"在她面前，周砚仿佛是个没脾气的人，不会暴躁，也不会无缘无故地发火，性子温和，不是阴晴不定的人。

周砚捏着她的手，低语："有。看到你跟别的男人有话题，我的心情就非常不好。"

许稚意感觉自己给自己挖了个坑，摸了摸鼻尖，嘟囔道："我看你跟其他女人一起，心情也非常不好。"

周砚怔住。两个人彼此彼此，他们的职业特殊，跟合作的演员上新闻是常有的事。有时候只是正常的交流聚餐也会被放大，说什么私下聚餐感情好、他们之间有猫儿腻之类的。好在他们心情不好归心情不好，从不会真的跟对方计较这些。在恋爱这件事上，他们互相尊重、互相理解。

周砚带许稚意在周围转了小半圈，被温清淑喊回来吃饭。

午饭很丰盛，温清淑在知道周砚会带女朋友回来吃饭后，便做过功课，知道许稚意喜欢吃什么、不喜欢吃什么。温清淑考虑到许稚意怕长胖，做饭用的油都是低热量的。

一家人吃过午饭后，新年的氛围好像浓郁了一些。许稚意被周砚拉着去贴对联，感受新年的氛围。贴着贴着，许稚意忽然想起一件事："周砚。"

"嗯？"周砚看她，"怎么了？"

许稚意和他对视："去年过年时你们一家不是回爷爷奶奶家吃饭了吗？"去年大年三十那晚，她还跟周砚打过视频电话。

周砚应声："怎么了？"

许稚意眨了下眼："今年不去了吗？"

周砚轻笑："明天再去，今天我们在家吃。"

许稚意一怔，想了想，问："是因为我吗？"

周砚知道她在想什么，抬手刮了一下她的鼻子，嗓音低沉地说道："别想那么多，不是你的问题。爷爷奶奶家的亲戚太多，我好不容易休息，今晚不想过去被拉着拍合照、表演节目。"

虽然确实有一些许稚意的原因，但周砚不想给她添加负担。他在国内，她也在国内，他是不可能让她独自一人过新年的。周砚原本是想如果许稚意不愿意跟自己回家过年，他就回家吃个午饭，再陪她一起吃团圆饭。他们这个新年，肯定要在一起。知道许稚意要来家里后，温清淑也特意问过周砚——许稚意怕不怕生，要不要带她去爷爷奶奶家吃饭？

周砚自然是想，但考虑到许稚意的性子，还是想慢慢来。他了解许稚意，不想给她太大压力。她跟自己的父母吃饭还好，真要见爷爷奶奶和其他亲戚，她的压力会暴增。不说她愿不愿意，就算她愿意，周砚也不舍得。因此，周砚跟父母商量了一下，今晚不去爷爷奶奶家吃饭，明天他们一家过去打个招呼就行。

听周砚这么一说，许稚意"扑哧"一笑："他们还会让你表演节目？"

周砚"嗯"了一声："亲戚会。"

许稚意弯唇："那你表演过吗？"

周砚一脸无奈地看着她："你还记得我们一起拍的那部电影里有个我单手开易拉罐的镜头吗？"

"记得。"

周砚告诉她，电影大火那一年，他们一家凑在一起吃团圆饭，有不是很熟的亲戚过来串门，让他表演一个才艺。周砚当时正在和在国外过年的许稚意聊天，不是很想理会。但爷爷奶奶在旁边，他也不好拂了亲戚的面子。最后，周砚给他们表演了单手开易拉罐。

他表演完，当时客厅鸦雀无声。半响，温清淑第一个笑出了声，给周砚鼓掌："哇！我儿子真棒，单手开易拉罐也太帅了吧！你爸爸就不会这个。"

不知为何，许稚意听着就非常想笑。她笑着倒在周砚身上，眼泪都要流出来了："然后呢？"

周砚自己说着，也跟着笑了起来："没然后了，亲戚被人拉走了。"

许稚意弯唇，挽着他的手说："那今晚你也给我们表演一个单手开易拉罐吧。"

周砚无语。

贴好对联，许稚意跟进厨房帮忙。不过她的做菜水平一般，她只能给周砚打打下手。

阿姨给他们做完午饭便放假回家了。周砚告诉许稚意，温清淑和他爸周正远准备亲自动手做晚饭。两个小辈自然也开始帮忙。许稚意头一次吃到这样氛围温馨的团圆饭，看着他们亲自做出来的一桌菜，莫名有些感动。

周砚拍了一下她的脑袋，问道："要不要拍张照？"

许稚意眼睛一亮："好呀。"

周砚应声："拍了发给周渺渺。"

许稚意笑道："有你这么当哥的吗？"

周砚："有。"

拍好照片，许稚意还真的给周渺渺发了过去。不到五分钟，她收到了周渺渺回过来的一连串问号。

吃饭时，温清淑看向许稚意："今晚能多吃一点儿吗？你叔叔做的红烧肉非常不错。"

许稚意笑："可以的，阿姨，待会儿我吃饱了跟周砚出去走走，消化消化。"

温清淑应声："演员太辛苦了，连吃饭都得小心翼翼地控制。"她给许稚意夹菜，轻声道，"能吃就吃，不能吃我们家不勉强啊，只要你开心就行。"

"好。"许稚意压了压自己涌动的情绪，"谢谢叔叔阿姨。"

吃过饭，周砚说他父母的活动是看春晚。但他们俩对春晚的兴趣都不大，准备出门转悠转悠。热闹的夜晚，也没有狗仔跟拍，他们可以短暂地享受拥有彼此的时光。

蒋淮京和段滁给周砚打电话，喊他去玩，被周砚拒绝了。

看到周砚挂断电话，许稚意好奇地问道："为什么不去？"

周砚把她的手放进自己的口袋，轻声道："假期短。"

许稚意："啊？"

周砚低头碰了碰她的唇："不想跟其他人分享和你在一起的时间。"他更不想让其他人分走许稚意的注意力。

许稚意笑道："好。"她靠着周砚的手臂，被他拉着往前走，"那我们今晚谁的局都不去。"周砚勾了勾她的手指，和她做了约定。

北城市区禁放烟火，但许稚意想看，周砚便开车带她到了郊区，放完烟花，二人踏着夜色回家。他们到家时，温清淑和周正远已经回房间休息了。他们家没有守夜的习惯，想几点睡就几点睡，不需要过分拘谨。

跟周砚回房间后，许稚意看到床头柜上的四个红包，旁边还有一张便笺。

周砚拿起一看，笑了："你的压岁红包。"

许稚意一愣："怎么有两个？"

周砚："他们会分开给。"他也有两个。

许稚意接过，看着周砚，有些感动："谢谢。"

周砚将人抱起，在她的耳边低喃："谢什么？"

"就是谢谢。"许稚意重复。

周砚应声，知道她在谢什么。他伸手揉了揉她的头发，催促她："去洗澡？"

许稚意看着他，重点强调："我先洗。"她可不想和他一起洗，会出事的。在他们的房子里还好，在周砚的爸妈家，许稚意觉得自己还是得矜持一点儿。

洗漱完，二人窝在一起准备睡觉。

许稚意靠在周砚的怀里，问他："刚刚放烟花的时候，你许愿了吗？"

周砚笑："你让我许了。"

"哦。"许稚意睁开眼看他，"那你许了什么愿？"

周砚挑眉："说出来不是不灵了？"

"好像是。"许稚意撇嘴，"哎哟"了一声，"好吧，那你别说了。"

周砚笑，亲了亲她的唇角，从枕头下拿出一个红包递给她，说："小许同学，新的一年又长大一岁了，你的男朋友在这里祝你新年快乐。"

许稚意听他一本正经的语气，笑问："还有呢？就只有新年快乐吗？"

周砚想了想，说："平安健康。"

"没了？"许稚意诧异。

周砚摸了摸她的脑袋，"没了。"

许稚意勉勉强强地说："好吧，谢谢男朋友的祝福。"她朝周砚摊手，"可是我没给你准备红包，也没有给你准备礼物。"

"不用。"周砚捏了捏她的脸颊，低语，"你只要每天平安健康，就是给我的最好的礼物。"

许稚意窝在他的怀里笑。她摸了摸红包的厚度，眉梢微扬："我可以现在拆开吗？"

"不可以。"周砚说，"去剧组再拆。"

许稚意扬眉，虽好奇，但也答应了他："好吧。"

折腾了一天，许稚意有些困了。她拉着周砚絮絮叨叨地说了一会儿话，不知不觉地睡了过去。窗外，不知哪里有爆竹声，周砚抬手轻轻捂住了她的耳朵。许稚意有所察觉似的，往他怀里蹭了蹭。看着她的睡颜，周砚有无限的满足感。借着窗外照进来的月光，他轻轻地在她的额上落下一吻，将自己许下的心愿用这样的方式传递给她。

郊区的烟花绽放时，周砚许下愿望——希望他的小许同学永远平安健康、星途璀璨，永远快乐。如果可以，他希望能将自己的一部分运气分给她，让她遇到好的剧组、好的工作人员、好的电影，在大银幕上大放异彩。

人们常说，好运气和坏运气是持平的。可周砚想让许稚意的好运气更多一点儿，让她从此以后只有好运气。她自己的不够，那将他的给她就好。

在给她好运这件事上，他心甘情愿。

这三天假期许稚意过得放松又快乐，还很满足。

温清淑是个很好的聊天对象，甚至能跟许稚意窝在家里的影音室一起看电影，和她讨论谁长得更帅，讨论演艺圈的八卦，顺便给她讲周砚小时候的事。

快乐的时光总是短暂的，一眨眼，许稚意到了回剧组的日子，周砚也一样。

回剧组这天，许稚意一看就没什么精气神。

因为蒲欢休息，焦文倩自动降级成为许稚意的小助理。

"想什么呢？"焦文倩看她，"还想周砚啊？"

许稚意靠着她的肩膀："想。"

焦文倩哭笑不得："这位女演员，你给我振作一点儿。"许稚意瞥她。

焦文倩："你现在给我开始看剧本，晚上还有两场戏，别出错。"

"好吧，我收收心。"许稚意勉为其难地答应，闭着眼说，"将周砚从我的脑子里删除。"

焦文倩沉默了一会儿，想说"倒也不必"，话还没说出口，许稚意忽然再次泄气地说："倩姐，我做不到。"

焦文倩忍无可忍，抬手拍她："闭嘴。"

许稚意有点儿不好意思了，这才安静下来。片刻，她和焦文倩对视一眼，又莫名其妙地笑了起来。笑了一会儿，焦文倩正色道："不演了？"她早看出许稚意刚刚是在演戏。

许稚意"嗯"了一声，淡定地说道："你让我别演了啊。"她很听话的。

焦文倩"喊"了一声，看她："见周砚父母的感觉怎么样？"

"挺好的。"许稚意说到周砚的爸妈，眼睛弯了弯，"他们人很好。"

见过周砚的父母后，她忽然知道为什么周砚这种性子冷淡的人，在很多事情上会那么理智又温暖。他永远是正面积极的，也从不去抱怨什么。

她想：在那样有爱的家庭里长大的孩子，应该很难不温暖。父母相爱、家庭氛围好、一家人其乐融融，让人只是看到那个画面，就发自内心地羡慕。

焦文倩盯了她片刻，好奇地问："你们是打算结婚了吗？"

"啊？"许稚意一愣，错愕地看向焦文倩，"为什么都这样问？"

"都？"焦文倩扬眉，"还有谁这样问了？"

许稚意："盛檀。"

焦文倩笑，看她："那你没发现自己的反常吗？"

许稚意倒也没扭捏，直接说："发现了。"她上次跟盛檀聊天时便说过了，自己不想再瞻前顾后地想那么多，走一步看一步。至于未来会发生什么，他们是会一直在一起还是分开，她暂时不去想。一切都顺其自然。

听她这么说，焦文倩松了口气："你能这样想最好，其实我还挺希望你跟周砚公开恋情或结婚的。"焦文倩不像其他经纪人那样，不允许自己的艺人谈恋爱，她是无条件支持许稚意恋爱、结婚的。

一来，许稚意不是依靠粉丝的偶像；二来，许稚意也从不声称自己单身，该澄清的绯闻会澄清，不该澄清的也就周砚一个，对二人的关系从未正面回应过。最重要的一点是，焦文倩不想让许稚意再孤零零的一个人了，希望有人能在她休息时多陪她、带她出门玩，或者两个人在家做顿晚餐、看场电影。他们俩现在这样恋爱，虽然也能陪伴对方，但还是有诸多不便。拿逛街这事来说，周砚没办法陪她一起出现在商场，他们俩目标太大，绝对会被发现。

闻言，许稚意弯唇："你想加班了？"

焦文倩睇她："年都过完了，加班就加班。"

许稚意笑了一会儿，眼神没有焦点地发了会儿呆，轻声说："但这样突然公开好奇怪。要不这样，以后我跟周砚出门不再变装，尽量大胆一点儿，被拍到了我们就承认？"

焦文倩一怔，勉为其难地说："随你们。"

可惜的是，近期许稚意和周砚都没有出门约会的机会。

回到各自的剧组后，许稚意和周砚都变得异常忙碌，拍摄到紧张阶段，谁也没办法给对方探班，只能靠着网络维持他们的爱情。

凛冽的冬日一眨眼变成了绿意盎然的春天。

春天来了，蒲欢在许稚意旁边叹气："姐，桃花都开了，我怎么还没找到对象啊？"

许稚意边看剧本边听她咕哝，忍俊不禁："我给你放个假，让你去相个亲？"

蒲欢："不要。"

许稚意笑了一下，正色道："真的，我们这电影还有半个月就杀青了，杀青后给你放个小长假出去玩玩吧？"

蒲欢眼睛一亮："那你呢？"

"我接下来还有一些广告拍摄，拍完也给自己放一周假。"她小声说，"去给周砚探班。"

蒲欢想了想："那等你去探班我再休息。"

许稚意："行。"

两人正聊着，董奇过来了，问道："聊什么呢？"

许稚意笑着说："在说杀青后要给自己放假。"

董奇诧异地道："不准备继续进组？"

许稚意应声："还没看到喜欢的剧本。"她接一部戏，首先要看剧本自己喜欢不喜欢。不喜欢的剧本，就算写得再好，许稚意也没太多想法。

董奇了然："总会有的，我们的戏还有半个月才杀青。"

许稚意弯唇："借董导吉言。"

董奇："跟你说说接下来这场戏。"

许稚意："好啊。"

一天的戏拍完，许稚意收工时，已是半夜。

她打着哈欠，睡眼惺忪地从蒲欢的手里拿过手机，问道："有什么重要的消息吗？"

蒲欢："倩姐说让你拍完戏给她打个电话，多晚都可以，她有事跟你说。"

许稚意讶异地扬了扬眉，说："上车再打。"

"好。"

焦文倩让许稚意给自己打电话，是有工作上的事和她商量。今天下午，和周砚合作过的导演关年的助理和焦文倩联系，表露出来的意思很明显，他们想找许稚意合作，问许稚意有没有兴趣。

听完，许稚意沉默了一会儿，不太确定地问："我知道的那个关导？"

焦文倩激动不已："就是你知道的那个关导，怎么样，有兴趣吗？"

许稚意哭笑不得："跟大导演合作的兴趣当然有，但也得看剧本。"剧本才是最重要的。

焦文倩失笑："我知道，但关导暂时没给我发剧本梗概。他的想法是等你这部电影杀青了，回北城了聚聚，吃顿饭、聊一聊，你看怎么样？"

许稚意想了想，说："可以啊。"

焦文倩："但我得提前给你打预防针，要是你不喜欢剧本，这段时间就算耽误了。"一般情况下，演员这部戏还没拍完，就会先把下部戏定下来，不让自己有太久的空档期。

许稚意："我知道。我不担心这个，你给那边回话吧，等我杀青了回去聊聊。"

"行。"

挂了电话，许稚意思忖了一会儿，还是给周砚发了条消息。周砚估计还在片场拍戏，没立即回她。许稚意回到酒店，洗完澡躺在床上时，周砚的电话才打过来。

"喂，"许稚意问，"收工了？"

周砚应声："嗯，到酒店了？"

许稚意："刚躺下。"

周砚笑了一下，看向窗外，问道："困不困？"

"有一点儿，"许稚意强撑着，"我跟你说个事。"

周砚："你说。"

许稚意"嗯"了一声，黏声黏气地说："刚刚倩姐告诉我，关导说想跟我见面谈谈。"

周砚微怔："你怎么说？"

"我说好。"许稚意问他，"你怎么一点儿都不惊讶？"

周砚挑眉，如实告知："《小角色》路演的时候，关导和我聊过你。"

许稚意："啊？他聊我什么？"

"说想找你合作。"周砚没瞒着她，"他想让我们再次合作。"

许稚意眨眼："你答应了？"

周砚："差不多吧，我说你可以，我就可以。"

许稚意好奇不已："是什么类型的剧本，你知道吗？"

周砚："不知道。"

许稚意一怔："剧本什么样都不知道，你就敢答应啊？"

闻言，周砚含笑说："不是有你吗？你这关都过了，我还能有什么问题？"周砚相信许稚意的眼光，他们第三次合作，许稚意对剧本的要求会更高。她觉得可以的，周砚也没什么不可以。

· 333 ·

被周砚这么一夸，许稚意不知道自己是该高兴还是该说他太盲目相信自己了。

"你就这么相信我的眼光？"许稚意随口问。

周砚："嗯。"

"为什么？"

周砚得意地说："你选男朋友的眼光这么好，选的剧本能差吗？"

"自恋！"许稚意忍俊不禁，骂了他一句。

周砚勾唇："认真说，关导是个可以合作的导演，等你杀青回去和他聊聊，剧本好就考虑，剧本不好也不用想太多，直接拒绝就好。"

许稚意应道："知道。"

周砚"嗯"了一声："那早点儿休息？"

许稚意："等你到酒店了我就睡。"

周砚微微一笑，轻声说："好。"

半个月一晃便过去了。许稚意在下午杀青，董奇喊出"杀青"两个字的时候，她没控制住自己的泪腺，眼泪疯狂往外飙。

当天下午，久未露脸的许稚意再次上了新闻。看到剧组方发出的杀青照片，粉丝纷纷在下面留言表示期待，期待电影早日上映，也期待看到许稚意新的表现和突破。

在去机场的路上，许稚意也久违地发了条微博。

　　　许稚意：好久不见，杀青快乐。

一发出，粉丝纷纷在她的微博下留言。

"稚意好久不见！"

"快露露脸吧，我已经把你之前参加的那个综艺看了五遍了，你什么时候能再参加新的综艺啊？"

…………

许稚意刷着粉丝的留言，忍俊不禁。她发现竟然有很多粉丝喜欢她在综艺里的表现。

听她这么一说，蒲欢立马回应："我也喜欢啊。"

许稚意看她："真的？"

"对啊。"蒲欢点头，"姐，你在综艺里特别真实、可爱，很多网友都很喜欢，他们都说你和想象中的不太一样。"

许稚意唇角的弧度加大，她自卖自夸地说："我本来就很可爱。"

蒲欢无语：自恋。

二人正聊着，许稚意的手机振了振，是倪璇发来的消息："杀青了？"

许稚意："怎么？"

倪璇："我最近发现了一个超级好玩的地方，去不去？"

许稚意："你又想上热搜了？"

倪璇："哼。"

倪璇："你就说去不去？"

许稚意无奈："什么地方？哪天？什么时间？"

倪璇："都可以，反正我现在在休息。"

许稚意："那等我回家休息一天再说？我需要好好睡一觉。"

倪璇不理解："睡什么睡？电影都杀青了，不好好玩一玩庆祝一下吗？"

许稚意："你又被七大姑八大姨介绍对象了？"

倪璇："也不是。"她就是纯粹有点儿无聊了。

许稚意："要庆祝也行，我七点落地，你来机场接我，我们去吃火锅庆祝，顺便给你介绍一下我的朋友盛檀，如何？"前两天沈正卿又出差了，盛檀被"冷落"在家，每天都在骚扰许稚意，问她什么时候回家，自己需要许稚意陪着玩。

倪璇："我怀疑你是想要个司机。"

许稚意："来不来？"

倪璇："来。"

时星草 ——

著

下 册

青岛出版集团 | 青岛出版社

第十一章　心　动

许稚意落地时，看到自己的微信里多了一个新的群。

当她还在飞机上时，盛檀和倪璇就在机场"相认"了。盛檀抱着对倪璇"既往不咎"的态度，和她友好相处。倪璇一直知道许稚意有个闺密，虽不是很了解其个性，但想来不会很难相处，至少人是真实的，这就足够了。

二人碰面，尴尬了五分钟后，盛檀问她要不要喝咖啡，去咖啡厅里等许稚意。倪璇同意了。在咖啡厅点咖啡时，她们发现对方的口味跟自己极度相似，瞬间一拍即合，畅聊起来。于是二人加上微信，盛檀第一时间建了群，将倪璇和许稚意拉了进去。

三个人当然要有三个人的群。

许稚意和蒲欢推着行李找到她们时，她们已经坐回车里聊天了，看到她也就敷衍地打了声招呼。许稚意扬扬眉，反省自己是不是不该介绍她们认识。

"两位，"坐上车，见她们还没搭理自己，许稚意不得不出声，"能不能分点儿注意力给我？"

倪璇瞥她一眼："为什么要分给你？"

许稚意："为什么不分给我？"

盛檀坐在副驾驶座上一个劲地笑："怎么，你还吃醋了？"

许稚意坦荡地说："是啊。"她就是吃醋。

盛檀"嘿嘿"一笑，把藏着的一束花拿了出来，转身递给她："欢迎小许同学回来，杀青快乐。"

看着面前的花，许稚意没忍住，无声地弯了弯唇："谢谢。"

她接过花，看向倪璇："你的呢？"

"我的什么？"倪璇茫然。

许稚意夸张地"哇"了一声："你来接机不带鲜花和礼物吗？"

倪璇对着两双眼睛，茫然地眨了眨眼，问道："你每次接机都会给她带鲜花？"

盛檀点头："带啊，仪式感很重要。"

倪璇愣了一下，看向许稚意："下次给你补上行吧？我又没朋友来接过机，哪知道还要带鲜花？"

后面这句，她说得很小声，许稚意和盛檀听得不那么真切。但看到她的嘴唇动了动，许稚意大概猜出她在说什么，很勉强地说："那行吧，下回记得补上，今天就先原谅你。"

倪璇"喊"了一声："我谢谢您。"

许稚意摆摆手："不用谢。"

车内安静了一会儿，倪璇问："你的助理怎么不和我们一起去吃火锅？"

"她觉得你们太闹。"刚刚到停车场时，蒲欢说不和她们一起去吃火锅，想回家休息。许稚意没勉强，直接让送盛檀过来的司机把她送回家。

"我哪里闹了？"盛檀不服气地说，"下次见到欢欢，我可得好好问问她。"

倪璇："就是，我们哪有她稚意姐闹？"盛檀附和。

许稚意听着二人一唱一和，头有些痛。三个女人一台戏，此话一点儿也不假。车内闹哄哄的，跟辩论赛似的。

"意意。"盛檀转头看她，"去我们常吃的那家火锅店？"

许稚意点头："行。"

考虑许稚意和倪璇公众人物的身份，盛檀订了个包间。三个人边吃边聊，很是畅快。

吃饱喝足，倪璇看向两人："是回家还是逛逛？"

许稚意虽然累，但要逛也是可以的："看你们。"

盛檀瞅着她那黑眼圈，琢磨了一下，说："要不去你家或我家看电影？"

许稚意没意见，反正周砚不在家，自己去哪儿都行。

倪璇愣了愣："你们俩家里都有男人，我去不太合适吧？"

"有什么不合适的？就去我家吧，有客房也有影音室。"许稚意无语，睨倪璇一眼，解释道，"檀檀家叫外卖不方便。"

倪璇："哦。"

盛檀去过许稚意和周砚的"爱巢"很多次，没觉得有什么不适。来到许稚意家，盛檀自来熟地往影音室钻，顺便把倪璇拉了过去。

许稚意进浴室洗澡，出来时，影音室的二人还没开始看电影。

许稚意扬眉问道："不是看电影吗？"

盛檀："你没来啊，两个人看电影有什么意思？"

许稚意无语。

三个人选了部国外的爱情片，画面特别唯美，男主角超级帅，女主角也很漂亮。许稚意很喜欢这部电影，反反复复地看过好几遍，但每一次看，都能看出不一样的味道和感觉。

看着看着，倪璇忽然出声："谈恋爱真的这么快乐吗？"

许稚意瞥她："想谈恋爱了？"

"有一点点吧。"倪璇说，"我好久没谈恋爱了。"

盛檀笑了下："我觉得挺好的。"

许稚意也跟着点头："嗯，我也觉得挺好的。"和喜欢的人谈恋爱，会让人觉得这个世界上所有的一切都是美好的。

听二人这么说，倪璇更期待了："我也想谈恋爱！"

盛檀"扑哧"一笑，安慰她："你喜欢什么样的？我给你介绍吧。"

倪璇歪着头想了想，说："不知道。"她对喜欢的类型的概念很模糊，没有什么固定的标准，喜欢就喜欢了。

盛檀和许稚意对视了一眼，倍感无奈，异口同声地说道："那我们怎么给你介绍？"

倪璇微怔，一脸无辜地看着两个人："那我就是不知道嘛！"

许稚意："好好说话，别撒娇。"

盛檀点头："好好说话，别撒娇。"

"我没撒娇。"倪璇轻哼，好奇地问，"许稚意，跟我分享一下吧，你当初是怎么跟周砚在一起的？"

许稚意："我不。这是我珍藏的回忆，轻易不分享。"

倪璇噎住："好吧，你不愿意说就算了。"

许稚意哭笑不得："你还委屈上了。"

"当然。"倪璇哼哼唧唧地说，"不过我有点儿好奇，你们是怎么发现自己喜欢上对方的？"

许稚意和盛檀对视一眼，示意道："盛檀你说。"

盛檀"哦"了一声，说道："我的情况不同，我念书那会儿就知道我喜欢沈正卿。"那会儿盛檀其实有点儿懵懵懂懂的感觉，看到沈正卿旁边围着女同学就生气，会一个人生半天闷气，还总是跟他班里漂亮的女同学比谁的身材好。她看了很多情情爱爱的小说，自然知道自己那一系列的情绪反应是因为什么。

听她说完，倪璇似懂非懂地点了点头，紧盯着许稚意："那你呢？"

"我？"许稚意对着二人闪烁着八卦光芒的目光想了想，"可能是我发现，自己总是不经意地想起他的时候吧。"

那个时候，她和周砚白天一起拍戏。她收工回到酒店时，脑海里总会下意识地浮现出他们白天在一起发生的一切——可能是一个眼神的碰撞，也可能是对戏时不小心碰到了对方的手指，抑或是下雨时，他给自己打伞的模样……很多很多，许稚意没办法准确地形容出来。当她满脑子都是周砚的时候，她确信，自己喜欢上了周砚。

她是第一次这样喜欢一个人，也可能是唯一一次。

听许稚意说完，倪璇不再问了，不想被秀恩爱。她愤愤不平地咕哝了一句："我就奇怪了，你们俩这么恩爱，为什么狗仔还没拍到你们啊？"

许稚意白她一眼，一本正经地说："真正恋爱的人，反而不那么轻易被拍到。"

倪璇想了想，好像确实如此。真正在谈恋爱的人，总会把自己的恋情保护得很好。只要不出现特殊情况，真的很难被曝光。

翌日，休息好的三个人出门，去倪璇想去的室外卡丁车场玩——没错，这就是倪璇发现的好玩的地方。

她们之前都没玩过，但胜在人不笨，上手还算快。没一会儿，许稚意便体会到了室外卡丁车的速度与激情。周砚给她打电话时，她还问他有没有什么大事，没有的话晚上再跟他聊天，她要继续开卡丁车跟盛檀、倪璇比赛了。

周砚沉默了两秒，委屈地问："'中意'真的是'许倪一生'的保护色吗？"

许稚意"扑哧"一笑，仰头望着蓝蓝的天空："说什么呢，周师傅？"她哄着他，"'许倪一生'才是'中意'的保护色，我们是真的，'许倪一生'是假的，知道了吗？"

听到这个答案，周砚满意了："知道了。那你们好好玩，别开太快，安全第一。"

许稚意应声，拖长音说："知道啦！"

挂了电话，许稚意再次加入赛车阵营。她不能输，谁输了晚上就要请客吃饭。

痛痛快快地玩了两天，三人组解散。许稚意要和关年见面吃饭，倪璇也有新的工作，而盛檀在沈正卿回来的时候就已经抛弃了两人。

在去与关年吃饭的餐厅的路上，许稚意莫名地有点儿紧张。她给周砚发了好几条骚扰消息，周砚借着休息间隙安抚她。到达餐厅门口，许稚意才收起手机，深呼吸，跟着焦文倩进了包间。

她不是第一次见关年，在拍第一部电影时，博钰他们一行人去片场，她就见过关年。不过从那一天到现在，已经过去好几年了。再见面，关年望着她，笑着说："紧张？"

许稚意点了下头："有一点儿。"

关年莞尔："不用紧张，都是老熟人了。"

许稚意应道："好的，关导。"

吃饭时，关年也没提剧本的事，只是很寻常地和她聊天，问她上部电影拍摄时的趣事，还跟她聊了聊周砚。吃过饭，他们才进入正题。

关年看着她，率先问："你介意跟周砚再次合作吗？"

许稚意怔了怔，倏然一笑："关导，只要剧本好，我从不排斥和任何一位演员合作。"

闻言，关年赞许道："当演员就要有你这种觉悟。"他抿了口茶，淡淡地道，"我这个剧本，思来想去，只有你们俩最合适。"

许稚意莞尔："关导谬赞。"

关年开玩笑说："换其他人，我怕他们因戏生情。"

这话许稚意不知道该怎么接。

关年看着她："恋爱剧本，不知道你会不会感兴趣。"

许稚意眨眼，问道："我方便知道故事内容吗？"

关年应声，掏出自己打印好的故事梗概递给她。一般情况下，导演会把剧本发给演员或演员的经纪人，像关年这样直接打印出来的少之又少。

"现在看看吧。"关年说，"看第一页，有兴趣的话，我们再往下谈。"

许稚意："好。"她有点儿紧张地抿了下唇，翻开剧本。

剧本第一页写的是人物角色的设定以及故事梗概。

看到第一句话时，许稚意心动了。

剧本扉页的第一句话是——

有多爱一个人，才会让你觉得和他相恋二十天，需要一生的光阴来回味？

剧本给许稚意的信息不多，除了扉页那句让她心动的话，便是人物的设定。

女主人公谈初是个患有绝症的女生，二十多年循规蹈矩的人生因为绝症的确诊发生了天翻地覆的变化。在谈初已经欣然接受自己即将离开世界的现实时，她爱上了一个男人———一个看似难相处、举止神秘，又很有魅力的男人。

她用一周的时间和他相恋。陷入热恋的他们一拍即合，他们是冒险者，在无人区的道路上尽情拥吻，肆意地表露对对方的爱意。

故事是从谈初遇见男主人公余征开始的。

关年给许稚意的故事梗概就这么多，她很快便看完了。除了扉页那句话，在谈初的人物设定里，还有一句她很喜欢的话——在那个风吹起来都燥热的夏天爱上他，是我短暂的生命里，比绝症更美好的意外。

谈初认为绝症美好。

"看完了？"关年看着她的表情，含笑询问。

许稚意应声，抬眸看向他："关导，现在能给我看的就这么多吗？"

关年莞尔："目前可能是，有兴趣吗？"

"有。"许稚意诚恳地说道，"看完前面这些内容，我很想了解这个认为绝症美好的女孩儿的内心世界。"

关年微怔，抿了口茶，说："你果然很不一样。"

许稚意听着，俏皮地说："我就当关导在夸我了。"

关年："是在夸你。在继续谈之前，我得提前跟你说一声，我筹备的这部电影全程都在高海拔地区拍摄。"

这算是一部公路美景片。从新疆到西藏，到谈初最渴望去看的香格里拉——那个最接近天的地方。许稚意了然，看到"无人区"三个字的时候，她就有预感。

"这个我应该没问题，我的高原反应不是很严重。"她顿了一下，看向关年，"不过我想问问关导，我们这部电影的拍摄周期有多长？"

原本，许稚意的下部戏定的是章嘉良的新电影。但章嘉良的身体出了点儿状况，需要静心休养一段时间。新电影需要暂时搁置，最快的话，冬天应该能筹备好开机。

关年也听到了些风声，告诉许稚意："五月初开机，顺利的话，夏天结束的时候，电影也拍完了，最多延长到秋季。"

许稚意点点头，倏然一笑说："那我这边时间上没什么问题。"她故意停顿了一下，看向关年，"不过关导，我想问问，我不用试镜吗？"

关年瞥她："你觉得自己需要吗？"

许稚意思忖半晌，说了句："如果您需要，我可以试镜。"即便试镜，她也坚信自己可以打败其他试镜演员。

关年满意地点头："不用试了。我找董导要过你演计柔的片段。"他坦然地看着许稚意，眸子里满是赞许，"你把计柔演活了，我相信你也能把谈初演活。"

许稚意愣了一下，神色认真："一定不让关导和影迷失望。"

关年笑了："加油。现在离五月还有接近一个月的时间，我先将剧本发给你，你这段时间多看看。"

许稚意应声："好。"

她回到家，焦文倩和她核对了一下最近一段时间的工作安排后便先走了。

焦文倩走后没多久，许稚意收到了关年发来的完整剧本。

将剧本打印出来后，许稚意认真地坐在书桌前翻看。

看到《遇见你之后》这个文艺的电影名时，许稚意有些讶异——这一点儿都不符合关年的风格。可在看完剧本后，她又觉得这个名字是最恰当的。

因为这个故事说的就是患有绝症的谈初在遇到余征后的故事——

遇见你之后，我有些怨命运不公。如果可以，我想与你相恋无数个二十天。

看着剧本，许稚意忽然知道了关年为什么会说这个剧本换陌生的男女演员来演，一定会因戏生情——因为亲密戏真的太多了。

当然，这不是最重要的。更重要的是，看完整个剧本，她有种想抛开一切，做一回真真实实的自己的冲动，不管不顾，只遵循内心最真实的想法行事。即便会让人大跌眼镜，她也想那样做。

周砚打来视频电话的时候，许稚意正看到他们在无人区接吻的片段。天空不知何时下起了雨，他们被雨淋湿，在雨中拥吻、缠绵。谈初的眼泪在大雨中，初次毫无保留地在余征面前倾泻，他在她的唇上尝到了咸味。

"喂。"许稚意把手机摆在一侧，趴在桌上看着对面的人。

周砚看着她，扬了扬眉："在看剧本？"

许稚意应声："你回酒店了吗？"

"回了。"周砚狐疑道，"喝酒了？"

"没有啊。"许稚意不明所以，"怎么这么问？"

周砚淡定地说道："你的脸很红。"

许稚意下意识地摸了摸自己的脸："有吗？"她不至于吧？

周砚一本正经地应着："有。"

两个人对视片刻，周砚微微一笑，问道："剧本里有什么？"

许稚意微窘，没好气地瞪了他一眼："你骗我，我哪里脸红了？"她又不是小姑娘，怎么可能看点儿文字版的吻戏就脸红？

周砚勾了勾唇，问道："跟关导谈好了？"

许稚意点头："谈好了，这个故事让人觉得挺真实的。"故事中能看到世事无常。

周砚看她的表情就知道她喜欢，笑了笑："你喜欢就好。"

许稚意"嗯"了两声，眨着眼睛看他，问道："你呢？"

"我什么？"周砚边看剧本边问。

许稚意撇嘴："关导跟你说了吗？"

周砚轻笑，故意逗她："你都同意了，我怎么敢拒绝？"

闻言，许稚意轻哼："怎么不可以拒绝？我又不会跟你发脾气。"她翻着剧本，"哎哟"了一声，"就是这个剧本吧，亲热戏特别多。"

周砚从胸腔里溢出笑声，认真地望着她，嗓音低沉地问道："故意的？"

"哪有？"许稚意才不承认，"我就是实事求是。"

周砚听着，唇角往上翘了翘："等我拍完回去看看，到底有多少吻戏。"

许稚意："嗯。"她不敢多说话。

聊了一会儿剧本，考虑到时间不早了，许稚意催周砚去洗漱休息。

睡前，许稚意还是给周砚发了条消息，让他接剧本不用太考虑自己，关年的这个故事得他自己有兴趣才好，不能因为她接了，他就跟着盲目接下。周砚自然不会盲目，之前关年就和他谈过一部分细节，还特意咨询过他，只不过恋爱电影，除了许稚意，周砚不想跟任何演员一起拍。他并非不敬业，就是纯粹不想和其他人拍恋爱电影。

之后一段时间，许稚意除必要的代言广告拍摄以及少许商务活动，基本窝在家里看剧本。为了让自己的身体素质更好一点儿，她开始晨跑。在高原拍摄，好的身体底子最重要。

四月中旬，《春生》官方微博首发预告片。预告片里，许稚意颠覆了在大家心目中的美若天仙的印象，变成了灰头土脸的姑娘。

原本很多人都觉得她演不好柳春这个角色。这个角色和她之前演的那些差别真的太大了。可看完预告片后，一些不认可她的网友纷纷倒戈。

很多剧评人都说柳春这个角色仿佛是为许稚意量身打造的。除了她，他们真的很难想象还有谁可以演柳春。袁导的剧有很多细节可以琢磨，柳春是个在乡村长大的姑娘，皮肤没有那么细腻，会经常下地干活，指甲盖里有泥巴，头发看上去也不会那么有光泽……

一个乡村女孩儿奋斗的励志故事，很多爱好偶像剧的观众原本不抱期待，他们觉得许稚意用这张脸去演正剧，有点儿不合适。看完预告片后，有观众忽然觉得，这部电视剧好像还挺有意思。

预告片这一关，许稚意取得暂时的胜利。看好她和看好这部剧的人比她想象中更多，几分钟的预告片让观众再次看到了她精湛的演技。焦文倩给许稚意报告这个好消息："成功了。预告片好评如潮，我有点儿期待你这部剧播出了。"

许稚意笑了笑："我也期待。"

焦文倩告诉她，剧方已经在筹备招商活动了，招商结束，也差不多就播出了。

这部电视剧不赶暑假档而是上星播出，顺利的话，五月底应该没问题。

跟许稚意说完这些好消息，焦文倩问："对了，剧本看得怎么样？"

"还好。"许稚意说，"我很喜欢这个故事。"人物小传她都写了好几篇了。

焦文倩高兴地说："那就行。"交代了许稚意几句，焦文倩挂了电话。

许稚意把手机放在旁边，继续看剧本。

而周砚还在剧组进行最后几天的拍摄。临近杀青，他的戏比往常更多，压力也更大。因为他抽不出时间，原本想来探班的许稚意也改变了行程，决定窝在家里安静地看剧本。

刚拍完一场戏，周砚走到旁边休息。

"砚哥。"郑元把杯子递给他。

周砚接过喝了两口水，朝他伸出手："手机呢？"

拿到手机，周砚登录微博看了看。他记得《春生》今天发布预告片。上网看完预告片，周砚低声笑了——他的女朋友永远都会让他刮目相看。

"砚哥笑什么？"

周砚瞥他一眼："单身人士别问。"

郑元讪讪地闭嘴，余光瞟到周砚停留在许稚意转发的微博界面时，下意识地说:"哥,收敛点儿,你别点赞。"

周砚瞥了郑元一眼,没说话,但眼神的压迫感很强。郑元硬着头皮说:"林哥说你们接下来还得合作,现在先收敛点儿,你们总不想从现在开始时时刻刻被狗仔盯着吧?"

周砚听到前面一句时,念头还没打消,后面这句话一出来,他忽然歇了心思。他和许稚意还得偷偷约会,确实不愿意被狗仔时时刻刻盯着。

看到周砚打消了念头,郑元松了口气——还好还好,周砚理智尚存。

一周后,周砚的新电影杀青。

他杀青的消息上新闻时,许稚意正在跟盛檀做 SPA(水疗)。

刷到他的照片,许稚意的眼睛亮了。

盛檀不经意地看她一眼,小声"啧"了一下:"你干吗?"

许稚意:"高兴。"

盛檀哭笑不得:"过分喜形于色了啊,你就不能收敛点儿吗?"

许稚意哼哼:"不能,你在我面前说沈总的时候,可一点儿都不收敛啊。"

"好吧。"盛檀无语,安静几秒,也掏出手机登录微博看了看,"周老师杀青了,你的快乐日子要来了。"

许稚意被她的话噎住,小声道:"待会儿服务员进来了,你给我小声点儿。"

盛檀哦了一声,睨她一眼:"你们到底打算什么时候公开啊?"说话间,她点进了自己关注的"中意"超话,"'中意'的粉丝又有一段时间没看到你们互动了吧?好惨呀。"

"哪里惨了?"许稚意哭笑不得,为自己辩解,"我们自己都没见面,怎么让他们看?"

盛檀撇嘴。

"不过我跟你说,我接下来要拍的电影,是跟周砚合作的。"许稚意告诉盛檀。

盛檀一愣,惊喜不已:"真的假的?什么类型的电影?"

"就是……爱情电影。"

盛檀激动地问道:"吻戏多吗?"

许稚意不解地看着盛檀:"你只关心这个?"

"爱情电影不关心这个关心哪个?"盛檀"有理有据"地说。

许稚意被噎住,一时还真没办法反驳,弱弱地说:"你说得有道理。"

"是吧是吧！"盛檀问，"你还没告诉我呢，多不多？"

"多。"

听到这个字，盛檀发出了别有深意的笑声，笑得许稚意头皮发麻。

"那我可以去给你们探班吗？"盛檀问道。

许稚意也不确定，但估计可以："拍摄地点在高原地区，你得想好再来。"

盛檀摆摆手："行，到时候我跟我老公一起去。"

许稚意："好。"

做完 SPA，许稚意被盛檀拉到商场逛街。用盛檀的话说，周砚都杀青要回家了，许稚意当然得好好给周砚准备个"惊喜"。许稚意用脚指头想也知道盛檀说的惊喜是什么。毕竟盛檀时常将自己当作惊喜送给沈正卿。别问许稚意是怎么知道的，反正她就是知道。

"你们的新电影什么时候开机啊？"盛檀问，"要不要多买点儿衣服？"

许稚意："家里有，不买。"

盛檀想了想："好吧，那只给你买性感的。"

许稚意看她："你是周砚的间谍吧？"

"怎么能这么说？"盛檀骄傲地说道，"他还雇不起我这样的间谍。"

许稚意想想，也是。

最后，许稚意被盛檀塞了好几条性感的裙子才回家。

许稚意没想到的是，自己到家时周砚已经回来了。

看见门口放着的鞋子，许稚意有片刻的讶异。

在做 SPA 时，她给周砚发过消息，问他到哪里了，周砚说还没起飞，飞机晚点，到家估计得晚上八九点。而这会儿……许稚意看了一眼时间，才不到六点。

她放下手里的袋子，往卧室走去。刚将门推开，许稚意看到了美男出浴图——周砚刚洗完澡，腰间围了一条浴巾，头发还在滴水，顺着下颌线往下，滑落到胸肌处，直到没入看不见的地方。有段时间没见，许稚意隐约觉得周砚比上次看上去更硬朗了一些，面部线条更为立体，人也消瘦了许多。她愣愣地看着，一时忘了要说什么。

周砚在不远处注视着她，率先回过神来，嗓音低沉地问："看够了吗？"

许稚意回神，睫毛颤了颤，问道："要是没看够，能继续看吗？"

周砚被她的话打败，喉结滚了滚，说："可以。"

许稚意"扑哧"一笑，仰头看他："不看了。"她尽量地将自己的目光从他的腹肌上挪开，眼神飘忽，"你不是说飞机晚点吗？"

周砚民电影走近，站定在她面前："骗你的。"

许稚意瞪圆了眼，张嘴想要说话，话还没说出口，先被人堵住了唇。

他似乎有些急躁，不想再听她说话。此时此刻，他只想吻她。

唇上传来柔软的触感，让许稚意蒙了一下。周砚洗澡时好像还刷了牙，口腔里满是清爽的柠檬味，是她买的牙膏的味道。他身上和自己同样的沐浴露香味更是浓郁，悄无声息地钻入她的鼻间。

许稚意仰头，轻轻地踮起脚，勾住他的脖颈，和他缠绵地亲吻。

夕阳斜斜地照进房间，像铺开的画卷一样。他们站在房间一角，相拥接吻。

不知道亲了多久，在周砚含着她的耳垂问她"是想先吃饭还是先享用男朋友"时，许稚意的思绪渐渐回来了。她不饿，但觉得周砚饿。

许稚意的唇被他咬得有些痛，她睁开眼望着他深情的眸子，小声说："先吃饭？"

周砚俯身，咬了一下她的唇，低声应着："好。"

周砚回衣帽间换了家居服，看到好几个袋子，问道："买了什么？"

原本许稚意没什么不好意思的。可周砚这么一问，她忽然羞于开口了，支支吾吾："就是……衣服。"

听她心虚的语气，周砚抬脚走过去："什么衣服？"

许稚意手疾眼快地抢了过来，含混不清地说道："普通衣服。"她催周砚，"我饿了，我想吃你做的饭。"

看到许稚意躲闪的眼神，周砚扬了扬眉，决定暂时放过她。他翘了翘唇角，答应着："我去做饭。"

许稚意疯狂点头："我去把这些衣服放到衣帽间，然后来给你打下手。"

把衣服放好，许稚意钻进浴室卸了个妆、洗了把脸。

看着没涂口红也嫣红的唇瓣，她轻轻拍了拍脸颊，让自己冷静点儿，不要看到周砚就跟没见过世面似的，想将人生吞活剥。

给自己洗脑完，许稚意也进了厨房，问道："做了什么？"

"今晚吃点儿简单的？"周砚看了看冰箱，"里面已经没什么吃的了。"

"那我们晚点儿出去逛逛吧。"许稚意下意识地说，"好久没去超市了。"

周砚一怔，有些意外："一起去？"

许稚意一愣，抬头看他："分开去？"

周砚一噎，无奈地捏了捏眉骨，说："你现在是不是不怕被狗仔拍到了？"以前周砚提过和她一起去超市，被许稚意拒绝了。在超市那种人多的地方，她怕被人认出来。这也是为什么刚刚许稚意提到的时候，周砚会意外。

许稚意后知后觉地反应过来。她沉默了一会儿，组织好语言说："就是……好像没有之前那么害怕了？"

"怎么突然想开了？"周砚好奇。

许稚意老实地告诉他："是看剧本得来的感悟。"

以前，许稚意其实没什么感触。可看完《遇见你之后》之后，她忽然发现，人生有很多事发生得都很突然。意外和惊喜，没有人知道哪个会先来。既然如此，她倒不如在意外来临前，先将自己想做的事全做了。她不想当意外来临时再后悔。

和周砚逛超市，其实一直在许稚意的心愿表中。她有很多想跟周砚一起做的事，可职业原因，怕被拍到，很多都搁置了。可现在许稚意忽然发现，因为自己考虑的太多，失去的快乐其实也很多。活在当下比较重要，他们被拍了就被拍了，大不了就是公开恋情，然后被议论几天。只要她和周砚还在一起，被议论好像也没太大的问题。

听她说完，周砚开玩笑地说："那我待会儿要好好看看剧本。"

许稚意睨他一眼："你还没看过完整版吗？"

周砚："没有。"他一直在拍戏，关年发来的剧本他也没时间看。而且他也怕看新剧本会分散自己的注意力，所以一直没点开。

许稚意"哦"了一声："那你待会儿可以看看。"

周砚："好。"

只不过许稚意没想到，周砚的"待会儿"是吃饭时。她刚准备吃饭，周砚忽然到茶几边拿起了她放在那里的剧本。许稚意跑过去阻止时，周砚已经翻开了剧本。

不巧，他翻开的那一页，是她用红色记号笔标出的……亲密戏。

顷刻间，周围的空气仿佛都凝固了。周砚看了一眼被标记的文字，又看了看面前的人，淡定地说："明天再去超市，晚上我们对对戏吧。"

吃过饭，周砚真的拉着许稚意一本正经地对戏。只是对着对着，许稚意发现她面前的这位男演员开始给自己加戏——她被他亲得迷迷糊糊的，感受着他的掌心跟自己肌肤的亲密接触，以及他湿润的唇瓣擦过的感觉，眼睫毛忽闪忽闪："你……"

许稚意留着一丝理智："你加戏了……这段戏不是这样演的。"

剧本里，男女主角没有这么过火。

周砚应声，呼吸声拂过她的耳畔："那你教教我要怎么演。"

许稚意下意识地睁开眼，一睁眼便跌入他的眼睛。二人视线缠绵。她嘴唇翕动，忽然说不出话。周砚低头，轻咬了一下她的唇角，嗓音低哑，诱惑着她："小许同学——"他抵着她的唇说，"要不要教我？"

许稚意被他咬得回神，小声说："教不了，你现在演的，拍了也不能播。"

闻言，周砚笑了起来，双唇往下，在她的肌肤上落下一个又一个密密麻麻的吻："那我们自己珍藏起来看怎么样？"

许稚意不知是不是被他的"美色"冲昏了头脑，脑子一热，张口应了声"好"。再之后，对戏变成了真正的"演戏"。

…………

许稚意重新洗过澡，趴在床上一动也不想动，男演员太爱加戏，导致她现在累坏了。周砚收拾好浴室出来，看到的便是她"奄奄一息"的模样。

他勾了勾唇，眸子里闪过一丝笑意："累了？"

许稚意没好气地看他一眼——明知故问。

周砚笑着将人揽入怀里，亲了亲许稚意的额头，轻声问："我给你按摩？"

"不用。"许稚意咕哝，"我怕你又给自己加戏。"

周砚一时语塞。忽然间，他发现自己在女朋友这儿没有信誉了。

空气里的暧昧还未消散，许稚意在周砚的怀里蹭了蹭，闻着他身上和自己相同的沐浴露香味："周砚。"

周砚"嗯"了一声，捏了捏她的脸颊："想说什么？"

许稚意抬眼看他流畅的下颌线，伸手摸了摸，问道："你说粉丝要是知道我们第三次合作，会说什么呀？"

周砚微怔，垂眼问她："担心？"

"说不担心是假的。"许稚意老实回答。她一直跟自己说：别想那么多，也别在乎网友的讨论和点评，你是公众人物，本身就要承受这些。

可让她真的一点儿都不在意是不可能的，因为有些人说的其实是中肯的。

周砚明白许稚意在担心什么，看了她片刻，揉了揉她的头发，说："不用担心，你有很多影迷。"这是实话，如果不是许稚意运气不好，周砚觉得她早就把三座奖杯搬回家了。

许稚意想了想，明白担心无用。她看向周砚："关导说等你回来后一起聚餐聊聊，与制片人一起。"

周砚颔首："时间定了吗？"

"没呢。"许稚意告知，"等你回来再说。"

"好。"周砚看许稚意，"他之前跟我提过，想过完'五一'假期就开机。"

闻言，许稚意扬了扬眉，笑问："为什么不在五月一日这天开机？"

周砚瞥她："假期人太多，关导说怕路上全是游客。"

许稚意"扑哧"一笑，想了想也是。

"你刚杀青的这部电影准备什么时候上映啊？"许稚意随口问。

周砚低头，亲了亲她的唇角，说："可能要跟女朋友的电影一起上映。"

许稚意一愣，惊讶地看着他："真的假的？"

周砚颔首："导演说国庆节上映。"

许稚意算了算，还真有可能，开玩笑道："那完蛋了，我岂不是又会很惨？"

"惨什么？"周砚捏了捏她的鼻子，咬牙说，"对自己这么没信心？"

许稚意也不是对自己没信心，如果是与其他演员的电影打擂台，她完全不会惧怕。可碰上周砚，她还是有点儿忧心的。虽然她演得很好，整个故事的基调也很好，但周砚的票房号召力和演技在明面上摆着，不容小觑。

沉默半晌，许稚意双手合十，催促旁边要跟自己打擂台的男演员说："快跟我双手合十许愿，保佑许稚意的电影票房大卖，不被某周姓男演员的电影碾压。"

听到前面两句，周砚觉得可以照做，听到后面这一句，被她气笑了。他用手捏着许稚意的脸颊，从鼻腔里哼出一声："某周姓男演员是谁？"

许稚意的脸鼓鼓的，她被他的话逗笑："你知道的。"

周砚眉峰微扬，和她唱反调："我不知道。"

许稚意一噎，哭笑不得地说："我男朋友，是我男朋友行了吧。"

"可以。"周砚满意地揉了揉她的小脸蛋儿，"放心，你的这部电影不会有什么问题，对自己多点儿信心。"

"可我就是没有信心。"在电影圈受挫太多，许稚意的信心大减。

周砚抵着她的唇亲了亲，低声道："那我把我对女朋友的信心分给小许同学一点儿。"

许稚意轻笑，往他的怀里蹭了蹭，轻声说："好。"

两人说着鸡毛蒜皮的小事，依偎在一起，感受着时光的流逝，也不觉得困倦。什么时候睡着的，许稚意一点儿感觉也没有，好像说着话不知不觉就沉沉地睡了过去。

翌日，许稚意醒来时，手机里收到了盛檀、倪璇及经纪人的消息。

许稚意点开一看，立马退出微信登录了微博——周砚上热搜了。大早上，有人在菜市场碰到了周砚。他打扮得很低调，戴着鸭舌帽和口罩，但还是被粉丝一眼认了出来。

一个气质尊贵、身形颀长的男人出现在菜市场，从头到尾都透着和菜市场格格不入的气质，怎么可能不引人注意？有人将偷拍到的照片和视频发到微博上询问——应该没有认错人吧，那就是周砚吧？

紧接着，有人也发了差不多的照片。那人拍到了和周砚对视的照片，周砚那双眼睛太明显了，背影或许能认错，可他的眼睛，大家不会认错。

瞬间，"周砚菜市场"的话题冲上热搜。

许稚意看到的时候，这个热搜还在第一名。

她点开评论，下面一连串的疑惑。

"周砚……每次电影杀青后消失，原来是下凡了啊。"

"周砚是什么绝世好男人？大早上出现在菜市场。我想问哥你杀青后不是都休息吗，去菜市场做什么？"

"哥，你是去菜市场感受烟火气息的吧？"

"难道只有我觉得周砚买菜看起来很熟练吗？他是不是很会做菜啊？"

"前面的姐妹是新来的吧，砚哥超会做菜的，当然这是他自己说的，我们没吃过也没看过，反正你知道他会就行了。"

"周砚大早上一个人去菜市场买菜，准备回家做饭给谁吃啊？"

"给我吃！"

"姐妹，你想多了。"

…………

许稚意看着周砚粉丝的评论，哭笑不得。她往下翻，还有更夸张的。她不得不承认，粉丝偶尔开玩笑时的臆想，真的有点儿可爱。

看完，许稚意给焦文倩、盛檀及倪璇回消息，内容很统一："刚看到微博，他应该是去买菜给我做饭。欢迎大家来我家做客。"

焦文倩："你没去就行。"

盛檀："我老公也会做饭！"

倪璇："拉黑了。"

跟三个人聊了一会儿，许稚意起床洗漱。她洗漱完，周砚还没回来。她往厨房走，发现厨房里还熬着小米粥。她估计周砚也没吃早餐。

思忖了一会儿，许稚意摸出手机给周砚发消息："周厨师，到哪儿啦？"

消息刚发出去不到一分钟，许稚意就听见了电梯的声音。

这里的房子是一梯一户的，没有门禁卡和密码的话，谁也没办法坐电梯到这层楼。想到是谁后，许稚意小跑到门口将大门拉开。

周砚正要用指纹解锁，手还没碰到锁，门已经被打开了。看着出现在自己面前的人，他挑了下眉："醒了？"

"醒了。"许稚意打量着他，笑着问，"周厨师，你知道自己上热搜了吗？"

周砚让她拎了个小袋子进屋，应道："知道。"关于他的话题刚上热搜，林凯就给他打了电话。

许稚意笑，靠在厨房门口看他收拾冰箱："有什么感想吗？"

周砚瞥她，配合地问："想听什么？"

"就……"许稚意思考了几秒，"你想说什么我就听什么。"

周砚勾了勾唇："你早上除了小米粥，还想吃什么？"

许稚意："想吃两个煎蛋，再要一根玉米。"

周砚："好。"

看着周砚的背影，许稚意凑过去小声说："你知道吗？现在网上的粉丝都在质疑你。"

"质疑什么？"

"他们说你会做饭，但没看过也没吃过，不知道真假。"许稚意逗他。

"他们知不知道不重要。"周砚扬眉，转头碰了一下许稚意的嘴角，"你知道而且吃过就行。"这突然的温柔攻势让许稚意猝不及防。

对着周砚那双好看的眼睛，她舔了舔唇，说："你说得有道理。"

吃过早餐，清闲的两位演员挤在一起看剧本。二人各看各的，互不干扰。

周砚拿到的角色，看似和许稚意这个身患绝症的少女完全不同，但在本质上又有点儿相似。遇到谈初的时候，他正在自我放逐。因此，对于谈初最开始的撩拨，他无动于衷，可又偏偏不受控制地被谈初身上的某些特质吸引——对一个人有想法永远是从好奇心开始的。两人起初较量了一番，但都抱着享受当下、想做什么就去做的想法和信念，因此在某些事情上一拍即合。

确定关系的第一天，谈初就钻进了他的帐篷。

第二日，他们脱离大部队，开始了两个人的旅行。余征是个冒险者，而谈初爱的就是冒险者。他们开始了二十天的冒险，也开始了一段不一样的恋爱生活。他们的终点是香格里拉，分手的地点也是香格里拉。他们逃避现实大半个月，总要回去面对。

周砚看到最后的结局，心口有股气被堵着，进不去也出不来。他下意识地去找旁边的人，却发现人已经不在身侧了。

许稚意从洗手间出来时，周砚站在洗手间门口。她愣了一下，抬眸看他："你要用洗手间？"不对啊，他们家又不止这一个洗手间。

话音刚落，许稚意被周砚拽住手，拉入怀里。这个拥抱来得猝不及防，许稚意有些蒙。她感受着周砚箍紧自己的手臂的力道，听到了他的呼吸声。许稚意愣神片刻，挣扎着想要将人推开时，周砚低哑的嗓音在她的耳畔响起："先让我抱抱。"

"哦。"许稚意眨眨眼，把脑袋搭在他的肩膀上，伸手拍了拍他的后背，"这位男演员，是出什么事了吗？"

周砚把头埋在她的脖颈处，闻着她身上淡淡的花香味，觉得自己对她的占有欲好像又多了点儿。

"没有。"他说。

"那你突然要拥抱是怎么回事？"许稚意开玩笑说，"该不会是几分钟没看见我就想我了吧？"

周砚："嗯。"

这下，愣住的是许稚意。她哭笑不得地将人推开，睁大眼睛端详他的神色，问道："认真的？"

周砚捏了捏眉骨，声音低缓地说道："一半一半。"

许稚意瞥他，猜测道："你把剧本看完了？"

周砚颔首。许稚意懂了，主动伸手抱了周砚："我刚看完的时候也难过了好久。"也是那个时刻，她产生了一种想跟面前这个人一直在一起的冲动，想和他做所有自己心愿单里的事，不去考虑别的因素，想在意外来临前做自己想做的。

两人拥抱了一会儿，再次回到客厅。许稚意看着茶几上的两份剧本，感慨道："你说关导怎么会想拍这么甜又这么虐的故事啊？"

周砚微笑："不知道。"

找不到答案的两位演员只能尽力地熟读剧本，磨炼自己的演技。

距离开机还有段时间，周砚回到家的第三天，一群主创人员见面吃了个饭，谈了谈电影各方面的问题。

虽然在电影里，他们只在高原地区度过了二十多天，但实际上，他们要从五月拍到九月。原定其实是八月，但七八月份是暑假旅游高峰期，关年怕游客多会耽误进度，跟演员签的是到九月份的合同。演员的档期和身体素质各方面的问题，都需要多加考虑。

周砚因为男主的职业设定，得糙一点儿，不能那么精致。在电影里，他有露腰的片段，需要继续在健身房泡着，把身材练好。

至于许稚意，关导让她多去医院走一走，看看人生百态。

考虑到二人是第三次合作，关导还很贴心地问他们，需不需要等电影开拍一段时间后再对外宣布。许稚意和周砚都不想给剧组添麻烦，表示关导觉得什么时候宣布最好就什么时候，他们没太大问题。

正式开机之前，许稚意和周砚都在为各自的角色忙碌着，偶尔出去跑跑商务活动，其他闲暇时间都在家看剧本。

不过许稚意没想到，因为关年让她多去医院转转，看看人生百态，她会上热搜。因为她连续好几天都出现在医院，被人拍到发上微博，很多粉丝都极其担心，想知道她的身体是不是出现了什么问题，是不是有什么大事。

消息被爆出的时候，许稚意正在家睡午觉。她一觉睡醒，先看到妈妈的未接电话，紧接着还有微信，让她看到第一时间给自己回电话。

除此之外，还有倪璇她们的信息。看到倪璇发来的几笔转账信息，许稚意陷入了茫然，怀疑自己是睡蒙了，还没彻底清醒。

许稚意正欲去浴室洗把脸清醒清醒时，江曼琳的电话打来了。

"喂。"许稚意第一时间接通，"妈，你找我是……"

话还没说完，江曼琳着急的声音传来："你出什么事了？我现在到机场了，一小时后的航班。"

"啊？"许稚意一愣，蒙了，"我没出什么事啊，你要回国做什么？"

江曼琳的脚步一顿，她皱了下眉："你不是生病了吗？"

许稚意："我没有啊！"

江曼琳："没有？那网上的人怎么说你生了重病，住了三天院了？"

许稚意满脑子疑问，跑到客厅打开平板电脑，登录微博，粗略地扫了几眼后，哭笑不得地跟江曼琳解释："我没生病，我去医院是为下个角色做准备。"

江曼琳："下个角色？"

"对啊。"许稚意说，"我下部电影演身患绝症的少女，会有一段在医院拍摄的戏。导演说让我在开机前去医院转转，看看人生百态。"

"真的？"江曼琳还是有些不信，"你真的没生病？"

"我没有。"许稚意无奈地说，"我对天发誓，我真的没生病。"

她后知后觉地反应过来江曼琳出现在机场的原因，唇角上翘，瞳仁里也有了些笑意，轻声说道："妈妈，我真的没生病。谢谢你。"谢谢你是在乎我的。

江曼琳被许稚意突如其来的煽情弄得有点儿无所适从，抿了抿唇，冷静下来："没事就行，有什么事要第一时间跟我说，知不知道？"

许稚意承诺："知道了，我先不跟你说了，我其他朋友也以为我生病了，我去跟他们解释一下。"

"行。"江曼琳顿了顿，补充道，"拍戏注意安全。"

"好。"

挂了电话，许稚意正要去跟倪璇解释，先看到了倪璇发来的消息："把钱退给我。"

许稚意："什么？"

倪璇："你没生病搞得惨兮兮的干吗？把钱退给我。"

许稚意登录微博看了一眼，果然，焦文倩用工作室的微博回应了自己"生病"的事。

她扬了扬眉，先把倪璇的钱收了，才回："给出的钱哪有收回去的道理？"

倪璇："你没生病收什么钱？！"

许稚意："你给都给了，我当然要收了。"

倪璇："……"

隔着屏幕，许稚意都能感受到倪璇的无语。她轻笑出声，趴在床上慢悠悠地和倪璇聊天："你怎么会相信网上的爆料？"

倪璇："哼。"她其实也是不信的，但网上爆出来的照片里许稚意看着可怜兮兮的，还有几张眼眶红红的，她不信也得信。

许稚意笑了一会儿，认真地跟她道谢："不过还是谢谢倪老师给的大红包！心意我收到了。"把消息发出去，许稚意把收下的转账转给了她。

倪璇："收了就收了呗，我又不差这点儿钱。"

许稚意："那不行，你把钱留着，等我电影上映了去包场就行。"

倪璇："哦。"

跟倪璇聊了两句，许稚意也给其他关心自己的同行演员和朋友回了消息。她回完消息，周砚恰好从健身房回来。二人对视一眼，许稚意问他："你知道我下午上热搜的话题有多荒唐吗？"

周砚："知道。"

许稚意："你是不是想笑？"

周砚没绷住，笑出了声。许稚意瞪他："你还笑。"

周砚抬手，压了压她的眼睑，低声问："上午去医院哭了？"

"嗯。"许稚意不好意思地承认，"听到了一个生病的小女孩儿和她妈妈的对话。"她没忍住，红了眼眶。明明她不算是个很感性的人，可在那一刻，就是忍不住掉下了眼泪。

也是因为她哭了，网友才更坚信她是生病了、扛不住了。

乌龙事件过后，网上渐渐有了爆料。

许稚意工作室澄清那个话题时说的是她在为新剧角色做准备，自然而然，网友便会发散地猜想她要演的下一个角色是什么样的。除了角色的人物设定，跟谁一起演、导演是谁、是电视剧还是电影……很多人都不知道。

到这会儿，网上渐渐有人猜测——有人说她又接电视剧了；也有人说曾在高档餐厅见过她跟关年吃饭，二人不出意外应该有合作……

猜什么的人都有，就是没人猜她的合作搭档是周砚。

五一假期，《遇见你之后》在北城开始了第一次剧本围读。

许稚意跟其他几位演员见了面，这部电影前期有一点儿多人的戏份儿。因为谈初最开始踏上这条特别的旅游路线时，在网上报了一个小旅游团，团队里加上司机有七个人。

其他演员的戏不多，从谈初跟余征相恋起，故事里就只有他们俩。后期有其他演员出镜，但都只能算是客串，戏份儿不多，估计也就两三场。

见过面后，一行人做剧本围读。

重头戏都在许稚意和周砚身上，二人私下的沟通自然很多。这日，周砚、许稚意还有关年和编剧在办公室就故事的结局聊了许久，聊完时天已经黑了。

关年看向几人："晚上一起吃饭，我们继续聊点儿其他细节问题？"

许稚意和周砚都没问题。

四个人去了附近的餐厅，刚坐下没十分钟，许稚意和周砚的电话一同响起。他们对视一眼，接听电话，焦文倩和林凯的声音同时传来："你们是不是在外面吃饭？"

"是。"许稚意眨眼，第一时间警觉地问道，"我们被拍了？"

焦文倩告知："对，你们上新闻了。"

许稚意："……"

挂断电话，许稚意第一时间点开微博。网上，周砚和许稚意私下聚餐的爆炸性新闻话题以破竹之势从热搜榜单底端跃至榜首。

二人太久没同框，这次与去年的红毯对视、综艺同框和探班不同，那些是明面上的互动，他们周边也都有粉丝、媒体及无关人员。可这次不是，这是他们私下的聚餐，是被偷拍的。顷刻间，他们各自的粉丝蒙了，"中意"粉丝激动起来。

二人走在一起、坐在一起的照片，即便是模糊的，都能让人看出花来。

"我在有生之年终于等到了。"

"时隔半年这两位终于又同框了。"

"我就说今天是个好日子，我最爱的一对同框了。"

"他们是在恋爱吗？"

"说不定就是朋友之间的聚餐，有些人别臆想了行不行？"

"私下聚餐了，四舍五入待会儿他们吃完饭就一起回家了，嘿嘿嘿！"

…………

许稚意刷了几分钟，和周砚对视了一眼，而后齐刷刷地看向关年。

接收到两人的目光，关年笑着道："合作的消息已经提前曝光了。"他偶尔会上网，知道目前的网络环境，开玩笑，"但具体合作什么类型的电影，先给我保密，好歹留点儿热度给正式宣布的时候，是不是？"

许稚意听着他这番话，哭笑不得："关导，您真不介意？"她思忖了一会儿，分析道，"我们今天可以不澄清，反正过几天宣布了，粉丝就知道我们为什么会在私下聚餐了。"

"那不行。"关年看她，"我总不能让你们平白无故地被挨骂吧？"

许稚意："骂的人也不多，装看不见就行。"

关年笑笑，指了指周砚，道："你看他舍得你被骂吗？"

许稚意安静了片刻，说："就听关导的，先让工作室发出要合作的消息吧。"

从决定和周砚第三次合作起，她就想好了。她也知道他们合作的消息爆出去，自己会被周砚的粉丝甚至部分普通网友怎么评价。刚开始她想到时，说不担心是假的。但现在她好像真想开了，也无所畏惧了。她就是要和周砚合作。她有能力也有本事和周砚合作，现在大家说她配不上周砚没关系，她会用实力、用这部电影来证明，自己是最适合跟他合作的女演员。这点儿自信，许稚意还是有的。

他们跟各自的经纪人说了一声，林凯和焦文倩的行动速度很快，找二人要了聚餐的美食照，及时用工作室微博发出声明和照片。

周砚工作室：期待老板的新故事。
许稚意工作室：期待老板的新故事。

也不知是故意的还是碰巧的，二人的工作室发微博的时间一模一样。

消息一出，他们的粉丝和其他网友为他们的第三次合作而震惊。

"第三次合作？"

"这才是真正的有生之年！"

"奶奶！你喜欢的男女演员终于要再次合作了。"

"只有我觉得……工作室也喜欢这一对吗？他们的微博照片和发出的时间一模一样，有人发现吗？"

"他们竟然要第三次合作了。"

"不是，就许稚意现在的地位，还能跟周砚合作？"

"什么地位不地位的？我只知道我最喜欢他们俩一起演戏。"

"爱情电影吗？爱情电影吗？"

"谁来爆个料啊，他们要合作的是什么类型的电影？求求他们继续拍爱情片吧。"

"找他们合作的导演一定看到了我许下的愿望。"

…………

许稚意知道焦文倩把微博发出去后，便没再关注，吃完饭回家时，蒲欢才告诉她，两家工作室的微博评论已经有几十万条了。

许稚意一愣，诧异地看着她："这么夸张？"

蒲欢点头："好多很久没出现的粉丝都发言了。"许稚意怔了一下，下意识地想去微博看，把屏幕点开，又忍住了。

蒲欢看着她的动作，安慰道："姐，很多网友其实是想看到你跟砚哥第三次合作的。"这是实话。就连一部分他们各自的粉丝都渴望他们第三次合作。他们的合作在很大程度上能让二人在演技和作品上有所突破，甚至可能再次拿奖。他们粉丝是希望他们有好作品呈现的。

闻言，许稚意弯了弯眼睛，鼓起勇气点开微博："我也渴望。"她也和部分粉丝一样，渴望和周砚第三次合作。

蒲欢笑了笑，回头看了一眼后面："有狗仔在跟着我们。"

从餐厅出来，许稚意就跟周砚分开走了。他们聚餐的地点被曝光，周围都是闻风而来的狗仔，许稚意和周砚自然各回各家。许稚意"嗯"了一声，看了一眼后面跟着的车，说："不管他们，反正我们的车里没有周砚。"

蒲欢"扑哧"一笑："那砚哥晚点儿还回家吗？"

许稚意摇头："不知道，狗仔跟得紧的话应该不回。"

跟着周砚的狗仔比跟着许稚意的多。周砚没让司机回他们住的地方，跟许稚意说了一声，回了父母那边。

看到周砚回来，温清淑很是意外："你回来有事？"

"没。"周砚回答，轻声道，"过段时间要去拍戏，我回来陪陪您。"

温清淑"喊"了一声，拍了拍沙发，说："过来坐，陪妈看一会儿电视，你爸在书房开会。"周砚应声。

温清淑瞅了他两眼，好奇地问："意意怎么没跟你一起回来？"

周砚莞尔："她有事，在家休息。"

温清淑挑眉："你真当我不看娱乐新闻吗？"

周砚一噎，摸了摸鼻尖，戏谑道："还是妈聪明。"

温清淑以前不怎么喜欢看娱乐新闻，在周砚当演员后便开始关注起来。再者，就在周砚到家的前二十分钟，周渺渺已经给她爆料了：周砚和许稚意被人拍到，即将合作新电影的事被曝光了。

温清淑没听他恭维的话，思忖了半晌，道："你是为了避开狗仔吧？"

周砚"嗯"了一声。

温清淑想了想，问道："你跟意意没有想过公开吗？"

周砚没想到温清淑会问这个，愣了一下："再说吧。"

温清淑睨他一眼："如果是意意不想公开，那妈接受，可要是你不想公开，那我可得训你了啊。"

周砚哭笑不得："妈。"

温清淑轻哼，一本正经地道："喊妈没用。你跟意意交往，就要对人家负责，我看网上一些人的言论特别难听，你难道不知道？"

周砚当然知道，但作为公众人物，他们无论说什么做什么，在部分人眼里都是错的。周砚自认为自己和许稚意入圈这么多年从没做过亏心事，更没耍过大牌，一直都在做正确的引导，可即便是这样，关于他和许稚意的负面消息依旧满天飞。

温清淑的话点到为止，周砚都这么大了，她也不好多说什么。

"是我的问题。"周砚说。

温清淑笑笑："我也没说是你的问题,我就是觉得你要做好一个男朋友该做的,保护好意意。"

周砚颔首："知道。"

温清淑和他聊了两句,忽然道："你有没有想过什么时候结婚?"

这问题来得猝不及防,周砚的反应迟缓了几秒,再想要回答时,温清淑瞪圆了眼看着他："你不会没想过结婚的事吧?周砚,谈恋爱不是你这样谈的。"

周砚无奈地说道："妈,我没有说不结婚。"

温清淑眼睛一亮："你的意思是你想结婚?"周砚从不抗拒结婚这件事,只要他的另一半是许稚意,无论恋爱还是结婚,他都愿意。

跟温清淑聊了半个钟头,周砚才得以回房。他回到房间时,许稚意已经洗漱完坐在床上看剧本了。周砚给她拨了个视频电话,看到她的脸,莫名其妙地笑了一下。

看着周砚的笑容,许稚意觉得奇怪："你笑什么?"

周砚："我笑了吗?"

许稚意点头："对啊。你怎么奇奇怪怪的?"

周砚勾了勾唇："不奇怪,就是想你了。"

许稚意微窘,提醒他："我们才分开多久?两个小时都不到吧?"

"嗯。"周砚说,"已经很久了。"和许稚意分开十分钟,他都觉得久。

许稚意被他逗笑,趴在枕头上望着他,眼睛弯弯的:"你怎么这么黏糊?"

周砚扬眉:"这就叫黏糊吗?"

"对啊。"许稚意说,"跟上回盛檀给我分享的那篇小说一样。"

听到这话,周砚好奇地问道:"她给你分享了什么小说?"

"一本姐弟恋题材的。"许稚意说,"那个弟弟超级黏人,跟小狗狗似的,姐姐走到哪儿他跟到哪儿,但平日里又很酷,只在姐姐面前黏糊,你懂吧?"

听着她分享时的雀跃语气,周砚微顿,声音低沉地问:"喜欢弟弟?"

许稚意想也没想,点头说:"喜欢啊。"没有人不喜欢时而强势时而黏人的弟弟吧?

周砚了然,点点头,也不生气:"那我明天给你演一个。"

第十二章　第三次搭档

盯着周砚半晌，许稚意问："你认真的？"

周砚："嗯。"

许稚意沉默了一会儿，没忍住笑出声，揶揄道："周老师，你怎么回事，对自己没信心了？"周砚正要说话，许稚意道，"我虽然喜欢弟弟，但你要知道，我更喜欢你。"

她突如其来的表白，砸得周砚晕晕乎乎的。他目光灼灼地看着许稚意，喉结滚动："故意的？"

"我哪有？"许稚意才不承认是因为他不在家，故意说这样的话的。

周砚盯着她："明天感受一下你的喜欢。"

许稚意没好气地睨他一眼："你烦死了。你快去洗澡吧，我要睡觉了。"

周砚："不需要我讲故事了？"

许稚意眨眨眼："要，你去洗澡，我等你。"

周砚应下："好。先看看剧本。"

"嗯。"

最后，许稚意没让他给自己读故事，而是让周砚给她念剧本，从第一页开始，念到她睡着。对念剧本哄她睡觉这件事，周砚求之不得。

二人即将合作的消息被曝光，网上的人纷纷评论，说什么的都有。许稚意和周砚在出发拍摄之前没再一起外出，连偷偷约会也克制住了。

许稚意和周砚出发去蓉城这天，他们的航班信息不意外地被曝光了。鉴于大家都知道二人要合作，他们买机票时也就没再分开，索性光明正大地坐同一趟航班。二人过分坦荡，反而让粉丝不知道该说什么。

关年的整个团队比他们早一天抵达拍摄地。

许稚意和周砚抵达蓉城的次日，他们举行了开机仪式。

《遇见你之后》这部电影拍的是恋爱故事和公路美景。这种电影拍起来累，也不好拍。许稚意有几场出发的戏，因此关年决定将开机仪式定在蓉城。

举行开机仪式这天，现场来了不少媒体记者。网友密切关注许稚意和周砚合作的这部电影。好在记者都是关导熟悉的，在仪式过后的采访里，倒也没问什么过分的问题。当然，八卦还是有人问的。对两个人对于第三次合作的想法，记者和粉丝都想知道。

记者："稚意，和周老师第三次合作是什么感觉？"

许稚意接过话筒，跟周砚对视了一眼，笑着说："还没拍呢，感觉还没出来。"

记者被她的话噎住，想了想，说道："主要是两位太久没合作，大家都很好奇你们这次合作有什么契机。"

听到这个问题，许稚意想也没想地说："这要问关导。"

关年出面打圆场："对对对，问我，是我找到这两个人的。"

记者瞬间看向他："关导方不方便跟我们说说，这是个什么样的故事？"

关年笑了笑，神秘地说道："是个大家都会喜欢的故事。"

采访来采访去，记者没挖到什么劲爆的消息，只能作罢。

开机仪式过后，《遇见你之后》官方微博发出开机照片，首次正式宣布二人第三次合作。没过多久，官方微博下的评论、转发过万。粉丝说什么的都有，他们最大的愿望就是电影早日上映。

开机仪式过后，许稚意在蓉城拍了几场出发的戏。戏不难，剧组花了两天时间便拍完了。然后，他们踏上了拍摄公路电影的征途。

谈初和余征初见，是在一个被《中国国家地理》选为"最美丽乡村"的丹巴甲居藏寨。这个地方漂亮得像一幅画。无论是远看还是近看，山寨的房子都围绕着连绵的群山建立，好似悬挂在悬崖上，惊险又漂亮。

许稚意一行人抵达拍摄地时已是半夜。因为谈初和余征的初见是在傍晚，关导特意让他们好好休息，下午正式开始拍摄。

在剧组，许稚意和周砚还是避嫌的，住在酒店的不同房间。大家或多或少地看出了二人的关系，但关年剧组的工作人员的口风很紧，大家都是常合作的，即便知道点儿什么也不会对外说。

睡了一觉起来，许稚意和周砚一起去化妆。他们和其他演员打过招呼，关导过来给他们说戏。他们的初见是在上下楼梯时的擦肩而过，但余征不知道，谈初也不知道，擦肩之后对方的目光都曾在自己身上停驻。

关导是个很重氛围感的导演，非常注意小细节。

化完妆，许稚意跟周砚去拍摄地点。许稚意和周砚出镜的地方是一段狭窄的楼梯。

谈初已经看完这个地方最美的风景，也将风景封存在相机里，将明信片寄了出去。她并不知道，离开高处往下走时，她会遇到更美的"风景"。下楼时，她碰到穿着冲锋衣、留着利落的黑发、背着和自己同款但不同色背包的余征。

因为是实景拍摄，关年也不需要监督布景工作，只跟许稚意和周砚说了一些细节。

他要的是陌生人自然地擦肩而过的感觉，以及油然而生的想认识对方的念头。

对谈初这样一个即将离开这个世界的人来说，什么样的人会引起她的注意、激发她的兴趣？自然是和她相似，本性却又截然不同的人，对她最有吸引力。

听关导说完，许稚意和周砚都了然地点了点头。他们懂关导的意思。

知道二人是老搭档，关导也不多说。

在关导喊"action（开始）"前，许稚意已经到了合适的地方，和楼梯下方的周砚遥遥相望。她深呼吸了一下，闭了闭眼，进入角色。

关导："Action。"

看完风景的谈初从拐角处走出，垂眸看着自己脚下的台阶，一步一步走得很稳。倏地，一侧有风拂过。她闻到了青草的味道，听见了远处牛羊的叫声，下意识地抬起头。

这时有人从她身侧走过。她嗅到了生命的味道，被风吹乱的发丝拂过他的肩膀。

她往下走，他往上走。

谈初走了两个台阶，一种奇怪的念头促使她的脚步在楼梯上驻留了片刻，而后，她回头了。她没看到男人的正脸，只看到了他挺拔的背影和他的背包。很快，谈初收回了目光。她收回目光的刹那，余征下意识地转头，他的剑眉星目出现在镜头里。

"Cut（停）！"关导在监视器后抬起头看向二人，"刚刚这段保留。稚意，你的情绪需要再多一点儿，看到余征的那一刹那，你其实是有不一样的感觉的，懂吗？"

他继续说道："在你这里，他是个陌生人，但又不算是。"

许稚意应声："我明白。"

关年看向周砚："你照旧。"周砚颔首。

拍摄重新开始。这一次，两个人顺利通过。

关导满意地点了点头："不错。你们俩站在一起，氛围感就有了。"

监制和副导演附和："他们俩同框就像一幅画一样。"是可以和村寨媲美的一幅画。

拍完相遇，许稚意和周砚都有单独的两场戏，之后开始转场。

在车里，他们有了第二次相遇。谈初报的是一个小旅行团，车是七人座的，前两天一直只有六个人。司机曾跟他们说过，到丹巴会有个熟悉这条线路的新朋友上车。

补完妆，许稚意坐上了拍摄的旅行车。她的位子在最后一排左侧的窗边。其他游客还没上来，她塞着耳机听歌，眺望着这个这辈子都没机会再来的美丽乡村。

正看着，她听见了司机的声音："来了。"

"嗯。"低沉的男声传来，和谈初耳机里的男歌手的声音很像。

她抬眸时，恰好看到那人拉开副驾驶座的车门。似乎察觉了她的目光，男人漫不经心地抬起眼皮看向她。只一瞬，他便面色如常地收回目光，坐上副驾驶座。

从谈初的位子看去，她只能看到少许他的头发和耳朵。她看了两眼，目光往下，落在他放在一侧的黑色背包上。

"Cut！"

关导看向两个人："给稚意补补妆。"他对着监视器，重新看了看刚刚那场戏："稚意，你看到余征时，情绪再多一点儿。"

叮嘱完许稚意，他又看向周砚："你再冷一点儿。"两个人乖乖听训，将故事重演。第二次，关导依旧不太满意。这场两个人眼神碰撞交流的戏，关导拍了三次才过。

没多久，其他的游客纷纷拍完照回来。发现车里多了个大帅哥，有个小女生蠢蠢欲动地想和他交流。奈何帅哥很冷漠，一个字一个字地往外蹦，让小女生受挫。

谈初在后排，不由自主地取下了一个耳机，听着车内"嘈杂"的交流声。

陡然间，她抬眼看向前方路段时，借着后视镜和余征眼神相撞。很快，二人心照不宣地挪开了视线。垂眼时，谈初下意识地看手腕上的运动手表。

……………

旅行团抵达入住的酒店。

游客到后备厢拿箱子，谈初向来不着急，都是等其他游客拿完才去取自己的。她走到后备厢旁边时，司机正在跟余征聊天："你订房了吗？没订的话跟我住一间？"司机的房间是标准的双人间。

余征的手指间不知何时夹了一根烟，夜色下一点猩红格外明显。看到谈初过来，他将烟掐灭，双腿交叠，懒散地靠在车旁，声音比傍晚时更低哑了一些："不用，现在不是高峰期，酒店还有房间。"

司机边给谈初拿下箱子边说："行。开好房间出去吃点儿东西？"

余征笑着应道："吃可以，但不喝酒。"

司机骂了他一句："想什么呢？我明天要开车，喝什么酒？"

司机把箱子推给谈初，随口说："你的箱子怎么越来越重了？"

谈初很轻地笑了一下："嗯，买了点儿东西。"她跟司机道谢，推着箱子往楼梯走。

他们今天住的酒店，要走几级楼梯才到大厅。

走到楼梯前，谈初正要拎箱子上楼，有只手从旁边伸出来。她一顿，看向来人。

男人的侧脸轮廓立体，眉眼英俊。他垂眸看了谈初一眼，淡淡地说："我来。"

谈初一愣："谢谢。"

余征不再出声，拎着她的箱子上了几个台阶。将行李箱放在大厅里，他抬脚下楼。

下楼时，谈初的目光停在他劲瘦的手臂处，而后往下，落在他刚刚夹着烟的、骨节分明的修长手指上。她再次道谢。

这场戏过后，周砚跟司机还有一场戏——是聊谈初的。

许稚意在旁边看，听到蒲欢在自己的耳边小声说："天哪！砚哥给你帮忙的时候，手臂青筋凸起，好帅啊。"不知何时，他将冲锋衣脱下，只穿着黑色短袖，成熟男人的荷尔蒙迸发，又带着点儿说不出的少年感。

许稚意轻"嘘"一声，笑着说："看看他怎么跟别的男人聊我的八卦。"

蒲欢"扑哧"一笑。

帮完谈初，余征回到车旁。司机瞅他，戏谑地道："怎么，看到美女就主动帮忙了？"

余征漫不经心地抬起眼皮，没理会他。

"问你话呢。"司机开玩笑问，"有没有想过在这段放逐的旅程中找个对象？你不知道吧，刚刚在车里一直和你闲聊的小姑娘，已经跟另一个男生开始眉来眼去了。"

余征自然看出来了。他很轻地笑了一下，无所谓地说道："没想法。"

"啧。"司机嫌弃地看着他，"对刚刚那个大美女也没想法？"

"没有。"余征说。

司机摇摇头："你真没眼光。不过刚刚那个美女太静了，我感觉她跟木头似的。"

"怎么？"余征来了点儿兴趣。

司机笑笑，告诉余征："她从上车那天起，就没怎么跟其他游客聊过天。大家畅聊时，她也不说话，就塞着耳机安安静静地坐在角落，也不知道在想些什么。"司机随口道，"我估计呀，可能是失恋了，来疗伤的。"

听到这儿，余征瞥了司机一眼："别乱说。"想到自己和她偶然间对视的那一幕，他缄默了片刻，说，"她没你想得那么静。"

司机边给他递烟边问："你又知道了？"

余征接过烟，吸了一口，将白雾渐渐吐出，微微一笑，说："当然。"

拍完这一幕，关年让大家休息一会儿，吃了晚饭再继续。晚饭后，许稚意和周砚在酒店的走廊上有一场对手戏。

剧组早就订了餐厅，就在酒店附近。这个时候游客不算多，餐厅的生意比较淡，恰好能容纳整个剧组的人。许稚意、周砚和关年自然坐在同一桌。坐下后，关年跟二人聊天。

"演员选对了。"他还在感慨。

许稚意和周砚对视一笑，夸道："关导，您的眼光真好。"

关年觑她一眼："你别以为我不知道你在夸自己啊。"

周砚笑了一声，低声道："她说的是事实。"

关年瞥他一眼，轻"啧"了一声："我以前怎么没发现你这么护女朋友？"

周砚莞尔，和关年碰了下杯，抿了口水，说："以前她不在。"他们以前拍戏都是分开的，周砚就算是想护，也找不到机会。

关年受不了腻在一起的两个人，压着声音道："你们收敛一点儿，真不怕被曝光啊？"

许稚意"扑哧"一笑："关导，您这是不相信您的团队吗？"

关年当然相信自己的团队，就是想逗逗眼前这两个肆无忌惮秀恩爱的人。

没一会儿，晚饭上桌。

许稚意随车走了一天，有点儿累也有些饿了。

"吃得惯吗？"周砚边给她夹菜边问。

许稚意看着他，弯了弯眼睛："吃得惯，别给我夹了，你自己也吃。"

周砚往她嘴里塞了一块肉，这才认真吃饭。

等主演吃过饭，摄像机和酒店的布景等也全都弄好了。

剧本里，这个小旅行团入住酒店时，时间已经不早了。谈初孤身一人，也没有去附近餐厅吃饭的心思。但洗过澡后，她在不算宽敞的房间里忽然闻到了飘来的食物香味。谈初饥肠辘辘，想着酒店旁边有家小超市，便套上外套，顶着半干的头发，拿着房卡出了门。

她没想到余征会住在隔壁，更没想到他们会同时出门。

因为这部电影是越往后发展，男女主角的感情越深的设定，所以他们不需要提前拍亲密戏，可以按照剧本的节奏一幕一幕地拍。

为了让画面更真实，关年想拍一点儿许稚意吹头发的清纯又性感的画面。这是许稚意单独的戏，周砚也没走开。他坐在关年旁边，和他一起看监视器。关导对镜头的把控力很强，也知道观众想在这种爱情电影里看到什么。

谈初站在浴室里，镜头扫过她卸完妆的脸，再往下，落在她裸露的锁骨上，衣服坠地，她的小腿又白又细，不安分的蜷缩的脚趾透露着些许不安。

周砚看着监视器，关年喊："Cut！"他抬起头看向许稚意，夸道："刚刚这一幕不错，现场不动，再拍个洗头发的画面。"

许稚意应声。

准备阶段，好几个工作人员在一旁窃窃私语。

电影拍出来的是洗澡的镜头，但艺人不可能全脱，许稚意还穿着抹胸上衣和到大腿处的短裤。而她仅露出锁骨和小腿，便足以诱惑众人。

她肤若凝脂，在狭小的酒店浴室里更显得如上好的美玉一般，格外勾人。

周砚看了半响，抬手捏了捏眉骨——看女朋友演戏是享受，也是煎熬。

许稚意的单人戏拍完，便转到了两个人一同出门的场景。

余征和谈初一样，都洗过澡换过衣服了。不同的是，谈初是毛衣外套加睡衣，而余征依旧是长裤和短 T 恤。二人一同出门，将门关上的刹那，谈初往他那边看，余征神色自然地看回来。二人目光交会，谁也没开口，默契地收回目光后，不约而同地往电梯里走。

谈初用的沐浴露和洗发水是自己带的，而余征用的是酒店里提供的。

酒店的电梯不算狭小，但也不宽敞，两个人站在两侧，空气里弥漫着淡淡的花香。谈初站在靠门的一侧，垂眼看手机，唇角紧抿，有些不自然。和她相反，余征自在得很。他闻到特别的香味时，目光甚至大大咧咧地落在她乌黑的长发上。

察觉男人的目光，谈初借着电梯门折射的光抬起了眼。有些人看一眼便无法忘记。多看几眼，更会激发好奇心和征服欲。谈初对余征起的"歹念"便来源于此。说她自私也好，别的也罢，都要死了，为何不在死前让自己痛痛快快地活一场，去做自己从没做过的事，撩拨自己以前不敢撩拨也不敢想的人呢？

这样，她死了也值了。

谈初这个角色在前期其实没有考虑过其他人的感受。她做的很多事，都遵循自己内心的所想所念。她有些偏执，有些自私，却又让人狠不下心责怪。

大概是电梯里这一眼的目光较量，又或许是二人同步进了一家超市，伸手去拿了同一桶泡面的缘故。他们从这里开始有了缘分，有了纠缠。

…………

晚上的几场戏拍完，时间已经不早了。关导让他们早点儿休息，明天睡到自然醒再赶路。

在这部电影里，许稚意和周砚在车内的对手戏很多，大多数是眼神戏。从那天晚上起，谈初便开始明里暗里地撩拨余征。她想认识、了解这个让她有征服欲的男人。前几日的撩拨，余征都不领情，看谈初的眼神中的情绪很淡，但谈初能感觉出来，他看自己和看车内另一个小女生的眼神是不同的。

谈初追人的第三天，公路拍摄已经过去一周了。他们今天拍摄的地点在亚青寺附近。

从亚青寺出来后，旅行团暂时休息。

亚青寺附近的景色不错，大家都在拍照、跟朋友闲聊、看路边的游客和僧人。

谈初从洗手间出来准备回车里休息时，先听到了车内传出的娇滴滴的女声，是同行的那个小姑娘在说话，而另一道偶尔有几个字蹦出的声音，是余征的。

谈初也不知道是兴趣起来了还是如何，竟安静地站在车旁听完了全程。

余征拉开车门欲下车时，一眼便看到了她。谈初也不尴尬，抬起眼朝他露出个笑容，而后看向后面表情惊恐的小女生，神色淡定地问："谈完了吗？"

小女生一顿，警惕地看向她："你什么意思？"

谈初收起手机，看了一眼余征，唇角弯弯的："谈完了那人就归我了。"

"你——"小女生从见面的第一天起就不怎么喜欢她，觉得谈初这个人太漂亮、太危险。她跟大家见面时，所有男士的目光都不约而同地落在她身上。如果不是她全程冷冷淡淡的，小女生估摸着，车里所有单身的男士都愿意为她"赴汤蹈火"。

"你也太自信了吧？"小女生挑衅地说，"他又不是你的。"

"现在不是。"当着余征的面，谈初面色如常地说，"但迟早会是的。你说呢，余征？"

她喊"余征"时，嗓音总会比说其他的话更媚一些，更软一些。他们已经朝夕相处三天多了，余征对她的手段也有所了解。他垂下眼看向她，颇有兴致地看两个人斗嘴，勾了勾唇，说："拭目以待。"

"Cut！"关年看向两个人，朝许稚意点头："稚意发挥得不错。"

他看向演小女生的女演员梁柚，笑着说："梁柚表现得也不错，不过我想要你们这场戏发挥得更极致一点儿。"

关年看向许稚意和周砚："你们俩的感情再给多一点儿。不用担心会不会太快，看对眼的人，第一天就什么都能发生，所以不用过分收敛感情。"

梁柚在旁边笑了起来，鼓掌道："关导这话，话糙理不糙。"

更何况他们这是在旅行。旅途中很多单身男女第一天遇见就在一起，旅程结束时分开的情况真的太多了。有些人的旅途不只有放逐，还有放纵。

重新拍了一场感情稍多一点儿的戏，关年满意了。

剧组将一些细节场景补全，天又黑了。

剧组今晚在亚青寺附近留宿，明天再启程去下一个目的地拍摄。亚青寺这边的住宿条件一般，隔音很差。

洗漱后，许稚意去找周砚对戏。明天要拍的戏冲击比较大，她不仅要用眼神和言语撩拨余征，还得有所行动，但剧本里也没具体写谈初是怎么用行动撩拨余征的。没怎么撩拨过人的许稚意遇到了难题。她瞅着旁边的人，好奇不已："你说我明天要怎么撩拨你？"

周砚瞥她："是撩拨我还是撩拨其他人？"

许稚意微怔："是余征！你就是余征！"

周砚微微一笑，告诉她："我不用你撩拨，我整个人都是你的。"

许稚意听得耳朵发热："那余征呢？"

"余征……"周砚念着这个名字，很轻地笑了一下，说，"他也好撩拨。"

许稚意眼睛一亮："为什么？"

周砚看她，弯了弯唇，说道："他对谈初没有抵抗力，你没发现吗？"

"发现了。"许稚意老实地回答，"他其实是个有分寸的人，对梁柚演的那个小女生克制有礼，而且很冷淡。对谈初，他虽然也冷淡，但偶尔言语上会有些还击，他看谈初的眼神也时常不太对劲。"

周砚应声："是这样。"

说到这儿，许稚意有些好奇了："你说余征是什么时候喜欢上谈初的？"剧本里没写他真正动心的时间。

周砚垂眼问道："你觉得是什么时候？"

许稚意认真想了想："其实我觉得二人初次在楼梯上遇见时，余征就注意到谈初了。"剧本里，谈初是个长得很漂亮的女生，气质也特别，很吸引人。

周砚点头："还有呢？"

"还有就是——"许稚意抿了下唇，"谈初觉得自己和余征是一类人，其实余征也觉得谈初和自己是一类人。他们身上有引力，互相吸引。"

只不过，谈初有抛开一切的思想准备，而余征不然，他考虑的事情要比谈初更多一些。他看似随性散漫，可许稚意能感觉出来，这个人做事非常有分寸和底线。

谈初一再地撩拨、逼近，迫使他降低自己的底线，击破他固有的分寸。

周砚听着许稚意的分析，捏着她的手指玩着："是这样。"

许稚意瞅着他："你说，如果换作你，会被谈初吸引吗？"

周砚看她："你是谈初吗？"

许稚意眨了眨眼："啊？"

周砚："如果你是谈初，那我会。"

许稚意愣了一下，反应过来他话里的意思。她哭笑不得地戳着周砚的胸膛，说："周演员，现在不是让你跟女朋友表白的时候。"

周砚牵着她的手，凑到唇边亲了亲。许稚意睫毛一颤，心头一震。她坐在周砚旁边，贴近他的大腿，小声问："你是在撩拨我吗？"

周砚的喉结滚了滚，他微微侧头，在她的耳边说："我在教你，明天怎么撩拨我。"

在正式开演的前一天，周砚手把手教许稚意怎么在电影里撩拨他、勾引他。许稚意被他撩拨得溃不成军。若非隔壁房间有说话的声音传出，他们就刹不住车了。

许稚意从周砚的房间出来时，耳朵是红的，嘴巴也是红的。她紧抿着嘴唇，快速开门进房，躲进了被子里。倏地，一侧的手机振了振。

周砚："躺下了？"

许稚意："嗯。"

周砚："还要不要我给你念剧本？"

许稚意因为时常换酒店，睡眠质量很差。因此，周砚每天都会讲故事或念剧本哄她睡觉。从第一天到现在，周砚已经把剧本念了十分之一了。

他主动提，许稚意自然不会拒绝。她的眼睛里盈满笑意，回复："要。"

次日，剧组出发去下一站拍摄。

许稚意坐在车里打哈欠，昨晚做了个羞耻的梦，弄得她早早惊醒，没怎么睡好。周砚坐在她旁边，看了她半晌，眉头微蹙，问道："没睡好？"

许稚意心虚不已，从吃早餐起就没怎么正眼看过周砚。她抿了抿唇，心虚地说道："有一点儿。"

周砚拧眉。许稚意连忙道："昨晚做了个梦。"

"什么梦？"周砚顺口问。

许稚意看他，支支吾吾："想不起来了，反正就是做了个梦。"

原本周砚还没多想，可这会儿看到她躲闪的眼神，眉峰稍扬，坏坏地笑了一声："跟我说说？"

许稚意正要拒绝，忽而对上了他促狭的眼神。半晌，她忍无可忍地别开眼，轻哼道："你就是故意的。"

周砚勾唇，贴在她身侧，滚烫的呼吸落在她的耳畔："我哪里故意了？"

他低头碰了碰她的唇角，暗示意味十足："是这样的梦吗？"

许稚意的羞耻感爆炸，耳郭瞬间红了。她将面前的人推开，一本正经地警告他："周老师，关导让你跟我坐一辆车，是让我们俩沟通剧本，多对戏、对台词的，不是让你在车里对我动手动脚的。"

周砚"嗯"了一声，第一时间翻开了剧本的某一页，指着说："那我们对这场戏。"

许稚意低头一看，忍无可忍地踹了他一脚。

"你……"她张了张嘴，想说他不要脸，可又说不出来。

周砚看着她羞赧的模样，忍俊不禁："我怎么了？"他伸手捧着她的脸说，"这场戏迟早要拍，真不准备提前跟我对对？"

许稚意无话可说。

周砚说的那场戏，是一场在车里的亲密戏。许稚意每每看到这种戏时，都想挖个坑将自己埋进去。说实话，她之前跟周砚拍的那两部恋爱电影，加起来都没这部电影的尺度大。

许稚意翻了个白眼："不对。"周砚微微一笑，不再逗她。说实话，就算是许稚意愿意，周砚也不愿意在车里还有司机时和她对这场戏。

他们闹了一会儿，周砚拍了拍自己的腿，看向她："躺下睡一会儿。"

许稚意也没拒绝："快到了你喊我，我需要半小时清醒。"

周砚："知道。"

许稚意睡觉，周砚一会儿看看她，一会儿看看剧本。外头的阳光很刺目，周砚看了一会儿，索性抬手将车窗挡住，不让阳光照进来。

他们抵达目的地，拍摄继续。

许稚意将周砚昨晚教她的撩拨人的手段全用在周砚身上，是欲语还休、点到为止的那种。不但余征扛不住，连周砚自己也有些扛不住。他是个很清醒的演员，知道什么是现实，什么是拍戏。可面对许稚意时，他常常入戏后便难以抽身，或者说，他从没将她当作剧中的人，在他眼里，她就是许稚意，不是谈初，更不是其他人。

之后的小半个月，他们走走停停，一眨眼的工夫，便将前半段谈初追人的戏拍完了。

最后一天，谈初和余征确定关系，这一晚，谈初钻进了余征的帐篷。看到晚上要拍的戏时，许稚意整个人是麻木的：怎么就一眨眼的工夫，就要拍亲密戏了啊？

她正发着呆，焦文倩的电话来了："在做什么？"

许稚意靠在车里休息，看着在外面帮忙搭建帐篷的周砚，生无可恋地说："看剧本。"

听到她的声音，焦文倩还有点儿担心："怎么，拍摄不顺利？"

"不。"许稚意轻声道，"很顺利。"

"那你这个语气……"焦文倩皱了皱眉,"怎么有气无力的?是不是有高原反应了?"

许稚意否认:"我没有高原反应,身体状况还行,就是在为晚上的拍摄担心。"如果今晚没拍好,他们明天还得重来。

焦文倩挑眉:"今晚要拍什么?不会是亲密戏吧?"

许稚意无语:她怎么可以猜得那么准?

许稚意不说话,焦文倩笑道:"你们拍吻戏了?"

"还没有。"许稚意告诉她,"今天白天天气不太好,确定关系的那场吻戏关导说明天再拍,我们在这个地方多留两天。"

焦文倩了然:"所以说,你们的吻戏还没拍,直接拍这个?"

许稚意"嗯"了一声。

"怕什么?"焦文倩道,"你担心什么呢?你是跟周砚拍,又不是跟别人拍。"

许稚意哼道:"就是跟周砚拍我才担心。"

焦文倩笑了一会儿,安慰她:"这种事演员和导演都常遇到,你们俩是感情戏拍得少,所以觉得不好意思。我跟你说啊,这些都是没办法控制的。"许稚意冷淡地"哦"了一声,还是觉得羞耻。

焦文倩安慰了她几句,提醒她:"你晚点儿记得转发微博啊。"

许稚意:"啊?"她没反应过来。

焦文倩哭笑不得:"你是不是拍戏拍傻了?《春生》今晚在草莓电视台播出,你记得转发微博宣传。"一眨眼的工夫,《春生》已经要播出了。

许稚意倏地一笑,弯了弯唇,说:"好的,我让欢欢提醒我。"焦文倩应声,叮嘱了她几句便挂了电话。《春生》今晚首播,焦文倩的事情要比往常更多一些。

傍晚时分,新疆的天依旧很亮。

剧组的帐篷搭建好了,这群"游客"今晚住帐篷。关年正在监督布景,遇到许稚意的时候随口问了句:"对过晚上这场戏了吗?"

许稚意沉默了一会儿:"算是对过了。"

关年知道她不好意思,开导道:"拍戏呢,你要是不好意思,我晚点儿将工作人员撤掉一部分,让你们发挥得自然点儿。"这话说得,许稚意更不知道怎么接。

周砚从另一端过来恰好听到这么一句,说:"关导,别逗她了,她害羞。"

关年睨他一眼："你倒是一点儿都不害羞。"

周砚语塞——他确实还好。

关年也没多说什么，看着两个人说道："先吃饭，你们这场戏起码得等到十一二点再拍，现在还有时间，可以去车里对对戏，争取三场过。"许稚意和周砚乖乖点头。

吃过晚饭对完戏，二人换了衣服。

许稚意的皮肤本来就好，五官不需要任何妆容修饰就非常上镜，所以她拍睡觉的戏都很真实，不用化妆。

拍摄前，关年跟他们说了说帐篷里的摄像头都藏在哪儿，让二人演的时候注意点儿。

二人了然地点了点头。

这场戏不能拍得太过，但又得有一些东西。

关导喊"action"后，许稚意便进入了角色。

谈初在夜色中走入镜头，站在余征的单人帐篷前。在她还有点儿纠结要不要找余征时，帐篷的拉链被人从里面拉开，余征的脸出现在她的面前。两个人下午已经有了缠绵的吻，确定了关系。成年人谈恋爱，不需要太纯情。

在谈初反应过来之前，余征伸出手，将人拽进了帐篷里，压在他的身上。

帐篷里有一盏暖橘色的小灯在头顶亮着。谈初趴在余征的身上，抬起眼看着他。余征垂眼，深情看着她，嗓音低沉地问："想过大半夜过来找我会发生什么吗？"这是剧本里的台词。

谈初睫毛一颤，直勾勾地盯着这张冷峻又立体的脸。她的视线停留在他的眼睛上，和他的视线无声地纠缠，而后往下……她伸手抚摩他英挺的鼻子。她的手指白皙修长，指甲上有昨晚刚涂的樱桃色指甲油，很是漂亮。

余征没阻止她的动作，任由她的手指在自己的脸上游走。

镜头里，谈初的手在他的鼻尖停留了许久，而后往下，摸上了他的唇。男人的唇不厚不薄，看上去有些寡淡薄情。但谈初知道，这张唇很软、很烫。对着余征的目光，她将自己的手指贴在他的唇上。余征从指尖开始亲吻她，一直往后，在她的手指上留下濡湿的触感。

亲完手指，他又在她的手掌和手腕处留下密密麻麻的吻。

这些似乎都不够。他们对对方的渴望超出了自己的认知和想象。

…………

拍摄还在继续。周砚和许稚意都是对镜头很敏感的人，知道关导想要什么，也知道这场戏要如何演下去。

余征的唇从她的手腕处挪开，堵住了她的唇。刚开始，余征是主导者。渐渐地，谈初开始回吻。在暖橘色小灯的照射下，她纤细的手臂暴露在镜头里，勾住了余征的脖颈。

二人一上一下，缠绵地亲吻着，镜头下，他们的肤色形成了鲜明的对比。

余征吻得很凶，没给谈初一点儿反抗的机会。

这场吻戏不知道持续了多久，谈初迷迷糊糊间，忽而被咬了下唇。

她回神，双眸看向余征。因为接了吻，此刻她的脸和唇都是红的。

"怎……"她刚开口，余征沙哑的声音在她的耳边落下。他亲吻着她的耳垂，低声道："你还没回答我上一个问题。"谈初愣怔片刻，反应过来他的问题。

二人停下，她的手还环在余征的脖颈上，余征顺势将她的身躯严严实实地挡住。

他们无声地对视。

不知过了多久，谈初的眼睛里多了些情绪，她主动仰头去亲余征，很轻很轻，像挠痒似的，却让余征心痒难耐、无法自控。她应着，含混不清地说："你不想？"她没正面回答他的问题，反倒是将问题重新丢给了他。

话音落下，余征的声音沉了几分，目光紧锁着面前的人，眼眸漆黑如墨，低声问："不觉得委屈？"

谈初笑了笑，亲着他，咕哝着回答："不委屈。"和他在一起，在哪里、做什么，她都不觉得委屈。

少顷，帐篷内的窸窣声大了很多，让凉爽的深夜多了几分燥热。

帐篷内，谈初身上的衣服被丢到角落里，镜头拍到她布满红晕的脸和精致的锁骨。

紧接着，镜头挪到余征身上。余征身上，女人的一双手在胡乱游走，似有些烦恼衣服脱不下来。男人低沉地笑了几声，配合她将衣服脱下。

顷刻间，他劲瘦有力的手臂以及上半身流畅的肌肉线条全暴露在镜头里。他弓着身子亲吻着面前的人。他们近距离亲吻的画面被镜头收录。

帐篷内，头顶的灯光晃了晃，突然熄灭了。黑暗里，暧昧在无限蔓延，二人的声音更为明显。模糊间，有人能看到帐篷里面的动静。男人低着头，吻径直往下。

镜头扫过，将气氛推上顶峰。隐约有声音传出，让一些年轻的工作人员听得面红耳赤。

倏地，关年出声："Cut！"紧绷的神经跟着松了松，他紧盯着监控器中还没动的两个人，笑着说，"过了。"这场戏，开拍前他就跟周砚和许稚意说过，能一次过就一次过。两个人都是有演技的演员，他对他们有信心。

但说实话，这种戏不好拍，需要两个人有默契的配合。所以关年想的是两次肯定能过。谁承想他们发挥得这么好，真的一次过了。关年掩唇咳了一声，知道真情侣拍这种戏不容易："收工吧。"

听到这话，周砚才从被子里冒出头，扯过旁边丢出来的衣服套上，随手捡起刚刚从许稚意身上脱下来的套头衣服，将帐篷内的镜头全挡住，才出声："蒲欢？"

蒲欢和郑元早就在帐篷门口等着了。她听到周砚的声音，应道："砚哥，我在门口。"

"把你姐的羽绒服给我。"

蒲欢乖乖递进去。周砚接过，连被子都没掀开，直接将羽绒服塞了进去。

许稚意哭笑不得："你不是把镜头挡住了吗？"

周砚"嗯"了一声，俯身亲了下她的唇，低声道："那也不能让他们看到你现在的模样。"他不知如何形容许稚意此刻的模样，只知道谁也不能看了去——这是属于他的，独属于他的。

许稚意被他逗笑。她起身，跪坐在睡袋里将羽绒服穿好。穿好后，她看向面前的男人，小声问："你还好吗？"

周砚温柔地看她一眼，捏了捏她的脸颊，咬牙说："不好也得好。"

许稚意忍笑。刚刚拍戏时，她就感受到了周砚的反应。她抿了抿唇，撩了撩弄乱的头发："那我先回车里了。"

周砚应声："去吧。"

许稚意正要往外走，周砚不知从哪里掏出口罩和帽子给她戴上。她哭笑不得，但也没拒绝。隔着口罩，许稚意亲了一下他的唇角："周老师辛苦。"周砚睨她一眼。

许稚意走后，周砚接过郑元准备好的冰水灌下。喝完一瓶水，周砚抬手搓了搓头发，深呼吸后将宽大的羽绒服穿上，这才跟了出去。

外头，工作人员正在井然有序地收拾。

他们订的酒店距离帐篷不远，驱车大概二十分钟就能到。

周砚出去时，关年笑着看他："看看刚刚拍的这场戏？"

周砚顿了一下，无奈地说道："关导，您饶了我吧。"

闻言，关年戏谑道："哟，敬业的周演员今天不敬业了？"

往常，周砚拍完一场戏，即便是导演说过了，周砚也会要求看一遍。偶尔关导满意了，周砚都会要求重来。周砚任由关导调侃，清了下嗓子，一本正经地说："跟许老师一起拍的，应该不需要重来。"

关年睨他一眼，意思很明显——你还挺骄傲。

周砚掩唇咳了一声，道："我先回酒店。"

"回吧回吧。"关年拍到了自己最想要的一场戏，还是一次过，这会儿心情大好，"明天我们午饭后才开始拍你们的吻戏。"他揶揄道，"你跟稚意说一声，十二点大家一起吃饭时露面就行。"

许稚意先回了酒店。拍摄前已经卸过妆了，她回酒店就不需要重复这个步骤了。

蒲欢跟着她进房间，帮她将行李箱里要用的东西拿出来。

"姐。"蒲欢小声问她，"跟砚哥拍这种戏是什么感觉呀？"许稚意没应。

蒲欢叽叽喳喳地说："你不知道，你们俩在里面拍的时候，现场的好多工作人员都脸红了。"

许稚意"哦"了一声，倒在床上想了想，说："也……也还好吧。"说实话，她也是第一次拍这种尺度的电影。

蒲欢还想说点儿什么，敲门声响起。她屁颠屁颠地跑过去开门，看到门口的人后，结结巴巴地喊了声："砚哥。"

周砚颔首，往里面扫了一眼，问道："她呢？"

"在床上休息。"蒲欢老老实实地回答。

周砚应声，垂下眼说："你回去休息吧，我来照顾她。"

蒲欢是个有眼力见儿的人，忙不迭地点头："好的，那你们早点儿睡。"

门关上。周砚往里走，和坐在床上的人对视。

看到周砚身上的黑色羽绒服，许稚意正想调侃，他忽然将衣服脱下。

"你……"蓦地，许稚意瞪大了眼，后面的话说不出口了。

"我什么？"周砚欺身逼近，拉住她的脚踝，将人拉入怀里。他的嗓音偏低，性感得有些过分。

许稚意张了张嘴，在他亲下来时提醒："这家酒店的隔音不太好。"

周砚的喉结滚了滚，他抵着她的唇，说："你小声点儿就行。"

许稚意下意识地想踢他，这是她能控制的吗？她羞愤欲死，只是还没来得及有什么表示，就先被周砚拽入了充满欲念的世界，和他一同沉沦。

翌日，许稚意不负所望，真的睡到十一点才睁眼。她醒来时，周砚已经不在房间里。许稚意抬手揉了揉眼，全身酸痛不堪——周砚是属狼的吧？

许稚意瘫回床上，挣扎着做了些拉伸运动，才下床洗漱。

她刚洗漱完，周砚便回来了。

看到他，许稚意轻哼了声："渣男。"

莫名其妙被骂，周砚还有点儿搞不清状况，挑了挑眉，低声问："我怎么是渣男了？"

"你说呢？"许稚意睨他一眼，控诉道，"睡完就跑，不是渣男是什么？"

周砚哭笑不得，揉了揉她还没梳理的头发："关导找我有点儿事。"

闻言，许稚意一愣："是昨晚那场戏不行吗？"

"行。"周砚告诉她，"但关导还想补两个镜头。"

许稚意眨眼："例如？"

"他想补两个那场戏之后的镜头，这边的夜空很美。他想让电影里的我们爬起来看一次夜空。"毕竟对谈初来说，夜空看一次少一次。再者，这样能给电影增加一份唯美感。

许稚意了然："那我们是不是还得在夜空下接吻？"

周砚微顿，垂眼看她："这么想跟我拍吻戏？"许稚意瞪了他一眼。

如果她是观众，她会期待的。

周砚拿过一侧的梳子给她梳头发，低声道："编剧也提了这个想法，晚点儿我们一起吃饭再聊聊。"

"好。"

说完正事，周砚含笑看着她："忘了恭喜女朋友。"

许稚意"啊"了一声，问："什么？"

周砚低头亲了亲她的唇，轻声说：《春生》首播，电视台收视率一点五。"

"真的假的？"许稚意听到这个消息，眼睛都亮了。

在如今电视剧不太景气的情况下，电视台的收视率能破一就已经是火爆了。许稚意的这部戏直接到一点五，是出乎所有人意料的。

"真的。"周砚看她，"这么不相信自己的能力？"

"相信啊。"许稚意一直对自己的演技都有信心，但也知道这个电视剧的题材不是那么讨喜，不是现在的观众喜欢的偶像剧，也缺少一些可以引发想象的素材和色彩。所以，她最开始给自己设定的目标是破一。

周砚笑了下："他们都很喜欢，网上的讨论度也不低。"

大家常说，现在在电视台看剧的大多是四五十岁的叔叔、阿姨，但只要剧好看，很多年轻观众也忍不住会直接在电视台收看，而不是去网上加速看。

许稚意弯唇："那我也上网看看。"

周砚捏了捏她的耳垂："边走边看，我们先去吃饭。"许稚意点头。

《春生》首播，很多许稚意的影迷都很期待，不少普通网友也下意识地点开看，就想知道她这部剧的质量如何。谁也没料到，他们看着看着就入迷了。许稚意一点儿都没让大家失望，演什么像什么。电视剧的节奏很紧凑，一点儿都不拖沓，每一集的结尾都有个小高潮，吸引观众往下看。自然而然地，追看的观众就多了。

网上的讨论很多，夸许稚意的、夸编剧的、夸其他演员的都有。

目前电视台只播出两集，很多剧评人还没写评论，只能等着。

许稚意看了看自己的私信，果然又收到了很多鼓励。

昨晚拍戏前她转发宣传的那条微博下，评论量和转发量也过六位数了。她这两年的作品票房不好，但因为一张脸和过去的作品扛着，她的人气依旧很高。

看完网友的言论，许稚意放心了。周砚看她这样，弯了弯唇："这么高兴？"

"高兴啊。"许稚意看他，一本正经地说，"这样一来，骂我的人应该会少很多吧。"

周砚了然，拍了拍她的脑袋："走了，去吃饭。"

吃过饭，二人休息了一会儿，去现场等待拍摄。因为昨晚他们的那场戏，不少工作人员看到他们出现，脸都是热的。许稚意看到大家偷偷看着自己的、有些躲闪的眼神，哭笑不得。她用手肘推了推周砚，咕哝道："都怪你，现在大家都不敢看我了。"

周砚："怪关导。"他才不背这个锅。

许稚意"扑哧"一笑："这话你敢当着关导的面说吗？"

周砚扬了扬眉，坦然地说："不敢。"

二人相视一笑。

补完谈初和余征在一起的吻戏，关导给他们补了几个单人的镜头。

晚上，他们俩要拍昨晚那场戏后的两场戏——两个人坐在帐篷里，将帐篷拉开，看夜空中的星星。

天公作美，这一晚的夜色很好。拍摄时间还没到，工作人员都在自由活动。

许稚意套上了电影里余征的一件宽松 T 恤，外面裹着羽绒服，看上去很随性。

等待期间，她跟周砚聊天，登录 App 看《春生》的第一、二集。她是会看自己演的电影和电视剧的人，只有看了才能更好地找出自己的不足之处。许稚意不会觉得尴尬，不去看就永远不知道自己的缺陷在哪里。点开 App，她转头看向周砚："要和我一起看吗？"

周砚瞥她："你说呢？"许稚意笑了。

二人光明正大地互动，工作人员反倒没多看。

他们太坦荡了，让人既觉得有点儿什么，又感觉不像。反正无论像不像，大家都遵守自己的职业素养，在他们没爆出任何事之前，不会出去乱说。

看完两集电视剧，许稚意也觉得自己演得挺好的。

袁导的镜头很给力，所有的一切都很真实。从开篇起，故事就带着大家回到了二十世纪八九十年代，那个大家都还在努力跳出去，进大城市下海经商、打工的时代。

对很多叔叔阿姨来说，那是他们的回忆，这部电视剧拍的就是大家回忆里的故事。

············

他们看完剧，时间不早了。许稚意和周砚都不需要怎么化妆，打点儿阴影就行。二人提前对好戏，坐在帐篷前等待拍摄。凌晨两点，他们正式开拍。

刚经历过情事的男女，全身上下都透着对对方的依恋。谈初坐在余征的腿上，被他拥入怀中，和他一起眺望着新疆的夜空。这是她看过的最美的星空。漫天的星星铺下，像是细碎的银河一般。

两个人在镜头里看上去无比自然，跟现实里热恋的情侣一模一样。他们依偎在一起说着话，偶尔一同看向某处，再亲吻。夜空被星星照亮了，所有的一切都极尽唯美。

两个人看着、吻着，不知为何再次闹回帐篷里。

"Cut！"关年喊了一声，"刚刚那幕保留。"

他看向许稚意和周砚："再拍一版尺度大一点儿的。"

许稚意："……"

周砚："……"

拍完尺度大的戏，关年看着监视器很满意，跟副导演商量："感觉这一幕可以当作海报。"夜空中挂着星星，一望无际。星空下，年轻的男女坐在帐篷前依偎、亲吻。男人用双手捧着女人的脸，他们鼻尖相抵，吻得有些克制，但因为在帐篷前，又给人增加了不少遐想的空间。

副导演应声："可以作为我们第一次宣传放出的海报。"

跟许稚意和周砚商量过后，大家一致决定，将这一幕用作第一次的宣传海报，也可以当作是给粉丝的福利，在官方微博率先发出。

有年轻的工作人员笑道："这张海报发出去，网友都要激动坏了。"

关导笑了笑："就要让他们这样。"

许稚意哭笑不得，看向关年："关导，你拍这么大尺度的，确定能上映吗？"

"尺度哪儿大了？"关年扬了扬眉，一本正经地说。这是实话，就许稚意和周砚昨晚的那场戏来说，尺度是有点儿大，可不能露的没露，会被删掉的镜头也没拍，一切都恰到好处。一切都只是指向，除了二人的声音，便是若隐若现的情动感觉。可即便是这样，也足够让看客心猿意马。

拍完第一站的亲密戏，剧组继续往前赶。之后几天，谈初和余征不再同大部队一起前进，余征不知从哪儿弄了辆越野车，准备带她穿过无人区，去她想去的西藏。

走走停停的拍摄不算太辛苦，但也让人有点儿疲惫。许稚意自认身体素质不错，可在高原地区待久了，也有些吃不消。

"不舒服？"周砚看她的表情就知道。

许稚意点了点头："头有点儿晕，我好困。"她下意识地往周砚身上靠。

周砚了然，抬手摸了摸她的额头，让蒲欢叫随行医生过来。

为确保演员和工作人员的健康，关导安排了救护车和医生、护士跟着，以防万一。

检查过后，许稚意倒也没什么大毛病，就是有点儿高原反应。

他们进藏的这条路不好走，不是大家常走的，而是少有人走的、景色极美的219国道。这条路的海拔相较于其他路线更高，但途经的美景也是其他路线看不见的。

吃过医生给的药，许稚意昏昏沉沉的。

周砚看她这样，抬手摸了摸她的脸颊："睡一会儿就好了。"

许稚意"嗯"了一声："那你别走。"

"不走。"周砚一笑，哄着她，低声问："能睡着吗？"

许稚意的睫毛动了动："不知道。"

"那我给你念剧本？"

"好。"

这会儿大家都在休息站休息。知道许稚意有高原反应后，关年和其他人吃过东西来这边探望。到门口一看，关年回头催促凑过来的工作人员："走了走了，稚意没什么事。"

走在他旁边的工作人员看到了车里的画面，小声问："关导，他们两个……"

关年瞟了工作人员一眼："你说呢？"

工作人员笑道："好般配。"

旁边的副导演轻"嘘"一声："低调点儿啊，他们没曝光，我们得给他们保守秘密。"

大家齐声应着："知道啦！"

有人开玩笑说："也不知道'中意'粉丝知道他们俩在一起，会不会特别高兴？"

"高兴是肯定的。"

…………

周砚听着外面窸窸窣窣的声音，眼里闪过一丝笑意。他垂眼看窝在怀里睡着的人，有种说不出的满足感。

许稚意还算争气，吃过药睡了一天后，身体好了很多。

后续一段时间的拍摄中，她跟周砚走过很多地方，看过很多不一样的美景。

一眨眼的工夫，《遇见你之后》开机已经近三个月了。

抵达可可西里无人区的前两天，播出近两个月的《春生》收官了。

这晚，许稚意特意写了条长微博发出去。她很感谢柳春这个角色，没有这个角色，她就没办法进步。柳春这个角色，让她对自己多了几分自信，也让她重新获得了很多东西。

微博一发出，圈内的很多朋友都为她点赞。这部剧最高的收视率破二了。这是今年目前为止，唯一一部破二的电视剧。

焦文倩之前就跟许稚意说过，这部电视剧的口碑和收视率都非常不错。因为柳春这个角色，很多人再次看见了许稚意的演技。焦文倩已经收到了很多电视剧和电影的剧本，连带着商务广告也堆积了很多。

许稚意刷着粉丝给自己的留言，有种欣慰感——她的努力没有白费。

"周砚。"她看向旁边的人，"你在干吗？"

周砚举着手机给她看，低声问："我能给你点赞吗？"

许稚意抬眸，发现他在看自己的微博。她愣了一下，笑着说："你点吧，反正大家都知道我们在一起拍电影。"

许稚意前几天去微博上看，发现有周砚和自己的粉丝在微博上发言，说拍不到任何的照片，因为高原太危险，他们有心无力。想到这一点，许稚意就想笑。

周砚应声："那我点了。"

"点吧。"许稚意咕哝，"你想让'中意'的粉丝今晚不睡觉就点。"

周砚语塞，转头瞅着许稚意："威胁我？"

"我哪有？"许稚意才不承认，"我就是实话实说。"

周砚看着她狡黠的模样，忍无可忍地抬手捏了捏她的脸颊："小狐狸。"

许稚意张嘴，咬住他的手指。周砚吃痛，眉峰稍扬："饿了？"

许稚意听出他话语里的揶揄意味，用牙齿碰了碰他的手指，点头——她饿了。

周砚垂眼，低声道："那你先松开我的手，我给你拿东西吃。"许稚意下意识地松了口。她正等着周砚喂食，他忽而抬手捏住她的脖颈，低头堵住了她的唇。

亲了好一会儿，大抵是怕许稚意缺氧，周砚克制地松开了她。

许稚意大口呼吸，白了他一眼，说："不要脸。"

周砚也不生气，捏着她的耳垂把玩着，问道："哪里不要脸了？"

许稚意轻哼："你自己知道。"

周砚勾了勾唇，又碰了碰她的嘴角："你说了我才知道。"

许稚意不再说话。她喝了口水，看着窗外掠过的美景，有些忧心："过几天要到无人区了，那边的海拔更高。"

周砚看她："怕了？"

"有一点儿吧。"许稚意看向他说，"我怕自己再有高原反应。"

再者，他们要在无人区拍亲密戏，本身需要的氧气就比较多，许稚意挺担心自己会缺氧。她不想因为自己的身体状况影响拍摄进度。在其他地方还好，卡几场戏，大家最多是耽误点儿时间。但在这种高原地区，多待一天对大家来说都是煎熬。

"不用担心。"周砚知道她的顾虑,安慰她,"有我在。"

许稚意瞅着他:"有你也没用。"

"怎么没用?"

"你又不能让我多吸点儿氧气。"许稚意抱怨。

听到这话,周砚笑了。他低头靠近,目光紧锁在她身上,轻声说:"确实不能,但我可以陪你提前练习。"

许稚意眨眼:"练习什么?"

"练习……如何在接吻中换气、吸氧。"说话的间隙,他再次逼近,堵住了她的唇。

二人不知在车里练习了多少回,抵达无人区时,许稚意的脑海里只有一个念头——拍完这场戏,周砚应该不会再逮着她练习了吧?和他接吻的感觉固然好,但她也不想每天被他抓着猛亲。

可可西里无人区的拍摄,关年有两个方案。他们提前找专家预估了这边的天气,想拍下雨天的戏。但无人区的海拔太高,加上人烟稀少,除了牛羊,鲜少会有人在这边过夜,因此,关年并不强求。他想:那几场戏固然重要,但如果不下雨,也只能改拍别的场景。

大部队找到安全地区停车,整个剧组的车围成一圈,看上去阵势很大。

许稚意在车里坐了大半天,这会儿晕晕乎乎地下车透气。她转头看向陪着自己的人,抬头看了一眼还没黑的天空:"你说今晚会下雨吗?"

这个问题周砚也没办法给出肯定答案。他跟着看了一眼天空,皱了一下眉,说:"不确定。"天气预报说今晚会下雨,但下不下,谁也没办法保证。

"不管了。"许稚意道,"我们先对对戏吧,雨戏最好一次过。"

周砚笑了笑,垂眼看她:"对吻戏?"

许稚意一噎,还没回答,周砚忽地低头,在她的耳边问:"还是……?"

剧本里,谈初和余征在无人区的车里有一场亲密戏。许稚意最开始看到这一段的时候,在心里感慨——这对小情侣真开放啊。但她转念一想,又觉得挺符合谈初和余征的人物设定的,一个是即将离开世界的、没什么抛不开的人;而另一个本就是个不拘小节的人。在情爱方面,他们都没有那么多顾忌。

听到周砚的问话,许稚意没好气地白了他一眼:"你就不能想点儿别的?"

"嗯?"周砚理直气壮,"不是对戏?"他们晚上的戏就是这么亲密无间。

瞬间,许稚意语塞了。她动了动嘴唇,半天没憋出一个字。

周砚看着她涨红的脸，抬手拍了拍她的脑袋："怎么这么傻？"

许稚意瞪他："你才傻。"她才不承认自己傻。

"对对台词吧。"许稚意道，"还有几句台词。"

"好。"

他们对了两遍台词，不远处的景也布好了。其实剧组不需要怎么布置场景，只需要找个好的拍摄角度。这部电影的取景全是美丽的自然风光。许稚意敢肯定，这部电影即便故事不火，也能激发出很多观众来这边旅游的念头。因为这片鲜少有人踏入的疆土上，高山、湖泊、草原、雪山真的很美，每一幕都可以与精美的壁纸媲美。

"稚意、周砚。"关年喊他们，"过来，我给你们说说这场戏。"

许稚意和周砚走到他那边，关年绘声绘色地给他们说晚上的戏要怎么拍。

谈初和余征抵达可可西里时，已是晚上八点。这个时候，天刚刚暗下来。

关年让许稚意和周砚拍了几场停车，坐在车顶看日落聊天的戏。拍完，大家开始等天色完全暗下来。大家吃过迟来的晚饭，风突然大了起来。

来之前，剧组的所有人便知道这边的天气不定。夏天会时常有大雨降临，大雨降落于他们整个剧组而言，是好事也是坏事。他们可以拍余征和谈初在雨中的唯美吻戏，可同样存在安全隐患。如果雨势太大、风太大，说不定连人影都看不清。

"要下雨了吧？"工作人员看了一眼夜空说。

关年询问身边的专业人员："按照这趋势，是不是待会儿就会有雨？"

"是的。"气象方面的专业人员点头，"待会儿应该是有一场雨。"

因为这一消息，工作人员开始有序地行动。

许稚意和周砚换了套衣服，坐在了越野车的车顶。

故事里，二人躺在车顶一起看星星，而后倾盆大雨落下，他们在车顶拥吻。雨势太大，余征提议回车里。他将谈初抱下车顶时，谈初主动地环住了他的脖颈，将人抵在车旁，主动地吻上他的唇。感受到余征的回应后，她憋了一路的情绪再也无法压抑，在雨中无声地哭了出来。余征也尝到了雨水和泪水的咸味。

这段戏没办法一镜到底，关年只能一场一场地拍。

工作人员早早地准备好浴巾和毛巾在旁边等着他们。

"现在还没下雨。"关年看向他们，"去车顶躺着吧，有星星了。"

他喊摄影师："过来，给他们俩拍几张照片当海报。"

拍完照，许稚意和周砚躺在车顶看星星。夜空里的星星多了点儿，风也大了点儿。

关年还没喊"action"，许稚意和周砚在车顶闲聊。

"周砚。"

"怎么了？"周砚侧过来看她。

许稚意转头，和他对视了一眼，说："如果你是余征，你会怎么做？"

周砚微怔，笑着说："这个假设不成立。"

许稚意："可我现在就想成立。"

周砚哭笑不得："不知道。"他还真没想过这个问题。

闻言，许稚意"哦"了一声，想了想，说："如果我是谈初——"

周砚挑眉，等她的下一句："会怎么样？"

许稚意摸了摸鼻尖，认真地说："我可能也会和她一样。"

"怎么一样？"周砚诱导她说出下面的话。

"就——"许稚意抿了抿唇，挤在他旁边说，"也会奋不顾身地跟你谈个恋爱，要不是怕耽误你未来娶老婆，我可能还会拉着你去结个婚。"就算当一天的周太太，她也愿意。

以前，许稚意总瞻前顾后，怕这怕那。可现在，她好像不怕了。可能是她真的将自己代入了谈初这个角色里，也可能是找到了和谈初的共同点，生成了一种不可言说的共鸣。

她做了个假设，如果自己是谈初，或许会比谈初更自私。

对她这个答案，周砚倒是有些意外。他目光灼灼地看了许稚意片刻，嗓音低沉地问："不是谈初，就不想奋不顾身地跟我谈恋爱了？"

许稚意眨眼，没懂他的逻辑："我哪里没有跟你谈恋爱了？"她虽没奋不顾身，但也是和他偷偷摸摸谈了几年恋爱，不是吗？

周砚低声道："恋爱是谈了。"他捏着她的手指询问，"那你什么时候拉着我去结婚？"

许稚意一愣，没跟上他的思路："啊？"

周砚注视着她，温柔地说："我不怕未来不好娶老婆，我不娶别人。"

许稚意再眨眼，还是有点儿蒙。周砚看着她的表情，低头和她碰了碰鼻尖，继续说："这样的话，你准备什么时候拉我去结婚？"

二人对视半晌。许稚意终于反应过来周砚要表达的意思，看着他的瞳仁，一时不知要说什么。好一会儿，她才回过神来："你这句话，是以余征的身份问谈初的，还是以周砚的身份问……许稚意的？"

周砚轻笑："这两个都是我。"

许稚意张了张嘴，强词夺理："是你，但也不完全是你。"

周砚勾唇，贴在她的耳边说："那我用周砚的身份问一遍。"他紧盯着许稚意，一字一顿地说道，"小许同学，你准备什么时候拉我去结婚？"

安静许久，许稚意开口："你这是在求婚吗？"

周砚微怔，正想说不算，许稚意率先说道："你也太没诚意了吧，鲜花、戒指都没有就想让我和你领证？你果然是个渣男。"

这下错愕的是周砚了。他目光灼灼地看着许稚意，眼中满是意外和惊喜："你愿意？"问出这个问题时，周砚其实做好了被许稚意一口拒绝的心理准备，但就是想探探她的口风。她要是说过几年再说，那他就等过几年再提。她要是说还不想结婚，那一定是他做得不够好，没给够她安全感，他再努力努力。

总之他不急，反正无论怎么算，人迟早都是自己的。女朋友也好，周太太也好，她喜欢哪个身份就用哪个身份。如果她不愿意结婚的话，周砚不介意和她谈一辈子恋爱。

看到周砚惊讶的表情，许稚意不由得反省自己：她什么时候表现出不愿意的念头了？她应该没有吧。但她知道，在这段感情里，自己和周砚都不算很有安全感。她的不安来源于对未来的不确定，怕有变故。而周砚的不安来源于自己。

思及此，许稚意忏悔了三秒——是她的错，让男朋友那么没有安全感。

想了一会儿，许稚意抬眸看向还在等自己答案的人，抿了抿唇，组织好语言："我什么时候说过不愿意吗？"

周砚一时语塞。她是没说，但连恋爱都不想公开，周砚自然认为——她也不想和自己结婚。许稚意看他，轻哼道："你诬蔑我。"她伸手戳了戳周砚的脸颊，"周老师，诬蔑女朋友算什么……"

"罪"这个字还没说出口，周砚忽然伸手，一把将她搂入怀里。许稚意猝不及防地撞到他的胸膛上。

二人闹出来的动静不小，周围的工作人员都下意识地看了过来，有人小声说："周老师和许老师做什么呢？"

"小情侣调情，别管别管。"

听着四面八方传来的窃窃私语声，许稚意窘迫到了极点。她抬手捶了下周砚的肩膀，控诉他："你干吗？"

周砚任由她打自己，深呼吸了一下，问："真的愿意？"

许稚意看着他迫不及待想要一个答案的模样，有些于心不忍。

和他对视半晌，许稚意骄傲地说道："看你的诚意。"

周砚仰头，亲了一下她的唇："什么诚意？"

闻言，许稚意瞪圆了眼："你还好意思问我，什么诚意当然是要你自己想，我告诉你有什么意思？"

周砚被她逗笑，扣着她的手不让她乱动，有一下没一下地亲着她的唇角，嗓音低沉地说道："知道了。"他捏着许稚意的耳垂，"我努力让小许同学满意。"

许稚意睨他一眼，不再和他继续讨论这个话题。她总觉得再说下去，自己会迷迷糊糊地被周砚骗走，甚至可能被骗走后还会帮他数钱。

深夜，关年喊开拍时，许稚意和周砚转变角色，成了谈初和余征。

越野车的车顶很宽，能承载他们两个人。谈初和余征头对着头侧躺着，谈初将脑袋放在余征的肩膀上。侧头时，他们能听见对方的呼吸声，偶尔唇瓣还能擦过对方的脸颊。

他们躺在车顶看星星，看着看着，唇不自觉地朝对方贴近，而后亲吻。这个姿势有些别扭，却非常唯美。

关年紧盯着监视器，在心里暗暗点头——这一幕也可以用作宣传海报。

拍完这场戏，二人坐在车顶等雨来。没过多久，雷声响动。

谈初的睫毛微动，她看向夜空："余征，是不是要下雨了？"

余征应："应该是。回车里吗？"

谈初摇头："我想淋淋雨，你先回车里。"

余征一把攥住她的手腕："赶我走？"

"我没有。"谈初看着他的眼睛，"你要和我一起淋雨吗？"

余征还没回答，大雨便倾盆而下。他看着面前被雨淋湿的人，低头堵住她的唇。

二人坐在车顶，在大雨中亲吻。他们的头发被打湿，衣服被淋湿，雨顺着他们的脸颊往下流，让他们尝到了雨水的味道。关年将镜头拉近，拍二人接吻的画面，两个人的喘息声混着雨声被收进摄像机。

"Cut！"关年从监视器前抬头，看向他们，"这场戏过了。"

许稚意和周砚瞬间分开。

周砚第一时间接过工作人员递过来的雨伞给许稚意撑着。

"你给自己撑。"许稚意的嗓子有点儿哑，"那边还有伞。"

"不用。"周砚看她，"冷不冷？"他们在藏区拍雨戏，还是有些冷的。

许稚意摇了摇头，说："还好。"

因为下一场戏要接着拍，他们也没去躲雨，就坐在车顶等着。

关年说了"开拍"，余征从车顶跳到地面，而后朝谈初张开双手，要抱她下来。谈初其实有点儿怕。她的眼中透着害怕，怕自己摔跤，更怕自己摔下去了，连最后一段旅程都没办法走完。她在雨里挣扎着，余征没有催她，依旧张开双手，维持着原有的姿势等她。

许久，谈初终于怯生生地朝他伸出了手。余征将她稳稳当当地接住，搂到自己怀里。

脚踩在地上，谈初的安全感回来了。在余征要拉车门让她上车时，她环住他的脖颈，眼泪控制不住地往下掉。为了不让自己发出抽泣声而被余征发现，她吻上他的唇。

余征愣怔片刻，很快反客为主。他将谈初抱起，抵着车门，舌尖尝到了和雨水不一样的味道。

关年紧锁眉头，注视着周砚和许稚意的表情变化——他们真的将自己代入到故事中，表情的变化：错愕、疑惑、恐慌、害怕……在激吻中还能全部表现出来。

许稚意真的哭了。她的眼泪和雨水混在一起，已经分不清楚。就像她有点儿分不清自己到底是许稚意，还是谈初一样。一想到未来会跟面前这个人分开，她就想竭尽全力将他抓住、抱住。

两场吻戏拍完，二人换上干净的衣服，坐上车拍最难的一场戏。为保持效果，她和周砚的头发还有点儿湿。他们不能一直穿着湿淋淋的衣服，剧本里，二人人在车外吻过，就在车里换了干净的衣服，坐在驾驶座上看窗外的大雨。

谈初坐在余征身上，后背抵着方向盘，姿势暧昧。

关年还没喊"action"，许稚意和周砚小声讨论："这场戏好难拍。"

周砚看她："这样坐着舒服吗？"

"其实不太舒服。"许稚意好奇，"为什么他们俩不到后面坐？"

周砚表情无辜地看着她："不知道。"许稚意无语。

周砚想了想："大概是为了待会儿钻到后面？"

安静了几秒，许稚意凑在周砚的耳边咕哝："你们男人是不是坏主意都很多？"

周砚扣着她的腰肢："我们男人？"

"就是你们男人。"许稚意道，"在车里这样，到底是谁想出来的？"

周砚一本正经地回答："是编剧想出来的。"

二人聊着天，对话全被收录到设备里。听着他们的讨论，关年哭笑不得："周砚，你们俩准备一下，马上开拍了。"关年叮嘱道，"最好一次过，实在不行两次。"

拍摄继续。

谈初和余征看着窗外的大雨，余征手里还拿着一块毛巾给她擦头发。

他擦了一会儿，谈初接过，搓了搓他利落的短发。她摸上余征的头发，笑盈盈地说："余征，你的头发好软啊。"

"喜欢？"余征目光灼灼地看着她哭得有些泛红的眼睛。

"嗯。"谈初点头，轻声说，"我听人说头发软的人心也很软。"她环着余征的脖颈，和他对视着，"你的心软吗？"

余征伸手，将她的手放在自己的心口处。谈初不解地看她。

余征问："感受到了吗？"谈初摇头，不知道余征在说什么。

余征低头，亲着她的唇角，说："心软不软我不确定，但我确定，它现在属于你。"

余征的这颗心，此时此刻属于谈初。听到这样的情话，没有人不感动，谈初也一样。她的生命很短，可在这短暂的生命的尽头，收到了余征完整的一颗心，这对她来说就足够了。她来世上这一遭，不算白来。

二人的眼神缠绵着，无声地诉说着自己的情意。

不知什么时候，他们的唇黏在一起，吻得难舍难分。深夜，车窗上映着他们的身影。谈初着急地去扯余征的衣服，余征则扣着她的腰肢。谈初穿的是裙子，镜头扫到了她晃荡的裙摆，在大雨滂沱的夜晚，裙摆砸在车窗上，开出一朵花。

这场戏，许稚意和周砚拍了两遍才过。第一遍，周砚不小心将车内的镜头挡住了。第二遍，他们顺利通过。

明明没有拍多么大尺度的镜头，可他们在车内营造出来的氛围就是让人觉得羞报。裙摆的暗示意味太强，二人的声音过分明显，让人不得不多想。

拍完这场戏，许稚意双颊酡红。她清了清嗓子，没管周砚，飞快地跑回了剧组的车里。

她回到车里没多久，周砚便拿着姜茶过来了。

"喝点儿。"他把姜茶送到她的嘴边，嗓音还有点儿哑，"别感冒了。"

许稚意乖乖地喝下，眼神飘忽不定，从他英俊的脸颊往下，落在他的膝盖处，含混不清地问："你还好吗？"这里可没有酒店让他们放肆。

周砚捏了捏她的鼻尖："别惹我就还好。"

许稚意讪讪地说道："明明每次都是你惹我。"她又没主动勾引他。

周砚意味深长地看她一眼，没有搭腔。

等许稚意喝完姜茶，他抬手摸了摸她的额头："要是有哪里不舒服，记得跟我说。"

"知道。"许稚意看他，"你喝姜茶了吗？"

周砚："现在去喝。"

二人虽淋了雨，但好在姜茶供应及时，都没感冒。

次日清晨，二人拍了早上的几场戏，周砚开着越野车带许稚意拍了一段看路上风景的戏。之后剧组便离开了这儿，去下一个地方。他们走走停停，不经意间走了三个多月。

谈初和余征的最后一站是香格里拉。分别前，两个人还有一场对手戏。

许稚意都不知道，这些拍完了到底能不能上映，但还是要拍的。

拍完这场戏，之后她剩下的便是一个人的零散镜头，周砚也一样。他们俩后期的戏，除了在医院还能凑在一起拍两场外，其他的全是分开的。

看着剧组给出的拍摄安排，许稚意幽幽地叹了一口气。时间过得真快，一晃，她跟周砚的第三次合作就要结束了。周砚刚走过来，便听见她的叹气声："怎么了？"

许稚意仰头看他："没怎么，就是感觉时间过得好快。"

周砚知道她是舍不得了，垂眼看她，说："还有几天。"

许稚意撇嘴："那也很快就过去了。"

周砚笑笑："要不要继续合作？"

"看我的心情。"许稚意瞥他一眼，问道，"你最近跟章导联系了吗？"

周砚应声："他的身体恢复得不错，回去了一起去看看他？"

"好。"

两个人在旁边闲聊着，蒲欢不知从哪里冒了出来，激动不已地说："姐！倩姐让我跟你说一声，《芦荡》明晚会放预告片，你记得转发。"

许稚意"哦"了一声："那你明天再提醒我。"

她之前便得到了消息，董导这部电影没赶上暑期档，最后定在国庆档上映，和她预想的一样，要跟周砚的新电影打擂台了。

想到这一点，许稚意故意逗周砚："我明晚要给新电影做宣传。"

周砚挑眉："然后呢？"

"要给你的对手点赞吗？"

周砚抬手戳了戳她的额头，淡定地说："许老师同意的话，转发都行。"

许稚意是不同意的，摆摆手说："算了吧，我可不想被你的粉丝追着声讨。"

周砚哭笑不得："不会的。"

"谁说不会？"许稚意开玩笑说，"我有预感，我们这部电影的海报和预告片发出去，我的私信肯定会爆炸。"

周砚一顿，垂眼看她："怕了？"

"怕什么？"许稚意轻哼，"我才不怕呢，我就要跟你合作，我还想跟你第四次、第五次合作呢，我怕什么呀？"没什么比自己想要的更重要。许稚意就想和周砚一起拍戏、演亲密戏，除了他谁也不行。又不给周砚拖后腿，她无所畏惧。

周砚倒是对她有点儿刮目相看。他勾了勾唇，说："我也是。"

许稚意一愣："你也是什么？"

周砚亲了亲她的唇，低声说："想一直跟许老师演对手戏。"

可以的话，他想和她演一辈子对手戏，永不出戏。

第十三章　周太太

翌日晚上八点，电影《芦荡》首发三十秒预告片。

预告片一发出，便得到了诸多反馈。

董奇是个很厉害的导演，剪辑师也很厉害。仅仅是三十秒的预告片，就让人感受到了电影里那个时代的紧张氛围，许稚意那两句戏腔更是让网友惊讶。

之前《芦荡》官宣选角时，大家都觉得她或许能演好这个角色，但唱戏这一段会后期让专业老师配音，谁也不知道原来她会自己唱。

除了许稚意，孟进等演员的表现也让人惊讶。

短短的预告片勾起了不少观众的好奇心，他们恨不得现在就冲进电影院看到电影。

拍夜戏之前，许稚意在预告片上线十分钟后，被蒲欢提醒转发了微博。

转发完，她才点开预告片。和网友一样，她也是第一次看。看完，她大为震惊。

拍的时候，其实氛围感营造得没有这么强，但经过后期工作人员的努力，打光、音乐和剪辑配合，让看的人仿佛真的回到了那个年代。

许稚意看了两遍才往下看网友的评论。对新电影，她是忐忑的。她对自己能掌控的演技有自信，但对于电影的预告片放出后，是否能收获大家的喜欢和期待的自信并不多。

她摔跤太多次，不得不谨慎。

许稚意往下滑了滑，看到网友的评论时愣了一下。她抬头看了一眼站在旁边的蒲欢，压着声音问："欢欢，倩姐是不是又给我做营销了？"

蒲欢看着她紧张兮兮的神色，哭笑不得："没有。"

许稚意不太信："真的？"

"真的。"蒲欢知道她在惊讶什么，连忙说，"我看了，这下面的评论都是真情实感的。"

许稚意"啊"了一声，还是有点儿不太相信。

蒲欢坐在她旁边，鼓励道："姐，你要对自己有信心！这部电影真的很好。"

闻言，许稚意笑了一下："我知道电影很好。"但她怕自己身上真带着什么"魔咒"，那就不好了。

她正看着，跟导演沟通完待会儿要拍的戏的周砚朝她走了过来，问道："在看什么？"

许稚意举着手机给他看："你掐我一下吧，我总觉得这是梦中才有的场景。"

周砚看了一眼，将目光挪到她的眼睛上，顿了顿，低声道："掐哪里？"

"什么？"许稚意没想他真的想掐自己，眨了眨眼，迟疑地说，"脸？"

周砚应声："好。"

许稚意看着他的手靠近，下意识地眯了眯眼，咕哝道："轻点儿啊，别留痕迹，待会儿要拍戏。"

话音刚落，她唇上一热。许稚意睁开眼看向周砚："你……"

周砚轻咬了一下她的唇角，嗓音低沉地说："舍不得掐，这样可以吗？"

许稚意的耳郭一热，她一把将人推开："你干吗呢？"她佯装用手扇风，眼睛四处瞟着，"周围都是工作人员。"虽然二人的关系在剧组算是公开了，但她还是不敢太明目张胆地跟周砚在人多的地方亲呢。

周砚看着她心虚的表情，坏笑着说："行，那我以后在人少的地方亲。"

许稚意睨他一眼。周砚莞尔，垂眼看她："还觉得自己是在做梦吗？"

"不觉得了。"许稚意看他，扬唇笑道，"周砚，我这部电影现在网上的好评很多。"

"我知道。"周砚点头。他刚刚在另一侧也抽空看了几眼，"很精彩。"

许稚意弯了弯眼睛："那等电影上映了，我们一起去看？"

"好，不过有个问题。"周砚注视着她。

许稚意退出微博，随口问："什么问题？"

"我们俩的电影一起上映，先看哪部？"周砚一本正经地询问。

许稚意语塞，和周砚对视三秒，说："先看我的吧，我怕看完你的就不想再看我的了。"她认为，相比之下，肯定是周砚的电影更厉害一点儿。

周砚捏了捏她的脸颊，说："对自己多点儿自信，小许同学，你的电影也很精彩。"

许稚意笑了："那到时候再说吧。"周砚没意见。

闲聊了一会儿，周砚和许稚意对戏。

在电影里，今晚是他们俩在一起度过的最后一晚。感受过香格里拉的美丽风景，谈初拉着余征在民宿的屋顶上看月亮、看星星。

他们订的这间民宿很偏僻，屋顶除了他们再无旁人。躺在躺椅上，谈初和余征轻声细语地聊天。他们没聊未来，更没聊今晚过后的事。

余征想的是两个人要一起走。而谈初自始至终都没想过要和他一起走。她是要离开的。有余征陪她走过这段旅程，她死而无憾。

谈初没什么愿望，也不许愿。因为她觉得许了也不会实现，在知道自己得了绝症后，她就曾祈求过是误诊，希望自己还有很多年的生命。可无论她再怎么许愿，希望下次到医院做检查，病就会消失，她不会死，都无果，每次的结果都会给她重重一击。

因此，她不再许愿。

但现在，她想再次许愿。看着旁边的人，她想许下临终前最后一个愿望——希望余征余生顺遂无忧、平安健康，她希望他能长命百岁。

许下这个愿望时，谈初控制不住地掉了眼泪。好在，余征还在闭着眼睛和她一起许愿。她偷偷地睁开眼，窥向旁边紧闭双眸、虔诚许下心愿的人。

她不知道的是，余征的愿望和她为他许下的相悖。他不知道身旁的人遇到了什么不好的事，可无论是什么，他都想和她一起面对，替她分担。如果可以，他希望能把那件弄哭她的事转移到自己身上。痛苦他来承担，快乐留给她。

"Cut！"关年看向两个人，"过了，再补几个单独的镜头。"

补完在屋顶的镜头，他们回了房间。

这一晚，谈初比往常更黏人。余征能感受到她的不安，也就随她黏着了。他没想到的是，自己去浴室洗澡时谈初会进来。

拍这场戏前，许稚意和周砚躲在角落里嘀咕。

"待会儿你是不是要脱衣服啊？"许稚意瞅着他身上的T恤，小声说道，

"关导好像想拍你洗澡的场景。"

周砚轻笑:"不想让他拍?"

许稚意轻哼:"那当然。"周砚的身体只能她看。但是她没办法阻止,关年就是要拍周砚洗澡的上半身的镜头,将余征身上的野性全部展现出来,增强电影的张力。

周砚笑了一下,安抚她道:"是拍戏。"

"我知道。"许稚意哼哼唧唧的,"也不知道到时候电影上映,你的女友粉又会多多少。"

"吃醋了?"周砚看她。

许稚意白他一眼:"谁吃醋了?"她才不承认。

周砚笑着贴在她的耳边说:"女友粉会不会多我不知道。"他顿了一下,说话的气息全吐在她的耳郭,轻声道,"但我知道,我的女朋友只有一个。"

许稚意白他一眼:"油嘴滑舌。"

二人斗了一会儿嘴,关年喊周砚先去拍自己在浴室的单人镜头。

余征在浴室洗澡,洗到中途时,谈初推开浴室门进来,在他的注视下,走到花洒下,走到他面前。二人对视半晌,余征看她被水淋湿的衣服,看她的眼睛,低声询问:"着急了?"她着急什么是个填空题,需要观众去猜。

谈初应道:"着急。"

浴室里雾气弥漫,透过磨砂玻璃,能隐隐约约地看到两个在浴室里纠缠的身影。

…………

拍完周砚单人的戏,两个人得一起进浴室了。

不知是不是导演故意安排的,这间浴室很小,小到两个人在里面转身都能碰到对方。

开拍前,关年跟许稚意提了句:"稚意,你待会儿要主动点儿。对谈初来说,这是她和余征在一起的最后一晚,今晚过后她会离开余征,不久后还会离开这个世界。"他停顿了一下,提醒她,"谈初舍不得余征,她对余征已经不仅是喜欢,而是早就爱上了这个男人,所以她很痛苦、不舍,抱着最后放纵一晚的念头,你懂我的意思吗?"

许稚意点头:"我知道的。"

关年颔首:"放开点儿,你们给我演出生离死别前那种抵死缠绵的感觉。"

关年喊"action",二人进入角色。

浴室里，余征还在洗澡，他裸着上身，任由花洒下的水冲刷自己。热水从他的脸颊上滑过，到流畅的下颌线，顺着脖颈往下。地板被水打湿，镜头扫过男人的腿。

紧接着，镜头里多了一双纤细白皙的腿，和男人的腿形成鲜明的对比。她的脚趾圆润小巧，小腿没有肌肉的轮廓，犹如上好的玉一般。镜头往上，收录了余征此刻的神情。

看到突然出现的谈初，他有片刻的错愕。

谈初倒是很淡定，神色自若地靠在墙边，观赏着眼前的"美景"。

两个人对视半响，余征低哑的声音混着水声钻入她的耳中："着急了？"

谈初顿了一下，朝他走近，让水打湿自己，轻轻地"嗯"了一声，回他："着急。"

余征笑笑，一把将人拽入怀里，低头盯着她，和她鼻尖相撞："一起？"

谈初对着他粲然一笑："好啊。"

关导紧盯着监视器，注意着二人的神情变化。

谈初的裙子落在地板上，被水浸湿。水声"哗啦啦"的，细听却能听见两个人亲吻的声音。

浴室里的故事还在继续。

谈初和余征亲得难舍难分。她的后背蹭到冰凉的大理石，下意识地往余征怀里躲。余征将人抱起，将她放在洗漱台上。他俯身抵着她的唇亲吻，而后往下，在她的锁骨处留下痕迹……

关年很会拍这种欲语还休的镜头。为了达到他想要的效果，许稚意和周砚亲了很久。她感受着周砚落在自己脸颊上的呼吸，小口喘着气。

两个人的喘息声交错响起，让在场的不少工作人员再次红了脸。

浴室戏过后，场景转到床上，周砚俯身，将许稚意整个人包住，不让外人窥见半分。

浴室里，花洒好像没关紧，水缓慢地滴落在地板上，砸出水花——滴答、滴答……

"过了。"关年轻呼一口气，看着床上的两个人喊道。

被子下，许稚意和周砚对视了一眼。看着他近在咫尺的脸，许稚意下意识地舔了舔唇，无声地问："怎么走？"

周砚看着她被自己亲红的唇和染上红晕的脸颊，有些心痒难耐。他喉结滚了滚，低声道："关导会清人，先不动。"

许稚意眨眨眼。周砚没忍住，在被子下用周砚的身份亲了身下的人。

两个人刚亲了一会儿，被子外再次传来关年的声音："人散得差不多了。"他清了清嗓子，"两位今晚准备睡这儿？"

周砚掀开被子，先接过郑元递过来的衣服套上，而后拿过蒲欢递过来的浴巾包住许稚意，这才回答："也不是不行。"

关导没好气地瞪他一眼："你们的房间在隔壁，这里要保持布景，明早还有你们的两场戏。"他看向许稚意："稚意先回去休息，早上五点过来就行。"

早上五点，谈初醒来，给余征留了封信便走了，而余征在她走后不久便睁开了眼。

许稚意红着脸，不好意思地应着："好的，谢谢关导。"

关年摆摆手："去休息吧。"

"嗯。"

临走前，许稚意看了一眼侧对着自己的人，掩唇咳了声，调皮地说道："周老师晚安。"

周砚："晚安。"

人走后，周砚喝了两瓶冰水，看向关年："我看看刚刚那两场戏？"

关年看他，知道他打的是什么主意，说："你看可以，但许稚意有些大尺度的镜头不能剪。"镜头剪了，那种张力就少了。

周砚微顿："你确定我们俩拍的这几场戏能过审？"

"这个不用你操心。"关年瞥他一眼，揶揄道，"我知道你不想让影迷看到许稚意的那些镜头，大男子主义是不是有点儿过了？"

周砚坦然接受他的抱怨，轻声说："我要是一点儿都不介意，那才有问题。你想要的感觉可以保留，但有些过度的镜头，可以适当删减吧？"

关年倒也没说一帧都不剪，抬了抬下巴示意："先看看。"

二人坐在一起，重新看完今晚的几场戏。

看完，周砚好半晌没说话。关年的拍摄角度很微妙，没拍到露骨的镜头，反而拍出了一种朦胧的氛围感。看客知道他们在做什么，但画面又是朦胧的。这样更能勾起大家的兴趣，让他们脑海里有更多的遐想。当然，该拍的腿和手以及周砚裸露的上半身，关年还是拍了。电影需要这些，关年自然会保留。

关年看他沉默不语，戏谑道："怎么样？"

"没什么要删的。"周砚坦然道。他不得不承认，关年是个会拍的导演。

"我知道你们俩的底线在哪里。"关年"喊"了一声，拍了拍周砚的肩膀，"不过我要提前给你打个预防针，这部电影上映后，你的情敌会多很多。"

周砚语塞。不用关年说，他也知道。

两个人沉默地抽了根烟，周砚才起身离开。许稚意不喜欢周砚身上有烟味，所以他很少抽烟，只有偶尔熬夜熬狠了，或者有些焦躁的时候才会抽一根冷静冷静。

冷静后，周砚回了自己的房间。

他回去没一会儿，许稚意的消息发来了："回房间了？"

周砚："回了，洗完澡了？"

许稚意："嗯，那我睡了。"

周砚一笑，考虑到睡四个小时就得起来继续拍戏，便没去敲她的房门。

四点半，二人回到拍戏的房间。

谈初蹑手蹑脚地爬起来，躲在角落里提着笔想写什么，却又不知道要写什么。最后，她只给余征留了两句话，便提着行李离开了。走到房门口，她不舍地回头看了看还在沉睡的男人。晨光熹微，窗外的风吹动窗帘，微弱的光照进房间内，落在男人英俊的眉眼上。

她没忍住，又转身回去，在他的唇上亲了一下，这才狠心离开。

许稚意这场戏过后，便是周砚的个人戏。她在关导旁边看他睁开眼时眸子里的情绪，看他望着房间大门的神情。许稚意不由得惊叹，周砚情绪转变的表现力真的很强，也很有代入感。他没有过多的神情变化，却能让人感受到那种无奈、无力、不舍和难过。

香格里拉的戏拍完，二人去机场拍了两场机场和飞机上的戏。

回到北城，许稚意花了几天时间，把谈初住院的戏拍完了。

许稚意在国内的最后一场戏，是离开这个世界的戏。

她在手术室里，不知道这时余征正在手术室外。二人分开不久后，余征便找到了她，知道了她的所有事情。他尊重她的选择，知道她不想让自己看见她憔悴、脆弱的一面，便只好在远处偷偷地看她。

她离开的这一天，外面下了很大的雨。余征赶到医院时，手术室的灯亮起。他站在走廊上，和匆匆赶来的谈初的朋友一直在等待。

拍这场戏时，许稚意就坐在关导旁边看监视器，看着周砚煎熬的、恨自己有心无力的神情。隔着屏幕，她感同身受，和他一起难受起来。

看他红了眼眶的那一刹那，许稚意再次涌起了冲动——

意外不知道哪天会来，在意外来临前，她想和周砚结婚。她不想让自己和周砚变成谈初和余征这样，想更自私一些，将这个人绑住，和他共度一生。

未来会不会后悔，她不知道，但此时此刻，她想和周砚结婚。和他恋爱都不够，她想彻彻底底地拥有他，想和他的照片一起出现在结婚证上，想成为名副其实的周太太。这样，如果意外来临，那她至少也有个被满足的心愿。

许稚意紧盯着周砚，想着：等他拍完戏，就和他说这件事。

拍完这场戏，周砚下意识地往许稚意那边走。他觉得许稚意的神情不太对，加快脚步过去："意意……"

话还没说完，许稚意忽然站起来看着他，一把拽着他的手腕往安全通道走。

走进安全通道，许稚意将他的手放开。

"怎么了？"周砚问。

许稚意抬眸，看着他说："周砚，我们去领证吧。"

周砚怀疑自己出现了幻听，不太确定地问："你说什么？"

许稚意和他对视着，一字一顿地说："我说，我们今天去领证好不好？"

周砚的眼里闪过一丝亮光，但他又蹙起了眉头，紧张兮兮地问："遇到什么事了？"

"没有。"许稚意哭笑不得，"我能遇到什么事？"她看着周砚说，"我就是……想今天跟你去领证，你想要跟我一起去吗？"

周砚当然想，做梦都在想，但许稚意这个提议来得太突然。他拧着眉头："我还没求婚，你确定自己不后悔？"

"不后悔。去不去？"许稚意看他，想了想，"你要是觉得今天太突然的话，我给你一天的时间考虑，明天去也可以。"她只能给周砚一天的考虑时间，因为他们后天要飞到国外拍《遇见你之后》的一些零散镜头，谈初在最后一站旅程前，知道自己得了绝症后便去了国外旅游，她想满足自己，想去看看自己没看过的地方。

关年不喜欢抠图，而是要最真实的景色，因此整个剧组要飞好几个国家取景拍摄。这是签合同之前便定下来的，这几个月的时间里，许稚意和周砚等人的签证也办下来了。

周砚听着她的话，将目光紧锁在她身上。意识到许稚意不是在开玩笑后，周砚隐隐约约猜到了她这个念头的起因在哪里。他问："你确定吗？"

许稚意倏然一笑："我很确定。"

"不是一时冲动？"

"是一时冲动。"许稚意老实地回答，"但这个冲动下做出的决定，我想我不会后悔。"

有她这么一句话，周砚怎么可能再拒绝？

"我再给你一晚的考虑时间。"他目光灼灼地盯着她，低头蹭了蹭她的鼻尖,轻声说:"如果明早睡醒,你还有这个冲动,那我们就去民政局。"

许稚意轻轻眨了一下眼,答应道:"好。"

拍完医院的这场戏,许稚意国内的戏杀青,而周砚下午还要补几场戏。

考虑各方面的因素,许稚意没在剧组陪他。她琢磨了一下,索性跑到了盛檀家。

之前盛檀说去剧组给她探班,但因为那条路线比较危险,只好作罢。

小姐妹好久没见,盛檀看了她半分钟,摸着下巴说道:"你瘦了。"

许稚意看她:"先不说这个,我问你一个问题。"

盛檀瞅她:"你急匆匆地过来找我,就为了问我问题?"

"确实。"许稚意说。

盛檀一噎:"你问吧,想问什么?"

许稚意看她:"你后悔跟沈正卿结婚吗?"

盛檀瞪圆了眼看她:"你看我像是后悔的样子吗?"

许稚意想了想,明白自己问了个傻问题。

盛檀看着她的表情,猜到了什么:"周砚跟你求婚了?"

"没有。"

盛檀:"那你……"

"我和他求婚了,我说我想和他结婚,就在今天。"在盛檀说完前,许稚意打断了她。

闻言,盛檀不敢相信地瞪大了眼睛:"你说什么?"

许稚意认真地看着她,说:"你听到了。"

"不是。"盛檀张了张嘴,震惊地说道,"你……你……"

她说了好几个"你",最后落下一句:"周砚真有本事啊。"

二人对视半晌。盛檀总觉得自己越来越不了解许稚意了:"你为什么会突然想跟周砚结婚?遇到什么事了?"

许稚意听着这话,总觉得有点儿耳熟,无奈地抚额:"没有,我想结婚很奇怪吗?"

"你自己觉得呢?"盛檀反问。

许稚意想了想:好吧,是有点儿。

她抿了抿唇:"你就当我是冲动吧。"

"你本来就是冲动。"盛檀总结,"不过说实话,结婚这件事本身就需要冲动促成。"

她看向许稚意："你真没遇到什么事？"

"没有。"许稚意趴在桌上看她，"真没有。"

听她这么说，盛檀放心了点儿："那就好。"

许稚意沉默了一会儿，问道："没了？"

"啊？"盛檀诧异，"什么没了？"

许稚意想了想："我以为你会劝我，说'别冲动'什么的。"

盛檀觑她一眼，喝了口茶，说："劝得动吗？"

许稚意无言。

盛檀盯了她一会儿，一本正经地说："你和周砚结婚这件事好像很突然，可我细想了一下，又觉得是水到渠成。"

"怎么说？"许稚意好奇。

"你们俩谈恋爱这么久了，领证也正常啊，再说周砚要三十岁了，三十岁之前领个证挺好的。"

许稚意："就……这样？"

"还有一点。"盛檀看着她说，"能让你有结婚念头的，这辈子除了周砚也不会再有其他人，所以去领证就算是你一时的冲动，我也无条件地支持你。"

许稚意怔了怔，不得不承认盛檀说得很对。许稚意知道自己是一时冲动，可就算未来会后悔，她在当下也想和周砚去领证，想成为名正言顺的周太太。

看许稚意不说话，盛檀托腮望着她："在想什么？"

许稚意笑笑："在想你说得有道理。"结婚这件事，本就需要冲动。

盛檀睨她一眼："那我就提前欢迎你加入已婚队伍？"

许稚意"扑哧"一笑："万一周砚明天不跟我去民政局呢？"

"哇！"盛檀夸张地说，"他不去的话我找个人陪你去。"

许稚意噎了一下，哭笑不得："那他要找你算账了。"

"谁让他不跟你去？"盛檀轻哼，"我的小姐妹好不容易开口说想结婚了，他还敢不同意？"

许稚意看她维护自己的模样，弯了弯唇："谢谢。"

"谢什么？"盛檀瞪了她一眼。

"谢——"许稚意想了想，"谢你永远支持我所有胆大又突然的决定。"

她回忆了一下，无论是之前让盛檀帮自己掩护去电影学院参加艺考，还是和周砚谈恋爱，到现在她突然想和周砚结婚的事，盛檀除了会问她几个问题外，永远无条件地支持她的决定，即便再大胆、再突然的决定也是如此。

"那是必须的。"盛檀觑她一眼，没忍住跟着笑了起来，"我当然要支持姐妹的一切决定。"

她"唉"了一声，说："不过我还是要问一句，真的想好了？"

"真的想好了。"许稚意点头，看着盛檀，"你知道吗，我们今天拍了两场戏，有一场戏是电影里的我离开了这个世界，然后我在电影里的闺密将我写的一封信给周砚演的那个角色。"

盛檀："然后呢？"

"那封信，文字不是我想的，但是我自己提笔写下的。"

写那封信的时候，是谈初刚回到医院再次接受治疗的时候。她坐在病床上，不知道余征会不会找自己，也不知道余征能不能找到自己。所以她写的时候，不确定那封信能不能送出去。

许稚意演的时候，边写边哭。她看到剧本里的那段文字时就哭了好几次，提笔时甚至不用花时间入戏。在那个时刻，她恍惚觉得自己就是谈初，真的要离开这个世界。

在离开前，她给余征留了一封可能不会送到他手中的信。可无论信会不会送到，她都想告诉他——认识他，和他相恋的这二十天，是她这一生最美丽的意外。

盛檀看她："是什么？"

许稚意没将那封信的全部内容告诉盛檀，只说了一句诗，这句诗来自诗人余秀华，诗里的那句话是——此生遇见你，万岭花开，不敢说可惜。

遇见余征，爱上他，谈初从不敢说可惜。她只遗憾，遗憾自己能给他的生命太短。

许稚意写下这句话的时候，能强烈地感受到谈初的真情实感。

她当时便换位思考了一番，如果自己是谈初会怎么做。她想：自己可能会比谈初更自私一点儿，将自己的余生押给周砚，顺便也让他将自己的余生押给自己。

最后一段光阴，即便痛苦煎熬，她也要周砚陪她一起度过。

盛檀没看过完整的剧本，但大概知道是个什么样的故事。

听完这句诗，她能感受到谈初的那种悲伤，也忽然知道了许稚意的冲动来源于哪里。

换作是她，也会和许稚意做一样的选择。

谁知道未来还有多久呢？幸运的话，他们会有好几十年，可如果不幸，那就要去做当下自己最想做的事，完成自己的心愿。

谈初知道自己患绝症后的心愿有两个：一是去自己喜欢但没去过的地方旅行；二是如果可以，她要谈一次恋爱。

如果问许稚意的心愿是什么，她能想到的目前只有一个，那就是嫁给周砚，成为周太太。说她没志气也好，别的也罢。在当下，第一时间涌入她的脑海的只有这个心愿。

周砚打电话来的时候，许稚意还窝在盛檀家里。二人正在享用阿姨做的下午茶，挤在沙发上谈心。问过她在哪儿后，周砚说过来接她。

"待会儿我要好好跟周砚聊聊。"看她挂了电话，盛檀说。

许稚意瞥她："和他聊什么？"

"这你别管。"盛檀说，"反正我就是要和他聊聊。"

许稚意"扑哧"一笑："行，你们聊。"

她们没等多久，周砚便到了。

为了让盛檀和周砚聊，许稚意自觉地去了洗手间。她从洗手间出来时，两个人已经聊完了。

许稚意扬了扬眉，诧异地问道："这么快？"他们就聊了几分钟吧。

盛檀一噎，没好气地瞪了她一眼："赶紧走吧你。"

许稚意笑："那我真走了。"

盛檀"嗯"了两声，看向周砚，说："她就交给你照顾了。"

周砚颔首，落下两个字："放心。"

看二人离开，盛檀还有点儿不舍——唉，下回再见到自己的小姐妹，她就跟自己一样是已婚了。一时间，盛檀也不知道自己是高兴还是难过。

上车后，许稚意瞅着旁边的人，好奇不已："盛檀跟你说什么了？"

周砚含笑看着她："你觉得她会跟我说什么？"

许稚意思忖了几秒，说："大概就是让你照顾好我？"

周砚："还有呢？"

"还有就是——"许稚意忍俊不禁，"她知道我想跟你去领证的消息，肯定会跟你说，你要是对我不好、欺负我的话，就让你好看。"

周砚听着，勾了勾唇："差不多。"

许稚意一脸"我就知道"的表情，说："她太操心了。"

周砚正要说话，许稚意咕哝道："你要是对我不好，不需要她让你好看，我自己就能让你好看。"

周砚缄默半晌，眸子里含着笑意："这么凶？"

许稚意"嗯"了一声，扭头看他："对啊，怎么，怕了？"

"怕什么？"周砚明知故问。

许稚意："你自己知道。"

周砚笑笑，抓着她的手握了握，嗓音低沉地说："我只怕自己对你不够好。"他不可能对她不好，但是他怕自己给她的还不够多。

听明白他的意思，许稚意没忍住笑。她"哦"了一声："你有诚意就行。"

周砚目光灼灼地看着她，低语："好。"他努力表现自己的诚意。

他们好几个月没回家，在回来之前，周砚让阿姨过来打扫过。

一进屋，许稚意还没来得及做什么，先被周砚抓住，连拖带拽地进了房间。她被周砚吻得喘不过气，不太懂他的激动来源于哪里。

二人身上汗涔涔的，夜色还未降临，风掀起窗帘的一角，将房间内的旖旎气息吹散。许稚意窝在周砚的怀里喘气，感受着他落在自己耳后的呼吸，抬手戳了戳他的肩膀："男朋友。"

周砚回应："嗯？"

许稚意揉了揉酥麻的耳朵，看他："你干吗？"

周砚看着怀里的人，低头亲了亲她的唇角，问道："什么？"

许稚意指了指自己锁骨处的痕迹，咕哝道："你是属狗的吗？情绪这么激动做什么？"

周砚垂眼，看了一眼她身上的红痕，眸色暗了暗："你不知道？"

许稚意眨着眼看他——她知道什么呀？

周砚又低头亲了下她的嘴角，低声说："没有为什么，想你了。"

许稚意睇他："我们才分开不到十小时。"

"嗯。那也想了。"

许稚意怔了怔，猜测他是因为自己在医院和他说的那番话，问道："是不是因为我说想跟你去领证的事？"

周砚蹭着她的脸颊，靠近她，坦然承认："是。"

从她跟自己说这句话的时候起，周砚就想吻她，与她唇齿相依，真真切切地感受她的存在，也让自己感知不是在做梦，许稚意是真的说想和他结婚。

两个人温存片刻，许稚意摸着肚子看他："饿了。"

周砚莞尔："去洗澡，我让阿姨买了菜，我去做饭。"

他们俩虽然只在家住两晚，但这段时间吃了太多外面的食物，都不想再点外卖。周砚也想给许稚意做点儿好吃的补补。

许稚意点头。

她洗完澡、吹干头发时，周砚的晚饭差不多做好了。

许稚意站在厨房门口看了周砚的背影片刻，忽然觉得自己想和他领证的念头算不上特别突然。她其实很喜欢这样温馨的小日子，只是之前受家庭的影响比较深，一直忽略了自己最渴望的东西。

注意到许稚意的目光，周砚抬了下眼："站在那儿做什么？"

"看你。"许稚意走进厨房，"有没有要我帮忙的？"

周砚："有。"

许稚意："什么？"

周砚指了指旁边做好的红烧肉："待会儿帮忙把它们都吃完。"

许稚意"扑哧"一笑，俏皮地朝他眨了眨眼："遵命。"

吃过饭，二人收拾好。时间还早，他们也都挺精神，许稚意提议："看电影吗？"

周砚："好。"

二人去影音室看电影。许稚意翻出了自己和周砚演的第二部电影，说："看这部怎么样？"

周砚微怔，倏然一笑："好。"他没有意见。

《一厘米距离》这部电影同样是悲剧。只不过这部电影里两个人没有死别，只是分开了。他们之间隔着一厘米的距离，这一丁点儿的距离，让谁也无法朝对方靠近。

她不敢迈出去，他敢，可他不能。

这个故事其实也很"狗血"，但因为章嘉良巧妙的拍摄手法和特殊的故事呈现方式，让大家忽略了"狗血"，只沉浸在两个人的爱恨纠缠里无法自拔。

许稚意看着画面里的他们，忽然想起了这部电影里的一场戏——

那场戏是周砚带着穿了婚纱的她在大街上奔跑的戏。

拍摄之前，周砚看见穿婚纱的她。他们没经过章嘉良同意，率先走戏了。

他问她，在拍这场戏之前，你是想和我接吻，还是想和我私奔。

她回答私奔。

之后，他拉着她走，穿过街巷，阳光透过茂盛的枝叶落在他们的身上。

风吹过，她的婚纱和他的衣服摩擦、碰撞，她的发丝被风撩开，缠绕在他的衣领处。

他们的影子在地面纠缠，十指相扣地往前奔跑。

只可惜，电影里的他们私奔失败，只跑了一段距离便被追上。

许稚意正想着，不远处的屏幕里也恰好播放到了这一幕。

她看着，正想说话，周砚的声音忽而在她的耳畔响起。他低声道："小许同学。"

许稚意的睫毛一颤，她转头看他。

两个人对视一眼，周砚不知从哪里掏出一枚戒指，直勾勾地盯着她，问："明天之后，你是想和我继续恋爱，还是想和我结婚？"

许稚意的目光和他相撞，她轻声说："结婚。"

这一次，她依旧选择后者——她想和他结婚。

听到她的答案，周砚倏然一笑："谢谢。"

许稚意的眼睛弯了弯，她看着他手里的戒指："这算是求婚吗？"

"算是吧。"周砚说，"以后再给你补一个。"

许稚意笑了："好。"

周砚将戒指给她戴上，许稚意这才看清楚手上的钻石戒指，眉梢轻扬，看向周砚："这枚戒指……你什么时候准备的？"

周砚知道她看出了猫儿腻，低头亲了亲她的唇角，说："三年前。"

许稚意怔了一下："三年前？"

周砚点头。许稚意看向他，后知后觉地明白了什么。她抿了抿唇，猜测道："是……那件事发生的时候？"她说的"那件事"，是她拍电影时因为投资方想对她动手动脚，她打人的事。

周砚没瞒着她："嗯。"那时是许稚意最惨的时候。周砚想跟她求婚，不是抱着乘人之危的想法。他就是看不得她哭，更不想她总是拒绝自己的帮忙。

那个时候，周砚想的是他们结婚了，那就是一体，是比男女朋友更亲密的关系。这样的话，许稚意或许不会再拒绝他帮忙，让他帮她处理那些事。

许稚意是个很不喜欢麻烦别人的人，即便是周砚这个男朋友，她也不太愿意麻烦。她总觉得欠了人情要还，还人情真的太难了。

当时即便周砚不帮忙，她也能自己搞定。

她不怕被封杀。再者，她可以找江曼琳、找沈正卿帮忙。她和盛檀、沈正卿从小就认识，知根知底，沈正卿也习惯给她和盛檀收拾烂摊子。只看许稚意想不想开那个口。

他们俩对对方都很了解。

僵持了一段时间后，在周砚想到求婚、和她结婚的办法时，许稚意忽然松了口，答应让他帮忙了。也因为这个，周砚的戒指没送出去。

听他说完，许稚意没忍住笑了："为什么我答应让你帮忙了你就不送了？"

周砚看她："你会拒绝。"

许稚意想了想，那会儿他们刚谈恋爱，她也刚大学毕业，确实不太可能会答应和周砚结婚。

"那你在买这枚戒指的时候，没想过我会拒绝吗？"她好奇。

周砚自然想过，但是抱着孤注一掷的念头。他想的是威胁许稚意，要么跟自己结婚，要么让自己帮她去解决那件事，两者选其一。

许稚意听到他莽撞的想法，哭笑不得："你就不怕我两个都不选？"

"怕。"周砚如实告知，"但总归要试一试。"那会儿他也没有别的更好的办法。

许稚意忍俊不禁，盯着面前的人，弯着唇角说："虽然我觉得你的两个想法都有点儿异想天开，但还是想跟你说声谢谢。"谢谢你包容我的任性和倔强。

周砚微微一笑："我也有错，不该用这样的想法去绑架你。"

许稚意："你最后也没用。"

周砚捏了捏她的鼻尖，低声说："嗯，我怕被你拒绝。"

其实并非如此。周砚买下戒指时，也是带着一种说不出来的冲动。这也是为什么在许稚意答应让他帮忙后，他没再拿出这枚戒指。

许稚意那个时候在低谷期，而他在上升期。他不想让她觉得自己是同情她、可怜她才向她求婚的。

同样地，周砚也知道她有多要强，知道自己如果冲动求婚，她的压力会很大。无论是答应还是拒绝，她承受的压力都是周砚无法分担的。

许稚意知道他是骗自己的，买都买了，他怎么会怕被拒绝？

她猜想，周砚是怕给自己压力。思及此，她翘了翘唇角，配合他演戏："哦。"

周砚看她："喜欢吗？"

"喜欢。"许稚意说，"戒指好看。"她看了看上面的粉钻，问道，"不过应该不便宜吧？"

周砚："还好。"

许稚意不太信："真的？"

周砚将人拽入怀里，和她继续看电影，如实告知："真的。"

许稚意不太信，总觉得自己手里的这枚戒指有点儿眼熟，好似在什么地方见过。她想了想，将戒指的照片发给盛檀。

许稚意："你有没有觉得这枚戒指有点儿熟悉？"

盛檀："什么？"

十分钟后，盛檀给许稚意发了一张新闻截图。

三年多前，某珠宝拍卖会上，蒋淮京曾高价拍下过一枚粉钻戒指，当时还上了娱乐新闻，很多人都在猜测，蒋家可能要跟谁联姻了。

这事传了几天，便没了消息。

看完，许稚意转头看向周砚："你当时的片酬是多少来着？"

她没记错的话，那个时候她跟周砚的片酬都不高。他们是因为那两部电影火的，在拍那两部电影前，她是大学生，周砚还是个经常演配角的演员，片酬并不太高。在两部电影之后，周砚的片酬也没一下子提上来。

周砚看了一眼她跟盛檀的聊天界面，揉了揉她的头发，说："忘了。"

许稚意换了个问题："那你买完这枚戒指的时候，身上还有钱吗？"她没记错的话，那一年周砚还买了房。这枚戒指是他买房之后买的。

周砚微顿，说道："有。"只不过身上的钱确实不多了。

周砚不是喜欢花家里的钱的人，大学起就开始自己赚钱了。后来拍戏，他靠自己买了房、买了车，温清淑和周正远送给他的，他全都没动。

让蒋淮京拍下这枚戒指时，周砚把当时所有的身家都给了出去，只剩下了一点儿生活费。好在之后林凯就给他接了个商务代言，没让他拮据太久。但这些他没想告诉许稚意，也不想和她卖惨。

许稚意自然知道周砚不想多说，知趣地不再问。他们都懂对方。

窝在周砚的怀里，她想了想，说："你说我要是拍照发给倩姐，她是不是要疯了？"

周砚挑眉："不至于吧？"

许稚意："我试试。"

她正欲发，想了想又作罢："算了，让她睡个好觉吧，明天给她发结婚证的照片。"

周砚觉得自己的女朋友越来越调皮了。

"好。"他碰了碰许稚意的嘴角，说，"领证的事，想公开还是暂时不公开？"

许稚意思忖了一会儿，看周砚："慢慢来吧，暂时不公开？主要是一下子将这个消息曝光，我怕粉丝承受不住。以后我们自然地来往，然后再曝光？"

周砚："好。明天去领证，我让蒋淮京安排。"

许稚意眨眼："今天盛檀还问我，要不要让沈总帮忙。"

二人相视一笑。

周砚说："让蒋淮京去吧。"

"行。"许稚意没什么意见。

看完电影，二人早早躺在床上休息。真的要去领证了，许稚意兴奋得睡不着，在周砚的怀里翻了好几次身，最后被他箍住。周砚问道："睡不着？"

"有一点儿。"许稚意看他，"我是不是太冲动了？"

"不想嫁给我了？"周砚问。

许稚意无奈道："不是这个意思，就是谁也没告诉突然就去领证，我妈知道了会不会打断我的腿？"

周砚莞尔："你的腿应该不会被打断，我的会。"

许稚意"扑哧"一笑，捏着他的下巴："那你怕吗？"

"不怕。"周砚有一下没一下地亲她，"能娶到你，把手脚打断我都不怕。"

许稚意笑了好一会儿，戳着他的胸膛，说道："别说得那么血腥，我妈也没那么可怕。"

周砚应声。

安静了一会儿，许稚意又问："我这么冲动，你真的不再阻止我一下？"

周砚微顿，捧着她的脸和她对视，嗓音清越："为什么要阻止？我求之不得。"许稚意不知道，周砚想这一天想了多久。和她恋爱的第一天起，周砚就想和她结婚，想成为她的丈夫，想让她成为自己的妻子，想在给朋友家人介绍时，告诉大家：这是我的太太。

听到周砚的话，许稚意的心里像藏了蜜糖似的。

窝在周砚的怀里，许稚意忽然没那么紧张了。她靠近他的胸口，听着他心脏的跳动声，闭着眼叫他："男朋友。"

周砚："嗯？"

许稚意蹭了蹭他，小声说："晚安啦，明天我就换称呼啦。"

周砚一顿，敛目道："晚安，小许同学。"

周砚将灯熄灭，看着怀里沉睡的人，期待明早的到来。

因为那个时候，怀里的小许同学便是他的周太太了。

上午，许稚意和周砚穿着情侣装出现在民政局。两个人很低调，加上有蒋淮京帮忙，没让任何人看见，也没让任何消息曝光。

手续办得很快，拿着两个结婚证回到车里时，许稚意感觉跟做梦似的——好快。

她转头看向旁边正认真看着结婚证的男人，看日光穿过车窗，落在他的脸颊上。这一瞬，许稚意拿到结婚证的紧张感，忽然就消失殆尽了。

"周砚。"她喊了一声还在看结婚证的人。

周砚回神，朝她晃了晃两个结婚证，笑道："叫我什么？"

许稚意眨了眨眼，"扑哧"一笑："老公。"

周砚应声，倾身靠近她，吻她，喊她："老婆。"

周太太，我很荣幸能成为你的周先生。

许稚意耳郭一热，感受着他的吻。

两个人在车里亲了好一会儿，许稚意才将他推开，红着脸说："我们现在去哪儿？"

周砚："回家？"

许稚意眨眨眼："好。"因为次日要飞到国外继续拍戏，领证的这一天，他们没和任何人分享他们的二人世界，只想和对方一起度过。

成为周砚太太的第一天，许稚意过得既满足又快乐。她很高兴能成为他的周太太。

考虑到多方面的因素，许稚意和周砚将这一重磅消息告诉了焦文倩和林凯。二人将结婚证发到很少启用的四人群，一发出去便收到了焦文倩和林凯的一连串问号和感叹号。紧接着，便是焦文倩发起的群通话。

许稚意和周砚对视一眼，接通。

"你们俩领证了？"焦文倩激动到破音的声音传来。

许稚意："嗯。"

林凯："你们俩怎么回事？不鸣则已，一鸣惊人？你们做这个决定的时候有没有想过要和我们商量一下？"

"我看你们是不想让我们两个睡觉了。"

许稚意和周砚乖乖听了一会儿，周砚才跟他们解释。

给两个人办手续、发结婚证的人都是蒋淮京的熟人，他们俩领证的消息不会被曝光。

听周砚解释完，焦文倩还是不敢相信这个重磅消息："你们怎么突然就去领证了？"

许稚意："就是因为突然想到，所以就去了啊。"

焦文倩被她绕晕："什么意思？"

"不突然的话，我们俩起码还得一两年才领证吧。"

焦文倩一噎，感到无力："我看你是不想要我这个经纪人了。"这么大的事她也不提前商量一下。许稚意讪讪地闭嘴。

周砚舍不得她被训，出声说："我提议的，我们俩想领完了跟你们说。"

"得了吧。"焦文倩说，"这肯定是许稚意的主意。"

周砚语塞。

证都领了，焦文倩和林凯发泄了一下自己的怨气后，还是得认命地和二人商量要怎么捂住这个消息。最后他们商议的结果是——顺其自然。

二人结婚的消息肯定不能一下子曝光出去，得先从恋爱这一步开始。

不过焦文倩觉得，就算他们俩直接公开已婚的消息粉丝也能接受。

据她了解，他们俩的部分粉丝都和"中意"的粉丝一样，巴不得二人结婚。因为挑来选去，圈内圈外，还是他们俩最合适、最般配。

商议结果定下来后，焦文倩跟许稚意说了说工作安排。在章嘉良的新电影开机前，她给许稚意接了不少商务代言，除了代言，其实还想给许稚意接个综艺节目。

许稚意这一年拍了一部电视剧、两部电影，虽然一直有人气，但焦文倩还想要更多。主要是许稚意不久后还要继续进组，进组前有一个月左右的空档期，她想让许稚意在这个空档期接个综艺，让热度更高一些。

许稚意算了算："可我的新电影在国庆节上映，到时候会有热度的吧？"

焦文倩："十月你肯定有热度，那十一月、十二月呢？我们要抓住机会，别偷懒。"她说，"我跟章导的助理沟通过，他的新电影就算不出意外，也得十二月才开机，有意外的话，可能会推到一月。十月你跑商演，之后时间就空出来了，这个时间不方便接其他的剧，接个综艺来填满时间最合适。"

许稚意"哦"了一声，倒没一口拒绝："那你看着选吧，别选那种高强度的，我还想好好休息休息。"

焦文倩："放心吧，我心里有数。"

挂了电话，许稚意委屈地跟周砚诉苦。

听完，周砚笑了一下，说："让倩姐给你半个月的假期。"

许稚意："要去哪儿？"

周砚看她："你想去哪儿我们就去哪儿。"

许稚意眼睛一亮，思忖了一会儿，说道："去英国吧，我带你去见见我妈妈。"

周砚："好。"

次日，二人随《遇见你之后》剧组飞往罗马，这是谈初旅行的第一站，在这里拍完，剧组继续去了苏黎世、巴黎等地取景。

许稚意全是年轻的妆。而周砚不同，除了这个年轻阶段的妆容，还有中年妆、老年妆。故事里，他把谈初走过的地方，用一生走了无数遍。

《遇见你之后》杀青这天，拍的是许稚意和周砚最后的一场对手戏。

拍这场戏时，谈初已经离开这个世界了，只在余征来到她曾经走过的喜欢的地方时，出现在他的脑海里、想象里。许稚意的戏不多，只是余征回忆里的一个镜头。拍完，她便躲到一侧看周砚的表演。

余征初次红了眼眶，没掉眼泪，却能让人感受到他的痛苦。他恨谈初狠心，恨她明知道自己活不长却拼命来撩拨自己，让他爱上她，又抛下他离开。

看着这一幕，许稚意偷偷地跟着红了眼眶，连蒲欢也在旁边咬着唇，不敢发出抽噎声，怕打扰到周砚，影响现场收音。

片刻后，关年喊了声："Cut！"他从监视器前起身，看向周砚，又看了一眼不远处的许稚意，含笑说："过了。"

瞬间，工作人员惊呼：

"啊啊啊！杀青啦！"

"周老师、许老师，杀青快乐。"

"大家辛苦。"许稚意和周砚齐声道。

她边说边往周砚那边走。周砚猝不及防，被她撞入了怀里。他一怔，下意识地将人搂住，低声询问："怎么了？"他的嗓音还有点儿哑，是刚刚情绪涌现的后遗症。

许稚意埋头在他怀里，两手紧紧地攥着他的衣服，轻摇着头："没事，就想抱抱你。"她跟他一起难受了。她舍不得看他被抛下，看他一个人痛苦。

周砚听着她沙哑的声音，隐约明白了点儿什么。他侧头，亲了下她的耳垂，低声道："难受了？"

"嗯。"

周砚一笑，摸了摸她的脑袋哄着："我在这儿呢。我们不是余征和谈初。"

"我知道。"许稚意小声回应。可就算知道，她还是控制不住地想哭。

在周砚怀里待了片刻，许稚意抬起头，红着眼眶看他："周砚。"

周砚抬手拂过她的眼睑，轻声问："想跟我说什么？"

许稚意盯着他，正要开口，耳边传来关年的声音："那对小情侣抱够了没有？过来拍杀青照了。"

话音刚落，现场的工作人员都没忍住笑了出来，揶揄道："关导，你就让他们抱一会儿嘛！这才多久啊？"

"就是，下部戏他们还不知道能不能在一起拍呢。"

听着工作人员的讨论声，许稚意微窘。她抬眸看向周砚："晚上跟你说。"

周砚握着她的手："好。"

二人光明正大地牵手走过去拍杀青照。

拍完照，他们和关年一起帮忙给大家分蛋糕。他们分了两块，工作人员自己上手了，许稚意的手里被周砚塞了一块他给她切的蛋糕，上面还缀着一颗小樱桃。她看着，唇角往上牵了牵，询问两手空空的周砚："你没拿？"

周砚示意："嗯。"

许稚意想了想，周砚不喜欢甜食，不吃也很正常。

她扬眉，捻起手里捧着的小樱桃送到他的嘴边："那吃个小樱桃？"

周太太送到嘴边的，周砚没有不吃的道理。他张嘴吃下。

许稚意笑盈盈地问："味道如何？"

"不错。"

许稚意笑了，用叉子叉蛋糕吃，边吃边说："其实这个蛋糕也好吃，不是很甜，你要不要尝一口？"

周砚垂眸看她吃得开心的模样，低声应道："好。"

许稚意眼睛一亮，下意识地叉起一块要往他嘴边送，还没来得及靠近，周砚率先俯身，光明正大地亲上她的唇，还伸出舌尖舔了一下。

许稚意的唇边有刚刚吃蛋糕留下没来得及擦掉的奶油。

许稚意的睫毛一颤，周砚低沉的嗓音在她的耳畔响起："你骗我。"

许稚意还没从他的动作里回过神来，被他这么一说，更蒙了。

"我什么时候骗你了？"她瞪圆了眼看他。

周砚抬手，将她手里捧着的蛋糕接过，边往她嘴里喂边说："蛋糕很甜。"他目光灼灼地望着她，意有所指，"非常甜。"

许稚意听明白了他话里的意思，没忍住睨他一眼："这么多人，你稍微注意点儿形象不行吗？"

周砚："要怎么注意？"

许稚意想了想，确实也不知道该怎么注意，整个剧组都知道他们在一起的事，过多遮掩也没必要了。她破罐子破摔："好像也没注意的必要。"

周砚勾了勾唇，给她喂完蛋糕，笑了笑："还要吗？"

"不要了，留着肚子吃别的。"关年之前便说了，杀青后要请大家吃饭。

周砚翘了翘唇角，捏了捏她的脸，说："好。"

杀青后，工作人员井然有序地收拾现场。许稚意和周砚也换上了自己的衣服，收拾好，与大家一起去关年提前定好的餐厅吃饭。

路上，许稚意刷到了《遇见你之后》官方微博放出的杀青大合照。

正常来说，演员在杀青时也都会发条微博。

许稚意翻了翻相册，问周砚："你今天发微博吗？"

周砚很少发杀青微博。他看她："想让我发？"

许稚意瞥他："你的粉丝多久没看到新鲜的你了？"

周砚无奈一笑："知道了。"

许稚意"嗯"了一声，给他看照片，问道："我发哪几张照片比较好？"

周砚垂眼："准备发几张？"

"三张吧。"许稚意道，"一张全剧组的合照，一张几位演员的合照，还有一张我自己的。"

周砚问道："没有我们俩的？"

许稚意微怔，瞅他："几位演员的合照里有你，这还不够？"

周砚坦然道："不够。"他想要和她单独的。

二人对视半晌，许稚意拗不过他："你希望我发我们俩的合照？"

"愿意吗？"周砚靠近她的耳边，落下两个字，"老婆。"

许稚意的耳朵一热，她有些受不住撒娇的周砚。

她抿了抿唇，含含糊糊地说："那你选，我们俩的合照要发哪一张？"

周砚接过她的手机看了看，她的手机里存了不少两个人这段时间的合照。大多数是郑元和蒲欢给他们拍的。

周砚看了看，指着其中一张："这张。"

许稚意低头一看，愣了一下："这张？"

周砚选的合照不是很亲密的，但又有点儿特别。

许稚意看着，努力回想这张照片是什么时候拍的——

照片是在无人区的时候拍的，那会儿二人刚拍完在车顶接吻的戏。他们俩换了干净的衣服站在旁边等着上车继续拍摄，等待时周砚从郑元的手里拿了把雨伞给许稚意撑着。

周围都开着灯，旁边也全是来来往往的工作人员。许稚意捧着冒着热气的杯子，站在周砚撑着的伞下，没被雨水淋湿。蒲欢在旁边看着，突然喊了二人一声，两个人下意识地朝她看去，她便拍下了这一幕。

许稚意想了想，问道："这照片发出去，算是提前剧透了吗？"

周砚："不算，关导不会介意这个。"

以防万一，许稚意还是问了一声关年。关年对他们发什么照片没意见，再说了，剧透也不是不行，还能给他的电影提升关注度。电影拍完了，现在需要的是人气。

得到答复后，许稚意倒也没多纠结，将这张照片加入微博。

编辑好文字，许稚意直接将微博发出。

　　　许稚意：杀青快乐，期待和你们见面的那一天。

粉丝看到《遇见你之后》官方微博发出的杀青合照后，就在等待演员发微博。他们等啊等，终于等到了。刷出许稚意的微博照片时，他们甚至不敢相信自己的眼睛——许稚意竟然发了和周砚的合照？

"听说这里有糖，我这不就来了吗？"

"我简直不敢相信自己的眼睛，今天是什么大好的日子？！"

…………

许稚意看着粉丝的留言与评论，哭笑不得。

她正刷着，忽然看到了一条评论：

"兄弟姐妹们！快去看看周砚的新微博，那才是真正的'有生之年'。"

许稚意一愣，转头看向旁边的人："你发微博了？"

周砚"嗯"了一声，看她："不是你让我发的吗？"

许稚意眨了眨眼，下意识地抢过他的手机来看。

周砚的手机界面还是微博刚发出时样子，许稚意定睛一看，傻了。

她算是知道粉丝为什么会说他的微博才是真正的"有生之年"。

周砚发了两张照片庆祝杀青。文字和许稚意的一模一样，配的两张照片也和许稚意的一样，一张集体合照、一张两个人在无人区的合照。

照片和微博发出，怎么能不让他们的粉丝高兴呢？

"周砚？"

"这微博真的是周砚自己发的吗？"

"周砚杀青快乐！"

"哥哥你在干什么？你是不是被绑架了才发的微博，是的话你眨眨眼。"

"我……我想问问我现在加入'中意'粉还来得及吗？"

…………

许稚意看着周砚微博下的评论，再看看自己的，一时不知道该说什么。

周砚看着她欲言又止的表情，表情无辜地问："怎么了，有哪里不妥？"

许稚意看了他半晌，摇了摇头："认真想想，好像也没什么不妥。"反正他们俩都抱着顺其自然的想法，在微博上暗暗地撒点儿糖，好像也合情合理。

周砚勾唇，退出微博："没有不妥就好。"

许稚意一噎，上下打量了他一眼，说："我怀疑你蓄谋已久。"

周砚敛目："我就这么不值得相信？"

许稚意："不是。"

她看了一眼微博，二人不意外地上了热搜，网友都在讨论二人的杀青微博一模一样这事。她摇摇头，说："主要是你表现得太明显。"

许稚意和周砚发微博的事，焦文倩和林凯自然第一时间得到了消息。两个经纪人也抱着顺其自然的想法，没做什么公关，就让粉丝发散思维去猜。

抵达吃饭的地点，许稚意和周砚不免被抓着喝了好几杯酒。

杀青了，大家都很高兴。但在高兴的情绪下，又有些不舍，有些难过。

谈初和余征真的太苦了，提起他们就让人难受。

吃过饭离开，一行人回到酒店。他们都是坐次日傍晚的航班回国，关年特意留了大半天的休息时间，让大家有时间逛街购物。

回到酒店，许稚意和周砚也不再避嫌，直接进了一间房。

她有点儿醉，但没全醉，被周砚抱回房，嚷嚷着口渴。周砚失笑，喂她喝了小半杯水，看她餍足的模样，喉结滚了滚："还要吗？"

"不要了。"许稚意摇头，将杯子推到周砚的嘴边，"你喝。"

周砚压着眸子里的笑意，不嫌弃地将她喝剩的水喝完。

他看着趴在自己怀里休息的人："去洗澡？"

许稚意"嗯"了两声，抱着他嘟囔："你帮我洗。"

听到这话，周砚没忍住笑："你确定？"

许稚意点头。周砚捧着她的脸，用指腹擦过她柔软红润的嘴唇，暗示意味极强："我给你洗的话，是要报酬的。"

"要什么报酬？"许稚意睁开眼看他，下意识地说，"我有钱，我付得起。"

"不要钱。"周砚抚摸着她的唇瓣，意有所指，"要别的。"

许稚意眨眼，被几杯酒灌满的脑子迟钝了很多，不明白地问："什么别的？"

周砚看她这样，心痒难耐。他低头吻她，描绘着她的唇形，嗓音沙哑地说道："要这个，可以吗？"

许稚意的脑袋死机三秒，她含混不清地说："可以。"

二人洗了一个漫长的澡。从浴室出来时，许稚意已经彻底清醒了。她瞅着拿着吹风机从里面走出来的男人，骂了句："禽兽。"

周砚挑眉："什么？"

许稚意不想说话，一想到两个人刚刚在浴室里发生的事，就羞赧得蹦不出一个字。这怪周砚吗？不，怪她，怪她的意志力不坚定。

周砚看着许稚意害羞的模样，眼眸里满是笑意："不好意思了？"

许稚意睨他一眼。

周砚笑笑，给她吹干头发，这才去吹自己的。

收拾好浴室和房间，二人重新躺上床，许稚意自觉地往周砚的怀里钻。

他拥着她，低声询问："困了吗？"

"有一点点。"许稚意打着哈欠说，"我们明天做什么？"

周砚想了想："去逛街吗？"

"没什么要买的。"许稚意想了想，"我们睡到自然醒，然后去机场？"

周砚："好。"

两个人相拥躺了一会儿，周砚忽然问："杀青那会儿，想跟我说什么？"

许稚意一愣，蹭着他的胸膛道："我想说——周砚，只要你不抛弃我，我这辈子都不会丢下你。"她不想看到他一个人孤零零的样子。

周砚微怔，弹了一下她的额头："什么叫只要我不抛下你？"

许稚意："字面上的意思。"

"我什么时候让你有我会抛下你的感觉了？"周砚问。

许稚意"哎哟"了一声，说："我就是打个比方，你懂吧？"

"不懂。"周砚没领情，低声道，"想让我抛下你，这辈子不可能，下辈子我也不愿意。"

他张嘴咬了一下她的嘴角："这话，假设也不能说。"

许稚意看他是真有点儿生气，忙不迭地哄着："知道了。"她对周砚发誓，"我以后想都不想。"

周砚捏了捏她的脸颊，郑重地说道："我不会抛下你。"无论发生了什么，他都不会抛下许稚意。

听到他许诺，许稚意粲然一笑："好。"她低语，"对不起，我不该这样想。我就是看你拍那场戏，突然冒出来的想法。"

周砚知道她的意思："我们不是他们。"许稚意知道，可就是难受。

周砚哄了她好一会儿，直到将许稚意哄睡才放下心来。

次日傍晚，剧组飞回国。

飞机落地时，蒲欢不由得感慨："呜呜呜，还是祖国好，听着熟悉的声音，我感觉自己踏实了。"许稚意深有同感。

因为时间是早晨，接机的粉丝不多。许稚意一行人顺利出了机场回家。她跟周砚依旧分开走，没敢光明正大地上一辆车。

回家后的两天，许稚意和周砚都没出门，窝在家里休息。

两天后，他们相继出门工作。

周砚不怎么接代言，积压的广告拍摄通告比较少，相对轻松一些。

但许稚意不同。她好不容易再爬起来，焦文倩想让她稳固地位，给她接了不少代言，还有各种品牌活动、商务站台等。瞬间，许稚意反倒成了更忙的那个人。小半个月的时间，她忙得脚不沾地，每天不是在车里化妆，就是在拍摄代言广告，或者是在商务活动现场跟粉丝互动。因为这个，她上热搜的频率也极高。

把积压的最后一个代言广告拍完，许稚意累得瘫在车里。

焦文倩看她这样，哭笑不得："先别睡，跟你说个综艺。"

许稚意："我接下来要跑电影路演了。"还有十天就到国庆节了，《芦荡》那边的人之前就发了通知，跟她说过要一起跑点映路演。

焦文倩："我知道，跑完后拍的，我要先帮你签合同。"代言她可以不问许稚意的意见就接，但综艺还是会完全尊重许稚意的想法的。

许稚意点头："你说吧，是什么综艺？"

焦文倩："是一个直播的生活综艺。"

"啊？"许稚意睁开眼，诧异地看她，"生活综艺？"

焦文倩点头："我觉得还挺有意思的，叫《艺人的周末生活》，听到这个名字你应该就知道是什么主题了吧？"

许稚意缄默了一会儿："就是拍我们周末的日常生活？"

"对。"焦文倩告知，"先以直播的形式播出，后期会将你们的精彩内容剪成十二期，以周播的形式放到播放平台供大家观看。"

许稚意眨眼："都直播了，还剪辑出来周播，不会多此一举？"

焦文倩哭笑不得："你要知道，很多人其实没那么多时间，真的花十个小时来看你们直播的，他们只想挑重点看。"

"私生活啊。"许稚意有些迟疑，"我的私生活好像没什么可拍的。"

焦文倩："但这个最适合你在休息的时候录制，而且你的私生活也没有那么无聊啊。你难道不想让粉丝更了解你一点儿吗？"

许稚意朝焦文倩眨了眨眼："你想听实话吗？"焦文倩噎住。

许稚意笑了笑，问道："还有别的吗？"

"还有个做饭综艺，太累了，我不建议你去。"

许稚意想着自己的厨艺——确实是。

"那就这个吧。"她算了算，周末录制的话，一周有五天都是休息时间，挺好的。

焦文倩："行，这个节目正式录制应该是在十月中旬，你正好忙完了新电影路演。"

许稚意点头。

回到家，许稚意顺便跟周砚说了下自己新接下来的综艺。

听完，周砚沉默了一会儿，问道："周末两天的生活全录制？"

许稚意："是啊，怎么了？"

周砚看她："那我怎么办？"

许稚意蒙了："你？"对着周砚谴责的眼神，许稚意摸了摸后脖颈，小声说，"你在家里住，我去楼下的房子录。"

楼下的房子也是他们俩的，但他们住得少。回来的路上许稚意便想好了，录综艺的时候她到楼下录就行，录完还能跑回楼上睡觉。

周砚没说"好"也没说"不好"，只是说："你问问倩姐，这综艺能不能塞关系户。"

许稚意听明白了他的意思，笑着道："怎么，你还想跟我一起录综艺啊？"

周砚："嗯。"他确实想。

许稚意看着他的神色，知道他没在开玩笑。

她抿了抿唇，有点儿茫然："那我换个综艺？"

周砚挑眉："嗯？"

许稚意迟疑地说："换个恋爱综艺？"

话音刚落，周砚亲了她一口，提醒道："这个也不合适。"

许稚意瞪圆了眼，惊讶地问道："这个怎么不合适了？"他们顺其自然地公开，不是挺好的吗？

周砚捏了捏她的耳垂，嗓音低沉："周太太，我们已经结婚了。"

许稚意的睫毛一颤："然后呢？"

周砚一本正经地说道："我觉得我们接新婚类的综艺更合适。"

第十四章　恋情曝光

二人对视半晌，看周砚认真的模样，许稚意不得不提醒他："你是不是忘了一件事？"

周砚眉峰稍扬："什么事？"

许稚意瞥他："你十月跑完电影路演后要去帮林导的忙吧？"

林导是周砚之前合作过的一位导演。前不久林导的新电影开机，选了一位演技还算可以的男演员当配角，戏份儿不算很多，但也不少。谁料到，拍着拍着男演员被爆出丑闻，林导第一时间将他换下，之后却一直没找到适合这个角色又有档期的男演员。

最后，林导找上周砚。

那个角色是周砚没尝试过的反派，加上戏不算多，拍半个月便能杀青，他有了兴趣。

当然还有一个原因是，在这个圈子里多卖个人情就多条路。周砚暂时不需要，但以后说不定会有需要林导帮忙的地方，他便答应了。

周砚垂眼看她，捏了捏她的鼻子："就这么狠心丢下我？"

"谁狠心了？工作呢！"许稚意被他逗笑了，"倩姐说这个综艺给的片酬也不低，我要给自己多赚点儿嫁妆。"

周砚勾了勾唇角，目光灼灼地望着她："这就想嫁妆的事了？"

许稚意睨他一眼："婚礼暂时别想，我只是先存着。"二人讨论过婚礼这件事，许稚意的工作排得很满，暂时空不出时间办。周砚倒是比她好一些，要办也挤得出时间，但许稚意想再缓缓，他自然尊重她的想法。

综艺的事很快敲定。之后，许稚意倒也没着急准备，她现在更着急的是电影路演的事。

九月二十日这天，许稚意的新电影《芦荡》正式开始路演。

路演前先开了新片发布会，许稚意和各大主创人员一起接受媒体记者的采访。

采访结束，一行人赶到点映电影院和影迷们见面。

采访时，许稚意不怎么紧张，反倒是要去和观众见面了，她突然紧张起来。

"欢欢。"坐在车里，许稚意转头看向蒲欢，"你说他们会觉得这个故事好吗？"

蒲欢失笑："姐，你就放心吧，他们肯定很喜欢这个故事。"

"真的？"

"真的啊。"蒲欢认真地看她，"我看你拍的时候就很喜欢。"

闻言，许稚意放心了一点儿。

"对了。"蒲欢问她，"砚哥的电影也是今天点映吗？"

许稚意一笑："是。"说话间，她掏出手机，"也不知道他那边点映结束了没，我去网上看看评论。"

许稚意和周砚各自的新电影在全国上映的时间是一样的——十月一日凌晨。

两边的官方微博发出消息时，二人不意外地再次上了热搜。许稚意看到微博时，跟周砚笑了好一会儿。

蒲欢"扑哧"一笑："我去超话看看。"

登上微博，许稚意看到周砚和自己路演时的采访挂在热搜上，周砚在第一，她在第二，排列得整整齐齐。

她的手指一顿，率先点开周砚的热搜。

采访的视频很短，记者问周砚的是一些比较常见的问题，周砚的回答也是有板有眼的。直到最后，记者先是恭喜他的新电影杀青，再是恭喜他的电影即将全国上映，然后问他，拍这两部电影时的感觉一样吗？

这问题一出，大家都心知肚明记者是什么意思。

上次许稚意和周砚的杀青微博一前一后发出时，很多人就开始找二人的其他互动。可找了许久也没找到，只能作罢。

这次抓住机会了，记者不可能放过。

镜头里，周砚很轻地笑了一下，说道："当然不一样。"

媒体记者哗然，眼睛都亮了。

周砚看着镜头，不紧不慢地说："我们这部电影是热血的爱国题材，和我演对手戏的全是男演员，新杀青的是爱情电影，和我演对手戏的是女演员，你说感觉能一样吗？"

话音落下，记者还没来得及说话，同剧组的男演员率先开口：

"周老师，你怎么还拉踩呢？"

"就是就是，你是不是嫌弃我们是一群糙汉啊？"

大家其乐融融地附和着，气氛一下子变得不正经了。周砚接受着众人的调侃，顺势将这个话题应付了过去。

看完，许稚意正想给周砚发消息，蒲欢喊她："姐，到了。"

许稚意一怔，深呼吸，说："走吧。"她要去听电影的真实反馈了。

电影点映邀请的一般是电影博主、影评人以及少量的粉丝。

许稚意他们上台时，电影刚刚结束。许稚意一出现，下面的观众便大喊："计柔！"

许稚意一愣，笑着接过主持人递来的话筒："大家好，我是许稚意，也是计柔。"

电影院的灯光亮起，她看到了下面坐着的观众。这部电影太悲情了，现场百分之八十的人都红了眼眶。看到这一幕，许稚意开玩笑说："有人缺纸巾吗？我可以提供。"

观众被她逗笑："有！"

有位男观众喊着："计柔，你怎么可以演这么悲情的电影？你是来赚我们的眼泪的吗？"

许稚意笑，转头说："这要问董导。"

董奇接话："计柔是有些惨。你们喜欢她吗？"

"喜欢。"电影院内响起震耳欲聋的声音。

许稚意听着，眼睛里溢满了笑意——观众喜欢就好。

和观众的互动采访很顺利，他们问的大多是一些寻常的问题，许稚意虽有很长时间没见过这种大场面了，但也还算应付自如。

第一场路演结束后，网上出现了很多对这部新电影的点评。点评的人有喜欢许稚意的，也有不喜欢的。但他们的影评不针对她这个人，只说故事。

许稚意也上网看了不少，其中一个网友发的影评让她印象最深。

电影狂热爱好者：看完《芦荡》，我哭成了两只核桃眼，脑袋也哭晕了，不知道该写什么给大家推荐。反正就是今年一定要看《芦荡》，不看《芦荡》就别再关注我了！我强烈推荐这部电影，呜呜呜，太好看了，也太好哭了，许稚意在里面的表演真绝了，其他演员也非常不错，但许稚意最牛，不接受反驳。

这位网友的微博评论下，有好多人质疑：真的假的？有这么夸张吗？你是不是许稚意的团队买的水军？

这位博主没回，只是在隔天又晒出了参加周砚新电影点映的票根，并推荐了周砚一番。最后，她发了一条总结微博。

电影狂热爱好者：国庆不看许稚意的《芦荡》和周砚的《赤烈》，你会后悔一整年！

不知道是网友推荐起了作用，还是影评人接连发出的长评打动了大家，二人的电影正式上映时，上座率和票房都遥遥领先。

十月一日这天早上八点多，许稚意睡醒看手机时，焦文倩和剧组群都在发好消息。

早上八点时，《芦荡》的电影票房便已经破亿了，更重要的是网友看过后，好评如潮。

许稚意看着这条消息，莫名地松了口气。她知道自己的电影不差，可心里总有点儿担忧。到这会儿，心里的大石头终于落地了。

许稚意和其他演员一样，在剧组群发了个庆祝的红包，转而跟焦文倩聊天："周砚的电影呢？"

许稚意昨天参加完最后一场路演便赶回了家，而周砚因为路演城市的天气不适合飞行，回家的时间推迟到了今天。

焦文倩："他有什么可担心的？"

焦文倩："你的电影目前在国庆档的票房排名是第二，周砚的自然是第一了。"

焦文倩："他的电影零点就破亿了。"

周砚主演的电影，不需要费力推荐电影票就能迅速售罄。

许稚意："那也要问问。"

许稚意："真好。"

焦文倩："确实不错，你们俩这几天就好好休息吧，电影有什么好消息我会跟你说。"

许稚意："好。"

她回完焦文倩的消息不久，周砚便回来了。他进门时，许稚意正好在敷面膜。

二人对视一眼，周砚把行李箱放在旁边，朝她走近，笑着问："早上敷面膜做什么？待会儿要出门？"

许稚意望着他，含混不清地说道："你是不是忘了一件事？"

"嗯？"周砚在许稚意旁边坐下，将人揽入怀里，"什么？"

许稚意："你之前不是说……我们晚上回你家吃饭吗？"

前不久，周砚和许稚意便乖乖地给自己的父母打了电话，告诉他们领证这个重磅消息。江曼琳知道她跟周砚领证后沉默了许久，没骂她也没训她，只说了句："尽早找个时间带他过来见见我。"

许稚意应下。

而周砚家，在知道二人领证后，温清淑和周正远惊讶过后便全是惊喜了。要不是周砚和许稚意工作忙，温清淑和周正远恨不得早早过来看他们俩的结婚证。为确定周砚没说谎，温清淑还让他发了照片过去，弄得许稚意哭笑不得。

考虑到他们忙，温清淑也没逼他们第一时间回家吃饭，只让他们忙完了再回去，都领证了，肯定要好好吃个饭庆祝庆祝。许稚意和周砚自然应下，然后将一家人吃饭的时间定在了今晚。

周砚当然没忘，看着许稚意撕下面膜，轻声道："回家吃饭不用敷面膜。"

"那不行。"许稚意瞥他，"去你家吃饭我也要漂漂亮亮的。"

闻言，周砚挑了下眉，起身跟她往浴室走，不紧不慢地说："我家？"

听到他的腔调，许稚意就知道不对，对着周砚的视线，迟疑地说道："我们家？"

周砚满意地点了点头："我们家！"

许稚意哭笑不得："幼稚。"

周砚笑而不语。他之所以跟许稚意强调那是他们家，是想告诉她：她多了一个家，以后有委屈、有不开心的情绪，都可以在家里发泄。

她多了一个庇护她的家。

刚把脸洗完，许稚意正想问周砚知不知道电影票房的事，却先被他抓着亲了好一会儿。亲完，许稚意的脑袋晕乎乎的，她环着他的脖子问："你知道你的电影现在票房有多少了吗？"

周砚低头，亲着她的唇："下车前郑元跟我说了一声。"

他微顿，用唇瓣擦过许稚意的耳畔，没等她问，先说了："恭喜周太太，成绩很好。"

许稚意笑了，眉眼弯了弯："我是不是要说同喜？"

周砚一笑："嗯，同喜。"

下午，二人回周家。

和上次一样，许稚意还是有点儿紧张。这段时间温清淑偶尔会和她聊天说话，但她还是紧张。这种紧张感是江曼琳从小带给她的，让她在面对长辈时很胆怯。

他们抵达周家时，温清淑和周正远都迎了出来。除了他们二人外，周渺渺也从屋里跑了出来，欢乐不已地说："哥！小嫂子！"

许稚意看着她，格外惊讶："渺渺，你什么时候回来的？"

"前两天。"周渺渺直接往她怀里跑，抱着她说道，"小嫂子，我想死你们了。妈不让我打扰你们工作，我憋了两天没给你发消息。"

许稚意"扑哧"一笑："我也想你了。"

周渺渺高兴："走走走，我们去里面说，外面还有点儿热。"

温清淑看着周渺渺的模样，哭笑不得："渺渺，别没大没小的。"

周渺渺："我小嫂子又不介意。"

许稚意微窘，注意到温清淑和周正远的目光后，抿了抿唇，喊："阿……"

后面一个字还没出来，周砚道："喊什么？"

许稚意还没来得及瞪他，温清淑率先笑了出来："没事。"她拉着许稚意的手，笑盈盈地说道，"以后就是一家人了。"

许稚意眼眶一热，感受着温清淑的善意，她"嗯"了一声，轻声喊："妈。"

喊完温清淑，她又看向周正远："爸。"

二人笑了起来："好好好。"

周正远直接给许稚意塞了个红包："以后跟周砚好好过日子，常回家看看。"

温清淑也在她的掌心里放了个红包："进屋吧，我们到屋里说。"

一家人进屋。

周渺渺叽叽喳喳地跟许稚意聊天，温清淑偶尔加入聊两句，一大家子其乐融融。

在周砚家里，许稚意从不会觉得拘谨、不舒服。她能感受到的，全是这个家，以及家里的所有人传递给她的爱和包容。许稚意和温清淑相处感觉非常舒服。温清淑不是个会给人压迫感的长辈，即便许稚意和周砚瞒着他们领证了，他们也没有任何不开心。

温清淑跟许稚意说的最多的话是：以后这是你的家，想什么时候回来就什么时候回来，工作忙没空回来也没关系，注意身体就行，在外面要照顾好自己。

许稚意上次来就听到了类似的话，这次继续听着，内心总有种说不出的感动。

她真的很喜欢周砚，也很喜欢周砚的家人。

为庆祝二人领证，晚上一家人凑在一起吃饭，许稚意和周砚都跟着喝了点儿酒。

一家人吃过饭、喝完酒，时间还早。五个人正思忖着要说点儿什么才好时，周渺渺提议："爸、妈，小嫂子的新电影上映了，我们去看她的电影吧？"

许稚意一愣。

"好啊！"温清淑问道，"意意觉得怎么样？你想看你的新电影还是周砚的？我们都可以。"

许稚意和周砚对视了一眼，倒也没拒绝。

她已经习惯了和朋友、家人一起看自己的电影："我都行，看周砚吧。"

没等周砚说话，温清淑说道："不用看他，你选就行。"

周砚无语。

最后他们还是选了许稚意的电影。用周渺渺的话说，她哥的电影什么时候都能看，现在第一要紧的是支持许稚意的电影，她还想让许稚意和周砚的电影票房打擂台呢。小嫂子不能输。

考虑到二人的身份，一家人打扮得极为低调。

原本，周正远说去 VIP 包间看更舒服一点儿，但许稚意挺想看看上映后更多观众看这部电影时的反应，便提议去普通电影厅。

温清淑一行人没意见，让周砚第一时间买了附近电影院的票，然后收拾好出门。

到达电影院门口时，许稚意跟周砚说悄悄话。

"我有点儿紧张。"

"紧张什么？"周砚垂眼看她，"电影里有跟其他男人的亲密戏？"

许稚意白他一眼："你就只在意这个？"

周砚弯了弯唇，牵着她的手说道："不用紧张，爸妈都很喜欢看你演戏。"

许稚意才不信："他们又没看过我演戏。"

周砚一愣，笑着说："看过。"

"什么时候？"许稚意诧异，"《春生》吗？"

"不是。"周砚顿了下，倒也没瞒着她，"几年前就看过。"

许稚意后知后觉地反应过来，瞪圆了眼望着他："你的意思是……他们看过我们俩合作的电影？"

"嗯。"周砚说，"还不止一遍。"

许稚意缄默片刻，问："我能现在跑吗？"

"临阵脱逃？"周砚揶揄。

"爸妈——"许稚意没好气地打了他一下，迟疑道，"不像是喜欢看电影的人啊。"

周砚"嗯"了一声，坦荡地说："他们主要是想看你。"

许稚意："看我？"

周砚垂眼看她，如实告知："我们第一部合作的电影上映时，我告诉他们，跟我合作的女演员是我喜欢的人。"

秉着好奇心，温清淑和周正远走进了电影院，看了二人的电影。

周砚没告诉许稚意，看完他们合作的电影，温清淑还给他发了一条长消息，说许稚意长得好看、演戏好，问他什么时候能将人带回家给她看看。

周砚让她等等。温清淑没想到，这一等就是好几年。

许稚意愣了一下，一时也不知道是该高兴还是该揍周砚："那你之前怎么不跟我说？"

周砚："忘了。"

许稚意噎住。她感觉周砚不是忘了，而是故意的。思及此，她没好气地白了他一眼："你今晚别跟我说话了。"

周砚微微一笑："那可以亲吗？"

许稚意瞪圆了眼："当然也……"她的话还没说完，周砚隔着口罩亲上了她的唇。

周渺渺刚买好看电影必备的小零食回来，恰好看到这一幕。她"咦"了一声，对光天化日之下卿卿我我的二人表示受不了，默默地往温清淑那边去了。

过去后她才后知后觉地发现，她在她哥那边是个大电灯泡，在她爸妈这边也是个大电灯泡。一时间，周渺渺的心情很复杂。

进入放映厅，她琢磨了一下，问许稚意："小嫂子，你说我坐在哪里比较合适？"

许稚意一怔，看她："你想坐哪儿就坐哪儿。"

周渺渺思忖了一会儿："我坐你们两对夫妻中间吧，我今天就要把电灯泡当到底。"

"你不是电灯泡。"许稚意哄着周渺渺,"你是我们的开心果。"这是实话,周渺渺性情活泼、能说会道,还会活跃气氛,人也非常有眼力见儿,说是开心果一点儿也不为过。

被许稚意这么一夸,周渺渺还有点儿不好意思:"别这样夸我,我会害羞的。"

旁边听完二人对话的周砚没忍住:"你什么时候害羞过?"

周渺渺瞪了他一眼:"女人说话没有男人插嘴的份儿。"

话音刚落,她被周砚敲了下脑袋。她吃痛,找许稚意告状,"小嫂子,我哥欺负我。"

许稚意在旁边笑,和周砚对视了一眼,维护她道:"你妹妹说得对。"

周砚无语。

坐在漆黑的放映厅里,许稚意和周砚也没将口罩取下来,怕有什么万一。

电影开场前,许稚意还收到了盛檀和倪璇在她们的三人小群里晒的照片,点开一看,笑了。

她找周砚要了电影票,也拍了张照片发到群里。

许稚意:"巧了,我也在电影院。"

盛檀:"你在哪个电影院?待会儿看完了一起吃夜宵?"

倪璇:"你和周砚一起去的电影院?你们俩也不怕被拍?"

许稚意:"拍到也没事,我们已经打算顺其自然了。"

倪璇:"那你等等,我现在就来。"

许稚意:"什么?"

倪璇:"把这个大新闻给我,我去卖给狗仔赚钱。"

许稚意:"你是有多差钱?"

倪璇:"非常差!"

许稚意哭笑不得,给她回了个句号,顺便拒绝了盛檀一起吃夜宵的邀约:"今晚不行,明晚可以。"

盛檀:"那就明晚。周砚也一起来吧,倪璇来不来?"

倪璇:"你都没邀请我,我去干吗?"

盛檀:"诚邀女演员倪璇参加盛檀、沈正卿的夜宵活动,这样可以吗?"

倪璇:"可以。"

许稚意看着二人的对话,忍俊不禁:"我也要你这样邀约。"

盛檀:"我看你是要被打。"

许稚意："哼。"

盛檀："说好了啊，明晚见。"

倪璇："行。"

许稚意："知道了。"

跟她们聊完，许稚意顺便跟周砚提了一句。周砚这几天也在休息，自然会陪着老婆一同前去。

聊了几分钟，电影正式开始了。

许稚意看过无数次剧本，也在董奇的监视器前看过自己的表演，却是第一次完整地看成片。因此，她也认真了起来。

董奇的拍摄手法非常不错，从电影片头就将大家代入了那个动荡的年代。

电影开头，先是展现了戏班子一天的日常，接着才引导大家进入故事情节。

看到计柔遇到的第一个男人丢下她和别人结婚时，许稚意听到了前面两个小女生说：

"计柔那么美，你居然还跟别人结婚，是个人吗？"

"这人没眼光，不要他也罢。"

"美女好委屈。"

…………

许稚意听着，口罩下的唇角往上牵了牵——观众有时候就是会说些可爱的言论。

察觉她的情绪变化，周砚从旁边伸出手和她十指相扣，头跟着往下低了低，贴在她的耳侧："我不会丢下你。"

许稚意侧眸，望向他深情的眼眸，抿了抿唇，小声说："我知道。"或许这个她一开始知道得不那么坚定，但现在她坚定了。她可以自信地告诉所有人：无论发生什么变化，周砚都不会抛下她，不会和她分开。

电影才放映到一半，再往下，进入更紧张的氛围和故事里。

计柔南下，一路波折。

她看病，开始日复一日地练习，想让自己的嗓子恢复原有的状态。

她再次遇到了心爱之人。

她想给心爱之人唱曲，想让他听一听自己写的曲子。以前对她来说是轻而易举的事，谁承想现在会这么难。

终于，她的嗓子恢复到原来的九成，她开始约心爱的人听曲。

电影的配乐莫名变得紧张起来，观众的心被吊得七上八下。

许稚意也紧张起来，紧盯着大屏幕，看计柔站在台上为晚上在心爱之人面前的表演而练习，看计柔喜欢的人闯进来，看计柔将他藏好，再看到敌人冲进来搜戏班子，然后质问她，拿枪指着她。

枪声响起，计柔倒地的那一刹那，许稚意再次听到前面那两个小女生的抽噎声：

"计柔好惨啊！"

"哭死我了。"

…………

许稚意自己也没忍住再次红了眼眶。演的时候是一回事，看的时候又是另一回事。

一侧的周渺渺早就哭成了泪人，这会儿正在努力地抹眼泪。

"小嫂子，我的纸巾都哭湿了，你怎么赔我？"她边哭边说，"这电影也太虐了吧。"

许稚意一顿，压了压自己伤感的情绪："那小嫂子给你买糖吃？"

周渺渺："好。"

故事结尾，人民取得了最终的胜利。

计柔喜欢的人带着在河岸割下的一小把芦苇放在她的墓碑前，墓碑上，计柔那张笑盈盈的照片斜对着一片被风吹过而摇曳的芦苇。芦苇左摇右晃，可惜的是，她再也看不见、感受不到了。

"计柔。"男人弯腰，抬手轻抚过她的"脸颊"。

"我们胜利了。

"如果有来生，希望我们能在一个平凡的日子里遇见，然后和普通人一样认识、恋爱、结婚。可以的话，我想和你在平凡的日子里过平淡的生活。

"一直没有告诉你，我也很喜欢你。"

电影结束，看完彩蛋后，观众从放映厅离开。

许稚意一行人跟大部队一起离开时，听到了更多观众的评价：

"太感人了。"

"呜呜呜，以前的人真的太难、太苦了。"

"许稚意演得好好啊。"

"许稚意真的把计柔演活了，我现在满脑子都是她，我要去关注她的微博。"

…………

许稚意听着，不由得抓紧了周砚的手。她是真心高兴的。

周砚回握她，压着声音说："演得真好。"

不仅是周砚这样认为，连对这方面不算特别了解的温清淑和周正远也觉得她演得好。温清淑还说要带周砚的爷爷、奶奶、外公、外婆来电影院看，他们出生的时候，局面虽不至于如此动荡，可也听自己上一辈的人提起过那个年代的一些情况。

温清淑想：他们看到这样的电影，一定比自己更能感同身受。

许稚意和周砚今晚住在家里。

他们回到家时，温清淑看她总有一种看计柔的感觉，叮嘱周砚好好照顾她，可不能辜负她。

周砚在外面听了半天训，回到房间时，许稚意刚洗完澡。

"妈跟你说什么了？"许稚意看他。

周砚接过她的吹风机，边给她吹头发边说："让我对你好点儿。她现在满脑子都是计柔。"

许稚意"扑哧"一笑："哪里有那么夸张？"

"有。"周砚揉了揉她的头发，嗓音低沉地说道，"我现在满脑子也是计柔。"

许稚意一怔，仰头看他："我真的演得好吗？"

周砚应声："怀疑自己？"

许稚意摇头："其实也不是怀疑，就是好久没被这么多人夸了。"

周砚了然，捏了捏她的脸："演得非常好。"他垂眸，笑着说，"我有预感，这部电影能拿不少奖。"

许稚意弯了弯眼睛："拿不拿奖不重要，重要的是我被大家夸了。"能被人认可在许稚意这里排首位，拿奖是锦上添花，没有的话她也不会太难过。目前的她只想要大家的认可——认可她，认可她的演技，认可她即便不和周砚搭档，在电影票房和口碑上也能有好成绩。

周砚知道她心里的想法："嗯，周太太真棒。"

许稚意笑："明天去看你的？"

周砚扬眉："我们俩？"

"加上倪璇和盛檀他们吧，再问问渺渺要不要去？"许稚意提议。

周砚："好。"

翌日，周渺渺为了不当电灯泡，拒绝和他们同行。最后，他们又是五个人的小团体进了电影院，而倪璇成了最闪亮的电灯泡。

周砚演的这部电影很刺激，基本上全是枪战和肉搏，还有各种让人激动的场面。这是一部让人的心脏一直悬在空中的爱国题材电影，非常精彩。

看完时，许稚意等人还有点儿意犹未尽。

回到车里，盛檀忍不住问："周砚，你真的那么会揍人吗？"

周砚一噎。这问题，不知道是夸自己还是贬自己呢。

许稚意和倪璇在旁边笑了一会儿："他确实挺会揍人的。"

盛檀："哦。"

沈正卿看着自己可爱的老婆："去哪儿吃？"

盛檀："去我常去的餐厅吧，私密性比较好，我们这车里有三个知名艺人，可不能被人拍到了。"最主要的是，那家餐厅除了有夜宵，还能玩能唱，她可是好久没听许稚意的"天籁之音"了。

到餐厅没多久，许稚意收到了焦文倩问她是不是在餐厅的消息。看到消息的第一时间，她想的是：她跟周砚终于被拍到了吗？那是不是可以顺其自然地往下发展了。

许稚意眼睛一亮："对啊，我跟周砚被拍了？"

焦文倩："什么？"

焦文倩："周砚也在？"

许稚意："对啊。不是我们被拍？"

焦文倩："是你们，但这个你们，是你和倪璇。"

许稚意："哦。"她下意识地看倪璇，倪璇也从手机屏幕上方抬起头看向她。二人对视一眼，默默地登录微博。

刚刚进入餐厅不久，许稚意和倪璇一起去了趟洗手间。谁也没想到，去这趟洗手间将她们送上了热搜。

有粉丝把她们一起往洗手间走的照片发到微博上，第一时间将她们送上了热搜。

不知名网友："在某会所玩，没想到会看见许稚意和倪璇！这俩人的关系真的很好啊，不仅假期在一块玩，她们连上厕所也一起。"

她不仅发了微博，还带了超话。

顷刻间，"许倪一生"的话题便上了热搜。

"她们俩是小学生吗？上厕所还一起。"

"哈哈哈，好可爱好可爱！"

…………

许稚意和倪璇看着粉丝的转发和评论，心情非常复杂。

当然，心情更复杂的是周砚。之前许稚意没答应公开时，两个人老是偷偷摸摸地避开狗仔。最近光明正大了起来，反倒是没有狗仔跟拍他们了。这顺其自然地公开，他不知道要等到什么时候。思及此，周砚默默地和沈正卿碰杯，饮下一杯苦酒。

网上的事，倪璇和许稚意都没回应。她们私下聚餐被拍，也确实没什么可回应的。网友喜欢开玩笑就开，她们俩也不会太放在心上。

之后两天，许稚意倒是没怎么往外跑了。

国庆节假期结束之前，许稚意和周砚去了一趟英国见江曼琳。

和许稚意预想的差不多，江曼琳对周砚无比满意，甚至有种越看越满意的感觉。见面的第一天，江曼琳对周砚还客客气气的，第二天已经对周砚比对许稚意这个亲女儿还好了。为此，许稚意还暗暗地吃醋："我妈对你真好。"

周砚哭笑不得，回头看她："吃醋了？"

"那没有。"许稚意瞥他，"我就是随口一说。"

周砚了解她，眼睛里满是笑意："知道妈为什么对我好吗？"

许稚意挑眉："为什么？"

周砚含笑告诉她："因为她希望我对你更好。"

"哦。"许稚意微怔，别开眼笑了起来，别别扭扭地说，"她就算对你不好，你也不敢对我不好的。"

"是。"周砚被她逗笑，在角落里将人揽入怀里，闻着她身上熟悉的味道，低声道，"这是实话。"

许稚意睨他一眼："我开玩笑的。"

"我是认真的。"周砚捧着她的脸，碰了碰她的唇，说，"我好不容易娶到的周太太，怎么敢对她不好？"

许稚意眉眼弯弯地笑了起来："哪有好不容易啊？明明很容易，还是周太太主动的。"

周砚没忍住，抬手弹了一下她的额头，说："别破坏氛围。"

许稚意："哦。"

两个人安静了一会儿，周砚问她："你有没有想过去英国办婚礼？"

许稚意一怔，抬眸看他："你想来这儿？"

"这是你除了国内待的最多的地方，是你的另一个家，你喜欢的话，我们可以来这边办婚礼。"

许稚意愣了一下，轻声说："好呀。不过婚礼——"她想了想，"这样吧，等我拿到的奖杯数量追上你，我们就办？"

说出口，许稚意又觉得这有点儿难，换了个条件："集齐三座奖杯也可以？"

"听你的。"周砚一顿，捏了捏许稚意的鼻子，"那我今年要好好许愿，希望周太太多拿几个奖。"他想早点儿看到她穿着婚纱嫁给自己的模样。

在英国待了一周，许稚意和周砚低调地回了国。

回国的第一天，许稚意要参加新综艺的消息便被曝光了。

这段时间大家都被计柔虐惨了，纷纷嚷着要许稚意补偿他们。《芦荡》的票房虽还没追上《赤烈》，但已经大火了，上映半个月，票房已经二十亿了。

更重要的一点是，《芦荡》的口碑和《赤烈》持平，后续也很稳定。

圈内人预测，许稚意今年应该可以凭借这部电影拿不少奖。

同时，她也真的如自己所想，打破了不少人安在她头上的魔咒。不和周砚合作，她主演的电影也可以收获高票房和好口碑。

此时此刻，许稚意正坐在工作室里看影评人写的影评，真诚的点评她会一一记下，对她演技的点评更是会认真看，争取之后做得更好。

焦文倩看了一眼，和她说综艺录制的事。

许稚意边听边点头："倩姐，你跟导演组那边说了吗？"

焦文倩瞅她："说什么？"

"说我的日常生活很无聊，可能没什么好拍的内容。"许稚意认真地说。

焦文倩微征："怕什么？他们要的是你的人气，而且你这么美，就算在家当一天睡美人，我猜也有很多粉丝愿意看。"

许稚意噎住："那太对不起观众了。"

焦文倩睨她一眼："知道就好。"许稚意讪讪地闭嘴。

焦文倩说："你要是想不那么无聊，我给你个提议？"

"什么？"许稚意好奇。

焦文倩认真地说："你可以邀请周砚当一期你的嘉宾，我相信你和周砚一起录周末生活，直播间一定会爆炸。"

许稚意无语，缄默片刻，瞥向焦文倩，道："这个不需要你相信，我用脚指头想也知道我们俩的直播间会爆炸。"

安静片刻，许稚意还真有点儿头疼，不知道第一期录制该做什么。

焦文倩安慰她："随便做什么都行，录一期你就知道了，实在不行你让倪璇去帮忙，你们俩可以出去玩。"

许稚意被她的话呛住："你也不怕周砚找你算账？"周砚现在可讨厌"许倪一生"了，总是和"中意"做比较。对此，他非常不开心。

"我怕什么？"焦文倩扬了扬眉，笑道，"周砚就算是要找人算账，也应该找倪璇吧？"冤有头债有主，她就是个旁观群众。

和许稚意聊了一会儿综艺，焦文倩跟她说了不少工作安排。

因为近期她的电影大火，不少杂志和品牌方都对许稚意发出了邀请，焦文倩给她接了杂志拍摄和好几个不错的代言，把她的休息期安排得无比妥当。

从工作室离开，许稚意回了家。她到家的时候，周砚正在收拾东西，准备进组拍戏。

许稚意瞅着他，还有点儿舍不得："半个月能拍完吗？"

周砚看她："不舍得我走？"

许稚意点头。

周砚想了想："那你跟我一起走。"

"我过两天就要录综艺了。"许稚意趴在床上望着他，非常委屈，"走不了。"

周砚挑眉："综艺只能在家录？"

许稚意一愣——倒也不是。他们的综艺是随艺人自己安排的，反正是两天，从周六早上八点开始录到周日晚八点，艺人想去哪里都可以，在家或外出都行。只是出远门的话，艺人需要提前跟节目组说一声，他们好安排。

想了想，许稚意还是打消了跟周砚去剧组的念头："你也不怕我们俩给观众来这么一下，观众的心脏会受不了。"

周砚莞尔："他们的承受力很强，不用担心。"

许稚意"扑哧"笑了："那也不行。"她托腮望着周砚，叮嘱道，"你早点儿回来就行。"

周砚："知道了，周太太。"

许稚意弯唇。

次日，许稚意去拍了一天时尚杂志封面。

这是在电影拍摄期便定下来的，到现在终于拍摄完成。对艺人来说，能集齐五大时尚杂志首封，也算是一种业绩。

几年前电影大火时，许稚意曾是很多杂志的宠儿，接连拍了五大杂志中的两个，杂志也卖到脱销。只是后来在影视剧方面的成绩变差，她没有机会再拍其他三个杂志。

现在，邀约来了。

不过，许稚意对这个倒没有非常在意，只是粉丝会比较重视，每个人的粉丝都希望自己的偶像是最厉害的，这一点无可厚非。

许稚意也在努力，让自己对自己满意，也让粉丝对自己满意。

拍完杂志，许稚意要参加综艺录制的消息已经被传得沸沸扬扬了。她看了看，官方微博那边还没正式发消息，但消息灵通的网友差不多已经提前证实了。

周五这天，《艺人的周末生活》放出一段艺人们的采访视频，公开了参与这一综艺录制的嘉宾。

看到许稚意的名字时，不少网友激动不已。

官方宣布后，许稚意登录微博转发前，特意点开官方微博下的评论看了看。

看到粉丝问她和周砚是不是真要等到明年电影上映才有互动时，她真的挺想回复：不是他们没有互动，实在是近期狗仔不给力。她和周砚都已经一起出现在好几个私人聚餐里了，偏偏没人拍。虽说他们俩都戴了口罩，但之前的时候，他们即便戴了口罩，也有人能认出来。

当然，就算许稚意和周砚不被狗仔拍到，也不至于要到电影上映才互动。

前几天她看到《遇见你之后》的主创人员群里提到，过段时间会将准备的第一份福利海报发出。

海报一出，许稚意就算和周砚没互动，估计"中意"粉丝都能买鞭炮提前庆祝过年。

转发完综艺的官方微博，许稚意忽然紧张了起来。她瘫倒在沙发上，往群里发消息："明天录综艺了，我好紧张，怎么办？一整个周末呢，我应该干点儿啥啊？"

盛檀："先将家里周砚的衣服藏好。"

倪璇："先将周砚的所有物品藏好。"

许稚意："藏好了，还应该做什么？"

盛檀："不知道。"

倪璇："没啥可做的，你往常周末怎么过，综艺录制就怎么过。"

许稚意："那不太好吧，我往常的周末都是看电影、睡觉、玩手机，你们俩明天忙吗？"

盛檀："要陪我老公回家。"

倪璇："我们剧组在转场，我明天才回来，晚上或后天可以约，你要真觉得自己在综艺里没内容，我可以出镜。但有个问题——"

许稚意："什么？"

倪璇："你的粉丝说我蹭热度怎么办？"

许稚意："是我去找你玩，我的粉丝还敢说你？你的粉丝不说我就行。"

盛檀："那要不……让你们俩的粉丝来找我？"

许稚意、倪璇："也不是不行。"

三个人聊了一会儿，许稚意倒是放松了下来。

下午，节目组的人过来，在她的屋子里安装摄影机，准备次日的正式录制。

晚上，许稚意看着一屋子的摄影机，跟周砚打了两小时电话。

原本，她以为自己没有摄影机恐惧症，但现在看着满屋子的摄像头，后知后觉地发现，自己其实是有的。

一晚上没睡好，次日早上七点多，许稚意起来给节目组的摄影老师和编导开门，直播录制前，节目组在许稚意住的这栋楼租了房子准备给摄影师和导演、编导们使用，方便她出门时能及时跟上录制。她睡眼惺忪地给大家开了门，小女生编导跟许稚意说了不少情况，告诉她摄像头已经开了，八点的时候会准时接入直播间，让她注意点儿，有什么问题他们也会及时和许稚意沟通。

许稚意脑袋蒙蒙地点了点头，在他们出去后看了一眼时间，又重新躺回床上。

她真的困，一整夜都睡得迷迷糊糊的，非常不舒服。

八点。

早早定好闹钟的粉丝赶到许稚意的直播间。

一进来，他们什么也没看见，黑漆漆一片。

"咦，许稚意呢？"

"姐姐该不会还在睡觉吧？！"

"真的假的？我可以看到姐姐的睡姿了？"

"姐姐我来啦！"

…………

顷刻间，许稚意的直播间的弹幕多得卡顿。

而当事人还在和周公约会。

手机铃声响起，许稚意闭着眼摸索到手机接通："喂。"

她身上有编导刚刚给她戴上的麦克风，一出声声音便清晰地传到直播间的观众的耳朵里。

听到她的声音，不少粉丝直呼："稚意刚睡醒的声音好可爱。"

电话是蒲欢打来的，她负责叫许稚意起床："姐，八点零三分了，你还没睡醒啊？"

许稚意"嗯"了一声："然后呢？"她的脑袋还没清醒。

蒲欢"扑哧"一笑，无奈地说："你是不是忘了今天有综艺录制啊。你房间里的摄影机都开了，粉丝都在看你睡觉，赶紧起来吧。"

瞬间，许稚意清醒了。她一骨碌从床上坐起来，下意识抬头去看斜对面放着的摄影机。

和黑漆漆的摄影机对视半晌，许稚意握着手机往前爬，爬到摄影机面前，皱了皱眉，问："开了吗？"

她猝不及防地靠近，让粉丝一个激灵。

"姐姐放大的五官！"

"我确定她是真的刚睡醒，皮肤真好啊。"

蒲欢："真的开了，你把窗帘全拉开，我挂了啊，加油。"

许稚意语塞。她顿了一下，看了看摄像头，起身往窗边走，将窗帘全部拉开。外面的阳光有些许刺目，许稚意下意识地闭了闭眼。

她的一举一动都被粉丝直呼可爱。

第一次录这样的综艺，许稚意也是蒙的，她做的所有事全靠本能。

跟观众打了声招呼，许稚意进了浴室。浴室里是没有摄像头的，但编导之前和她说过，尽量和粉丝多点儿互动。想了想，许稚意拿着电动牙刷从浴室里走出，站在摄像机下开始刷牙，含混不清地和粉丝聊天："大家早上好呀，你们起床了吗？"

许稚意暂时看不到弹幕，但也乐此不疲，和大家开心地互动。

"没有没有，在床上看你。"

"刷牙的稚意好可爱。"

"姐妹们，我在房间搜索了一圈，没看到任何可疑物品。"

…………

许稚意要是能看到弹幕，肯定会在心里回答粉丝：可疑物品都被她收起来了，不出意外不会让大家看见。

刷完牙、洗完脸，许稚意坐在梳妆台前涂护肤品。她的护肤步骤挺烦琐，还边用边给粉丝推荐。她用的东西有贵的也有不贵的，只要好用，她就会买。

许稚意的底子本身就好，肤如白瓷，脸上也没有因上妆频繁而毛孔粗大，皮肤无比细腻，连细小的绒毛也能看得清楚。

护肤完，许稚意说道："因为在家里，所以我一般不化妆，不过防晒霜要涂，即便是在家里，也需要防紫外线。"皮肤也是需要保养才能一直好的，这是许稚意一直明白的道理。

她折腾完，有粉丝给她计时。

"好家伙，她涂护肤品花了接近二十分钟，而我只需要两分钟，我总算知道我为什么会如此丑了。"

"护肤结束啦，稚意是不是要去吃早餐了？"

…………

和粉丝猜想的一样，许稚意还真去了厨房。她打开冰箱看了看，站在冰箱前沉思，有点儿不好意思地看向镜头，小声道："那个……我的厨艺不太好，大家别对我的早餐抱太大希望。"

说完，许稚意从冰箱里拿出了鸡蛋和玉米。

洗干净后，她将两者放入锅里开始蒸。

看完，粉丝满脑子疑问：她就吃这个？他们果然不需要对她的厨艺抱太大希望。

当然，许稚意的早餐不仅是这两者，还有一瓶牛奶，营养均衡。

吃过早餐，许稚意开始发愁要做什么了——她总不能让观众真的看自己睡一天吧？

思忖了一会儿，许稚意掏出手机和粉丝商量："我周末都过得很无聊，我去发条微博，问问大家想看我周末做什么好不好？我做不到的大家就饶过我，说点儿我可以做到，你们又想看的，怎么样？"

粉丝热情又激动，纷纷应声说"好"。虽然许稚意就算是在家里躺一天大家也乐意看，可要是能看到她做别的，大家当然会更开心。

发完微博，许稚意收到了焦文倩和蒲欢的赞扬。

焦文倩："你让粉丝出主意这个点子真不错，虽说是看你们的私生活，但其实粉丝确实更想看你们做一些有趣的事。"

蒲欢："姐，你好聪明啊！"

许稚意得意地收下赞扬："一般一般，我看看大家都想看我做什么。"

微博发出还不到五分钟，评论就已经破万了。许稚意点开看，第一条热评是想看她亲自下厨，想知道她的手艺到底多一般。

许稚意没忍住对着镜头说话："你们是不是太狠了点儿，我做饭真的很容易把厨房烧了，但是你们真的想看的话，我也是可以拿厨房开玩笑的。"

粉丝被她逗笑了。

第二条热评有粉丝说想听她唱歌，她从来没在粉丝面前唱过歌，大家都想听。

第三条热评倒是让许稚意出乎意料，有粉丝说想看她穿校服回拍摄第一部电影的学校去打卡，他们真的很久没看到她穿校服了，也很想重温当年电影里的情景。

看到这条建议时，许稚意怔了怔，抬头看向面前的镜头，问道："真的想看我穿校服啊？"

直播间的观众纷纷发弹幕，他们是真的想看。

虽然很多粉丝不是"中意"粉，可不能否认，他们大多数人都是因为那部电影认识许稚意的，那是他们心目中的"白月光"，他们当然想再看。

许稚意笑了一下："行，之后安排一期回学校看看。十一月吧，十一月我们拍电影的那所学校两旁的银杏树叶应该都黄了，到时候肯定很漂亮。"

听到她的回应，不少粉丝激动到尖叫。"念念不忘，必有回响"这句话是真的。

粉丝想看许稚意做的事千奇百怪，什么下厨、化妆、回学校、唱歌、跳舞等，还有人说想看她滑雪，她之前跟倪璇被拍到时，不少人便说她滑雪非常厉害。

许稚意一一应允，保证把大家想看的且她能做的都带大家看一遍。

当然，评论区还有说想看她和周砚合体，想看她和倪璇一起玩的，许稚意没单独念出来，但也记在了心里。

只要粉丝想看，她都尽可能地满足大家。

一眨眼的工夫，到了中午。

许稚意自告奋勇地去做饭。冰箱里的食材不少，周砚不在家的时候都是阿姨或蒲欢来给她送饭、做饭，一下子要自己动手，她还真有点儿茫然："大家想看我做什么？"

粉丝什么都想看。

许稚意特意拿出了平板电脑进入自己的直播间看弹幕。在看到粉丝说想看她做红烧肉的时候，许稚意哭笑不得地说："饶过我吧，我怎么可能做得出红烧肉？我只喜欢吃别人做的红烧肉。"

"是我想的那个人吗？"

"我没记错的话，很久以前周砚接受个采访时说过喜欢做红烧肉，至于给谁吃的，他没正面回应过。"

许稚意敛了敛眸，嘴硬道："不告诉你们。"

粉丝："我不管我不管，四舍五入就是真的！"

…………

许稚意无奈地盯着冰箱发了一会儿呆，说道："我想起来了，我前段时间在网上看到一个很火的炒泡面教程，中午就吃炒泡面吧。"

粉丝："什么？"

许稚意弯了弯眼睛，搜出炒泡面的教程。记录下来后，她开始折腾，先烧水，将泡面单独煮开，在煮泡面的间隙可以洗青菜、切火腿肠、打鸡蛋。

泡面煮好，许稚意将泡面捞出、过凉水，而后煎鸡蛋、炒火腿，再将泡面和青菜放入，然后加调料炒匀即可。

教程看似非常简单，但对许稚意而言好像有些难度。煮面时还好，放油入锅听到油被火烧开翻滚的声音时，许稚意吓得往后退了两米。

看到她手忙脚乱的样子，粉丝又好笑又担心：

"太搞笑了。"

"油放得太多了。"

"哈哈哈，真的能吃吗？"

"跟我下厨时一模一样，太可爱了。"

…………

许稚意往后躲了躲，重新看了看教程，将鸡蛋打下去，而后又将火腿肠一股脑儿全放进锅里。她战战兢兢地翻炒了两下，把面和青菜也全丢了下去。一顿"凶猛"的操作后，许稚意也不知道自己有没有做错，开始将自己提前准备的调料倒下去。

说实话，面盛出来的时候，比许稚意想象中的要好很多。她下意识地舔了舔筷子，眼睛一亮，说："味道还可以。"

她将面端上桌，还有模有样地拍了个照，先将照片发给周砚，又往三人的小群里发："看我做的面，想吃吗？"

盛檀第一个回复："说实话，我看完你下厨的直播后，只想立马将家里的阿姨派给你帮忙。"

倪璇："刚下飞机，说实话卖相还不错，但也不是很想吃。"

许稚意："想吃也不给你们做。"

她避开镜头，骚扰周砚去了。周砚也正好在吃午饭，看到她发来的照片时，第一时间给她发了张自己的午餐的照片。

回复完，周砚看着一侧放着她的直播的平板电脑，唇角往上牵了牵。

许稚意："你吃得好好！"

周砚："想吃？"

许稚意："不过我觉得我的炒泡面也好吃。"

周砚："手有没有被油溅到？"

许稚意："没有，我超小心的。"

周砚放心了点儿，叮嘱道："以后别自己下厨。"

许稚意："就一次。以后你在我才下厨。"

周砚："好。"

怕被人看出什么，许稚意没和周砚聊很久。她边吃自己炒的泡面边和观众互动。吃了两口，许稚意默默地往厨房走，倒了一杯水出来——太咸了。这面比她想象中咸，唯一庆幸的是，面是熟的。

下午，无聊的许稚意带着观众一起在家里看电影。

看完电影，晚饭时许稚意不再下厨。她笑盈盈地望着镜头："晚上我带大家出去吃顿好的。"

粉丝："是你自己吃顿好的吧！"

"哈哈哈，不煮面了吗？"

许稚意当作没看到弹幕，换了套衣服出门。她到楼下时，扬唇望着镜头："顺便给大家介绍个朋友。"在无数观众的注视下，许稚意敲了敲车窗。

车窗降下，在观众的期盼中，倪璇出现在镜头里。

"我以为看不到许稚意和倪璇合体，没想到第一期就有了。"

"就喜欢看美女同框！"

许稚意咳了一声，问道："还需要我给大家介绍吗？"

倪璇瞅着她："上车，先别介绍了，这会儿堵车严重。"

许稚意语塞。

上了车，许稚意看她："跟观众打声招呼。"

倪璇："大家好，我是倪璇。"

许稚意无奈："太冷漠了。"

倪璇觑她一眼："吃什么？"

"火锅吧。"许稚意说道。

倪璇："行吧。"二人直奔火锅店。

在两个人同框出镜时，"许倪一生"超话再次活跃起来，两个人也不意外地上了热搜。

许稚意即使什么也不做，人气也非常高。二人的互动更是让观众笑出了眼泪，原本大家都以为这俩人是敌对的，渐渐地，他们才发现这两个人好像有点儿欢喜冤家的性质，到现在几乎所有人都知道她们是好朋友了。

许稚意不像大家印象中那样冷艳，其实话挺多，是个小话痨，人也很细心。倪璇也没想象中那么不讨喜。她直来直去，时不时戗人一句，却又不会没有分寸，非常可爱。

吃过火锅，二人还去电玩城玩了会儿游戏。

倪璇在许稚意的鼓励下到跳舞机上跳舞，狠狠秀了一把舞技。她很喜欢跳舞，这是很多倪璇的粉丝还没发现的一个特长。

周末两天的生活综艺录制，让更多粉丝了解了许稚意，知道她私底下小女生的一面。

两个人在一起真的非常有趣又可爱，因此除了许稚意自己的微博和超话粉丝数大涨之外，"许倪一生"超话的粉丝也暴涨。

对此，周砚非常有意见。周一这天晚上，周砚看着已经有几十万粉丝的"许倪一生"超话，对许稚意提出了质疑："我什么时候能出镜？"

他感觉按照这个趋势下去，"中意"迟早会被超过。

许稚意朝他摊手："周老师，现在就算是我想让你出镜，你也没时间啊。"

周砚目光灼灼地注视她："有时间。"许稚意"扑哧"一笑，知道他是在跟自己开玩笑，就算是有时间，两个人也不能直接在镜头前曝光。

跟周砚聊了一会儿，许稚意一本正经地问："你哪天回来？"她算了算，周砚去剧组已经十天了。

周砚："顺利的话周日晚上能回来。"

"那我正好录完第二期综艺。"许稚意点头，眼睛一亮，"我们出去玩吧？"

录完综艺后，她下一周没安排什么工作，可以出去玩几天。

周砚颔首："想去哪儿？"

"我想想。"许稚意思忖了一会儿，道，"反正还有时间。"

周砚："好。"

工作的时间总是过得很快。第二次综艺录制前，许稚意抽空拍了两个广告，跟盛檀见面喝了个下午茶，其余时间都窝在家里看章嘉良给的剧本。

第二期综艺录制，许稚意在家待了一天，出门玩了一天，带大家看她偶尔会去的地方。这一回面对镜头时，她已经自在又习惯了。

不过让许稚意遗憾的是，周砚那边的进度出了点儿问题，他得推迟一周才能回来。

要不是许稚意懒，都想去给他探班了。

"发什么呆？"周一这天，焦文倩看许稚意呆愣的模样，"想事呢？"

许稚意坐在工作室望着焦文倩："想周砚。"

焦文倩被噎住："周砚还没杀青？"

"嗯，还得一周呢。"许稚意叹气，"我们出门玩的计划泡汤了。"

焦文倩失笑："下周去也是一样的，你下周也就周一有一天工作。"

许稚意点点头。

焦文倩敲了一下她的脑袋："打起精神，跟你说说工作的事。"

许稚意正襟危坐，眨着大眼睛看她："你说。"

焦文倩告诉她，《芦荡》会办个庆功宴，应该在十一月中旬，十一月还有另一个杂志封面的拍摄工作，让她调整好自己的状态。

许稚意乖乖应着："还有吗？"她打了个哈欠，手机一振，是周砚发来的消息。

焦文倩"嗯"了一声："还有就是这个综艺，节目组那边说周五晚想提前去你家里录制，你没意见吧？"

许稚意跟周砚聊着天，心不在焉地点头："没意见。"

焦文倩应声，第一时间给节目组回了确定的消息。

周五晚提前录制，纯粹是网友的诉求。很多人表示，周六一晚的许稚意他们看不够，还想要更多。合同签署的虽然只有一晚，但如果艺人愿意，节目组可以加个补充协议条款。其实几位艺人都是愿意的，因为这个综艺能给大家带来新粉丝，有时间的艺人都没意见。

周五这天，许稚意睡到自然醒。

在家看了一天书，许稚意收到快递的消息。之前她看微博，粉丝都说想看她做手工，思来想去，许稚意在网上找了点儿做手机壳的教程，然后买了一些材料。

阿姨和周砚都不在家，许稚意也没打算让物业送上来，她一天没出门了，准备出去呼吸一下新鲜空气。

与此同时，周砚正在回家的路上。剧组拍摄应该是上周杀青的，但因为天气不合适，有几场戏一直没拍，耽搁了。到今天早上，他的戏才全部杀青。

杀青后，周砚便火急火燎地往家里赶。明天许稚意要录综艺，周砚想今天早点儿赶回家，最好能给许稚意做顿晚饭，陪她聊聊天、看看剧本。毕竟，今晚他要是不回家的话，周末两天也没办法亲到、抱到自己的老婆。好在飞机没有延误。

在小区门口下车时，周砚看了一眼时间，给许稚意发消息："吃晚饭了吗？"

许稚意刚拿到快递往楼上走，低头回复："在楼下拿快递，还没有。"

看到许稚意的消息的瞬间，周砚直接给她拨了个电话："喂。"

"快递重不重？"周砚低声问。

"不重。"许稚意说道，"很轻的，而且还有几步路就到电梯口了。"

周砚微微一笑，嗓音低沉地问："那到电梯口等我？"

许稚意一愣，猛地明白过来："你回来了？"

"嗯。"周砚应声，"在小区门口，你到那边等我一会儿？"

许稚意很激动："好。"新婚小夫妻近二十天没见，说许稚意不想周砚是假的。看到他穿着风衣朝她走来时，许稚意恨不得扑到他怀里。

两个人对视一眼，许稚意弯了弯唇："不是说周日吗？"

周砚"嗯"了一声："提前了一点儿。"他按下电梯键，二人一前一后地进入电梯。

"想我了？"周砚去抓她的手。

许稚意示意："有摄像头呢，你克制点儿。"

周砚抬头看向头顶的摄像头，笑着说："这意思是出了电梯就不用克制了？"

听到他暗示意味极强的话，许稚意没忍住睨了他一眼："说什么呢？"话虽如此，可许稚意也无比想他。闻着旁边人身上熟悉的味道，她没忍住挠了挠他的掌心："周砚。"

"嗯？"

许稚意靠近他，小声说："我想你啦。"

周砚微顿，目光灼灼地看她："知道。"

二人似乎都有些急躁。一出电梯，周砚还没来得及做什么，许稚意倒是先抱住了他的腰，在他怀里蹭了蹭。

周砚看她可爱的模样，忍俊不禁："先进屋。"

"我不。"许稚意哼道，"又没人看到，我就要在这里抱你。"

周砚挑眉："不想进屋亲我？"

闻言，许稚意扬了扬眉："在外面也可以亲。"她住的小区是一梯一户的设计，没有这层楼的电梯卡，谁也上不来。

听到这句话，周砚配合地弯了弯腰。两个人心有灵犀，许稚意也不再克制，主动踮着脚去亲他。

不知为何，在走廊里亲周砚，她总有种说不出的紧张感，偏偏这种紧张感刺激着她的大脑，让她有种越是紧张越想这样做的想法。

老婆主动送上来，周砚没有拒绝的道理。他将行李箱放开，揽住她的腰肢，配合她低下头亲吻。

与此同时，一队拥有这层楼电梯卡的人进了电梯——

"许老师应该知道我们会来吧？"

"知道啊，她的经纪人不是说了吗，今晚提前录制，直播间都有粉丝了。"

此时此刻，粉丝在第一时间进入直播间，都非常高兴能在周五这个闲暇的夜晚看见许稚意。

"稚意什么时候请周砚做嘉宾啊？"

"别想了，他们俩是假的。"

…………

电梯抵达。

"叮"的一声响，提醒了工作人员，却没办法传到吻得难舍难分的小夫妻的耳朵里。

工作人员说说笑笑，扛起摄影机对准许稚意房子的大门。他们还没来得及走近，一声惊呼引起了其他工作人员和直播间粉丝的注意力，也惊动了正在亲吻的两个人。

看清楚正在接吻的两个人后，工作人员傻了，直播间的粉丝蒙了——许稚意在和别的男人亲亲！

第十五章　最佳女主角

一时间，万籁俱寂。

风好似停了，直播间的弹幕卡了两秒，而后涌出满屏的问号。

许稚意和周砚从惊呼声中回过神来。她正要转头去看镜头，被周砚用手挡住了。相较于紧张得不知所措的许稚意，周砚相对淡定一些。

他眉头轻蹙了一下，看向摄影师扛着的摄像头："今天要录综艺？"

摄影师愣愣地点头："嗯。"

周砚并不知道这事，低头看怀里的人，掩唇轻咳了几声："先进屋吧。"

众目睽睽之下，周砚让许稚意先进屋，而后推着行李箱和她刚刚拿的快递进屋。

一进屋，许稚意就往房间的浴室跑。周砚和粉丝只能看到她飞奔的背影。

看着许稚意可爱的举动，周砚大概能想象到她此刻的心情。

说实话，他也有点儿蒙。

周砚深呼吸了一下，看着跟进来的工作人员，又转头看向镜头，低声道："她在害羞，让她冷静几分钟。"

工作人员语塞。

粉丝终于回过神来了，不再发问号，而是开始用一连串文字来表达自己内心的激动之情：

"我的老天爷！是周砚，这个男人是周砚！"

"这是真的吗，是真的吗？他们不是在演戏？是综艺录制吧，是吧是吧？"

"'中意'是真的？"

"我狠狠掐了自己一把，确定了事件的真实性。"

与此同时，"周砚、许稚意走廊接吻"的话题第一时间冲上热搜，后面还跟了一个大大的"爆"字。

大家蒙了、傻了。不少没关注直播间的网友看到热搜时点进去，却刷不出来任何东西——微博崩了，看不到粉丝当机立断截屏的接吻照。瞬间，网友转战直播间。直播间的观看人数暴增，他们进来时没看到劲爆画面，只能看到从厨房里拿了两瓶水出来的周砚。

看到他出现在许稚意的家里，大家便懂了——这是真的，这俩人是真的！

观众无比激动，周砚喝了口水倒是冷静了下来。他跟工作人员打了声招呼，又看向镜头："大家等等，我去看看许老师。"

说完，他推开房门进了浴室。

许稚意此刻正在浴室醒神。听到声音，她第一时间警觉地转头看向来人。看到周砚时，她稍稍松了口气："你怎么进来了？"

周砚的眸子里含着笑，他垂眼看她："在做什么？"

"反省。"许稚意坐在浴缸边上抬头看他："完蛋了，现在所有人都知道我们俩在一起了。"知道他们在一起还好，重点是所有人都看到他们俩接吻了，这才是最让许稚意想钻地洞的事。

周砚微微一笑，揉了揉她的头发："没多大事。"

许稚意："粉丝会不会觉得我一点儿都不矜持？"

"嗯？"周砚扬了扬眉，"哪儿不矜持了？"他知道她的意思，揶揄道，"不是我把你摁在墙上亲？"

许稚意无语。两个人对视一眼，她捂脸说："没脸出去了。"

周砚勾了勾唇："不怕，有我。"他看着许稚意，低声问，"想过要怎么公开吗？"

许稚意摇头："你想了吗？"

周砚："先把晚上的综艺录完再说？"

许稚意点头："好。"她对公开没意见。都被拍到接吻了，她想否认也不行。她就是觉得羞耻，明明他们可以有更好的主动公开的方式，却偏偏被搞得这么被动，还是这种羞耻的被动。

周砚看她还不动，咳了一声，问道："还不出去？"

许稚意："我再缓缓。"

"嗯。"周砚看她，低声道，"还不出去，粉丝又该多想了。"

"啊？"三秒后，许稚意反应过来粉丝会多想什么后，脸色瞬间涨红。

"你……"她张了张嘴，"你先出去，粉丝就不会多想。"

周砚的眸中带笑，他也不勉强她："好，别太久。"

"知道。"

两个人待在浴室的时候，粉丝确实如同周砚预测的一样在胡思乱想：

"进浴室两分钟了，在做什么？"

"周砚这么熟门熟路地进屋再进房间，两个人是同居了吧？"

…………

观众猜什么的都有，好在周砚和许稚意这会儿也看不见，不然还真有可能就躲在浴室里不出来了。

从浴室走出来，周砚看了一眼房间里已经打开的摄像头，顿了一下，面不改色地往外走，客厅里还有一群工作人员要照看一下。

他走出去时，工作人员已经收回了自己惊讶的表情，可所有人的眼睛里都写满了"震惊"两个字。除此之外，他们一时间也真的想不出别的词。

"大家吃晚饭了吗？"周砚看了一眼墙上的时间，已经接近八点了。

工作人员应声。

周砚笑了笑，代替许稚意和观众互动："你们呢？"他突然抬眸看向镜头，让不少观众直呼"受不了"，周砚对自己的颜值有没有认知，知不知道自己的吸引力啊？

这猝不及防含笑的目光，谁受得住？

随口跟观众聊了两句，周砚神色自然地说道："许老师还没吃饭，我给她做点儿吃的。"

这话一说出口，弹幕上的"啊"又多了许多。

周砚刚进厨房，手机铃声响起，是林凯打来的。

周五晚上，林凯正约着三五好友到酒吧小聚，准备好好放松一下，过个愉快的周末。

谁料，他到酒吧坐下没两分钟，便听到了周围比酒吧里震耳欲聋的音乐声还引人注意的尖叫声。他下意识地看过去，一位女客人在惊呼："许稚意和周砚在家门口接吻被拍到了！"那一刹那，林凯眼睁睁地看见愉快的周末正离自己远去。

"周砚。"电话一被接通，林凯咬牙切齿地说，"你是真不想让我快乐啊！"

周砚敛目，边在冰箱里找食材边道："意外。"

林凯一时没喘过气来，压着声音说："我看你和许稚意就是来锻炼我的心脏承受力的。"

周砚莞尔："你又不是第一天知道。"

"可我也没想过你们俩会在家门口接吻被拍啊！你们就不能进屋吗？"林凯声嘶力竭地追问。

听到这话，周砚讪讪地摸了摸鼻尖："现在说这些是不是有点儿晚？"

林凯深呼吸了一下，拿出自己金牌经纪人的架势："跟稚意商量过吗？怎么公开？"

"做完饭再说。"周砚淡淡地说道，"现在微博不是崩了吗？"

林凯一噎："你的消息还挺灵通。"

周砚翘了翘嘴角，看向厨房里的镜头，兀自笑笑："随便猜的。"他和许稚意本身的人气就不低，再加上各种原因，微博会崩还真在意料之中。

周砚的身上没戴麦克风，没靠近镜头时观众也听不清他在说什么，只觉得他的笑很吸引人。

指望周砚自己上综艺是不可能了，他们只奢望在许稚意这里多看他两眼。

林凯无语："那我和倩姐说一声，工作室先不回应，等你们官宣转发就行。"

周砚："我看你是懒得想文案。"

林凯："确实。"

挂了电话，工作人员出现在厨房门口，小心翼翼地建议："周老师，你要不要戴个麦克风？"他们只是抱着一线希望询问的，并没有觉得周砚真的会答应，他本身就不爱在综艺里露脸，唯一的一次还是和许稚意一起参加的。

周砚微顿，笑着接过麦克风："好，谢谢。"

工作人员："应该的。"

周砚刚把麦克风戴上，在浴室里躲了一会儿的许稚意终于也出来面对现实了。她尽量忽视工作人员落在自己身上的目光，佯装自然地走到周砚的旁边，问道："做什么吃的？"

周砚眼带笑意地看她还红着的双颊，低声问："你想吃什么？"

"这么晚了。"许稚意想了想，"随便吃点儿就行。"

周砚"嗯"了一声，笑道："想随便吃点儿什么？"

许稚意轻轻眨了眨眼："西红柿鸡蛋面？"

"好。"

周砚给她做西红柿鸡蛋面，许稚意帮忙洗了几片青菜。

看两个人在厨房里的温馨场面，观众激动到语无伦次：

"他们俩这个画面也太温馨了吧！"

"两个人这默契，一看就是同居很久了的！"

"周砚为许稚意洗手做羹汤！还是许稚意最喜欢吃的西红柿鸡蛋面。"

"周砚好宠许稚意啊！"

…………

许稚意刚才在厕所也接到了焦文倩的电话，知道此刻得淡定，一切等晚上录完再说。

周砚做得很快，西红柿鸡蛋面里还有几块许稚意喜欢的午餐肉，以及一个溏心儿蛋。

一碗面上桌，卖相非常不错。

许稚意将自己在门口和周砚接吻的羞耻感压下，清了清嗓子，说道："我们吃饭啦，还没吃饭的观众记得早点儿吃饭。"

观众边哭边答应——他们今晚不需要吃饭，吃糖就够了。

许稚意真有点儿饿了，原本她今晚是准备拿回快递后随便吃点儿沙拉的，可周砚回来了，她就不想再"虐待"自己。反正明、后两天也是录综艺，她大不了出门跑步，不至于水肿长胖。

吃完面条、收拾好，两个人端正地坐在沙发上沉默。安静了片刻，许稚意绷不住了，转头看向周砚，用手肘撞了撞他："你说点儿什么。"

周砚看她："说什么？"

"我不知道。"

"谢谢大家来看许老师的周末生活。"周砚微笑，看向镜头，"晚上大家还想看什么？今晚的直播还有半个多小时就结束了。"

他想了想，说："你们在弹幕上提，工作人员会告诉我们的。"

话音一落，弹幕上全是：

"想看你们接吻，就门口那种吻！"

"搂腰吻。"

"我什么都想看，你们做什么都行。"

在看弹幕的工作人员没憋住，"扑哧"笑出声来，抬头看向沙发上的两个人，有点儿不好意思地说："周老师，观众都想看你们——"

周砚："什么？"

另一个工作人员接话，小声道："他们想看你们接吻。"

许稚意的脸再次红了起来，她娇嗔地瞪了一眼周砚，转而看着镜头说："别想。"

观众："想都不能想吗？你好霸道，我好喜欢！"

"哈哈哈，笑死了。"

"稚意害羞了！"

"嗯，别想。"周砚勾了勾唇说，"换我们能做到的。"

这话说出来，观众稍微正经了一点儿，但大家什么都想看，只要两个人在一起就可以，他们看什么都不介意。

同样地，也有人追问他们俩是怎么回事、是什么时候在一起的这类八卦问题。

周砚和许稚意暂时没回答观众的八卦问题，无聊地带大家看了一集电视剧。

电视剧播完，周五这一晚的录制也就结束了。

工作人员走后，许稚意和周砚对视半晌，摸着手机心虚地说："不敢看微博。"

微博在他们看电视剧的时候已经恢复正常了，无数闻讯赶来的网友看到了两个人在走廊里拥吻的画面。虽然只有短短的几秒他们便分开了，可这也不妨碍大家看得如痴如醉——这两个人真的太般配了。

许稚意和周砚及两家工作室的账号的私信和评论早已爆炸。

不仅如此，网上还接二连三地冒出了很多爆料者，说早就看到两个人晚上约会了，只是感觉他们都很低调，所以偶遇的粉丝就没把他们在一起的消息曝光出来……

还有人说，他们很早就在一起了，分分合合，前段时间因关年那部电影才复合……

总而言之，说什么的都有。

许稚意登录微博看到这些言论时，一时不知道该夸大家脑洞大，还是该说什么。她缄默片刻，转头看向周砚，问道："要不要跟大家说……我们结婚的事？"

周砚一怔，倒是有些意外："不怕再把大家吓到？"

许稚意想了想，说："迟早要说的。"他们就算瞒也瞒不了太久，倒不如一次到位，而且都已然这样了，也不怕结果更差。

周砚垂眼看着手机，没什么意见："好。"

他们决定告诉大家二人已婚这件事后，怎么说又是个大难题了。

许稚意看周砚："直接发结婚证照片？"

周砚扬眉："没别的了？"

许稚意："我想想。"她看周砚一直在看手机，好奇地探着脑袋过去，"你在看什么？"

她低头一看，入眼的是对两个人的话题的评论，热评第一是有人在调侃他们，问他们不能进屋再亲吗？

许稚意微窘。

周砚看她："我可以回复吗？"

她下意识地点了点头："你想怎么……"话还没说完，她已经看到周砚敲出且发出的文字了："老婆黏人，没来得及。"

这回复不仅让许稚意无语，更让网友震惊。他们正吃着瓜，寻觅蛛丝马迹想知道二人什么时候在一起时，周砚率先给了他们这样的回复。

老婆？他们结婚了？他们什么时候结婚的？顷刻间，网友满脑子疑问。

周砚看着一连串的问号，表情无辜地看着许稚意："这样回不好？"

"你开心就好。"许稚意摸着手机，"我是不是要告诉网友，是我老公黏人？"

周砚勾着唇："可以。"

在网友极为震撼，纷纷猜测二人到底是真结婚了，还是恋爱久了顺口喊的"老婆"时，许稚意发了条微博回应。

许稚意：是我老公黏人 @周砚。

周砚第一时间转发。

周砚：嗯，是我。

二人这正式的回应一出，无数网友再次被震撼。

问号和感叹号占据了二人的微博评论区，那叫一个壮观——

"真结婚还是假结婚？"

"我震惊一晚上了，还是有点儿不敢相信，快来一个人告诉我这是真的！'中意'是真的在一起还结婚了？"

"谁看了不说一声'中意'优秀呢？"

"男神和女神终于喜结良缘啦！"

"我看到真的啦！"

…………

顷刻间，二人结婚的消息虽不至于传遍大街小巷，可只要是听说过这两个人的，基本上全都知道了。有的是自己看到的，有的是被好友告知的，总而言之，没有人不为他们真正在一起且结婚的消息惊讶。

网友惊讶过后，又开始激动，一边为他们高兴，一边给他们送上祝福。

即便是周砚和许稚意各自的粉丝也不得不为他们送上一句"恭喜"，因为他们很清楚，周砚和许稚意除了和对方在一起，跟谁在一起都会让"中意"粉丝、影迷，乃至自己意难平——周砚和许稚意是最般配的。

还有无数网友哭嚎，今晚就要去重温两个人之前的两部电影。更有人追问狗仔，他们俩在一起的消息为什么没有人曝光，说好的有路人偶遇过呢，怎么之前没人说？

当然，也有人对这门"亲事"有意见。少数是周砚的女友粉，也有对手的粉丝在浑水摸鱼，大概的意思是周砚和许稚意瞒着粉丝恋爱不说，还领证了，这算不算是欺骗了大家？

甚至还有人笃定地说，他们一定是在为了综艺和接下来的新电影炒作。

许稚意的粉丝冷笑几声回击，他们要真的想炒作，需要等到现在吗？早几年炒不是更好？许稚意要真和周砚炒作，能落到前几年那个地步？

两人的粉丝同仇敌忾，抹黑周砚和许稚意的人被迫删了微博。

翌日清晨，许稚意醒来上网查看，自己跟周砚官宣结婚的话题依旧在热搜榜居高不下。

一晚上过去了，大家淡定了一些，但八卦没有停止。

昨晚大家忙着高兴去了。之后，他们才急急忙忙地再次回顾昨晚直播间的片段。还有人在讨论他们到底是什么时候在一起的，上次一起录综艺时是恋爱状态吗？

更可怕的是，有人根据昨晚他们在家门口拥吻时截下来的照片，追溯到去年那一张深夜桥头情侣拥吻照。有粉丝在超话小心翼翼地询问："那个……你们不觉得这两张照片有异曲同工之处吗？"

其他粉丝一看——

这两张图上两个人拥吻的姿势怎么是一模一样的？周砚的身形比例怎么和那个不知名的帅哥一模一样？这两个后脑勺儿怎么也长得一样？

少顷，有粉丝找出去年那个时候周砚的发型对比——这两个人的发型也是一样的。

虽然只能看到后脑勺儿，可也不妨碍他们确定——那对被大家放在超话许愿的情侣就是许稚意和周砚。

"去年为什么没有人认出他们来？"

"去年是不敢认……就一个模糊的背影和后脑勺儿谁敢认啊？"

"我找到去年他们一起录的综艺发现，他们站在走廊上打电话那一幕，好像是在跟对方打电话！"

…………

除此之外，还有《遇见你之后》剧组的工作人员发微博爆料说，两个人什么时候在一起的他们不清楚，但可以确定的是他们在拍这部电影之前就在一起了，拍戏的那段时间他们俩在片场特别甜，所有工作人员都知道，只是关导说了，在他们公开之前谁也不准将消息曝光出去。

听到消息的"中意"粉迅速赶来，在爆料者的微博下追问：他们俩在片场怎么甜？一五一十地说给大家听啊，大家有的是时间听的。

"在看什么？"许稚意正看微博，周砚醒了。

她瞥向他："微博，我们俩还在热搜榜上。"

周砚一怔，笑道："过几天就下去了。"

许稚意"嗯"了一声："你知道网友都在做什么吗？"

周砚还真不知道。他眉峰稍扬，问道："什么？"

许稚意探着头和他一起看手机，笑道："他们把以前我们俩的那些事全翻出来了。"

周砚看了一会儿，也有些意外。

在大家狂欢时，关年和《遇见你之后》的官方微博忽然"沦陷"了。知道许稚意和周砚拍这部电影时已经是真情侣后，粉丝纷纷@他们，问他们电影什么时候播。

粉丝要看电影，实在不行官方微博就放点儿花絮给他们吧。

对此，许稚意和周砚哭笑不得。

在网上浏览了半个多小时，许稚意转头看向旁边的人："今天还要录综艺，你是准备在家还是出去？"

周砚瞥她："你想让我在哪儿我就在哪儿。"

许稚意微怔，看周砚无辜的模样就知道他想待在家，说实话，她也想让他待在家。她想了想，说："那我跟节目组导演说一声？"

周砚："他们求之不得。"

确实如此，从昨晚到现在，节目组的热度持续飙升，这是导演之前完全没想到的。所以许稚意一说周砚这个周末可能都会在综艺里现身后，导演高兴得嘴都合不拢，一个劲地应着许稚意："好的，没问题，你们俩要外出的话也可以跟我们说，我们这边的工作人员安排得过来。"

许稚意抚额，轻声道："好的，谢谢导演。"

许稚意挂了电话，周砚双眼含笑着看她："怎么说？"

"还能怎么说？"许稚意道，"和你猜的一样，导演巴不得你出镜。"

周砚一笑。

周六早上八点，《艺人的周末生活》再次开启录制。

看到许稚意和周砚出现在镜头前时，观众再次激动起来。

观众热情地发弹幕，纷纷为二人欢呼。

许稚意还有点儿没回过神来，整个人晕乎乎的。

她跟周砚刚公开结婚的消息，家附近估计有很多狗仔蹲守，他们也没办法出门。最后，两个人在镜头下，在家做了一天手工。许稚意完成了好几个手机壳，周砚在帮她打下手的同时，也跟着做了一个。

看到他做的手机壳成品出来时，观众瞪大了眼睛。

"周砚的手机壳是什么意思？那个小娃娃是许稚意最喜欢的吧？"

"我真服了这对小夫妻了。"

"把自己名字的首字母写在手机壳背后，然后将手机壳送给自己的老婆是什么操作？周老师你是不是太自恋了？"

"看了一天二人的相处，我忽然明白了许稚意为什么要说她老公是'黏人精'！"

"我怎么感觉这对小夫妻中周砚才是没安全感的那个啊？"

"我被周砚笑死了，他是想让许稚意时时刻刻记着他吗？"

…………

看到周砚送的手机壳，许稚意一时也不知道该说什么——

他做的手机壳其实很可爱也很有少女心，手机壳边粘了两个浅紫色的小蝴蝶结，中间粘了一个小兔子玩偶，周身也被奶油胶填满了，看上去很可爱。当然，重点不是这些，重点是在小兔子玩偶的斜上方，周砚用奶油胶写了他名字的首字母。

许稚意看着，惊奇又意外："你的手工技术竟然还不错。"

周砚"嗯"了一声，递给她："送给你的。"

许稚意"扑哧"一笑："你是不是太自恋了？"

周砚扬眉："哪里？"

许稚意瞅他："写自己的名字是怎么回事？"

周砚一本正经地说："你也可以做一个写了你名字的送给我。"

许稚意微窘，忍俊不禁："这么花里胡哨的手机壳，你用不合适吧？"

"怎么不合适？"周砚看向镜头，询问观众，"我用这样的手机壳，你们会嫌弃吗？"

"哈哈哈，不会！"

"周砚为什么这么可爱？原本的高冷男神呢？"

"姐妹们，我懂了，原来周砚不是话少，是只在其他人面前话少！"

"周砚跟许稚意要礼物的样子是不是太可爱了点儿？我的心都化了。"

"这俩人的身份互换了吧？"

"我笑到合不拢嘴！"

"太甜、太可爱了！"

…………

周砚虽然看不到弹幕，但知道大家肯定是不嫌弃的。

他注视着许稚意，摊手道："你看，大家都不嫌弃。"

许稚意觑他一眼："那是因为他们喜欢你。"

"嗯？"周砚抓住她话里的漏洞，"那你刚刚嫌弃、不想给我做的意思是，你不喜欢我？"

许稚意一噎。

周砚目光灼灼地注视着她："喜欢还是不喜欢？"他跟小孩子要糖吃似的追问答案。

许稚意抚额，咬牙切齿地说："还在录节目呢，你能不能维持一下自己的形象，周老师？"

周砚很无辜地问："什么形象？"他在许稚意面前，什么时候有过形象？他一直都是最真实的，无论是在许稚意这里，还是在粉丝那里，都是真实的。只是在面对不同的人时，他表露的情绪和性格不同。

许稚意看他装作什么都不知道的样子，觉得好气又好笑。

"没有不喜欢。"许稚意从牙缝中蹦出，"给你做行了吧？"

周砚："行，但你也没有说喜欢。"

许稚意噎了噎，在千万观众的注视下一字一顿地往外蹦话："喜欢，行了吧？"

周砚："你说得很勉强。"

许稚意忍无可忍，在桌子下踹了他一脚："再问今晚睡沙发。"

周砚立马安静了。直播间的观众却因许稚意这一句话再次兴奋了——他们私底下的相处模式竟然是这样的！原来周砚不但是个"妻管严"，还喜欢跟许稚意撒娇，喜欢逗许稚意，喜欢看自己的老婆面红耳赤的模样。

两天的综艺录制结束，许稚意决定断网三天。

她需要歇一歇，不想再看到自己和周砚的话题了。

对此，周砚无比赞同。两个人都有了空闲时间，周砚之前答应带许稚意出门玩，但因为拍戏耽搁了一周，所以现在想给她补上。

周日这晚，二人当机立断，选好了附近游玩的小镇。

现在是秋天，正是出门旅游的好时节。

许稚意周一有工作，工作完成后，他们打算自驾出游。

他们要去的地方不远，是驱车三四个小时能到的小镇。为了不让盛檀骂他们重色轻友，许稚意还特意询问盛檀要不要去。当然，即便询问了，她还是被骂了。

因为这是工作日，盛檀作为一个美丽又年轻的太太不用上班，可是她的老公要上班啊！她不能抛下她老公跟他们出去玩，只能约下次假期一起出门。

"盛檀他们不去。"被盛檀骂完后，许稚意委屈巴巴地跟周砚转述。

周砚看她的表情，勾了勾唇角："她怎么说？"

"她说我是故意挑工作日出去玩，她老公要上班没办法去。"

周砚轻笑："那下回一起。"

许稚意点了点头，余光瞟到周砚的神情，眨了眨眼，迟疑着问道："我怎么感觉盛檀和沈总不去，你挺开心的呢？"

周砚倒也没骗她，淡定地说道："你相信我，沈总心里也是开心的。"

许稚意和盛檀一见面就会将他们俩忘记，在这种两三日的短途旅行里，他们内心真的希望只有对方存在。无论是一个电灯泡还是一对电灯泡，对他们来说都有些碍眼。

许稚意无语。周砚这么诚实，她反倒没办法说他过分了。她讪讪地搂着他的脖颈，说道："好吧，下回一起，这次就我们俩。"

周砚低头亲了亲她："好。"

次日，两个人睡到自然醒，自驾出游。

因为这天是工作日，高峰期过后道路上的车便不多了。许稚意看着沿途的风景，心情颇好。周砚看她高兴，心情自然也不错。

抵达小镇，考虑到自己的身份，他们打扮得尤为低调，出门逛了一圈，又早早地回了酒店。许稚意甚至连拍照时都不敢将口罩摘下来，可就算是这样，他们还是被路人认了出来。

"你你你……"她在路边等周砚给自己买冰激凌时，旁边的一个小女生结结巴巴地指着她，"许……许稚意？"小女生的声音比较大，话音一落，周围的游客纷纷扭头看向她。

许稚意和周砚双双缄默半晌，许稚意回过神来，飞快地往周砚旁边跑，然后拉着他的手一起往前跑。

"是许稚意和周砚！"

"别走啊！我们是'中意'的粉丝！"

"姐姐！"

"哥哥！"

…………

听着后面传来的尖叫声，许稚意一点儿也不敢松懈，只知道拉着周砚跑。

他们跑了很长一段，后面的声音渐渐小了，她才停下来。

周砚哭笑不得地问："跑什么？"

"啊？"许稚意喘着气看他，"不跑吗？"

周砚无奈，给她顺了顺气，说道："我们俩已经公开了，被看到就看到，没多大关系。"

许稚意蒙了一下，后知后觉地说："我忘了。"情急之下，她是真忘了他们已经公开了这件事。

周砚失笑，弹了一下她的额头："下回别跑了，容易摔跤。"

许稚意乖乖点头，看他："渴了。"

周砚笑："在这儿等我，我去买水。"

"嗯。"

就这么一会儿工夫，两个人被偶遇的消息传开了。

他们回到酒店，许稚意看着微博，深深地叹了口气："回去后，我们不出门了。"

周砚挑眉："听你的。"

许稚意莫名觉得不出门也很危险。她警惕地和周砚对视片刻，下意识地舔了舔唇，摸着耳朵说："偶尔……偶尔还是要出门。"新婚小夫妻每天待在家里，影响不好。

看着她红了的耳朵，周砚故意逗她："在想什么？"

许稚意吞咽了一下口水，眼神飘忽，说道："没想什么。"

"真的？"周砚不相信地问。

"真的。"许稚意瞪了周砚一眼，"我能想什么啊？"

周砚欺身靠近，气息全落在她的脸颊上，嗓音低沉地说："你能想很多。"

许稚意蒙了，下意识地问："例如？"

"例如——"周砚用鼻尖擦过她的脸颊，"我现在是不是要吻你。"

话音刚落，他扣着许稚意的脖子，顺着她的唇吻下去。

周砚的气息逼近，许稚意避无可避，索性主动启唇，任由他的舌尖扫过自己的唇舌。

其实周砚不说，她也有些想他。这几天家里全是摄像头，虽不是一直开着，但两个人在镜头前过分亲密总归有些不适应。他们最多是抱一下、亲一下，再多就没有了。

本身就大半个月没见，新婚小夫妻的甜蜜生活都久违了。

许稚意迷迷糊糊地想：周砚这回应该不会浅尝辄止。

事实也如同她所想，周砚虽没在酒店这种地方太过分，但也没太收敛。不过考虑到次日还要出门玩，他稍微克制了一下自己。

结束后，许稚意被他抱回床上。她脸上泛着红晕，抬眼望着面前的男人，嗓音有点儿哑："周砚。"她环着周砚的脖颈，蹭他的脸颊。

周砚目光含笑地望着她，低声应着："嗯？"他的唇瓣擦过她的脸颊。

"没什么事。"许稚意弯了弯眼睛，"就是想叫叫你。"

周砚了然，用手轻摸着她的腰肢，感受着她的存在。

"对了。"许稚意忽然想到一件事，"下下周周末综艺的录制，我想回学校看看，你要跟我一起吗？"

周砚一顿，眉梢微扬："你想和我一起？"

许稚意看着他得意的表情就知道他在想什么，白他一眼，也不再嘴硬："有点儿想。"

他们俩演的第一部电影，不仅是影迷和粉丝心目中的"白月光"，也是许稚意自己心里的"白月光"。她喜欢故事里的完美结局，喜欢故事里的每一个人。

想到那部电影，许稚意目光灼灼地看着周砚："我一直忘了问你，你当时为什么会带我出门兜风？"

她戳了戳周砚的脸颊，好奇不已："你是不是早就看上我了？"

周砚含笑望着她，也不否认："现在才发现？"

许稚意一愣，完全没想过他会承认："真的假的？"她想了想，"可那会儿我们才认识多久啊？"那时他们认识还不到一个月吧！

周砚"嗯"了一声："认识时间的长短并不是衡量感情深浅的标准。"

许稚意"扑哧"一笑，问道："那什么是？"

"感觉。"周砚倒也坦诚。

听到他的答案，许稚意有点儿得意。

"该不会是第一眼就看上我了吧？"她开玩笑说。

周砚没骗她："第一眼算不上看上。"他顿了顿，弹了一下许稚意的额头，轻声道，"但看到你的第一眼，我确实觉得这位还没毕业的小许同学长得很漂亮。"

许稚意瞪圆了眼："只有漂亮？"

周砚微顿，提醒她："还有，在我面前一点儿都不见外。"

许稚意微哽，知道他又要提自己去洗手间的事，没好气地捶了他一下："除了这个。"

周砚回忆了一下，想着她一直低着头在包间里吃饭，暖橘色的灯光映出她泛红的耳朵和低眉顺眼的模样，心软得一塌糊涂。

"当然——"周砚对上她的眼睛，眼只有她的脸颊，"也很可爱。"

许稚意眨眨眼："没了？"她怎么感觉这些夸奖都很虚浮？

"还有一点是——"周砚和她四目相对，轻声说，"我隐隐约约地觉得，我和她在一起拍戏三四个月，有可能会控制不住自己。"

许稚意下意识地问："控制不住自己做什么？"

周砚靠近，用指腹描绘着她的唇形，一字一顿地说："控制不住自己爱上她。"

话音落下，许稚意的睫毛一颤："你……"

"我什么？"周砚吻着她的唇，"还想知道什么？"

许稚意眨了眨眼，目光灼灼地看着他："我想知道什么都可以吗？"

周砚："嗯。"

这一晚，许稚意还真缠着周砚问了很多自己之前就想问的问题。但具体是什么时候爱上她的，周砚给不出答案。他只知道，不经意间回想时，人已经在他的心中霸道地占了一个位置，没办法赶走，也舍不得赶她走。

因为第一天被粉丝偶遇，之后两天，俩人更加低调，没敢再去人多的地方，白天都自驾出门周边游，只在晚上才会到热闹的地方逛逛走走。

三天时间一晃而过，热搜中暂时没了两个人的名字，但"中意"超话以及他们的个人超话依旧热闹。许稚意没敢看，怕看到让自己想钻地洞的照片或视频。

当然，还有一个原因是他们很忙。

许稚意拍摄第四期《艺人的周末生活》时，周砚回了趟家，没再出镜。她一个人录完全程，但直播间的人气没减多少。

第五期录制前，焦文倩给她带来了两个好消息。

一个是许稚意凭借《芦荡》重新杀回电影圈，被金鹿奖提名为电影最佳女主角，还有一个则是《春生》入围年度国剧盛典，她被提名为电视剧最佳女演员。

这两个消息对许稚意而言都不算太意外，但也确实是惊喜。她已经有段时间没拿奖了。虽说演员只要有好作品就行，奖杯是锦上添花的东西。但她还是承认：她是渴望奖杯的。奖杯是对她的演技的一种更全面的认可，能拥有当然好，没有的话她也不会气馁。

焦文倩道："你之前一直在拍电影，好久都没走红毯了，年底活动多，我们要好好筹备一下。"

许稚意笑道："好。"

焦文倩"嗯"了一声："章导的助理和我联系了，新电影定了开机时间，在一月二日，元旦过后一天。"她问许稚意，"剧本看得怎么样了？"

许稚意："已经看两遍了。放心吧，这些没什么问题。"

焦文倩想了想，也是，在看剧本方面，自己不需要担心什么，许稚意不仅会背自己的台词，大多数时候还会将对手戏演员的台词也记住。

许稚意说这样会更好地明白角色当时的情绪和心理，更好地演绎。

"行，"焦文倩笑道，"还有一件事，下个月圣诞节的时候，《遇见你之后》会开始投放福利海报，元旦期间应该会放预告片或影片中的物料，关导让我和你说一声，让你有个心理准备。"

许稚意微窘："什么心理准备？"

焦文倩："上热搜的心理准备。"

许稚意沉默了一会儿，说道："那个时候应该还好，我们现在要担心的是电影节的活动。"

焦文倩："你说得对。"

从官宣到现在，许稚意和周砚都没怎么在媒体记者面前露过脸，一群人想采访他们也采访不到，在这种电影节活动上，他们必然攒着一肚子的问题想问。

思及此，焦文倩道："你准备和周砚一起走还是跟剧组？"周砚不意外地再次被提名为金鹿奖最佳男主角。他之前拿过这个奖，现在再入围大家已经习惯了。

"和剧组。"许稚意没多想,"我和周砚又没一起搭档演作品,即便我们现在是夫妻,在工作这件事上也得分开。"

焦文倩:"也是,反正你们之后有的是机会一起走红毯。"她有预感:《遇见你之后》这部电影会大火,周砚和许稚意估计能一起走不少红毯,出席不少活动。

"嗯。"

焦文倩:"那你们做好心理准备吧,媒体不会放过你们的。"

许稚意语塞。

在金鹿奖电影节之前,许稚意需要先录完第五期《艺人的周末生活》。这一周的主题是之前便定下来的,她要回第一部电影《印记》的取景学校。

周六早上,录制一开始,观众便热情地发弹幕。

"今天起得好早啊。"

"一周没看到周老师了,今天他会出镜吗?"

"别总提周老师行不行?这是意意的个人综艺,又不是他们的恋爱综艺。"

"你别说,我还真的想看两个人一起上恋爱综艺!"

"家人们说错了!他们要上的应该是夫妻综艺。"

…………

许稚意看不到弹幕,跟镜头前的观众打过招呼后,笑盈盈地说:"今天的主题大家都知道吧?我们今天要回学校玩一天,我带大家去看看一中的风景。"

之前虽提前透露过消息,但她确定后,一些粉丝还是兴奋又激动。

"我的'白月光'终于要回来了吗?"

"稚意回学校的话,能看到《印迹》里的场景重现吗?"

"@周砚!"

"满足一下大家吧。"

许稚意大概能猜到观众想要什么,这一期本身也是给大家的福利,她倒是没多纠结,坦然地说道:"今天我穿校服,带大家回归校园生活。"

这话一出,立马便有话题出现了。听到消息的"中意"粉丝匆忙赶来,就为了看熟悉的场景和记忆里的人。

许稚意跟粉丝聊了两句,便进浴室洗漱,准备化妆出门。想到之前大家说想看她化妆,她也没扭捏,在观众面前将全部步骤做了一遍,化了个完整的清纯妆容。她穿校服回学校,妆容淡一点儿比较合适。

化完妆，许稚意换了蓝白相间的校服出来。

市一中的校服普普通通，宽松的长裤和 T 恤，搭配一件宽松的外套。这套衣服是许稚意拍电影时穿的，电影拍完，她和周砚都默契地找剧组要到了那套校服。

这是他们的回忆。

看到她穿着校服扎着高马尾出现时，无数粉丝在说自己的青春记忆回来了。差不多五年了，他们五年没看到和电影里一模一样的许稚意了。

"周砚呢？周砚呢？"

"我想看你们俩一起穿校服的场景。"

…………

他们在电影里其实是有年龄差的。但在她高中毕业时，电影里的周砚穿着校服参加了她的毕业典礼，和她拍了毕业照。后来在二人结婚时，他们重新穿上校服在学校拍了一组校服结婚照。

电影上映后不久，一中突然多了很多去拍婚纱照的夫妻。那条两旁栽着银杏树的马路还成了电影的打卡点。

许稚意笑盈盈地望着镜头："好看吗？"

观众："好看！"

许稚意在家收拾了一番，出门时时间还早。

节目组提前跟学校打过招呼，许稚意带着大家畅通无阻地进了学校。

她抽空掏出手机看了看，发现她这边的弹幕全是在呼唤周砚的。虽然粉丝在努力控制，说这是她的个人综艺，不要老是提到周砚，但还是有人忍不住。她忍俊不禁："放心，周砚会来。他可是'黏人精'，肯定会出现的。"

听她这么一说，观众乐了。

"这个世界上也就许稚意敢说周砚是'黏人精'了。"

"好想知道周砚会以什么姿态出现在许稚意面前。"

"周砚快点儿来！我想看你们这对小夫妻秀恩爱。"

"只有我想问你们到底什么时候结婚的吗？为什么还没有人扒出来？"

…………

许稚意直接忽略弹幕上的问题，在周砚还没出现之前，先带大家去电影拍摄的地方打了卡。到教室时，许稚意笑着说："这是当时拍摄电影的教室，大家还记得我的座位在哪里吗？"

弹幕："第五排靠窗边的位子！"

许稚意自顾自地和大家互动，往第五排靠窗的位子走。她当时坐在第五排，他们的位子一周一换，学生们轮流坐窗户边，她拍摄最多的场景就在窗边。

走到熟悉的座位上，许稚意也有些感慨。顷刻间，电影里那些画面便钻入了脑海。她忽然想到了当时拍戏的场景。

她在学校的戏份儿多，但周砚在学校的戏份儿并不多。他在学校里只有十几场戏，很快就能拍完。可拍完后，周砚也没走，依旧每天来学校的片场，美其名曰学习，具体是为了什么，只有他自己清楚。

让许稚意印象最深的那场戏是她和饰演班里另一个同学的演员拍的，那个同学喜欢她，是一场表白的戏。周砚那天没有拍摄安排，但还是早早地来了片场。

另一个演员还没来，许稚意化完妆后便到教室里的座位上坐着休息。坐下不久，她便闻到了熟悉的香味，下意识地抬头，看向周砚。

周砚拉开她旁边座位的椅子坐下，轻声道："对对戏？"

许稚意蒙了一下："对我们俩的吗？"

周砚："嗯。"

许稚意没意见。她还是新人，提前对戏也挺好的，再者，今天和她拍对手戏的演员还没来，她有时间。

"对哪场？"她问周砚。

周砚翻开剧本，淡定地说："对这场吧。"

他好似随便地指了一段。许稚意凑过去一看，好巧不巧，周砚选的正好是两个人在电影里表白、在一起的一场戏。

看到这儿，许稚意小心翼翼地提醒周砚："这场戏好像没那么快拍。"

周砚面不改色地应着，看她："不想对这场？"

许稚意当时其实对周砚有点儿怵，忙不迭地说："没有没有，我对哪场戏都可以的。"这场戏的感情波动比较大，他们提前对对也好。

周砚颔首。

他们旁若无人地对着戏。许稚意念剧本里的一句台词时，即将和她演戏的男演员抵达片场，恰好听到他们俩的对话。

"我想当你的女朋友。"许稚意望着周砚，轻声道，"我喜欢你。"

周砚垂眼看着她，轻声问："有多喜欢？"

许稚意："很喜欢。"

周砚勾了勾唇，应道："真的？只喜欢我不喜欢别人？"

许稚意："真的。"

这句台词说完，周砚便要亲她。两个人没演到那一步，周砚便先停了下来。他好似注意到了另一个人的存在，淡定地起身，说："我今天没事，过来找稚意对对戏。"

男演员傻愣愣地点头："哦。"

之后，许稚意和那位男演员对戏，说出口的话果断又狠心。她毫不犹豫地拒绝了那个喜欢她的人。

……………

想到那会儿的事，许稚意没忍住笑出声来。她到现在才后知后觉地发现，周砚的心机真的深，那个时候就已经表露出来了，只可惜她当时没反应过来。

她正笑着，身后传来熟悉的声音："笑什么？"

许稚意一愣，回头看向和自己穿着一样校服的男人，眼睛亮了起来。

和许稚意一样，观众也再次热情了起来：

"我等到了！"

"周砚你终于来了！"

"天哪！周砚穿的也是校服！"

……………

周砚看她，抬脚朝她走近："刚刚在想什么？"

许稚意上下打量他，仿佛记忆里那个穿着校服和自己结婚的少年出现了。

"不告诉你。"她轻轻弯了弯唇，戳了戳他的手臂，"你身后藏着什么？"

周砚无奈，将身后藏着的花拿出，敛目道："送给我们的小许同学。"

许稚意："然后呢？"

周砚知道她是想要祝福语，轻声道："祝小许同学成年快乐？"

许稚意接过他给的花，好奇地问："为什么是成年快乐？其实我更喜欢你祝我十六岁快乐，我今天的扮相不是十六岁的时候吗？"

周砚微顿，强调说："成年快乐比较好。"

许稚意："怎么说？"

周砚还没来得及出声，激动的粉丝已经热情地在弹幕上为许稚意解答了。

"因为十六岁不可以谈恋爱啊！"

"十八岁更好，十八岁成年后可以谈恋爱了！"

……………

如观众所想，周砚也确实是这样觉得的。他看着许稚意，坦诚地说道："十六岁不能谈恋爱。"

许稚意："你脑子里只有这一件事吗？"

周砚看她："不止。"

许稚意挑眉："还有什么？"

周砚顿了顿："要我现在说？"

许稚意顿了顿："你还是回家说吧。"

观众："为什么不能现在说？有什么是我们不能听的？"

周砚应声："好。"

许稚意笑，看着怀里开得娇艳欲滴的花，温声道："谢谢周同学。"

周砚挑眉："周同学？"

许稚意："不然？"

周砚捏了捏她的耳朵："换个称呼。"

许稚意忍着笑，改口："谢谢老公。"

对许稚意的这个称呼，周砚满足了，部分观众也满意了。另一部分不满意的观众，纯粹是觉得这个虽然甜，可还是奢望听到更多、看到更多。

两个人在学校逗留了很久，将他们拍电影时待过的地方都走了一遍，带大家看了一遍才离开。吃过午饭，周砚带许稚意去她期待已久的一家小店打卡。之后，二人去了一趟超市，买食材然后回家做饭。

两个人的周末生活，真的平淡又甜蜜。

第五期综艺录完，时间不知不觉到了十一月底。

许稚意和周砚一起被提名金鹿奖最佳男女主角的消息曝光了，两个人再次上了热搜。

消息爆出，高兴的不仅是粉丝，还有各大媒体。这段时间他们一直没找到机会采访周砚和许稚意。这次电影节，很多媒体记者摩拳擦掌，早早地准备好了自己要问的问题。

"中意"的粉丝在许愿，希望两个人能一起走红毯。

知道这消息时，许稚意觉得好笑又无奈。她跟周砚提了提粉丝的愿望，周砚看她："那一起走？"

"不。"许稚意坚定地拒绝，"我要和同剧组的演员走。"

周砚看了她半晌，突然说："我后悔了。"

"后悔什么？"许稚意瞥他。

周砚将人拽入怀里，说道："我当初就应该坚定点儿，去董导的电影里客串个角色。"这样，他也算是许稚意的同剧组演员了。

许稚意无语，沉默了一会儿，问道："你是要将'黏人精'的形象贯彻到底吗？"

闻言，周砚扬眉："你不喜欢？"

许稚意看着他的眼睛，坦诚道："喜欢。"

周砚轻蹭她的脸颊："喜欢就行。"

许稚意笑了，抱着他撒娇。

许稚意和周砚过了几天不那么忙碌的平淡日子，一晃便到了金鹿奖电影节颁奖典礼这一天。

他们早早地抵达了颁奖典礼的举办地点，因为两个人都要跟自己剧组的演员一起走红毯，在酒店自然分开入住。

许稚意到酒店睡了个舒服的觉，下午被蒲欢叫起来化妆。她闭着眼，任由化妆师在自己的脸上涂抹。

艺人走红毯前，各工作室会先在微博上发出艺人的精修照片给网友看。这个惯例不知道是从什么时候开始的，反正在许稚意的记忆里一直都存在。

"姐，暂时没看到绿色的礼服。"蒲欢刷了一圈，跟许稚意报备。

在知道许稚意被提名后，和她合作过的很多品牌都找上了焦文倩，说是可以为许稚意提供金鹿奖颁奖典礼要穿的礼服。就许稚意近期大火的电影和她本身的气质而言，可供她选择的品牌不少。

焦文倩给她发了不少照片，最后许稚意选了一条墨绿色的抹胸长裙，看上去非常简约，可实则暗藏心机。裙子上有几根细细的、捆绑在一起的肩带，穿上时会自然垂落在手臂上，看上去莫名有些禁忌感。裙摆左侧是开衩设计，她不走动时看不见裙下的风光，行走时却能让人窥见她若隐若现的、纤细白皙的长腿。

许稚意笑了笑："有也没事。"只要礼服不是同款就行。

蒲欢拍她的马屁："确实，就算是有，你是全场最漂亮的。"

许稚意："比我漂亮的多得是。"

"哪里多了？"化妆师不同意，边给许稚意上妆边说，"有你这五官比例的少之又少，这张脸无论是远拍还是特写都堪称一绝。"

蒲欢："就是就是。"

许稚意听两人夸自己，无声地翘了翘唇。

"对了，待会儿砚哥会过来吗？"化妆师问。

许稚意："不知道，你找他有事？"

化妆师点头："我的小侄女特别喜欢你们，我想找你们给她签张签名照。"

许稚意："没问题，我帮你问问他。"

蒲欢："我觉得不用问，砚哥肯定会来。"她是小粉丝心态，"你们俩都不能一起走红毯了，他肯定要在大家看到这么美的你之前过来一饱眼福。"

许稚意不得不承认，粉丝最了解自己的偶像，更何况是看着两个人一路走来的蒲欢。

许稚意化完妆在房间里换礼服时，周砚来了。许稚意穿上礼服从房间里走出来，一抬眼看到的便是突然出现在侧边的他。

听到动静，周砚抬眸看向她，目光停驻在许稚意精致的脸庞上片刻，往下落在她裸露的锁骨上。周砚微顿，目光灼灼地盯着那一处。许稚意被他看着，有点儿不好意思，抿了抿唇，在大家看愣时轻咳了一声，让众人回神。

"好好看啊！"蒲欢现在就是个文盲，只会说这一句，"姐，你好美！"

许稚意本身就有点儿大小姐的气质，这种清冷的墨绿色长裙穿在她身上，衬得她漂亮又优雅，像一只高高在上的天鹅，只有幸运的人才能一饱眼福。

化妆师也附和道："真的好看，我再给你做做头发的造型。"

许稚意"嗯"了一声，提着裙摆看向周砚："你怎么过来了？"

周砚穿的是剪裁合体的深色西装，男演员在红毯上的服装都大同小异，没有女艺人的花样多。他回神，敛目说："过来看看你，待会儿要去拍照了？"

许稚意点头："你拍完了？"

"没有。"

许稚意眨眼："那林哥他们怎么把你放过来了？"这不像是林凯的作风。

周砚应道："他们拦不住。"

旁边的工作人员听着，"扑哧"笑了："砚哥，你是不是当我们不存在啊？"

听着工作人员的调侃，许稚意的耳郭微红。周砚倒是淡定，看向许稚意的摄影师，平静地问道："你准备带她去哪里取景？"

摄影师指了指："酒店后面的草坪。"

周砚颔首："我让我的摄影师也去那边。"

两个人单独拍完照片，周砚忽然往许稚意这边走来，看向她的摄影师，说："给我们俩拍几张。"

摄影师求之不得："好。"

许稚意瞅着周砚："你干吗？"

周砚垂眼，低声道："你太美，我们拍几张珍藏。"

许稚意拒绝不了他，也不想拒绝。拍完，许稚意让摄影师单独给她发一份没精修过的。

在许稚意等人拍照时，无数没办法抵达现场的粉丝在微博上望眼欲穿地等待许稚意和周砚工作室的照片。

"颁奖典礼都要开始了，为什么还不发照片？"

在粉丝抱怨时，周砚的工作室率先发了几张照片出去。

照片发出，评论和转发顷刻便过万了。

看完周砚的照片，大家并不满足。其实对于红毯照，大多数人更期待女艺人的照片，因为女艺人的照片最有讨论度和可看度。正当大家准备再次催许稚意工作室时，工作室的微博终于上线了。

许稚意的工作室发了九张照片，每一张都漂亮得让人惊叹，明明没有很多东西点缀，可就是很好看、很特别。

"我宣布今晚红毯上最美的女艺人就是许稚意了！"

"好好看！"

"这个墨绿色衬得许稚意好白啊！"

…………

"许稚意墨绿色抹胸长裙"的话题上了热搜榜，点进来的网友一看，出不去了。她就算是当个"废物美人"也能有几千万粉丝，一点儿都不夸张。

许稚意倒不知道粉丝对她的评价这么高，此刻正从酒店坐车前往活动现场。车里除了她，还有孟进。两个人在电影里没有在一起，在戏外自然也没有，但出席这种活动时还是要一起走红毯的。

"好久不见，稚意。"

许稚意笑了笑："是有段时间了。"

孟进看她，轻声道："恭喜。"

许稚意弯唇："谢谢。"

"对了，导演和赵晟睿在另一辆车上。"孟进告诉她。

许稚意一怔，了然地说道："好。"

孟进看她："他也被提名了。"

许稚意点点头，大概知道孟进告诉自己的原因——

前段时间，在她和周砚官宣结婚时，有人爆料说她在拍某部电影时和其中某位男演员旧情复燃。只是拍戏结束，因对方和自己差了一大截，所以她甩掉了对方，跟周砚在一起了。网上还有人笑称周砚是"接盘侠"。而这个人是谁，指向非常明显。

许稚意刚知道这个消息时，其实挺想笑的：如此荒谬的言论都有，为了赚钱，爆料的人真是一点儿脑子都不带。直到焦文倩给她看了几张照片，那几张照片因角度问题看着还真像那么一回事，至少在举止方面她和赵晟睿看着是很亲密的。

许稚意看了照片半天，什么也不怕地将照片甩给了赵晟睿，问他是怎么回事。她很清楚，那几张照片是他们私底下对戏时的照片，其他人根本拍不到，只有在场的人能拍到。那次对戏，除了许稚意和赵晟睿，还有孟进在。

以防万一，两边的人她都问了。

结果很明显，是赵晟睿的助理所为。知道因果后，许稚意工作室第一时间对爆料者发了律师函，许稚意也将赵晟睿这个曾经的同学拉黑。她向来对这些事情眼睛里不揉沙子，更别说他已经不是第一回了。

哪怕把他留在自己的通讯录里，许稚意都觉得不舒服。

没一会儿，车子停在了红毯的入口处。

简单地和热情的粉丝打完招呼，二人往签名板那边走。一路上，许稚意真真切切地感受到了大家的热情。

二人走到签名板下，签完名拍照。拍完照，主持人将他们二人留住，笑盈盈地说："后面的艺人还没过来，我们先跟稚意和孟进聊两句怎么样？"

许稚意自知躲不过，接过主持人给的话筒说："好啊。"

主持人先是赞美了她和孟进一番，紧接着不负众望地问："稚意今天怎么不跟周老师一起走红毯？"这问题一出口，不远处的粉丝的尖叫声更大了。

许稚意无奈一笑，温声道："自然是因为我们俩不在同一剧组。"

主持人："但你们要是一起走，大家也没意见的。"

许稚意对着镜头眨了眨眼，俏皮地说："那不行，我是'遵纪守规'的好演员。"

众人被她逗笑。

考虑到晚点儿还有别的采访，主持人也没太让许稚意为难，简单地问了点儿问题就放过她了。

许稚意和孟进正要入场，突然身后掀起了更高的声浪。

她还没回过神，孟进戏谑道："你老公来了。"

许稚意回头，恰好看到周砚从红毯尽头走入她的视野。察觉她的目光，周砚抬起眼看向她。

这和两个人上一回在红毯相遇的情形很像。唯一不同的是，各自看对方时已经不再将眼神中的爱意藏起来了，他们的爱意满溢，让周围的人都能感受到。

二人默契一笑。

听着粉丝的尖叫声，许稚意压着不断上翘的唇角，率先转身，和孟进一起进了内场。

没来到现场，只能在网上观看颁奖典礼直播的网友此刻更是激动。

"那个眼神——他们上回在红毯遇见时是不是就在一起了啊？"

"希望他们俩今晚能一起拿奖，许愿！"

…………

艺人来到内场，许稚意的位子好巧不巧地和周砚的安排在了一起，她的一边是孟进，另一边是周砚，这个安排要说不合理吧，又是合理的，可要说主办方不调皮吧，又带着点儿调皮的性质。

许稚意无奈地坐下，等周砚进来。周砚对这个安排没她这么意外。他坐下，侧过脸看她："刚刚走那么快做什么？"

许稚意瞥他："想让我等你啊？"

周砚："嗯。"

许稚意一噎，无奈一笑："大庭广众之下黏黏糊糊会被人骂的。"

闻言，周砚在直播镜头前直接握住她的手："那让他们来骂我吧。"

七点半，颁奖典礼正式开始。

许稚意和周砚安静地看着，没有太多特别亲昵的互动。直到要公布最佳女主角时，周砚才敛目看她，低声询问："紧不紧张？"

"有一点点。"许稚意看他，"你说我要是再失去了这个奖，是不是会被笑话？"

听到这话，周砚有些难过。

从现在算，那时候应该是四年前了。那一年的金鹿奖，许稚意和他凭借第二部合作的电影《一厘米距离》被提名，二人的势头都很猛，幸运的话可以再次一起拿下最佳男女主角。偏偏那一年有与之匹敌的一部大女主电影，演员是在圈内演了二十多年配角的艺人，那是她的第一部做女主角的电影。

当时两部电影在圈内的口碑都很好，不相上下。

最后，最佳女主角被另一位女演员拿下。

没拿到奖，许稚意是有些失落，但输得心服口服。她看过那部电影，那位女演员演技精湛，电影本身的故事也很好，得奖实至名归。

思及此，周砚紧握着她的手，看着许稚意轻声道："不会，我对你有信心。"

两个人正说着，颁奖嘉宾从后台出来，笑盈盈地站在话筒前，看着台下的众人。

紧跟着，大屏幕上出现被提名的演员的作品。

许稚意饰演的计柔在最后，大屏幕上播放的是计柔在舞台上唱曲，最后倒下的那一幕。眼睛里那滴泪落下时，她的生命也结束了。

看到这一幕，无数网友的眼眶再次热了——他们真的太心疼计柔了。

许稚意也有点儿被自己的表演感动到，正准备低头压压眼角，按捺住激涌出的情绪时，台上颁奖嘉宾的声音再次传来："第二十八届中国电影节金鹿奖最佳女主角奖的获得者是——"颁奖嘉宾看了一眼颁奖名单，含笑看向台下，朗声道，"《芦荡》，许稚意，让我们欢迎许稚意上台领奖。"

话音刚落，许稚意那半天都没憋住的眼泪忽然就落下来了。

镜头对准她，恰好拍到了美人落泪这一幕。现场的粉丝和与她相熟的演员纷纷为她鼓掌。

许稚意深呼吸了一下，周砚率先起身，抬手压了压她的眼角，含笑说："老婆，恭喜，我的最佳女主角。"

许稚意起身，跟他抱了一下："谢谢。"

周砚拍了拍她的肩膀："去吧。"

许稚意看向一侧的搭档孟进，和他及导演拥抱了一下，这才往台上走。

将奖杯拿在手里，望着台下对自己露出笑容的粉丝及朋友时，许稚意有些激动。她抿了抿唇，轻声说："谢谢。"

在这一刹那，她脑袋蒙蒙的，除了"谢谢"根本不知道还要说什么。

主持人听着她的声音，开玩笑说："没事，稚意想哭就哭，先稳定一下情绪。"

台下再次响起热烈的掌声。

许稚意努力地控制好自己的情绪，再次启唇："还是想说谢谢。我是抱着希望来的，不想让自己失望而归。但能拿到这个奖，还是有些激动。"

许稚意深呼吸了一下，和周砚遥遥相望，轻声说："谢谢《芦荡》台前幕后的工作人员，谢谢导演和搭档的演员，也要谢谢章导为我引荐……谢谢粉丝，谢谢你们一如既往地支持我、鼓励我。我很喜欢演戏，未来也会继续努力，给大家呈现出更多好的作品。"

许稚意说完感谢语，主持人调侃："稚意是不是漏了一个人？"

许稚意一怔，倏然一笑："他不要我谢。"

主持人八卦道："为什么？"

许稚意和周砚无声地对视，满足了大家的好奇心："因为我们是夫妻呀！他说我们是一体的，说感谢太生疏。"

主持人一愣，看向周砚，好奇地问："是这样吗，周砚？"

周砚接过旁边的人给的话筒，配合着说道："是。"他不需要许稚意感谢自己，只要是许稚意想做的，他都会帮她。鼓励也好，其他的也罢，她要他就给。周砚心甘情愿，所以不要许稚意的感谢。

主持人调侃了二人几句，看向许稚意："周老师不用你谢，那稚意就没有话要送给周老师吗？"

"有的。"许稚意笑了笑，"首先，祝周老师好运。"

全场尖叫，有人问："还有呢？"

"还有就是。"许稚意说，"感谢确实不想跟你说，但今天当着大家的面还是想跟你说一句话。"

在大家的注视下，许稚意和周砚对视着，一字一顿地说："我也很早就爱上你了。"

第十六章　我爱你

　　谁也没想到，颁奖典礼内场的高潮是由许稚意自己抛出的"炸弹"掀起的。

　　她这句话一出，全场的尖叫声和掌声比宣布她得奖时更多。

　　在座的演员和粉丝都激动不已，直播间的弹幕更是多了好几倍。

　　许稚意的粉丝还在为她得奖喜极而泣时，她这句很早便爱上了周砚让大家不知该哭还是该笑——自己的偶像主动发糖，强塞进大家嘴里，他们不吃也得吃。

　　而"中意"的粉丝已经自觉地开始在这句话里抠细节了。

　　"'我也'？'我也'意味着什么？"

　　"这句话的意思是，他们很早就相恋了吧。"

　　"我怎么感觉像是在回答周砚之前的表白？是吧，是吧？"

　　"周砚之前肯定和她说过爱她的话，不然许稚意不会这样说。"

　　…………

　　现场，许稚意说完这句话，和台下的周砚相视一笑后，提着裙摆往台下走，要回自己的座位了。

　　她即将走到舞台旁边的楼梯口时，现场再次有了骚动。

　　许稚意抬眼，看到原本在座位上坐着的周砚正朝她这边走来。须臾，周砚在楼梯口朝她伸出手。两个人对视一眼，许稚意自觉地将手伸了出去，挽住了他的手臂。

　　周砚刻意放慢了脚步，挽着她缓缓地回到座位上。大家紧盯着这一幕，不愿错过他们任何微小的互动，连两个人走动间对视了几次都数了出来。

一番轰动后，到了最佳男主角的颁奖环节。主持人含笑维持秩序，请出颁奖的嘉宾。

而台下，许稚意后知后觉地有点儿不好意思。她抿了抿唇，看周砚："你刚刚怎么过去了？"

周砚垂眼："想你了。"

许稚意失笑："我不是在这里吗？"

"不一样。"周砚握着她的手，目光灼灼地盯着她，"想听见你的呼吸声。"

许稚意没忍住，唇角往上翘了翘。她看着周砚，小声问："紧张吗？"

周砚："不紧张。"对他来说，等待颁奖嘉宾宣布最佳女主角时比较紧张，他不希望她抱着期待来，带着失望离开。至于他自己，不是说不想要这个奖，只是相比较而言不会因自己的事而紧张。

两个人在台下窃窃私语。

蓦地，许稚意听到了熟悉的名字：

"第二十八届中国电影节金鹿奖最佳男主角奖的获得者是——"颁奖嘉宾含笑看着这对说悄悄话的小夫妻，直接宣布，"《赤烈》，周砚。让我们恭喜周砚，请周砚上台领奖。"

瞬间，现场再次掌声雷动。

同行祝福，粉丝激动。直播间里焦急等待结果的粉丝也一样，在听到是周砚后，甚至不确定地反复询问：是周砚吧？真的是周砚？

四年了，粉丝终于等到许稚意和周砚凭借自己的努力再次并肩站到顶峰。

在众人的注视下，周砚俯身抱了抱许稚意，而后抬脚往颁奖台上走。

接过奖杯，周砚敛目看向台下的人，发自内心地露出笑容。他清了清嗓子，环视台下，说："很荣幸能再次拿到这个奖，谢谢金鹿，也谢谢为这部电影努力的所有工作人员，这个奖不仅是我的，也是大家的……"

除了工作人员，还有粉丝和观众，周砚一一感谢了。

只不过他和许稚意一样，也"忘了"感谢对方。

主持人正听得激动，没忍住将周砚留下，问："稚意没有感谢你，你也没感谢她。"

周砚挑眉。

主持人："你没有什么话要送给稚意吗？"

周砚莞尔，深情地望着许稚意，说："有。"

听到这话，全场和直播间的观众都瞪大了眼睛，竖起了耳朵。

周砚注视着许稚意，轻声道："想跟我的周太太说一句，你知道的，无论拿不拿奖，你永远都是我的最佳女主角。"在大家的尖叫声中，周砚淡定地将后面的话说完，"但今天还是想多和你说一声'恭喜'，恭喜周太太获奖。我永远为你骄傲。"

直播间的弹幕：

"'你永远是我的最佳女主角'胜过千言万语了。"

"作为许稚意的事业粉，真的是看着她一路艰难走过来的，从顶峰到低谷，再重新爬起来。我原本以为周砚不懂她，可听到这段话我才发现，周砚其实才是最了解她的人，他懂她内心的苦楚！"

"骗我笑又骗我哭，你们到底想做什么？"

"我今晚的肾上腺素和眼泪都献给你们了。"

…………

台上，主持人也被周砚这简单又真挚的几句话感动了，但并没有就此放过他："周老师，你把稚意弄哭了。"主持人看台下的许稚意在擦眼泪，开玩笑，"还有吗？"

周砚知道大家想听什么，微微一笑，说道："其实是准备回家和她私下说的，但大家想听，就一起听吧。"他的眼眸里盈满笑意，深情地望着许稚意，"我一直都很爱你。"

看见你的第一眼，我就知道入了你的戏，这辈子都无法抽身。

明知如此，我还是无法抵抗你的邀约。

因为我渴望一辈子都和你在戏中，永不出戏。

颁奖典礼结束后，"许稚意、周砚示爱""周砚金鹿奖最佳男主角""许稚意金鹿奖最佳女主角""你永远是我的最佳女主角"等话题挂在热搜榜上，让一些平时不关注这两个人且不常上网的人都知道了他们之间的事。

两个人的粉丝在高兴之余又有点儿心酸：他们到底什么时候相爱的？为什么一点儿苗头都没有？

而"中意"超话的粉丝从许稚意和周砚官宣到现在，已经从一百多万涨到三百多万了，足以证明大家都喜欢"中意"。

掀起风浪的当事人已经在回家的路上了。次日是周末，许稚意还得录制第六期的综艺节目，不得不连夜赶路回家。

焦文倩和林凯瞅着后面的两个人，半喜半忧——二人能一起拿奖，作为经纪人，他们比谁都高兴。可两个人在颁奖台上的大胆表白，让他们担忧会适得其反，让部分粉丝不高兴。

"你说不会有人在今晚出来骂他们吧？"焦文倩忧心地问道。

林凯："周砚还好，主要是稚意。"

蒲欢在旁边听着，插嘴说："能骂什么呀？我姐和砚哥拿奖都是实至名归，大家能黑什么？"

"不是这个。"焦文倩道，"他们俩是什么时候恋爱的，大家一直都不知道。"她总觉得根据网友的厉害程度，总能扒出来。

"就算扒出来了也没事吧。"蒲欢直接道，"他们俩也没跟其他人炒过绯闻，更没立什么单身人设，如果有人要强行黑他们，那也没办法。"

焦文倩想了想，确实是这么个道理："你说得对。"

林凯说："无论他们怎么做都会有人不开心的，倒不如让他们自己开心。"

焦文倩失笑："你倒是想得开。"

林凯往后示意，压着声音说："别那么担心，只要是和许稚意有关的事，周砚都会解决。"周砚才舍不得别人欺负许稚意。

焦文倩回头看了一眼，忍着笑说："这倒是。"

她看向林凯："还没恭喜你，艺人又拿奖了。"

林凯客气道："同喜同喜。"二人相视一笑。

虽还没集齐三座不同的金奖杯，但周砚已经拿了两次金鹿奖最佳男主角奖了，说他现在是圈内身价最高的艺人之一，一点儿也不为过。而且他还那么年轻，迟早能拿下金狮奖。

"稚意也不错。"林凯问道，"她年底是不是还有个国剧盛典？"

焦文倩应声："是的。"

两个经纪人聊着工作，互相恭维着，许稚意和周砚也在后面说着悄悄话。

许稚意的微信里收到了很多祝福，当然还有"骂"她的。

倪璇对她拿奖的事，先送上了自己的祝福，祝福过后又觉得很生气——许稚意都已经拿了两座金奖杯了，自己呢？自己真的要追不上许稚意了。

倪璇："你就不能给你的同行留一条活路？"

倪璇："真可恶！记得请客吃饭。"

盛檀："就是就是，要请客吃饭。"

许稚意失笑："好，回来了请你们吃饭。"

盛檀："快回来，我给你准备好礼物啦！"

倪璇："她拿奖了还有礼物？"

盛檀："对啊，你没准备？"

倪璇："该拿礼物的不该是我这个从没拿过最佳女主角奖杯的人吗？"

许稚意："那我回来了让你拿一拿我的奖杯？"

盛檀："……"

倪璇："你还是个人吗？真是欺人太甚！"

周砚瞥了一眼她的聊天界面，勾了勾唇："你怎么那么调皮？"

"哪有？"许稚意才不承认，弯了弯眉说，"不觉得我特别贴心吗？"

周砚捏了捏她的脸颊："周太太说什么就是什么。"

许稚意笑，靠着他的肩膀说："我都不敢看微博了。"

"怎么？"

许稚意："微博上肯定全是我们。"

周砚莞尔："不用担心，过几天就好了。"

许稚意"嗯"了一声，说："好。"

"我们下周回家吃顿饭吧？"许稚意忽然问道。

周砚："好。"

他们到家的时候，焦文倩忽然想起一件事，让两个拿奖的人发个微博。

两个人是真忘了，因为网上那一连串的事，一时也没反应过来。

许稚意和周砚照做。将感谢的微博发出，二人没敢去看微博下的评论，齐刷刷地退出微博，早早地洗漱休息。

之后一段时间，许稚意和周砚都悠闲地过着自己的生活。

邻近元旦，许久没在网上露脸的周砚和许稚意，因《遇见你之后》官方微博发出的第一张海报，再次上了热搜。

官方微博发的海报内容是二人在帐篷前亲吻的照片，画面唯美又有氛围感。漫天的星星都在为他们庆祝，为他们闪烁。

看到这张照片，网友纷纷@关年，催促他多发点儿。他们已经迫不及待想看到这部电影了。

晚上许稚意和周砚登录微博看了一眼才发现，就一张官方微博晒出的海报，下面的评论和转发已经好几十万了，这些数据足以表明粉丝的热情和期待值极高。

和粉丝一样，许稚意也在期待这部电影上映。不过在电影上映前，她还有不少事要忙。

十二月底，许稚意出席年度国剧盛典，不意外地凭借《春生》拿到了国剧盛典颁发的电视剧最佳女演员奖。

到这个时候，很多人才后知后觉地发现——沉寂了三年的许稚意又在发力了。她凭借自己的努力，一步一步再次走上顶峰。

元旦过后，许稚意的新电影开机。

这部电影是章嘉良筹备了许久的，女主角的人选一直都是许稚意，也只会是许稚意。而男主角，原本章嘉良是想找周砚的，但考虑故事里的人物设定等各种因素，换了一位刚大学毕业的男生。

许稚意和周砚都提前看过剧本。知道章嘉良这部电影的感情戏很少时，她还觉得有点儿意外。谁能想到，章嘉良给出的答案是：他还有一部感情戏重的剧本，等许稚意和周砚都有空的时候再拍，那个剧本可能是他导演生涯中的最后一部戏，是完美的大结局，也算是给对《一厘米距离》意难平的影迷们一个好的结局。

听他这样说，许稚意和周砚齐齐应了，只要章嘉良需要，两个人都会提前将档期空出来。他们相信嘉良，也渴望和对方继续合作。

许稚意拍的这部新电影一月开机，五月上旬时杀青。

杀青后，她飞了一趟英国去看江曼琳以及她那远游回来的爸爸。

新年的时候，因为许稚意和周砚结婚的事，江曼琳和许父都回了一趟国，和周砚的父母正式见面，聊了聊两个人的事。两方父母相谈甚欢，至于婚礼的事，许稚意和周砚都不急，长辈也没有办法。

新年后，许稚意和周砚因为拍戏，没办法陪江曼琳和许父回英国，只能作罢。

到五月，许稚意杀青才有空去看他们。而周砚此时还在剧组，他在拍一部贺岁电影，刚进组不到两个月。

到英国看过江曼琳后，许稚意回家休息了几天，先和盛檀约着玩了一天，然后二人一起去给倪璇探班。

倪璇最近接了部医疗剧，每天都在医院。

当然，许稚意和盛檀都觉得，倪璇每天窝在医院不仅是为了拍戏，还是为了近水楼台先得月。进组拍戏的第一天，倪璇就跟许稚意和盛檀提过这家医院有一位超级帅的医生，偶尔还会给他们讲讲专业知识。

刚到剧组，盛檀就在旁边笑："你和倪璇被人拍到，发到微博上了。"

许稚意和倪璇对视一眼，许稚意说："我现在走还来得及吗？"

倪璇眄她一眼："你怎么这么嫌弃我？"

"我不是怕我老公吃醋吗？"许稚意理直气壮地说，"我没去给他探班，来给你探班了，他不吃醋才怪。"

倪璇噎了噎："你别在我这个单身人士面前秀恩爱。"

"那不行。"许稚意回答，"盛檀有老公，我在她面前秀没用，只能找你秀啊。"

倪璇听着恨不得将人赶出剧组："你真过分，我要让网友知道你的嘴脸。"

许稚意"扑哧"一笑，得意扬扬地说："我哪有？有本事你也秀给我看，那个医生在哪儿？带我和盛檀去看看吧，我们今天过来的主要目的其实不是看你，而是看他。"

倪璇无语。

三个人说笑了一会儿，倪璇突然说："对了，忘了恭喜你，又被提名最佳女演员了。"

许稚意一愣，失笑道："那我是不是要说同喜？"

前段时间收到的消息，许稚意凭借电视剧《春生》被提名为电视剧奖项中含金量极高的飞花奖最佳女主角。

而倪璇凭借去年的一部电视剧被提名为最佳女配角。

这消息刚传开时，不少人在期待，虽然说她们一个是主角一个是配角，但只要演得好，其实没有主角、配角之分。所有人都盼着"许倪一生"也能像"中意"一样，一起站在颁奖台上，拿到属于自己的奖杯。

倪璇："也不是不行。"

许稚意弯唇："祝我们好运？"

倪璇："好运。"

她们探班后不久，飞花奖颁奖典礼便到了。

许稚意和倪璇的运气都不差，分别拿下了最佳女主角和最佳女配角奖。这是许稚意在电视剧圈的第一个含金量极高的奖杯，无疑是对她转型的一个肯定。同时，她也让观众知道了，无论是电影还是电视剧，只要她想，就能将每一个角色演好、演活。

拿奖过后，许稚意在周砚的盼望之下，飞去他的剧组给他探了个班。

在他的剧组待了一周，许稚意才疲惫不堪地回家。

一眨眼的工夫，在无数网友的期盼中，又一年的七夕节要来了。

《遇见你之后》定档七夕节这天全国上映，上映前还有路演点映。和之前的电影一样，许稚意和周砚要开始跑宣传了。

周砚的新电影刚杀青，他还没来得及休息，便紧赶慢赶地加入宣传的队伍。

点映的第一天，许稚意还有点儿紧张。距离上次二人一起演戏被大家观看，已经过去近五年的时间了。

"紧张？"周砚看她。

许稚意点头："你看过成片了吗？"

周砚："没有。"

他们正说着，偷偷溜到点映内场看电影的蒲欢回来了。她激动不已地大声嚷嚷道："姐！在电影里看你和砚哥的戏比拍的时候刺激多了。"

许稚意："……"

周砚："……"

电影确实如蒲欢所言，经过后期的音乐搭配和色调渲染，让观看者更有种身临其境的感觉。许稚意和周砚拍的那三场亲密戏，关年一场都没删，甚至还让它们顺利在电影院播出。

电影路演点映，邀请的是各大平台的影评人以及少部分粉丝和媒体。

这部电影从官宣开机时就备受期待。因此，不少来看点映的观众也都是抱着一百分的期待值来的。原本有些人担心会失望，可看完后，没一个人觉得失望，他们都意犹未尽，甚至还想看更多。

电影播放结束，许稚意、周砚、导演和其他工作人员进入大家的视野时，全场响起了热烈的掌声。

"谈初，我爱你！"

"余征，你好好啊！"

观众热情不已，许稚意含笑看着大家，发现大多数人手里都拿着纸巾，眼眶也都红红的。她微顿，轻弯了弯唇："抱歉啊，又把大家弄哭了。"

"呜呜呜，稚意，你演得好好啊！"

"你怎么总演这么悲惨的角色啊？下个角色能好一点儿吗？"

许稚意笑，拿着话筒俏皮地道："下个角色应该还挺好的，我活到了大结局。"

许稚意和观众的互动瞬间让电影院内低沉的氛围活跃了起来。

主持人笑着让他们做自我介绍，之后便是一些电影方面的问答。

简单的问答后，自然有人憋不住想要问些八卦："周老师，我想问个问题可以吗？"

周砚颔首："你说。"

站起来的观众好奇不已："我们都很想知道……两位老师是因戏生情吗？"

真不是他们太八卦，实在是这俩人在电影里真的很过分。不少人看着都控制不住地红了脸，甚至心跳加速。

这问题一出，周围人倒吸一口气——胆子真大啊。

但说实话，这位观众问出了大家想问的问题。

周砚感受着来自四面八方的目光，清了清嗓子，说道："算，但也不算。"

他看了一眼许稚意，轻声道："我们拍这部戏之前就在一起了。"

观众眼睛一亮，追问脱口而出："什么时候？"

许稚意咳了几声，捧着话筒说："这个问题不能回答，是我们的秘密。"

观众："为什么不能说？不能让我们多吃一点儿糖吗？"

许稚意："我们想自己吃。"

因为她这话，不少观众激动不已——行吧行吧，你们要自己吃就自己吃，当事人都这样说了，粉丝能勉强吗？

第一场点映结束不久，《遇见你之后》和两大主演登上热搜。

看过点映的影评人将自己的千言万语化作一句话——不能剧透太多，但今年七夕一定要走进电影院看《遇见你之后》。看了电影，今年七夕你将不再是单身，而会拥有一个恋人。

看着影评人的推荐和影评，很多没办法参加点映的影迷都在焦急地等待七夕节的到来。他们已经迫不及待了，七夕节为什么不能早点儿到？

在大家的期盼之下，七夕节终于到了。

七夕节零点，《遇见你之后》正式在全国上映。

无数早早买票的观众第一时间冲进电影院，只为看到许稚意和周砚。

而许稚意和周砚，也在这个"普天同庆"的日子里偷偷地买了票，去了离家最近的电影院。之前听到的评价大多数是专业人士的，现在电影全国上映，许稚意想看一看普通观众的反应和评价。她想去看、去听，周砚自然陪她。再者，因为这段时间一直在跑宣传，他们也还没将电影一点儿不落地看完。

他们到电影院门口时，门口等待的人比许稚意想象的还要多。

他们等大家入场后才在播放广告时偷偷进去，找到自己的座位坐下。

许稚意莫名地深吸了一口气。

周砚微顿，眸子里有了笑意："这么紧张？"

"嗯。"许稚意看他，"正式上映后的反应才是最真实的吧？"

周砚了然："放轻松，我们今天也是观众。"

闻言，许稚意弯了弯眉。

二人说了两句，电影便开始了。

许稚意抬起头，入眼的是边疆的景色，画面很美，从远至近，让大家看到了祖国边疆不一样的美丽风景。

一辆越野车驶入、停下，一张英俊的侧脸出现在大家的视线里。

不远处有提着行李的游客惊呼："哇！这是我们的司机吗？"

"这么帅的司机？"

"我之前就听说过这一段有一个超级帅超级酷的司机，不会就是眼前这个人吧？"

"是他。"旁边有人出声，"但他的主意你们不要打。"

"为什么？"

"他啊。"那人笑着说，"他不是旅游线路的专职司机，只有夏天在。"

"啊？那他是做什么的？怎么只有夏天在？"

"他是做什么的我们不清楚，但他夏天在的原因我们知道。"

女游客好奇："什么原因？"

那人望着下车朝这边走来的人，笑着说："带他女朋友看边疆的风景。"

"啊？"游客惊讶，"他的女朋友也在？车里不是只有他一个人吗？"

"在。"那人说，"在他心里。"

话音刚落，余征站在不远处停下脚步，回头看向当空的烈日。

夏天来了。

谈初，今年夏天的我，还是很想你。

时间从夏日穿梭，翻过了不知道多少个日月，回到谈初在蓉城踏上飞机的这一天。和二人拍摄时一样，故事从这里开始，关年没提前让大家知道谈初患上了绝症，想先让大家高兴一下。

谈初和余征的相遇，让电影院里的不少观众直呼是偶像剧。

成年男女之间的较量，没几天余征便败了。他们在一起的那个下午，阳光依旧很好。谈初找上余征，让他给自己一个准话，行就行，不行就不行。

谈初等了片刻，余征没吭声。谈初要走时，他握住她的手腕，一把将人拽入怀里，扣着她的肩膀换了个姿势，将人按在了阳光照不到的墙角。

二人的呼吸交错，他们势均力敌地对视着。

两个人僵持片刻，余征目光深沉地望着她："想和我谈恋爱？"

谈初眉梢稍扬，她望着他英俊的面容，主动抬起手摸上他的眉眼，歪着头问："难道我表达得还不够明显吗？"

余征："挺明显的。"

谈初微哽："那你还……"

话还没说完，余征问她："哪种恋爱？"

谈初一顿，没想到他会这样问。她踮起脚，用唇瓣擦过他的下巴，朝他眨了眨眼："成年人的恋爱。"

两个人无声地对视了片刻，谈初的唇往前凑，余征敛了敛睫毛，顺势吻住了她的唇。

这一幕播出时，现场的观众倒吸一口气。

许稚意自己也有点儿不好意思，眼神飘忽地看向旁边的人，周砚有所察觉似的，也看向她。二人的视线和电影里谈初、余征的一样，在空中交错缠绵。

一吻结束，旅行继续。

刚确认关系的两个人已经换了位子。这回余征不再坐在副驾驶座，而是跟坐在谈初旁边的人换了个位子，和她坐在一起。下午还有一段路，他们继续往前。

两个人在车里没有太过分的行为，但偶尔的视线交错，时不时的肢体碰撞、摩擦，让观众隔着屏幕都能感受到他们之间迸发出的爱的火花。

晚上，谈初主动钻进余征的帐篷。

许稚意清楚地听到有观众惊叹："好'野'啊！"

电影里能看到两个人在帐篷里的部分片段。余征俯身吻她，扣着她的双手举过头顶，低着头亲吻她。帐篷内的灯晃了晃，然后熄灭了。

那一刹那，许稚意满面通红。

这场戏持续的时间并不长，一晃便到了两个人坐在一起看星星的画面。

许稚意没记错的话，这里也有一场缠绵的吻戏。

可能是看了一场帐篷里的亲密戏，看到吻戏时，现场的观众已经非常淡定了。他们目不转睛地看着，唯恐错过点儿什么。

到无人区雨夜的那一晚，大家的情绪再次高涨。许稚意听到有声音传出："勾得我现在就想找个男朋友！"

电影里，他们已经爬上了车顶，将头靠在一起聊天、看星星。二人亲密无间地交流，他们看对方时眼睛里的爱意已经无处可藏了。他们也不藏，全数暴露出来，让大家看到。

雨中的这场吻戏，更是让电影院的观众频频骚动：

"吻得好真。"

"这就是真夫妻啊！"

…………

车里的这场戏，关年拍得很有意境。他没拍什么露骨的画面，只收录了两个人此起彼伏的呼吸声，和在镜头下起伏的裙摆以及砸在车盖上的水花。可越是欲说还休的画面，越能激发大家的想象，让观众的脑海里浮现无数不可言说的场景。

越往旅途尽头走，两个人的爱意藏不住。很难想象，旅途中爱上的人会一辈子无法割舍。但细细一想，大家又觉得是情理之中。因为在这段恋爱里，他们都抛开了身上的禁锢，做了最真实的自己。他们不吝啬在对方面前表露出真实的自我，在爱这件事上的表露更是大胆到令人惊叹。

谈初爱上余征，余征爱上谈初，都是命中注定的。

到最后一天，二人依偎在天台上看完星星回房间时，观众再次骚动起来。

看到这儿，许稚意自己也淡定下来。她面不改色地看完自己和周砚的最后一场对手戏，看谈初躲在角落里给余征写信。

谈初给余征留下的那封信，写的是让他不要找自己。

旅程结束，两个人分开。回家的路上，谈初坐在车窗边，脑海里浮现出她在医院拿到绝症确诊单的这一天——

从医院回家，她蹲坐在角落里，将确诊单反反复复看了无数遍，沉默地望着从窗帘缝隙钻进来，落在自己身上的阳光。

她伸出手，试图去握住那一束阳光。

可偏偏她握不住，阳光总是跑呀跑，让她看见，却不让她抓住。它虚无缥缈地存在，给她希望，却又让她绝望。她费力地抓了一下午的阳光，到太阳消失才从角落里爬起来，翻出了自己曾写下的心愿单。

她开始了一个人的旅程，在自己喜欢的地方打卡留念，写下一张又一张的明信片寄出。她渴望自己死后，也有人能记得有她这么一个人存在。

她的最后一站，是边疆。

她从未想过，会在这里遇到余征并爱上他。他是她这一生最美的意外。

回到医院，谈初接受最后的治疗。重新住院后，谈初每天都在渴望和害怕中度过，她第一次跟医生表露了自己的求生欲望。

她想活着，想拥有多一点儿光阴，去爱自己，去爱余征。

她想带着余征，走自己曾经走过的地方，看他没看过的风景。

可是，她的运气真的很差。

似乎是察觉了自己的生命在一点点消逝，谈初重新给余征写了一封信。

她不知道的是，在她治疗的时候，余征一直都在。他知道她的选择，尊重她，但还是放心不下，一直都在不远处陪她、等她。

谈初走了，余征生命里的花枯萎了。

他不敢去看谈初留给他的信，但听了她的话，好好生活、过平平淡淡的日子。每一年，他都会在假期和夏天，去谈初去过的那些地方，带"她"回到边疆。

在他被告知因为年龄问题，不能再去高原地区，不能带着"谈初"一起去走他们曾走过的地方时，他眺望着远方，脑海里浮现出她留给自己的最后一封信的内容——

"余征，对不起。除了给你留下这封信，我好像什么也给不了你。请原谅我，不能亲口跟你告别，更没办法陪你度过余生。我多想陪在你身边看云、看阳光、看星星，可是我的生命突然间错轨了，它驶入了无法回头也无法看见亮光的轨道里，没办法再和你相遇、并轨。

"如果可以，我多想和你有来生。如果有的话，我想再爱上你一次，你也再爱我一次好不好？这一次，我一定信守承诺，陪你到永远。

"此生遇见你，万岭花开，不敢说可惜。你是我短暂生命里比绝症更美的意外。谢谢你在我生命最后的旅程里将空隙填满。如果可以，我更希望你忘记我。但我又自私地奢望你会想着我。哪天想我了，抬头看看阳光好吗？我会罩着你的。"

少女的声音落下的那一刹那，年迈的余征抬起了手，去抓从窗外照进来的阳光。他闭着眼，感受阳光的洗礼。

望着阳光，他将自己写给她的回信铺开。他的回信简短，只有一句话。他说："你说的，我都做到了。唯有一点没做到，我没能忘记你。"

甚至他在余生的岁月，都在想她，用他们之间的回忆填满时光。

风吹过，灼灼的阳光依旧刺目，夏天又到了。

电影的最后一幕，定格在有风吹过的燥热的夏天。

灯光亮起，却无人离开。

渐渐地，电影厅内的抽泣声变大了，许稚意听到自己前面的女观众哭得声嘶力竭，话都说不完整了。

许稚意知道完整的故事，在这一瞬间，却还是控制不住，和其他观众一样红了眼眶。

次日一早，许稚意醒来看微博时，发现全网都在讨论《遇见你之后》这部电影。

一部分网友在惊叹这部电影中男女主角的对手戏之多，另一部分在为故事里的主人公惋惜：

"哭死我了，这部电影怎么比《一厘米距离》还虐啊？"

"他们俩的对手戏太真实了，我在电影院看前期的时候，真的是笑到合不拢嘴。"

"姐妹们！有剪辑出来的圆满大结局，记得去看！"

"太甜了太甜了，真夫妻演戏就是好！谁看了不说一声棒呢？"

"周砚的身材好好啊！八块腹肌太有诱惑力了！试问谁不想拥有这个周砚呢？"

"还没看《遇见你之后》的网友快点儿去看！里面全是大家想看的！"

"看完电影出来，我只想为两个人撞大墙！他们演得太好了，呜呜呜！谁能想到余征用余生去戒掉谈初却依旧失败呢？"

"有的人，一旦爱上就是一生。"

"看他们在雨中的那场吻戏时我想说：余征得多爱谈初，才会觉得和她一起淋雨都那么开心？"

"去看《遇见你之后》！看了我们就是好朋友！甜得我嘴巴合不拢，哭得我眼睛像核桃的电影！"

…………

电影的讨论度高到不可想象，票房更是在早上八点多便破亿。

下午五点，票房直接突破两亿。

这部电影固然存在狗血的部分，可许稚意和周砚的演技不容小觑，两位主人公之间的爱意更是让人无法忽视。

网上甚至还发起了各种讨论。例如：你会在旅途中跟什么都不了解的人谈恋爱吗？

还有人问：爱一个人真的能记一辈子吗？即便她离开了。

盛檀："啧。我突然好后悔没去探班。"

许稚意："还好你们没去。"不然她跟周砚演戏肯定没有那么自在。

盛檀："你们什么时候再一起搭档拍戏？这回无论在哪儿拍，我跟我老公都去给你们探班。"

许稚意："那你慢慢等。"

盛檀："哼。"

她们聊了会儿，在书房忙工作的周砚出来了。看到许稚意侧躺在沙发上玩手机，他眉梢微扬："什么时候醒的？"他进书房的时候许稚意在午睡。

"醒了有一会儿了。"许稚意拉着他坐下，顺便把他的腿当作枕头，笑盈盈地问："你忙完了？"

周砚应声，垂眼看她："在跟盛檀聊天？"

"对。"说到这儿，许稚意忍俊不禁，"你知道电影票房现在破两亿了吧？"

周砚颔首，勾了勾唇，眸子里带了些许笑意："晚上想吃什么？"

许稚意想了想："吃顿好的庆祝一下？"

周砚莞尔："什么好的？"

"你看着来。"

"好。"周砚将许稚意从沙发上拉起来，"那需要周太太帮忙打打下手。"

许稚意眉眼弯弯地说："没问题，周太太乐意至极。"

吃过晚饭，许稚意正思考要不要和周砚出门约会，先收到了迟绿给她发的消息："赔我眼泪。"

因为她和周砚演过由迟绿和博钰的真实故事改编而来的电影，他们之间一直都有联系，虽然不多。

前段时间，迟绿一直在国外忙工作，昨天才回国。知道许稚意和周砚的电影上映后，她休息好便拉着老公博钰进了电影院。这会儿，他们刚看完电影出来，她的眼睛也肿得像核桃。

看到这个消息，许稚意没忍住弯了弯唇："好。迟绿姐想让我怎么赔？"

迟绿："你看着办。"

许稚意："没问题。"

迟绿夸赞道："你和周砚的演技都越来越好了，我就知道自己没看错人！"

许稚意："谢谢迟绿姐，还好没让大家失望。"

迟绿："什么时候有空，一起出来玩玩？"

许稚意："好呀，我跟周砚没工作的时候都行。"

迟绿："行。忘了恭喜你们新婚快乐，婚礼记得请我们。"

许稚意："一定。"在某种程度上，迟绿算得上是她和周砚的媒人。

两个人聊了两句，迟绿还有事，便结束了对话。

许稚意将这事告诉周砚。周砚非常会抓重点，问："那你想什么时候跟我办婚礼？"

许稚意挑眉："奖杯还没追上你呢。"

周砚："四舍五入已经追上了。"

"那不行。"许稚意嘴硬地说，"不能四舍五入。"

周砚沉默。

看着周砚委屈的表情，许稚意松口道："这样吧。"

周砚看她。

许稚意勾着他的脖颈，笑着说："如果这次我们能凭借这部电影一起拿奖，就筹备婚礼如何？"

周砚闻言，眸子里有了笑意："一言为定。"

许稚意看着他伸出的小拇指，哭笑不得："你干吗？还要拉钩吗？"

周砚："要。"

许稚意没辙，只能配合他玩"拉钩上吊一百年不许变"的幼稚游戏。

国庆节假期，许稚意和周砚在家过着属于他们俩的小日子。

二人抽空回周家住了两天，温清淑看到许稚意就开始哭，许稚意和周砚面面相觑，完全不知道发生了什么。

周正远解释后，他们才知道——夫妻俩在电影上映的第一天晚上就跑去电影院看了《遇见你之后》，许稚意在电影里太惨了，温清淑哭了一晚上，看到她完好无损地站在自己面前才放下心来。

对此，许稚意觉得有一点儿尴尬，又有些感动。在温清淑和周正远这里，她感受到了久违的家庭的温暖。

假期结束时，许稚意和周砚也收到了电影官方微博发来的喜报——

《遇见你之后》在国庆节假期这个竞争激烈的档期里，口碑和票房都大火，票房遥遥领先不说，各大平台上的评分更是保持在九点二分左右。

有很多看了一遍，再去看第二遍的观众，更是给出了高度评价。

这部电影值得反复观看，观众每一次看都能找到两个人新的张力，以及他们互相吸引时存在的磁场。二人在电影里的亲密戏更是让网友直呼——以后拍爱情片都要按照这个标准来，没达到这个标准都不算好。

许稚意和周砚一边高兴一边无奈：观众对他们的亲密戏给出那么高的评价，让他们也不知道该做何感想。

原本，电影计划上映一个月，但口碑和票房一直都很稳定，最后延期了半个月才从各大电影院下线。下线时，《遇见你之后》的电影票房已经超过四十亿了。这是国内目前第一部，也是唯一一部票房破四十亿的文艺爱情电影。

有人惊讶：一部没有什么大场面的爱情电影，为何能有四十亿的高票房？

有肯定就有质疑。在质疑出现时，圈内人、影评人第一时间在网上回应。

《遇见你之后》这部电影，故事性在爱情片中算不上是最强的，但至少排在前五名甚至前三名。而它的高票房除了优秀的故事性，还得益于两位主演精湛的演技，以及后期制作、宣传等因素。一部电影的好成绩，是集体努力的结果。

再者，它是单纯的恋爱电影吗？其实不然，它的故事里藏了很多道理，还有很多当下年轻人需要的建议——

想做什么就去做，珍惜当下；

遇到喜欢的人就去爱，不要让自己的人生留下遗憾。

有了影评人的一番推荐，一些不想看黏黏糊糊的恋爱电影的观众，也在电影上线各大平台后，没忍住点击了"购买观看"。

许稚意知道这个消息时，内心有种说不出的欣慰——她很高兴自己和周砚的电影能有那么多人喜欢。

休息了一段时间，许稚意和周砚都开始忙新工作。

由于她和周砚的电影大火，现在送到她手中的剧本全都是精品，任由她挑选。除了和周砚搭档，许稚意接的其他剧本都是感情戏不重的。当然，更重要的一点是，她没有看到特别让自己心动的爱情电影。

许稚意的新电影开机不久后，周砚也进了剧组。

小夫妻分隔两地，自己没太大感觉，反倒是粉丝，每天都在网上寻找两个人的"蛛丝马迹"。甚至还有调皮的网友再次发起投票——他们俩谁会忍不住先给对方探班。还有人问"他们俩会不会三四个月不见"这样的问题。

看到蒲欢发过来的投票选择，许稚意好奇不已："他们选我去看周砚的多还是周砚来看我的多？"

蒲欢："选砚哥来看你的比较多。"

许稚意扬眉，开玩笑道："粉丝看人还挺准。"

蒲欢跟着笑："那不是你说的吗？说砚哥是'黏人精'。"

许稚意"扑哧"一笑，一本正经地说："他本来就是'黏人精'。"

蒲欢语塞。也就许稚意敢这么说。

提到周砚，许稚意还真有点儿想他了。她摸出手机，去"骚扰"周砚。

许稚意："老公。"

周砚："嗯？"

许稚意："想你了。"

周砚："真想还是假想？"

许稚意："我什么时候假想过你？"

周砚提醒她："很多次。"

许稚意："哼。"

她刚回过去，周砚给她打了个电话。

许稚意接通，轻轻哼了一声："给我打电话干吗？"

周砚微微一笑："想你了。"

许稚意挑眉："真想还是假想？"

"真想。"手机里传来周砚清越的嗓音，"你那边冷不冷？"

许稚意"嗯"了一声："有一点点，但也还好。你现在没在拍戏吗？"

"刚拍完一场戏，休息一会儿。"周砚低语，"你过几天是不是有个时尚杂志的活动要去？"

"对，我也是早上刚确定的，还没来得及跟你说呢。"许稚意眨眨眼，好奇地问，"你也去吗？"

周砚："我不去。"

闻言，许稚意撇嘴，哼哼唧唧道："那你问这个做什么？"

周砚一顿，哭笑不得地说："我是不去走红毯。"

"啊？"许稚意好像有点儿猜到他的想法了，"那你……要来看我吗？"

周砚笑道："那要看周太太想不想让我去看她。"

"想。"许稚意想也没想地回答，黏黏糊糊地说："超级想。"

周砚听到她娇憨的声音，脸上的笑意加深，似乎能想象到她此时的模样。思及此，他轻声应着："好，我会去看你。"

有周砚这话，许稚意恨不得立马到五天后，去参加时尚杂志的红毯活动。

五天一晃而过，红毯活动在江城举行，许稚意的航班早上落地，她直接去了酒店。

焦文倩恰好在附近谈工作，直接过来看她，问道："参加完活动要不要一起吃饭？"

许稚意愣了一下，看她："你不是让我减肥吗？"

焦文倩噎住："减肥也要吃饭，我只是不让你多吃。"

"哦。"许稚意说，"不要。"

焦文倩不解地问道："你约了人？谁啊，倪璇吗？"她知道今晚参加活动的人中，就倪璇和许稚意熟悉一些。

许稚意摇头。

旁边的蒲欢没忍住，提前给焦文倩爆料："倩姐，砚哥今晚会过来。"

焦文倩沉默了一会儿，说："行吧，我是比不过周砚。"

许稚意："也不能这样说，主要是我们俩都一个多月没见了。"

焦文倩非常理解这对聚少离多的小夫妻。说到这儿，她想起了一件事："你有没有想过跟周砚一起录个综艺啊？"

许稚意眨眼："新婚综艺？"

"你怎么知道？"焦文倩讶异地问道，"有想法？"

许稚意一噎，想到了上回接《艺人的周末生活》时周砚说的话，摇摇头："我就随口一说。"

焦文倩"嗯"了一声："那你回答我，有没有想法？"

许稚意抬眸看她："说实话，想法算不上很强烈。"她和周砚的日常生活，很多她都想私藏。

焦文倩沉默了一会儿，叹息道："好吧，你参加的想法不强烈，我也不勉强你。"话音刚落，她又没忍住说，"可你跟周砚现在拍戏，聚少离多，一起上个综艺不仅能每天黏在一起还能赚钱，真的不想试试？"

闻言，许稚意诚实地说道："可我和周砚不差钱啊。"

焦文倩噎住。

许稚意看着她无语的表情，琢磨了一下："要不我问问周砚？如果他想去的话，我们俩可以考虑考虑。"

焦文倩眼睛一亮，忙不迭地点头："行啊！我跟你说，周砚肯定想去。"

"为什么？"这下，许稚意倒有些好奇了。

"能和你一起上综艺秀恩爱，周砚肯定想。"焦文倩提醒她，"你忘了？你老公可是个'黏人精'。"

许稚意语塞。

此时此刻，"黏人精"周砚刚到高铁站。从他拍戏的城市到江城，坐高铁最为方便。

原本，他是想低调一点儿去看许稚意的，谁承想一上高铁就被人认了出来。

很快，周砚在高铁上的消息不胫而走。网友看到爆料，第一时间想的是：周砚要参加今晚的时尚杂志活动吗？

紧跟着有人辟谣：周砚不参加，他去江城很有可能是为了看自己的老婆。

许稚意在等待走红毯时掏出手机上网，一上去看到的全是@自己的，告诉她周砚几点会到她这边、周砚今天穿的是什么衣服等消息。

一时间，许稚意的心情很复杂。她估摸着，周砚之所以那么低调，是想给自己一个小惊喜，谁承想网友不仅把他的行程"出卖"了，还告诉她他今天穿的是什么衣服、手里拿了什么东西。

"笑什么？"倪璇和她一样，在等待走红毯。

许稚意瞥她："笑周砚。"

倪璇凑到她的手机界面前看了一眼，没忍住，轻"啧"一声："你们俩能不能少秀点儿恩爱？"

许稚意睨她一眼："有本事你也秀。你跟那个医生进展得怎么样了？"

前段时间，倪璇演的那部医疗剧杀青后，她便跟许稚意和盛檀放下了豪言壮语，说她要追到那个医生。

一眨眼三四个月都过去了，许稚意和盛檀一直没听到她说进展。

提到这个，倪璇丧气地说道："难追。医生是不是都那么高冷？"

许稚意挑眉："应该是吧，不过你加油努力，总有希望的。"

倪璇撇嘴。

许稚意鼓励她，顺便将之前迟绿他们一群人给自己和周砚探班时讲的故事告诉她。

"啊……"倪璇眼睛一亮，"我知道，就是电影《长岁》的那位旗袍设计师，是不是？"

许稚意点头："对，就是她，她老公好像就是你们拍戏那家医院的医生。"

闻言，倪璇叹了口气："可人家那么有才华又那么漂亮，我怎么比得上？"

许稚意失笑："你也不差好不好？不要妄自菲薄。"

倪璇："哦。"

她们在角落里聊天，不远处一直有人将手机和相机镜头对准她们。

参加完时尚杂志的活动，许稚意不意外地又收获了两个热搜，一个是造型的，另一个则是和倪璇一起的。

二人今晚的造型实在是过分养眼，她们站在一起让人想不注意都难。

活动一结束，许稚意就将倪璇抛下，第一时间投向自己老公的怀抱。

她回到车里时，周砚已经坐在车上等她了。

看到她出现，周砚眼睛亮了下。许稚意今晚穿了一条紫色软纱蓬蓬裙，裙摆很大，上面还绣了蓝紫色的鸢尾花作为点缀。她看上去就像从花丛中飞出的花仙子，明艳动人。

注意到他落在自己身上的目光，许稚意扬了扬唇："这条裙子是不是很好看？"

周砚抬手，一把将她拽入怀里，低声道："是人好看。"

许稚意被他的话取悦了。她轻笑，看向他："今天吃什么了？嘴这么甜。"

周砚微顿，敛目道："尝尝？"

许稚意蒙了一下，在他低头亲过来时才后知后觉地反应过来他让自己尝的是什么。

考虑到车里还有其他人，周砚稍显克制。他浅尝辄止，让司机先送他们回酒店。

　　一路上，许稚意的脸红得像苹果。她低头看着二人十指相扣的手，贴在周砚的耳边小声说："我们这就回酒店休息吗？"

　　"休息？"周砚挑了下眉，"不休息。"

　　许稚意脸一热，没好气地拍了他一下："你正经点儿。"

　　周砚看她此刻的神情，大概能猜到许稚意在想什么。他没忍住，勾了勾唇，说："在想什么？"

　　"没想什么啊。"许稚意正色道，"就是在想，我今天中午和下午都没怎么吃东西，晚点儿要吃什么。"

　　周砚莞尔："你想吃什么就吃什么。"

　　"那不行。"许稚意道，"我明天要回剧组拍戏，不能吃会让我长胖、水肿的东西。"

　　周砚语塞。

　　回到酒店，许稚意跟蒲欢和司机说了一声，便和周砚先回了房。

　　众目睽睽之下，两个人也没避讳什么，光明正大地手牵手进电梯上楼。所有人都知道他们是夫妻，他们再躲躲闪闪也没必要。

　　而网上，一群知道二人一起回酒店的网友已经在讨论了。

　　就在网友起劲调侃时，当事人确确实实回到了房间，也将房门关上了。当然，他们也确实接了个绵长的吻。只是后续的事暂时被打断，因为许稚意的肚子叫了，作为许稚意的"三好老公"，周砚必须先满足自己太太的口腹之欲。

　　两个人商量了一下，换上衣服出门吃饭。

　　许稚意在来之前便知道江城有条很出名的小吃街，早就想去了，但一直没机会。周砚自然满足她。

　　他们走到人来人往的夜市小吃街。许稚意踮着脚看了一眼，感慨道："好多人啊。"

　　周砚"嗯"了一声，将她拉到自己的身侧："跟紧我。"

　　许稚意弯唇，晃了晃二人牵着的手，乖乖道："遵命。"

　　两个人从街头开始逛，看到想吃的，许稚意便让周砚排队给自己买。

　　一路逛下来，许稚意吃了不少乱七八糟的小吃。虽然第二天可能会水肿，但她顾不上了，因为这儿的东西真的太好吃了。

　　周砚看她把口红都吃花了，没忍住笑了一声。

"你笑什么？"许稚意捧着一碗冰粉看他。

周砚抬手，给她擦了擦嘴角："口红花了。"

许稚意微窘，抬眸看他："你要不要吃？"

周砚挑眉，配合地低头靠近。许稚意了然，主动挖起一勺冰粉送到他嘴边。看周砚吃下，她才问："怎么样，好吃吗？"

周砚蹙眉："有点儿甜。"

许稚意："是有点儿。"知道周砚不喜欢甜的，许稚意提议再去吃别的。

两个人在夜市小吃街逛着，吃饱喝足后才打道回府。回去的路上，许稚意先接到了蒲欢的电话："姐，你跟砚哥去小吃街了？"

许稚意一愣，警惕地环顾四周："是啊，我们被拍到了？"

蒲欢："是的。你跟砚哥上微博看看吧，有些话我不好说。"

许稚意："什么？"她和周砚对视一眼，登上微博，一打开，看到的话题是——"周砚你到底行不行"。

这个话题，纯粹是从他们被网友猜测会在酒店里发生什么引发的。

原来有路人爆料在小吃街遇到了周砚和许稚意，但二人打扮得过分低调，也是在过日常生活，所以没忍心上去打扰。

因此，有粉丝在网上发起了讨论：哪有人放着美丽动人的小娇妻不宠爱，出去吃东西的？

了解了前因后果，许稚意窘迫无语地跟周砚说："网友的脑洞真大。"

周砚还在看微博。

许稚意瞅他："你干吗不说话？"

周砚摁灭手机屏幕，目光灼灼地看向她："我觉得，他们说得也有一定的道理。"

许稚意没懂："什么意思？"

周砚没正面回答她，转而问："现在回去？"

许稚意应声："回。"小吃街离酒店有点儿距离，两个人在路边拦了辆出租车回酒店。

吃饱喝足，许稚意也满足了。她靠在周砚的身上打哈欠，和他一起看江城的夜景。

一路昏昏欲睡地回到酒店，许稚意进房间后便拿上睡衣准备去洗澡。她刚进浴室，还没来得及卸妆，浴室的门便被人推开。

许稚意转头看向进来的男人，微微顿了一下："你想先洗？"

周砚接过她手里拿着的卸妆巾，边给她卸妆边说："一起洗。"

…………

他们重新躺回床上时，已是凌晨三点。许稚意的眼皮在打架，她没来得及跟周砚多说两句话，便累得睡了过去。而始作俑者还精神十足，他看着怀里的人，在她的唇上落下一个吻，低声道："晚安。"

而后，周砚掏出手机看了一眼微博上的话题，编辑了一条微博。

　　　周砚：晚安。

凌晨三点，夜猫子网友刷出他的微博时，还以为自己眼花了。
"你被盗号了？"
"哥哥别熬夜啊。"
"晚安？看到这个时间，再想想刚才的讨论，我突然明白了点儿什么。"
"以前怎么没发现周砚这么大胆？"
"牛啊周砚！我现在向全世界宣布你很行！真的很行！"

翌日早上，许稚意醒来，跟周砚在酒店吃了早餐，便各自回剧组。
回去的路上，许稚意隐约觉得蒲欢看自己的眼神怪怪的。
许稚意想了想，还是没忍住询问："欢欢，网上莫非又有什么我和周砚的事？"
蒲欢点头。
许稚意边掏手机边问："是什么？"
蒲欢指了指："姐，你去砚哥的微博看看就知道了。"
许稚意一愣，诧异地问道："周砚的微博？他的微博有什么啊？"
蒲欢："他凌晨发了条微博。"
"什么？"这下，许稚意是真惊讶了。她怎么不知道周砚凌晨发了微博？
她没多想，直接登录微博，打开周砚的微博主页，往下一拉，看到他发的内容时，她蒙了：周砚干吗呢？
蒲欢看她迷惑的表情，小声建议："姐，看看评论。"
许稚意点开，看到的全是网友的调侃。脸上的笑容一滞，她往上一看，还真是周砚在凌晨三点发的。看到许稚意微妙的表情，蒲欢没忍住，"扑哧"一笑："砚哥是不是真的在向网友证明什么？"
许稚意沉默了。这个问题，她一点儿都不想回答。翻了好一会儿评论，许稚意窘迫地质问周砚："为什么要发那样的微博？"
周砚："在你睡前忘了跟你说晚安。"
许稚意："所以你就发微博跟全世界说？"

周砚："你不喜欢？"

许稚意："你就是故意的！"

看到她的消息，周砚的眼里带着笑意，他坦荡地承认："是。"他总不能让大家和老婆看不起自己。

许稚意："你这样一发，大家想象得更多了。"

周砚："介意吗？"

许稚意愣了一下，知道他指的是什么。她想了想，其实自己也不是介意，两个人的私事确实不好总拿到台面上说，但网友都这样调侃了，不证明点儿什么，周砚也确实憋屈。

思及此，许稚意回复："不介意，但以后尽量低调。"

周砚："为什么？"

许稚意调皮地回复："我怕别人太羡慕我。"

周砚忍着笑，询问："羡慕你什么？"

许稚意哄他："羡慕我……老公这么厉害。"

周砚没忍住，眉梢往上扬了扬，从胸腔里溢出笑："好，听你的，以后低调点儿。"

许稚意羞赧，给他回了个可爱的表情包。

夫妻之间的事，网友调侃几天也就过去了。许稚意和周砚各回各的剧组奋斗事业，一眨眼的工夫，一年又过去了。

跨年这天，两个人提前拒绝了电视台跨年晚会的邀约，回家和家里人一起跨年，享受温馨平淡的生活。

休息了三天，二人重回剧组奋斗。

临近农历新年，许稚意和周砚的电影双双杀青。他们今年飞到英国陪江曼琳过年。

在英国过了小半个月的悠闲生活，许稚意收到了焦文情带来的好消息——

她和周砚的电影《遇见你之后》被金狮奖提名为最佳影片，她和周砚也分别被提名为金狮奖的最佳男女主角。

这消息一曝光，两个人的粉丝再次在微博上庆祝——二人这回如果还能一起拿奖，便是"三金夫妻"了，这得多让人羡慕啊！

目前为止，演艺圈里在三十岁前拿到三座金奖杯的男艺人只有陈陆南，女艺人虽然多一点儿，可在许稚意这个年龄拿到的，目前还没有。如果许稚意能拿到，那将会成为最年轻的拿到三座金奖杯的女艺人。

许稚意也很高兴，能被提名意味着自己的演技再次被专业人士肯定。

再者，这次一起被提名，她终于能和周砚一起走红毯了。

周砚也高兴。不过他高兴的不仅是要和许稚意一起走红毯，他还有别的小心思——

许稚意曾说过，能一起拿奖，他们就办婚礼。

虽然现在大多数人都知道许稚意是他的太太，但周砚还是想早点儿筹备婚礼，争取让更多人知道——许稚意是周砚的太太。他想让她更幸福一些，想和她共同建起一个属于他们的小家。他们未来或许会有宝宝，或许会养小动物，又或许这一辈子都只有他们两个人。

金狮奖的颁奖典礼在四月，在四月到来前，许稚意和周砚暂时将注意力拉回到他们准备进组的新电影上。

夫妻俩各自搞事业，粉丝既高兴又惋惜——他们好久都没看到夫妻俩合体了，不会真要等到四月中旬金狮奖颁奖典礼才会同框吧？

别说，还真是。二月下旬，两人的新电影开机，许稚意和周砚便没怎么见面，最多是收工回酒店后，和对方打几个小时的视频通话，偶尔还会远距离和对方对戏。他们虽没办法闻到对方身上的味道，没办法第一时间触摸到对方，没办法和对方拥抱，但这样充实的小日子，许稚意也很喜欢。

一眨眼的工夫，金狮奖颁奖典礼的日子到了。《遇见你之后》除了有最佳影片和最佳男女主角的提名，还有很多别的奖项提名。圈内人戏谑，今晚无论《遇见你之后》剧组能拿多少奖，只看提名数量，关年已然成了最大的赢家。

许稚意和周砚提前一晚抵达金狮奖主办方安排的酒店。这一次，夫妻俩没再避嫌，直接入住了同一个房间。

次日，两人睡到自然醒，而后让化妆师上妆。

许稚意选的是一条缎面的白色抹胸礼服，礼服正面平平无奇，亮点全在后背。这条礼服裙的后背有一个超大的蝴蝶结，看上去性感又奢华。

而周砚选的是剪裁精良的黑色西装。

两人将晚上要穿的服装挂在一起，蒲欢第一时间感叹："我感觉姐和砚哥今晚有点儿像是回到了拿金叶奖最佳男女主角的那一晚。"那晚，许稚意和周砚也是黑白搭配，是一对所有人都羡慕的荧屏情侣。

焦文倩笑了一下："是有点儿像，但又不一样。你没发现吗？稚意这几年成熟了很多。"

蒲欢点头："有的，稚意姐现在淡定多了。"

"人也更有味道了。"许稚意美貌依旧，气质也越发好，什么风格都能驾驭，整个人的气场也比前几年强了很多。焦文倩很庆幸能看着她一路走来的蜕变。

蒲欢点头："是的是的。"她跟着许稚意这么久，还时常会被许稚意的美貌迷倒。

他们在准备晚上的活动，粉丝也在微博上为他们摇旗呐喊，还有不少粉丝还早早地抵达了颁奖典礼外围现场，只为给他们加油，让他们看到身后有一群人在支持。

时间悄悄流逝，许稚意在椅子上坐了半天，妆终于化好了。而周砚比她早十几分钟就换上西装在旁边坐着了。

"稚意去换礼服吧，换好了再给你做发型。"

许稚意应声。她扭头看向旁边在看自己的人，低声道："在这儿等我？"

"好。"周砚看了她一眼，微笑着说道，"去吧。"

许稚意进房间，让蒲欢帮忙将礼服换上。出来时，她再次收获了很多赞许的目光。周砚目光灼灼地望着她，没舍得挪开视线。接触到他的视线，许稚意还有点儿不好意思。

"很漂亮。"周砚起身，看向造型师，"头发要盘起来？"

造型师应声。

头发盘好，造型师正要给许稚意戴项链时，周砚出声："我来吧。"

造型师一愣，立马交给周砚。

许稚意今晚的礼服和首饰全是某品牌提供的，为搭配礼服，造型师选了一条优雅的珍珠项链和一条精致的钻石手链。周砚站在许稚意身后，倾身为她戴上项链。

许稚意不经意看向镜子，恰好撞上了他的目光。她微顿，在他的指腹贴近自己的肌肤时，不受控制地眨了眨眼睛。周砚表面上是在给她戴项链，可实际上……他偷偷撩拨了许稚意。

"太好看了。"蒲欢感慨，"稚意姐、砚哥，你们真是金童玉女。"

化妆师笑道："今晚你们是真正的黑骑士和白天鹅。"

两人无论是打扮、气质还是长相都是上乘，看过他们的造型的工作人员用脚指头想，也觉得他们今晚又要在网上引发热议。

六点，金狮奖颁奖典礼受邀的媒体记者已然就绪，主持人率先亮相，对艺人进行采访。

许稚意和周砚是压轴的，所以两人不紧不慢地拍完照片，才往颁奖典礼现场走去。路上，两人的工作室在同一时间发出了两人晚上的造型图。一看到两人的造型，无数粉丝梦回金叶奖的颁奖典礼现场。

两人抵达典礼现场时，周砚率先下车，绕到许稚意这边为她打开车门，将手递给她，牵着她下车。

瞬间，所有人的眼睛和镜头都对准了他们。虽然已经知道两人晚上的造型了，可亲眼看见的时候，大家还是控制不住地尖叫。

许稚意和周砚相视一笑，她挽着周砚的手臂，边跟现场的粉丝打招呼，边往签名板那边走。

签好名，两人摆了好几个造型拍照。

他们拍完照，主持人也没放过他们，抓住他们采访。主持人先是对两人夸赞了一番，而后开始八卦地问："稚意上次和周老师一起走红毯是什么时候？"

"五年前了吧，"许稚意笑着说，"《一厘米距离》的时候。"那部电影合作结束后，两人便一直没再携手参加活动。

主持人笑："是有五年了。今天走红毯有什么不一样的感觉吗？"

许稚意看向周砚："你先说。"

周砚莞尔："和她一起走红毯，感觉都一样。"

主持人："那一样的感觉是什么？"

周砚微顿，和许稚意对视一眼，轻声道："心动。"

听到这个答案，现场的人尖叫连连。

主持人捂着心口，一脸受不了的表情："周老师今晚是来秀恩爱的吧？"

周砚笑而不语。

主持人："那稚意呢？周老师和你走红毯每次都会心动，你呢？"

许稚意忍俊不禁，轻声道："我和他一样。"他是心动，她亦是如此。两人的心动总会得到对方的回应。粉丝的尖叫声和媒体摄像机的闪光灯没断过。

简单问了几个问题，主持人意犹未尽地放两人入内。

许稚意和周砚的座位依旧在一起。

看到两人坐下，直播间的粉丝激动地为两人发弹幕。

真的久违了。上回金鹿奖两人虽然也是坐在一起，可那是不同的剧组，而现在他们再次在同一个剧组一起参加颁奖典礼，怎么能不让大家激动？

颁奖典礼的流程大致相同。

许稚意和周砚在无数双眼睛的注视下，时不时小声交流，但说的是什么，没人能听清。

最佳女主角奖颁奖时，许稚意看向周砚："你在紧张？"

周砚点头。

许稚意失笑："这是最佳女主角奖，你紧张什么呀，周老师？"

周砚"嗯"了一声，也不解释。

两人正聊着，台上的大屏幕已经在播放被提名演员的作品了。许稚意在最后一个。谈初这个角色一出来，现场的粉丝就开始尖叫，甚至还有人号啕大哭——许稚意演的谈初太苦了。

许稚意望着大屏幕上的自己，在镜头扫过来时无声地弯了弯唇。

颁奖嘉宾上台，先是玩笑着聊了两句、卖了卖关子，而后才一本正经地念道："第三十二届中国电影节金狮奖最佳女主角奖的获奖者是——"嘉宾往台下看，目光锁定某处，"许稚意，《遇见你之后》。让我们恭喜许稚意，请她上台领奖。"

这个结果一宣布，全场掌声雷动，现场的粉丝尖叫，直播间的粉丝也纷纷激动不已。

许稚意怔了怔，没忍住再次红了眼眶，为自己，也为谈初。

周砚看向她，朝她伸出手，笑着说："老婆，恭喜。"恭喜，我的最佳女主角。

许稚意起身，抬手和他拥抱。

许稚意站在台上拿着奖杯，眼眶红红的。她抿了抿唇，努力克制自己的情绪，说道："谢谢。"千言万语，能说出口的唯有"谢谢"二字。

她露齿一笑，和台下的人遥遥对视，轻声说："谢谢为这部电影付出努力的工作人员，谢谢导演，也谢谢粉丝、观众，谢谢你们的支持……"

说完感谢语，许稚意稍稍顿了一下，看向周砚："虽然你一直说我们是夫妻，不用说'谢谢'，但今天忍不住，还是想和你说一声，谢谢你一直陪着我。"无论我在顶峰还是低谷，谢谢你一直都在。

周砚抬手为她鼓掌。

全场再次掌声雷动，尖叫声不断。

最佳女主角奖颁奖后，便是最佳男主角奖的颁奖环节。

没有意外，最佳男主角奖的获奖者是周砚。

周砚西装笔挺地站在台上，手里捧着和许稚意一样的奖杯。他微微一笑，说了类似的感谢语。结束时，他说："刚刚许老师谢了我，礼尚往来，我今晚也要和她说一声'谢谢'。"

大家哄笑，尖叫着鼓掌。

周砚敛目，清越的嗓音传到每一位观众的耳朵里："谢谢许老师，我的周太太，谢谢你让我的生命有了更浓烈的色彩。"他稍顿，低声说，"我永远爱你。"

一辈子太短，我想这辈子、下辈子、下下辈子都爱你。

二人目光交会，将眼睛里的爱意在镜头下坦露。这一回，他们都格外大方。他们不再像前几年参加颁奖典礼一样收敛爱意、隐藏爱意。

这次，高朋满座，他们大大方方地表露自己对对方的爱意。

镜头中，许稚意在台下给周砚比了个大大的爱心。

周砚和许稚意深爱对方这件事，全世界皆知。

颁奖典礼结束后，拿奖的两人接受后台采访。

采访过后，两人直接回家。途中，焦文倩和林凯叮嘱两人，记得发微博感谢大家。

许稚意和周砚了然，到家的第一时间拍了奖杯照片发微博。

粉丝纷纷为两人送上祝福：

"你们两个人甜死我得了。"

"恭喜！！！"

"你们快去看两人拿奖后的后台采访，那才是最甜的！"

"在哪儿？"

…………

网友纷纷点进金狮奖官方微博发出的最佳男女主角奖的专访。

采访里，记者看着这对璧人，先是正经地采访了一段，而后也忍不住八卦道："周老师、许老师，今晚你们一起拿奖了，有什么话想要送给对方吗？"

许稚意和周砚相视而笑，异口同声地说："很荣幸。"

记者笑了笑："很多人都好奇，两位是不是因为入戏太深在一起的。"这个问题，很多人都问过。

周砚看向许稚意："你回答还是我回答？"

许稚意："你说。"

"算吧。"周砚一笑，看向镜头，温柔地说，"但在拍戏之前我们俩就见了一面。"

记者八卦："是一见钟情吗？"

周砚摇头："不算一见钟情。但看见她的第一眼我就知道，我这辈子可能会栽在她的身上。"

记者直呼"受不住"，询问许稚意。

许稚意："没入圈之前，我是他的影迷。"

两人这一番回答，让现场的记者激动不已。

最后一个问题是记者问两人知不知道"中意"的粉丝。

周砚应声："知道，但我不是。"

记者瞪大眼睛："为什么？"

周砚勾唇笑了下，目光灼灼地看向许稚意："因为我太太已经足够甜了，再和大家一起做'中意'的粉丝，我怕自己承受不住。"许稚意也是一样的回答。

看完这个采访，粉丝和其他网友全傻了：

"你们为什么可以这么甜？"

"看到你的第一眼我就知道我会为你沦陷，合作前我是你的影迷。这到底是什么神仙爱情？"

…………

许稚意和周砚自然也看到了这个采访视频。

许稚意看完，转头看向旁边的人："你真的不是'中意'的粉丝吗？"

"嗯。"周砚敛目看她，"对自己这么没信心？"

许稚意挑眉："怎么说？"

周砚低头，吻住她的唇，含混不清地说道："有你已经足够了。"

许稚意忍笑，钩住了他的脖颈，抬起眼看他："周砚。"

周砚应声。

两人视线相撞，在对方的瞳孔里看到了自己。

她轻声说："今晚也想跟你说一句——"

"说什么？"

"我爱你。"许稚意说。

周砚一笑，嗓音低沉地说："我也爱你。"更多的情话他暂时无法宣之于口，因为此时此刻，他只想真真切切地感受她的存在。

你不知道，和你相恋之前，我就爱上你了。

从那一刻到现在，直至永远，这份爱都不会改变。

何其有幸，这辈子能和你相爱。

如果可以，我想许一个愿望——希望下辈子、下下辈子也和你相爱。

第十七章　婚　礼

翌日，有关许稚意和周砚的话题还挂在热搜榜上。

两人再次凭借合作的电影拿奖，人气比上次金鹿奖获奖时更高，加上两人坦露爱意，更是让网友兴奋无比。网上各种以两人为原型的同人小说以及各大网站上两人合作的视频剪辑，更是多到让人看不过来。还有很多人忍不住追问两人的恋爱故事：他们是什么时候在一起的、是谁先表白的等。

许稚意睡醒刷微博，看到的全是类似问题。

许稚意给周砚分享："你知道网上有人说我们是怎么在一起的吗？"

周砚和她一样刚醒，嗓音还有点儿哑："怎么说的？"

许稚意忍笑："他们说你对我蓄谋已久，在见过我一面之后，就开始布下陷阱，引我走入。"

听完，周砚沉默了一会儿，问她："有人相信？"

"怎么没人信？"许稚意挑眉，忍俊不禁，"大家都觉得好甜。"

一时间，周砚无法理解。

除了这样有趣的猜测外，还有更离谱的。

"这条我忍不住想反驳了，这人竟然说我们俩吵架，我罚你跪搓衣板。"许稚意瞪圆了眼，无辜地看向周砚，"我是这样的人吗？"

周砚看着她，微微一笑，将人扣回怀里："别看了，网上的很多东西都不可信。"

"话虽如此。"许稚意不满地说道，"别的我也就忍了，这个把我形容成母老虎的，我不太能忍。"

周砚扬眉，笑着看她："那我发条微博给你证实一下？"

他靠近，吻住她的唇："告诉大家，我的周太太没罚我跪过搓衣板，最多就是……"

许稚意眨巴着大眼睛看他："最多就是什么？"

周砚撬开她的贝齿，嗓音低哑，含混不清地说："最多就是跪她。"

许稚意："什么？"她什么时候让周砚跪过自己？她还没来得及问，周砚便将她的唇堵住了。

昨晚回来得太晚，她跟周砚说了一会儿悄悄话，洗了个澡后，没等周砚洗完澡出来便睡着了。他昨晚没将自己弄醒，许稚意还以为这人会克制，没想到大早上在这儿等着她。

接下来的美好时光，周砚没再让许稚意说一句完整的废话。

许稚意也想不起来说，所有的注意力都在眼前的男人身上，思绪被他牵引，身体像悬浮在空中，忽上忽下。

窗外有鸟叫声，叽叽喳喳的叫声将房间内的声音掩盖了大半，让人听得不真切。

…………

早起做过运动，许稚意整个人不说精神百倍，也清醒了很多，就是有点儿累。她不愿意走，餍足的某人便自觉地将她抱起来，跟照顾小宠物似的。

两人的早餐吃得有点儿晚了。吃过早餐，许稚意更不想动了，拉着周砚窝在沙发上，一会儿看看剧本，一会儿看看手机，很是忙碌。

"周砚。"许稚意靠在他身上，往他的手机界面上瞟了几眼，忽而愣住，"你在看什么？"

周砚举着手机给她看："婚纱。"

许稚意蒙了，抬起眼看他："你是认真的？"

周砚垂眼，捏了捏她的鼻子，声音低沉："说话不算话？"

闻言，许稚意哑然失笑："我哪有？"她才不承认，"可是你忘了吗？我们今年接下来的工作差不多都排满了。"

因为金狮奖颁奖典礼，两人才跟剧组请了两天假回来休息，明天早上就得回各自的剧组了。两人的电影大概在六月杀青，杀青结束后倒是安排了一两天休息时间，可这点儿时间完全不够他们去办一场婚礼。

周砚"嗯"了一声，询问她的意见："明年办好不好？"

"明年当然好。"许稚意眨眼，"明年办需要现在就看吗？"

"婚礼要提前筹备，现在看不算早。"

听他这么说，许稚意便没意见了，问道："你喜欢我穿哪种类型的婚纱？"

周砚一顿，敛睫："你穿的话，哪种都好。"

许稚意轻笑，弯了弯唇，指着周砚手机上的界面说："不行，你必须在这里选一条。"

周砚看了一眼，指了指其中一条："这条好一点儿。"

许稚意低头一看，忍笑："你喜欢有蝴蝶结的？"他指的那条婚纱，有点儿像她昨晚的礼服裙，腰后是拖曳的大蝴蝶结的设计，轻轻一扯蝴蝶结，裙子就会从身上脱落。

周砚看她："你喜欢。"他喜欢的都是她喜欢的，他爱屋及乌。

许稚意有颗少女心，很喜欢蝴蝶结，从小就喜欢。发饰和首饰等很多物件，她都喜欢有蝴蝶结的设计。有蝴蝶结的漂亮衣服比较少，她拥有的也相对较少，但如果有漂亮又精致的蝴蝶结搭配裙子或礼服的设计，她必然是喜欢的。

周砚了解她，自然也知道她的喜好。

许稚意一怔，没想到他会给出这样的答案。她弯了弯眼睛，甜甜地说："嗯，我确实也比较喜欢这条，但总觉得还差点儿味道。"

周砚了然："先想想，到时候我们去一趟巴黎？"

许稚意看着他的神色，知道他是在认真地跟自己说这件事，毫不犹豫地点头："好呀，杀青后我们就去？"

订制的婚纱起码要三四个月才能做出来，他们明年办婚礼时间上正好。

对她的提议，周砚自然没意见。他应下，低声道："好。"

翌日，两人飞回各自的剧组，再次开启了"异地婚姻"模式。他们都没再去看网上那些乱七八糟的事，专注在剧组拍摄。

快杀青的时候，盛檀和倪璇过来给许稚意探了一次班。因为许稚意在赶进度，只陪她们吃了顿饭便让她们自便了。为此，盛檀说她没良心。但说归说，二人走之前还是给许稚意准备了不少吃的喝的放在酒店。

五月底，许稚意的新戏杀青。杀青当晚，她便回了北城。周砚过几天也会杀青，她也就掐灭了要去给他探班的念头。

她在家里休息了一晚，次日盛檀不请自来。盛檀看了许稚意半晌，咕哝道："天哪，你这段时间是不是没有好好保养自己？"

许稚意摸了摸自己的脸："变丑了？"

盛檀："丑倒是没有，但就是没有那么光亮了，我们出去做个 SPA？"

许稚意没意见："走。"她不能忍受自己不好看。

两人说走就走，直接去了盛檀常去的一家 SPA 馆。许稚意因为拍戏劳累，经常腰酸背痛，索性做了个全身 SPA。两人躺在小房间里，闭着眼闲聊。

"你老公什么时候杀青？"

许稚意闭着眼："就这几天吧，怎么？"

盛檀哼哼："我们四个人还没一起出去旅游过呢，要不要出去玩玩？"

许稚意挑眉："可以啊，沈总这回有时间了？"

盛檀："这回他没有也得有。"

"不要这样，沈太太。"许稚意失笑，揶揄道，"沈总是在赚钱养你好不好？"

盛檀不置可否："我想跟你一起出去玩嘛！"

许稚意弯唇："好，没问题。我回去跟周砚提一提。"

"行。"

做完 SPA，两人又去逛了几个小时街。许稚意每次杀青一部戏都会好好犒劳自己一番。至于盛檀嘛……她每天都在犒劳自己，也就不差跟许稚意逛街的这一次了。为庆祝许稚意杀青，她还特意给许稚意送了条裙子。

这位满脑子奇怪思想的沈太太和许稚意嘀咕："那条裙子超级好脱。"听到她这番言论，许稚意一时不知道她到底是自己的朋友，还是周砚的朋友。

"沈总评价的？"许稚意面不改色地询问。

盛檀没一点儿害羞的模样，扬了扬眉，说："对啊。"

许稚意噎了噎，问道："那沈总还评价了别的吗？"

盛檀："没有，别的不能跟你说。"

许稚意微窘。盛檀看她这样，挽着她的手继续往前逛，顺便和她闲聊："你和周砚打算什么时候办婚礼啊？"

许稚意笑："怎么，盼着我嫁出去？"

盛檀朝许稚意翻了个白眼："说什么呢？"她想象着，"我主要是想看你穿婚纱的模样，想看你出嫁。"

许稚意知道她心里的想法，弯了弯唇，说："快了，明年吧。"

盛檀眼睛一亮："真的啊？那我现在就开始攒钱。"

许稚意茫然了三秒，问她："攒钱干吗？"

"给你买新婚礼物啊。"

许稚意看着盛檀一本正经的模样，缄默片刻，说："你开心就好。"

盛檀忍着笑，眼睛弯弯地说道："攒钱给你买新婚礼物，我当然开心啦！"

逛完街，两人去吃了顿火锅。

吃完饭，盛檀让司机先把许稚意送回家，才回了自己家。

许稚意看了消失的车影片刻，莫名地笑了起来。她喜欢和周砚在一起的日子，也很喜欢和盛檀她们在一起瞎聊、无所事事的时光。

晚上，许稚意跟周砚视频通话。周砚说回来要带她去个地方。

许稚意好奇："去哪儿？"

周砚："回来告诉你。"

许稚意瞥他一眼："意思是现在不告诉我？"

周砚点头。

许稚意哼哼，看向他说："对了，我今天买了几条裙子。"

周砚沉默。

许稚意问他："要看看吗？"

两人对视须臾，周砚用低沉的嗓音问："故意的？"

"哪有？"许稚意表情无辜，"我只是想跟我老公分享一下他不在家时他老婆的悠闲生活而已。既然她老公不感兴趣，那我就不分享了吧。"

周砚看她表演，哭笑不得："看。"

许稚意眉梢稍扬，笑得可得意了："真的看？"

周砚："嗯。试穿给我看？"

许稚意："我没想试，就是让你在衣帽间看看。"

"那不要。"周砚很有骨气地说，"我老婆试穿我才看。"

两人僵持半晌，许稚意说道："那你别看了，我懒得穿。"

周砚点头，淡定地告知："等我回来，我帮你穿。"

许稚意再次被周砚的不要脸惊住了，不可置信地望着他，嘴唇翕动，似乎想说点儿什么。周砚看着她通红的双颊，眸中压着笑意："想说什么？"

"不要脸。"许稚意骂了一句。

周砚笑着应着，一点儿也不生气："还有呢？"

许稚意噎了噎，瞪了他一眼："没有了。"

周砚弯唇："累不累？"

"累，但是很开心。"谈到正经话题，许稚意眉飞色舞，"盛檀说等你杀青了，我们四个人去旅游放松放松，你觉得怎么样？"

周砚没意见："你觉得好就好。"

"那也要你喜欢才行。"许稚意一本正经地说道，"你要是觉得不好，我们就不去。"

周砚微笑："好。你开心的话一切都好。"

听到这话，许稚意满足了。

在周砚的新电影杀青前，许稚意除了逛街、做SPA，还拍了之前接的两个代言广告，一个是顶级护肤品的，许稚意是该品牌启用的第一个国内代言人，还有一个是珠宝广告。

回去的路上，焦文倩和许稚意提了提接下来的工作安排。

"给你放半个多月的假。"焦文倩老话重提，低声道，"真不考虑和周砚一起上个综艺？"

许稚意看她坚持的模样，思忖了一会儿，问道："能找到我和周砚空档期录制的综艺？"

焦文倩噎住："你现在让我找当然找不到。"艺人要上综艺都得提前好几个月敲定。虽然有瞬间决定的情况，可那大多数是为了救场。

许稚意看她憋屈的表情，"扑哧"一笑："过两年吧，倩姐。接下来的两个月我和周砚都有假期，我们想好好享受一下自己的生活，然后又要进组合作拍戏了，感觉也没必要去录综艺。"

焦文倩知道她说得有道理，认同地点了下头："行吧，等哪天你想去了再和我说。"

许稚意弯唇："好呀。"

焦文倩看她："我带你是真省心。"

不仅焦文倩这个经纪人觉得省心，连粉丝都觉得粉许稚意很省心。许稚意虽"早恋早婚"，可不是恋爱脑，也从没因为和周砚在一起放弃自己的事业。相反，这对夫妻在事业上的规划极好，两人从不干涉对方的工作选择，也不会爆出什么乱七八糟的绯闻，即便有刻意的诬蔑，也会在第一时间澄清。这样的艺人，谁都会放心。

许稚意听着，眼睛弯了弯："我就当你在夸我了。"

焦文倩睨她一眼："本来就是在夸你。"

许稚意笑了。

忙了几天，周砚终于回来了。

周砚回来这天，许稚意亲自去机场接他。跑来接机的粉丝完全没想到他们俩会在机场再次同框。

"砚哥，你老婆来接你啦！"

"稚意！"

…………

听到粉丝的声音，许稚意坐在车里和大家打了个招呼回应。

郑元听着，忍着笑道："砚哥，我就不当电灯泡了。"

周砚颔首："到家了在群里说一声。"

郑元了然："行。"他跟许稚意打招呼："嫂子，我先走了，你们注意安全。"

许稚意应声："好。"

跟粉丝道别后，周砚上车。他坐在副驾驶座上，一点儿也没不好意思，转头看向许稚意，目光炙热。刚开始，许稚意还任由他看，但旁边人的眼神实在是让她有些分神。她忍不住出声："你这样看我做什么？"

"很久没见，多看看。"周砚回答。

许稚意哭笑不得："哪里很久没见？我们就昨晚没打视频电话。"昨晚周砚在赶工，两人便没通电话。

闻言，周砚解释："那不一样。"

许稚意的唇角往上牵了牵，她认可他说的这句"不一样"——镜头前看到的人，和坐在同一空间、面对面看到的确实不一样。

她"哦"了一声，得意扬扬地说道："那好吧，我允许你多看看。"

周砚乖乖地应着："好的。"

一路看到家里的停车场，周砚才收回目光。

两人下车，顺便将行李搬下来。

周砚这次去剧组的时间长，有两个大箱子。许稚意正要帮忙推，周砚道："换只手。"

许稚意眨眼："哦。"她笑着将自己的另一只手递给他，让他牵住。

两人掌心相贴、十指相扣，许稚意才真真切切地感受到对方的存在，感受到他的掌心传来的温度。她的唇角往上扬了扬，眼眸里的笑意也加深了许多。

"这么开心？"进了电梯，周砚看着她脸上的笑容，问道。

许稚意瞥他："你不开心？"

周砚一顿，低声道："你说呢？"

"我不说。"许稚意嘴硬，"我要你自己说，开心吗？"

周砚挠了挠她的手心："我表现得不明显？"

许稚意盯着他英俊的脸半响，摇摇头说："一般吧。"算不上很明显。

周砚了然，点了点头，说："等进屋，我表现得明显一点儿。"

许稚意语塞。大概是和盛檀在一起久了，又或者是被周砚不要脸的行为洗脑了，听到这话时，许稚意的脑海里第一时间浮现的就是不健康的想法。

思及此，她红着耳郭，没好气地白了他一眼，含混道："说什么呢？"

周砚看着她此刻的神情，逗她："我什么都没说。"他托起她的手，凑在唇边亲了一下，低声问，"你在想什么？"

许稚意觉得他倒打一耙的本事非常强，连忙道："我什么都没想。"她绝对不会承认自己想了什么。

周砚看着她欲盖弥彰的模样，眸子里的笑意加深："好，你什么都没想。"他俯身，呼吸贴在她的耳畔，嗓音低沉地说道，"是我在想。"

电梯抵达的声音响起，许稚意没理会周砚这更不要脸的话，连忙甩开他的手往外走："行李箱你自己推吧。"她要去开门。

周砚看着她慌乱逃走的背影，笑出声来。

听到他的笑声，许稚意不自觉地加快了脚步。

只不过，许稚意好像想错了。进屋后，周砚也没对她做什么。她瞅着在衣帽间收拾东西的人，一时有些迷惑：到底是自己想多了，会错了周砚的意思，还是他在逗自己玩？

许稚意正胡思乱想着，周砚将行李收拾好，顺便拿出了一套睡衣。

许稚意看到睡衣，眼睛都瞪直了，转头看向窗外的大太阳，结巴着提醒："现在才……下午三点。"

周砚嗯了一声："三点怎么了？"

许稚意微哽，嘀咕："还很早。"

周砚压住眼中的笑意，看着许稚意羞窘的神色，点点头说："我知道。"他晃了晃手里拿着的睡衣，"有人规定三点不能去洗澡吗？"

许稚意一噎——那倒是没有。

周砚坏笑着道："我只是坐飞机一路风尘仆仆的，现在想洗个澡。"话音刚落，他将许稚意拽入怀里，揶揄道，"周太太在想什么？"

看到他眸子里的笑意，许稚意后知后觉地意识到自己多想了。她噎了噎，破罐子破摔地道："我能想什么？还不是都怪你？"

"怪我什么？"周砚明知故问。

许稚意瞪他，正要将人推开，周砚率先捏住了她的后脖颈，迫使她抬起头，接受他落下来的吻。吻落下时，周砚含混不清的声音也落入她的耳朵："既然周太太想我，那我晚点儿再去洗澡也行。"

许稚意张嘴，下意识地要辩驳，没想到反倒给了周砚乘虚而入的机会。他的舌尖钻入，舔过她的唇齿。

许稚意的所有声音都化作喘息声。她整个人往后倒，闻着他身上熟悉的味道，感受着他熟悉的触感，下意识地环住他的脖颈，回应着他的亲吻。

不知吻了多久，周砚的唇往后撤了撤，滚烫的呼吸落在许稚意的脸颊上，他目光灼灼地望着她："老婆。"他的嗓音有些哑，许稚意听着耳朵微微发痒。

她睁开眼望着他。

周砚目光专注，用鼻尖轻蹭过她的脸颊，低声询问："是想让我现在去洗澡，还是——"他对着她的眼睛，将后面的话补完，"还是再亲你一会儿？"

两人对视半晌，许稚意仰头，主动地吻上他的唇，想再和他亲一会儿。

…………

听到浴室里传出的水声，许稚意裹着被子在床上滚了好几圈。

想到自己刚刚做的事，她深深地反省了一下，发现自己在周砚面前越来越不矜持。思及此，许稚意不自觉地抿了下唇。她抬手摸了摸被他吻得发烫的唇瓣，眼睛弯得像月牙。

周砚洗完澡出来，许稚意已经不在房间里了。他扬了扬眉，下意识地去外边找她。

"洗好了？"许稚意正好在厨房喝水。

周砚应声，垂眼看她："渴了？"

许稚意呆愣地点头，将杯子递到他面前，问道："喝吗？"

周砚看着里头剩下的小半杯水："喝。"

许稚意看他不伸手，大概明白了他的意思。她顿了下，看着他说："你蹲下来一点儿，太高了。"周砚配合。

许稚意喂他喝完那小半杯水："还要吗？"

周砚接过空杯子，笑着道："不要了。"

许稚意"哦"了一声，看他将杯子搁在一旁。她吸了吸鼻子，闻着周砚身上熟悉的沐浴露香味，没忍住抬手抱住他的腰肢，埋头在他的怀里蹭了蹭。

周砚看她黏人的模样，知道她是真想自己了。

他带着笑意，任由她抱着，和她聊天："晚上想吃什么？"

"不知道。"许稚意嗅着他身上让自己安心的味道，打了个哈欠，说，"其实我有点儿困了。"

周砚："现在四点，去睡个午觉？"

许稚意点头，抬头看他："那你呢？"

周砚捏了一下她的鼻子，一把将人抱起往卧室走："陪你。"

重新躺回床上，许稚意直接钻进周砚的怀里："你困吗？"

周砚其实还好，但可以陪许稚意睡一会儿："有一点点。"

许稚意"哦"了一声，没忍住摸了摸他流畅的下颌线，打着哈欠说："那我睡一小时你就喊我吧，我怕睡久了晚上睡不着。"

"没事。"周砚挑眉，一本正经地说，"我会让你睡着的。"

许稚意一噎。两人对视须臾，许稚意默默地挪开了目光，小声咕哝："睡觉。"她不想和周砚说话了。

周砚微微一笑，将人揽入怀中，垂眸望着她，拍着她的后背哄着："睡吧。"

许稚意应着，闭上眼睡觉。

可能是真困了，也可能是周砚身上的味道让她太有安全感，没几分钟许稚意便沉沉地睡了过去。周砚不怎么困，可旁边的人睡得太香，他像被传染了似的，不知不觉地也跟着睡了过去。

许稚意睡醒时已经六点了。床侧已经没人了，她睡眼惺忪地爬起来，正要喊人，周砚先推开房门进来了，问道："醒了？"

许稚意"嗯"了一声，朝他张开手："抱一下。"

周砚一怔，将人拉入怀里抱着："怎么了？"

许稚意把头埋在他的脖颈处，轻轻摇了摇："没事，就是做了个梦。"她每次午睡醒来看到外面天黑的时候，总有一种自己被全世界抛弃的感觉。在当下，她很想感受身旁人的真实存在，想要一个拥抱。

周砚没多问，安抚似的抱了她许久，拍了拍她的后背哄着，问她："饿不饿？"

"还好。"许稚意魁声魁气地道，"晚上吃什么呀？"

"我炖了汤。"周砚捏了捏她的耳垂，"还想吃什么？"

许稚意眼睛一亮："红烧肉。"

周砚应："还有呢？"

"你看着办就行。"许稚意咕哝，"其实我有点儿想吃小龙虾了。"夏天到了，小龙虾估计都很肥了。

周砚点头："明晚去吃。"

"好。"许稚意精神了点儿，"那去做饭吧。"

周砚给她顺了顺头发，将人拉出房间。

吃过晚饭，精神饱满的小夫妻决定出门散步。

小区满足不了许稚意，她和周砚戴着口罩和帽子，直接往大街上走去。两人也不怕被拍，只要没人围堵就好。他们现在的关系已经全网公开，也不怕被大家议论。

两人住的小区在市中心的位置，周围有高档商场，也有人潮拥挤的小街小巷和各种小吃摊。许稚意走走停停，时不时还会进小店买些喜欢的小玩意儿，周砚全程陪着，一点儿也没有不耐烦。

逛了好一会儿，许稚意才意犹未尽地和周砚往家走。

走着走着，她突然想起一件事："周砚。"

周砚看她："怎么？"

许稚意晃着他的手："你之前说回家后带我去个地方，去哪儿啊？"

周砚一笑："记着呢？"

"那当然。"许稚意骄傲地道，"我的记忆力那么好，当然记得。"

周砚弯唇。

许稚意轻哼："别笑，你还没说去哪儿呢！"

周砚敛目："现在不能告诉你，过两天带你去。"

闻言，许稚意挑眉："这么神秘，是惊喜吗？"

周砚微顿，想了想，说："算吧。"

许稚意了然，不再多问："那我等着你给我的惊喜。"

周砚应声："好。"

晚上，为了帮助许稚意入眠，周砚特意拉着她做了几场运动，将她的体力消耗殆尽，人也就困了。这一晚，睡了午觉的许稚意，依旧睡得很沉。

之后两天，周砚都早出晚归。要不是许稚意知道他对别的女人没兴趣，差点儿就要怀疑他在外面有情人了。

晚上，盛檀约她明天吃晚饭。许稚意思考了三秒，答应了。

盛檀有点儿意外："我还以为你不会那么快答应呢，周砚不是在家吗？"

"你可别说了。"许稚意嘟囔，"他最近这几天神神秘秘、早出晚归的。"

盛檀懂了："所以我是你的'备胎'？"

许稚意："对啊，高兴吗？"

盛檀一噎，皮笑肉不笑地回答："还行吧。"

许稚意笑："要不要把倪璇也叫上？她好像也在家。"

盛檀："行，我问问。"

"好。"

没一会儿，三人便敲定了行程——下午去逛街，晚上一起吃个饭。

睡觉前，许稚意特意跟周砚提了这事。

周砚愣了愣："吃完饭给我打电话。"

许稚意瞥他："你终于忙完想起你老婆啦？"

周砚失笑，捏了捏她的脸颊，说："我老婆一直在我心里。"

许稚意才不想听他这哄人的情话，撇撇嘴："我才不信呢！"

周砚莞尔："为什么不信？"

"你这两天在忙什么？"许稚意抓住机会追问，"你告诉我了我才相信。"

周砚没想到许稚意在这儿等着自己，稍顿，低声道："明天就知道了。"

许稚意扬了扬眉，看着那双漂亮又真诚的眼睛半晌，决定暂时放他一马："行吧，那要是明天给我的惊喜不够，我还是要找你算账。"

"好。"周砚捏了捏她的脸颊，"等你找我算账。"

翌日，许稚意在和盛檀、倪璇逛街、吃饭的时候，一直不太淡定。

倪璇瞅了她好几眼，没憋住，问她："你干吗呢，心神不宁的？"

许稚意和二人坐在餐厅里，托腮望着她们说："周砚说今晚要给我一个惊喜，我总觉得不会是惊喜。"

听到这话，盛檀和倪璇对视了一眼。

安静半晌，盛檀问："为什么这样说？"

许稚意喝了口饮料，低声道："因为我好像猜到他要给我什么惊喜了。"

听到这话，正在喝水的倪璇一个没注意，呛到了。她错愕地抬头，不可置信地看着许稚意："啊？你猜的是什么惊喜？"

"可能是补一个求婚仪式吧。"许稚意没多想，"他之前就说过，最近神神秘秘的，估计就是在干这件事。"

盛檀和倪璇对视着，双双无语。盛檀率先追问："你怎么猜到的？"

许稚意："感觉啊。"

倪璇噎了噎，硬着头皮说："万一不是求婚呢？"

"不是就不是。"许稚意道,"但我还是觉得是,你们不觉得吗?"

被问到的两个人启动十级警报,连忙摇头:"不觉得啊,可能就是你们很久没见了,周砚想带你去个特别的地方约会吧。"

许稚意摇摇头:"不会的。"

倪璇微哽,朝盛檀使了个眼色。盛檀默默地喝了口水,真心觉得周砚给许稚意筹备的惊喜快瞒不住了,抿了抿唇,低声道:"不管了,等晚点儿周砚带你去了就知道了。"

许稚意想了想,也确实如此。她低头吃饭:"也是,我先期待一下。"

盛檀和倪璇默契地拿起手机,在新建的小群播报。正在做求婚准备的周砚看到消息时,无语望天——老婆太聪明了怎么办?他连惊喜都瞒不住。

一时间,蒋淮京和沈正卿等人纷纷对周砚表达了自己的同情。

吃过饭,许稚意跟盛檀、倪璇道别,坐上了周砚的车。

"你吃了吗?"许稚意这才想起来问他。

"吃了,"周砚顿了一下,欲盖弥彰地解释,"我从工作室过来,跟林凯他们一起吃的。"

许稚意点点头,看他:"现在要带我去看惊喜了?"

周砚:"嗯。"

许稚意瞅着他,总觉得他的表情怪怪的,狐疑道:"你好像很紧张。"

"有吗?"周砚侧头看她,"我没紧张。"

"是吗?"许稚意半信半疑,"我怎么感觉你奇奇怪怪的?"

"没有。"周砚微窘,岔开话题,"下午都买了什么?"许稚意笑了下,开始和他说自己买的东西,周砚时不时点评两句。他们聊着聊着,目的地便到了。

车子停下,许稚意跟着周砚下车。看着面前的院子和别墅,许稚意确定了自己的猜想。但为了给周砚留点儿面子,她没说穿。

"这是哪儿?"她装傻地问。

周砚掩唇轻咳了一声,低声道:"待会儿告诉你。"

"哦。"

许稚意弯了弯眼睛,看院子里挂着的别致的小灯。灯光温暖,照亮了眼前的一切。

她被周砚牵着往里走。

站在别墅门口,周砚垂眼看她:"是不是猜到了?"

许稚意忍笑："猜到什么？"

周砚挫败地说："你都猜到了。"

"哪有？"许稚意表情无辜地问，"你不是带我来看房子的？"

周砚微顿："不是，我是带你来求婚的。"

许稚意一怔，没想过他会这么快说。她下意识地看他，先看到周砚从口袋里掏出了一个熟悉的丝绒盒子。在她的注视下，他单膝跪在她面前，仰头看向她。

同一时间，屋内屋外的灯光全都亮了起来。

许稚意虽有心理准备，可看到从屋子里走出来的朋友时，还是被感动了。她垂眼看着面前的男人，眼眶微微热了起来。

"你别——"她下意识地想拉周砚起来。

周砚扣住她的手，嗓音含笑："做什么？"

"不用跪……"许稚意嗓音沙哑地说。

"哪有人求婚不跪的？"周砚说，"虽然被你猜到了，但还是希望今晚的这一切能让你感到惊喜。"他望着许稚意，轻声说，"一直在想要怎么给你一个特别的求婚仪式，可总没找到合适的机会。但现在，我觉得是时候了。"

他目光灼灼地盯着许稚意，轻声道："这是我为我们设计的新家，你还没来得及看，但没关系，你想知道的我都会告诉你，我会陪着你一起了解我们的新家。"

他将戒指拿出来，一字一顿地问："嫁给我，好不好？"

许稚意垂眼看他，眼眶渐渐地红了。

她想：没有人比周砚更了解自己，他太知道自己想要什么了。她的父母一直很忙碌，她从小到大鲜少感受到家的温暖。所以，他便亲手设计了一个她曾经在脑海里幻想过的家。

这样的男人，她怎么会不愿意嫁？

许稚意红着眼眶，将手伸出，哑声答应："好。"

周砚为她戴上戒指。许稚意顺势将他拉了起来，不远处的盛檀和倪璇等人开始起哄："亲一个，亲一个。"

许稚意还来不及做什么，周砚先拥着她低头吻过来。

二人大大方方地亲吻，盛檀和倪璇等人的尖叫声更甚："羡慕死我了！"

"呜呜呜……"盛檀没控制住，哭得稀里哗啦的，"周砚你要好好对我们家小公主。"

听到她的哭声，沈正卿哭笑不得："怎么还哭了？"

盛檀抱着他："我感动。"

沈正卿一笑，摸着她的脑袋哄着："你放心，周砚要是对稚意不好，我帮你教训他。"

盛檀破涕而笑："好。"

大家听着这样幼稚的对话，没忍住跟着笑起来。

周砚承诺："放心。"眼前的人是他的爱人，他会一辈子对她好。

看着许稚意弯起的眉眼，周砚低语："还有句话没告诉你。"

许稚意抬眸看他。

周砚牵着她的手，和她十指相扣："爱上你的第一天，我就想和你共度余生。"

以后，两个人会在这里一起度过属于他们的岁月。

周砚求婚成功后，盛檀和倪璇等人便走出房门去了院子里，给还在拥抱的两个人腾出了私人空间。

屋内灯光明亮，许稚意故意抬手看了看新戒指，和上次的粉钻有点儿差别，这次是紫色钻石，看上去亮眼无比，格外漂亮。看着手里璀璨惹眼的紫钻戒指，她欣喜不已，没忍住揶揄旁边的人："光是求婚戒指就有两个了，你是不是想给我集齐'七龙珠'？"

周砚一顿，敛睫看她："你想要的话，可以。"

许稚意"扑哧"一笑："就不怕买戒指买得你倾家荡产？"

光是这两枚戒指，估计就能换两套现在这样的别墅了。

"不至于。"周砚挑眉，低头揽着她的腰肢说道，"七枚戒指我还是买得起的。"

如果连七枚戒指都买不起，那周砚这么多年也白忙了。

许稚意哭笑不得："我跟你开玩笑的。"周砚自然知道。

许稚意仔细端详着手里的戒指，好奇地看向他，问道："这枚戒指不会也是让蒋淮京在拍卖会上拍下的吧？"

周砚："不是，是爸妈帮忙拍下的。"

许稚意不敢相信地看着他："啊？"周砚给她解释：紫钻比较少见，他不想错过，听到有紫钻拍卖的消息时，蒋淮京恰好有工作，自己又在剧组拍戏，最后只能拜托周正远和温清淑飞到国外一趟，将这枚戒指拍下。

许稚意微窘："那爸妈没说你吗？"

"说我什么？"周砚牵着她的手，低声道，"妈还说我买一枚少了，应该多买几枚送给你。"

许稚意失笑："妈太宠我了。"

周砚"嗯"了一声，向她解释："本来想让他们今晚也过来，但我担心你会紧张、不适应，就只叫了朋友。"

许稚意了然："那我们明天回家吃饭。"

"好。"周砚应声，环顾四周，"带你看看房子？"

许稚意点头，张望着说道："你什么时候瞒着我偷偷装修的？"她知道周砚的房产不少，所以没问他是什么时候买的，但装修的事她也一点儿都不知道，可见这人瞒得多好。

周砚看她："蒋淮京安排监工的。"他没怎么管，也没时间管，但和设计师沟通，以及房子的大部分设计思路，都是周砚负责的。他知道许稚意喜欢什么，知道她梦想中的家是什么模样，所以在设计时将她想要的全部落实，再和设计师沟通设计的可行性。

许稚意笑："你就这么压榨蒋总？"

周砚回答得理直气壮："他比较闲。"许稚意猜，这话也就周砚敢说，蒋淮京那么大一个公司的总裁，忙得脚不沾地，竟然被周砚说闲。

周砚带许稚意逛他们的新家，屋子的设计偏法式风格，是许稚意喜欢的，地砖和墙的色调也是她中意的，看上去非常不错。一楼有厨房和客房，还有一间书房，二楼是主卧和衣帽间，三楼是两个人都需要的影音室和健身房。阳台处摆了很多绿植，郁郁葱葱的。从阳台往楼下看，许稚意发现院子里种了很多她暂时还分不清是什么品种的花草树木，不远处还有盛檀在玩的秋千等小朋友喜欢的东西。

许稚意看着有点儿惊讶："那是什么？"

周砚："阳光房，去看看吗？"

许稚意眼睛一亮："好。"

阳光房适合他们闲暇时喝茶、聊天，不大，但也不小，六七个人是完全可以坐下的。许稚意在这里转了一圈，发现从阳光房便能绕到搭建秋千的地方。

"秋千也是你想的？"许稚意站在不远处看着。

周砚："你不是喜欢吗？"

"啊？"许稚意愣了一下，诧异地问道，"我什么时候说过喜欢？"

周砚扬了扬眉，看她："自己想。"

许稚意怔了怔，认真思考自己什么时候说过喜欢秋千的事。

想了好一会儿，她也没想起来："我忘了。"

周砚莞尔："现在还喜欢吗？"

"喜欢。"许稚意点头，拉着周砚的手臂，仰头望着他，"但我还是想让你提醒一下，我到底是什么时候跟你说我喜欢秋千的？"

周砚："真想知道？"

许稚意："嗯。"

两个人对视半晌，周砚告知："很早之前，拍《印迹》的时候，你记不记得我们去游乐场取过景？"

许稚意愣怔片刻，记忆回到了几年前——

她记得那场是确认关系不久的一对小情侣约会的戏，是许稚意和周砚去游乐场拍摄的。

开拍前，导演让两人随便玩，他们拍摄的那一小片区域已经被包场了。

许稚意第一时间往旁边的旋转木马走去。

周砚当时陪着她过去。

看着她高兴的神色，周砚随口问了句："喜欢旋转木马？"

许稚意有点儿不好意思地承认："喜欢。"她还告诉周砚，小时候去游乐场她就很喜欢旋转木马，因为她玩这个，爸妈会不放心，会一直陪着她。但她随口咕哝了一句，比起旋转木马，她其实更喜欢荡秋千，因为那样的话，她爸妈会一直推她，一直看着她。

许稚意没想到的是，自己当时随口说的一句话，他会记在心里这么多年。

思及此，她惊讶地看向周砚："我当时……就是随口一说的。"

周砚倏然一笑："我随便记下的。"

许稚意一顿，心里有些难以言喻的感动。她看着远处正在推盛檀荡秋千的沈正卿，听着那边传过来的笑声，没忍住说："周砚。"

"嗯？"

许稚意压了压自己激涌出来的情绪，控制住自己的泪水，开玩笑："我那时候说的话你就记住了，老实告诉我，你是不是早就喜欢上我了？"

"才发现？"周砚含笑看她。

接收到他别有深意的眼神，许稚意扬了扬眉，自恋地说道："没想到我的魅力这么大。"

周砚应声："在我这儿，你一直都很有魅力。"

许稚意被他的话撩拨得脸红心跳，唇角的笑意根本压不住，嘴巴也跟合不拢似的。她弯了弯眼睛，看向周砚："打住，今天小许同学收到的情话够多了，留点儿到明天吧。"

周砚挑眉，嗓音低沉地说道："小许同学？"

许稚意对他眨眨眼："不，是周太太。"

周砚："正确。"

两个人在旁边闲聊，盛檀招呼许稚意过去："意意，过来荡秋千。"

许稚意"扑哧"一笑："来了。"

他们过去，加入荡秋千的队伍。

"倪璇他们呢？"许稚意一直没看到他们几个人。

盛檀指了指后面："可能在后面吧，没注意看。"

许稚意点点头，看着面前的两个秋千，不得不觉得周砚思虑周全。有两架秋千，还能让她们几个人在一起闲聊。

他们玩了一会儿秋千，时间不早了。许稚意和周砚几个人也有点儿饿了，一群人在外吃了顿夜宵，才各自回家。

回到家，许稚意还是有种在做梦的感觉。她拿出手机对着自己手上的戒指拍了好几张照片发给江曼琳。

江曼琳："周砚求婚的戒指？"

许稚意："你也知道他今天要和我求婚？"

江曼琳："他告诉过我和你爸，你们的新房我们也都看过照片。"

许稚意："这样说的话，我才是最后一个知道的？"

江曼琳："不开心？"

许稚意想了想，其实没有什么不开心的。周砚之所以瞒着她，是想给她一个惊喜。思及此，她嘟着嘴敲字："也没有不开心，就是觉得你们占了便宜。"

江曼琳："……"

许稚意忍笑："妈。"

江曼琳："说。"

许稚意弯了弯唇，回复："谢谢你们。"

江曼琳："我可什么都没做，是周砚考虑得周到。他那么喜欢你，我和你爸也就放心了。"

许稚意："我也是很喜欢他的。"

江曼琳："女孩子，矜持一点儿。"

许稚意："矜持的人没老公。"

江曼琳："……"

许稚意："妈，你什么时候跟我爸和好啊？"

江曼琳："大人的事小孩子别管，你过好自己的生活就行。"

许稚意："那我就是想管呢？！"

江曼琳："还有事，我去忙了。"

许稚意："哦。"她再发消息过去，江曼琳还真不理她了。

许稚意看着两人的对话，深深地叹了口气。

周砚刚去阳台接了个电话，回来时便听到了太太的叹息声。

他挑眉，坐在许稚意旁边："叹什么气？"

"没。"许稚意靠在他身上，"刚刚跟我妈聊天呢。"

周砚："怎么了？"

许稚意撇嘴，小声说："你说她跟我爸明明还相爱，为什么就不愿意复婚？"

这个问题，周砚还真不知道该如何回答。他摸了下鼻子，为难地道："他们有自己的想法。"

许稚意扭头，直勾勾地盯着他。周砚回视着她，轻声道："怎么了？"

"没。"许稚意咕哝，"你和我妈说的话一样。"

两人对视半晌，周砚笑着道："不想他们的事。累不累？去洗澡吗？"

许稚意抬眼，和他对视半晌，点了点头。

周砚顺势将人拉进房间，又拐进了浴室——在这个高兴的日子里，他们当然要做点儿有意义的事庆祝，好好享受独属于他们的二人时光。

周砚正式求婚后，他和许稚意的婚礼也被提上日程了。两人跟各自的经纪人以及温清淑等人商量后，一致决定将婚礼定在次年的二三月。那个时候，许稚意跟周砚第四次合作的电影正好杀青，他们俩有一个空档期，可以筹备婚礼，去度蜜月。

定了个大概的时间范围后，许稚意和周砚便将其他的事交给温清淑和江曼琳处理。这两个人一见如故，现在已经是每天都要聊天的姐妹了。有时候，许稚意觉得江曼琳和温清淑打电话聊天的时间比她们跟自己联系的时间还长。

为此，许稚意还暗暗地吃了点儿醋。

六月下旬，将落下的零散工作做完后，许稚意和周砚飞到了巴黎。

落地当天，许稚意和周砚先好好补了个眠，下午才踏出家门，迎接巴黎的阳光。

"你开车？"看着周砚将车停在自己面前，许稚意还有点儿惊讶。她知道周砚有国际通用的驾照，但在人生地不熟的地方，她以为他会安排司机接送他们。

周砚颔首："上来吗，周太太？"

许稚意看着面前的车，是复古款，在电影上常见，很有特色，她一直都很喜欢。

她点点头："你熟悉路吗？"

周砚："有导航软件。"

许稚意"哦"了一声，尴尬地一笑："对哦。"她忘记了。

上车后，两个人往市中心走。看着窗外掠过的陌生景色，许稚意还有点儿激动。她来巴黎的次数虽不少，可每次来都觉得很有新鲜感。她趴在车窗上看着路过的车辆和行人，特色的建筑和路灯，时不时和周砚闲聊。

"我们现在去哪儿？"她之前一直没问。

周砚："去见设计师。"

许稚意一怔，诧异地道："今天就去啊？"他们这次过来是订婚纱的，可她不知道今天就要去。

周砚颔首："不方便？"

"没心理准备。"许稚意看着他，"早知道去见设计师，我就化个漂亮点儿的妆了。"

周砚微微一笑，敛眸看她："这样也很漂亮。"

许稚意听着，无声地弯了弯唇。

不久后，车在路边停下。

许稚意侧头一看，先透过车窗玻璃看到了旁边挂满了婚纱的门店。在她诧异的间隙，周砚已绕到她这边替她打开了车门，朝她伸出手："周太太，下车吧。"

许稚意翘了翘嘴角，将手递给他。

他们进店后，设计师迎了出来。他跟周砚认识，夸了许稚意一番，将两人带上楼。

许稚意看着店里挂着的漂亮婚纱，差点儿着迷——真漂亮。

设计师先询问了一番她的喜好，然后提议让她选两条店内现有的婚纱试试。许稚意觉得自己此刻眼花缭乱，一时也选不出。她向周砚求救："你帮我选。"

周砚一笑："好。"他看了一眼，指着其中一条裙摆似鲜花绽放的白色抹胸婚纱，低声道，"那条怎么样？"

许稚意一看，眼睛便亮了起来，点头："好。"

裙摆拖地，并不好穿，好在有工作人员帮忙，许稚意总算是艰难地将婚纱穿上了。

帘子自动打开，穿着婚纱的她出现在周砚的视野里。两个人隔着不远不近的距离对视着。察觉他落在自己锁骨上的目光，许稚意有点儿害羞。周砚的眼神……过于赤裸。

她微顿，轻提裙摆看向他："还……可以吗？"

周砚起身走近，扳过许稚意的肩膀，让她转向一侧的镜子。

看到镜子里的自己，许稚意被惊艳了。不是她自恋，她穿过很多漂亮的礼服，也穿过婚纱礼服，可那些和身上这条不一样。她第一回觉得，自己穿婚纱很漂亮。

周砚垂眼，和镜子里的她对视，嗓音低沉地问道："还需要我回答吗？"

许稚意感受到他落在自己耳畔的滚烫气息，下意识地舔了舔唇："不要了。"

周砚的手搭在她纤细的腰肢处，隔着单薄的布料在上面流连。他并没有太过分的举动，可越是这样，越让许稚意心痒难耐。她想将他的手推开，却舍不得。

"周砚。"她小声说道，"你的手。"

周砚喉结滚了滚，低声应着："我的手怎么了？"

许稚意羞耻极了，在镜子里娇嗔地睨了他一眼，让他自己体会。

周砚勾了勾唇角，低声道："再试试别的？"

许稚意"嗯"了一声："好。"

工作人员重新拿了条婚纱，许稚意再次回到试衣间。周砚也跟着她进来了。

看到他，许稚意明知故问："你进来干吗？"

"店员有事。"周砚碰到她婚纱的拉链，贴近她的耳朵告知，"我帮你换。"

许稚意的眼皮重重一跳："你——"

"我什么？"周砚压着声。

许稚意："你也不怕被别人笑。"

"笑什么？"周砚理直气壮，"我们是夫妻，我帮你换衣服合情合理。"

许稚意说不过他，也就随他去了。只是她换第二套婚纱的时间，比第一套长了许久。

许稚意出去照镜子时，双颊和脖颈都是羞红的。

想到刚刚的事，她没忍住瞪了周砚一眼。

始作俑者一脸无辜地看着她，夸道："周太太真漂亮。"

第十八章　新婚蜜月

许稚意被他的无赖行为惊到，嘴唇动了动，只能憋出一句："流氓。"

这话周砚就不认了，他目光含笑地注视着她，轻声问："我怎么流氓了？"

许稚意被噎住。

周砚厚着脸皮凑到她面前，一脸无辜的模样："周太太说出来让我评评理？"

"你自己做的还让你自己评理？"许稚意启唇反击，"我又不傻。"

"我做什么了？"周砚微笑，抚着她的腰肢，嗓音低沉，"我刚刚说的话都是事实。"在一侧大大的玻璃镜中，许稚意看到身后的男人眉眼间的笑意。

想到刚刚他给自己试婚纱时说的话、做的事，她又羞又气。

其实周砚没做什么太过分的事，就是给她换了条婚纱。但在换婚纱的过程中，这人的动作极慢，修长的手指在拉链处徘徊，隔着单薄的婚纱布料，掌心滚烫的温度源源不断地传到她的肌肤上，让她的肌肤开始发热。他是没做什么，可给出的暗示以及看她的眼神，和他最后附在她耳边说的那句话，都像是要将她生吞活剥一样。

她要说他真耍了流氓，是有点儿冤枉；可要说没有，她又觉得他有。

"什么事实？"许稚意嘴硬道，"我看是流氓语录。"

听到这话，周砚有点儿想笑。他压着声音，将刚刚在试衣间和她说的那句话重复了一遍。

许稚意自知说不过厚颜无耻的他，轻哼道："我才不和你说。"

周砚失笑，扣着她的肩膀看向镜子："好，不和我说就不和我说，我们去跟设计师说？"

许稚意眼睛一亮："好。"

试穿了两套不一样风格的婚纱，许稚意和周砚跟设计师在贵宾室聊了小半天，周砚一一描述她的喜好，让设计师了解她想要的婚纱是什么模样后，两人便先离开了。婚纱订制需要一定的时间，先等设计师画好设计图，之后才开始选布料、裁制和缝制。

好在他们的婚礼在大半年后，婚纱就算做得再慢也赶得及。

从店里离开，周砚带许稚意去喝了下午茶，然后在附近的景点逛了逛。许稚意之前来过的次数不少，像现在这样悠闲不赶时间的玩乐却少之又少。

次日晚，盛檀和沈正卿便过来了。他们一来，气氛就极其热闹。虽然沈正卿和周砚的话不多，但盛檀和许稚意话多，主意也多，今天想去这儿，明天想去那儿，将沈正卿和周砚折腾得不轻，但也让他们这趟旅程玩得很是畅快。

倪璇在剧组拍戏，每天一打开群消息，看到的便是盛檀和许稚意轮流发的美食照、风景照和美人照。为此，倪璇不止抗议过一次。

这不，她刚拍完一场戏，休息时打开手机一看，是几个人自驾去小镇野炊的照片。

倪璇："你们再这样，我可就退群了啊。"

盛檀："你退群了我们这个群就解散了。"

许稚意："就是，你想退到哪儿？你不会在外面有别的小姐妹了，就不要我们了吧？"

倪璇："你倒打一耙。"

许稚意："我哪有？那不是你不来吗？你不知道，缺了你我们有多孤单。"

盛檀："就是就是，许稚意都没什么意思，我还是喜欢你和她斗嘴，我看戏。"

倪璇："什么？"

许稚意："什么？"

三个人斗了一会儿嘴，倪璇去看剧本前提醒二人："记得给我带礼物，不然真退群。"

许稚意："记着呢，每一站都给你买了礼物。"

盛檀："放心！保证你喜欢。"

倪璇："那我就先谢过两位大老板了。"

盛檀："是大美女。"

许稚意："我是小美女。"

倪璇发出一个表情包作为结束，将手机塞给助理："帮我拿着，我看会儿剧本。"

助理应声："好的，姐。"

听着她中气十足的声音，倪璇抬头看她，笑着道："遇到什么好事了？你怎么这么高兴？"

"没呀。"助理回她，"是姐你高兴，所以我高兴。"倪璇一怔。

助理道："姐，我发现你跟许稚意她们交朋友后，脸上的笑容都变多了。"

"是吗？"倪璇轻声问。

"对啊。"助理蹲在她旁边，托着腮说道，"你以前虽然也会笑，但和现在这种笑还是有差别的，以前你和其他艺人相谈甚欢的时候，大家的脸上都是职业性的微笑，和现在发自内心的不一样。"

倪璇听着，敛了敛眸，问道："那你是喜欢以前的我还是现在的我？"

助理"扑哧"一笑，眼睛亮亮地看她："我都喜欢啊，你可是我姐呢！"

倪璇忍俊不禁："真的？"

"真的呀。"助理点头。

倪璇弯了弯唇，应声："好，今年过年我一定给你包个大红包。"

助理有样学样，俏皮地道："那我也先谢谢姐啦！"

和奋斗事业的倪璇不同，许稚意和盛檀野炊完便到小镇上逛街去了，小镇上有不少特色小店和品牌店，二人开启快乐购物模式。周砚和沈正卿自然是买单的人。

在国外待了近十天，四个人才一起回国。

回国后，许稚意要开始准备跑新电影的路演了。去年拍的章嘉良导演的那部电影要上映了。这次她拿的是活到最后的剧本。

她跑路演时，周砚因为没什么工作，还陪她跑了好几个城市。

随时拿着放大镜的网友在周砚陪她路演的第一站时，便发现了他这个"助理"的身影，直接在网上调侃周砚，称他不愧是"黏人精"，将"黏人精"会做的事做得淋漓尽致。

对此，周砚只能坦然接受——老婆送的外号，他总要坐实吧。

许稚意听着他自我调侃，还觉得自己有点儿无辜——周砚陪她路演这件事，又不是她提出来的，只是周砚最近正好没什么工作，想当一当许稚意的助理，直接将蒲欢的工作抢了过去。因为这事，蒲欢还特意跑到许稚意这儿问她，是不是自己有哪里做得不够好，她想换助理了，要是有的话，自己可以改的。

许稚意觉得好笑又无奈，就差向蒲欢发誓，保证蒲欢真的做得很好，只要她不提离职，自己就不会换她。这话重复了好几遍，蒲欢才相信周砚真的只是想当许稚意一段时间的助理玩一玩。

许稚意的新电影是七月底在全国上映的，这是她和章嘉良导演的第二次合作，电影口碑依旧极好。票房也在十天内突破十亿元，虽比不上她跟周砚演的爱情片，口碑却不相上下。有人说，许稚意在这部电影里才算是真正发挥了自己精湛的演技，真的把角色演活了。也有人说，她演戏一直很有灵气，就连之前那几部票房很差的电影，演技也都很好，只是故事和后期制作的问题限制了她的发挥。

总而言之，凭这两三年的三部电影作品，许稚意现在的地位彻底稳住了，电影的票房和口碑全方位超过其他同年龄段的演员。

许稚意和章嘉良合作的这部电影最后的票房定格在二十五亿元。这不算是许稚意票房最好的电影，但这部电影让很多之前对她的演技还存疑的人都对她刮目相看了。

之前《芦荡》的票房和口碑双丰收的时候，网上还有不少人说她是运气好、误打误撞。她和周砚的那部电影上映时，也有声音说周砚是她的福星，是因为她跟周砚搭档，电影才会大火，她才会拿下最佳女主角。

这部电影上映后，这些声音少了很多。

第一次可以说许稚意是运气好；第二次可以说有一部分周砚的因素。可现在这部电影的成功，观众总不能再说她只是运气好了吧？男主角是电影学院刚毕业的学生，微博粉丝寥寥，大家更不能说是男演员给许稚意带来了人气和热度吧？大家没办法再挑刺，只能承认许稚意演技好、有实力。

其他艺人的粉丝都说，许稚意和周砚的粉丝大概是全世界最放心的一批粉丝。

听着网友的说辞，许稚意有些欣慰，也有些心酸。艺人能做的就是正确地引导大家，去做一些正能量的事，努力工作、努力学习，为自己喜欢的事业奋斗，让他们可以光明正大、堂堂正正地告诉别人喜欢的艺人是谁。

暑假结束后，许稚意和周砚开始准备拍摄新电影。这是他们俩的第四次合作，章嘉良暂时不想宣布，只想秘密拍摄到结束。

在正式开拍前，因为角色问题，许稚意和周砚上了近一个月的课。

国庆这天，他们俩再次搭档的新电影终于开机了。这是一部爱情片，但细品又让人觉得，它说的不仅是爱情，还有人生。

电影在十月开机，二月初杀青。其间，许稚意和周砚的工作室对外称二人进组拍戏了，只不过什么电影暂时不方便公开，粉丝也就没再追问。

因为章嘉良团队的保密工作做得好，在他们拍摄间硬是一张剧透照片都没流出来，网上连说他们俩第四次合作的消息都少之又少。

偶尔有人这样说，两家的粉丝和其他人都会第一时间表示质疑——大多数人都不相信还有电影能让许稚意和周砚第四次合作。

知道这消息时，许稚意和周砚不知该说什么——他们第四次合作就那么不敢让人相信吗？可许稚意细想了一下，又觉得有点儿道理。在圈内，能合作三四次的演员确实少之又少。

电影杀青后，新的一年又来了。

对许稚意和周砚来说，电影杀青后不仅是新年来了，还代表着两个人的婚礼近了。他们在冬日相识，婚礼的时间则定在了冬日的尾巴。

过完年，两个人便暂停了所有工作，开始为二月底的婚礼做准备。婚纱早早地便被运回国了，周砚还请迟绿帮忙找《长岁》的设计师季清影订制了一套很漂亮的旗袍。倪璇看到时，还开玩笑说结婚的时候也要找他们帮忙，请同一个设计师设计，也要那么漂亮的婚纱，而盛檀恨不得重结一次婚。

时间在忙忙碌碌中过去，因为温清淑、江曼琳的帮忙和周砚的努力，婚礼的很多事情都不用许稚意操心，她只需要当一个漂亮又轻松的新娘。

婚礼定在二月二十七日，在英国非常有名的一座庄园里举行。庄园很大，四周环绕着树木和姹紫嫣红的花朵，像一座花园似的，梦幻又漂亮。

许稚意和周砚提前五天抵达庄园，加入筹备婚礼的队伍。

婚礼前两天，盛檀和倪璇等朋友抵达。

看着眼前这座曾在电影里看到过的庄园，盛檀扭头看向沈正卿："我还想办一次婚礼。"沈正卿语塞。

倪璇："那我……"她转头去找自己的沈医生。

接收到她的眼神，沈柏垂眼看她："喜欢？"

"还好。"倪璇认真地想了想，"我其实更喜欢城堡。"她顿了一下，考虑到沈柏的职业，连忙说道，"当然，在哪里办婚礼不重要，重要的是和谁一起办。"

沈柏闻言，眼里有了些笑意，低声应道："知道了。"

倪璇听着，唇角轻轻地往上扬了扬。

"走吧。"许稚意道，"我带你们好好逛逛。"

"行啊。"

给他们介绍了一番，许稚意便忙自己的事去了，周砚没过来，她在这两对情侣面前就是个闪闪发光的电灯泡。

婚礼前一晚，许稚意和周砚在庄园的花园里举办了晚宴。

当晚，许稚意穿了一条浅紫色的礼服裙，漂亮非凡。

大家聚在一起吃饭聊天、唱歌跳舞，很是热闹。看着周围一圈熟悉的人以及他们脸上挂着的笑容，许稚意有种说不出的满足感。有一瞬间，她忽然再也没有孤单的感觉了。

注意到她脸上的神情，周砚低语："怎么了？"

"没事。"许稚意抬眸看他，轻声道，"就是觉得现在这样很好。"

周砚了然："嗯，明天会更好。"

许稚意笑了："你说得有道理。"

周砚捏了捏她的手指，低头亲了亲："紧张吗？"

许稚意想了想："有一点点。"但她算不上特别紧张。

周砚"嗯"了一声，低声道："那现在开始放轻松，晚点儿回去好好睡一觉，明天我就来接你了。"

许稚意看着他认真的神色，唇角往上扬了扬："可是现在离明天还有好久啊。"她小声问，"你明天能早一点儿来吗？"

周砚目光灼灼地看着她："当然。"他早就迫不及待地想迎娶他的周太太回家了。

有他这句话，许稚意放心了。她问他："你紧张吗？"

周砚："也有一点点。"

许稚意"扑哧"一笑："那你要怎么样才能放轻松？"

周砚敛眸，低声提要求："周太太亲一下就好。"

许稚意照做。亲了他一下，她问："现在好点儿了吗？"

周砚："可能需要周太太再亲一下。"

许稚意继续亲他："现在呢？"

周砚低头亲了她好一会儿，才嗓音低哑地说道："勉勉强强。"

两个人在旁边黏黏糊糊，盛檀和沈正卿在旁边听着，就差要捂耳朵了。

"这俩人都要结婚了，怎么还能如此黏糊？"

沈正卿听盛檀小声嘀咕，提醒道："你现在也这样。"

盛檀瞪圆了眼看他："我哪有？"

沈正卿："你有。"

盛檀："你再这样说，今晚别和我一起睡了。"

闻言，沈正卿扬眉提醒她："沈太太，你是不是忘了你之前跟我说今晚你要和稚意一起睡的事？"

盛檀语塞。被沈正卿拆穿，她尴尬一笑："哦。"

沈正卿微微一笑："待会儿我送你回房间。"

盛檀的眼睛亮了亮："那分开之前，我也要你亲一下。"

沈正卿含笑答应："没问题，亲多少下都可以。"

晚宴结束。

许稚意、盛檀和倪璇回房间时，身后整整齐齐地跟了三个男人。

将人送到房间门口，周砚弯腰，在许稚意的耳畔落下一句："还有八个小时，我就来娶你回家。"

因为周砚最后的这句话，许稚意突然又紧张起来。洗漱好，躺在床上，她扭头看向躺在自己旁边的人："盛檀。"

盛檀正在网上搜刁难伴郎的各种小妙招，听到她的声音，漫不经心地应着："在，怎么了？"

许稚意失笑："当年你跟沈总结婚的时候紧张吗？"

盛檀瞅她："你不记得了？"

"有点儿。"许稚意感慨，"都好几年了，我忘了你结婚前一晚的反应。"她努力地回忆了一下，"我记得你好像不紧张，反而特别兴奋，拉着我熬了个大夜，我们俩睡了两个小时就被化妆师拎起来开始化妆。"那天办完婚礼后，许稚意特意跟焦文倩多要了一天的假期补眠。她觉得自己再不好好睡一觉，真的会猝死。

听她提起旧事，盛檀微窘："好像是这样。"

许稚意听着她心虚的语气，肯定地说道："就是这样，我的记忆没出错。"

盛檀"嘿嘿"一笑，换了个姿势趴在她旁边，晃悠着脚丫子说："谁让我当时迫不及待呢？"

许稚意被她逗笑，用跟她同款的姿势趴着："我也有点儿迫不及待，可又有点儿紧张，还有点儿担心。"

"担心什么？"盛檀放下手机，"担心周砚会对你不好？"

许稚意摊手："余生几十年，未来的事谁也说不定，不是吗？"

"你也知道余生几十年，想那么远做什么？现在周砚爱你就够了，至于未来嘛——"盛檀朝她翻了个白眼，拍着许稚意的肩膀，揶揄道，"你要对自己有信心，要相信周砚会爱你一辈子，还是爱得死去活来的那种。"

许稚意"扑哧"一笑："这样给自己洗脑？"

"那当然。"盛檀哼哼，"我每天都这样告诉自己。"她挑眉，眼睛弯弯地说道，"你要是这样还不放心，就把家里的财政大权掌握好，如果周砚对你不好，你就拿着他赚的钱出去花天酒地。现在的弟弟可帅了，我陪你去找弟弟。"

许稚意忍俊不禁："你的想法沈总知道吗？"

盛檀微哽，睨她一眼："你要是让他知道了，我就完了。"

许稚意："那你好好收买我，我就不告诉他。"

盛檀无语："要怎么收买？"

"再给我买个包？"许稚意说。

"这算什么收买？"盛檀宠着小姐妹，"我的包全部都是你的，除了男人不能和你一起分享，身外之物你都能拿走。"

许稚意听到这话，眼眶微热。她抿了抿唇，敛下睫毛逗盛檀："可我不想要你的身外之物。"

盛檀瞪大眼睛："你想要沈正卿啊？不应该吧，他不是你喜欢的类型啊。"

许稚意无语，觑她一眼，调侃道："我要你不行吗？"

盛檀一笑，连忙抱着她："当然可以啦！但是你确定真的要我？"

二人对视半晌，许稚意看她此刻的傻样，摆摆手说："算了算了，你太傻了，我不要。"

盛檀："我哪里傻？"她很聪明的！

许稚意："过两年你就傻了。"

"为什么？"

许稚意瞅她："你不是打算跟沈总要孩子吗？一孕傻三年听说过没？"

盛檀撇撇嘴，"哦"了一声："那我不管，我就算是傻了，你也要第一爱我。"

许稚意含笑答应："好，不管你变成什么样，我都会第一爱你。"

盛檀笑着道："这还差不多。"

倪璇洗完澡出来，听到的便是这一句："那我呢？"她第一回争宠。

许稚意哭笑不得，抬头看向她说："两位仙女并列第一可以吗？"

倪璇和盛檀异口同声："可以。"

许稚意："幼稚。"

"你不也一样？"倪璇加入聊天，"刚刚在说什么？"

"说她紧张，怕周砚结婚后对她不好、不爱她。"盛檀第一时间告状。

倪璇噎了噎，瞅着许稚意："你是对自己多没信心啊？周砚的眼睛都要长在你身上了，你还担心这个做什么？"她跟着趴下，"再说了，周砚说不定还

535

担心你未来不爱他呢。"

听倪璇说完，许稚意沉默下来。她好像真的想太多了。

她揉了揉鼻子，讪讪地说道："这不是新娘子出嫁前的担忧嘛！"

倪璇瞥她："怕什么，周砚要真敢做什么对不起你的事，你让盛檀揍他。"

盛檀眨眨眼："为什么不是你？"

倪璇回答得理直气壮："我和他是同行，我怕闹出新闻。"

三个人闲聊着，真正睡着时已是深夜。

清晨，还不到五点，许稚意等人就被周渺渺喊了起来。周渺渺昨晚睡在隔壁，睡得还算早。

许稚意闭着眼，让化妆师在自己的脸上涂抹。

"喝杯咖啡吗？"盛檀看她，"我怕你没精神。"

许稚意点头："喝。"

倪璇："我也要一杯。"

周渺渺看着三个人的黑眼圈，笑得很大声："小嫂子，你们昨晚干什么了？是促膝长谈了吗？"

"差不多吧。"许稚意打着哈欠，扭头看周渺渺，"你哥他们起来了吗？"

周渺渺点头："早就起来了。"

许稚意："真早。"

她接过蒲欢送过来的咖啡，喝下后，鼓励自己："我可以了，我精神了。"

化妆师"扑哧"一笑："闭上眼，我给你化个最漂亮的新娘妆。"

许稚意一笑："谢谢晴姐。"婚礼的化妆师是她自己团队里的晴姐。

化完妆，许稚意换了婚纱。她出来时，盛檀再次重复，想再办一次婚礼，穿一次婚纱，不过对象不想换。

这条婚纱是许稚意想要的缎面抹胸款，胸前有小小的褶皱，看上去很别致，裙摆是层层叠堆起来的，像绽放的花朵。裙身上缀满了大大小小的珍珠，看着精致又特别，让许稚意气质尽显，看起来高贵又典雅。

倪璇附和："我也想，待会儿那套敬酒的旗袍也好看。"

周渺渺更是夸张地惊呼："小嫂子！你也太漂亮了吧！"

化妆师道："新娘子出嫁的时候都是最漂亮的。"

许稚意弯了弯眼睛："谢谢。"

化妆师喊她："过来，还有点儿收尾工作。"

"好。"

许稚意还在弄头发时，在外面望风的蒲欢跑进来，气喘吁吁地说道："来了来了。"

"什么来了？"盛檀傻乎乎地问。

"伴郎啊！"蒲欢道，"他们过来了。"

"啊？"许稚意一愣，"不是还没到时间吗？"这会儿还早，根本没到接新娘子的时间。

倪璇揶揄："这还不明显吗？周砚已经迫不及待地要接新娘子去婚礼现场了。"

盛檀附和："就是就是，我们先去外面堵住他们。"

"行。"

许稚意看着几个人往门外走去，脸上的笑容根本掩饰不住。她此刻是真的开心。

江曼琳抽空过来看了看她这边的情况，看着她此刻的模样，忽然有些感慨。好像一眨眼的工夫，自己老了，女儿长大了。

"妈？"许稚意看她目不转睛地望着自己，有点儿茫然。

江曼琳回过神，伸手抱了抱她："以后跟周砚好好过日子。"

许稚意一怔，握着她的手不想松开了。江曼琳看着许稚意红了的眼眶，失笑道："哪有新娘子还没嫁就开始哭的？我刚刚听说周砚他们已经过来了，要是他发现我让你哭了，是不是要讨厌我这个丈母娘了？"

"他敢！"许稚意看江曼琳，"他才不会讨厌你呢！"

江曼琳看着她信心满满的模样，放心了些："他们已经过来了是吗？"

许稚意点了下头："好像是。"

江曼琳了然："那你们玩，妈妈去那边了，待会儿送你出嫁。"

许稚意听到这话，眼眶再次湿润。她嘴唇翕动，哑声答应："好。"

盛檀和倪璇将人拦在外面许久，折腾完这群英俊帅气的伴郎后，周砚终于看到了他的新娘。隔着不远的距离，他的视线落在她身上，再没舍得挪开。

两人对视半晌，其他人小声惊呼："太美了。"

"想抢新娘了。"蒋淮京开玩笑说。

段滁："要不一起？"

许稚意听着他们的调侃，抬眼看向门口站着的男人。他西装笔挺地站在那里，正目不转睛地望着自己。两人视线交会，谁也没舍得将视线从对方身上挪开。

周砚的眼神过于灼热，让她脸热。

也不知道过了多久，在周围人起哄的声音下，两人回过神。

周砚看着不远处的人，看着她身穿洁白婚纱的模样，总觉得这个场景在自己的脑海里出现过很多次——很久之前，他就幻想过她穿婚纱的模样。这一刻，他脑海里的场景不再是幻想，她是真的穿上了自己为她订制的婚纱，要嫁给自己了。

周围人还在起哄，问周砚是不是看呆了，不想接新娘了。

周砚微顿，眼睛里有了笑意，抬脚朝许稚意走近，声音有些低："我来了。"他兑现承诺，过来接她了。

许稚意仰头看着他："很准时。"

周砚"嗯"了一声，直接将她抱了起来："不敢迟到。"

许稚意下意识地环住他的脖颈，周围人纷纷惊呼：

"周砚厉害啊。"

"周老师的臂力不错。"

"你们俩是不是太显摆了？"

…………

周砚抱着她往外走，大抵是感受到了周砚的急切心情，大家都没把许稚意的鞋子藏起来。可即便是这样，周砚还是抱着她走出房间。到了外面，许稚意强制他停下，他才不舍地将她放开。

一群人先闹哄哄地拍了几张照片，许稚意被交给了她的父亲许崇之。

婚礼现场的音乐声响起，许稚意抬眼看去，是周渺渺在弹琴，给两人送上祝福。

许稚意挽着许崇之的手向不远处等自己的人走去。这场婚礼邀请的全是熟悉的亲人朋友，还有少部分两家父母的合作伙伴。大家注视着他们，为二人送上祝福。

许稚意能感受到周砚的目光一直在自己身上。

她向他走去。这段路好似很长，又好似很短。

小时候，许稚意想过自己结婚的画面，想像自己结婚那天会有多漂亮、多幸福。后来父母离婚了，她虽然不是不再相信爱情，但是对婚姻不再向往，自然而然地忽略了对这方面的想象。直到她认识周砚，脑海里才会时不时地蹦出自己和周砚结婚的画面。

她想了很多次，但一直都想象不出具体的细节。现在她知道了，自己嫁给周砚的这天是什么模样。

他们走到周砚面前。许崇之将许稚意交给周砚，看着长大成人的女儿熟悉的脸庞，一个大男人第一次红了眼眶，握着两人的手交代："以后好好过日子。"

许崇之看向周砚，低声道："一定要照顾好她。"

周砚点头，承诺道："一定。"许稚意是许崇之的珍宝，也是周砚的珍宝。周砚会和许崇之一样照顾她一辈子，爱她一辈子。

许稚意抬眸，看向面前的男人。两人对对方的爱意从眸中悉数涌出。

在司仪询问许稚意愿不愿意嫁给周砚，无论发生什么，都爱他、和他不离不弃时，许稚意毫不犹豫地回答："我愿意。"

周砚亦是如此。他们在坚持爱对方这件事上，是一样的。

周砚的"我愿意"落下，他温热的唇也落在了许稚意的唇上——司仪还没来得及开口，周砚便迫不及待地亲吻自己的新娘了。

现场的哄笑声和掌声一同响起。他们真心实意地为这对新婚夫妻送上自己的祝福，希望他们百年好合、永结同心。许稚意和周砚也相信，他们的身心会永远契合。

亲吻结束时，周砚轻声告诉许稚意："我爱你。"

许稚意弯了弯眼："我也是。"我和你爱我一样爱你。

婚礼仪式结束，二人开始敬酒。考虑到许稚意酒量较差，周砚让人偷偷把他们的酒换成了水，走了一圈下来，硬是没让任何人发现。

二人敬完酒、大家吃过饭，长辈便先走了，将场地交给这群年轻人。

被大家起哄，周砚和许稚意坐在钢琴前弹奏了一曲。盛檀和倪璇也给大家表演了双人合唱，歌曲是许稚意和周砚主演的第一部电影的主题曲。

每个人为他们送上的祝福都特别用心。许稚意真切地感受到了大家的祝福。

晚上，一群人又闹了一番。

他们闹完，时间已经不早了。盛檀喝得醉醺醺的，却没忘要闹洞房。一群人跟着许稚意和周砚进了房间，嚷嚷道："来来来，闹洞房了。"

许稚意和周砚面面相觑。

倪璇："就周砚这臂力，先在稚意身上做二十个俯卧撑吧。"

盛檀和周渺渺鼓掌惊呼："快来快来，欢欢你来数数。"

蒲欢："好。"

周砚无语，朝沈正卿和沈柏递去目光，让他们管好自己的女朋友。二人朝他摊手，一脸爱莫能助的表情。

蒋淮京在旁边起哄："周砚，来不来？二十个俯卧撑而已，你不会不行吧？"

周砚无语。他跟许稚意对视了一眼，无奈地说："来吧。"许稚意耳郭微红，有点儿受不了这个姿势。但没办法，他们想闹，自己和周砚就陪他们闹一闹。

俯卧撑结束，盛檀又出了个咬红枣的主意，让两个人吃一个红枣，二人的唇不可避免地总是碰在一起。蒋淮京和段滁的鬼主意也不少，将两个人折腾得不轻。

最后，还是蒋淮京有点儿眼力见儿，察觉周砚到了爆发的边缘，调侃道："行了行了，再玩下去我们的新郎真要没力气了。"

段滁附和道："说得有道理，我们要给周老师在婚礼这天留个美好的回忆。"

盛檀"扑哧"一笑："行行行，为了我姐妹的幸福着想，就不折腾周老师了。"

倪璇："祝两位今晚快乐。"大家一起哄笑。

等人全部走后，许稚意面色通红地坐在床上，跟将门锁上的男人对望。

她感受着周砚的目光，莫名紧张地抿了抿唇："我们……"

周砚快步走来，一把将她抱了起来，嗓音低沉地问道："我们什么？"

许稚意睫毛一颤，看着近在咫尺的他："睡觉？"

周砚微微一笑，问她："不洗澡？"

许稚意结巴了，眼神飘忽地说道："那就……洗完澡睡觉。"

周砚低头，吻着她的唇角说："错了。"

"啊？"

周砚含含糊糊地告知："洗完澡得办正事，办完才能睡觉。"

婚礼这天，一切都让许稚意印象深刻。从白日到夜晚，从闹哄哄的婚礼现场到深夜的房间，都让她记忆尤深。

她原本以为，和周砚在一起这么多年，对他的各方面早已了如指掌，但新婚当夜她才发现，以前好像有点儿低估他了。

她不确定他是过去有所收敛，还是这一晚爆发了。总而言之，她真真切切地感受到了他的激动和兴奋之情。缠绵之时，她还听到了他对自己说出的情话。他低哑的声音在她的耳畔不断响起，告诉她——他爱她。

折腾到了半夜，全身无力的许稚意被他抱进浴室冲洗，又被重新抱回床上。一沾床，许稚意再也没精力回应他，拥着被子沉沉地睡了过去。

翌日，许稚意睡到中午才自然醒。

她醒来时，周砚还在房间。她缓慢地睁开眼，看着旁边看手机的男人，发出轻微的声响。她一动，周砚便察觉了。他垂头看着她，眼神深情，眼睛里面像是藏了星星："醒了？"

许稚意感受到他落在自己身上的目光，记忆瞬间退回昨夜。一想到他昨晚看自己的眼神和他做的那些事，她就想将他"灭口"。但不行，这是她的亲老公，她得忍住。

思及此，许稚意轻轻应了一声。她刚睡醒，嗓子还有点儿哑："几点了？"

周砚微笑着扶她半躺在床上，拿过一侧盛着水的杯子递给她，低声道："十一点半。"

许稚意一惊，默默地将水喝下，问道："你怎么也不喊我？"

周砚含笑看着她："喊你做什么？"

许稚意微窘，咕哝道："这么晚都不起来，不太好吧？"

"没什么不好的。"周砚失笑，提醒许稚意，"周太太，你忘了？"

"啊？"

周砚低头，碰了碰她的唇，低声道："昨晚是我们的新婚之夜。"

"哦。"许稚意脸一热，拿手扇了扇，抿了抿唇道，"我有点儿饿了。"

"去洗漱？"周砚掀开被子，"我去看看有什么吃的。"

许稚意："好。"

洗漱完，去而复返的周砚告诉她，他刚吩咐庄园的厨师做了些清淡的食物，待会儿下去就能吃了。

许稚意应声，想起来问："盛檀他们呢？"

周砚："他们早出门玩了。"

"去哪儿玩了？"许稚意道，"我也想去。"

周砚颔首："先吃点儿东西，待会儿和他们会合。"

"行。"

盛檀和倪璇等人起来得比较早，倪璇之前因为工作来过英国一次，之后便再没找到机会来了，现在好不容易有几天假期，她当然想在这边好好玩一玩、逛一逛。盛檀以前念书时时不时会和许稚意来英国看江曼琳，对这边相对熟悉，几个早起的人一拍即合，立马决定出门闲逛。

许稚意和周砚吃过东西过来找他们时，不意外地被调侃了一番。好在周砚和许稚意都不是害羞的人，他们只有在面对对方时会有点儿羞赧，在朋友面前，都是能面不改色地接受调侃，甚至反击的人。

打趣了两句，一行人在大马路上闲逛，看到好玩的、好吃的都会去尝试，很是悠闲。

"明天回去吗？"许稚意问倪璇。

许稚意和盛檀、倪璇坐在旁边休息，三位帅哥排队买冰激凌去了。

倪璇点头："对啊，沈医生没那么多假。"

许稚意弯唇："辛苦你们跑这一趟。"

倪璇瞥她一眼："说这么见外的话干吗？你想挨揍啊？"

许稚意微哽："我指的是沈医生，他挤出时间陪你过来不容易。"

闻言，倪璇骄傲地应道："这我当然知道，我以后会对他好的。"

盛檀在旁边插话："哦，他要是不陪你来，难道你就不打算对他好吗？"

倪璇语塞——她根本说不过这俩人。

看倪璇吃瘪的神色，许稚意和盛檀忍俊不禁。

"逗你玩的。"许稚意压着声音，"我真觉得沈医生不错。"

倪璇睨了许稚意一眼："这个不用你说，我知道他不错。"要不然自己也不会追他。

听到她这话，许稚意打趣道："听听，这是什么'护夫狂魔'？"

盛檀："你不也一样？"许稚意同样听不得别人说周砚一点儿不好。

许稚意讪讪地摸了摸鼻尖，说："彼此彼此。"

盛檀无语。

"你们呢？"许稚意还有点儿困，打了个哈欠问盛檀，"也明晚一起走吗？"

"嗯。"盛檀看她，"你跟周老师好好度蜜月，等你们蜜月回来再聚。"

许稚意的眼睛里含笑，她轻声道："好。"

拿到男士排队买来的冰激凌，几个人边吃边走，悠闲自在。

路上，许稚意和周砚、倪璇三人还碰到了不少过来打招呼的粉丝，但粉丝好似知道他们在度假，很有分寸地没有过分打扰。

到这会儿，许稚意才想起问网上的情况。昨天婚礼仪式结束后，她和周砚抽空登录微博发了消息，告诉粉丝和网友，他们正式结婚了。在很多人的心目中，领证不算正式结婚，只有办了婚礼，大家才会坚定地认为：你嫁了，他娶了。

发完那条消息后，许稚意和周砚便没再上过微博。

"才想起来问？"倪璇揶揄道，"你们俩的微博评论、转发都破百万了，全是祝福。你们的话题昨天在热搜榜上挂了一天，庄园周围也来了很多媒体记者，但他们没拍到什么重要的东西。"许稚意和周砚的婚礼没有邀请媒体记者。许稚意只想要一个和周砚两人的温馨婚礼，不需要多么浩大，有爱就行。

周砚也极力满足她，安排好一切，没让任何媒体记者溜进现场。

"真的？"许稚意失笑，"那记者骂我们了吗？"

"周砚都处理好了，他们能骂什么呀？"

许稚意一愣，看周砚："你处理了什么？"

倪璇和盛檀诧异地看她："你不知道？"许稚意眨眼。

周砚解释："报销了他们飞来的机票。"媒体记者也不容易。在这种大喜的日子，周砚既不想有人来破坏他们的婚礼，也不想看到关于他们的负面言论。他想了一个办法，报销了过来的媒体记者的机票和酒店费用，还安排工作人员为他们送了喜糖，告知他们，婚礼不公开了，他和许稚意想珍藏起来。

周砚这一连串的做法让人直夸他会做人，太会跟媒体记者打交道了。大家收了他的礼，当然不会再想办法混进婚礼现场，更不会在网络平台上说二人不好。因此，许稚意和周砚的婚礼，即便他们拒绝了媒体记者入内，网上也没有人说他们耍大牌，更没有任何人表露出不满。当然，大家的好奇心很重，还是想知道他们的婚礼是什么模样、邀请了哪些人。

许稚意诧异不已，看向周砚："你什么时候跟记者沟通的？"她怎么一点儿都不知情？

周砚看她："好奇？"

许稚意："也不是，我就是没想到你会想得那么周到。"

闻言，周砚捏了捏她的手指，低声问："看不起我？"

"哪有？"许稚意才不会，"你想得太周到了，显得我好无能。"

周砚莞尔，轻声说："你不要想太多，这些琐碎的事交给我。"

他微顿，敛眸看她："你只做自己开心的事就好。"别的，他帮她做好。

许稚意微笑，眼睛弯了弯："那我就先谢谢老公啦。"

周砚："不客气，这是老公应该做的。"

和周砚说完悄悄话，许稚意问倪璇："那网上曝光的有什么照片呀？"

"有不少。"倪璇道，"好像有人查到了周砚和你的家世。"

许稚意一愣："是吗？"她和周砚对视一眼："你知道这个吗？"

周砚颔首："迟早会知道的，查到就查到吧。"

"爸妈那边没事吗？"许稚意有点儿担心，她不想因为自己和周砚的职业，影响他们的日常生活。

周砚点头："没事，别担心。"

话虽如此，许稚意还是不太放心。几个人找地方坐下休息时，她摸出手机登录微博。

　　一夜过去了，微博上的网友还在讨论许稚意和周砚的婚礼。网友看不到太多的照片。许稚意和周砚的工作室都发了两组婚礼现场的照片，只不过将宾客做了模糊处理，没让大家看清。除此之外，便是过来参加婚礼的朋友发的几张合照，再多便没有了。

　　可即便如此，也能让人看出周砚对婚礼的用心程度。

　　合照里暴露的背景和布置，都是许稚意参加采访时说过的，桌上簇拥着的白色和紫色的花，是她喜欢的两种颜色，也是她最喜欢的花。许稚意身上的婚纱和晚礼服更是漂亮到让人赞不绝口，这对新人的颜值真是完美无缺，让人挑不出任何问题。

　　大家想看到更多照片，偏偏没有了。媒体记者拍到的只有少数宾客入场，或者是出现在机场的照片。二人的婚礼，去的全是熟人，有导演，也有合作过的演员，但更多的是家人和朋友。迟绿和博钰几个人也飞了一趟英国，但他们行程紧，参加完婚礼便先回去了。迟绿也在微博上晒了和周砚、许稚意的合照，被网友戏称，现实的一对和电影里演他们的一对合体，真是让人梦回《印迹》上映时期。这段缘分太让人珍惜了。

　　除此之外，最引人注目的是一条爆料。

　　有人在媒体记者曝光的一组宾客进庄园的照片中发现了正远集团的总裁。刚开始看到时，有粉丝还在惊讶地询问："周砚和许稚意什么时候和正远集团有合作了？正远集团应该没有产品要找他们代言吧？"

　　抱着这种疑问，有人深挖发现：正远集团的总裁姓周，从财经新闻上和集团活动上曝光过的照片看，周砚和他有五分相似。

　　网友再往深处探究：正远集团的总裁有个儿子。紧接着，有人往前翻，翻阅到了许稚意、周砚和周正远他们一起在街上散步的照片。

　　自然有网友开始好奇：周正远不会是周砚的爸爸吧？周砚说过家里是做生意的，但没说过他家的生意这么大啊。正远集团，稍微了解的人都知道它有多厉害——它是国内最大的机械制造集团，在全球也能排在前列。

　　这消息一出来，不仅普通网友傻了，周砚的粉丝也傻了。他们只知道周砚不差钱——从他进圈时就能看出来，他穿的、用的都很有品位。但大家不知道他家这么有钱。

　　"不会吧？这是现实中的不红就回家继承家业啊？"

　　"公子哥儿追梦的故事。"

"等等！周砚的家世这么厉害的话，那许稚意不是就高攀了吗？"

"啊……这么一对比，差别好像是有点儿大。"

"我真服了你们这群什么都不知道的网友，周砚的家世是很好，但许稚意也不差啊！她妈妈是谁，你们真的不知道？"

"我来爆个料吧，许稚意每年都会有一周的时间在英国，她之前也提过家里人在英国居住。我之前看过英国粉丝偶然拍到的几张她和妈妈一起逛街的照片，我不能说她妈妈有多厉害，但敢说大多数女性家里都放着和她妈妈有关的东西，去年爆红的那款'暗夜玫瑰'香水很多人都买了吧，就是她家的产品。"

"没错，她妈妈是国际香水品牌集团的老板，谁敢说她配不上周砚？"

"难怪之前记者采访许稚意时问她要是不做演员会做什么，她说那就在家当'咸鱼'，当时还有很多人嘲笑她没志向。我家里要是这么有钱，我也在家当'咸鱼'！"

…………

看完网友的各种分析，许稚意觉得自己和周砚在粉丝面前真是一点儿秘密都没有了。她揉了揉耳朵，瞅着周砚，问道："爸妈他们知道这事吗？"

周砚："知道。林凯告诉我的时候，我问过他们，他们都说没事，以后两家人总会聚在一起的，早知道晚知道都一样。"

许稚意点头："那就好，希望不要对他们的工作造成影响。"

周砚微笑："不会的，真有什么事的话，他们也能搞定。对爸妈多点儿信心。"

许稚意扬了扬眉，一本正经地说："好吧。"

这次突然的爆料，许稚意和周砚都没管。最开始，网友还以为他们会出面解释。可等了两天，二人都没任何行动，大家便懂了——周砚的家世是真的，许稚意的家世也是真的。

这件事的热度持续了几天也就渐渐下去了。

将盛檀和倪璇等人送走，许稚意和周砚开始了他们的蜜月旅行。

二人蜜月旅行定下的地方，是《遇见你之后》中谈初和余征走过的那些地方——法国、瑞士、冰岛……他们全去了。

重新走过这些国家，许稚意忽然有种回到了拍电影那年的感觉。不同的是，拍摄时，谈初和余征都是一个人走的，现实里，她是挽着周砚的手臂，和他十指相扣一起走过的。

戏里，谈初和余征是悲剧。值得庆幸的是，戏外的许稚意和周砚一直在一起。

在国外蜜月旅行将近一个月，许稚意和周砚回了国，开始最后一站的旅行。

他们蜜月旅行的最后一站，也是谈初的最后一站。周砚自驾带着她走过。

这是电影里谈初走之前想象过的画面——她想让余征自驾，带自己走完全程。

走到无人区时，晚上许稚意和周砚躺在车顶看星星。

风吹过，她掏出手机看向旁边的人："老公。"

周砚侧头："嗯？"

许稚意弯唇："没什么事，就是想叫叫你。"她仿佛自言自语，"你说谈初和余征，会不会真的存在于这个世界上？"

周砚："会。"

许稚意讶异地问道："这么笃定？"

周砚"嗯"了一声："感觉存在。"

听到他的回答，许稚意忍俊不禁，揶揄道："什么时候周老师也说感觉了？"

周砚歪着头看她，眼睛很亮，说道："认识你之后。"

许稚意扬眉："那我是不是可以认为你在说情话？"

周砚思忖了一会儿，认真地说："或许可以。"他所有的感觉，都是认识她之后，她给的。

许稚意趴在他的肩膀上，看着夜空中的银河，颇有种自己身处梦境的错觉。她抬头，让星光落进自己的眼睛里，问道："你还记得我们拍戏那晚吗？"

周砚挑眉："你想提醒我什么？"

对上他别有意味的目光，许稚意微窘："正经一点儿。"

周砚将手搭在她的腰上，压着声音提醒："我很正经。"他顿了顿，朝她发出邀请，"周太太，那天没做完的事，我们今晚将它做完怎么样？"

许稚意真心觉得，结婚后的周砚越发没脸没皮了。以前，这人还是暗示，现在是明来。她微哽，觑他一眼："好好看星星，别说胡话。"

"胡话？"周砚挑眉，扣着她的腰肢，将人往自己的怀里揽，"我在认真提议。"

许稚意"哦"了一声，面无表情地问道："那我认真拒绝你可以吗？"

"可以。"周砚并不生气，"周太太说什么就是什么。"

许稚意"扑哧"一笑，趴在他的怀里打哈欠："有点儿冷了。"

"回车里？"周砚询问她的意见。

许稚意想了想："再待三分钟就回去。"

三分钟后，二人自觉地钻回车内。暖风迎面而来，许稚意觉得自己重新活过来了。

他们没在无人区过夜，周砚在车顶和她说的话，也是玩笑话。这里海拔高，他还不至于那么没分寸。伴着夜色，周砚驱车带她离开。夜里道路漆黑，庆幸的是没有行人，也没有迎面而来的车辆，相对安全。

从无人区一路往前，许稚意和周砚走走停停，和故事里的谈初、余征一样，花了近一个月的时间走完全程。他们二人蜜月旅行的最后一个城市同样是香格里拉，只是离开时和谈初他们不同，他们是分开走的，许稚意和周砚是一起来、一起走的。

蜜月旅行了一个多月，许稚意和周砚终于回家了。

焦文倩和林凯都说两个人真的心大，其他艺人在这种当红时期都恨不得多接几部剧、多接一些商务，他们倒好，说休长假就休长假，让经纪人惋惜。

回家后，许稚意和周砚也没立即投入工作状态，而是在家里过着悠闲的小日子。

许稚意出门的次数多一点儿。她先是去了一趟工作室，将给焦文倩、蒲欢以及其他工作人员带的礼物送给他们，和焦文倩商量了下接下来的工作安排；之后，她又跟盛檀和倪璇约着吃饭，给她们送礼物，和她们分享自己和周砚蜜月时遇到的趣事。

"终于吃饱了。"许稚意放下筷子感慨，"我这几天疯狂吃碳水化合物。"

倪璇觉得好笑："旅行时没碳水化合物？"

许稚意摇头："不能这样说，主要是那边的食物我吃不习惯。"她对藏区牛、羊肉的做法吃不太习惯，还是喜欢普普通通的做法。因为吃不惯菜，米饭她自然吃得也少了。

盛檀哭笑不得："那你再吃一碗？"

许稚意微窘，摸了摸自己吃饱后显出来的肚子，自我调侃："它今天已经有三个月了吧？"

盛檀瞅了一眼，告诉她："很多人怀孕三个月的时候是不显肚子的。"

许稚意："哦。"

倪璇在旁边笑："你听得这么认真，该不会是真打算要宝宝了吧？"

许稚意一愣："我要宝宝很奇怪吗？"

倪璇想了想，说："对其他职业的女性来说是正常的。但像你这个年纪的演员，生宝宝的少之又少。"女性演员一旦怀孕，很可能就没办法再出现在大众面前，需要安心待产。几个月到一年的时间，说长不长，说短不短，可这个行业会有层出不穷的新人，自己的位置很有可能会被取代。这也是为什么这个圈子里很多女性生宝宝都比较晚，甚至有的女艺人生下宝宝后就直接退圈在家带孩子了。

女演员在这方面的牺牲实在是太大了。

说到这儿，盛檀也感慨，愤愤不平："女人怎么那么难？凭什么女人要怀胎十月，男人什么都不用干？"

许稚意看她："这个问题，你去问问沈总？"

盛檀噎了噎，讪讪道："即使问了，他也不会理我吧？"

闻言，许稚意挑眉，揶揄道："沈正卿还敢不回答你的问题？"

听到这话，盛檀有点骄傲地说："也是，他才不敢呢！"

许稚意和倪璇双双无语："你别这么骄傲。"

盛檀："那不行，我就要这样。"

三人插科打诨，聊了一圈八卦，又将话题绕回许稚意怀孕的事上。许稚意想了想，说："暂时不考虑吧，还早呢，三十岁之前生一个就好了。"她是喜欢宝宝的，也想有个和周砚的爱情结晶。

盛檀眨眨眼，惊讶道："三十岁之前啊？"

许稚意看她："太早了还是太晚了？"

"太晚了。"盛檀说，"我都要扛不住家里人的压力了，你三十岁才生，我怎么跟你做亲家？"

倪璇："你就不能把机会留给我？"

盛檀一噎，睇她一眼，哼哼唧唧地说："你先跟沈医生结婚再来说生宝宝这事。"

她霸占着许稚意："我还想让我女儿嫁给我干儿子呢，你要不明年就生吧？这样他们能一起上学，青梅竹马多浪漫啊。"

许稚意噎了噎，说："我们都没怀孕，你怎么就知道自己要生女儿，我要生儿子了？"

盛檀不讲理："我不管，反正我就想这样安排。"盛檀喜欢周砚的性子，预想许稚意生的儿子肯定也和周砚差不多，这样她的女儿就幸福了。

倪璇和许稚意听盛檀胡扯，都从对方的眼里看到了"无语"二字。

"别挣扎了。"许稚意打破她的想象，"你先生个宝宝给我和倪璇玩一玩，好玩的话我们就考虑。"

盛檀听着这话，义正词严地反驳两个人："宝宝是生来玩的吗？"

"人类幼崽——"许稚意一本正经地反问，"不就是给爸爸妈妈玩的？"

盛檀缄默片刻，想了想，竟然觉得许稚意这话没毛病——确实，在人类幼崽时期不玩，孩子长大后就不会允许你玩了。

"可是，为什么是我先生？"盛檀发出疑问。

倪璇："因为你要扛不住长辈的催生压力了。"

这事，盛檀念叨了好几次。其实有沈正卿护着，就算是长辈催生她也不怕。可她最近被长辈诱惑得还真有点儿心动了。

她和沈正卿结婚几年了，有个属于他们俩的宝贝好像也挺好的。二人世界当然开心，但有个人类幼崽陪着两个人，组成一家三口，对他们这个家庭来说应该算锦上添花。

盛檀想了一会儿，觉得这事有点儿复杂。

"算了，先不说这个，孩子这事还是顺其自然比较好。"她看向她们，眼睛亮亮地说，"趁着我们今天这么齐，晚上找个地方快乐一下？"

许稚意和倪璇对视了一眼，异口同声地问："你想怎么快乐？"

盛檀不好意思地摸了摸鼻子，小声说："好久没去酒吧了。"

许稚意和倪璇也很久没去了，毫不犹豫地同意："那晚上去酒吧。"

"行。"三人定下行程，给"独守空房"及努力赚钱养家的老公、男朋友发了消息，告知自己的行程。

收到许稚意说要去酒吧的消息，周砚有点儿意外："怎么突然想去酒吧？"

许稚意："好久没去了，想去看看。"她怕自己再不去，都忘了酒吧是什么样了。

周砚："就你们仨？"

许稚意："对啊，我们仨还不够吗？"

周砚："缺保镖吗？"

许稚意"扑哧"一笑，第一时间领会他的意思，如实回答："可能不是很缺。"

周砚："好吧。"

许稚意："你晚点儿来接我就行，让我们自己玩会儿。"

周砚虽是个"黏人精"，但也没那么黏人。他答应："行，别人给的酒别喝，你们找安全性、私密性高的酒吧。"

许稚意："姜总那家，你们应该可以放心了吧？"

周砚："到了跟我说一声。"

许稚意："知道啦。"

三个人出现在酒吧，说不引人注目是假的。

她们在卡座坐下没多久，来巡店的姜臣便过来和许稚意打了个招呼，许稚意和周砚演《印迹》时，姜臣和沈慕晴一行人都陪迟绿他们去探过班。

打过招呼，姜臣也没久待，让许稚意几个人玩得开心，有事找经理或者自己都行。

人走后，盛檀感慨地说："感觉姜总越来越有味道了。"

许稚意瞥她："你信不信我把这话告诉沈总？"

盛檀一噎，看了一眼姜臣的背影，说："我就随口一说，我又不喜欢他。也不知道沈正卿到他这个年龄是什么模样。"

倪璇："会更有味道。"

盛檀眼睛一亮："你怎么知道？"

倪璇吃着送上来的果盘，含混不清地说道："我随口说的。"

许稚意忍俊不禁："虽然是随便说的，但沈总未来会更有魅力这一点，我敢打包票。"她慢条斯理道，"男人三十一枝花，四十是花中花，听过没？"

盛檀眼皮抽搐："还有这种说法啊？"

许稚意点头："有的，不然现在网上那些有年龄差的小说和偶像剧为什么这么受人追捧啊？不就是因为自律成熟、事业有成的男人有魅力吗？"

盛檀想了想，是这个道理。

她们边聊边吃果盘，玩摇骰子的小游戏。酒吧里场子还不算太热，人也不算多。许稚意几个人窝在角落听着歌、喝着饮料，很是自在。三个人酒量都一般，没敢多喝。

好一会儿，盛檀探着脑袋说："想去跳舞了，去吗？"

许稚意摆摆手："你们俩去，我在这里看包。"

盛檀和倪璇应道："行，待会儿换你去。"

许稚意点头。看着两个人离开，她舒舒服服地窝在角落里，拍了张照片发给周砚："周老师，给你看看美女。"

周砚："没看到。"

许稚意："什么？"她把照片放大，照片里明明有很多美女。

许稚意："哪里没有？这里有好多好不好。"

周砚的情话信手拈来："我心里的美女只有我老婆。"

周砚："看看我老婆在做什么。"

许稚意没忍住，窝在沙发上翘了翘嘴角。虽然说周砚这情话过于俗套和浮夸，但她还是被取悦了。她压了压眸子里的笑意，一点儿也不抗拒地给他发了一张自拍："怎么样？"

周砚："周太太今天也很漂亮。"

许稚意："周先生今天的嘴也很甜。"

两人闲聊了几句，许稚意看了看时间，感觉差不多了，让周砚过来接她。

她们估计再玩一会儿就得回家了。

没一会儿，倪璇返回来，说是要和她的沈医生聊会儿天，催许稚意去跳舞。

许稚意虽不怎么会跳舞，但还是去了。不过去了没两分钟，她便返回来了。

"怎么这么快就回来了？"倪璇诧异。

许稚意扬了扬下巴："沈总来了。"

倪璇抬头一看，不远处的盛檀正晃着她老公的手臂在撒娇。二人心照不宣地笑了起来。许稚意问："沈医生有时间过来接你吗？"

倪璇："他今天要值班。"

许稚意了然："那待会儿我们先送你回去。"

倪璇没拒绝："行啊，让我当一会儿电灯泡。"

把倪璇先送回家，许稚意和周砚才返回自己家。路上堵车时，许稚意望着在路边卖花的漂亮女生，看向周砚："想买束花。"

周砚一笑："好。"他找到车位停车，陪她去买花。

许稚意捧着鲜花嗅了嗅，举到周砚的鼻子下："你闻闻，这花还挺新鲜。"

周砚挑眉，配合她嗅了嗅，点头道："还不错。"

他和她伴着夜色回家。

到家，许稚意找了个花瓶将花插好放在中岛台上，坐在沙发上看着，心情大好——她现在越来越喜欢这样平淡又有爱的生活了。

晚上睡觉，许稚意跟周砚碎碎地说自己接下来的工作安排。周砚听着，时不时给她点儿意见。

"对了。"说着说着，许稚意想起了一件大事，"倩姐还在问我。"

"问你什么？"周砚看她。

许稚意趴在他的怀里，低声说："她说又有综艺节目找她了，想邀请我们俩参加，问你想不想去。"

周砚垂眼，低声问："你想去吗？"

说实话，这回许稚意有点儿心动，因为焦文倩和她说，这个综艺虽是夫妻综艺，但每一期都会有个主题，很多主题都是和恋爱相关的，会帮忙找回他们恋爱时的一些感觉，弥补一些遗憾。她和周砚谈恋爱时，其实有不少小遗憾。

对着周砚的目光，许稚意诚实地说："有点儿心动。"

周砚稍稍有些诧异："怎么说？"

"就……还挺喜欢的。"许稚意解释，"感觉在综艺里能和你做很多有趣、有意义的事。"

闻言，周砚一笑："那就去。"

许稚意一愣："你这就答应了？"

周砚应声："嗯。"

"会不会有点儿草率？"许稚意自己还只在心动阶段，没到答应的时候呢。

"不草率。"周砚失笑，捏着她的耳朵，轻声解释，"很少有让你心动的综艺，不是吗？"这个综艺能让许稚意心动，必然有它的过人之处。

许稚意想了想，好像也是。她是个对综艺没什么欲望的人，之前上的综艺不能说不喜欢，只是相比较而言，少了那份心动。

她点头："那其他工作怎么办？"

周砚思忖了一会儿："综艺录制在什么时候？"

"起码还有两个月才开始吧。"许稚意说，"没那么快。"

周砚了然："那不着急，这些是经纪人该考虑的问题。"焦文倩会来问他们，肯定是能给他们挤出时间的。

许稚意听到这话，眼睛一亮："你说得好有道理。"她嘻嘻一笑，"那我就不考虑这个了，我明天就跟倩姐说我们俩可以去参加，但之前定下来的工作不能耽误。"

周砚："好。"

一般来说，像许稚意和周砚这样的演员，后半年的行程应该被排满了才对。但他们今年结婚，想让自己的节奏慢下来，又因为一直没看到很合适的剧本，所以暂时没接戏。也是因为这个，焦文倩才敢再次提让许稚意和周砚上综艺这事。她觉得这俩人有点儿闲，要给他们找点儿事情做才好。

次日，许稚意便将自己和周砚的考虑告知焦文倩。

焦文倩一口答应："你放心吧，就你近两个月那点儿工作安排，完全不耽误上综艺。"

许稚意微哽："我要是看到喜欢的剧本了，还是先去拍戏的。"

焦文倩哭笑不得："知道了，我也希望你能看到好看又喜欢的剧本。"

许稚意"嗯"了一声，说："那麻烦倩姐啦。"

焦文倩："不客气。我是为了赚钱。"许稚意语塞。这话未免太诚实了。

之后的很长一段时间，许稚意和周砚将综艺的事抛到了脑后。

两个人的工作说多不多，他们却一直在当"空中飞人"，之前耽搁的商务活动、杂志拍摄和电影客串，让两人被迫异地恋。

这天忙完工作，许稚意坐在车里掰着手指开始数数。蒲欢看着，好奇地问："姐，你在干吗呢？"

许稚意："我在数，我明明没正式进组拍戏，为什么会半个月没和我老公见面？"

蒲欢失笑："主要是你们俩的行程老是错开，你回家的时候砚哥在外面工作，砚哥在家时，你的工作又来了。"

许稚意点头，叹着气道："我怀疑是倩姐和林哥故意这样安排的。"

蒲欢扬眉："怎么说？"

"为了不看我们俩秀恩爱，他们不希望我们俩合体。"

晚了两步上车的焦文倩恰好听到这话，没好气地觑了许稚意一眼："在你心里我就这形象？"

许稚意瞅她："也不能这样说，但就是太巧了。"

焦文倩懒得理她，摆摆手："要不我现在送你去见你老公？"

许稚意眼睛一亮，激动不已："真的吗？"

"想得美。"焦文倩噎了一下，瞪她一眼，交代司机："走吧，送她去工作。"

许稚意语塞。工作有什么意思？她现在只想当一条"咸鱼"。思及此，许稚意委屈地说："人为什么要工作？"

蒲欢回答："为了生活。"

许稚意："人为什么要生活？"

蒲欢："为了活着。"

许稚意："活着是为了什么？"

听到这儿，焦文倩实在忍无可忍，回头看她说："为了见你老公，这个答案满意吗？"

许稚意眨了眨眼，勉为其难地说："你说得对。"她瞬间有了活力，给自己打气："我今天吊着这口气，就是为了回家见老公。"

焦文倩："我以前怎么没发现你是个恋爱脑？"

许稚意反驳她："我这不是恋爱脑，是跟我老公学的黏人法则。"

第十九章　夫妻综艺

说不过许稚意，焦文倩索性闭嘴。

许稚意看着她的神色，忍笑："倩姐，怎么不说话了？"

焦文倩觑她一眼："闭嘴。"

许稚意"哦"了一声，听话地闭上了嘴。

车内安静了一会儿，焦文倩突然说："综艺还有半个月宣布嘉宾人选，你做好准备了吗？"

许稚意一愣，坐直了身体："这么快？"

"不算快了。"焦文倩将她刚刚说的话还给她，"你有大半个月没见你老公了。"

许稚意噎住，沉默片刻，突然有点儿忐忑："我不会被骂吧？"

焦文倩瞥她一眼："现在担心这个了？"

许稚意"嗯"了一声，心虚道："毕竟背着大家谈了那么久恋爱。虽然说我和周砚没义务跟大家汇报私生活，可换位思考一下，粉丝不舒服很正常。"

焦文倩笑笑："是你太诚实。你知道这个圈子是什么样，你看哪位艺人谈恋爱会直接告诉粉丝？就算有，人家也不会是一开始恋爱就告诉大家，除非被拍到。"

说实话，像许稚意和周砚这种实力派演员，谈恋爱不告诉大家还真不算过分。当然，网上肯定有钻牛角尖的人，但一万个人就有一万种思想，没办法全部照顾到。

每个圈子有每个圈子的规定，艺人谈恋爱大多不会一开始就告诉粉丝。因为一公开，就意味着他们会被所有人关注，从恋爱到婚姻，一直走到最后的很少。他们一旦分开，处境会变得艰难，甚至会时不时被人拎出来贴标签，之后无论哪一方恋爱或结婚了，再提起一定会有人说她是谁的前女友，他是谁的前男友。

对公众人物来说，这事在所难免。

也是这个原因，很多人不到结婚那一刻都不会公开恋情。

许稚意明白她说的，想了想，说："还是要找个机会跟粉丝道个歉。"

这个焦文倩倒不拦着："这个随你。"

之后半个月，网上渐渐有人爆料，说是橘子台有个夫妻综艺要在暑假时期录制，几对夫妻在一起录半个月，过不一样的夫妻生活。录制期间，节目组每晚七点到九点会做直播，而白天的录制内容会在之后剪辑成十二期播出。

这爆料一出，很多人都在猜圈内会有哪几对夫妻参加。很多人都被猜了，但就是没人猜许稚意和周砚。

为此，许稚意边刷爆料边和周砚打电话讨论，疑惑地问："为什么大家不猜我们？"

周砚想了想："可能他们觉得我们不像是会参加综艺的样子。"

"你说得有道理。"许稚意微窘，思忖了一会儿，托腮问道，"那你说我拿着我的小号去爆料我们参加这件事，会有人相信吗？"

周砚缄默片刻，迟疑地说："应该不会。"

"为什么？"许稚意好奇。

周砚没有答案，但就是单纯地觉得大家不会相信。但他还没来得及吱声，许稚意突然"哇"了一声："网上有人爆料了。"

周砚听着她激动的声音，随口问："他怎么说的？"

许稚意看着新刷出来的微博，认真地给他念："有个爆料还挺精准的娱乐博主说，这个夫妻综艺有对实力和人气并存的小夫妻会参加，让大家好好期待一下。"

周砚挑眉："评论呢？"

许稚意："有人猜了我们，然后被我们的粉丝说回家睡觉做梦比较实际。"

周砚无语。

许稚意刷了一会儿，没再刷到什么有意思的评论。她打了个哈欠，有点儿困了，声音含混地喊周砚的名字。

周砚应："怎么了？"

许稚意："想你了。"

周砚低头一笑："再过两天就能见到了。"最近这段时间，许稚意和周砚进了不同的剧组客串演出。戏不多，许稚意的三四天就能拍完，周砚则要一周左右。

他们拍完客串电影，综艺差不多要开录了。

许稚意"嗯"了一声："我应该明天就能拍完，拍完我先回家。"

周砚应声："好。"

两个人聊了一会儿，周砚给她念诗哄她睡觉。近段时间，许稚意迷上了一位诗人的诗。周砚自然揽下了念诗的活，在她睡前给她念一会儿，让自己的声音陪她入睡。

三天后，《婚后日记》综艺正式宣布嘉宾。

在节目正式开拍前的一个采访中，许稚意和周砚出现在他们的新家。

编导询问两个人在一起多久了，许稚意和周砚看向镜头，轻声道："在回答这个问题前，我们想先跟粉丝道个歉。虽然我一直认为工作外的生活没必要跟大家汇报，但还是想跟大家说一声抱歉。"说完，许稚意才回答，"我们在一起五年多了。"

编导虽意外，但语气还是很平静的："大家都很好奇，是周老师追的你还是你追的他？"

许稚意看周砚："你来回答？"

周砚垂头看着她："好。"

他将麦克风拿到自己这边，想了想，说："好像没有谁追谁，是吧？"

许稚意在旁边笑着说："你也知道你没追我呀？"

周砚一顿，眉梢往上扬了扬，问道："需要吗？"

闻言，许稚意看他："你这样问，我怎么好意思回答'需要'？"

二人的对话明明没什么重点，可就是能让看的人傻笑不已。编导差点儿被他们甜晕，直呼："那两位是怎么在一起的呢？"

许稚意回忆了一下，笑着道："大家还记得《一厘米距离》中的一个场景吗？"她说的是少年抢婚，拉上穿着婚纱的她在马路上奔跑的场景。

编导点头："我记得，我相信影迷朋友也记得。"

许稚意"嗯"了一声，摸了摸鼻尖，有点儿不好意思地说："在正式走戏之前，他问我——"她给了周砚一个眼神："你来说。"

周砚微微一笑，深情地注视着她，将故事重述："在录这个节目之前，你是想跟我接吻还是私奔？"

编导："什么？"

许稚意回应他的眼神，将手递给他："私奔。"

编导愣了好一会儿才反应过来："所以你们是这样在一起的？"

许稚意坦然道："算是吧，那天收工后他带我去了一家小店吃东西。"

编导眼睛一亮："吃东西的时候周老师说了什么吗？"

许稚意歪头看周砚。周砚："说了。"

编导："说什么了？"

周砚掩唇咳了一声，有点儿不好意思："我问她，想不想去看星星。"

"然后呢？"

"然后我问他就我们俩吗？"许稚意回忆着那天的事，忍着笑说，"我刚问完，周砚说就我们俩，他想和我私奔去看星星。"

听到这话，编导直呼"受不住"。

"不过——"许稚意打破她的幻想，"我们那天没看成星星。"

编导一噎。许稚意告诉她："还没吃完东西就下雨了。"

编导眨眼，遗憾地说："下雨就回去了吗？"

许稚意顿了顿，推了一下周砚："你说。"

周砚："没有。"

那天从小店走出，看着外面的大雨，周砚到旁边买了把雨伞，送许稚意回酒店。伞很小，他们走到半路时，周砚的大半边肩膀已经被雨淋湿了。许稚意催了他好几次，他都没将伞往自己那边移，依旧将许稚意罩在伞下，没让她淋到雨。僵持了片刻，许稚意忽然拿过伞柄，抬起眼看向他："周砚。我之前看过一部电影，电影里有句台词说，你有多爱一个人才会觉得和他一起淋雨也很美。"她顿了一下，看他，"你想和我一起淋……"

她还没说完，周砚忽而低头吻住了她的唇。他当然愿意。他不仅愿意和她一起淋雨，还想和她做很多她喜欢的、想做的事。

这也是许稚意和周砚拍《遇见你之后》会感触很深的原因。因为她和周砚曾经做的某些事，和谈初、余征真的很像，他们俩都有冒险精神，也都有和对方同生共死的想法。

这一生，除了对方，他们不会再倾尽全力去爱别人。

开拍前的采访不长不短，每组嘉宾有十几分钟的时间。看完许稚意和周砚的采访，粉丝傻了——这对比他们想象的甜多了！这谁能扛得住？他们是圆满的《遇见你之后》吧？

一时间，网友都在对他们的故事津津乐道。

而两位当事人正在家里讨论明天节目正式录制时，节目组会让他们做什么。

虽说节目没有剧本，但每一期都有个特别的主题，有回到恋爱进行时的，有回到心动时分的，还有现在进行时的，更多人想看他们的婚后生活是不是和大家想象的一样。

"你紧张吗？"许稚意靠在周砚的肩膀上问。

周砚垂头看她："不紧张。"

许稚意瞥他："真的？"

周砚点头。

许稚意去拿放在茶几上的手机："现在官方好像已经发视频了，你说粉丝会不会骂我们？"

周砚失笑："现在担心了？"

"一直都担心。"许稚意诚实道，"你不担心吗？"

"还好。"周砚看她，"放宽心吧，周太太，顺其自然就好，骂我们的话我们就不去看。"

许稚意想了想，也是。

"那我去转发了。"她还没转发宣传呢。

周砚跟着掏出手机："好。"

在大家看得如痴如醉时，许稚意和周砚一前一后上线，转发官方微博的内容。

> 许稚意：叮咚，新手太太上线啦。

她刚转发完，周砚便转发了她这条微博，强调："是周太太上线了。"

粉丝："这也要炫耀吗？没想到你是这样的周砚！"

许稚意刷了刷微博，看到有趣的评论就分享给周砚："网友说太便宜你了，都没和我表白也没追我，我就和你在一起了。"

周砚垂眼看了一眼，然后看着她，问道："那我重新追你一次？"

许稚意好奇："你准备怎么追？"

周砚："这是秘密。"

许稚意觑他一眼，满不在乎地说："迟早要知道的，你提前告诉我不行吗？"

周砚："不行。"

两个人对视半晌，许稚意放弃了，问道："行吧，那你准备什么时候开始追我？"

周砚一顿，思忖了一会儿，说："明天？"

许稚意眨眼，一脸期待的表情："好啊。"

翌日，节目正式录制。

节目总共录制十五天，前期三组家庭都是分开录制的，到后期会有一周的时间在一起录，互相认识。当然，节目不会偏离主题，这还是个夫妻综艺节目。除了偶尔会有几个特别的主题需要完成，其他的都是让他们自由发挥，将真实的一面展露出来就好。

家里到处都是摄像头，但又和之前许稚意直播时不太一样，他们俩不需要和镜头前的观众互动，和往常一样生活就好。

第一天录制，节目组没给任务，许稚意和周砚便和往常一样——她赖床，他早起锻炼，给她做好早餐喊她起来。

吃过早餐，二人戴上口罩、帽子出发去菜市场。

菜市场里会认出他们的人相对于超市来说少一些，毕竟大家都忙着买菜，没几个人会关注他们。不过他们带上摄影师和编导后，路人认出他们的概率就高了很多。

买完菜，周砚又在路口给许稚意买了一束花。

回到家，周砚收拾冰箱，许稚意插花。这是他们休息时的日常。

"老公。"插好花，许稚意喊他，"我今天的插花技术是不是又进步了一点儿？"周砚会认真看，再给出自己的建议和想法。

两个人会一起做午饭。周砚主厨，许稚意打下手。周砚炒菜时，许稚意闻着菜香嘴馋，让他先给自己尝一尝，就跟小猫似的，好奇心强烈。

两个人的日常明明很平常，可就是让一群节目组工作人员直呼：

"这俩人是演偶像剧的吧？"

"新婚小夫妻不就这样？"

"那也没有这么唯美的，别的新婚小夫妻有这个颜值和这种甜死人的互动吗？"

…………

559

许稚意和周砚并不知道工作人员会这样夸他们。他们只是忽略了镜头，过他们久违的亲昵生活。

吃过午饭不久，许稚意开始犯困。她跑到书房找周砚，睡眼蒙眬地说："我困了。"

周砚抬眸看她，眸子里有些许笑意："等我十分钟？"

许稚意点头："好。"

回到房间，许稚意和盛檀、倪璇闲聊。盛檀问她第一天录婚后综艺的感觉如何。

许稚意："还行，当镜头不存在，和之前一样。下午要不要出去玩啊？"

盛檀："什么？"

许稚意："好久没看到你和倪璇了，不想和我一起吃饭？"

倪璇："我在剧组，你们聚。"

盛檀："你不是在录节目吗？"

许稚意："录节目也可以出门吃饭啊，你不介意出镜就行。"

盛檀："有一点儿心动。但是今天不行，我答应了我老公今晚陪他。"

许稚意："哦。"

她们聊了一会儿，周砚回了房间，问道："还困吗？"

许稚意"嗯"了一声，声音变得温柔："困。"

周砚失笑，拿过床头的一本诗集翻开："那我陪你睡。"

"嗯。"许稚意放下手机闭着眼，"你要不要睡一会儿？"

"我晚点儿睡。"周砚说，"还有些事要收尾，做完再睡。"

许稚意迷迷糊糊地应着。

周砚的声音被麦克风清晰地收录进去，节目组的工作人员才知道他在做什么——他在念诗哄许稚意睡觉。看到这一幕，年轻的工作人员感慨："要是以后我能找到一个这么有耐心又温柔的人念诗哄我睡觉，我死也值了。"

将许稚意哄睡，周砚蹑手蹑脚地出了房间，又回到书房继续工作。

等许稚意睡醒，两个人各自看剧本。

晚饭依旧是在家解决的。吃过晚饭，他们再次出门。这是许稚意和周砚的习惯，他们会跟老夫老妻一样出门散步、吹风。如果白天太阳没那么大，他们也会出门玩，但录制这天太热了，他们都不愿意出门。和普通夫妻一样，二人十指相扣地散步、聊天。落日余晖拉长他们的影子，看上去温馨又浪漫。

录制第二天，许稚意和周砚拿到了节目组安排的第一个主题。

主题是问他们是否还记得对对方的第一次心动，让他们回到心动的那一天。

许稚意和周砚是分开说心动时间和地点的。之后，由周砚邀请许稚意，去他对她心动的地方，告诉她，他初次对她心动的事。

周砚先接受采访，许稚意后接受采访。二人的编导是同一人。许稚意回答完编导的问题时，总觉得编导看她的眼神怪怪的，但具体哪里怪，她也说不上来。

她不明所以地问周砚："节目组给的问题是一样的对吧？"

周砚看她："是。怎么了？"

许稚意挠了挠脖子："我回答完，编导和摄影师看我的眼神都很奇怪。你的答案是什么呀？"

周砚知道她好奇，卖了个关子，轻声说："晚上你就知道了。"

许稚意眨眼："你晚上带我过去？"周砚点头。

许稚意眼睛一亮，倒也不着急知道了。她望着周砚，笑着说道："那我期待一下。"

周砚："好。"

下午，两个人出门玩了一圈。到晚饭时间，周砚说带许稚意去吃饭。

许稚意没多想，直到车停在她熟悉的一家餐厅门口，许稚意才后知后觉地反应过来。她扭头看向旁边的餐厅，又看向周砚："今晚在这儿吃饭？"

周砚"嗯"了一声，目光灼灼地看着她："不是猜到了吗？"他拉着许稚意往餐厅走，如实告知，"第一次在这里看见你，我的心就为你跳动了。"

许稚意微怔，仰头看他："你知道我是怎么回答这个问题的吗？"

周砚垂眼。许稚意和他对视，轻声说："我的答案和你的一模一样。"在这家餐厅和周砚初见时，她也对他心动了。

这也是为什么工作人员在采访完许稚意后，看她的眼神会那么奇怪，实在是这两个人之间那些没公开表露的经历太甜了。他们连心动都在同一时间和地点，怎么能不让人惊讶？

听完许稚意的答案，周砚一顿，敛眸说："我的荣幸。"

许稚意弯了弯眉，"那我是不是也要说一句'荣幸'？"

周砚："或许不用说。"

许稚意被他的话逗笑了。

两个人没在餐厅门口多停，直接去了他们曾经动心的那个包间。进去后，许稚意看着跟进来的摄影师和工作人员，让摄影师将镜头对准包间的那扇门，给大家介绍："这扇门应该算我和周老师的……"

　　说了一半，她卡壳了，扭头看周砚："算什么？"

　　周砚沉吟半晌："半个媒人？"

　　许稚意微笑："可以算。"

　　两个人在包间坐下，许稚意和周砚拿着菜单点单。

　　"你还记得那天都点了什么吗？"许稚意问。

　　周砚"嗯"了一声，询问："我来点？"

　　许稚意感到惊讶，把菜单挪到他的面前，说："好呀。"

　　周砚笑笑，接过菜单勾选。勾选结束，他问许稚意："要不要看看？"

　　"要。"许稚意接过看了半分钟，默默地把菜单递给旁边等待的服务员："麻烦了。"

　　服务员一笑："应该的，麻烦稍等。"

　　服务员出去后，周砚给她倒了杯温水，掩了掩眸子里的笑意，低声问："我有记错的吗？"

　　许稚意一顿，捧着杯子喝了两口水才说："你少点了几道吧！"是肯定的语气。

　　"就我们俩，吃不了那么多。"周砚应声，慢条斯理地说，"刚刚点的那几道菜，是你那天吃得比较多的。"

　　许稚意还没来得及表现出自己的惊讶，一侧的工作人员实在憋不住了，好奇地问："周老师记得这么清楚？"

　　周砚笑了笑："下意识地记住了。"其实在那个时间点，他也不知道自己为什么要去记这么一件不算重要的事。下意识地多看了许稚意几眼，多关注了她一些，他就记住了。

　　过去五年多了，周砚对那天晚上的碰面依旧记忆犹新。或许冥冥之中，他的大脑就告诉他：这个第一眼就让你平静的心泛起波澜的人，会和你携手共度一生。

　　"真的？"听到这个答案，许稚意忍俊不禁，托腮望着周砚，"你倒不如说那时候就惦记上我了呢。"

　　周砚垂眼回视，倒也没什么不好意思的："也可以这样说。"

　　听着二人的对话，工作人员都有些受不了。这俩人真不是作秀夫妻，他们对对方的感情，旁人都能看得一清二楚。

等菜的时候，许稚意去了趟洗手间。回来时，她恰好听到周砚在对着镜头聊天："我第一次见她的时候，她也是去上洗手间。"

许稚意无语地推开门看着周砚，"哎呀"了一声："你怎么把这个也说了？"她不好意思地看向镜头，说："我必须强调一下，虽然我上洗手间，但我还是个仙女，希望大家记住这一点。"

工作人员忍笑，镜头后没人回答她。

周砚回应："记住了，周太太是个仙女。"

许稚意知道他在配合自己幼稚的行为，眉眼弯弯地补充道："还是全世界最漂亮的仙女。"

周砚继续附和。

两个人没有刻意地互动。但他们不知道的是，越是这种自然的互动，越会让观看者觉得甜蜜，让观众不由自主、发自内心地傻笑。

吃过饭，两个人去下一个心动的地点。是许稚意之前提到过的那家小店，不过他们已经吃过晚饭了，周砚便安排了带她去看星星的环节。

几年前错过的那两次看星星，他想在这个节目里给她补上。

两个人在一起的这些年，其实看过很多次星星，不同时间、不同地点的都有。但每一次看，他们还是会有不一样的感觉。

"今天应该不会下雨了吧？"许稚意开玩笑说。

周砚："不会。"

许稚意看他自信满满的模样，故意道："万一下了呢？"

"万一下了的话。"周砚想了想，轻声说，"就和那天一样，如何？"

"和那天一样"指的是什么，两个人心知肚明。

许稚意微窘，看了一眼后面跟拍的摄影师等人，眼神飘忽地摸了摸鼻尖，含混道："再说。先去山顶？"

周砚："嗯。"

时间还不算晚，市区有点儿堵车。许稚意坐在副驾驶座，一会儿看看周砚，一会儿看看窗外。她总觉得，录这个综艺让自己找到了几年前的一些小女生心态。明明她已经二十七岁了，可总会有些和几年前一样时不时冒出来的幼稚想法。

想到这些，她一时不确定这样是好还是不好。唯一可以确定的是，她不会后悔和周砚参加了这个综艺。

他们抵达山顶时，月亮好像比来的时候明亮了几分。许稚意仰头看了看，惊讶道："是不是要到十五了？今晚的月亮好漂亮啊！"月亮不仅漂亮，还很圆、很大。

周砚查了一下，还真是。

许稚意看了月亮好一会儿，扭头看向周砚："星星呢？"

周砚顺着她的目光看去，还没来得及说话，许稚意便取笑他说："周老师，今晚又没有星星。"

周砚微顿，敛目一笑："谁说没有？"

许稚意挑眉，望着挂着皎洁明月的夜空："在哪儿？"

"不是在我旁边吗？"周砚说。

听到他的答案，许稚意娇嗔地瞪他一眼，说："我说的是真正的星星。"

周砚和她十指相扣，挠了挠她掌心，回她："我说的也是真正的星星。"在他心里，许稚意就是他的星星。

许稚意看他强词夺理的模样，压着眸子里的笑意："好吧，那勉强再次原谅你。"

周砚跟着笑了起来，一本正经地说："谢谢周太太的宽宏大量。"

许稚意："不客气。"

两个人相视而笑，手握得更紧了，身体靠得更近了。

安静了一会儿，许稚意说："你说我们今晚看的这个月亮，像不像博尔赫斯诗集里写的那样，算是荒郊的月亮？"

周砚想了想，说："应该算吧。"但他们的感觉和读到"荒郊的月亮"这句诗的感触是不一样的。

许稚意笑，回头看他，问道："应该？"

周砚应："应该。"

许稚意笑，望着他说："周老师，我想听你念诗了。"

周砚没立刻答应，垂眼看着她，低声问："困了？"

许稚意微哽，觉得他就是个破坏气氛大王，反问："我不困就不给我念诗？"

周砚认真思索了一下，说："你不困的话，我不知道要给你念什么诗。"

许稚意一噎，委屈巴巴地说："难道你看到清醒的我，一首诗都想不起来吗？"

周砚哭笑不得，拍了下她的脑袋："不是这个意思。"

"那你是什么意思？"许稚意无理取闹，"我不管，我就想听你念诗。"

"好。"周砚答应，思忖了一会儿，说，"给你念博尔赫斯的？"

许稚意眼睛一亮："好呀。"她有好几个喜欢的诗人，博尔赫斯便是其中之一，他们家里有博尔赫斯的全集。

说实话，在镜头下，在许稚意清醒的时候给她读诗，其实有点儿为难周砚，但她想听的话，周砚即使不好意思，也会尽全力满足她。

他注视着她的眼睛，把脑海里第一时间浮现的诗念了出来："我度量时间的方式不是三餐四季，不是昼夜交替，而是是否和你一起……"这是周砚很喜欢的一首诗，也是他一直想送给许稚意的一首诗。他没在她昏昏欲睡时念过，但猜想她肯定看到过。

在这一刹那，在这个晚风吹拂、弯月悬空的夜晚，他想将这首诗送给她。

从将她放在心底的那一刻起，是否和她在一起，就成了他度量时间的方式。和她在一起时做的每一件事，对周砚来说都是有意义且值得纪念的。即便只是看她在自己面前吃一顿饭，他都觉得有趣。

在山顶看了明亮的月亮，吹了一脸的风，许稚意和周砚深夜才回家。

他们回到家洗漱完，这一天的录制结束。

睡前，许稚意还在想周砚读的那首诗。她忘了看到这首诗的时候是多大，可能是高中，也可能是大学。但说实话，看的时候她只觉得很美，也很浪漫。

那时，她从未想过，有一天自己的爱人会将这首诗念出来送给自己，这是一个自己从未想象过的场景。在遇见周砚之前，她更是从未奢望过，会有一个人这么爱自己，用是否和自己在一起来度量他的时间。

"在想什么？"周砚掀开被子上床时，许稚意目不转睛地盯着他。

许稚意："在想你念的那首诗。"

周砚一怔，询问道："今晚再给你读一首别的？"

"不要。"许稚意拒绝，抱着他说，"我今晚要好好回味一下你在山顶给我读的这首。"

周砚微笑，低头碰了碰她的唇："你喜欢的话，我以后多给你读。"

"也别太多。"许稚意一脸认真地提醒，"多了就会烦。"

周砚语塞——他的周太太永远都这么别具一格。

两个人拥抱在一起，许稚意问他第二天录节目的感觉怎么样。

周砚看着她："这个答案，我想我已经告诉你了。"

许稚意愣了愣，对上他的漆黑明亮的双眸时，突然反应过来——他说的是那首诗。

和她在一起，无论是录节目还是不录节目，于他而言，感觉都是好的。

思及此，许稚意忍着笑说："周老师。"

"嗯？"

许稚意趴在他的怀里："我现在才发现，其实你还挺会谈恋爱的。"

闻言，周砚挑眉："我们现在是在谈恋爱？"

许稚意沉默了一会儿，说："结了婚也可以谈恋爱吧？"

周砚点点头："好吧，也可以。"

许稚意："我还有问题要问呢！"

周砚不解地看她。

许稚意："你老实说，以前是不是谈过很多次恋爱？"她在和他恋爱时没追问的问题，婚后反倒是好奇了。

周砚盯着她，低声问："你觉得呢？"

"我不知道啊！"许稚意茫然地问道，"我知道还问你做什么？"她是没看到他之前有任何绯闻，但谁知道他学生时代有没有谈过恋爱呢？

周砚沉默片刻，靠近她的脸颊，用英挺的鼻尖碰了碰她的鼻尖，嗓音沙哑地说道："我之前表现得不够明显？"

"什么？"

许稚意不明白他在说什么。

周砚提醒："我和你第一次接吻，做了什么你还记得吗？"

两个人对视半晌，许稚意想起那个画面。在周砚的注视下，她的耳朵开始泛红，紧跟着，双颊也染上了红晕："你——"

周砚："这个答案你满意吗？"

许稚意动了动嘴唇，想说点儿什么，又不知道该如何说。好一会儿，她才找回自己的声音："那万一你当时亲我是因为紧张才咬破了我的唇，表现生疏的呢？"许稚意觉得自己的质疑合情合理。

周砚思忖须臾，点头说："你说的也不是没有道理。"

许稚意抬眼："所以？"

周砚低头，含混不清地告诉她，"但那确实是我第一次谈恋爱，也是第一次和人接吻。"他喉结滚了滚，低沉沙哑的声音钻入许稚意的耳朵，"老婆，那次是我的初吻。"

许稚意听出了他的委屈，有点儿想笑，只不过嘴唇刚张开，周砚的舌头便顺势钻了进来。他似报复一般勾住她的舌尖，轻轻地用牙齿咬了一下，让许稚意吃痛地呜咽。

她皱着眉看他，咕哝道："你干吗？"

周砚："亲你。"

房间里的摄像头虽然被盖住了，也关掉了，但两个人没敢太过分。周砚抱着人亲了一会儿，才依依不舍地放开她。

"睡觉吗？"他哑声问，两个人再不睡，真会"出事"。

许稚意闷声道："晚安。"

周砚看她，摸了摸她的脑袋哄着："晚安。"

月亮在夜空中缓慢地挪动着，时间好像在流逝，可又好像停滞不前，停在二人在一起的瞬间，让他们在一起的岁月变成永恒。

翌日上午，许稚意和周砚不意外地起晚了。

第三天的录制，和第一天一样没有特别的主题。外面的天气渐渐热了起来，太阳也变得毒辣。许稚意和周砚立马决定"家里蹲"，在家里做美食、看电影，过得悠闲又自在。

第四天，外面忽然下起了雨。

许稚意被淅淅沥沥的雨声惊醒，睡眼惺忪地看向窗外，又扭头看周砚。

接收到她的目光，周砚向她提出邀请："周太太，要一起下楼看雨吗？"

许稚意眉梢微扬，爽快地回答："好呀。"

洗漱完，吃过早餐，周砚拿了一把雨伞和许稚意一起下楼。两个人打着伞，慢悠悠地踩着湿漉漉的路面往前走，听着耳畔拂过的雨声，感受着迎面吹来的风，感觉无比舒服。

走出小区，走到马路两侧的人行道上，许稚意和周砚不自觉地停下了脚步。

"你想不想——"

"你想不想——"

两个人异口同声地说。对视一眼，他们相视而笑。

周砚看她："你先说。"

许稚意没推托，朝周砚眨了眨眼，而后伸出手说："周砚，在这场雨停下之前，你想不想和我再私奔一次？"周砚很轻地笑了一下，在许稚意反应过来前，再次包住了她的手掌，拉着她往前奔跑。

风吹过，他掷地有声的话语落下："想。"

两个人在树下奔跑，肆无忌惮，恣意洒脱。

在摄影师和编导愣住的时候，二人已经跑远了。

"周老师、许老师……"摄影师反应过来，跟着他们开始在街上奔跑。

许稚意和周砚第一回这么调皮，将摄影师等人甩在身后。他们奋力往前，跑过一条又一条小巷。

停下来时，两个人大口喘气。喘了好一会儿，许稚意率先笑出声来："我们是不是太过分了？"她往巷子口看去，"摄影师还没跟上来。"

周砚应声："好像是有点儿。"

许稚意抬眸看他："你说要是被观众知道我们这么幼稚，会不会骂我们？"

"不用担心这个。"周砚看她脸上挂着的笑，忽而喊，"老婆。"

"嗯？"

"我和你私奔了。"周砚伸手靠近她的脸颊，轻声问，"你要不要和我接个吻？"

摄影师追上来，将镜头对准他们时，他们正躲在巷子里吻得难舍难分。

顽皮过后，许稚意和周砚跟工作人员说了声"抱歉"，才再次慢悠悠地走在街上听雨声。因为淋了雨，二人没在外面待太久，早早地回家洗了澡。

他们洗完澡出来时，节目组给了他们第二个主题任务。

第二个任务的采访依旧是分开的，问的是他们还记不记得第一次约会及吃饭的地点，要不要带对方重温过去。听到这个问题，许稚意迟疑了一下："这个问题对我和周砚来说有歧义。"

编导："怎么说？"

许稚意："我们拍完戏收工就去了小店吃饭，我是吃完饭才和他确认关系的。可实际上在我们心里，我们吃那顿饭的时候，就已经心照不宣地和对方在一起了。"

说着，她朝工作人员摊手，表情无辜："这个要怎么算？"

编导被她问住了，第一时间和导演沟通。好巧不巧，另一位采访周砚的工作人员，遇到了同样的问题。在这些事情上，这对新婚小夫妻的默契真的无人能比。

最后，导演组告诉许稚意和周砚，是他们确定关系之后的，小店不算。

许稚意"哦"了一声，说："行吧。"

编导："还记得吗？"

"记得啊，这个怎么敢忘？"许稚意一笑，扬唇看着镜头，开玩笑地说，"我如果把这个忘了，周老师会跟我生气的。"

编导看她："应该不至于吧，周老师看着跟没脾气似的。"

"谁说的？"许稚意摇头，"他有，他脾气可大了。"

看着大家怀疑的神情，许稚意笑着说："不过他发得少，一年也不见他发一次脾气。"

闻言，嗅觉灵敏的编导眼睛亮了亮，追问："那许老师还记得你老公上一次发脾气是什么时候、因为什么事吗？"

许稚意一噎。她好像不知不觉要爆大料了。她狐疑地看着编导，有点儿想问编导是不是在给自己挖坑。

二人对视半晌，许稚意点头："记得，但我不是很想说。"

编导噎住："一点儿都不想透露给大家听吗？"

许稚意："说实话吗？"

编导："这个问题你可以不用回答我。"

许稚意"扑哧"一笑，想了想，说道："其实也没什么不能说的，他上一回发脾气，应该是我被人跟踪的那一次。"

编导一怔："你被跟踪过？"

许稚意笑笑："有过那么几次。"

"然后呢？"编导问，"发生什么事了吗？"

"嗯。"许稚意说，"他们跟得紧，撞车了。"

当时周砚正好在家休息，听到她出车祸的消息，第一时间赶到了现场。

其实那一次，许稚意原以为自己和周砚的关系会瞒不住。毕竟对方都看到了，不可能不爆料出去。但她没想到，周砚和他们沟通过后，他们竟然肯守口如瓶。

周砚冷着脸训了人，之后便让许稚意先离开，自己处理后续的一切事情。

许稚意轻描淡写地说完才问："这个是可以播的吗？"

"当然。"编导一笑，顿了顿，说，"现在这种情况确实严重，在这里我们和稚意一起呼吁大家理智追星，希望追星让大家变得更好，而非更差。"

许稚意点头："是的，我过好我的生活，你们也要过好自己的生活，无论是学业还是工作，都要好好的，我们一起进步，才能在更好的未来见面。你们以我为榜样，我也以你们为荣。"

采访结束，许稚意和周砚碰面。和周砚对视一眼，她耐不住追问："你说的是哪里？"

周砚挑眉："先保密。"

许稚意微哽，睨了他一眼，说："晚点儿就知道了，你还保密。"

周砚微笑："应该要到明天吧？"他们重温第一次约会的情形，安排在明天拍摄。

许稚意"哦"了一声，骄傲地说："这次是我安排。"

"我知道。"周砚顿了顿，含笑说，"我很期待。"

"一定让你满意。"许稚意自信满满。

周砚："好。"

翌日，两个人早早地爬了起来。

周砚率先收拾好，安静地坐在客厅等许稚意，顺便看剧本。而许稚意出门稍微麻烦点儿。她往常出门时其实不怎么爱化妆，但今天和周砚去约会，还是想化个漂亮一点儿的妆。化完妆，许稚意又钻进衣帽间翻了翻。最后，她翻出一套压箱底的衣服换上。

周砚看到她出现，眉梢扬了扬。他上下打量着许稚意，嘴角噙着笑容。

注意到他眼神的变化，许稚意知道他还记得自己这套衣服。

"还留着？"周砚起身看她。

许稚意瞥向他身上穿的衣服，揶揄道："你不也是？"他们俩总有奇怪的默契，为了找回第一次约会的感觉，身上穿的衣服都是几年前第一次约会时穿的那一套。

《一厘米距离》开机初期也是烈日炎炎的夏日，当时许稚意穿了一条纹理感很强的吊带白裙，看上去特别有气质。而周砚好似和她心有灵犀，穿了有设计感的白衬衫和黑裤子。二人看着就十分般配。

提起第一次约会，两个人的脸上都是笑意。那次约会于他们而言，是美好又甜蜜的回忆。

"除了衣服。"许稚意问他，"还有发现别的和之前一样的吗？"

这个问题可有点儿难。周砚上下打量了她片刻，思忖了一会儿，说道："发型？"她当时也扎了鱼骨辫。

许稚意挑眉："还有呢？"

周砚盯了她半晌，迟疑道："人？"

"这是冷笑话吗？"许稚意哭笑不得，"莫非你想换人？"

"不想。"周砚微笑，"还有哪里确实没看出来。"他在这种事情上很诚实。

许稚意觑他一眼："还有妆容。我当时特意化的清纯妆，没看出来吧？"不仅其他部位的妆容是清纯的，她还涂了自己不是很喜欢的、嫩嘟嘟的唇釉。

为什么要涂这个她也说不清。反正别人都说，她们的男朋友喜欢那款唇釉的味道。

周砚认真地看了一会儿她的妆容，一本正经地说道："记住了。"

许稚意才不信他是真的记住了，在化妆方面周砚就是个直男，有时候她换了口红他也看不出来："真的？"

周砚点头："真的。"

看他这样，许稚意好奇地问："那你说我唇上这个唇釉是什么颜色的？"

周砚缄默三秒，迟疑地问道："红色？"

许稚意噎住：这哪里像红色？

"这个是奶茶色。"许稚意强调。

周砚的眼皮跳了跳，他不太相信地问："是吗？"

许稚意："对啊！"两个人相对无言。

安静半响，周砚似懂非懂地点了点头："行，我下回一定认识。"

话虽如此，许稚意还是没对他在这方面的能力抱太大希望。不过，他认不认识也并不是那么重要。

"你觉得好看吗？"她的重点在这里。

周砚微微一笑，目光灼灼地注视着她："好看。"

听到这句话，许稚意满意了。他觉得好看就行，别的不重要。

重温第一次约会时，许稚意在脑海里搜出了这段特别的回忆。

其实他们的进展没有想象中那么快。两人确定关系时刚进组没多久，要演生离死别的戏，还得避开无数双眼睛，刚刚在一起，谁也不知道能和对方走多远。当然，许稚意到现在才不得不承认，其实和周砚在一起时自己就想和他拥有完美的大结局，奈何自己不够自信，害怕相爱的旅程里会出现意外，所以没敢放心地将自己交付给他，这种交付，指的不是自己的身体，更不是灵魂，而是一种安全感。

那晚淋过雨后，周砚送她回酒店。两个人极其狼狈，好在回去时没碰到熟人。

周砚将许稚意送到酒店门口，二人道了别，却谁也没舍得先离开。两个人无声地对视了半响，最后还是周砚怕她感冒，狠下心来催促她去洗澡休息。

许稚意将房门关上，然后周砚也回了房。

当晚，许稚意便和周砚约法无数章：他们的关系不能曝光，在片场一定不能有过分亲密的行为和亲昵的对话，更不能告诉其他人，就算是剧组会保密的工作人员也不行……周砚看着她发来的一连串请求，想也没想便答应了。他知道她的顾虑。她刚进圈，年龄也小，有些顾虑非常正常。

不过，他也没想到许稚意会躲得那么厉害。次日到片场拍戏时，她甚至开始躲他，除了正经的对戏，连私下正常交流的时间都不给他，让周砚生气又无奈。

鉴于许稚意表现得过分夸张，在他们恋爱的第三天，周砚收工后也没离场，在剧组待等许稚意。许稚意拍完戏收工去房间卸妆、换衣服，刚出来就被周砚堵在了门口。

二人对视半晌，她眼神飘忽，一脸心虚的模样："周……周老师，你找我有事？"

周砚勾唇，眼睛一眨不眨地望着她，喉结轻滚："有。"

许稚意仰头望着他，狐狸眼澄澈又勾人，灵动又狡黠。

"什么事？"许稚意小声问。

周砚弯腰，滚烫的气息落在她的脸颊上，唇瓣擦过她的耳畔，不紧不慢地询问："待会儿还有别的事吗？"

许稚意："没有。"

周砚嗯了一声，逼问："那要不要和被你忽视了三天的男朋友约个会？"

许稚意下意识地想拒绝，可一看到周砚的俊脸和漂亮的眼睛就心动了。她微张嘴唇，四下看了看："去……去哪里约会？"她刚进入圈半年，还是个没见过大风大浪的小人物。

周砚敛睫，眸子里有了笑意："去没有人认识我们的地方如何？"

许稚意的眼睛一亮，她雀跃道："好。"她刚刚之所以迟疑，就是怕有人认出他们。她答应下来，看周砚："你先去，把地址发给我？我跟助理说一声再来。"

周砚知道不能太勉强她，轻声答应了，让她注意安全。

周砚走后，许稚意磨磨蹭蹭地跟助理说想一个人出去走走，助理不放心，说要跟着她。最后，还是许稚意发誓一定不会走丢，就想一个人安静一会儿，助理才勉强同意。

收到周砚发来的地址，许稚意在车站等到了一辆公交车。

当时他们的第一部电影还未上映，认识她的人少之又少。虽然如此，许稚意还是戴了口罩和帽子。她刚坐上车没一会儿，周砚的消息便来了，问她车牌号，他不放心。

许稚意："我坐是的公交车。"

发过去后，她看着和周砚的对话框上面有"对方正在输入"这一行字。

好一会儿，她才收到周砚的消息："哪一路公交车，下一站到哪儿？"

许稚意如实告知。

他们聊了十几分钟，基本围绕着她现在到哪一站了、下一站是哪儿、车里人多不多、有没有座位等话题展开。周砚问得细，许稚意一一耐心回答了。

周砚选择的约会地点有点儿远，加上那会儿是下班高峰期，道路也拥堵，十几站的路程，公交车走走停停花了挺长时间。

在还有一半路程时，公交车再次停下。

许稚意坐在最后一排靠窗的位子上，旁边有人，但前面的位子没人。在她婉拒旁边的陌生人交换联系方式的提议时，前面的位子上坐了人。

许稚意正在思索还要怎么说旁边的人才会放弃时，前面有熟悉的声音传来。周砚伸出手，挡在许稚意和那位陌生男士中间，神色冷峻地说："不好意思，她有男朋友了。"

许稚意一愣，错愕地看他："你怎么来了？"

周砚给她一个安慰的笑容，转头看向一侧的男士："先生？"

那人讪讪地边起身边咕哝："你有男朋友不早说？浪费我的时间。"

周砚蹙眉，正要说话，被许稚意拉住了。他们是公众人物，不好跟人起争执。

人走后，许稚意起身坐在周砚这一排，扭过头看向他："你还没回答我的问题呢。"

周砚将她的手握入掌心，低声道："过来陪女朋友约会。"

许稚意一怔，倏然一笑："那这算是我们的第一次约会吗？"

周砚想了想："应该算吧？"

"就在公交车上约会啊？"在没人认识的地方，许稚意在周砚面前话还是比较多的。

周砚垂眼："不喜欢？"

"其实也挺喜欢的。"许稚意想了想说，"我以前上学的时候，就很喜欢戴着耳机坐在公交车的最后一排发呆。"

闻言，周砚挑眉："那以后在喜欢的对象中加个我怎么样？"

许稚意看他。

周砚接过她的耳机插上，一只塞进她的耳朵里，一只塞进自己的耳朵里。他不急不缓地将那句话补充完："除了加上一个我，耳机能分我一半吗？"他想告诉许稚意，以后坐公交，她需要的话，他陪她。

许稚意微笑："可是你已经主动拿了呀！"

周砚对着她带笑的眼睛，轻声说："嗯，没忍住。我迫不及待地想成为你喜欢的那一部分了。"

那天，他们俩坐公交车去了约会地点。

下车时，许稚意还有点儿不舍。如果可以的话，她甚至希望这趟公交车没有尽头，她就可以和周砚听着歌，一直坐下去。

…………

车停下，许稚意回过神，扭头看向司机，问道："到了？"

因为是她安排地点，许稚意没让周砚开车，节目组给他们安排了司机。

周砚含笑看她："到了。"

他看一眼就看出了窗外是哪儿。和几年前一样，他朝她伸出手，牵她下车："老婆。"周砚喊她，"再去体验一下久违的公交车吗？"

许稚意微窘："你都猜到了。"

周砚"嗯"了一声："很好猜。"他们对对方的了解甚至高于对自己的，更何况这是他们一起经历过的事。

二人到路边等公交车。许稚意探着脑袋，期盼公交车早点儿到。

他们大概等了五分钟，公交车停下。还是早上，公交车里空荡荡的。许稚意和周砚上车后便走到以前坐过的那两个位子坐下。

坐下后，许稚意偏头采访他："重温的感觉如何？"

周砚看她："很好。你呢？"

许稚意笑了："我也是。"只要和周砚在一起，无论是重温旧梦还是去体验新的事物，于她而言都好。

两个人相视一笑。

周围录制的摄影师和编导，都不由得羡慕起他们的爱情来。明明他们没有多么刻意和轰轰烈烈，可就是让人发自内心地觉得甜。这俩人在一起的状态实在太让人觉得舒服了。也难怪前几年二人即便不同框，粉丝也不愿意离开。

安静了一会儿，许稚意问周砚："那天和我在一起听歌的时候，你在想什么？"

"我在想——"周砚专注地注视着她，"我的女朋友什么时候才会问我是不是想她了、不放心她才来的。"

许稚意："我后来问了吗？"

周砚："没有。"

许稚意"扑哧"一笑："那你就不告诉我答案吗？"

"告诉。"周砚捏着她的手指，把迟到了几年的答案告诉她，"是。"

第一是想她，第二是不放心她，所以他上了这趟公交车，陪她坐到了他们的目的地。

听到周砚给出的答案，许稚意没忍住笑了起来。她侧过脸盯着他，有些说不出的感动。

"感动了？"周砚看她。

许稚意一顿："如果我说没有，你要说什么？"

周砚想了想："不说什么，无论有或没有，这些话我都想对你说。"

许稚意弯唇："有。"

她靠在周砚的肩膀上，和他一起看窗外的世界："周砚。"

周砚扬眉："换个称呼。"

"周老师。"

周砚垂眼，捏了捏她的手指。

许稚意笑了："老公。"

周砚："在。"两个人相视而笑。

坐在对面和斜对面拍摄的摄影师和单身编导看着二人互动，直接在工作群直呼想谈恋爱了——许稚意和周砚这种恋爱。

到站后，周砚和许稚意下车。

两个人那天约会在晚上，约会的内容也不是什么特别的事，是逛夜市。许稚意是一吃就胖的体质，加上那会儿在剧组，为了上镜好看保持自己的体形，一天吃不了什么东西。他们逛的夜市是许稚意朝思暮想的，只不过因为拍戏和不能多吃，她一直没来过。

周砚其实有更好的地方可以选择，但那天，他就想带她逛夜市。

两个人也是从头吃到尾，许稚意想吃的，周砚都让她尝了一口。她吃得不多，没吃完的也没浪费，他全部接收了。

吃完，许稚意才懊悔，害怕自己第二天拍戏会水肿，会不好看，也害怕经纪人训她。

但吃的那会儿，她是真的很开心。

看她一脸后悔的模样，周砚笑问："小许同学，想有点儿不一样的约会回忆吗？"

许稚意不解地看他："是什么？"

周砚把她吃剩的最后一份甜品吃完，低声问："想不想去爬山？"

许稚意一怔："现在？"

周砚："再转一圈我们就去山顶如何？"他们逛的夜市的附近有一座很出名的山，每天爬山锻炼、看夜景的人很多，那里早已成为旅游打卡地。

许稚意眼睛一亮："好啊。"爬山最能消耗热量，也不算剧烈运动，她不用担心爬完山后会睡不着。再者，许稚意之前就知道在这座山上看城市夜景很美，但因为懒，一直都没来过。她的体力虽还不错，但爬山不太行。

他们在夜市逛了一会儿，考虑到许稚意穿的鞋子，周砚带她去附近的商场买鞋。买单的时候，许稚意纠结了一下，有点儿不太愿意让周砚付款。她委婉地和周砚说："周老师，我自己来吧。"

周砚专注地看着她，问道："不愿意？"

"不是。"许稚意顿了下，有点儿不好意思地说，"我听别人说，情侣间送鞋，很容易把对方送走。"她含混不清地问道，"你是想和我分手了吗？"

周砚微笑，不知道她这是在哪儿听到的歪理。他眉眼含笑地望着她，压着声音说："我送的不会。我送你鞋，是想让你穿着这双鞋，走更好的路。"

许稚意愣住。她不知道原来送鞋还有这个说法。

周砚看她呆愣的模样，敲了敲她的脑袋："乖，我来买单。"

许稚意缄默片刻，没再拒绝。反正无论他送多贵的礼物，她以后都可以找个机会给他买个同等价值的礼物还回去。许稚意虽然进圈不久，但觉得自己的存款不比周砚少，他买得起的，她应该也都买得起。

想起这事，许稚意倏地一笑。

周砚不解地看她："怎么了？"

"想到第一天约会的那些事了。"许稚意如实告知，又问道，"老公，你还记得你给我买鞋的那家店在哪儿吗？"

周砚："记得。"

许稚意："那我们过去看看？"周砚毫不犹豫地答应。

商场已经开门了，许稚意和周砚现在的名气已经到了大多数路人都能认出的地步，加上有摄影师跟着，他们更是引人关注。

到品牌店门口，周砚停下，说："这儿。"

许稚意抬眼一看："对。"

二人进店，许稚意在里面转了转，看他："以前是你给我送鞋，现在我给你买一双好不好？"

周砚低头看着她："今天有爬山项目吗？"

"有。"许稚意坦诚地说道。

周砚应声："那就先跟周太太说一声破费？"

许稚意笑："不算破费，其实我花的也是你的钱。"

买好鞋，两个人去夜市街逛了逛。

白天的夜市街非常空旷，马路的两侧都被树荫挡住了，不会有过分刺目的阳光。两个人手牵着手，从街头走到街尾。恍惚间，许稚意好像看到了几年前的自己，那时候，周砚偷偷牵着她的手，两个人的掌心都有汗，牵手后，谁也没舍得再放开。即便掌心的汗太多了，皮肤滑溜溜的，或者去买单、拿东西时，两个人勾住的手指都没舍得分开。

他们刚恋爱时是真的青涩。

他们走完这条街，时间还早。许稚意还安排了别的周砚带她体验过的项目，她不开心的时候，周砚会带她去做手工、去图书馆。

考虑到去图书馆录节目不太好，许稚意安排了和周砚去做陶艺。

傍晚，他们才去爬山。

这时候风吹得很舒服，太阳也不再刺眼。许稚意和周砚走了一段，才后知后觉地想起摄影师还扛着摄影机。二人没辙，只能跟摄影师说抱歉了。

摄影师摆摆手："两位老师没事的，我们习惯了。"

另一位摄影师说道："是的，之前我们录一个节目，还扛着摄影机跟着嘉宾赛跑，你们只是爬山，我们可以的。"

许稚意笑："辛苦了，让导演给你们加工资。"

摄影师："导演，你听到了吗？"

总导演："……"

许稚意有段时间没爬山了，有点儿吃不消。她大口喘气，攥着周砚的手臂说："老公，我爬不动了。"

周砚看着她红彤彤的脸，拧开水让她小口小口地喝了点儿。

等许稚意喝完，他才问："我背你上去？"

"不不不。"许稚意瞪圆了眼看他，拒绝道，"我只是有点儿爬不动，你鼓励我一下就可以了。"

闻言，周砚勾了勾唇，眉梢往上扬了扬："你想要哪种鼓励？"

"什么？"许稚意蒙了一下，对上他别有深意的眼神后，微微有些窘，她摸了摸鼻尖，舔了一下刚被矿泉水滋润过的唇，"你想怎么鼓励都行。"

周砚微微一笑，弯腰碰了下她的唇，嗓音低沉地问："这样够吗？"

虽有摄像头在拍，但许稚意此刻也没有不好意思。她转了转眼珠，仰头望着他，眨巴着眼睛："好像……不太够。"后面这三个字，她说得非常小声。

周砚的笑声从胸腔传出，他轻弯了弯唇，再次靠近她。

这回，两个人唇齿相依的时间比第一次长了点儿。

"现在呢？"撤开后，周砚又问。

许稚意脸热耳热，举着手扇了扇风，抿了抿还有他的气息残留的唇瓣，小声回答："够了。"

周砚一笑，勾了勾她的手指："那我们继续？"

许稚意："好。"

他们爬上山顶，正好碰上日落。许稚意眼睛一亮，也顾不上别的，催促周砚拍照片："这还是我第一次在山顶看日落。"之前二人约会，要么是在早上五六点去二十四小时营业的健身房，要么是深夜在无人的街巷慢走，像现在这个时间点约会的次数，一只手都数得过来。

周砚照做。只不过他拍了两张日落，摄像头便对准了许稚意。比起日落，他更喜欢拍自己的太太——妆容精致的、素颜的、开心的、不开心的……无论是哪种，只要是她就好。

他们从山顶下去，夜市街已经开摊了。许稚意看向镜头，笑盈盈地说："我要开始吃东西了，待会儿给你们介绍一下这里哪几家的东西最好吃。"

周砚附和："嗯，今晚周太太是美食品鉴家。"

许稚意："对。"

两个人出现在夜市，即便是有节目组出动，也不意外地被路人拍下来了。

录完节目，许稚意和周砚被告知上热搜了。

许稚意点了点头，好奇地问工作人员："他们把我拍得漂亮吗？"

工作人员："……"

周砚失笑："只关心这个？"

"嗯。"许稚意看着摄像机，笑道，"这一段要给我剪出来啊！"

她对网友喊话："拍我和周老师没问题，但是请大家一定要把我和周老师拍得好看一点儿，可以吗？"说完，她看向周砚："你也说两句。"

周砚思忖了一会儿，有样学样地说："重点是我太太，可以把我拍丑，但一定要把她拍得美美的，谢谢大家。"

工作人员："……"

两个人录综艺曝光的这一段，更是让广大网友直呼想看，问节目到底什么时候才播出。

　　节目组导演是个懂得抓住机会的人，第一时间让官方微博打广告宣传——再等两天，《婚后日记》就正式开播了。节目录制十五天，前几天拍下来的素材，后期工作人员已经在加班加点进行剪辑了，将在周六晚十点播出。

　　这消息一出，网友兴奋了。大家直呼快点儿，他们迫不及待地想吃更多的糖。

　　周六比许稚意想象得来得更快。一眨眼的工夫，两天就过去了。周六这天，许稚意一家和盛檀一家约了一起聚餐。四个人一起去山里度假，想好好放松一下。

　　刚开始，盛檀看到有摄影师和镜头时，还比较安静，但安静不过十分钟，就开始拉着许稚意叽叽喳喳地聊天了。沈正卿和周砚轮流当司机，两位女士坐在后座，兴奋又活跃。

　　"这几天录节目的感觉怎么样？"盛檀开始了角色扮演。

　　许稚意瞅她："你问得那么官方做什么？"

　　"哎呀，我这不是不好意思问得太直白吗？毕竟还有摄像头在拍。"盛檀朝车里的摄像头打招呼，"大家好，我是许稚意的青梅，我叫盛檀。"

　　"青梅？"没等许稚意说话，沈正卿率先出了声，通过后视镜看了一眼自己的老婆，"那我是什么？"

　　"你是我的竹马。"盛檀的情话也是信手拈来。听到她的回答，沈正卿还算满意。

　　许稚意在旁边乐："两位，稍微收敛一下可以吗？"

　　盛檀："不可以，今晚就要看你和周老师秀恩爱了，我还不能抢占先机吗？"

　　许稚意一噎，看向周砚："周老师。"

　　周砚一笑："怎么了？"

　　"盛檀欺负我。"许稚意告状。

　　周砚"嗯"了一声，沉思了一会儿，说道："那不理她，你跟我说话。"

　　盛檀噎住。

　　许稚意沉默了一会儿，和周砚对视了一眼，说："可我现在也不是很想和你说话。"

　　周砚语塞。

　　四个人吵吵闹闹的，开了近两个小时的车，终于抵达度假山庄。

许稚意是第一次过来。她看了看四周的风景，下意识地说："下回倪璇和沈医生休息的话，我们可以再来一次，这里适合放松。"

盛檀点头："我也觉得，感觉空气都清新了很多。"

这个度假山庄是沈正卿的朋友开的，他们四个人要了两栋小木屋居住，小木屋无论是从外观看还是进里面感受，都非常有味道，让人有种生活在森林里的感觉。山里空气清新，也相对凉爽。但许稚意和盛檀两个懒虫，进小木屋吹上空调后，就懒洋洋地不想出门了。两个人一起窝在沙发上看八卦、看综艺，时不时讨论综艺里哪个男艺人更帅一点儿。

周砚和沈正卿开始还能听下去，听到她们一直夸其中一位哪里都好看、身材也好的时候，起身提议出去转转。

盛檀："外面太阳好大。"

许稚意附议："太热了，傍晚再出去吧。"

周砚垂眼看她："确定？"

许稚意看着他此刻的神情，点了点头："确定。"

周砚："好。"他没再说什么，弹了弹她的额头，柔声道，"那我去楼上处理一下工作上的事。"

许稚意没多想，直接道："你去吧。"

人走后好一会儿，盛檀凑了过来，问道："你说我们的老公是不是生气了？"

许稚意一愣，诧异地看她："怎么说？"

盛檀分析了一通："他们喊我们出去，我们不去不说，还一直在这里看帅哥，我老公和你老公都是醋桶，生气好像也合情合理。"

许稚意微哽，回忆了一下周砚最后跟自己说的那两句话："好像是……"

两个人对视半晌，许稚意起身："我去看看我老公。"

盛檀："我也去看看我老公。"

两位年轻貌美的太太终于想起了被自己忽视了一两个小时的丈夫。

许稚意在楼上找到周砚时，他正在卧室里处理工作。他现在会帮周正远处理一些正远集团的事务，所以即便不拍戏也比寻常时候忙一些。许稚意趴在门口偷偷地看了看，正准备悄无声息地进去给他个惊喜时，周砚率先抬眸朝她这边看了过来。

二人视线交会，许稚意推开门，背着手走进去。

"老公。"她软声喊，"快忙完了吗？"

周砚盯着她，很轻地笑了一下，问道："综艺看完了？"

许稚意走到他旁边，说："没呢。"她佯装乖巧地给周砚按摩了一下肩膀，"感觉不是很好看。"

周砚挑眉："不好看？"

"对啊。"许稚意趴在他的肩上说，"我突然想起，其实综艺没有我老公好看。"

周砚被她逗笑，钩了钩她的手指："真的？"

"真的。"许稚意一脸认真，就差对天发誓了。

"这样。"周砚弯了弯唇，拉着许稚意到自己的腿上坐着，鸦羽似的眼睫毛垂下，目不转睛地盯着她，"那坐在这儿吧。"

许稚意："啊？"

周砚和她对视："不是想看我吗？坐这里看如何？"

许稚意哭笑不得地揽着周砚的肩膀问："生气了？"

周砚："没有。"

"真的？"许稚意盯着他。

周砚扣着她的腰肢，掌心的温度隔着单薄的衣物传到许稚意身上："真的。"他的掌心在她的肌肤上流连，他嗓音低沉地说道："有一点点吃醋。"

许稚意倒是意外他这么坦然地承认了。她"哦"了一声，翘了翘嘴角："那怎么办？"

周砚看着她，并不出声。

许稚意和他对视半晌，琢磨了一下，说："我夸你一下？"

周砚将搭在她腰侧的手收紧了些，不明所以地问："嗯？"

许稚意"扑哧"一笑："其实我老公比刚刚综艺上的那个弟弟帅一千倍、一万倍。"

周砚听着，面无表情。许稚意看他这样，贴在他的耳边说："其实我有好多夸你的话，但现在在录节目，不好说。"

听到这句话，正时刻关注他们这边的导演在那边直嚷嚷："这有什么不能说的？许老师说吧，大家都想听。"

"导演，你快提醒一下稚意，让她说，我们都想听。"

"你以为我不想？"导演托腮看着许稚意和周砚，感慨道："可他们不主动说，我能拿他们怎么办呢？"

其他工作人员："……"

另一边，周砚听着许稚意的话，缄默了一下，说："可以把麦克风关了。"

许稚意一噎，狐疑地看了一眼不远处的摄像头："导演不会骂我们吗？"

周砚思忖了一会儿，顺着她的目光去看房间里的摄影机，格外淡定："不会。"

工作人员：不敢不敢。

三分钟后，把麦克风关了的许稚意和周砚说了两句悄悄话。

他们说完，许稚意脸红了，周砚满意了。

在房间里将人哄好后，许稚意到一边坐着看周砚处理公事。她安安静静地在旁边陪着他，两人各自忙碌着，偶尔有眼神的碰撞，便相视一笑，让人觉得温馨又自然。

他们忙完，外面的温度也稍稍降低了。

四个人出门闲逛，一会儿到这儿看看，一会儿到那儿转转，许稚意和盛檀对什么都感兴趣，周砚和沈正卿就是两位女士身后的护花使者。两个人话少，但站在一起就是一道亮丽的风景线。周砚的气质是高贵冷峻的，沈正卿相较他而言多了几分温和内敛，但这种温和的感觉只有在熟人面前才会显露。

到度假山庄逛了一圈，许稚意和盛檀在树荫下慢悠悠地走着，吹着风，呼吸着山里的新鲜空气，全身舒畅。

"这里好像还有游泳池。"盛檀道，"晚点儿要不要去游泳？"

许稚意看她："你带泳衣了吗？"

盛檀眨眨眼，回头看自己的老公。

沈正卿："想游？"

"有一点点。"盛檀看许稚意："你想吗？"

许稚意思忖了一会儿，说："可以。"

听完她们的对话，沈正卿了然，说道："我晚点儿让人送衣服过来。"

周砚道："这里没有商店？"

盛檀对沈正卿摆摆手："老公你别喊人送了，这里肯定有商店的，待会儿我们去逛逛。"

沈正卿颔首："好。"

逛完风景，四个人回小木屋准备做饭。盛檀和许稚意都是厨房小废物，自然是乖乖地在客厅等待被喂食。周砚和沈正卿的厨艺都还不错，问过她们想吃什么后，他们自觉地进了厨房。

"看一会儿电视？"盛檀提议。

许稚意瞥她："也不是不行。"

盛檀想了想："晚上十点你们的《婚后日记》是不是就要播出第一期了？"

许稚意点头："是。"说到这儿，她还有点儿紧张。

盛檀看着她的表情，"扑哧"一笑："怎么，现在开始紧张了？"

"一直都紧张。"许稚意看向镜头，叹了口气，说，"虽然我承认自己是个废物，但还是希望大家骂我的时候轻一点儿，因为我在生活上真的是个没什么优点的人。"

"别担心。"盛檀忍俊不禁，开玩笑说，"有人骂你，我帮你骂回去。"

许稚意噎了噎，觑她一眼："我先谢谢你啊。"

盛檀："也不用这么客气。"

两个人在客厅斗了会儿嘴后就去吃饭了。

吃过饭，闲得无聊的四个人去逛商店买泳衣。只是逛了一圈，许稚意和盛檀都没看到漂亮的泳衣。最后，游泳这件事暂时被搁置了。

在外散了一个多小时的步，这两对夫妻各回各屋。

许稚意看时间还早，率先回了房间洗澡，她刚刚跟盛檀约好了，晚点儿要一起看综艺开播的。

周砚还没来得及转发综艺开播的微博，林凯打电话提醒他："你是不是忘了一件事？"

周砚不明所以："什么事？"

林凯微哽："待会儿你和稚意的综艺就要播了，你好歹转个微博宣传一下。"

周砚"哦"了一声，语气淡淡地问："我老婆转了？"

"转了。"林凯无语，"怎么，你老婆不转你就不转？"

周砚应声："她没转就意味着没必要，那我为什么要转？"

一时间，林凯竟找不到话反驳他。他哽了哽，有些恼怒地说道："你爱转不转！"

周砚无语。

挂了电话，周砚难得登录微博。

他在微博上关注的人不多，大多是经常合作、关系也不错的演员和导演。他往下刷了刷，很快便看到了许稚意转发的微博。周砚抬了抬眼，转发了许稚意转发的微博。

在网友的期盼中，周砚的宣传终于来了。

周砚：今晚十点，周太太上线了。

刷到他新微博的粉丝先发了一连串问号，而后调侃：

"周老师，你是'老婆奴'吗？这个综艺也有你自己，你忘了吗？！"

"周砚到底是什么类型的'妻管严'啊？连给综艺宣传都只记得自己老婆不记得自己。"

"警告！恩爱秀得有点儿过分。"

…………

周砚看着粉丝的留言，很轻地笑了一下。

晚上九点五十分，许稚意、盛檀等四人端坐在电视机前的沙发上。

《婚后日记》这档综艺，是电视台和网络平台同时上线播出的。现在的网友都喜欢边看边发弹幕，很多不爱发弹幕的，也喜欢看弹幕，总觉得有弹幕在屏幕上，会有一种有人在陪着自己看的感觉，甚至是有人在和自己讨论，看到某个点，有一样的感觉。

许稚意刚把电视机打开，盛檀便拿过了一侧的平板电脑："我再把这个打开，我要看弹幕。"周砚和沈正卿没意见。

"我也要看弹幕。"许稚意笑，看着周砚和沈正卿说，"你们看电视，我们俩看这个。"

周砚："好。"

十点，《婚后日记》准时上线播出。

盛檀晚了一分钟点进去，屏幕上已经有很多弹幕了：

"网络平台是同时上线播出吗？为什么不能快进到许稚意和周砚啊？"

确实如此，这档综艺虽然是电视台和网络平台同期上线，但在网络平台也是以直播的形式播出，和电视台同步，观众不能倍速观看，也不能快进。

盛檀也跟着"咦"了一声："真不能快进啊？"

许稚意点头："不能。"这个她早就知道了。

闻言，盛檀打了个哈欠，问道："你和周砚的镜头该不会在最后吧？"

许稚意看她："你还挺聪明。"

盛檀噎住，诧异地问道："真是啊？"

许稚意"嗯"了一声："真的，节目组下午跟我说了。"

盛檀："行吧，那我们先看看其他两家的相处模式。"

这个综艺总共邀请了三对夫妻参加，除了许稚意和周砚还有另外两对，一对是结婚七八年的夫妻，另一对是刚结婚两年的，和许稚意、周砚差不多，也很年轻。

许稚意之前和其中两位嘉宾在活动上碰见过，但不熟悉。

刚开始知道他们参加时，她也有点儿意外。

第一对被播出的夫妻是那对结婚两年的，男艺人是歌手，几年前热度很高，但因为恋爱、结婚等降低了很多，女艺人是演员，比男歌手大两岁。

许稚意、盛檀和大多数观众一样，边看边讨论。

这对夫妻一出来，弹幕便多了起来。刚开始时其实还不错，但大家看着看着就有人开始挑刺了，一会儿说女嘉宾管得太多，一会儿说男嘉宾好像没什么主见，说什么的都有。但总体来说，观众对女性的要求更高、更苛刻。

盛檀抱怨道："这些人怎么回事？怎么对你们的要求那么多？"

许稚意微笑："是这样的。"她也不知道是怎么回事，感觉很多同性反倒喜欢为难同性。其实以她这个旁观者的角度来说，每组家庭或多或少都会有点儿问题，没有十全十美的家庭，更没有十全十美的夫妻。夫妻间总会有各种小矛盾，这点非常正常。

"确实如此。"盛檀叹了口气，看着议论女演员的弹幕，撇撇嘴说，"希望说你的少点儿。"

许稚意沉默了一会儿，小声说："借你吉言。"

每组嘉宾的时长有限，每一组是半个多小时，看完第一组和第二组，能明显感觉到年轻夫妻和成熟夫妻之间的差距。看完这两组，许稚意和周砚终于在千呼万唤中出现了。

到他们这里，弹幕更多了：

"等一晚上了！终于来了。"

"来看小许同学和周老师了。"

…………

率先出现在镜头里的是早起的周砚，他认真地和观众打了声招呼。

看到周砚素颜的模样，网友直呼每天早起看到这样英俊帅气的老公，一整天心情都会很好。刚说完，大家就看到了还在床上睡觉的许稚意。

她裹着被子，将自己包裹得严严实实的。

周砚起床洗漱完，她还没起来。紧接着，周砚出门锻炼，锻炼回来，许稚意才慢悠悠地爬起来。她睡眼惺忪的模样出现在镜头前，有粉丝更是戏言，就这二人的颜值而言，他们只要睁眼看到对方，心情就应该很好。

两个人和寻常的小夫妻基本一样，却又有些不一样。

等许稚意洗漱完，周砚已经做好了早餐。

看到这儿，观众直呼周砚太好、太勤奋，许稚意太有福气了。试问谁不想找个这样帅气、会赚钱，还体贴、会做饭的老公呢？

"我就直说了吧！我真的羡慕了。"

"许稚意上辈子是拯救了银河系吧！她到底是怎么找到周砚这样的老公的？"

"之前他们官宣的时候我其实没什么感觉，直到看到这儿……我真的羡慕了。"

"许稚意你开个班吧，教教我们如何找到周砚这样优秀的老公，行吗？"

…………

许稚意看着弹幕，哭笑不得。她托腮，自言自语道："我开不了。"

盛檀瞥她："为什么？"

许稚意摊手，一脸无辜的样子："我老公是自己找上来的，我没办法教大家怎么找啊！"

盛檀噎了噎，指着摄像头说："你这话让观众听到，信不信他们生气？"

"那我也是这个答案。"许稚意转头看周砚："老公，我说得对不对？"

周砚正在和沈正卿说话，猝不及防听到这一句，虽不知道许稚意和盛檀在讨论什么，但还是第一时间回答了："对。"反正他老婆说的，都是对的。

"你们太过分了，恩爱秀得我都看不下去了。"盛檀对这对夫妻无语，看着沈正卿："老公，我们不看了，回家吧。"

沈正卿失笑："你确定？"

盛檀哼了一声，看向许稚意："你挽留我，我就晚点儿再回家。"

许稚意忍笑，弯了弯眉，说："我挽留你，陪我看完再走。"

盛檀骄傲地说道："看在你求我的分儿上，我勉强答应。"

许稚意："谢谢盛大小姐宽宏大量。"

"客气客气。"两个人像幼稚鬼一样斗了两句嘴，继续往下看。

第一天节目组剪辑出来的内容大多是日常，可他们日常的生活也让人觉得甜蜜。

第一期的结尾是他们录制时的主题采访。节目组是分别采访的，却没想到两个人给出的答案一模一样。

看着两个人回忆第一次心动的地点和感觉时，粉丝直呼"太甜了"，他们怎么可以这么有默契、这么心有灵犀？

《婚后日记》第一期播放结束，许稚意和周砚一点儿也不意外地和节目一起出现在热搜上。

网友纷纷对他们的日常生活进行放大。他们的习惯、默契，都让大家直呼想看更多。大家迫不及待地想到下周，看他们回到恋爱初期的时光，重温心动时刻。

看完综艺，盛檀和沈正卿回自己那边，许稚意和周砚也收拾收拾准备休息。把身上的麦克风拿下来、关闭房间里的摄像头，许稚意毫无负担地趴在周砚的怀里刷微博，偶尔看看超话，还时不时给周砚读一读有意思的网友评论。

"你看这个。"许稚意刷到粉丝的留言，哭笑不得，"你的这位粉丝说，我太懒，你太勤快了，他们觉得你太辛苦，我对你太差了。"

许稚意念着，问周砚："你这样觉得吗？"

周砚一顿，想也没想地说："没有。"

"嗯？"许稚意好奇地看他，"真没有？"

这个时候当然不能迟疑，周砚点头告诉她："真的没有。"

听到肯定的答案，许稚意满意了。

周砚看向她，一把将人搂入自己的怀里，和她一起看了一会儿评论。看许稚意还在津津有味地看，他低声询问了一句："还不困？"

综艺结束时已经十二点了，而现在快要凌晨一点了。

许稚意眨了眨眼："你觉得我困了的话，我就困了。"

周砚垂眼，微屈着手指弹了一下她的额头，问道："真的？"

对着他专注的目光，许稚意点头："真的。"

周砚眉峰稍扬，思忖了一会儿，说道："行，那你困了。"

许稚意"哦"了一声："那好吧。"她把手机递给周砚，"麻烦老公帮我放下手机。"

周砚把她的手机放到床头柜上，刚放好，许稚意便扑到了他的怀里，嗲声嗲气地说道："谢谢老公。"

周砚深呼吸了一下，克制住自己的冲动，嗓音低沉地说："睡觉。"

现在是在外面，他们明天还得早起录节目，不适合做某些事。许稚意也正是知道他会克制，才敢如此放肆。不过她忘了周砚记仇，也忘了之前周砚收拾她的事。

翌日，许稚意和周砚带着节目组一起逛度假山庄，跟打广告似的。

晚上，他们回到了市区的家里。

次日录制了一天后，许稚意和周砚便在节目组的安排下跟其他两组夫妻见面，之后几天，这三组夫妻会在一个地方边度假边录完这期综艺。许稚意和周砚算是这个节目里人气最高的一对夫妻，但二人在大多数人面前是没什么架子的。

节目组没让他们住在一起，给每组夫妻都安排了单独的房子，他们在这里体验不同的夫妻生活，感受不一样的快乐。

节目录制到最后一天的时候，许稚意和周砚还有些不舍。最开始，两个人只是想要更多的相处时间，能每天看到对方就好，可节目越往后录，他们越是能发现自己生活里藏着更多的美好和爱。

按照惯例，工作人员会对他们进行采访。最后的采访是两个人一起的。

晚风吹拂而过，许稚意和周砚坐在院子里，看向对面的工作人员。

许稚意笑："好了，来吧。"

工作人员："意意这几天感觉怎么样？在这边过得还舒服吗？"

"过得非常快乐。"许稚意点头，看向周砚："你呢？"

周砚："我也很快乐。"

许稚意挑眉，代替工作人员对他进行提问："怎么说？有做过和遇到哪些快乐的事吗？展开聊聊？"

周砚低头看着她："和你在一起做的所有事都很快乐。"对周砚来说，快乐有个前提，那就是许稚意在。只要她在，无论是做有趣的事还是枯燥的事，他都觉得快乐。

听他说这样夸张的话，许稚意的心里跟裹了蜜糖似的。但即便如此，她还是不忘继续刁难周砚："哦？你的意思是我只是个开心果？"

周砚："我的开心果。"

许稚意刁难不下去了，勉为其难地说道："好吧，这个答案我非常满意。"

"能打满分吗？"

许稚意瞥他："能。"

周砚笑了。

工作人员继续追问："这半个月下来，两位有没有发现对方身上和之前不一样的地方呢？"

许稚意沉默三秒，看周砚："你先说。"

周砚："没有。"

许稚意："没有。"

"一点儿都没有吗？"工作人员一愣，举例，"我听说很多谈恋爱的小情侣

588

婚前和婚后都会有些不同，周老师和许老师在这方面是都一样的吗？"

"差不多吧。"许稚意和周砚对视一眼，她轻声说，"如果一定要说有哪里不同的话，那可能有一点。"

工作人员瞪圆了眼睛，期待地问道："是什么？"

许稚意："我们爱对方的程度，或许比婚前更深了一些。"

工作人员语塞——这是不同吗？

"那再多问一个小问题。"工作人员好奇地问道，"很多网友对两位会来参加综艺都很意外，是什么原因让你们答应来参加这个综艺的呢？"

许稚意："老公，你说。"

周砚思忖了一会儿，说："在这个综艺录制之前，我们都在忙，也有段时间没见了。录制结束后，许老师和我也差不多要进组拍戏了，所以我们能在一起的时间很少。我们很喜欢自己的工作，但也希望有更多的时间能待在一起，这个节目能让我们朝夕相处半个月，每天都能看到对方，所以我们来了。"

工作人员难得听周砚说这么多话，惊喜不已，看向许稚意："许老师也是这样的想法吗？"

"嗯。"许稚意道，"不过我得再补充一点。"

工作人员眼睛一亮，期待地问："是什么？"

许稚意诚实地回答："我们可以每天在一起，而且还有工资，所以就来了。"

工作人员无语：许稚意过分诚实了吧？！

采访到最后，工作人员让他们送一句话给对方。

许稚意扭头看向周砚："你先说还是我先说？"

周砚笑笑："你选，我都可以。"

"哦。"许稚意缄默了一会儿，说，"那我先说吧。"她怕周砚说完，自己都不知道该说什么了。

周砚应声："好。"

"我想改一改谈初送给余征的那句话。"许稚意想了想，望着周砚，认真地说："这辈子遇见你，万岭花开，我的世界从此被鲜花簇拥，明亮又温暖。谢谢你，我永远爱你。"

周砚一笑，顿了一下，目光灼灼地注视着她，将一直想送给她的一句话告诉她："在有限的生命里看见你——就是看见了无限。"

我的生命将因你的存在，而有无限希望和可能。

第二十章　一家三口

真夫妻永远最甜。

有这个感触的不仅是粉丝，连陪同许稚意和周砚录制了半个月节目的工作人员也这样认为。他们是真的很喜欢许稚意和周砚这对甜蜜的小夫妻。

录完最后一个采访，不少工作人员纷纷上前跟二人合影，还有人找他们俩签名。许稚意和周砚一一满足大家。

"谢谢大家。"签完名、拍完照，许稚意和周砚给大家鞠躬，"这段时间辛苦大家了。"

工作人员纷纷道：

"不辛苦！"

"许老师要一直幸福。"

"周老师要一直对许老师这么好。"

"两位老师早生贵子啊！"

…………

工作人员的祝福层出不穷，各种言论让大家忍俊不禁。

许稚意也跟着弯了下唇，笑盈盈地说道："借大家吉言。"

周砚微笑，附和道："我努力。"

和其他嘉宾打完招呼，许稚意和周砚回家了。

他们到家的次日便是《婚后日记》第二期的播出日。

在知道二人心动的餐厅，以及第一次约会的地点时，不少粉丝直呼：原来他们之前猜到的都是真的！他们的直觉没错，这两个人之间就是有猫儿腻。语言和微表情可以表演出来，可二人在有些时刻看对方的眼神和听到对方名字时的反应，是骗不了人的。这一点，很多网友都无比笃定。

许稚意和周砚还在休息，认真地看完了第二期节目。

看完，许稚意感慨颇多，喊旁边的人："老公。"

周砚敛目："嗯？"

许稚意一笑："再过几年，我们再偷偷重走一次之前走过的那些地方吧。"

"好。"周砚点头，将人拉入怀里，轻语，"再过几年，我们多去外面走走。"

许稚意应声，看了他一会儿，想了想，问："你真想好了？"

周砚愣了一下，反应过来她问的是什么。许稚意问的是之前他和她说过的一个想法——再拍几年戏，他大概率就不拍了。他大学学的就不是表演专业，而是管理类的，对接手正远集团也并不抗拒。只是大学时被导演看上，进入这个圈子演过戏后，他找到了自己的爱好，爱上了拍戏。

也是因为他难得有爱好，周正远和温清淑才没有阻拦他，任由他做自己喜欢的事，从没要求他回家接手公司的事务，也在其他朋友觉得演戏没出息、上不了台面时，无条件地维护他、支持他的爱好。在周砚父母的圈子里，大多数人其实看不起演员这个职业。

周砚拍了十年戏，想演的角色大多演过了，也留下了经典的作品。虽说他再拍肯定还会有更经典的角色和作品，但到这个年龄，也该考虑其他重要的事了。虽然目前周正远和温清淑还没提出让他退圈回公司这件事，可他们年龄大了，在很多事情上也一定会有力不从心的感觉。周砚便想慢慢退出演艺圈，回公司上班了。

他的决定，许稚意无条件支持。周砚对做生意这件事，本身也不讨厌，只是相对没那么喜欢。他是个有责任心的人，该做的事，在合适的时机就会去做。

"想好了。"周砚看她，"舍不得我？"

"是有点儿。"许稚意觑他一眼，认真地说道，"我喜欢看你表演，以后估计只能重温我们之前拍过的电影了。"

周砚微微一笑："以后看小许同学的电影。"

许稚意蹭了蹭他的手臂，撒娇道："影迷也会舍不得的。"

周砚："退下来了有更多时间陪你。"

这话许稚意可不怎么信："你刚接手的前两年肯定很忙。"她拆穿他，想了想，直接说，"我觉得我陪你还差不多。"

周砚顿了顿，说："嗯，那你陪我。"

许稚意趴在他的怀里笑："好。"

综艺录制结束没多久，许稚意和周砚便忙了起来。

两个人跑了几个商务活动，之后便进入了电影的宣传阶段。许稚意和周砚第四次合作的电影，八月初在全国上映，上映前他们要跑路演、做宣传。

之前，这部电影的所有消息一直都被捂得很严，没有任何消息曝光出去。直到电影拍完，章嘉良才让官方微博发了一张海报出来，告诉大家，这两位再次合作了。

看到是章嘉良和他们的合作，网友第一时间在官方微博下追问——结局是好的还是不好的？

官方微博回复是好的，和许稚意、周砚的结局一样，是最好的。

许稚意和周砚拍的是一部从校园时期跨越到社会时期的暗恋题材电影，时间跨度其实还挺大。刚开始看到剧本时，许稚意和周砚还担心以他们的年龄没办法演高中阶段的戏。没想到，在化妆师具有魔力的双手下，化过妆的二人还真有点儿高中时期的青涩感觉。

故事里，周砚饰演的角色陈正晚是一位转学生，刚从一个不算出名的小镇的学校转入大城市的名校，他性子安静，除了一张脸长得清俊，没有太多吸引人的地方。

因为他过于安静，被大家夸了两天长相帅气后，便再无人注意。

许稚意饰演的孟时安却和陈正晚截然不同。孟时安的父母是商人，她长得好，身材好，性子也好。她和同性、异性都能打成一片，也备受男女同学的喜爱，学校的老师也都很喜欢她。她有骄傲的资本，却从不过度骄纵。她是自信、迷人的孟家大小姐。

很显然，这是一个沉默寡言的学生暗恋大小姐的故事。

一次偶然的机会，陈正晚和孟时安变成了同桌，孟时安对他从不像其他人那样，她不嫌弃他永远穿着洗得发白的衣裤和鞋子。他从不和同学攀比、讨论某品牌最新款的鞋子和衣服，更不和大家讨论哪里好玩，要么在看书，要么在放学后瞒着所有人去打工。

和孟时安成为同桌后，他记住了她常说的几个牌子，也偷偷去了解过，但那个价格让陈正晚望尘莫及。不过孟时安从不会因为他不知道那些东西而嫌弃他，也鲜少和他讨论那些奢侈品牌，她问陈正晚最多的问题是和物理、数学有关的。

孟时安的学习成绩非常不错，语文和英语每次考试都近乎满分，唯独物理和数学，是她怎么努力都只能考及格的两个科目。但陈正晚理科好，除了英文水平一般，其他各科的成绩和解题的思维模式，都让其他同学望尘莫及。

孟时安提出让陈正晚教她数学和物理，她给他付补课费。陈正晚拒绝了。作为交换的条件，他让孟时安教自己英语。渐渐地，二人的交集便多了许多。

只是高中时的陈正晚，是蓝天下的一朵不起眼的白云，而孟时安则是会被所有人注意的太阳。他和很多男生一样喜欢她，但其他人是公开的，他是暗恋。他的暗恋，甚至没敢表露一丁点儿，他怕被其他人发现，更怕被孟时安发现。

高中毕业时，陈正晚给孟时安写过一封信，但那封信最终并未送出。

大学时，两个人不在同一所学校，甚至不在同一座城市。进入大学后，孟时安依旧是最亮眼的那一个，偶尔会听到和陈正晚相关的一些事。有同学说，陈正晚现在很厉害，拿到了一等奖学金，还有人说他加入了某团队，开始创业了。

在听到这些的时候，孟时安大多时候是祝福的，希望他越来越好。

和孟时安不同的是，陈正晚从不听别人说孟时安的一切事情。

在陈正晚忽略的那些时光里，每一年生日，她都会收到一份从远方寄来的礼物，有时候是被人亲手捏出的自己形象的摆件，有时候是一个蛋糕或一束鲜花。

大学四年，生日礼物从未间断。

大学毕业后，孟时安继续读研，再次听到陈正晚的消息是在父母的口中。他是一位科技新贵，创立的公司正在接洽父母公司的一个新项目，他们公司给出的创意和策划非常不错，只不过相较其他几家竞选的公司而言，他的背景最弱，选择他比较冒险。

孟时安陡然听到这个消息，下意识地愣了愣。她头一次打探家里公司的决定："那你们选他吗？"

孟父想了想，不太确定地说："不一定。"

孟母也跟着道："他是不错，但公司不能冒险。"

孟时安点点头，不再多问。

她再见到陈正晚，是在孟父的生日会上。

孟父五十岁的生日会，前来祝贺的合作伙伴不少，陈正晚也在其中。

他出现时，孟时安恰好从楼上下来。大厅里众人的目光一部分落在孟时安身上，另一部分落在刚从门口进来的西装革履的陈正晚身上。他好像又长高了一些，身体也变得强壮了，唯一没变的是他的五官依旧立体，眉宇依旧清俊。

和他们高中初遇那一年很像，却又不那么一样。这一次，他不再茕茕孑立，而是被欣赏的目光注视着，走上光明大道。

在众人的注视下，他走到孟时安的面前。在命运的安排下，他们终于再次相遇。

"你好，我是陈正晚。"

"孟时安。"

互相打过招呼后，二人默契地退回陌生的状态。谁也不知道，他们在之前曾有过什么样的故事。

许稚意刚拿到剧本时，觉得这个故事有点儿普通，不像是章嘉良的风格。

直到往下看，看到男女主各自的独白，挖出他们内心的所思所想后，她才发现了很多忽视的点。这个故事看似只是一个男暗恋女、久别重逢的俗套故事，可实际上，他们是有默契的约定的。陈正晚没送出的那封信，孟时安一直都知道。而陈正晚也知道，孟时安知道他喜欢她，却从不问他原因是什么。

当然，在分开的这几年，孟时安一直没谈过恋爱，不是因为和陈正晚的默契，也不是在等陈正晚，只是纯粹没有找到喜欢的人。孟父和孟母也给她安排过相亲，奈何她没感觉。

她从小就是天之骄女，却和同是天之骄子的异性灵魂并不契合。孟时安是个有点儿文艺的女生，她要找的恋人是能与她灵魂契合，且最懂她的人。

而陈正晚，从爱上孟时安的那一刻起，他的感情就未曾改变过。

他知道高中的自己配不上孟时安，所以从不做出格的事。他只允许自己偷偷地喜欢她、看着她，然后去努力。他想：等有一天自己拿到入场券之后，再重新出现在她面前。

届时，如果她还没有男友，那他一定会全力以赴。

路演第一天，许稚意和周砚重新出现在大众面前。他们站在台上接受媒体记者的采访，简单地告诉大家这是一个什么样的故事。

接受完记者的采访，他们到电影院和观看第一场路演的观众见面，了解他们看完这场电影的感受，看看他们第四次合作的效果。

他们进电影院时，电影刚播放结束。

许稚意一眼便看到前排几个哭红了眼睛的小女生，她没忍住，无声地弯了弯唇，俏皮地问道："我和周老师这回的电影不是完美大结局吗？你们怎么还哭？"

"太感人了。"女观众看向周砚，大声喊："陈正晚，我爱你！"

周砚挑眉，拿着话筒笑道："抱歉，陈正晚没办法回应你的爱，他只爱孟时安。"陈正晚这一辈子只爱一个人，那个人是孟时安。

观众哄堂大笑。章嘉良也跟着笑了起来。

许稚意开玩笑地问："你们都只爱陈正晚，不爱时安吗？"

众人："也爱！"

大家笑着闹了一会儿，许稚意、周砚及章嘉良开始接受观众朋友的提问。

有观众问："章导，我在来电影院之前，根本没想过这个故事会拍到他们的老年时期，这是看到两个人之后才决定的吗？"

"不是。"章嘉良道，"这应该是我拍的最后一部电影，所以想拍到老。"

众人讶异。

"我想问问周老师——"有观众道，"可以吗？"

周砚颔首："当然，你说。"

观众好奇地问道："暗恋很苦，如果是你，你会做暗恋这种事吗？"

周砚一顿，笑着说："如果暗恋的对象是许老师，我会。"

众人哗然———一个普通的问题而已，周砚为什么又要秀恩爱？

"那许老师呢？"观众继续追问，"你会暗恋吗？"

许稚意想了想："我的答案和周砚一样。"

…………

提问到最后，有人提议让许稚意和周砚送一句话给暗恋者。

许稚意想了想，轻声道："或许不是所有的暗恋都有完美的大结局，但我真心希望，你们永远不要后悔暗恋过，这是特别美好的回忆，是在未来的年岁里，值得珍藏的回忆。同样地，我祝福大家，希望你们的暗恋都有回应。"

说完，她看向周砚，说："到你啦。"

周砚笑了一下，跟着说道："暗恋很苦，希望你们能多吃点儿糖。"

第一场路演结束，章嘉良的新电影《爱永不落幕》和"暗恋"的话题同时登上热搜榜。暗恋这个题材太能引起人们的共鸣了，而许稚意和周砚的演绎，更是将电影的讨论度推向更高。

有影评人称，这是一个结局圆满的故事，是一个看似很俗套，却又值得细细品味的故事。也有人说，电影里有很多场景和独白很值得看第二次，章嘉良的拍摄很有意思，留了好多惊喜，不方便剧透，需要观影人自己发现。

有章嘉良导演，有许稚意和周砚的第四次合作，以及他们三个人的第二次合作，可以想象这部电影会多受关注。

电影路演期间，许稚意和周砚的《婚后日记》也在每周定时播出。

每周六晚，许稚意和周砚的婚后生活和恋爱生活都会被大家拿出来讨论。没有人不想拥有他们这样的爱情。也因此，更多人期待在电影院看到他们的电影。

这部电影的结局很完美，但也有看过的人说，电影是完美大结局，可又算不上完全完美的大结局，因为结尾处有点儿让人想哭。

电影在全国上映这天，许稚意和周砚和往常一样，买了电影票来到电影院。

她也想再看看自己和周砚演绎的这个故事，再看看陈正晚和孟时安。

凌晨，电影票便全部售完了。

许稚意和周砚偷偷摸摸地进电影大厅时，这一场的上座率达到了百分之百。他们俩提前买到了最后一排的票，刚坐下便听到前排观众在说话：

"太期待这部电影了。"

"我也是我也是，他们终于演结局圆满的电影了。"

…………

听到这儿，许稚意有点儿想笑。她翘了翘唇角，看向周砚："周老师。"

"嗯？"

"紧张吗？"

周砚垂眸看她："你紧张吗？"

"不紧张。"

周砚了然，握着她的手指说道："我也不紧张。"

电影正式开始，章嘉良采用的是倒叙的方式来讲述这个故事。

在大家的期盼之下，一位三十多岁、打扮优雅的女人带着一个长得很漂亮的小女孩儿出现在大家的视野里。女人牵着小女孩儿的手，告诉她："这就是外公外婆曾经念过书的学校，念念，你觉得好不好看？"

"好看。"小女孩儿拉着妈妈的手，仰头望着她，"妈妈，那外公外婆现在去哪里了呢？"

妈妈告诉她："外公外婆呀，一直都在我们念念身边陪着她。"

"那我怎么没看见？"

"因为他们现在变成星星了，在念念睡觉的时候才会出现。"

"他们是去很远很远的地方了吗？"

"不算是吧。"女人说，"念念，等你长大了，妈妈给你讲外公外婆的故事，好不好？"

念念："妈妈，我现在就想听。"

"现在啊？"女人回头望了望刺目的太阳，含笑说，"好啊。"

画面一转，场景回到了男女主角的少年时期。

他们初见的画面展开，让人一下想起了上学时期的青涩岁月。化妆师很厉害，硬是让许稚意和周砚看上去跟高中学生一样，没有一点儿违和感。故事的节奏很快，前期是他们的校园时光。可细看是能发现陈正晚对孟时安渐渐生出的情愫的。

孟时安实在是太耀眼了，没有人不喜欢她。而陈正晚也是真的太没有存在感了，很少有人会注意到他，除了孟时安。

故事慢慢展开。

注意到陈正晚看孟时安的眼神时，许稚意听到前面有女生恨铁不成钢地说："陈正晚的喜欢好内敛啊，他都不敢表露出来。"

"暗恋就是这样的，要是被人察觉了，那还叫什么暗恋？"

和孟时安认识后的高中两年里，陈正晚偷偷地注视过孟时安很多次，却从不敢光明正大地去看她。他看她课间休息时睡觉的样子，知道她有哪些习惯。

偶尔，他会想，她睡觉的时候会不会做梦？梦里是否有自己？

章嘉良拍的高中片段算不上很多。即便如此，却能看出来两个人的羁绊很深。章嘉良的拍摄手法比较特别，不会将自己想表达的内容直白地告诉观众，而是内敛的、暗藏深意的。陈正晚和孟时安不经意间的对话、孟时安偶尔蹦出的台词，都在为之后的故事做铺垫。

电影里，孟时安喜欢的一切，陈正晚都知道。他记下了她所有喜欢和讨厌的东西，记下了她喜欢和讨厌的人，记下和她有关的一切，却不敢将喜欢宣之于口，甚至不敢想她。

他怕她知道，怕她察觉，怕给她造成心理负担。

毕业那晚，孟时安问他："陈正晚，我们毕业了，大家都给我送了祝福，你有没有什么祝福或什么话要送给我啊？"

他们站在夜色中，有风吹过。她细软的长发不经意地拂过他的脸颊。

陈正晚的眼睛和黑夜一样，让人看不清，也捉摸不透。他看了孟时安许久，才问："你想要哪方面的？"

孟时安没好气地觑他一眼："这还要我自己说？你想给我哪方面的，就是哪方面的。"

听到这话，陈正晚垂在两侧的手紧了紧，他甚至涌起冲动，想将裤兜里的那封信拿出来递给她，想跟她正经地表白。可他还是不敢。

到最后，他送了一句话给孟时安："希望这个世间所有的美好，都奔向你，都属于你。"

孟时安微怔，抬起眼看他："要是它们都不主动奔向我呢？"

陈正晚一顿，似乎没想到她会反问自己。二人无声地对视片刻，在其他同学过来之前，他言简意赅地说："它们会的。"

孟时安："我说的是万一。"

陈正晚："没有万一。"

孟时安的眼眸闪了闪，她看着他："你这么笃定吗？"

"是。"陈正晚少有地用了肯定的语气。

闻言，孟时安笑了。

"好，我相信你。"她弯了弯眉，抿了下唇，指着陈正晚说，"如果没有，我十年后可以找你算账吗？"

陈正晚的眼眸里闪过一丝错愕之色，喉结滚了滚，他嗓音低哑地说道："可以。"

二人的约定，就这么心照不宣地定了下来。

高中毕业，他们各奔东西。

孟时安依旧恣意洒脱，开始环球旅行，而陈正晚回了一趟老家后再次出发，开始了暑假打工之旅。在深夜，他会偷偷地想孟时安，不敢想别的，只敢在心里估测她此时此刻是在意大利还是瑞士，是和朋友在一起还是一个人。

电影里，他们的大学时光过得飞快。大四这年，孟时安抱着鲜花推开宿舍大门，室友看见，揶揄道："安安，是追求者送的花吗？"

孟时安笑着摇头："不是。"

室友愣了愣，明白过来："该不会是那个每年生日匿名给你送礼物的暗恋者吧？"她们在一个宿舍四年，自然知道有人在孟时安每一年过生日时，都会匿名给她送礼物。

孟时安"嗯"了声，看着手里的鲜花说："是他。"

室友看着她的神情，问道："你是不是知道暗恋你的人是谁？"

孟时安笑了一下，反问道："我要是知道，还不找到他吗？"

另一个室友道："说得也是，安安要知道，早跟人当面道谢，或者是把礼物给退回去了。"大家都知道，孟时安不是个喜欢占人家便宜的人。追求者给她送的礼物，她都会全数退回去。室友曾问过她原因，她给的答案是，她不喜欢对方，自然也不好收对方的礼物。

"唉。这匿名暗恋者今年送花了，是不是准备跟你表白了啊？"

孟时安想了想，说："应该还没到时间。"

"什么没到时间？"室友惊讶。

孟时安也不知道想到了什么，倏地一笑，说："直觉吧。"

电影里，在她收到花和室友交谈的时刻，陈正晚正奔波在机场。他在大三那年便已经作为交换生出国了，这次回来，也是为了给孟时安送一束花。看到她取到花，陈正晚才放心地离开。

"妈呀！周砚这个角色好苦啊。"

"呜呜呜，我心疼了，周砚攒了好久的钱才买到回国的机票，人都没敢见一面，又要飞走了。"

"什么时候甜起来啊？"

"其实我觉得现在就挺甜的啊，孟时安明显知道送花的人是谁。"

"是这样吗？"

…………

许稚意听着前面两个女生的讨论，问周砚："你觉得孟时安知道吗？"

周砚看她："你说呢？"

许稚意："我想知道你的答案，不要反问我。"

周砚微微一笑："知道。"

许稚意"哦"了一声，觑他一眼："那你知道孟时安知道吗？"

周砚："刚开始没发现，但后来有所察觉。"陈正晚和孟时安都是聪明人，有人喜欢自己，有人在接受自己的喜欢，他们怎么可能会一点儿感觉都没有？要真的一点儿感觉都没有，那一定不是他们没有发现，而是不想去发现。

故事往后发展。孟时安读研，陈正晚回国创业，时间过得很快。

重新见面介绍自己的这天晚上，陈正晚和孟时安在孟父的生日会结束后，去了院子里吹风。孟时安往前走了两步，回头看向他，说了一句只有他们自己才懂的暗号："有十年了吗？"

陈正晚一顿，回："没有。"

孟时安不再说话。陈正晚看着她，问道："要找我算账吗？"

孟时安缄默须臾，反问："你觉得我要找你算账吗？"

陈正晚想了想，说："不知道。"因为他并不知道她所有的事。

孟时安"嗯"了一声，到一侧的长椅上坐下，扭头看向他说："我大一那年，遇到了一个变态跟踪狂，他一直跟踪我，让我失眠了一个多月。"

陈正晚睫毛一颤："我知道。"

孟时安："那你知道，我最后的失眠是怎么治好的吗？"

陈正晚："知道。"

孟时安看他："我在听歌平台听到的那几首催眠歌曲，是你找给我的？"

陈正晚："是。"

孟时安点点头："我大三那年去过你做交换生的国家旅游，被人偷了钱包，发了一条带着定位的朋友圈。之后，我的钱包被找了回来，是你帮我找回来的吗？"

陈正晚："是。"

除了这些，孟时安还问了很多很多问题。每一个问题，陈正晚的答案都是一样的。

最后一个，孟时安看他："你是不是喜欢我很久了？"

陈正晚看着她，落下一个字："是。"

"哦，我知道了。"孟时安看着陈正晚问，"你有什么问题想问我的吗？"

陈正晚沉默了须臾，低声道："还没到第十年，我们的约定算数吗？"

孟时安的眼眸闪烁，她反问道："你希望我回答算数还是不算数？"顿了顿，她说，"你也知道，这几年不是所有的美好都在奔向我。"说到这儿，她似是有些委屈，"你给我送的祝福不灵验。"

"我的错。"陈正晚说，"抱歉。"

孟时安哑言，嘟囔着："谁要你的抱歉？你没有别的话想说？我记得我问过你，要是美好不主动奔向我呢？"

陈正晚看着她的眼睛回答："那我会帮你收集你需要的美好，让它们主动奔向你。"

这个答案，是陈正晚几年前就想送给她的。

这几年，陈正晚也一直在做他送给她的那一句美好祝福的事。她遇到了挫折，他帮她解决，她遇到的所有不美好事情，他都用自己的能力，将它幻化成美好的。他的出现不是刻意的，给予她的一切也并不刻意，只是他们之间有一种不可言说的默契。

听到陈正晚的答案，孟时安抿了抿双唇，睫毛颤了颤，看着他说："那你想帮我收集多久？"

陈正晚的喉咙有些干涩，他轻声回答："你想要多久就多久。"

"真的？"孟时安问。

陈正晚："真的。"

"好。"孟时安笑了起来，"等我想到答案再告诉你可以吗？"

"可以。"陈正晚抢走了孟时安的话，承诺道，"在你还没想出期限之前，我会继续替你收集。"

孟时安："行。"

孟时安的这个答案，直至他们恋爱、结婚，都没告诉他。

电影要结束时，他们变老了。陈正晚生了病，记忆变得有些模糊。但他依旧记得替孟时安收集所有的美好。收到朋友来医院看望他送的鲜花，他会取下一枝送给孟时安，收到大家送给他的祝福，他会将祝福转送给孟时安。

这一生，陈正晚将自己拥有的一切美好都给了孟时安。他离开的那天，孟时安告诉了他答案——她想要他帮她收集一辈子的美好，因为她知道，她会一辈子陪在他身边。

陈正晚去世的次日，孟时安便去陪他了。活着的时候，陈正晚从不舍得让她感到孤单。他不知道的是，孟时安也一样，无论是生是死，都舍不得让他孤零零一个人。

电影后记是两封铺开的信。

一封是陈正晚写给孟时安的——

他说，他其实知道，在他们重逢之前，孟时安的很多朋友圈，是他一个人可见的。他这一生收集过很多美好，其中最美好的一件事，是这一辈子都在坚定不移地爱她。

如果有来生，他想早一点儿见到她，送给她四季，送给她一个更好的自己。

另一封是孟时安写给陈正晚的——

她说，和他在一起这么多年，她不再能忍受孤独，所以她来陪他了，他应该不会生气。毕竟，他也舍不得对她生气。

谢谢他爱她如生命。也谢谢他替她收集美好，将它们送给她。但他不知道，她最想拥有的美好其实是他，如果有来生，他们的角色互换一下好不好，她来暗恋他，他只要将心脏空出一小片位置，放下她就好。

她爱他，和他爱她一样。

…………

看完电影，许稚意和在场的观众一样哭得稀里哗啦的。她太喜欢陈正晚和孟时安之间那种坚定不移的感情了，从认定的那一刻起就再也没改变过。

看完电影回到家，两个人还没从故事里抽身。其实拍最后一幕时，他们在片场就已经哭了好几次了。可现在再看，许稚意还是控制不住地想哭，控制不住地被角色感动。

周砚哄着她，轻声道："不哭了。"

许稚意泪眼婆娑地看着他，说："可是我控制不住。"

周砚知道，他低头亲了亲她的脸颊，将她脸上的泪水亲掉，嗓音低沉地说："我们也会和他们一样。"

"才不要，我们比他们活得更久一点儿不行吗？"许稚意顿了顿，带着哭腔说，"这辈子我想和你在一起的时间比他们长一点儿，更长一点儿。"

周砚一笑："好，我也想。"

许稚意"嗯"了一声，停止哭泣，看着他："周砚。"

"嗯？"

"你跟我表个白。"

周砚一笑，嘴唇碰了碰她的唇角，说："我爱你。"

许稚意："没了？"

"还有很多，"周砚顿了顿，轻声说，"但我想用一辈子的时间慢慢告诉你。"

周砚爱许稚意这个故事，他想用一生来书写，结局甚至不会有句号，因为他想延伸到下一世——他早一点儿来爱她……

许稚意是在二十九岁生日这一天知道自己怀孕的。近几年，她虽然作品不多，但也忙，加上前几年饮食不太规律，生理期一直不太正常，一两个月不来例假也寻常。因此，怀孕两个月后她和周砚才知道。

知道她怀孕后，周砚几乎将所有的精力和注意力都放在了她身上。这个宝宝来得不算突然，但也确实在二人的预料之外。

去年，许稚意和周砚就决定要个宝宝，所以没再避孕，只可惜宝宝一直没有来，为此还特意去医院做了全身检查。医生说他们的身体没有任何问题，没怀上可能是和宝宝的缘分还没到。也是因为这个，许稚意和周砚放宽心情，决定顺其自然。谁承想，他们这一等便等了近一年的时间。

许稚意怀孕前三个月，她和周砚以及家里人都小心翼翼的，唯恐出现一点儿差池。

许稚意把能推的工作尽量推了，能缓的也缓了。庆幸的是，在查出有宝宝的前半个月她的新电影便杀青了。对此，周砚和焦文倩一行人都还心有余悸，因为许稚意怀宝宝的那一个半月拍的戏都是打戏，而肚子里的小周周生命力很顽强，竟一点儿事也没有，许稚意甚至没感到任何不舒服。

不过，她和周砚都没料到这个"小恶魔"会在三个多月的时候开始折磨她。

三个月的危险期过了后，在网上众说纷纭时，许稚意和周砚告诉了大家这个好消息。和周砚结婚后的这几年，许稚意但凡胖了一点儿，或是吃多了有了点儿小肚子，网上就会有人说她怀孕了、已经几个月了、是不是双胞胎……

许稚意和周砚每次看到都哭笑不得。近期她突然停工，更是惹得网友猜测这次她可能是真的怀孕了。她和周砚证实了怀孕的消息后，粉丝们更加开心了。首先，大多数人追星都希望自己的偶像越来越好，无论是事业还是生活，圆满就好。再者，他们也知道许稚意和周砚这一路走来不容易。这样的好消息，怎么能不让人激动？

收获了大家满满的祝福，许稚意和周砚再次隐身，在家过自己的小日子。

宝宝第十五周时，一直没有孕吐的许稚意开始有反应了。她吃不下东西，闻到味道就想吐。吐的次数多了，许稚意的心情就差。而她心情差，针对的对象只有一个，那便是周砚。每每这个时候，周砚总是哄着她、耐心地照顾她，从不会因为许稚意跟自己乱发脾气而生气。

只不过许稚意发脾气的时候角度过于刁钻，偶尔也会让周砚招架不住。

譬如现在。

许稚意看着电视，忽然转头看向在旁边给自己剥石榴的人："周砚。"

周砚抬眸："想吃了？"

许稚意盯着他，摇了摇头："不想吃。你想不想整容？"

"什么？"周砚不明所以地看着她。

许稚意指着电视里的男艺人说道："我最近好喜欢这个小男生，你要不要按着他的长相去整整？"

周砚微顿，缄默半晌，说："看烦我这张脸了？"

许稚意很诚实："有一点儿。"

"行。"周砚也不生气，看了小男生片刻，"等你把宝宝生下来就去整，你喜欢什么样我就整成什么样。"

"真的？"许稚意不敢相信地问。

周砚把石榴塞进她嘴里，一本正经地说："真的。"

"那你不能在我怀孕期间整吗？"许稚意挑刺，"我现在就想看我老公整成那个模样。"

"不能。"这下周砚拒绝了她，再次挖了一勺子石榴塞进她嘴里，提醒她，"我整容去了，没有人给你剥石榴。"

听到这话，许稚意眨了眨眼，说："爸妈可以给我剥，欢欢他们也可以。"

"嗯。"周砚脸不红心不跳地说，"但他们不能给你洗澡。"

许稚意想了想，确实如此。

"好吧。"她勉强道，"那你记得自己答应我的，等我把宝宝生下就……"话还没说完，许稚意肚子里的"小魔王"又开始搞事情了，她健步如飞，第一时间从客厅跑到了浴室。

呕吐了一会儿，许稚意脸色煞白地看向周砚，委屈巴巴地喊："老公。"

周砚接过水让她漱口，又给她擦了擦嘴角的水珠，温声道："我在这儿。"

"他好调皮，"许稚意咕哝，"一定是男孩子。"

周砚一笑，用手背碰了碰她的脸颊："嗯，是男孩子的话等他出生了我好好教育他，怎么能折腾妈妈呢？"

许稚意眨了眨眼："那要是'女魔王'呢？"

周砚缄默须臾，和许稚意对视一眼，说："女孩子调皮一点儿才不会受欺负，是不是？"许稚意听出了他的话外之音：女孩子不教育，男孩子教育。重女轻男在周砚这里，被他拿捏得死死的。

"你说得有点儿道理。"许稚意靠在他的肩上撒娇，"走不动了，要老公抱。"

周砚："好。"他弯腰，将她抱回沙发上。

坐下没两分钟，许稚意又说："算了。"

周砚挑眉："什么？"

"你还是别整容了。"许稚意深思熟虑后说，"我怕宝宝出生后看着和你不像的话，会怀疑你到底是不是他的爸爸。"

这回，周砚是实实在在被许稚意的话呛住了。他有时候真的很想钻进她脑袋里看看，她一天到晚都在想些什么乱七八糟的东西，这思维发散得是不是有点儿快也有点儿怪？

好在许稚意肚子里的"小魔王"没折腾她太久，一个多月后，许稚意又变成了能吃能喝的孕妈。

但周砚发现，她爱吃的东西变了。以前许稚意爱吃甜的和辣的，现在喜欢吃酸的，还喜欢上了比萨和炸鸡，而且每天都想吃。

这晚，周砚有点儿公事要处理，把许稚意哄睡后便去了书房。等他从书房回来时，许稚意睁着眼看着他。周砚一顿，看着她清亮的瞳仁，蹙了蹙眉："宝宝又闹你了？"

"算是吧。"许稚意看他，娇滴滴地喊，"老公。"

周砚垂眼："你说。"

许稚意吞咽了下口水，摸着已经显怀的肚子，软声说："你女儿说她饿了。"

周砚了然，顺势问："想吃什么？"

"比萨。"许稚意没迟疑，直接道，"芝士榴梿比萨。"

周砚无语。他是个不吃榴梿的人，也受不了榴梿的味道。许稚意以前也不是很爱吃，是可吃可不吃的类型，但怀孕后突然喜欢上了。

医生和他们说过，孕妇能吃榴梿，但不宜多吃。为了肚子里的宝宝，许稚意非常克制，不吃一瓣一瓣的榴梿，只吃含榴梿不多的榴梿比萨。

看着周砚的表情，许稚意装可怜地问："你不想给我做吗？"

"没有。"周砚捏了捏眉骨，垂眼看着许稚意，"想在房间里吃还是去楼下客厅吃？"

"客厅吧。"许稚意想了想，"我怕在房间里吃了，你今晚要失眠。"

许稚意怀孕后，周砚的厨艺见长，不仅中餐做得好，西餐也信手拈来，比萨和炸鸡是他做得最多的。刚开始许稚意想吃时，周砚通常是开车出去买，无论是什么时间，他都能给许稚意买回来，但外面的终归没有自己做的健康、干净。渐渐地，周砚开始自己动手，只要是许稚意喜欢的、想吃的，他都能做出来。

厨房里亮起了暖橘色的灯，许稚意站在门口看着忙碌的男人，笑意从眼睛里跑了出来。

"老公。"

周砚看她。

许稚意走近，在他身后环住他的腰，深情表白："我越来越爱你了，怎么办？"

周砚挑眉："怎么办？"

"对啊。"许稚意叹气，"你是不是故意的？"

"什么故意的？"周砚顺着她的话往下。

许稚意用额头抵着他的后背，嘟囔道："对我这么好，让我这辈子都舍不得离开你。"

周砚微微一笑，承认道："是有故意的成分。"

许稚意被他的话逗笑，弯了弯唇："虽然你是故意的，但我也是心甘情愿的。"

周砚笑了。

两个人在厨房这片小天地里，将温情和爱意洒落。

周时初小朋友呱呱坠地这天，比预产期早了一周。她好像迫不及待地想看这个世界，想见爸爸妈妈了。庆幸的是，出于多方面的考虑，许稚意和周砚也提前一周到了医院。刚住院还没来得及安排好所有事，许稚意的肚子就开始痛。

许稚意是个娇气的人，以前还算独立，可和周砚在一起后，变得越发娇气。对生宝宝的痛，她虽有过思想准备，但还是被折腾得不轻。

周砚听着她的叫声，看着她难受的模样，比她更难受、更紧张、更煎熬。

许稚意花了几个小时将周时初小朋友生下来，全身是汗，浑身都湿透了。让许稚意没想到的是，周砚也和自己一样，衣服被汗浸湿，眉眼间满是焦急和担忧的神色。宝宝出生，医生告知许稚意没大碍，只需要好好静养后，周砚的汗才止住，稍稍松了口气。

许稚意太累了，和周砚说了一句话便沉沉地睡了过去。她一睡，周砚更舍不得挪开眼，一直在旁边陪着她，连宝宝也没来得及看。

许稚意睡醒时问他宝宝长得怎么样，周砚蒙了，说："不知道。"

许稚意一怔："你没去看宝宝？"

周砚"嗯"了一声，握着她的手问道："有哪里不舒服吗？"

"我没有。"许稚意失笑，眉眼变得柔和了许多，"你是不是一直没走？"

周砚点头："我不放心你。"

"那宝宝呢？"

"爸妈他们在那边，不用担心。"周砚告知，"我想陪着你。"在周砚的心里，宝宝虽是他和许稚意的爱情结晶，但比起宝宝，许稚意才是他最重要的人。她刚在生死边缘游走，他舍不得抛下她。

许稚意虚弱地笑笑，知道他的担心："我没事了。"她轻声说，"我想看看宝宝。"

周砚："好。"

没一会儿，温清淑和江曼琳便抱着周时初小朋友过来了。周时初这个名字，是许稚意和周砚在生下她之前就定下来的。他们取了男孩儿的名字和女孩儿的名字，女孩儿叫周时初，男孩儿叫周时征，是他们主演的其中两部电影里角色名字的组合。

刚生下来的宝贝还看不出什么，全身红红的，整个人皱巴巴的。

许稚意看了两眼，嘟囔道："怎么长得有点儿丑？"

江曼琳没好气地瞪她一眼，"刚生下来的宝贝都这样，你刚出生那会儿也丑。"

许稚意一噎：这是亲妈吗？

温清淑在旁边笑："不丑，宝贝长得很漂亮。你看她长得多像周砚。"

说实话，许稚意没看出来。但看两位妈妈这么高兴，她也高兴。

许稚意抱了一会儿周时初，考虑到她身体虚弱，江曼琳和温清淑让她好好休息，不用担心孩子，她们会照顾好。说完，二人又叮嘱周砚好好照顾许稚意。

许稚意发现，怀孕的时候没有坐月子时煎熬。她现在不能吹风，不能出去玩，也不能乱吃东西。在月子中心住了一个多月，回家这天，许稚意差点儿想买鞭炮庆祝——她终于解脱了。

对此，倪璇和盛檀等人都哭笑不得。

回家后，许稚意没着急出去工作。她想停一停，多花点儿时间陪宝宝。

和江曼琳她们说的一样，周时初小宝贝长得确实有点儿像周砚，而且越长越好看。她的眼睛和许稚意的很像，是狡黠灵动的狐狸眼，其他地方像周砚，但许稚意觉得她比周砚更好看。

当然，这个想法不能被周砚知道。

周时初小朋友三个月的时候，许稚意和周砚难得有了二人世界。许稚意太久没出门玩了，周砚怕把她闷坏了，把宝宝交给温清淑和阿姨照顾后，带着她到附近的小镇玩了一天。

"你真放心宝宝？"许稚意跟他自驾出门后还忍不住问。

周砚："放心。"

许稚意扬眉，揶揄道："我以为你会寸步不离。"毕竟周时初是女宝宝。

周砚看她："我只想跟你寸步不离。"

许稚意听着他的话，耳郭微热："那你要说到做到。"

周砚承诺："一定。"

话虽如此，这对不负责的父母玩着玩着，还是会想念周时初小朋友的。到目的地后，许稚意第一时间给温清淑打了视频电话，和宝宝聊了两句，关心她的情况。到吃晚饭时，许稚意和周砚又给温清淑打电话，问宝宝下午的情况，吃了什么、玩了什么、睡了多久……知道宝宝一切都好后，许稚意和周砚才放下心来。

他们许久没做什么了，许稚意的一切都让周砚爱不释手。

结束时，许稚意悄悄问他："有什么变化吗？"

周砚一顿，好似知道她在担心什么，低头碰了碰她的唇，嗓音沙哑地说道："有。"

许稚意立马警觉，小声咕哝："她们都说生了宝宝会……"

话还没说出口，周砚便告知："身材越来越好。"这是实话。

许稚意眨眼,勾着他的脖颈:"没了?"

周砚一下又一下地吻着她:"我越来越喜欢。"他顿了顿,继续道,"我们再来一次?"

没等许稚意同意,他就用行动告诉许稚意——她现在的变化,只会让他越来越爱。

周时初小朋友在一岁半的时候,走路已经很稳了。

这日,许稚意和周砚决定带她去逛超市,感受一下生活的氛围。

一到超市,周时初就让周砚抱着她坐到了购物推车上。她吐字已经很清晰了,晃悠着双脚,指着货架:"爸爸,要糖糖。"

周砚去拿,许稚意也不拦着:"不能多吃哦。"许稚意告诉她,"一天吃一颗。"

周时初眨巴着眼睛:"不能吃两颗吗?"

"不可以。"许稚意说道,"你还有别的小零食。"

"好吧。"周时初委屈巴巴地瘪嘴,"谢谢妈妈。"

许稚意摸了摸她的脑袋:"还想要什么?妈妈给你拿。"

周时初也没客气,要了很多喜欢的小零食。

在车里坐久了,她让周砚抱自己下来,要和别的小朋友一样走路。

许稚意牵着她的手,带她在超市的货架间穿梭。一家三口和其他家庭一样,温馨地逛着超市,过着普通人的生活。周砚在后面跟着,当二人指着某样东西时,他就拿下来。他看着前面母女俩的背影,眉眼间满是温柔的神色。

察觉他的眼神,许稚意回头,二人相视一笑。

倏地,周时初小朋友嚷嚷:"妈妈,你的鞋带松啦!"

许稚意低头一看,正想弯腰去系,周砚和周时初小朋友已经一起蹲了下去。她看着面前这一大一小的后背和脑袋,有了和周砚一模一样的触动——这一生有他们,她已然满足。她忘了从什么时候起,周砚整个人变得温柔又细心,对她和周时初都是如此。

她也忘了是什么时候在网上看到过一位粉丝对周砚的评价,说周砚这些年各方面变化都很大,唯有一点从未改变过,那就是爱许稚意这件事。从最初到现在,他都坚定不移地深爱她、深爱他们的宝宝,将她们放在心尖上爱着、宠着、照顾着。

这一生,他都会如此。

番 外 专属偏爱

（一）

盛檀一直都觉得自己的性格有点儿不讨喜。

因为她是个占有欲强，还有点儿霸道的人。她不喜欢和不那么喜欢的人分享她的东西，更不想分享她喜欢的人——无论是好朋友许稚意还是喜欢的异性沈正卿。

有时候，看到许稚意对别人更好，她会有点儿不高兴。她看到沈正卿这样也一样。

初中时，盛檀一直都觉得自己可能有病，毕竟其他人都没这样，还觉得自己好小气，自己也反省过好多次，可就是改不了，也不是那么想改。高中时，盛檀才渐渐察觉自己的小气是正常的。因为许稚意说她也一样，也不喜欢盛檀和她不是那么喜欢的人一起玩。

因此，两个人总是形影不离。

"可是——"盛檀听她说完，歪着头问，"沈正卿不会和我们有一样的想法吧？"

许稚意穿着蓝白相间的校服，扎着高马尾，仰头想了想："为什么这样说？"

盛檀靠在她的肩膀上，有点儿委屈地说："因为昨晚我看到李泽的朋友圈了，他发了一张他们一起玩的照片，照片里除了有沈正卿，还有姜琳。"李泽是和沈正卿玩得很好的兄弟，一群人从小就认识，也很熟悉。而姜琳是沈正卿的高中同学，和沈正卿的年龄一样，是李泽的表妹，高中时才从别的城市转到他们学校念书，和沈正卿当了同班同学。

盛檀和姜琳在第一次见面的时候就闹得不太愉快。盛檀性子骄纵，而姜琳是温柔的类型，和她截然不同。加上姜琳这几年时不时会提到沈正卿，盛檀就更不喜欢她了。

盛檀早就看出来了——姜琳喜欢沈正卿。

许稚意听她这么一说，便明白了，笑了一下，轻声道："他们是不是大学同学聚会？"

沈正卿比他们大三岁，她们高中的时候，沈正卿正好上大学。之前在初中还好，盛檀和许稚意上的是附属初中，高中就在隔壁，每天都能见到沈正卿他们一群人，但沈正卿高中毕业后，她们就没办法见到他了。

沈正卿念的大学虽然和家在一个城市，但他很忙，不可能每天都过来。再者，他也没有理由每天来当护花使者接送她们回家。

"可能是吧。"盛檀撇撇嘴，愤愤不平道，"沈正卿不是说大学很忙吗？他都接手一些沈伯伯的工作了，为什么还能出去吃饭、聚会？"她吃醋。

许稚意"扑哧"一笑，眉眼弯弯地道："你不开心的话，我帮你给他打个电话问他？"

盛檀噎住，觑了许稚意一眼，委屈巴巴地问道："用什么身份问？"她盛檀又不是沈正卿的女朋友。

许稚意顿了顿，好奇地问："你还没想好要不要和他表白吗？"

"没有。"盛檀诚实地道，"我之前听到姜琳问过他。"

许稚意挑眉："问什么？"

"问他大学谈不谈恋爱。"盛檀泄气似的说，"他说不谈。"

许稚意扬了扬眉，道："这不是更好吗？"

"哪里好了？"盛檀不明白，"他大学不谈恋爱，我找谁谈啊？"她又不喜欢别人。

听到这句话，许稚意茫然地眨了眨眼。怎么说呢？盛檀这个反问句，她竟然没听出任何问题。两个人相对无言，许稚意缄默片刻，提议："要不，你说服沈正卿恋爱？"

盛檀疑惑了三秒钟，奇怪地问："怎么说服？"她都不知道沈正卿喜不喜欢自己。

说实话，许稚意也不知道，她暂时没有喜欢的人，也不知道要怎么喜欢人："不知道。"

两人在操场上坐着吹了会儿风，许稚意安慰地拍了拍她的肩膀："别想了，实在不行，我们周末去沈正卿的学校看看？"

盛檀眼睛一亮："真的吗？"

许稚意点头："真的，我陪你去。"

"好。"盛檀毫不犹豫地答应，"先别告诉他们，我们给他们一个惊喜。"

"行。"

周六一晃就到了，盛檀和许稚意刚上高二，学习算不上很紧张，但也不太轻松。

来之前，盛檀有意无意地和李泽聊了两次，知道最近这段时间沈正卿很忙，周末也会在学校。

早上，盛檀早早地过来找许稚意。许稚意家里就她一个人。平日她上课的时候都是阿姨给她做饭、照顾她，她爸妈偶尔回家一次，但次数少之又少。她周末喜欢一个人过或和盛檀在一起，因此阿姨周末是休息的。

"小意意——"盛檀兴奋不已，拖长尾音喊她，"你吃早餐了吗？我给你带了早餐。"

许稚意笑着说："你都带了，还问我吃没吃？"

盛檀瞥她，语重心长道："你干吗让阿姨周末休息啊？总不能周末就不吃早餐吧？这样对身体不好的。"她唠唠叨叨，"你要不以后周末都去我家吃饭吧？我爸妈肯定欢迎，他们喜欢你超过喜欢我。"

"不要。"许稚意想都没想地拒绝，"我喜欢周末一个人在家，再说了，还有外卖呢。"

盛檀："外卖不健康。"

闻言，许稚意看她："这话是沈正卿说的吧？你以前多喜欢在周末来我家蹭外卖，你忘了吗？"

盛檀微窘，摸了摸鼻子，心虚地说："你别提醒我。"

吃过早餐，两个人去坐地铁。盛檀没跟家里说她们去找沈正卿，自然也不能让司机送。好在许稚意早早就独立了，对坐地铁和公交这种事很熟悉，也不担心会走丢。

周末，地铁里人很多。盛檀被挤在角落里，委屈地对许稚意说："好累。"

许稚意忍俊不禁："待会儿看到沈正卿就不累了。"

盛檀："待会儿让他请我们吃冰激凌。"

"好。"

二人换乘了两趟地铁，坐了二十多站才抵达沈正卿的学校。走出地铁站时，盛檀觉得腿已经不是自己的了——她坐车从没站过那么久。

到了学校门口，盛檀和许稚意有点儿茫然。两人之前来过一次，可盛檀的脑子不记事，而许稚意是不记不重要的事，对许稚意而言，沈正卿住在哪里不是重要的事，自然也没记住。二人在学校里迷了路，面面相觑半晌，许稚意说："我问问李泽？"

盛檀："我给沈正卿发消息吧，让他出来接我们。"

她们到长椅上坐下，盛檀掏出手机给沈正卿发消息。她低着头，认真编辑内容："沈正卿哥哥，你在做什么？"

消息发出去三分钟，沈正卿也没回她。

"他没回我消息。"盛檀瘪嘴，很委屈。

许稚意知道她的性格，安慰道："可能是在忙，我给李泽打电话吧。"

盛檀乖乖点头。

电话刚拨通，许稚意和盛檀就听到李泽那玩世不恭的声音："稚意？"

"是我。"许稚意说。

李泽诧异地问道："你怎么会给我打电话？"

在他们这个小团体里，许稚意除了和盛檀、沈正卿走得近之外，和其他人都不怎么来往，也不爱和他们玩。

许稚意"嗯"了一声，问道："你在学校吗？"

李泽一愣："在啊，怎么了？"

"那沈正卿呢？"许稚意直接问，"他在学校吗，还是和你在一起？"

李泽一怔，不可置信地问："你找他做什么？"刚问完，他又自问自答，"哦，帮盛大小姐问是不是？"

"算是吧。"许稚意皱眉，"在不在？"

"在吧。"李泽咕哝，"不过他昨晚忙了个课题，早上才睡下，这会儿可能在睡觉。"

许稚意和盛檀听见那边的窸窣声，他说："我现在去给你看看，我们宿舍不在一起，你知道吧？"

许稚意："不知道。"

李泽语塞。

盛檀连忙出声："算了，李泽。"她喊，"他早上才睡的话也没睡几个小时，你别去喊他了，我和意意在附近玩一玩就回家了。"

李泽挑眉："这怎么行？就算不喊他，我也得陪两位大小姐好好逛逛。"

盛檀："不想和你逛。"

李泽噎住："我就这么不讨喜？"

盛檀"嗯"了一声，说："你问意意想不想和你逛？"

许稚意是个诚实的孩子，没多思考，点点头说："不想，你来了反而打扰我和盛檀。"说实话，要不是李泽从小就知道许稚意的性格有点儿冷，还真想和她绝交。

"行吧。"李泽叹气，"那你们俩注意安全，有事给我打电话。"

"好。"

挂了电话，许稚意和盛檀商量了一下，决定出去玩。盛檀不是个会委屈自己的人，她是喜欢沈正卿，没见到他也有点儿不开心。但她会转移自己的注意力，让自己快乐一点儿。

"我们去逛街吧。"盛檀提议，"然后再吃顿好吃的，看场电影？"

许稚意："好呀，我请你吃冰激凌。"

盛檀抱着她的手臂撒娇："应该是我请你吃冰激凌。"

"你请我吃饭。"

"也行。"

没见到沈正卿的姐妹俩不再坐地铁受苦，打车回了市中心。盛檀最近迷上看漫画，坐在车上一直拉着许稚意看漫画。下了车，二人直冲冰激凌店。

买完冰激凌，她们悠闲地逛街。

"这个发卡是不是很漂亮？"盛檀眼睛一亮，说，"买不买？"

许稚意："买。"两个人都是爱买东西的小女生，逛起街来什么都会去看看。

逛完街，她们吃了顿火锅才去看电影，看完电影出来，已经晚上十点了。

盛檀和许稚意打车回家，但车只能到小区门口，没办法进去。好在她们并不在意，下了车一蹦一跳地往家走。虽然没见到沈正卿，但这一天盛檀还是挺开心的。

"我们明天是不是要写作业了？"盛檀深深地叹气，"我不想写也不会写怎么办？"

许稚意问她："你来我家一起写。"

"高中生为什么要写作业？"盛檀叹气。

许稚意："大学也要写。"

"啊？"盛檀震惊，"不是说大学就轻松了吗？"

许稚意摊手："还记得沈正卿今天为什么不回你消息吗？"

盛檀沉默了一会儿，又叹息了一声："人为什么要那么努力？当个小废物不好吗？"她一点儿都不想写作业，以后也不想去上班。盛檀从小就志向独特，只想当一条会花钱的咸鱼，就和她妈妈一样，每天不是出门逛街喝下午茶，就是飞到全世界旅游，过得非常快乐。她觉得，人只有这样才会快乐。赚钱什么的，不适合她。

许稚意"扑哧"一笑："好啊。你想当小废物就当小废物，实在不行我赚钱养你。"

盛檀："你想做什么？"

"演员。"许稚意回答。

盛檀看她："还是演员啊？"盛檀很早就知道许稚意想当演员，也知道她喜欢看电影。这几年，只要有新电影上映，盛檀都会第一时间陪她，甚至请她去电影院看电影。

"是啊。"许稚意点头，看着她，"和你一样，志向从没改变过。"

盛檀无语：这一对比，自己真的好没志气。

二人闲聊着，许稚意到家了，看她进屋后，盛檀才往自己家走。到家门口时，盛檀看到了一个被路灯拉长的影子。她愣了一下，下意识地攥紧了包包的带子。

她瞪大眼睛，正准备喊人，先看到了那人的脸。两个人对视一眼，盛檀把喊人的话憋了回去，望着站在自己家门口的人，眨了眨眼："沈正卿？"

听到她的称呼，沈正卿皱了下眉："叫我什么？"

盛檀没回他的话，奇怪地问："你怎么在这儿？"

沈正卿垂眸看她，他长相清俊，五官立体，还有些少年气，乌黑的头发被剪得很短，瞳仁的颜色也很深，跟夜色一样。此时此刻，他紧抿着嘴唇，就这么看着盛檀，让她从心底生出一种畏惧感。

"今天去哪里玩了？"沈正卿问她。

盛檀："你还没回答我的问题呢。"

沈正卿一顿，如实告知："等你。"

"等我做什么？"盛檀惊讶，"李泽没和你说吗？我跟意意逛街去了。"

"说了。"沈正卿只是没想到两个人能逛到这么晚，他的嗓音有点儿哑，好像感冒了，"你的手机没电了？"

盛檀一愣，惊喜地问："你怎么知道？"

沈正卿无奈地看她一眼："怎么不提前跟我说？"

盛檀知道他是问去学校找他这事，撇嘴道："我不是想给你一个惊喜吗？

谁知道你会在白天睡觉。你知不知道，我和意意是坐地铁去的，周末地铁里的人好多啊，我们站了一个多小时才到。"

沈正卿听着她唠唠叨叨，瞳仁的颜色似乎更深了一些。

"脚痛吗？"他问。

盛檀点头："有一点儿。"

沈正卿一顿："那先进屋休息？"

"那你呢？"盛檀抬起眼看他，"你要回家了吗？"

沈正卿点头："你进屋了我就回去。"

闻言，盛檀想跟沈正卿多待一会儿，踮脚往院子里看了看，她家院子里有小亭子和休息的椅子。她想了想，看向沈正卿："可我还不想回家。"

沈正卿问："想做什么？"

盛檀："我有几道题不会写，想让你教我。"

听到她的提议，沈正卿缄默了片刻，说："熬夜不好，你先回家睡觉，我明天教你好不好？"

"你明天不回学校？"盛檀着急地问。

沈正卿："回，教你写完作业再回。"

盛檀看时间确实不早了，勉为其难地说："那好吧，不过我跟意意约好了，明天去她家写作业。"

"我知道。"沈正卿问，"早上想吃什么？我给你们买。"

盛檀："意意说想吃油条和豆浆了。"

沈正卿了然："那你呢？"

"我想吃小笼包。"盛檀抿了抿唇，小声咕哝，"其实我们今天去你学校，还打算让你请我们吃冰激凌的。"她抬眸看向沈正卿，"明天可以买吗？"

沈正卿目光明亮，看着她问："今天吃了吗？"

"吃了。"盛檀没敢说谎。

沈正卿点头："那下周我再给你买。"

瞬间，盛檀不开心了："我就想明天吃。"

"你吃多了会肚子痛。"沈正卿解释，"别连续吃。"

"那万一你下周不记得了呢？"盛檀哼哼唧唧地质问。

沈正卿伸出手："不会。"

"我说的是万一。"盛檀瞥向他。

接收到她充满怀疑的目光，沈正卿微微顿了一下，问道："那跟你拉钩？"

盛檀眼睛一亮："可以，你下周要是忘了给我买冰激凌，你就……你就孤独终老。"

沈正卿被她的话呛住："可以。"

两个人拉完钩，盛檀才放心地进屋。看她进屋，沈正卿才往自己家走。

到家后，盛檀给手机充电，心情超好地去洗澡。

洗完澡出来，把手机打开，她才看到沈正卿发来的一连串消息和打来的电话。他中午就给盛檀打了电话，但她那会儿在逛街，没空看手机，后来手机没电关机了。因为今天去找沈正卿，她昨晚上十分兴奋，忘了给手机充电。

沈正卿刚到家，便接到了盛檀打来的电话："李泽很早就把你叫醒了吗？"

沈正卿："嗯。"

"那你岂不是没睡饱？"盛檀担心地说，"李泽说话不算数。"

沈正卿一笑："睡饱了，他也是担心你们。"

盛檀瘫在床上，望着天花板说："你几点回家的啊？"

沈正卿没和她说实话："下午。"

"好吧……"盛檀有点儿不好意思，"我是不是又耽误你休息了？"

"没有。"沈正卿温声道，"不过以后要去找我，记得提前跟我说。"

盛檀"哦"了一声，说："我不是想给你一个惊喜嘛！"她有点儿委屈。

"我知道。"沈正卿应声，"但是你和稚意两个小女生出门，我会不放心。"

"真的呀？"听到这话，盛檀可高兴了，"怎么不放心了？"

她换了个姿势趴在床上，没多想："上回姜琳她们晚上出去玩你没去，我也没看你不放心呀。"这事她记得可清楚了。

沈正卿沉默了一会儿，反问："你把自己和姜琳比？"

"才不是呢！"盛檀轻哼，"我又不喜欢她，干吗和她比？我就是这样举例。"

"哦。"沈正卿道，"她比你大，没什么不放心的。"

盛檀不开心地问："就这样？"

沈正卿的眸子里有了笑意："还有就是，你和她们不一样，知道吗，盛小迷糊？"

他说的是"你"，而不是"你们"。

挂断电话，盛檀才懊悔：为什么脑子不灵光一点儿，直接追问为什么她和其他人不一样？她给许稚意打电话，后悔不已："你说我是不是很笨？"

许稚意刚要拿着睡衣进浴室，含混不清地应着："是有点儿。"

察觉盛檀心碎的感觉，许稚意弯了弯唇，学着盛檀转述的沈正卿的语气说："但这就是真实的你啊，盛小迷糊。"

盛檀被她的语气逗笑："沈正卿不是这样说话的。"

许稚意才不管，骄傲地轻哼："哦，那我是这样说话的。"

盛檀笑："我明天让他来教我们写作业，可以的吧？"

"可以。"许稚意道，"我到时候把一楼留给你们，我一定在二楼不下去。你叫我我也不下去。"

盛檀有些为难："你也可以下来的。"

许稚意："不，我不想当电灯泡。"

"我们又没谈恋爱。"盛檀有点儿遗憾，"我都不知道他喜不喜欢我。"

许稚意想着沈正卿对盛檀的态度，笑了一下，说："可能等你高中毕业就知道了。"

"那么久啊？"盛檀不快乐了，"不能高中就让我知道吗？"

许稚意："不能早恋。"

"好吧……"盛檀咕哝。

自顾自地嘀咕了一会儿，盛檀问她："你在做什么呀？"

许稚意："准备洗澡。"

"啊！"盛檀一惊一乍，"那你快去洗澡，耽误你好久了，我也去洗澡了。"

许稚意忍笑道："行。"

挂了电话，盛檀抱着睡裙进浴室。今天走的路有点儿多，为了舒服，她索性泡了个澡。泡完澡，盛檀认认真真地给自己抹护肤品和身体乳。好习惯要从小养成，盛檀在别的事情上很懒，可在爱美这件事上和许稚意一样勤快。

她新买的身体乳味道很好闻，这是第一次涂。她闻着香喷喷的自己，拿着手机上网又下了一单，寄到许稚意家里。她是那种吃到好吃的、用到好用的东西，都会跟许稚意分享的人。

翌日，盛檀早早地爬了起来。

盛母看她半晌，和盛父咕哝道："太阳从西边升起来了？"

盛父一笑："宝贝今天怎么起这么早？"

盛檀兴奋地说道："我今天要去意意家写作业。"

"哦。"盛母瞥她一眼，"确定是去写作业，不是去打扰稚意写作业？"

"妈！"盛檀跺脚，"哪有你这样说自己家的小宝贝的？"

盛母微笑："行吧，我们家的小宝贝呢，想写作业就写，不想写就不写，妈妈又不会怪你。"

闻言，盛檀抱着她的手臂撒娇："我就知道妈妈最爱我了。"

盛母弹了一下她的额头："要在家吃早餐吗？"

"不要。"盛檀拒绝，"我要陪意意一起吃。"

盛母不再勉强："那中午你跟意意一起回家吃饭？"

"到时候再说吧。"盛檀想了想，说，"我们一起吃外卖也可以。"

盛父："外卖不健康。"

盛檀反驳："我们又不是天天吃，就一次。"

盛母倒是不会阻止她们吃外卖，点点头："吃外卖可以，点高级餐厅的。要是他们不送，你给妈妈打电话，我让他们给你们送过去。"

盛檀喜笑颜开："知道啦，谢谢爸妈。"

盛父看她高兴的模样，眉目舒展，道："快去吧，再不去你和稚意该一起吃午饭了。"

"嗯，爸妈晚上见。"

盛母："劳逸结合，别太累。"

"我知道。"

看着盛檀蹦蹦跳跳地出门，盛母和盛父对视一眼，说："正卿昨晚是不是没回学校？"

盛父："不然她能这么高兴？"

盛母挑了挑眉，赞同地说："你说得有道理。"

盛父无奈一笑："女大不由爹。"

盛母："除了正卿，就我们家宝贝这性子，别人你也不放心。"这是事实，沈正卿是他们从小看着长大的，从小就对盛檀好，盛檀也从小就依赖他。或许两位当事人还没有这么强烈的感觉，但旁观者清，更何况是盛檀的父母。他们最了解自己的孩子，也最知道她喜欢什么、想要什么。

盛檀并不知道自己的那些小心思早就被父母看穿了，刚背着书包走出院子，便看到了在旁边等自己的人。

"你怎么在这里等我？"盛檀惊讶，"没有先去意意家吗？"

沈正卿看着她今天的打扮，微微皱了下眉："不冷？"现在已经十月下旬了，盛檀穿了一条短裙，露出了纤细的长腿。

"不冷。"盛檀观察着沈正卿的神情，抿了抿唇，问，"这样不好看吗？"

沈正卿知道她误会了自己的意思，垂下眼睫，眼眸的颜色好似深了几分，说："我不是这个意思，最近降温快，多穿点儿别感冒。"

盛檀"哦"了一声，唇角弯弯，说道："知道啦！去意意家就这么点儿路，我不会冷的。"

　　沈正卿不再多言，将手伸到盛檀面前，轻声道："走吧。"

　　盛檀可能是刚睡醒，还没吃早餐，脑子还处在迷糊的状态，看着沈正卿的手，她迟疑了一瞬，将自己的手放上去。放上去的刹那，她明显察觉沈正卿的神情有变化。

　　"怎……怎么了？"盛檀不明所以。

　　沈正卿看她搭在自己掌心的小手，眸子里有了笑意，掩唇轻咳了一声，垂眼看她说："书包。"

　　盛檀这才意识到自己会错意了：沈正卿不是要牵自己的手，是让自己把书包给他。盛檀窘迫到了极点，第一时间将自己的手缩了回去，又连忙把书包取下挂在他的手腕上，说："走了。"她也不敢解释什么。

　　沈正卿看着她加快脚步往前走的背影，轻轻笑了一声，忙不迭地跟上。

　　他腿长，三五步便追上了盛檀："走那么快做什么？"

　　盛檀心虚又窘迫，舔了下唇，回头瞪了他一眼，说："我饿了，我怕意意等太久。"

　　沈正卿"嗯"了一声，在她想往前跑之前，一把拉住了她的手腕。

　　盛檀睫毛一颤。

　　沈正卿好像没察觉哪里不妥，一手拎着她的书包，一手握着她的手腕，跟带小朋友一样，拉着她往许稚意家走。他的手掌很大，手指修长，握着她的手腕，盛檀能感受到他掌心源源不断传过来的温度。

　　她轻轻地抿了抿唇，掩下自己眸子里的笑意。他没有过分亲密的举动，就这样牵着，她也觉得挺好的。一阵风吹来，她闻到了沈正卿身上好闻的檀木香味。

　　这一天，盛檀的学习效率飙升。因为沈正卿在，她虽然极力想浑水摸鱼，却不得不在他的压迫下努力学习。因为沈正卿答应她，她今天早点儿把作业写完的话，下周末就带她和许稚意出去玩。

　　为了玩，盛檀是可以短暂地认真一下的。

　　看着盛檀这一天的表现，作为好姐妹的许稚意当然要助攻。许稚意告诉沈正卿："你不盯着她，她的作业能拖到明天。"

　　盛檀："哪有？"

　　"我知道。"沈正卿一笑，看着许稚意说，"你多盯着她一点儿。"

　　"我可盯不住。"许稚意打开冰箱拿了一瓶酸奶，咕哝道，"也就你对她有威慑力。"

盛檀语塞。

沈正卿了然地笑了笑，看向盛檀，问道："有没有觉得哪科压力特别大？"

盛檀沉默三秒，说："如果我说每一科都压力很大，你会笑我吗？"

"不会。"沈正卿目光温和地看着她，"盛叔他们没说给你请家教吗？"

听到这话，盛檀有点儿不高兴："我才不要别人教呢。"她轻哼，"我不喜欢那些老师。"

沈正卿微微一顿，看着她说："那我呢？"

盛檀一愣，不解地看他："啊？"

沈正卿："如果我来当你的家教，能不能接受？"

两个人对视半晌，盛檀心虚地挪开眼。她眼神飘忽，迟疑着问："可你现在大二，不是学业很紧张吗？"

"是有点儿。所以我每周只有一天能给你上课，可以接受吗？"沈正卿强调，"不能走神，不能说想出去玩。"

盛檀眨了眨眼，看向许稚意："那意意怎么办？"她虽然有点儿重色轻友，但还是记得许稚意的。没等沈正卿说话，许稚意率先开口："我不需要家教，我的成绩还可以，学习也不是那么吃力。"

盛檀语塞：她怎么觉得许稚意在炫耀？

沈正卿一笑："她有不懂的也可以问我。"

"那我可以接受。"盛檀放心了，眼睛一亮，问道，"什么时候开始呀？"

沈正卿看着她高兴的模样，敛了敛眼眸里的笑意："你想什么时候开始？"

"下周吧。"盛檀说完，又想起一件事，"不行不行，下下周。"她提醒沈正卿，"说好的，你下周带我和意意出去玩。"

沈正卿接过许稚意给的酸奶，帮盛檀拧开后应道："劳逸结合，我周六带你们出去玩，周日继续学习？"

"好吧。"盛檀勉为其难地答应，"那我们去哪儿玩？"

"你想去哪儿就去哪儿。"

盛檀眼睛一亮："我想去迪士尼乐园。"

沈正卿："好。我买周五的票，在那边住一晚玩一天再回来。"

盛檀看许稚意："怎么样？"

许稚意想了想："你们俩去吧，我下周准备在家看书。"

盛檀皱眉："你不想去？"

许稚意看了盛檀一眼，眼神里的意思很明显——她不想当电灯泡，让盛檀好好珍惜和沈正卿单独出去玩的机会。只可惜，盛檀有时候很机灵，有时候却是个榆木脑袋。她觉得许稚意不去，一个人在家会很孤单。

"你跟我们一起去吧，下下周我们再努力学习。"盛檀努力劝说。

许稚意揉了揉眼睛，看向沈正卿。

沈正卿哭笑不得，低声道："一起吧，你不去她也找不到人分享那些好玩的项目，我给两位大小姐提包就行。"

沈正卿都这样说了，许稚意不好再拒绝。她看着盛檀高兴的模样，真心觉得盛檀追人不成功，不是沈正卿的问题，而是她自己的问题。

定下补课时间后，沈正卿每周都会回家。

他大多是周五晚回家，周六给盛檀补课，周日回学校。

他回家回得太勤快，刚开始时沈母还以为他是在学校住得不开心，特意让他搬去学校附近的房子住。沈正卿上大学之前，他们家就在学校附近买了套房子，方便他自己学习，不用去跟同学们挤宿舍。但目前沈正卿大部分时间还是住在宿舍，很少住在外面。

直到听说他是回来给盛檀补课，沈母才放心了点儿。

这天，沈正卿给盛檀补完课回家，已经接近晚上十一点了。沈母最近沉迷于追剧，他回家时她还没睡。

"回来了？"沈母看他，"最近是不是瘦了点儿？"

沈正卿："还好吧。"

沈母瞅着他："吃夜宵吗？"

沈正卿还真有点儿饿了："好。"

沈母起身："我给你做点儿，想吃什么？"

沈正卿跟着她进厨房，说："都行，我学一学。"

闻言，沈母瞥他一眼："学做饭？"

"嗯。"沈正卿到旁边给她打下手，"我爸什么时候回来？"沈父一个月前出差了，现在还没回来。

"估计得下周吧。"沈母回他，"给檀檀补课的感觉怎么样？"

"挺好的。"沈正卿一板一眼地回答。

"我问的不是这个。"沈母微哽，挑了挑眉，揶揄道，"她还小，你别乱来。"

沈正卿一顿，有点儿不好意思："妈，您想什么呢？我就是单纯地给她补课。"

"哦。"沈母明显不信，"我又没说你什么。你们俩怎么样我不拦着，但不能影响檀檀学习，她现在正是紧张的时候，你先帮她把成绩提上去再说。"

沈正卿知道自己解释也没用，默默地点了下头，低声道："我有分寸。"

沈母看了他一会儿，也不再多说。自己的儿子，她多少还是了解一点儿的。

"今天教你做银耳莲子羹吧。"她说，"夜宵吃这个怎么样？"

沈正卿蹙眉："甜的？"

沈母："嗯，有一点儿。"

沈正卿不喜欢甜的，正想拒绝，沈母道："檀檀很喜欢吃这个，美容养颜。"

沈正卿垂眼，将到嘴边的话收回去，改口说："好。"

沈正卿给盛檀补课，持续了一年多。无论他多忙，除非真的是周末有推不掉的事，其他时间都风雨无阻。

因为沈正卿的付出，盛檀的学习成绩提高了不少。高三下学期的月考，她已经勉强能考到沈正卿学校的最低分数线了，不过在边缘，比较危险。为此，盛檀的压力很大——她想和沈正卿上一所大学。沈正卿倒是觉得还好，要是没办法上一所大学，在附近也可以，他马上大四了，也有时间去看她、陪她。

盛檀的紧张感持续到高考的前一个月。

"怎么办？"她叹气，"我万一考不到那么多分怎么办？"

沈正卿看她垂头丧气的样子，安慰道："不会的，放轻松就好。"

盛檀撇嘴："我要是考不到，你会不会觉得我很笨？"

沈正卿一笑，问她："我什么时候嫌弃过你笨？"

许稚意在二人的斜对面听了会儿，默默地塞上了耳机——她就不该下楼当电灯泡。

盛檀想了想，也是。她趴在桌上看沈正卿，问道："你们是不是要实习了？"

沈正卿"嗯"了一声，说："快了。"

盛檀："进家里的公司吗？"

沈正卿点头："是，不过不一定去总公司。"

闻言，盛檀问道："紧张吗？"

沈正卿微微一笑："我不紧张，你也不用紧张。你是我教出来的学生，我知道你的水平怎样。我们学校的分数线也不是特别高，你现在的知识储备量应对高考完全没有任何问题。"

"真的？"

"真的。"沈正卿问，"不相信我？"

盛檀倒也不是不相信他。她叹了口气，想了想，也确实没什么可焦虑的。大不了她就去沈正卿隔壁的学校，反正能时不时看到他就行。

安静了一会儿，盛檀突然说："对了，你知不知道李泽又谈恋爱了？"

沈正卿："知道，怎么了？"

盛檀看他："他的女朋友漂亮吗？"

"不知道。"沈正卿回答，"没见过。"

盛檀"哦"了声，感慨地说："他这是第几个女朋友了啊？上个大学而已，他谈了起码十次恋爱了吧，好花心。"

闻言，沈正卿点头附和："是有点儿。"

盛檀抿了下唇，小心翼翼地看他："那你呢？"

"我什么？"沈正卿正在给她批改作业。

盛檀含混不清地说："恋爱啊！"

沈正卿拿着笔的手一顿，他看向她："你是想问我谈恋爱了没有，还是想问——"他故意停顿了一下，"问我有没有喜欢的人？"

盛檀："如果方便的话，你可以两个问题都回答。"

"没有，有。"他如实告知。

盛檀一愣，扭头看他："啊？"

沈正卿："恋爱没谈，有喜欢的人。这个答案可以吗？"他专注地望着她，没有过多的言语，眼神里表露出来的意思却让迟钝的盛檀也能察觉。

盛檀被他注视了片刻，耳根子开始泛红。她别开眼，含混不清地说："可以。"

安静了一会儿，盛檀又说："我之前听姜琳说，你大学不打算谈恋爱是吗？"

沈正卿："不一定。"

盛檀："怎么说？"

沈正卿将她的头发别在她的耳后，低声道："看你想不想高中毕业后就谈。"

盛檀怔了怔，偷偷瞟了一眼斜对面戴着耳机的许稚意，小声道："我想有个早恋的回忆。"她的生日在七月的尾巴。

"知道了。"听到这话，沈正卿点了点头，顿了顿，问道，"喜欢什么样的表白？"

盛檀一顿，结结巴巴地说："这个……不是应该你自己想吗？"

沈正卿缄默了一会儿，点头说："嗯，你说得对。"

高考结束的第三天，盛檀和沈正卿光明正大地谈起了恋爱。和她想象的一样，和沈正卿谈恋爱真的很快乐、很幸福。盛檀是最幸运的——她爱的人，正好也爱她。

和沈正卿谈恋爱的第六年，她嫁给了沈正卿。

十六岁时许下的愿望实现了，她成了沈太太，被沈正卿宠了一辈子。

这一生，盛檀都是无忧无虑的、被所有人宠爱的小公主。

（二）

倪璇是个没什么朋友，也不那么讨人喜欢的人。或许和她从小生活的环境有关，她不喜欢她的弟弟，对父母的感情也比较淡。

她不太会表露自己的真实情绪，性子倔强，是睚眦必报的那种人。

从小到大，她除了长得还算可以，好似没有任何优点。

初中其他同学都成群结队时，她是孤身一人。高中大家有小团体时，她还是孤零零一个人。偶尔，她会遇到跟自己表白的人，但对那种玩世不恭的同学，她向来都是不予理会的。这也是她在毕业入圈后，会有很多同学说自己坏话的原因。他们都说她飞扬跋扈，目中无人，和同学不友善，因此没有一个关系好的同学、朋友。

不过，在上大学前，倪璇其实没想过自己会那么羡慕一个人，同时也有点儿烦那个人。那个人是她的同班同学，她们俩长得有点儿像，第一天在班级里做自我介绍时，老师和其他同学就调侃过，说她们在某个角度看好像。

听到这话时，倪璇其实有点儿开心。可就在当晚，她又听到了另一个说法，有同学说，她们是有点儿像，但气质不一样：她的气质土土的，而另一位同学许稚意看上去就像富家大小姐，背的包虽不是什么限定款，但也不便宜。

更重要的是，许稚意无须刻意显摆什么，整个人的气质就非常特别，非常引人注目。

倪璇偷偷地观察了那位女同学，不得不承认同学说的是事实：许稚意就是很优秀，据说她是以文化分年级第一、表演分年级第一的成绩被录取进来的。或许是这个原因，倪璇对她的关注度比对其他人更多。倪璇隐约觉得：自己这样的心理是不太对的。

更巧的是，两个人还被分到了同一个宿舍。她们的宿舍是上床下桌，每排两个位置。倪璇在进门的左边，许稚意在右边，她们正对着。

第一天晚上，所有学生在班里集合，互相认识后，一行人回到宿舍。

倪璇话少，许稚意话也少。但另两个室友的话题一直围绕着许稚意，许稚意偶尔会回应两句，态度很淡。

倪璇听着，觉得她有点儿高傲——她不就是有钱吗，有什么可傲的？

在其他人恭维许稚意时，倪璇先去洗了个澡。

洗完澡出来时，她闻到了宿舍里有很特别的香味，下意识地嗅了嗅，很好闻，是她喜欢的清清淡淡的花香味，又带着点儿清冷的感觉。

倪璇想问是谁的香水、是哪一款，但还没来得及问，便听到另一位室友在惊呼："天哪！稚意，你这款香水好好闻啊，造型也好特别，这是什么牌子的？"

许稚意沉默了一会儿，说："它没有牌子。"

"啊？"室友愣住，"怎么会没有牌子？"

另一位室友脱口而出："这该不会是专门定制的吧？"她看着许稚意，眼神里满是讶异，"有些香水是专门找香水设计师根据自己的性格、喜欢的味道还有整个人的感觉定制的，味道会很特别，稚意你这款就像。"

许稚意没否认，点了点头："算是定制的。"那瓶香水是她妈妈送给她的十八岁成人礼。

两位室友听到这话，眼里满是讶异之色，看她的眼神更是多了一丝崇拜之色。因为这事，有很长一段时间，两位室友对许稚意都很殷勤。

原本，倪璇以为她们相处得很好，却没想到会听到那两个室友说许稚意的坏话。

一次偶然的机会，她听到两位室友抱怨许稚意傲慢、没有人情味，她们对许稚意这么好，许稚意什么都藏着掖着，除了偶尔一起出去吃饭会主动买单，也不像其他同学一样会送礼物什么的。

"她不就是长得漂亮、有钱一点儿吗，有什么可骄傲的？还不如倪璇呢。"

"确实，上周你记得吧？她收到了一个国外寄回来的包裹，我看了一眼，全是包包和饰品，我下周有个试镜，想借她一个包包背一背的，结果她想也没想地拒绝了。"

"啊……这也太小气了吧。"

"谁说不是呢？"

…………

倪璇听着，忽而闻到了熟悉的味道。她下意识地扭头，看到了站在她旁边面无表情的许稚意。察觉她的目光，许稚意冷淡地看了她一眼。

她伸手要去推门，倪璇一把抓住她的手，低声问："你做什么？"

许稚意皱眉："进去。"

倪璇微顿，一时不知道她是有情商还是没情商，问道："你现在进去是想和她们吵架？"

"为什么要吵架？"许稚意不解地问她。

倪璇噎住，不可置信地看向她："那你要进去做什么？"

"睡觉。"许稚意说，"这是我的宿舍，我不能回宿舍？"

这个问题把倪璇问蒙了，她沉默了一会儿，压着声音说："也不是不行，你不能等等？"

许稚意："为什么要等？"

倪璇语塞。

两个人僵持半晌，倪璇刻意制造了声音出来，让里面的人察觉。

很快，里面的人换了话题。路过许稚意身侧进去时，她压着声音说："你晚几分钟再进来吧。"说完，她没管许稚意，径自走进了宿舍。

"倪璇，你不是回家了吗？怎么回来了？"这天是周六，正常来说，倪璇应该是明天才回来的。

倪璇"嗯"了一声，看着两个人心虚的神情，淡定地说道："家里没人，我就回来了。"

两位室友正要应，忽然注意到许稚意出现在门口。

"稚意。"其中一位"惊喜"地问道，"你不是去找你的高中同学逛街了吗？怎么也回来得这么早？"

许稚意看了那两个人一眼，淡淡地说道："她和她男朋友太黏糊了。"

她不想当电灯泡，就回来了。

听到这话，二人愣了愣，尴尬一笑，说："这样啊……"她们心虚地对视，也不知道许稚意有没有听到她们说的话。

许稚意的神色看不出任何不愉快，她点头说："嗯。"她放下包，进浴室洗了把脸出来。

"稚意，我们晚上要不要一起去吃饭？门口有家新开的火锅店，据说超好吃。"一位室友上前。

"不了。"许稚意疲惫地说道,"我有点儿累,下回吧。"

闻言,两个人不再多问。看许稚意爬上床,二人对视一眼,撇了撇嘴。

倪璇看着,一时也不知道该说许稚意是心大,还是真的太傲慢了,要换作自己,一定要让两个人下不来台。

两位室友大概是觉得在宿舍尴尬,待了一会儿便走了。

人走后半个小时,倪璇才出声:"你不生气吗?"

许稚意在跟她妈妈微信聊天,打了个哈欠,问道:"为什么要生气?"

"你没听到她们怎么说你的吗?"

"听到了啊。"许稚意把床帘拉开,看她一眼,"可是她们又不是最早在背后这样说我的人,要是对每个说我的人生气,我早就该气死了。"

倪璇竟然莫名觉得她说得很有道理。

"而且——"许稚意看她,"你也不喜欢我吧?"

听到这话,倪璇看她:"你也不喜欢我,我为什么要喜欢你?"

许稚意微微一笑:"你说得对。"

"不过。"倪璇还是补充了一句,"我是不喜欢你,但我不会当面一套背后一套。"她这个人,不喜欢就是不喜欢。

许稚意:"巧了,我也是。"

之后的很长一段时间,许稚意和倪璇的关系算不上好,但也没出现过撕破脸的争执。

许稚意争取的,倪璇一定会竞争到底。倪璇不知道自己是不是想争一口气,她就是想去竞争。可惜的是,她还是争不过许稚意。

许稚意是个有天赋的演员,不像倪璇只能靠时间和经验慢慢磨炼。许稚意是有灵气的,是一点就通的天才演员。

大三这年,他们可以出去接广告、拍戏了。

许稚意第一次拍的戏便是一部知名编剧写的电影,和她合作的演员是还不算很火,实力却很强的周砚,导演也是小有名气的那种。

因为这事,班里不知有多少同学羡慕她,倪璇也一样,她总觉得自己命不好,而许稚意好像命特别好,运气特别好。有时候,她会想不开、会恨:这种好运气为什么不落在自己身上?她也恨自己没有天赋,恨自己和许稚意有那么大的差距。

也是出于这样的原因,在毕业后入圈后,倪璇才会忍不住和许稚意做比较。

同样地，因为她和许稚意长得有点儿像，又比许稚意晚进圈，总会有人说她长得像许稚意，倪璇真的很讨厌这种说法。也因此，她更控制不住地和许稚意比较。

进演艺圈后，她们都有各自的团队，加上长相各方面的原因，在争取资源时经常是竞争对手。两个人偶尔会在红毯上碰面，当然不会是多和谐的状态，整个圈子里的人都知道二人不和。她们的不和虽没到正面斗争，但也是不会交流的状态。

倪璇一直以为自己和许稚意会一辈子都这样竞争下去。却没想到，许稚意会成为自己第一个真心交到的朋友。

阴错阳差，二人上了同一档综艺。在综艺里，倪璇看到了不一样的许稚意。她发现这么多年过去，许稚意还和之前一样，一点儿都没变，还是那么傲，还是那么对她不屑一顾。或许是其他人的衬托，让她们俩莫名其妙地被粉丝捆绑在一起，还有了一个组合超话，名字还挺好听，叫"许倪一生"。

刚看到时，倪璇想：什么"许倪一生"？她俩永远不会友好相处。可渐渐地，倪璇内心生出了一种渴望：她其实还挺想和许稚意交朋友的。

许稚意坦荡直接，和她交朋友不需要留心眼儿，更不需要耍心机。许稚意有什么说什么，该说的会说，不该说的从不会假装不经意地暴露出去。

不知道是不是察觉了她的渴望，许稚意竟然也会主动给她发消息，问她与工作相关的事。一来二去，两个人竟然会时不时地聊一会儿天了。

这日，倪璇和许稚意约好一起出去玩。她让许稚意教自己滑雪，这是她少有地觉得开心的一天。虽然她被许稚意说了很多次笨，但许稚意虽然嘴上说，还是认真教了自己，甚至在她摔跤的时候拉住了她，和她一起摔倒在雪地里。

被粉丝认出来后，二人回家。

许稚意的男朋友周砚过来接人，倪璇本是不想当电灯泡的，但还是蹭了他们的车，因为许稚意坚持送她到小区门口。

回到家后，对着空荡荡的房间，倪璇忽然也想找个男朋友了。从小到大，她一直都觉得自己有点儿孤单。其实她的父母对她还不错，只是相比较而言更爱她的弟弟。

倪璇以前也想过，如果没有弟弟，他们会不会对自己更好，更关心自己一些？可是人生没有如果，弟弟已经有了，她不可能诅咒他不存在。只是她确实做不到对他多好，只是像寻常姐弟那样相处，也是因为弟弟，她和父母的关系不远不近。

节假日倪璇会回家看他们，给他们买礼物，也会给他们生活费，说知心话、逛街这些基本没有。

倪璇习惯独来独往。

瘫在沙发上，倪璇正想自己是不是要多交点儿朋友，是不是该在这种节日吃顿好吃的时，她先接到了陌生的送餐电话，说是有人给她定了晚餐。

倪璇把晚餐拿回家一看，是她喜欢的一家餐厅的饭菜，有荤有素还有汤。这还不够，没一会儿，她还收到了一束花，是祝她节日快乐的。这些是许稚意送给她的。

这不是倪璇收到的第一束花，但对她来说，那是一束意义不同的花。她很喜欢，也很珍惜。她奢望和许稚意当一辈子朋友。她想拥有一个许稚意这样面冷心热的朋友，想让自己的人生不再那么孤单。

后来的很长一段时间，倪璇还真跟许稚意越混越熟了——许稚意甚至把自己的闺密介绍给她认识，让她们的世界多了一个自己。她们是细心的，知道自己刚开始会不舒服、不适应，很好地照顾了自己的情绪。

渐渐地，倪璇也跟着放开了很多。敞开心扉后，她发现这个世界上的很多事都是美好的。她真的很感谢许稚意，感谢后来认识的盛檀，感谢很多人。

倪璇碰到沈柏的时候，对医生这个职业的印象其实很模糊。她很尊重他们，但也确实不是特别了解。

这次她接了一部电视剧，饰演一位医生的角色。为了让这部剧看上去专业一点儿，剧组找了真正的医生给他们讲解一些专业知识。沈柏就是其中之一。

在去医院正式拍摄之前，沈柏就跟他们说了剧本的一些漏洞。他长得很好看，像跟倪璇合作的男艺人，但气质又比男艺人更特别一些。他是温柔型的，笑起来很好看。

在遇到沈柏之前，倪璇从不相信什么缘分。可这一刻，她信了。

只不过，倪璇没有勇气去追人，也不知道沈柏有没有恋人。她是个在感情方面有点儿胆怯的人，总觉得自己不会爱人，也不配得到别人的喜欢。

她觉得自己所在的圈子很乱，而沈柏所在的圈子干干净净。

听到她这番言论，许稚意和盛檀轮流骂她。

"倪璇，不能这么贬低自己啊。"许稚意看着她，"你是贬低自己，还是贬低我们当演员的呢？"

倪璇："我不是这个意思，我指的是自己。"

"自己也不行。"盛檀瞪了她一眼，"沈医生就算是长得再帅，那又如何？你怎么就不配了？你长得也很漂亮好不好，你也是大学毕业的好不好？"

倪璇："他还是博士生呢。"

"那又怎么样？"盛檀冷哼，"他的工资肯定没你高。"

倪璇噎住："这也值得骄傲？"

"不值得吗？"盛檀有理有据地说，"你喜欢他不算高攀。他有他的优势，很厉害、会救人，是白衣天使，可你也不差，我不允许你看不起自己。"

许稚意："就是。我们生病了要看医生，他们无聊了还会看我们演的戏呢。"

倪璇："啊？"

也不知道是不是被许稚意和盛檀的歪理说动了，倪璇竟然觉得有点儿道理。她鼓起勇气要到了沈柏的联系方式，加上了他，做了心理建设，给他发了消息："沈医生你好，我是倪璇。"

沈柏："我知道。"

倪璇："哦，对，我们前几天见过。"

"我指的不是这个。"沈柏说，"我看过你的剧，期待你的医生角色。"

倪璇怎么都没想到，她和沈柏第一次打招呼，他就会夸自己。她一直都觉得：自己的这个职业会让很多人鄙视。

最开始，这个念头不是她自己有的，而是她的亲戚和以前的同学都觉得演员不是什么正经职业。虽然她赚到钱后，亲戚们时不时会找她借钱，甚至当着父母的面夸她有出息，但她知道，他们背地里还是看不起自己的。

在沈柏这里受到赞许，是倪璇意料之外的。在打招呼之前，她虽觉得沈柏不至于看不起自己、鄙视自己的职业，但也真的没想过他会夸自己。

一时间，倪璇有点儿受宠若惊的感觉："真的吗？"

沈柏："嗯，我妈看过你的剧，很喜欢。"

他空闲回家的时候，跟沈母看了两眼，对倪璇印象深刻，沈母一直夸她长得漂亮。

倪璇："谢谢。"

沈柏："找我有什么事吗？"

倪璇："剧本上有一点儿小问题，我想问问你，你有时间吗？"

这是许稚意和盛檀教她的——不能直说，她现在对沈柏的了解不深，也不知道他具体是个什么样的人。毕竟倪璇觉得他温柔，但其他人觉得沈柏挺冷漠的，和温柔不沾边。

沈柏："有，我在医院值班。待会儿如果没回你消息，应该是有事去忙了，但现在我有空，你把问题发给我看看。"

倪璇："好。"

拍了剧本的问题过去后，倪璇安静地等待沈柏的回复。

这一晚，倪璇和沈柏聊到很晚。中途他去忙了一段时间，但回来时倪璇还没睡。只不过，她被沈医生教育了一番，他让她早点儿睡觉不要熬夜，说熬夜对身体不好。

电视剧正式开机后，沈柏偶尔会来他们的拍摄现场做指导，但次数不多，因为他很忙。不过他每次来，倪璇都能恰好找到机会和他说上几句话。

这部电视剧在医院取景的时间不算长，整部剧拍摄了三个多月，剧组在医院待了大概两个月的时间。拍完医院的戏，倪璇他们要去别的地方取景了。

走之前，她原本想再见见沈柏的，却因为他那天有手术没来拍摄场地，没再见到。

为此，倪璇遗憾了好久。

幸运的是，她在这部剧杀青时约沈柏见面，他答应了。

看到他回复"可以"时，倪璇整个人是傻的。她第一时间给许稚意打电话，激动不已："许稚意！沈医生答应跟我一起吃饭了。"

许稚意："只是吃个饭而已，有必要这么高兴吗？"

倪璇轻哼："你不懂。"

许稚意轻笑："那我祝你和沈医生吃饭顺利？你用什么理由请沈医生吃饭的？"

倪璇一顿，老实告知："我说我的新剧杀青了，之前说好要请他吃饭，问他有没有时间。"她之前说请沈柏吃饭，是因为他给她指导专业内容的事。

许稚意扬扬眉："行吧，就猜到你会怂。"

倪璇语塞。

"那你要和沈医生表白吗？"许稚意好奇地问。

倪璇："太快了吧？"

"还好？"许稚意想了想，说，"想表白就表白，大不了被拒绝。"

倪璇哽了一下，没好气地问："你就不能盼着我好吗？"

许稚意笑："盼着啊，份子钱都给你准备好了，但你不争气我能有什么办法？"

听到这话，倪璇气鼓鼓地说道："你给我等着，我一定赚到你的份子钱。"

"行。"

挂了电话，倪璇开始为和沈柏一起吃饭穿什么衣服而发愁。

周六这天，倪璇早早起来，将衣帽间里的衣服都试了一遍，还把许稚意和盛檀吵醒，让二人给她选衣服。最后，她选了一套很素净的裙装，看上去温婉、知性很多，她感觉沈柏喜欢这种类型的。

见到她的时候，沈柏还真的愣了一下。倪璇被他看得有点儿不适应，下意识地提了提裙子，低头看了一眼自己，询问道："我身上有什么东西吗？"

沈柏顿了下，说："没有。"

倪璇一怔："那是这身衣服很难看？"问完，她才意识到不妥：这个问题好像有点儿过分亲密了。

好在沈柏没在意那么多，更没细想，他告诉倪璇："没有的事，很漂亮。"

对上他那双干净的眉眼，倪璇控制不住地心动。她有点儿不好意思地抿了抿唇："谢谢沈医生。"

沈柏："客气。"

餐厅是许稚意给她推荐的，倪璇问过沈柏想吃什么后，做主帮他点了餐。

等餐间隙，她看向对面的人，问道："沈医生你最近这段时间忙吗？"

"还好。"沈柏看向倪璇，轻声道，"你应该比较忙。"

倪璇一愣："怎么这么说？"

沈柏倏然一笑，说道："感觉。"

倪璇没听出他的话外之音，解释道："是有点儿，电视剧在拍摄收尾阶段都会比寻常时候忙的。"

沈柏颔首，表示了然。

倪璇不是个会找话题的人，也不知道自己要和沈柏说什么。说得太多，她担心自己的意图太明显，可沉默，又觉得有点儿可惜，好不容易争取到和他吃饭的机会，就这么浪费可太遗憾了。正当倪璇绞尽脑汁想话题时，沈柏不动声色地问她："最近在休息？"

"会休息一段时间。"倪璇老实地回答，"之前拍戏落下来的一些商务活动要去参加，然后差不多又要进组了。"她还在上升期，不敢休息太久。

沈柏应声："下部戏定了？"

倪璇点头："定了，下个月开机。"

沈柏嗯了一声，问道："在北城拍吗？"

"不是。"倪璇摸了摸鼻尖，说，"是古装剧，要去江城影视城拍。"

沈柏看她一眼："这样啊。"

"嗯。"倪璇安静三秒，看向他，"沈医生，你去过古装剧拍摄片场吗？"

沈柏："没有。"

倪璇闻言，眼睛一亮："那你什么时候想去的话，可以跟我说，我给你当向导怎么样？"

看着她高兴的模样，沈柏勾了勾唇，眼睛里闪过一丝笑意，回答："好。"

说到自己熟悉的地方和话题，倪璇的话比之前多了些。服务员送餐上来，她的话也没断。

渐渐地，两个人变得不再那么生疏。沈柏听她说拍戏的趣事，兴致还很高。在倪璇要结束一个话题时，他会恰到好处地抛出下一个话题。

吃完饭，倪璇才后知后觉地反应过来，自己好像和沈柏说了好多话，叽叽喳喳的。她为难地看向沈柏："沈医生。"

沈柏看她。

"我是不是话有点儿多？"倪璇懊悔地问道。

沈柏倏然一笑，眉目舒展，说："不多，挺好的。"

"真的吗？"倪璇诧异，下意识地说，"我以为你很烦话多的人。"

沈柏微顿，说："看人。"

倪璇一怔，讶异地看向他。沈柏目光坦荡，就这么直直地和她对视。

缄默须臾，还是倪璇先扛不住，移开了目光。她紧张地抿了下唇，说："吃好了我们走吧？我去买单。"

话虽如此，可倪璇去买单时，还是被沈柏抢先了。她神情错愕地捧着手机看向沈柏："说好我请客的。"

沈柏应声，淡淡地说："下次吧。"

听到这句话，倪璇眼睛一亮："好啊。"她也没问下次是什么时候，反正沈柏都说有下次，那她就等着下次找个机会再约他吃饭。

从餐厅离开，倪璇问他："你还有别的事吗？"

沈柏脚步一顿，说："有。"

倪璇："什么事？"

沈柏看她："不知道你方不方便，我有件事想请你帮忙。"

倪璇眨眼："你说。"

沈柏："我妈要过生日了，还没想到要给她选什么礼物，你有什么推荐吗？"

那一瞬间，倪璇其实是没有的，但想到许稚意和盛檀教的，要抓住一切机会和时间，点头道："伯母喜欢什么？我们可以去商场逛逛。"

沈柏："你没问题吗？"

倪璇对上他的目光，知道他指的是什么。她摇摇头，说："我没事，就是你和我一起被拍到的话可能会上热搜，我觉得对你的影响比较大。"说到这儿，她皱眉道："要不你跟我说说伯母喜欢什么，我去帮你看看？"

"不用。"沈柏道，"一起去。"

"可是——"倪璇还想说点儿什么，被沈柏打断，"怕什么，我这张脸不适合出镜？"

倪璇当然不是这个意思："我怕影响你的工作。"

"不会。"沈柏瞥她一眼，"逛个街没什么影响的。"

倪璇不再多说。

也不知道是给沈母选了礼物还是什么原因，在之后的很长一段时间里，两个人都保持着一定频率的来往。有时候，倪璇知道沈柏在医院加班、值班时，会给他点个外卖送过去。沈柏知道她想吃什么，也会给她点。

用许稚意和盛檀的话来说，两个人现在就在暧昧阶段，只要把那层窗户纸戳破就会在一起了。

沈柏知道倪璇家里的情况，倪璇也知道他是家里的独生子，父母都是大学教授，属于高知家庭。一对比，倪璇觉得自己真的很差劲。

但沈柏好像从不在意这一点，甚至跟倪璇说过很多次：他的母亲喜欢她演的剧，知道他们认识后，还要他找倪璇要几张签名照。

一眨眼的工夫，倪璇的古装剧杀青了。回到家，倪璇收到了沈柏给她送的花。这是之前说好的，他说她杀青后要给她送花。

倪璇拍了照发给他："谢谢沈医生，花很漂亮。我回家了，你什么时候有空我们一起吃个饭？"

沈柏："我这几天都有点儿忙。"

倪璇："啊，可我就这两天有时间，大后天要去参加综艺录制，估计要去蛮久。"

沈柏："想不想来医院食堂试试？"

倪璇惊讶："我可以去吗？"

沈柏："当然。"

倪璇想也没想就答应了："好呀！"

最后，二人定在第二天中午一起到医院食堂吃饭。倪璇之前听说医院的饭菜都不怎么样，她想去试试。

为了不引人注目，倪璇特意穿了一套低调又保守的服装。即便如此，她出现在医院时，还是让不少人注意了。

倪璇到的时候，沈柏还没到下班时间。她看了一眼，决定去外面等他。她在这方面有分寸，不会过多打扰他。一会儿，沈柏下班了。她直接给沈柏发了个消息告知，这才往他的科室那边走。

刚走过去，倪璇先看到了和沈柏说话的一位美女。

"沈医生，中午一起吃饭？"

沈柏："我约了人。"

"啊？"美女问，"约了谁啊？不会是那个经常跟你聊天的女演员吧？"她笑着问，"沈医生，我可听说了啊，你最近和她聊天超级多，她该不会是在追你吧？"

沈柏没吱声。

美女继续说："沈医生，你之前知道她吗？"

沈柏："怎么？"

"她是倪璇啊！沈医生，你以前是不是不上网？"她感慨道，"我估计也是，你可别被她骗了啊！"

闻言，沈柏这才正眼看她："被骗？"

"对啊。"那人道，"我没有要贬低她的意思，就是他们的圈子真的很乱，像沈医生你这样的人，不适合找个那里的美女吧？"

听到这话，沈柏微笑，说："是吗？那我适合找哪里的美女？"

女人一噎，正要说话，沈柏率先出了声："他们的圈子乱不乱我不清楚，也不想过多地了解，但倪璇是什么样的人，我应该比你清楚。"他停顿了一下，轻声说，"还有，她没有在追我，是我喜欢她，想追她。"言尽于此，沈柏也不想和面前的人多说，只问道，"你母亲的问题已经基本解决了，过两天可以出院。还有别的事吗？"

女人沉默着摇了摇头。

人走后，沈柏这才掏出手机看倪璇给自己发的消息。他低头拨通倪璇的电话，正要去办公室换衣服，先听到了身后传来的铃声。

沈柏脚步一顿，回头看向倪璇。倪璇还在发呆，在他看过来时才想起手机开了声音。她手忙脚乱地将电话挂断，抬眼看沈柏："沈医生。"

沈柏看她的神情就知道她听到了刚刚那段话，他点了下头，朝她走近，问道："等很久了吗？"

"还……还好，"倪璇看他，"你忙完了？"

沈柏点头："我换件衣服。"

"好。"

沈柏速度很快，一会儿便换了衣服出来。倪璇还没回过神，动作呆滞地跟着沈柏往外走。走到食堂门口时，沈柏忽然停下，喊她的名字："倪璇。"

"啊？怎么了？"倪璇看向旁边的食堂，"不在这里吃吗？"

"吃。"沈柏垂眼，"你刚刚是不是听到我跟病人家属的对话了？"

"听到了。"倪璇抿唇，深呼吸了一下，鼓起勇气看他，"沈医生，其实我确实和那个人说得差不多，不怎么好，而且她有一点说得挺对的。"倪璇想告诉沈柏：她喜欢他，也确实存着追他的想法，只是怕被拒绝，有点儿自卑，所以一直没将这话说出口。

沈柏看她："什么？"

倪璇："其实我……"

她的话还没说完，沈柏忽然道："等等，让我先说可以吗？"

倪璇愣住。

沈柏抬手，用漂亮的手弹了一下她的额头，笑着说："刚刚的话，不是拒绝对方的借口，是真的。"他看着倪璇，告诉她，"我很喜欢你，想追你，就是不知道倪老师愿不愿意给我这个机会？"

倪璇的睫毛一颤，她瞪圆了眼看向他："你——"她嘴唇翕动，不敢相信自己听到的内容。

"可是我真的——"倪璇还想说点儿什么。

沈柏挑眉："真的什么？"

"没有看起来那么好。"倪璇轻声道，"我混的圈子也不怎么样，确实不那么单纯。"

沈柏一笑："成年人有真正单纯的吗？"

"我不是这个意思。"她不知道该怎么说，抬眸看向沈柏，"我就实话告诉你吧，我第一次找你问专业的事，其实是借口，我就想和你聊天。"

沈柏："我知道。"

倪璇："啊？"她错愕地看着沈柏。

沈柏告诉她："你可能忘了，你那天发给我的问题，我给你们上课时特意强调过，你也做了笔记。"

倪璇语塞。

安静了三秒，沈柏看她："还有，我有件事想跟你说。"

倪璇："你说。"

"你约我吃饭那次。"沈柏顿了下，"那套衣服很好看，但不是你喜欢的风格。我一直想跟你说，无论是和我吃饭，还是跟其他人吃饭，你做好自己就好，喜欢什么就穿什么，不用刻意为了我或者其他人去改变。"他望着倪璇说，"你很好，不要把自己想得那么差。"他再次强调，"我很喜欢，真的。"

听到这番话，倪璇莫名地很想哭。这好像是第一回，有人认真地告诉她：做自己就好，他真的很喜欢真实的自己。倪璇沉默了半晌，抬眸看他："我也是。"

沈柏一愣，然后开心地笑了起来："我知道。"

倪璇"哦"了一声，耳郭泛红地说："那我也想说一句话可以吗？"

沈柏："你说。"

倪璇很诚实地说："我们都互相喜欢了，就别说谁追谁了行吗？"她有点儿迫不及待想和沈柏谈恋爱了。

沈柏轻笑："好。"

倪璇翘了翘嘴角，抬眸看他，问道："那你现在是我的男朋友了吗？"

沈柏挑眉："还吃食堂吗，女朋友？"

倪璇："吃。"二人相视而笑。

两个人手牵着手出现在食堂时，沈柏的同事都惊讶地看着他们。

和沈柏关系好的同事开玩笑道："沈柏，你在哪里找到的美女女朋友？"他又问倪璇："沈医生这个榆木脑袋是怎么追到你的？"

倪璇不知道要怎么回答。沈柏代为抢答："没追。"

"啊？"同事更意外了。

沈柏说："是有点儿便宜我了。"

同事差点儿被他气死了："倪老师，他不追你也答应和他在一起啊？你不能因为他长得还过得去就这样降低标准啊，要好好折腾他一下。"

"就是就是。"其他同事起哄，"好不容易看到沈医生有喜欢的人，倪老师，你应该让沈医生吃吃瘪。"

倪璇被大家逗笑了，轻声道："可是我也很喜欢他，舍不得让他吃瘪。"

"啧。"同事们更生气了，"你们俩故意的吧？"

大家调侃道："故意秀恩爱是不是？不行不行，沈医生你得请客，找到这么漂亮又有才华还善解人意的女朋友，不请客说不过去吧？"

沈柏："行，我请客。等哪天我休息了请，你想吃什么都行。"

"那你等着。"最开始起哄的同事说，"我一定吃垮你。"

沈柏扬眉，上下打量了那人一眼，说："拭目以待。"

倪璇很喜欢他们一群人在一起的氛围，真的很欢乐也很有爱。她之前就觉得医生这个职业很神圣，现在是真真实实地感受到了：她喜欢沈柏，也喜欢这一群人。

一顿午饭下来，沈柏有女朋友的消息传开了。

之后的一段时间，倪璇只要一来医院，就有人告诉她沈柏在哪里。不仅医生知道，连有些熟悉沈柏的病人和家属都认识她，知道演员倪璇是沈医生的女朋友。

倪璇和沈柏的恋爱关系也没藏着，没多久就被媒体曝光了。好在没影响到沈柏的工作，她安心了一些。

和沈柏谈恋爱，比倪璇想象的还要美好和快乐。

沈柏忙，她也忙。但两个人总能挤出时间在一起。沈柏对她的好，倪璇没办法用三言两语来说清楚，但她从小缺失的爱，内心的那些自卑，好像不知不觉被沈柏弥补、治愈了。

许稚意和盛檀都说，她找对了对象，沈柏是真的不错。

和沈柏恋爱半年后，倪璇跟他回家见了他的父母。和沈柏说的一样，他的妈妈是真的喜欢倪璇，他们一家对她都格外喜欢。

倪璇和沈柏结婚后，沈母偷偷地告诉过她，在带她回家之前，沈柏就和他们说过她从小到大的生活环境，知道她是个敏感的人，希望他的家人能和自己一样，让她在这个家感受到温暖和爱。

他想让他们将给自己的爱分给她一部分，告诉倪璇，她值得被所有人喜欢、他和家里人都很爱她。她是他穷极一生去爱的珍宝，是最好的、值得被爱的一个人。